미성년

미성년 상
Подросток

표도르 도스또예프스끼 장편소설
이상룡 옮김

PODROSTOK
by FEDOR DOSTOEVSKII (1875)

일러두기

1. 번역 대본은 F. M. Dostoevskii, *Sobranie sochinenii v dvenadtsati tomakh* (Moskva: Pravda, 1982)와 F. M. Dostoevskii, *Polnoe sobranie sochinenii v tridtsati tomakh*(Leningrad: Nauka, 1972~1990)를 주로 사용하였습니다. 다만 판본에 차이가 없는 한 옮긴이가 번역 대본을 임의로 선택하였습니다.
2. 러시아어의 로마자 표기와 우리말 표기는 〈열린책들〉에서 정한 표기안을 따르되, 관행적으로 굳어진 일부 용어만 예외로 하였습니다.

이 책은 실로 꿰매어 제본하는 정통적인 사철 방식으로 만들어졌습니다.
사철 방식으로 제본된 책은 오랫동안 보관해도 손상되지 않습니다.

제1부
9

제2부
349

『미성년』 등장 인물

베르실로프(안드레이 뻬뜨로비치) 귀족.
안드레이 안드레예비치 베르실로프 그의 아들.
안나 안드레예브나 베르실로바 그의 딸.

아르까지 마까로비치 돌고루끼(아르까샤, 아르까셴까) 베르실로프의 사생아. 이 책의 〈나〉.
리자(리자베따 마까로브나 돌고루까야) 베르실로프의 사생아.
소피야 안드레예브나 돌고루까야 아르까지와 리자의 어머니.
마까르 이바노비치 돌고루끼(마까루쉬까) 그녀의 남편. 베르실로프 가의 하인.

따찌야나 빠블로브나 쁘루뜨꼬바 여지주.

노공작(니꼴라이 이바노비치 소꼴스끼) 뻬쩨르부르그에 사는, 베르실로프의 오랜 친구. 갑부.
까쩨리나 니꼴라예브나 아흐마꼬바(까쨔) 노공작의 외동딸. 아흐마꼬프 장군의 미망인.
리지야 아흐마꼬바 그녀의 의붓딸.
세료쟈 공작(세르게이 뻬뜨로비치 소꼴스끼) 모스끄바에 사는 또 다른 소꼴스끼 집안의 아들.

안드로니꼬프 베르실로프의 친구.
마리야 이바노브나 안드로니꼬프의 조카딸.
니꼴라이 세묘노비치 그녀의 남편.

바신, 끄라프뜨, 제르가쵸프 급진파들.
스쩨벨꼬프 바신의 의부.
예핌 즈베레프 아르까지의 학교 친구.
다리야 오니시모브나 미망인.
올가(올랴) 그녀의 딸.
람베르뜨, 안드레예프, 뜨리샤또프 아르까지의 친구들.
알폰신느(알폰신까) 람베르뜨의 연인.
루께리야, 마리야 하녀.

ást# 1
제1부

제1장

1

 이러한 내용의 글을 꼭 써야 할 필요는 없었지만 더 이상 가슴에 담아 두고 살 수가 없을 것 같아, 내가 처음으로 인생이라는 무대에 들어설 무렵에 관한 이야기를 있는 그대로 기록해 두기 위하여 이 글을 쓴다. 먼저 한 가지 분명히 말해 두고 싶은 것은 앞으로 내가 백 살까지 산다고 하더라도, 다시는 자전적인 이야기를 쓰지 않겠다는 것이다. 별 부끄러움 없이 자신에 관한 글을 쓰기 위해서는 아주 민망할 정도로 자기 자신에 도취되어 있어야 한다. 이 글을 쓰고 있는 내 행위가 용인될 수 있는 유일한 덕목이 있다면, 그것은 다른 사람들의 글과는 그 집필 목적이 다르다는 것, 다시 말해 독자들로부터 찬사를 받기 위해서 쓴 것이 아니라는 점이다. 지난해부터 내 주변에서 일어난 모든 일을 상세히 적어 두려고 불현듯 생각을 한 것은 바로 나 자신의 내면적 열망에 따른 것이다. 그만큼 나는 내 주변에서 일어난 그 모든 사건들로 인해서 커다란 충격을 받았다. 이 글에서 나는 모든 수사적인 어구들, 특히 문학적인 수식은 가능한 한 배제해 버리고, 일어난 사건들의 실체만을 기록할 생각이다. 작가란 사람은 30년 이상이나 글을 써왔다고 해도, 자기가 무엇을 위해 그토록 오랫동안 글을 써왔는지 모를 수도 있다. 그렇지만 나는 작가는 아니다. 작가가 되고 싶은 마음도 없다. 또한 내 영혼의 내면에 깃들어 있는 생각이나 정서를 함축적으로 묘사한 개인적인 글을, 통속적인 그들의 문학 시장에 함부로 들이미는 행위는 온당치 못하며, 참을 수 없는 비열한 짓이라고 생각한다. 그러나 이 글을 쓰며 마음에 걸리는 점은, 가슴속에서 일어나는 내면 심리의 전개나 개인적 사색에 관한 묘사를(비록 그것이 유치하게 보일지라도), 모두 삭제해 버릴 수는 없다는 사실이다. 모든 문학 창작물은 예외 없이, 설사 그것이 단지 자기 자신만을 위해 씌어진 것이라 할지라도, 경우에 따라서는 사람들에게 상당한 정도의 영향을 줄 수 있고, 심지어 그들의 영혼을 타락시킬 수도 있다. 또 한편, 개인적인 사색이란 그 속성상 누구에게나 해당되는 공유점을 제시하지 못할 수도 있다. 왜냐하면, 자신에게는 다분히 가치가 있다고 여겨질지라도 타인에게는 아무런 의미도 주지 못할 수도 있기 때문이다. 하지만 이런 이야기는 더 이상 하고 싶지 않다. 머리말로는 이 정도로 충분하기 때문이다. 이런 싱거운 얘기는 그만 하고 이제 본론을 시작하겠다. 물론 어떤 일을 시작한다는 것은 그것이 어떤 종류의 것이든 간에 그 무엇과도 비교할 수 없을 정도로 힘든 것이다.

2

나는 내 삶의 흔적에 관해 지난해 9월 19일부터 기록하려고 한다. 사실을 말하자면, 그날 생긴 일부터 기록하고 싶다. 바로, 내가 그를 처음 만났던 그날부터……

하지만 내가 어떤 사람을 만났고 어떤 상황에 처해 있었는지도 모르는 상황에서 이 사건에 대해 말하는 것은 적절치 않다고 여겨진다. 그러나 이러한 말을 쓰고 있는 것조차도 틀에 박힌 서술인지도 모른다. 문학적인 수식을 피하겠다고 다짐해 놓고서 나는 처음부터 벌써 그러한 통속적인 서술에 빠지고 있다. 역시 잘 써 보겠다는 일념만으로 좋은 글이 나오는 것은 아닌 것 같다. 새삼 느끼는 것이지만, 유럽의 여러 언어들 중에서 러시아 어로 글을 쓰는 것이 가장 힘든 것 같다. 지금 내가 쓴 것을 다시 읽어 보면서, 나는 씌어진 내용보다 내 머릿속에 담겨 있는 생각이 훨씬 더 조리 있다는 것을 깨달았다. 도대체 어떻게 이지적인 사람이 하는 말이 그 내면에 담겨 있는 생각보다도 조리가 없을 수 있을까? 운명적인 지난 1년 동안에, 나는 내면에서 전개되는 생각이나 다른 사람과 주고받은 대화에서 이런 느낌을 자주 받았고, 또 그 사실 때문에 마음이 괴로웠던 적이 여러 번이었다.

이제 9월 19일부터 이 글을 시작하기로 하면서, 미리 한두 가지에 대해서만 적어 두려 한다. 내가 어떤 사람이고, 이제까지 무엇을 해왔으며, 문제의 그 9월 19일 아침에, 비록 그것이 아주 작은 편린일지라도, 내 머릿속에 무슨 생각이 자리잡고 있었는지에 대한 이야기를 먼저 하고자 한다. 그렇게 하는 것이 독자들에게, 어쩌면 나 자신에게도 더 명료하게 이해되리라고 여겨진다.

3

나는 벌써 스물한 살이며, 고등학교를 졸업한 청년이다. 법적으로 내 아버지는 베르실로프 가의 하인이었던 마까르 이바노비치 돌고루끼로 되어 있으며, 나는 그의 성을 따랐다. 엄밀히 말해서 나는 베르실로프의 서자였지만 법적으로는 돌고루끼의 적자로 호적에 올랐다는 것이다. 그렇게 해서 내 출생에 관한 문제는 일단락되었다. 그 내막은 다음과 같다. 지금으로부터 22년 전, 스물다섯 살의 지주이자 내 친아버지인 베르실로프가 뚤라 현[1]에 있는 자기의 영지로 내려간 일이 있다. 내 생각에 그 무렵의 그는 자신의 독특한 개성이 아직 분명하게 드러나는 인물이 아니었던 것 같다. 흥미로운 사실은, 내가 아주 어릴 때부터 나를 그렇게 감동시켰으며, 내 모든 내면적 삶에 그처럼 커다란 영향력을 주었고, 또 그 후에도 오랫동안 나의 삶에 깊은 영향을 미쳤던 바로 그 사람이, 이제 여러 가지 점에서 내 내면의 풀리지 않는 수수께끼로 남아 있다는 것이다. 하지만 그 일에 관해서는 나중에 말하기로 하자. 그 이야기는 한번에 간단히 할 수 있는 성질의 것이 아니다. 그렇지 않아도 나의 이 자전적 수기는 그 사람에 관한 이야기로 가득 차 버릴 것이기 때문이다.

스물다섯 살이었던 베르실로프는, 바로 그 무렵에 아내를 잃었다. 그는 상류 계층 출신이지만 그다지 부유한 편은 아니었던 파나리오또바라는 여자와 결혼하여 그녀에게서 1남 1녀를 얻었다. 그를 홀로 남겨 놓고 세상을 일찍 떠나 버린 그의 부인에 대해 나는 상세히 알지 못하며, 내 기억 속의 다른 일들과 뒤섞여서 분명하게 생각나질 않는다. 그리고 베르실로프의 사생활 역시 내가 자세히 알 수 없는 일이 많았다. 그는 내게 늘 아주 차갑게 대했고, 자신의 내면을 잘 드러내 보이지 않았으며, 무엇보다도 무관심했다. 그러다가도 이따금씩, 아주 놀랄 정도로 부드럽게 나를 대하는 일이 있었다. 그런 일에 대해서는 이 정도만 말하기로 하고, 앞으로 전개될 사건의 이해를 돕기 위해 미리 말한다면, 그는 일생 동안 자신의 전재산을 탕진했다. 그것은 모두 합해서 40여만 루블이나 되는 거액이었으며, 그 이상의 금액이 될지도 모르는 막대한 재산이었다. 물론 이제 그에게는 한푼도 남아 있지 않지만······.

그때 왜 그가 자신의 영지로 왔는지는 〈도대체가 귀신도 모를

---

1 제정 러시아 시대의 행정 구분은 우리 나라의 도(道)에 해당하는 100여 개의 현(縣, guberniia)으로 나뉘고, 그 밑에 군(郡, uezd), 향(鄕, volost), 촌(村, selo)을 두고 있었다.

일〉이었다. 아무튼 나중에 그 사람이 내게 자기 입으로 직접 그렇게 말을 했다. 어린 그의 자식들은 관습에 따라 그의 슬하에서 자라지 않고 친척 집에서 양육되었다. 일생 동안 그는 자식들에게, 적자나 서출이나 상관없이 그렇게 무관심한 태도로 대했다. 베르실로프의 영지에는 농노들이 많이 있었다. 정원지기 마까르 이바노비치 돌고루끼도 그 농노들 중 하나였다. 여기서, 앞으로 생길 수 있는 혼돈을 피하기 위해 미리 말해 두지만, 자신의 성 때문에 나처럼 일생 동안 괴로움을 당했던 사람도 그렇게 많지는 않을 것이다. 어처구니없는 이야기처럼 들릴지 모르지만, 이것은 틀림없는 사실이다. 학교에 입학할 때, 또는 예의를 갖추어 또렷하게 대답을 해야 할 사람들과 만날 때마다 내게는 곤혹스런 일이 벌어졌다. 다시 말해, 학교의 선생이나 가정교사, 장학관이나 신부 등 나를 만나는 사람들이 점잖게 내 성을 물을 때 돌고루끼라고 대답을 하면, 그들은 꼭 이렇게 되물어야 한다고 생각하는 모양이다.

「그러면 돌고루끼 공작인가요?」

그러면 그때마다 나는 별 생각 없이 되묻는 사람들에게 이렇게 설명해야만 했다.

「아닙니다. 그냥 돌고루낍니다.」

매번 되풀이해야 하는 이 〈그냥〉이란 단어 때문에, 나는 나중에는 거의 미칠 것 같았다. 내가 기억하는 한, 한 사람의 예외도 없이 모두가 똑같이 그런 식으로 되물었다. 그들 중에는 짐작컨대, 그런 질문을 던질 필요가 전혀 없는 사람도 끼여 있었다. 도대체 그런 질문이 무엇 때문에 사람들에게 그렇게 필요한 것인지 이해가 되지 않았다. 그러나 한 사람도 빠짐없이 모두가 그렇게 되물어보았다. 그리고 그 사람들은 내가 〈그냥〉 돌고루끼라는 것을 알고 난 뒤에는 한결같이, 무엇 때문에 그런 것을 물었는지 자신도 모르겠다는 듯 어이없는 표정을 짓다가, 싸늘한 시선으로 나를 한

번 훑어보고는 서둘러 지나쳐 갔다. 같은 또래인 초등학교 아이들의 질문은 다른 누구의 질문보다도 훨씬 더 모욕적이었다. 고학년 아이들은 신입생을 놀려먹으려고 아주 짓궂게 대한다. 막 입학해 아무것도 모르고 쩔쩔매는 신입생은 다른 학년 아이들의 놀림감이 되고 만다. 선배 학생들은 신입생을 마치 하인처럼 대하며, 이것저것 시키고 놀려먹는다. 그런데 살집이 좋고 건강해 보이는 아이 하나가 나를 자신의 제물로 삼은 듯 내 앞을 막아서더니, 아무 말도 하지 않고 험상궂고 거만한 시선으로 잠시 동안 뚫어져라 째려보았다. 아무 영문도 모르는 나는 아무 말 없이 이리저리 곁눈질을 하면서 무슨 일인지 몰라 상황을 살폈다.

「야, 네 성이 뭐냐?」

「돌고루끼야.」

「그럼 너 돌고루끼 공작이냐?」

「아니, 그냥 돌고루끼야.」

「뭐라고, 그냥이라고? 그럼 아무것도 아니란 말이지, 이 멍청아!」

그 아이가 하는 말이 맞았다. 공작도 아닌 주제에 돌고루끼라는 성을 가진 것만큼 멍청해 보이는 일이 또 있을까? 아무런 잘못도 없이, 나는 그렇게 멍청해 보이는 인상을 업보처럼 짊어지고 다녔다. 그러나 그 후 언젠가 내가 매우 자조적으로 사물을 대하게 된 뒤부터는 대처 방식이 달라졌다. 만일 누군가가 내게 〈자네 공작인가?〉라는 질문을 던지면, 항상 이런 식으로 대답했다.

「아닙니다, 지주의 영지에서 일하는 농노의 아들입니다.」

그리고 한번은 더 이상 참을 수 없을 정도로 심기가 뒤틀려 있을 때 〈자네 공작인가?〉라는 질문을 받고서는 쏘아 주듯 이렇게 대답했다.

「아닙니다. 그냥 돌고루끼입니다. 주인 나리인 베르실로프의 피를 받은 서자일 뿐입니다.」

나는 고등학교 3학년이 되었을 때에야 겨우 이렇게 대답하는 법을 생각해 내었다. 그 후 얼마 지나지 않아서, 그러한 짓은 아주 어리석은 객기일 뿐이라는 생각이 들기는 했지만, 그래도 여전히 나는 그 우둔한 짓을 그만두지는 않았다. 그러던 어느 날 선생들 중 한 사람이 내게 〈너는 복수심 어린 열등감으로 가득 차 있다〉는 말을 했다. 그런 말을 한 것은 평생 동안 그 사람 하나뿐이었다. 그러한 폭력적인 언동에 대해 화가 나기는 했지만, 나는 다만 씁쓸한 표정을 지어 보이기만 했다. 또 한번은, 아주 자존심이 강해 보여 1년에 한 번쯤밖에 이야기해 보지 않은 어떤 학생이, 심각한 표정으로 옆을 살펴보면서 이렇게 말했다.

「물론, 너의 그러한 감정을 있는 그대로 드러내는 것이 네겐 떳떳한 일일 수 있고, 네 입장을 당당하게 밝히지 못할 이유도 없어. 그렇지만 내가 네 입장이라면, 자신이 서자라는 것을 그렇게 공공연하게 사방에 알리고 다니지는 않겠다. 그런 네 행동은 마치 명명일을 맞아 잔뜩 들뜬 철없는 아이처럼 보이거든!」

자격지심에 스스로 서자라고 떠벌리던 일을 나는 그 이후로 다시는 하지 않았다.

다시 말하지만, 러시아 어로 글을 쓴다는 것은 참으로 어려운 일이다. 내가 일생 동안 나의 성 때문에 좌절하며 살아온 이야기를 꼬박 세 페이지나 썼지만, 그래도 아마 독자들은, 내가 화를 낸 진짜 이유는, 내가 공작 돌고루끼가 아니라 그냥 돌고루끼이기 때문일 것이라는 결론을 내리는 데 주저하지 않을 것이다. 하지만 저간의 사정에 대하여 또다시 설명한다든가, 변명을 늘어놓는다든가 하는 일은 내게는 참을 수 없는 굴욕으로 여겨진다.

4

 베르실로프의 저택에는 마까르 이바노비치 외에도 하인들이 아주 많았는데, 그중에 한 처녀가 있었다. 그런데 나이 쉰이 넘은 마까르 돌고루끼가 어느 날 갑자기 이 처녀와 결혼하겠다는 뜻을 비쳤다. 그때 그녀 나이 열여덟이었다. 잘 알려져 있듯이 농노제가 실시되던 시대에 귀족의 집안에서 사는 하인들은 주인의 허가를 받아야 결혼을 할 수 있었으며, 때로는 주인들이 직접 짝을 맺어 주는 일도 있었다. 바로 그 무렵 이 영지에는 〈아주머니〉라고 불리는 사람이 와 있었다. 하지만 그녀는 내 친아주머니가 아니었으며, 그녀 역시 여지주였다. 그런데 무슨 이유 때문인지는 알 수 없지만, 나뿐만 아니라 그 집안의 모든 사람들이 항상 그녀를 아주머니라고 부른 것을 보면, 그 베르실로프 집안 사람들에게는 실제로 거의 친척이나 다름없는 듯하다. 그녀의 이름은 따찌야나 빠블로브나 쁘루뜨꼬바였다. 그녀 역시, 그 무렵 같은 현의 같은 군에 35명의 농노가 딸린 토지를 소유하고 있었다. 그 외에도, 물론 그녀가 직접 하고 있는 것은 아니었지만, 5백 명의 농노가 있는 베르실로프 집안의 영지를 관리하고 있었다. 그리고 내가 들은 바에 따르면, 그녀의 관리 능력은 경험 많은 관리인의 감독 솜씨와 맞먹을 정도였다고 한다. 나와 아무런 상관도 없는 그녀에 대해서 굳이 얘기하는 것은, 입에 발린 칭찬을 하기 위해서 하는 말이 아니라, 이 따찌야나 빠블로브나란 여인이 아주 고상한 인격을 지닌, 무언가 독특한 분위기를 지닌 사람이었다는 것을 덧붙여 두고 싶기 때문이다.

 그런데 이러한 그녀가, 항상 음울한 분위기를 자아내는 마까르 돌고루끼의 결혼 요청을 반대하지 않았을 뿐만 아니라, 그 이유는 알 수 없지만, 오히려 그의 결혼을 성사시키려 애를 썼다. 나의 어머니인 당시 열여덟 살의 소피야 안드레예브나는 그 몇 해

전에 부모를 잃은 천애 고아였다. 그녀는 마까르 돌고루끼에게 대단한 존경심을 가지고 있었다. 또한 마까르에게 큰 신세를 진, 고인이 된 그녀의 아버지가 6년 가까이 되는 오랜 병치레 끝에 임종하면서(사람들의 말에 의하면, 임종하기 15분쯤 전이라고 한다. 그러니까 죽음을 눈앞에 두고 정신을 잃은 사람이 무의식적으로 한 헛소리라고 치부할 수도 있다) 사람들과 신부님이 있는 자리에서 마까르를 머리맡에 부르더니 자신의 딸을 가리키면서, 누구나 들을 수 있는 목소리로 〈얘가 크거든 자네의 아내로 삼아 주게〉라는 부탁을 마지막 유언으로 남기고 숨을 거뒀다고 한다. 마까르 돌고루끼가 나중에 어떤 생각을 가지고 그녀와 결혼했는지, 자신의 뜻에 의해서인지, 아니면 주변 사람들이 모두 있는 곳에서 들은 고인의 마지막 유언을 들어주기 위해서였는지는 알 길이 없다. 다만 그 당시에 그가 그러한 일에 전혀 관심이 없었을 것이라는 게 가장 그럴듯한 추측이다. 왜냐하면 그는 나름대로 〈고상한 인격적 품위를 지켜 온〉 사람이었기 때문이다. 물론 그는 깊은 학식이나 교양을 쌓은 사람도 아니었고(교회 의식에 관해서나, 몇몇 성자들의 성스러운 생애에 대해서는 상세히 잘 알고 있기는 했지만, 그것들도 대부분은 주워들은 것이었다), 남들의 행위에 대해 시시비비를 가려 주는 일을 한 것도 아니었다. 또한 그의 말투는 오만해 보일 때도 있었고, 때로는 성급한 면도 드러내는 성격의 소유자였다. 하지만 생활 태도는 항상 단정하고 온화했으며, 그래서 전체적으로 보아 〈공손하고 점잖은〉 모습이 그 당시 그의 인간적 특징이었다고 한다. 그래서 그는 주변 사람들로부터 존경을 받았지만, 그러한 특성 때문에 그를 미워하는 사람도 있었다고 한다. 그러나 그가 저택에서 떠날 때는 모든 사람이 그를 온갖 고난을 이겨낸 성자인 것처럼 대했으며, 아무도 비판적인 말을 하지 않았다. 그 당시의 일에 대해서는 내가 확실히 기억하고 있다.

내 어머니는 차분한 성격의 처녀였다. 총명한 그녀의 지력을 본 집사가 그녀를 모스끄바에 보내 공부시키는 것이 어떻겠느냐고 여러 번 강력하게 권했지만, 따찌야나 빠블로브나는 그 고아를 18세가 될 때까지 자기 옆에 두고 재봉, 재단, 예절 교육, 그리고 약간의 독서법과 같은 기본 교육만을 시켰다. 그래서 어머니는 작문 교육과 같은 보다 높은 수준의 교육은 받지 못하였다. 그녀는 마까르 돌고루끼와의 결혼을 오래 전부터 이미 자신의 정해진 운명으로 받아들이고 있었으며, 그래서 주변의 모든 일이 자신에게 아주 바람직하고 가장 좋은 방향으로 이루어지고 있다고 생각하였다. 결혼식 때도 상상할 수 없을 정도로 아주 침착한 태도를 취했기 때문에 따찌야나 빠블로브나까지 그녀를 물고기처럼 표정이 없다고 놀렸다. 어머니에 관한 이러한 이야기들은 모두 따찌야나 빠블로브나로부터 내가 직접 들은 것들이다. 그들이 결혼한 후, 정확히 반년이 지났을 무렵 베르실로프가 이곳으로 왔다.

5

여기서 다시 말해 두고 싶은 것이 있다. 나는 베르실로프와 어머니 사이에 처음에 어떤 일이 있었는지, 그들의 관계가 어떠한 것이었는지 알지 못하며, 그에 대해 추측할 만한 근거도 없다. 단지 작년 어느 날이던가 그가 왠지 〈덤벙대는〉 표정으로 그들 사이에 있었던 일에 대해 말해 준 내용이 믿을 만한 것이라는 생각을 할 뿐이다. 그의 말에 따르면, 그들 사이에는 연애 감정 같은 것은 전혀 없었고, 어떻게 하다 보니 〈그럭저럭〉 두 사람 사이에 관계가 이루어졌다는 것이다. 아마 그의 말은 사실일 것이다. 〈그럭저럭〉이라는 이 러시아 말은 참으로 매력 있는 말이다. 그렇지만 나는 여전히 그들의 관계가 도대체 어떻게 시작되었는지 항상 궁금했다. 나는 그들의 관계가 추잡스러워 보였고, 지금도 역시 못마땅하다. 물론 이러한 내 생각은 직접적인 경험에 의해 생긴 것은 아니다. 왜냐하면 나는 어머니를 작년에야 겨우 처음으로 가까이에서 볼 수 있었기 때문이다. 베르실로프가 아무런 불편 없이 생활할 수 있도록 나는 남의 집에 가서 지냈다. 그 일에 대해서는 나중에 다시 말할 것이다. 그러한 형편이었기 때문에 나는 그 당시 어머니의 얼굴 모습도 기억나지 않는다. 그녀가 그다지 아름다운 여자가 아니었다면, 도대체 그녀의 어떤 점이 베르실로프와 같은 사람의 마음을 사로잡을 수 있었을까? 이 사실을 통해 그의 성격적 특성을 볼 수 있기 때문에, 이것은 특별히 내 관심을 끄는 문제였다. 내가 그 문제에 관심을 갖는 것은 무언가 음탕한 생각에서 비롯된 것이 아니라, 그가 언젠가 했던 말 때문이다. 자신의 속을 남에게 잘 드러내지 않는 음울한 성격의 그가, 아주 가끔씩은 무슨 생각에서인지는 모르지만 마음이 내킬 때면 자신의 속마음을 솔직하고 담담한 표정으로 이야기하곤 했다. 그의 말에 따르면, 그 당시 그는 마치 〈우둔한 강아지〉 같았다고 한다. 그의 성격이 감상적이기 때문은 아니었고, 그 무렵 『안똔 고레미까』[2]와 『뽈린까 사끄스』[3]를 읽고 난 후였기 때문에 그러한 상태였다고, 그가 내게 설명을 해주었다. 이 두 문학 작품은 당시의 젊은 세대들에게 아주 깊은 인본주의적 영향을 미쳤다. 그는 자신이 그때 시골 영지로 갈 생각을 한 것은 어쩌면 『안똔 고레미까』 때문이었는지도 모른다고 아주 진지한 태도로 덧붙여 말했다. 그러면 도대체 어떻게 이 〈우둔한 강아지〉와 어머니의 관계가 시작될 수 있었을까? 지금 막 떠오른 생각이지만, 이 글을 읽는 독자가

---

2 그리고로비치가 1847년에 쓴 작품으로, 농민의 고통스런 삶을 주제로 하고 있다.
3 드루지닌이 1847년에 발표한 작품으로, 여성 해방을 주제로 하고 있다.

한 사람이라도 있다면, 나를 이해력도 없고 사유 능력도 없는 철부지라고 여길 것이다. 그리고 자신도 이해하지 못하는 일에 대해서 함부로 판단하고, 또 그 일을 해결해 보겠다고 덤비는 내 행동을 보고, 아마 큰소리로 어쩔 수 없는 풋내기라고 비웃을 것임에 틀림없다. 사실대로 말한다면, 나는 아무것도 모른다. 그러나 내 자신에 대한 자랑을 늘어놓기 위해서 이 일에 대해 고백하는 것은 아니다. 나도 스무 살이나 먹은 친구가 그러한 사려 분별이 없다는 것이 얼마나 우둔한 일인지 잘 알고 있다. 그러나 남자와 여자 사이의 관계에 대해 자신 있게 안다고 말할 수 있는 사람은 없을 것이라고 나는 확신한다. 사실 나는 여자에 대해서는 아무것도 모르며, 또 알고 싶지도 않다. 왜냐하면 나는 죽을 때까지 여자를 경멸해 줄 생각이며, 평생 그렇게 하기로 맹세했기 때문이다. 그런데 내가 분명히 알고 있는 사실이 있다. 어떤 종류의 여자는 그 미모나 매력을 가지고 순식간에 남자를 매혹해 버리지만, 또 다른 여자들은 그녀 속에 어떤 묘한 특성이 있어 한 6개월은 지내 보아야 그 특성에 대해 알 수 있다는 것이다. 그러한 여자를 속속들이 알고 사랑하게 되려면, 같이 지내는 것만으로는 부족하며, 앞뒤를 가리지 않는 용기만으로 되는 일도 아니다. 뭐라고 단정적으로 얘기할 수는 없지만, 그러한 일을 위해서는 타고난 특성이 있어야 한다. 그런 게 아니라면, 여자들을 그저 애완 동물처럼 여겨 있는 그대로의 모습을 보면서 옆에 데리고 사는 수밖에 없다. 어쩌면 바로 그렇게 하는 것이 많은 남자들이 진정으로 원하는 바인지도 모른다.

누군가가 가지고 있다는 그때 찍은 어머니의 사진을 나는 아직 보지 못했지만, 몇몇 사람들이 하는 이야기를 종합해 보면, 어머니는 아주 뛰어난 미인은 아니었다고 한다. 그러니 그가 첫눈에 어머니에게 홀딱 반했다는 것은 있을 수 없는 일일 것이다. 베르실로프가 그저 단순히 한 번의 〈만족〉을 얻을 생각이었다면 그는 얼마든지 다른 여자를 택할 수도 있었을 것이며, 또 사실을 말하면 그 당시에 주변에 적당한 여자도 있었다. 그 사람은 안피사 꼰스딴찌노브나 사쁘쥐꼬바라는 이름의 잔심부름을 하는 하녀로 아직 출가하지 않은 처녀였다. 아무리 대저택을 가진 지주라고는 하지만 자기의 권한을 이용하여 다른 사람의, 비록 자신의 농노일지라도, 행복한 가정을 파탄나게 하는 짓은 『안똔 고레미까』를 읽고 감동하여 시골에 왔던 그가 할 수 없는 일이었으며, 그 스스로 생각해 보아도 견딜 수 없는 일생의 치욕으로 느낄 수밖에 없는 일이었다. 왜냐하면, 다시 말하건대, 베르실로프는 바로 몇 달 전에, 그러니까 그 일이 있은 후 20년이나 지난 시점에서도 여전히 『안똔 고레미까』에 대해서 아주 진지한 태도로 말했기 때문이다. 『안똔 고레미까』에서 안똔은 단지 말을 도둑맞았을 뿐이지만, 이 사건에서는 한 사람이 자신의 아내를 도둑맞은 것이다! 그리고, 그러한 특별한 사건이 일어났기 때문에 안피사 사쁘쥐꼬바는, 결과적으로 그녀에게는 잘된 일이지만, 그와 아무런 관련 없이 지내게 된 것이다. 평소에는 그와 얘기를 나눌 수 있는 기회가 전혀 없었지만, 지난해에 이러한 문제들에 대해서 적당한 때를 골라 나는 한두 번 그에게 추궁하듯 질문한 일이 있었다. 그때 그는 20년이라는 우리의 나이 차이와 그 자신의 세련된 말솜씨에도 불구하고, 그 일에 대해 얘기하는 것을 아주 꺼리는 표정을 지었지만, 나는 끈덕지게 그에게 질문을 했다. 그러자 그는 나와 이야기할 때 이따금 내비치던 떨떠름한 표정을 지어 보이더니, 지금도 기억하지만, 무언가 중얼거리는 어조로 말했다. 그의 말에 따르면, 내 어머니는 사람들이 사랑을 별로 느끼지 않을, 〈의지할 데가 전혀 없는〉 여자인데도 불구하고, 사람들로 하여금 특별한 이유 없이 그녀를 갑자기 〈측은하게〉 여기도록 만든다는 것이다. 그 이유가 무엇일까? 어쩌면 어머니의 온순한 성품 때문인지도 모른다. 그렇지만 그게 진정한 이유일까? 그 누구도 영원히 모를 일이다. 그러나 측은한 생각을 가지고 오래 지켜보다 보면 어느 샌가 배려하는 마음과 끌리는 마음이 생길지도 모르겠다. 그는 의아한 표정을 짓고 있는 내게 〈네가 이해할지 모르겠지만, 상황이 그렇게 전개되다 보면 나중에는 서로 떨어지지 못하는 경우도 더러 있을 수 있지〉라고 말했다. 만약 사실이 정말로 그랬다면, 그가 스스로를 자기 멋대로 행동하는 〈우둔한 강아지〉로 규정하는 것은 적절한 표현이 아니라고 여겼다. 그리고 바로 그것이 내가 진정 바라는 바이기도 했다.

하지만, 곧 이어 그는 자신이 그 영지의 주인이어서 어머니가 단순한 〈복종심〉 때문에 그를 사랑하게 된 것이라고 단정적으로 규정했다. 그 말을 하면서 그는 그렇게라도 말해야 자신의 위신이 설 것이라고 생각하는 듯했다. 그래야 자신의 체면이나 명예, 고결한 인격을 손상하지 않을 것이라 여기는지 그렇게 마음에 없는 말로 둘러댔다.

그가 그렇게 말하는 것은 아마도 어머니의 입장을 두둔하기 위해서였을 것이다. 하지만, 앞에서도 미리 말한 것처럼, 나는 어머니에 대해 아는 바가 전혀 없다. 물론 그 당시에 어머니를 에워싸고 있던 그 숨막힐 듯한 환경과, 어릴 때부터 그녀의 마음속에 자리잡아 평생 동안 그녀를 지배했던 노예 근성이 배어 있는 가엾은 사고 방식에 대해서는 나도 알고 있다. 여하튼 이러한 상황에서 불행한 사태가 생긴 것이다. 하지만 여기서 바로잡아 말해 두어야 할 게 있다. 내 공상이 너무 빨리 치달아 맨 처음에 말해 둬야 했을 사실을 나는 잊어버리고 있었다. 그것은 바로 그들의 관계가 처음부터 불행으로 시작되었다는 사실이다. 나는 독자들이 내가 말하는 바의 진의를 즉시 이해하지 못하기라도 한 것처럼 점잔빼지 않기를 바란다. 간단히 말해서, 그는 사쁘쥐꼬바와는 아무 일 없이 그냥 지나쳤지만, 주인과 농노의 상하 관계로 시작된 어머니와의 관계는 달랐다. 여기서 미리 말해 두지만, 나는 그들의 입장을 두둔하려는 의도로 어떤 모순된 것을 미화하려는 뜻은 전혀 없다. 그 당시에 베르실로프 같은 입장의 사람이 내 어머니 같은 여자와 이를테면 아주 강렬한 사랑을 느꼈다고 하면, 답답한 이야기이지만, 도대체 무엇을 어떻게 할 수 있었겠는가? 연애 경험이 있는 몇몇 사람이 심심풀이로 하는 얘기를 들은 적이 있는데, 남자와 여자의 관계란 그저 아무런 깊은 이유 없이 시작되는 경우가 아주 흔하다는 것이다. 더욱이 내 어머니와 같은 상대를 만났을 때, 베르실로프 역시 아마 그렇게 시작할 수밖에 다른 도리가 없었을 것이다. 러시아 문학 작품을 같이 논할 처지도 못 되므로 『뽈린까 사끄스』에서 읽은 사건의 배경을 설명해 주면서 그녀와의 관계를 맺어갈 수도 없었을 테니까, 언젠가 언뜻 그가 다른 이야기를 하는 도중에 한 말에 의하면, 그들은 집 안 여기저기에 같이 숨기도 했고, 계단 위에서 서로를 기다리기도 했으며, 누군가 우연히 그들 곁을 지나가면 낯을 붉히며 튀는 공처럼 소스라쳐 물러나기도 했다. 이를 미루어 짐작하면, 〈폭군과 다름없는 지주〉는 농노 제도라는 특권이 있었음에도 불구하고, 마루를 청소하는 가장 낮은 신분의 여자 앞에서도 신경을 곤두세우며 밀월을 계속했다는 것이다. 처음에는 주인과 하인으로 시작된 그들의 관계였지만, 차차 상황이 묘하게 전개되어 흘러가는 방향이 전혀 이치에 닿지도 않았고, 너무도 애매해서 이해할 수도 없는 형편이 되었다. 그들이 나눈 사랑의 깊이와 기간을 살펴보아도 그렇다. 베르실로프 같은 사람들의 가장 두드러진 특징은 목적만 달성하면 곧 여인을 버린다는 것이다. 하지만 두 사람 사이에 그러한 일은 생기지 않았다. 이따금 호색기가 있는 〈젊은 강아지들〉은 진보주의자이든 보수주의자이든 간에, 얼굴이 반반하고 바람기가 있는 자기의 하녀와 관계를 맺는 일이 종종 있었다(그렇다고 내 어머니가 그런 여자라는 것은 아니다). 아무튼 젊은 지주들 누구에게나 그런 일이 있을 수 있었으며, 극히 자연스럽게 이루어지는 일이었다. 특히 젊은 홀아비라는 그의 입장과 크게 시간을 쏟을 만한 일이 없는 상황을 고려한다면, 베르실로프에게 그런 일이 있을 가능성은 더욱 농후했다. 그렇기 때문에 그가 평생 동안 어머니 한 사람만을 사랑했기를 바란다는 것 자체가 지나친 일이기도 하다. 어쨌든 그가 어머니를 진정으로 사랑했는지는 명확하게 말할 수 없지만, 평생 동안 어머니를 자신의 곁에 두려고 했던 것만은 틀림없는 사실이다.

평소에 나는 어머니께 여러 가지 질문을 하는 편이지만, 아직 물어보지 못한 궁금한 문제가 하나 있다는 것을 밝혀 둔다. 어머니와 편안히 지내며 이따금 제 분수도 모르는 하룻강아지처럼 어머니 입장을 고려하지도 않고 버릇없이 멋대로 굴던 작년에도, 나는 이 문제에 대해서만은 직접적으로 물어볼 수가 없었다. 내가 의문을 가졌던 것은 도대체 어떻게 결혼 생활을 벌써 반년이나 해오고 있었고, 신성한 결혼 생활이라는 관념에 억눌려 힘없는 파리처럼 소리 한번 크게 못 내던 그녀가, 남편인 마까르 이바노비치를 하느님 못지않게 존경하고 있던 그녀가, 단지 2주 동안에 어떻게 그런 큰 죄를 저지를 수 있었느냐는 것이다. 더욱이 어머니는 본래 음탕한 성격의 여자가 아니었다. 오히려 반대로, 지금 미리 말해 두지만, 내 어머니처럼 깨끗한 마음을 가지고 있고, 평생 단정하게 살아온 사람은 찾아보기 힘들 정도이다. 다만 그 일이 어머니가 제정신을 차릴 틈도 없이 벌어진 것이라고 설명할 수 있을지는 모르겠다(나는 요즈음 변호사들이 변호를 맡은 살인범이나 절도범들을 변호하기 위해서 갖다 붙이는 논리와는 다른 의미로 말하고 있다). 이를테면 어떤 사람이 아주 단순한 성격을 가지고 있어서 자신도 미처 깨닫지 못하는 사이에 숙명적이고 비극적인 사건으로 쉽게 빠져 들어가는 경우가 있다면, 어머니의 경우가 바로 그와 같을 것이라고 해석해 볼 수 있다. 어머니가 진정으로 사랑했던 것은, 어쩌면 그가 지닌 독특한 겉모습 때문이었는지도 모른다. 파리의 최신 유행으로 치장한 그의 머리 모양, 그녀가 한마디도 모르는 유창한 프랑스 어 발음, 피아노를 직접 치면서 부르는 그의 노래 같은 것들 때문이었는지도 모른다. 그녀는 그에게서 전혀 듣도 보도 못한 무언가를 느꼈으며, 멋진 미남자인 그의 모습에서 사랑을 느꼈는지도 모른다. 그러면서 어느새 그의 멋진 외양과 세련된 매너 등 그가 지닌 모든 것에 자신을 전혀 가누지 못할 정도로 홀딱 빠져 들어가 버렸을 것이다. 농노 제도가 가장 번창하던 시대에는 저택에서 일하는 처녀들이, 그것도 매우 품행이 단정한 처녀들이 때로 그런 상황에 빠져 드는 일이 종종 있었다는 이야기를 들었다. 나는 그들의 그러한 감정을 이해한다. 처녀들의 그러한 묘한 순정을 단지 농노제에 기인한 〈복종심〉 때문으로 설명하려는 사람은 내 생각에는 아주 비열한 자이다. 그렇다면 베르실로프라는 젊은 지주는 그의 내면에, 그 일이 있기 전까지 그처럼 깨끗한 심성을 지녔던 여성을, 그리고 이것이 무엇보다도 중요한 점이지만, 자기와 신분이 전혀 다른 완전히 다른 세계, 다른 상황에서 태어나서 성장한 여성의 마음을 사로잡아, 그처럼 명백한 파멸의 길로 이끌 만큼 매혹적인 흡인력을 간직하고 있었다는 것일까? 그것이 파멸의 길이라는 사실을 어머니도 분명히 알고 있었으리라고 나는 믿는다. 그러나 그 길을 걷고 있을 때, 어머니는 자신의 파멸 같은 것은 전혀 안중에 없었다. 〈의지할 곳 없는 여자〉란 항상 그렇게 자신이 믿는 바에 헌신할 준비가 되어 있었을 것이다. 분명히 그 길이 파멸로 가는 것인 줄 알면서도, 그녀는 그곳으로 끌려 들어갈 수밖에 없는 운명을 가지고 있었다.

두 사람은 죄를 저지르고 나서 곧 참회하는 마음이 들었다. 나중에 그가 아주 담담한 어조로 말한 바에 의하면, 그 일이 있은 후 그는 마까르 이바노비치를 자신의 서재로 불러서, 그의 어깨에 얼굴을 파묻고 흐느껴 울었다는 것이다. 바로 그때 어머니는 어찌할 바를 모르고 하인들이 거처하는 자신의 방에서 의식을 잃고 혼절하고 말았다……

6

 두 사람에 관한 문제의 그 사건에 대해서는 이 정도로 언급해 두는 것만으로도 충분하다. 베르실로프는 마까르 이바노비치에게 대가를 치르고 난 뒤, 곧바로 어머니와 함께 마을을 떠났다. 그리고 그 후부터는 앞에서 이미 내가 쓴 대로, 그가 어디에 머물든 항상 곁에 그녀를 데리고 다녔다. 다만 예외적으로 그가 오랫동안 여행을 해야 할 때면, 그래야만 하는 경우에는 대부분 아주머니, 즉 따찌야나 빠블로브나 쁘루뜨꼬바에게 어머니를 돌보아 달라고 부탁하고 떠났다. 그럴 때면 아주머니는 어디에선가 꼭 나타나곤 했다. 두 사람은 모스끄바에서도 살았고, 외국에도 함께 간 일이 있지만, 마지막에는 뻬쩨르부르그에서 지냈다. 이에 대한 자세한 얘기는 뒤에서 말할 생각이지만, 어쩌면 그렇게 할 필요가 없을지도 모르겠다. 다만 한 가지 미리 말해 둔다면, 내가 태어난 것은 그들이 마까르 이바노비치와 헤어진 지 1년 후의 일이라는 것이다. 그리고 또 1년 후에는 여동생이 태어났다. 그리고 그 후 10년인가 11년인가 지나서 남동생이 태어났지만 아주 몸이 약해서 태어난 지 몇 달 만에 죽고 말았다. 내가 들은 바에 의하면, 그 아이를 분만할 때의 고통 때문에 어머니는 아주 빠른 속도로 늙기 시작했고 건강도 상당히 나빠졌다고 한다.

 그런데 묘하게도 그들은 마까르 이바노비치와 그 후에도 항상 관계를 끊지 않고 소식을 주고받았다. 베르실로프의 가족이 어디서 살든, 한 도시에 몇 년씩 살고 있을 때나, 혹은 사방을 여행하고 다닐 때나, 마까르 이바노비치는 반드시 이 〈가족〉에게 자신의 소식을 전했다. 전혀 이해할 수 없는 관계, 언뜻 보아서는 의례적이기도 하지만 동시에 일정한 선이 그어져 있는 듯한 그런 묘한 관계가 그들 사이에 설정되어 있었다. 귀족 사회에 존재하는 이러한 기묘한 관계 속에는 무언가 나름대로의 곡절이 내재되어 있는 것을 나는 흔히 보았다. 하지만 그들 사이에서는 주변에서 흔히 보는 그런 일은 일어나지 않았다. 마까르 이바노비치는 1년에 두 번씩, 그보다 많지도 적지도 않게 꼭 편지를 보내왔는데, 그것들은 모두 거의 비슷한 내용을 담고 있었다. 언젠가 나는 그가 쓴 편지들을 본 적이 있는데 거기에는 개인 신상에 관한 내용은 전혀 들어 있지 않았다. 오히려 반대로 가능한 한 매우 공식적인 사안들을 절제된 감정으로, 그런 표현이 허용될 수 있다면, 가장 절제된 감정으로 기록한 의례적인 보고와 같은 내용뿐이었다. 우선 제일 먼저 자신의 건강 상태에 관해 쓰고, 그 다음에 상대방에 대한 문안 인사, 이어서 건강을 비는 말들, 의례적인 인사말과 축복의 내용 등이 편지에 담겨 있는 전부였다. 내가 보기에, 그 글에 개인적인 사항들이 너무나 절제되어 글을 쓴 사람의 개성이 전혀 배어 있지 않다는 점은 바로 일반 민중들의 생활에서 나타나는 그들 나름의 담백한 생활 태도에서 기인한다는 생각이 들었다. 편지의 내용은 주로 〈사랑하고 존경하는 소피야 안드레예브나에게 부디 안부를 전해 주시기를……〉이라든가 혹은 〈사랑하는 아이들에게도 영원히 변치 않는 축복을 보낸다〉라고 말하며, 내 이름은 물론이고 아이들의 이름을 모두 적는 형식으로 구성되어 있었다. 마까르 이바노비치는 슬기로운 사람이어서, 주인에 대해서 늘 〈존경해 마지않는 안드레이 뻬뜨로비치 님〉과 같은 형식으로 지칭했지만, 결코 〈나의 은인〉이라고 말하는 적은 없었다. 그러면서도 어느 편지에서나 지극히 자신을 낮춘 말투로 그의 자비로움에 대해 말했고, 그를 위하여 하느님의 축복을 기원하는 말이 반드시 씌어져 있었다. 마까르 이바노비치에게 보내는 답장은 늘 어머니가 써서 바로 보냈지만, 그 편지의 내용 역시 상대방의 것과 거의 대동소이한 것이었다. 베르실로프는 물론 두 사람 사이에 오가는 편지 왕래에 대해 관여하지 않았다. 마까르 이바노비치는 순례자가 되어 러시아의 이곳저곳을 여행하는 도중, 때로는 오랫동안 머무르고 있는 도시나 수도원에서 편지를 썼다. 그는 그 무엇에 대해서도 요청하는 법이 없었다. 그렇게 지내다가 3년에 한 번 정도씩 나타나서, 얼마 동안 어머니의 집에서 묵어가곤 했다. 어머니는 언제나 베르실로프와는 별도로 자신이 생활하는 집을 가지고 있었다. 나중에 다시 말하게 되겠지만, 여기서 미리 한 가지 말해 둘 게 있다. 그것은 다른 게 아니라, 그곳에서 머물 때면 마까르 이바노비치는 응접실 소파 위에 함부로 눕거나 하지 않고, 집 안의 한적한 한구석에서 소리 없이 한 닷새나 일주일 머물다가 곧 다시 어딘가로 떠난다는 사실이다.

지금껏 내가 말하지 않은 것이 있다. 그것은 이상할 정도로 마까르 이바노비치가 자신의 〈돌고루끼〉란 성에 대해서 애착을 가지고 있었다는 점이다. 이보다 더욱 이해가 되지 않았던 것은 그가 이 성을 좋아했던 이유가 실제로 돌고루끼라는 공작 가문이 존재했었기 때문이라는 사실이다. 그 사실을 듣고, 나는 그의 속마음이 무엇인지 이해도 되지 않았을 뿐더러 기묘하다는 느낌까지 들었다.

나는 우리 가족이 항상 함께 있었다고 말했지만, 물론 거기에 나는 포함되지 않았다. 나는 꼭 부모에게 버림받은 아이 같았으며, 태어나자마자 곧 다른 사람이 양육하도록 보내졌다. 물론 어떤 특별한 의도를 가지고 그랬던 것은 아닌 것 같고 형편상 일이 그렇게 처리되었던 것 같다. 나를 낳았을 무렵 어머니는 젊고 자태도 고왔기 때문에 베르실로프는 그녀를 항상 곁에 두려고 했다. 그럴 때 태어나 계속해서 울어 대는 갓난아기는 그들의 모든 일정에, 무엇보다도 그들이 여행할 때 방해가 되었다. 이러한 이유 때문에 스무 살이 되도록 나는 어머니의 얼굴을 겨우 두세 번밖에 볼 수 없었다. 그것은 어머니가 원해서가 아니라, 남을 배려할 줄 모르는 베르실로프의 무심함 때문에 그렇게 된 것이다.

7

이제 전혀 다른 내용에 관해서 쓰기로 하자.

한 달 전에, 즉 9월 19일이 되기 한 달 전, 모스끄바에서 나는 그들 모두와 관계를 끊고 이제부터 철저하게 내 자신이 지향하는 이념에 따라 살아갈 결심을 하였다. 여기서 〈이념〉이라는 말의 뜻을 명확히 규정하고자 한다. 왜냐하면 이 말 속에 내가 꿈꾸는 본질적 사상, 즉 내가 이 세상에서 살아야 할 목적이 모두 함축되어 있기 때문이다. 그렇다면 내가 생각하고 있는 〈자신의 이념〉이 무엇이냐고 물을 것이다. 그것에 관해서 앞으로 지루할 정도로 자세히 쓸 생각이다. 내게 그러한 생각이 떠오른 것은 고등학교 3학년 때로, 여러 해 동안 모스끄바에서 혼자 꿈꾸듯 고독한 생활을 할 무렵이었다. 그 이후로 그 생각은 내 의식의 언저리에서 벗어난 적이 단 한 번도 없었으며, 내 삶을 온통 휘감아 버렸다. 그때까지 나는 꿈속에 살고 있었다. 어렸을 때부터 죽 나는 그 환상적인 꿈속에서 살았으며, 그 세계는 어렴풋한 형상을 가지고 있었다. 그러다가 내 모든 의식을 사로잡은 이 웅대한 이념이 나타났고, 그러자 내 환상은 더욱 힘을 얻어 온전한 형태로 뚜렷하게 자리를 잡아갔다. 막연하게 그리던 환상이 이제 구체적 형상을 갖게 된 것이다. 고등학교 시절에도 나는 여전히 환상 속에 빠져 있었으며, 차차 내 나름의 이념 체계를 만들어 갈 수 있었다. 고등학교에 처음 올라가서 나는 계속 우등생의 대열에 끼여 있었다. 환상 속에 잠겨 있는 일이 공부에는 방해가 안 됐기 때문이다. 그러나 이념에 빠져 들 무렵인, 고등학교 마지막 학년에는 성적이 아주 나빴다. 나 자신의 이념에 따라 혼자 살아갈 수 있다는 판단 때문에 나는 고등학교 생활에 별 흥미를 느끼지 못했고, 대학에 갈 생각도 전혀 하지 않았다. 고등학교를 졸업하고 난 뒤, 겨우 스무 살밖에 안 된 나이였지만, 나는 내 주변의 모든 것과 철저하게 관계를 끊으려 하였고, 필요하다면 온 세상과도 절연하고 지낼 마음을 먹었다. 그래서 나는 신뢰할 만한 사람 편에 뻬쩨르부르그에 있던 가족에게 편지를 보내, 이제부터 생활비를 부칠 필요도 없고, 아직도 내 생각을 조금이라도 하고 있다면 이제 나에 관해서 완전히 잊어버려 달라고 했다. 덧붙여 〈절대로〉 대학교에 가지 않겠다는 선언도 하였다. 그때 내 앞에는 오직 두 가지 선택만이 있었다. 대학에 들어가는 것을 포기하고 내 길로 가느냐, 아니면 내 〈이념〉을 실현할 계획을 앞으로 4년 더 연기하느냐 하는 양자 택일만이 남아 있었다. 주저 없이 나는 이념 쪽을 택했다. 내가 지향하는 이념에 대한 확고한 신념이 있었기 때문이다. 편지를 보낸 뒤 얼마 되지 않아 나의 아버지인 베르실로프가, 그때까지 꼭 한 번 그것도 내가 겨우 열 살 때에 잠깐 본 것 이외에는 만난 적이 없는(그러나 그는 그 잠깐 동안의 만남만으로 내 온 마음을 뒤흔들어 놓았다) 나의 아버지 베르실로프가, 자신한테 쓴 것도 아닌 내 편지에 대한 답장으로, 일자리가 하나 있으니 뻬쩨르부르그로 오라는 자필로 쓴 편지를 보내왔다. 나와는 전혀 관계없는 사람처럼 항상 냉정하고 오만한 눈으로 나를 거들떠보지도 않던 그 사람, 낳은 지 얼마 안 되는 아이를 자신의 필요에 따라 남의 집에 내던져 둔 채 관심도 한번 안 두었으며 그러한 자신의 행위에 대해 후회해 보지도 않은 그 사람(어쩌면 그는 나라는 존재를 대략 어렴풋하게만 알고 있었는지도 모른다. 모스끄바에 있는 내게 생활비를 보내 준 것도 그가 아니라 다른 사람이었다는 사실을 나는 나중에 알게 되었다), 그러다가 갑자기 내게 관심이 있는 것처럼 자필로 편지를 보낸 그 사람, 바로 그 사람의 편지 한 통이 내 계획을 뒤흔들어 한순간에 내 운명의 방향을 결정해 버렸다. 한낱 종이 조각에 불과한 그의 편지가 내 마음을 흔든 것은 그 사람이 글 속에서 대학에 관한 언급을 전혀 하지 않았고, 내 결심을 재고하라는 말도, 그러한 결정을 내린 것을 꾸짖는 말도 전혀 쓰지 않았기 때문이다. 다시 말하면, 보통 이런 경우에 흔히 나타나는 노파심 섞인 아버지들의 훈계와는 전혀 다른 내용이었다. 그러나, 어떤 점에서는 그것이 나에 대한 그의 냉정한 무관심을 아주 상징적으로 보여 주는 행위로 해석될 수도 있었기 때문에, 언짢은 기분이 들기도 했다. 내가 그저 한번 가보기로 결정한 것은, 그렇게 해도 내 계획을 실천하는 데에는 커다란 방해가 되지 않았기 때문이다. 〈상황을 그저 한번 살펴보자.〉 나는 생각했다. 〈상황이 어떻더라도 그저 잠깐 있다가 오도록 하자. 금방 올 수도 있고. 그러나 만약 그리로 갔다가 상황이 조금이라도 나를 《중요한 일》에서 멀어지게 할 것 같다는 생각이 들면, 당장 그들과 관계를 끊고 모든 것을 던져 버린 뒤 나의 껍질 속으로 들어가 버리자.〉 그렇다, 껍질 속으로! 〈그 껍질 속에 거북이처럼 숨어 있자.〉 나는 이 비유가 아주 마음에 들었다. 〈이제부터는 혼자가 아니다〉라고 생각하며, 나는 모스끄바에서의 마지막 며칠 동안 정신 나간 사람처럼 생각에 잠겨 이리저리 쏘다녔다. 〈지나온 그 무서운 몇 해 동안처럼, 혼자 고독에 절어 사는 일은 다시는 없을 것이다. 나의 이념이 항상 나와 함께 동행해 줄 것이다. 나는 절대로 그것을 배반하지 않을 것이다. 설사 그곳에 있는 사람들이 모두 내 마음에 들고, 내가 행복을 느끼며 그들과 10년을 함께 살게 되더라도 그 마음은 변할 수 없다!〉 여기서 다시 미리 해야 할 말이 있다. 바로 이렇게 모스끄바에서 정립되었고, 뻬쩨르부르그에서도 한시도 잊어버린 적이 없는 내 이념과, 내가 새롭게 처하게 된 현실적 상황 사이의 모순적 구도가 그 후 1년 동안 내가 행한 수많은 경솔한 행동들, 용서받지 못할 그 우둔하고 비열하다고 할 수도 있는 수많은 행동들의 주요한 원인이 되었던 것으로 여겨진다. 왜냐하면 뻬쩨르부르그로 간 다음에도 여전히 나는 가족들과의 관계를 끊고, 어디론가 떠나 버릴 생각을 거의 매일 반복했기 때문이다.

다만 한 가지 내 가슴을 설레게 한 것은 한 번도 그 존재를 인식하지 못하고 있던 아버지라는 사람이 갑자기 나타났다는 사실이다. 모스끄바에서 떠날 준비를 할 때도, 뻬쩨르부르그로 가는 기차 속에서도, 나는 그 생각을 하면 기분이 들떴다. 아버지라는 존재는 항상 내 인식의 한복판에 자리하고 있었다. 물론 나는 아버지를 한없이 그리워할 만큼 감상적이지는 않다. 다만 어찌된 일인지 최근 몇 해 동안 나는 그에 대해 머리가 터지도록, 이 표현이 맞는 것인지는 모르겠지만, 갖가지 상상을 하였다. 내게서 그의 인상은 항상 나를 짐짓 무시하거나 무관심으로 대하는 존재로 각인이 되어 있었다. 나의 환상은 어떤 것이든 항상 내가 아주 어릴 때부터 그와 결부되어 왔던 사실들을 중심으로 맴돌았고, 다른 것에서 시작될지라도 언제나 늘 그에게로 귀착되었다. 가슴속에서 내가 그를 증오했는지 혹은 사랑했는지 한마디로 규정할 수는 없지만, 그의 존재는 항상 내 삶의 모든 계획과 나의 온 미래를 에워싸고 있었다. 그에 관한 상상은 아주 자연스럽게 내 가슴속에 자리하게 되었으며, 해를 거듭함에 따라 내 마음속에서 더욱더 그 비중이 커갔다.

또 하나 내가 모스끄바를 떠나기로 마음을 먹는 데 영향을 주었던 것은 마음 한쪽에 깃들어 있던 묘한 흥분 어린 기대감이었다. 모스끄바를 떠나기 3개월 전부터, 아직 뻬쩨르부르그에서 아무런 소식도 없었던 그때부터 그러한 묘한 생각이 가슴에 떠오르기 시작했다. 지금도 그것을 생각하기만 해도 마음이 들뜨고 가슴이 두근거린다. 그것은 내가 어쩌면 한 사람의 운명을 주재할 수 있는 위치에 서게 될지도 모른다는 생각이었다. 그러나 내 말에 대해 오해가 생기지 않도록 미리 말해 둔다면, 그 말의 의미는 누군가의 운명을 바람직한 방향으로 이끌어 가겠다는 것이지 심판자적인 역할을 하겠다는 것은 아니었다. 그러나 베르실로프의 관점에서 보면, 이제 고등학교를 갓 나와 모든 사물에 대해 경이로운 시선을 던지는 철부지가 올 것이라고(만일 그가 나에 대해서 생각해 볼 시간을 냈다면) 생각했을지도 모른다. 그렇지만 그때 나는 이미 그의 개인적 비밀을 모조리 알고 있었고, 그의 신상에 관한 매우 중요한 서류까지 가지고 있었다. 만일 내가 그에게 이 서류에 대한 것을 말해 준다면(지금은 그것을 확신하고 있다), 그는 나를 위해 무슨 일이든 다 할 수 있다고 생각할 것이다. 하지만 글을 써내려가면서 가만히 생각해 보니, 지금 내가 수수께끼 같은 이야기만 늘어놓고 있는 것 같다. 그것에 관한 자세한 이야기를 하지 않고서 그때의 내 감정을 제대로 묘사할 수는 없다. 그 모든 사실에 대해서는 나중에 적당한 곳에서 상세히 쓸 생각이다. 바로 그러한 내용을 자세히 밝히기 위해서 이 글을 쓰려고 마음을 먹은 것이다. 그러나 이렇게 쓰고 보니, 내가 마치 잠꼬대나 아니면 뜬구름 잡는 이야기를 하고 있는 것 같다.

8

마침내 9월 19일에 일어났던 그 일에 대해 얘기할 때가 되었다. 그러나 그것을 쓰기 위해서 참고로 잠깐 말해야 할 것이 있다. 내가 그들 모두를, 즉 베르실로프와 어머니, 그리고 누이동생(여동생은 태어나서 처음으로 만났다)을 만났을 때 그들의 살림 형편은 매우 어려웠으며, 가진 돈이 거의 없어졌거나 아니면 거의 그럴 지경에 빠질 무렵이었다. 이미 모스끄바에 있을 때부터 나는 그들의 형편에 대해 들어 알고 있었지만, 내 눈으로 직접 본 그런 형편일 줄은 도저히 상상도 못했다. 아주 어릴 적부터 나는 이 사람에 대한 묘한 환상을 품고 있었다. 나는 이 〈미지의 아버지〉를 어떤 성스러운 기운을 가득 담고 있는 인물로 상상하곤 했고, 또한 그는 어디서나 항상 극도로 존중받아야 할 사람이라고 여기곤 했다. 평생 동안 베르실로프는 어머니와 한집에서 함께 산 적이 전혀 없으며, 언제나 어머니를 위해 딴 집을 임대하곤 하였다. 그것은 다른 이유 때문이 아니라 그들의 알량한 〈체면〉 때문이었다. 그러나 이번에는 모두가 함께 세묘노프 연대 구역[4]에 있는 한 골목길에 위치한 어떤 목조로 된 단칸방에서 살고 있었다. 모든 물건은 이미 전당포에 저당 잡혀 있었고, 내가 가지고 있던 60루블까지 베르실로프에게는 비밀로 한 채, 몰래 어머니에게 줘야 할 정도의 궁색한 형편이었다. 내가 가지고 있던 돈은 매달 5루블씩 받아 온 용돈에서 2년 동안 조금씩 모아 만든 돈이었기 때문에 아무도 알지 못하였다. 나는 이 돈을 〈이념〉을 품기 시작한 첫날부터 모았기 때문에 베르실로프는 이 돈에 대해서 전혀 모르고 있었다. 나는 그 돈을 어머니께 드리며 묘한 기분을 느꼈다.

하지만 내가 드린 돈은 그야말로 바다에 붓는 한 방울의 물과 같은 정도였다. 어머니는 열심히 일하고 있었고, 여동생 역시 삯바느질을 하고 있었다. 그러나 베르실로프는 자기 하고 싶은 대로 나태한 생활을 하며 이전과 똑같이 아주 사치스러운 생활을 그대로 계속하고 있었다. 그는 늘 모든 것에 불평을 늘어놓았고, 식사 때에는 특히 심했다. 그의 행동은 완전히 폭군과 다름없었다. 그러나 어머니, 여동생, 따찌야나 빠블로브나는 물론이고, 그 외에도 약 3개월 전에 죽은 관리이자 베르실로프의 재산을 운영했던 안드로니꼬프의 유가족도(식구 수가 많았으며, 거의가 여자

---

4 세묘노프 연대의 병영이 위치해 있던 구역을 말한다. 나중에 나온 바에 따르면, 베르실로프 가족은 모자이까야 거리에 살고 있었다.

로 구성되어 있던) 마치 그를 신이나 되는 것처럼 공손히 모셨다. 그것은 내가 상상할 수 없었던 일이다. 덧붙여 말한다면, 9년 전 쯤의 그는 아주 세련된 모습의 신사였다. 앞에서도 이미 말했지만, 나의 환상 속에서 그는 어떤 후광에 둘러싸인 인물로 각인되어 있었기 때문에, 그 사이에 이처럼 늙고 수척해져 버린 모습을 상상할 수도 없었다. 그러자 갑자기 서럽고 가엾은 기분이 들었고, 왠지 처연한 심정까지 들었다. 완전히 변해 버린 그의 모습을 대면한 것이 내가 이곳에 도착한 후 경험한 가장 괴로운 첫인상 중의 하나였다. 그러나 그는 아직도 결코 노인은 아니었다. 그는 겨우 마흔다섯 살이었다. 그러나 계속해서 그를 살펴보는 동안, 나는 그의 잘생긴 모습 속에, 내 기억 속에 남아 있던 것보다도 훨씬 내 마음을 감동시키는 무엇인가가 내재되어 있다는 것을 발견했다. 예전에 그를 감싸고 있던 광채는 흐려졌고, 그의 외모와 세련된 풍모도 많이 사라졌지만, 그동안 쌓아 온 삶의 이력이 그의 얼굴에 이전보다도 훨씬 더 매력적인 그 무엇인가를 새겨 놓은 것 같았다.

그가 겪고 있는 경제적 어려움은 그의 실패 중에서 10분의, 또는 20분의 1 정도밖에 되지 않았다. 난 그 사실을 매우 잘 알고 있었다. 그리고 지금 그는 아주 중요한 상황에 놓여 있었다. 경우에 따라서는 이러한 빈곤을 한순간에 극복해 낼 수 있는 중요한 유산 상속에 관한 소송을 진행하고 있었다. 그 소송은 베르실로프가 약 1년 전에 소꼴스끼 공작의 가문을 상대로 제기한 것이었다. 만약 이 소송에서 승소하면, 베르실로프는 얼마 안 있어 약 7만 루블, 어쩌면 그보다도 몇천 루블 더 나가는 영지를 상속받을 수 있는 형편이었다. 앞에서도 이미 언급했듯이 베르실로프는 지금까지 세 가지의 유산을 모두 탕진하였다. 그런데 이제 또다시 다른 유산이 그를 경제적 위기에서 구원해 줄지 모르게 된 것이다. 이 소송 사건은 아주 가까운 시일 내에 법원에서 판결이 나도록 예정되어 있었다. 내가 이곳으로 올 마음을 먹은 것도 사실은 그 일과 관련이 있었다. 그렇지만 그의 승소 가능성을 담보로 하여 돈을 빌려 줄 사람은 아무도 없었으며, 그들은 할 수 없이 당분간 경제적 궁핍을 참아낼 수밖에 없었다.

방문할 사람도 딱히 있는 것은 아니었지만, 베르실로프는 이따금씩 온종일 외출을 하곤 하였다. 그는 벌써 1년도 넘게 사교계에서 따돌림을 받고 있었다. 내가 뻬쩨르부르그에 와서 그 이유를 알아보려 애쓴 지가 벌써 한 달이 다 됐지만, 어떻게 해서 그런 일이 생겼는지 그 내막을 자세히 알 수가 없었다. 내가 관심을 가진 것은 단지 베르실로프에게 무슨 잘못이 있는지 없는지 하는 것뿐이었다. 내가 이곳으로 온 목적도 바로 그것을 분명히 알아보려는 의도 때문이었다. 그의 주변에 있던 모든 사람들이 그에게서 멀어져 갔는데, 그중에는 그가 이때까지 계속해서 긴밀한 관계를 유지해 온 유력한 저명 인사들도 모두 포함되어 있었다. 그러한 일이 생긴 원인은 어떤 사건에 관한 소문 때문이었다. 소문에 따르면 사건의 진상은 이렇다. 약 1년 전에 독일에서 베르실로프가 사교계의 거의 모든 사람들이 있는 자리에서 적절치 못한 행동을 하다가 소꼴스끼 공작 가문의 어떤 사람에게 뺨을 얻어맞았는데도 결투를 신청하지 않고 그대로 피해 가버렸다는 것이다. 이 일로 인해서 그는 모든 사람들로부터 외면을 당했고, 심지어 그가 본처에게서 낳은 아들과 딸까지도 그를 등지고 말았다. 베르실로프의 아들과 딸은 그의 가까운 친구인 소꼴스끼 노공작과 파나리오또프 가문의 후원으로 상류 사회의 일원으로 살고 있었다. 그러나 나는 한 달 동안 가까이에서 그를 관찰하면서, 그가 사교계에서 따돌림을 당한 것이 아니라 오히려 그 스스로가 자신의 명예를 지키기 위해 사교계를 멀리하고 있다는 생각이 들었다. 또한 그의 당당한 태도에서 어떤 기품 같은 것을 느낄 수 있었다. 그러면서 한편으로는 그가 진정으로 그런 태도를 취할 입장인가에 관한 의문도 언뜻 스치고 지나갔다. 내가 이곳으로 온 이유는 베르실로프에 대한 정확한 판단을 하려는 의도 때문이었으니, 어떻게 해서든지 나는 아주 빠른 시일 내에 모든 진상을 규명해야 한다. 그는 지금 내가 가지고 있는 영향력을 모르고 있지만, 나는 그의 진면목을 파악하고, 그의 입장을 두둔하든가 아니면 그를 완전히 포기해야 한다. 그러나 그를 완전히 포기해 버린다는 것은 내게 아주 괴로운 일이다. 이 일 때문에 내가 가슴으로 심각하게 고민하는 진짜 이유는 그가 나에게 무엇과도 비교할 수 없는 너무도 소중한 사람이기 때문이다.

그와 한집에서 지내면서 무례하게 행동하지 않으려고 무던히도 애를 써야 했다. 이따금은 참지 못하고 감정을 드러낸 적도 있다. 그렇게 한 달을 같이 살면서 내가 한 판단은 그 사람의 진면목을 완전하게 파악하는 일은 거의 불가능하다는 것이었다. 그는 내 마음을 꿰뚫어 보는 듯 나를 오히려 관찰하는 듯했고, 내가 넘어설 수 없는 커다란 벽처럼 느껴졌다. 나에 대한 그의 태도는 친절했고 농담을 하는 일까지 있었지만, 나는 그러한 농담보다는 차라리 언쟁을 원했다. 나와 그의 대화 속에는 언제나 묘한 기운이 배어 있었다. 그의 말 속에는 무언가 아이러니컬한 뜻이 담겨 있었다. 무엇 때문에 그가 그랬는지 나는 이해할 수 없지만, 내가 모스끄바에서 온 첫날부터 나를 대하는 그의 태도는 진지하지 못했다. 그가 만약 그런 태도를 취함으로써 내가 자신에게 쉽게 다가설 수 없도록 했던 것이라면 그의 뜻대로 된 것이다. 나 역시 그에게 나에 대해 진지한 배려를 해달라는 따위의 저자세를 취할 의도는 전혀 없었다. 그의 태도는 거의 겉으로 드러나지 않고 교묘하게 이루어졌는데, 한마디로 말해 나를 마치 새파란 풋내기처럼 대하고 있는 것이 역력했다. 나는 그의 전략에 말려들지 않으려고 애를 썼지만, 속으로는 불만이 쌓여 갔다. 그리고 나 역시 그와 진지하게 대화하는 시간을 거의 가지지 않고 적당한 때가 오기만을 기다렸다. 나중에는 거의 말하기를 그만두었다. 나는 한 사람을 기다리고 있었다. 그 사람이 뻬쩨르부르그에 도착하면 나는 모든 진상을 상세히 알 수 있게 된다. 바로 그것이 내가 궁극적으로 추구해 온 것이었다. 그리고 결과가 어떻든, 나는 주변 사람들과 모든 인연을 끊을 적당한 방법을 모색하고 있었다. 어머니를 생각하면 안쓰럽지만, 나는 어머니와 여동생에게 〈그와 나 두 사람 중 하나를 선택하도록〉 결정을 내리게 할 생각이었다. 그리고 최종 결정을 내릴 날짜까지도 결정해 놓았다. 하지만 아무런 내색도 비치지 않고 나는 아무 일도 없는 것처럼 직장에 다니고 있었다.

제2장

1

 문제의 그 9월 19일에, 그동안 일해 온 뻬쩨르부르그의 그 직장에서 나는 한 달치 봉급을 처음으로 타게 되어 있었다. 그는 나와 아무런 상의 없이 그 직장을 정해 놓았고, 내가 도착하던 날 나는 바로 그곳으로 보내졌다. 그의 결정은 일방적인 것이어서 나는 자연스럽게 거부하는 마음이 들기조차 하였다. 그 직장은 바로 소꼴스끼 노공작의 집이었다. 하지만 내 속마음을 있는 대로 내비치게 되면 그들과의 인연이 곧바로 끝나게 될 것 같아 아무런 내색을 하지 않았다. 물론 인연을 끊는 일은 전혀 두렵지 않았지만, 그렇게 되면 내가 의도한 목적을 이룰 수가 없을 것 같아서 아무 말 없이 그 결정을 받아들이고 침묵으로 내 자존심을 지키고자 하였다. 이 소꼴스끼 가문은 3등 문관이며 대단한 부자로 알려져 있으며, 베르실로프가 소송을 건 모스끄바의 소꼴스끼 공작 일가(벌써 몇 대에 걸쳐 가난한 살림을 계속해 온 귀족)와는 아무런 관계도 없는 집안이었다. 그들은 다만 성이 같을 뿐이었다. 그러나 이 노공작은 모스끄바의 소꼴스끼 공작 집안에 대해서 매우 흥미를 가지고 있었고, 그중에서도 그 집안의 가장이 되는 한 젊은 장교에게 특별한 관심을 보였다. 그리고 베르실로프는 바로 최근까지 이 노공작의 사업에 큰 영향력을 미치고 있었으며, 또한 그의 친구, 묘한 친구이기도 하였다. 왜냐하면 내가 보기에 이 노공작은 친구인 그에게 또 한편으로는 커다란 두려움을 느끼고 있었기 때문이다. 그러한 관계는 내가 취직했을 무렵뿐만 아니라, 아마 두 사람이 친교를 맺어 오는 동안 항상 지속되어 왔던 것 같다. 물론 두 사람은 벌써 오랫동안 서로 만나지 않았다. 베르실로프가 사교계의 비난을 받았던 그 사건은 바로 이 노공작의 가정과 관계된 일이었다. 그리고 따찌야나 빠블로브나의 주선으로 나는 자신의 서재를 돌볼 〈젊은이〉를 원했던 이 노인의 집에 취직하게 된 것이다. 그렇게 함으로써 노공작은 어떻게 해서든지 베르실로프의 마음을 풀어 소원했던 관계를 다시 회복해 보려고 시도했고, 그러한 의도에서 그가 한 요청을 베르실로프가 승낙한 것이었다. 노공작은 장군의 미망인인 자기 딸이 집에 없는 틈을 타서 그러한 결정을 내렸지만, 만일 그녀가 있었더라면 그런 일은 아마 허용되지 않았을 것이다. 이 일에 대해서는 뒤에 자세히 설명할 것이다. 다만 베르실로프에 대한 노공작의 그러한 배려를 보면서 나도 왠지 마음이 편안해지고 그에 대한 인상이 다시 좋아지는 것을 느꼈다. 베르실로프에게서 모욕을 당했다고 여기는 집안 사람들이 그에게 여전히 경의를 느끼고 있다면, 그것은 바로 그가 야비한 행동을 했다는 소문이 잘못된 것이든지 아니면 전혀 근거가 없는 것일 수 있다는 생각이 문득 들었기 때문이다. 이러한 주변 상황에 대한 새로운 인식도 나를 이곳에 일방적으로 취직시킨 그의 행위에 대한 내 반발심을 상당 부분 누그러뜨리게 하였다. 그러한 사정을 살펴보며 나는 그곳에서 일하면서 사건의 진상을 상세히 알아볼 수 있겠다는 기대감도 또한 가지고 있었다.

이러한 상황에서 따찌야나 빠블로브나가 무언가 석연치 않은 역할을 하고 있다는 것을 나는 뻬쩨르부르그에서 그녀를 처음 만났을 때부터 느끼고 있었다. 그녀는 이미 내 기억 속에서 거의 완전히 사라져 있었다. 그래서 나는 그녀가 그처럼 주요한 역할을 하리라고는 전혀 생각지도 못하였다. 내가 모스끄바에서 혼자 살고 있을 때, 그녀는 나를 서너 차례 만나러 온 적이 있다. 그녀가 찾아올 때는 항상 내가 정신적으로 상당히 불안정할 때였으며, 그때마다 그녀는 누군가의 청탁을 받고서 어딘가에서 홀연히 내게로 왔다. 내가 뚜샤르의 기숙학교에 들어갈 때에도 그랬고, 2년 반 후에 내가 다시 다른 고등학교로 옮겨서, 내 기억에서 잊을 수 없는 니꼴라이 세묘노비치의 집에 하숙을 정할 때에도 그랬다. 그녀는 내게로 오는 날 하루 종일 나와 함께 보내면서 내 옷과 내복을 자세히 살펴보고 난 후 나를 데리고 시내로 나가 꾸즈네쯔끼 거리에서 내게 필요한 물건을 사주었다. 이를테면 책가방에서 칼에 이르기까지 필요한 모든 학용품을 마련해 주었다. 하지만 그 일을 하면서 그녀는 계속해서 불평을 토로하며 나를 이렇게저렇게 시험하는 듯한 질문을 하기도 하였고, 마음에 안 들면 마구 꾸중도 하였다. 또 나보다 훌륭한 집안에서 자라는 아이들을 예로 들고 그들과 나를 비교하며 때로는 아주 심할 정도로 나를 때리기까지 하였다. 그렇게 갑자기 나타나서 일용품을 마련해 주고 잔소리를 한 뒤 내가 그런대로 자리를 잡게 되면 그녀는 또다시 어딘가로 돌아가 몇 해 동안 자취를 감추었다. 내가 이곳에 온 후, 그녀는 또다시 곧 나타나서 내가 머물 곳을 마련해 주었다. 그녀는 깡마르고 작은 몸집에, 새의 부리처럼 약간 튀어나온 입과 역시 새의 눈처럼 날카로운 눈빛을 지니고 있었다. 베르실로프를 대하는 그녀의 태도는 노예와 같았고, 그가 마치 교황이기라도 한 듯 그의 앞에서는 최대한 경의를 표했다. 그러한 행동은 그녀의 신념에 따라 하는 일이었다. 그런데 놀랍게도 내가 어디로 가든지 그곳에서 만나는 사람들은 그녀를 알고 있었으며, 그들은 모두 예외 없이 그녀에게 진정한 존경심을 가지고 있었다. 소꼴스끼 노공작은 그녀에게 특별한 경의를 나타냈다. 그의 가족들도 마찬가지였다. 베르실로프의 그 오만한 자식들도 그랬고 파나리오또프 가의 사람들도 마찬가지였다. 그렇지만 경제적 형편은 어려워, 그녀는 여성 옷 맞춤집에서 일거리를 얻어다가 손바느질과 레이스 등을 세탁하는 일로 생계를 유지했다. 그녀와 만나 이야기를 나누자마자, 6년쯤 전에 하던 것처럼 다시 내게 이런저런 잔소리를 늘어놓으려고 해서 나는 그녀와 말다툼을 했고, 그날 이후로 우리는 매일 심하게 다퉜다. 하지만 우리는 서로에게 적대감을 가진 것은 아니어서 또다시 대화를 나누었다. 그렇게 한 달 남짓을 지내면서 나는 왠지 그녀에게 점점 호감을 가지게 되었다. 그 이유는 내 생각으로는 그녀가 꿋꿋하고 담백한 성격을 지닌 것으로 여겨졌기 때문이지만, 그녀에게 그런 이야기는 한 번도 하지 않았다.

이 직장에서 내가 하는 일이란 몸이 불편한 노공작을 돌보고 시중드는 것이 전부였다. 물론 그 사실을 알고 아주 언짢은 생각이 들어 처음에는 나름대로 그에 대한 대책을 세우려 하였다. 그러나 이 괴팍한 성격을 가진 노인에게 어떤 연민과 같은 감정을 느꼈다. 그래서 거의 한 달이 지날 무렵이 되자, 나는 그에게 친밀감을 느끼기 시작하였고, 내 행동을 절도 있게 하려고 노력하였다. 그 노공작은 노인 취급을 받았지만 사실은 아직 예순 살도 되지 않은 나이였다. 그런데 약 1년 반 전, 그에게 아주 커다란 일이 생겼다. 어딘가를 여행 중이던 그가 돌연 발작을 일으키며 쓰러져 정신 이상 증세를 보이기 시작했던 것이다. 이윽고 그를 둘러싼 좋지 못한 소문이 뻬쩨르부르그에 널리 퍼졌다. 그래서 그는 그런 경우에 대처하는 일반적 조치대로 사직서를 내고 곧바로 외국으로 갔다. 그러더니 약 5개월 후 완전히 건강을 되찾아서 돌아왔다. 그 일에 대해서 베르실로프는 노공작이 정신 이상을 일으킨 일은 전혀 없으며, 다만 공무에 시달려 신경이 예민해져서 과민 반응을 보였던 것뿐이라고 말했다고 한다. 베르실로프가 노공작을 두둔하며 했던 말을 듣고, 나는 그가 따뜻한 마음을 지닌 사람임을 알 수 있었다. 그리고 나 역시 그의 의견에 전적으로 동조하는 생각을 가지고 있었다. 그렇지만 내가 보기에 노인은 때로 자신의 나이에 비해 너무 경솔한 행동을 하곤 했다. 전에는 그런 일이 전혀 없었다고 한다. 이전에 그는 어느 부서에선가 고문관을 맡고 있었는데, 자신의 임무 수행에 뛰어난 공적을 세운 적도 있다고 한다. 그렇지만 그를 알게 된 지 거의 한 달 남짓이 됐지만, 나는 그에게서 고문관으로서의 어떤 특별한 능력도 느낄 수가 없었다. 발작을 일으킨 다음부터 그는 서둘러 다시 재혼을 해야겠다는 뜻을 여러 번 내비쳤으며, 지난 1년 반 동안 여러 번 자신의 생각을 실행에 옮기려 했다고 한다. 그 일에 대해서는 거의 모두가 알고 있는 듯했으며, 지대한 관심을 보이는 사람도 있었다. 그러나 이러한 그의 예사롭지 않은 욕망은 주변 사람들의 뜻과는 맞지 않았기 때문에 노공작은 사방으로부터 일종의 감시를 받게 되었다. 그의 가족은 단출했다. 그는 벌써 20년이나 홀아비 생활을 해왔으며 자식이라고는 딸 하나뿐이었다. 그녀가 바로 모스끄바에서 곧 오기로 되어 있는 장군의 미망인이었다. 딸은 아직 젊었지만, 노공작은 그녀의 억센 성격을 두려워했다. 딸 이외에도 그와 관계된 이런저런 먼 친척들은 셀 수도 없이 많이 있었다. 그들은 주로 세상을 떠난 부인 집안의 사람들이었는데, 모두가 아주 궁핍한 생활을 하고 있었다. 또한 그에게는 많은 양자들과 그의 은혜를 입은 양녀들이 있었는데, 그들은 모두 그의 상속 재산의 일부라도 차지하려는 기대감을 가지고 있었다. 그래서 그들은 모두 장군의 미망인을 도와서 그녀의 뜻에 따라 노인을 감시하듯 관찰하였다. 노공작은 젊은 시절부터 가난한 집안의 처녀들을 양육하여 출가시키는 묘한 기벽이 있었다. 지난 25년 동안에 그는 먼 친척 관계인 처녀들 몇 명, 아내의 사촌오빠들의 양녀 몇 명, 그리고 또 자신이 세례를 받게 한 몇 명의 처녀들을 차례차례로 출가시켰으며, 심지어 자기 집 문지기의 딸까지도 출가시켜 주었다. 그는 어린 여자 아이들을 집에 데려다가 프랑스 인 여자 가정교사를 붙여 양육한 다음 좋은 학교에서 교육시킨 뒤에 지참금을 딸려서 출가시켰다. 그렇게 출가한 뒤 그녀들은 항상 그의 주변에 붙어 살았다. 그러한 양녀들은 결혼을 한 뒤 더욱 많은 딸들을 낳았으며, 태어난 여자 아이들은 모두 다시 그에게서 양육비를 받으려고 기웃거렸다. 그래서 그는 그들 모두에게 세례를 받게 해주어야 했고, 그의 명명일이 되면 그 많은 사람들이 모두 축하하러 그의 집으로 모여들었으며, 그는 이러한 모임을 갖는 것을 아주 즐겼다.

그곳에서 일을 시작한 뒤로 나는 노공작이 무언가 마음속에 언짢아하는 기색을 가지고 있는 것을 분명하게 알아차릴 수가 있었다. 그는 사람들이 자신을 대하는 태도가 어딘가 어색하고 이전 같지 않게 자신을 정상적이지 않은 사람으로 대하는 것 같다는 생각을 하고 있는 듯했다. 즐거운 사교계의 모임에 나갔을 때에도 그는 여전히 골똘히 생각에 잠겨 있곤 했다. 그래서 그는 사람들을 대할 때 의심이 많아져, 모든 사람들의 눈빛에서 뭔가 새로운 낌새를 찾아내려고 애쓰기 시작했다. 사람들이 아직도 그를 정신 이상자로 보고 있는 것 같다는 생각이 그를 괴롭히는 것 같았다. 심지어 그는 가끔 나에게조차 그러한 불신의 눈치를 보이곤 하였다. 그러한 상황에서 만약에 누군가가 그에 관한 나쁜 소문을 퍼뜨린다든지 혹은 말하는 것을 듣는다면, 선량하기 이를 데 없는 덕성을 가지고 있는 그도 그런 사람과는 평생을 원수로 지낼 것처럼 어떤 팽팽한 긴장감을 보이기조차 하였다. 내가 일을 시작할 무렵은 바로 그런 상황이었으며, 첫날부터 내 행동을 단정하게 하려고 생각한 것도 이러한 주변 사정을 살피고 난 다음에 내린 결정이었다. 그래서 그와 대화를 나누다가 내 말이 그를 즐겁게 한다든지 또는 그에게 진정으로 위로를 주게 되면 나 역시 행복감을 느꼈다. 그렇지만 분명히 해두어야 할 것은, 내가 어떤 의도를 가지고 그렇게 행동한 것은 아니며, 다만 내가 나름대로 생각하고 느낀 바를 사실대로 기록하고자 한다는 것이다.

그는 어떤 사업에 많은 투자를 하였는데 그것이 잘되어서 그가 병을 앓고 있는 동안 규모가 아주 커졌고, 재정 형편도 건실한 주식 회사가 되었다. 실질적인 운영은 물론 다른 사람들이 했지만, 그도 그 사업에 관심이 많아 회사의 주주 총회에 참석도 하고 운영 위원으로 추대되어 위원회에서 사회를 보기도 하였다. 이따금 아주 커다란 소리로 반대 의견을 내는 것을 보면 내심 상당한 관심을 가지고 있다는 것을 알 수 있었다. 적어도 그렇게 함으로써 그는 모든 사람들에게 자신의 정신 상태가 정상적이라는 것을 확실히 보여 줄 수 있었다. 그리고 가까운 주변 사람들과 일상사에 관한 대화를 나누면서, 그는 자신의 말 속에 뭔가 의미심장한 말이나 살짝 비판하는 표현을 의도적으로 넣곤 했다. 이렇게 그의 곁에서 일하며 나는 그의 기분을 잘 읽을 수 있었다. 그의 집 아래층에는 일종의 관리 사무실 같은 것이 마련되어 있었고, 어느 관청에선가 일을 하는 현직 관리 한 사람이 과외로 이 집의 살림살이에 관한 잡다한 업무, 회계 장부의 작성이나 집안 일의 처리 같은 것을 담당하고 있었다. 이 집안의 운영은 사실상 그 사람 혼자만으로도 충분히 꾸려나갈 수 있었다. 그런데 노공작이 내가 곁에 있기를 원해서 나는 그 관리의 보조역을 담당하게끔 채용되었던 것이다. 그러나 온 지 얼마 안 되어 나는 그의 서재에서 일하게 되었다. 물론 거기서 내가 특별히 해야 할 일은 없었다. 무언가 일을 하는 것처럼 끼적거릴 수 있는 서류나 장부도 거의 없었다.

이 글을 쓰면서 내 의식은 아주 또렷한 상태다. 그러나 내가 처한 입장이 거의 제3자이기 때문에 그저 객관적인 입장에서 내가 본 바를 두서없이 써내려가고 있다. 그러나 지금도 생생히 기억하고 있지만 속마음으로는 상당히 고통스러웠고, 신경도 날카로워져 거의 밤잠을 못 이루고 혼란스러운 흥분 상태에 빠져 들 때가 많았다. 그 이유를 뭐라고 해야 적절할지 잘 모르겠지만, 아마도 내가 직접 풀어야 할 수수께끼 같은 문제들이 내 의식을 짓눌러 마음이 항상 초조한 상태였기 때문인 것 같다.

2

 일을 한 대가라고는 하지만, 누군가에게 돈을 청구한다는 것은, 특히 양심 한구석에서 자기가 그것을 받을 자격이 충분하다고 여겨지지 않으면, 아주 어쭙잖은 기분을 느끼게 마련이다. 그러나 바로 전날 밤에 나는 어머니가 베르실로프 모르게(아마 안드레이 뻬뜨로비치에게 걱정을 끼치지 않기 위해서였겠지만) 여동생과 뭔가를 소곤소곤 상의하는 것을 들었다. 아마 경제적 형편 때문에 그들은 어머니에게 아주 귀중한 의미를 가지고 있는 성상화를 장식장에서 꺼내 전당포에 가져갈 상의를 하는 것 같았다. 일을 시작할 때 나는 한 달에 50루블 받기로 했지만, 막상 그것을 어떻게 받는지에 관해서는 전혀 모르고 있었다. 내게 일자리를 제의하면서 사실은 그 누구도 나에게 근무 조건에 대해서 말해 주지 않았기 때문이다. 사흘 전에 아래층에서 그 관리를 만났을 때, 나는 그에게 여기서는 누구에게 봉급을 청구하면 되느냐고 물었다. 그러자 그는 내게 어이없다는 듯 미소를 던지며 쳐다보더니 되물었다(그는 내게 호감을 느끼지 않고 있었다).

「그럼 댁께서도 봉급을 받으시는 겁니까?」

 내 대답을 받아 그가 이렇게 덧붙이지 않을까 생각했다.

「대체 무슨 일을 하셨기에?」

 그러나 그는 내 질문에 〈아무것도 모른다〉고 무뚝뚝하게 대답하더니 줄이 그어진 장부를 열심히 들여다보기만 했다. 그는 어떤 서류에서, 숫자 같은 것을 찾아서 그 장부에 옮겨 적고 있었다.

 2주 전쯤 자기가 내게 넘겨준 일을 4일 동안 내가 깨끗하게 정리한 것을 그 사람이 모를 리 없었다. 그것은 노공작이 주주 총회에 제출하려는 자신의 〈여러 가지 구상〉을 메모해 둔 초고를 깨끗이 정서하는 일이었지만, 결과적으로는 내가 글을 거의 다시 써야 했다. 그가 언뜻 드는 생각을 써놓은 것이었기 때문에 나는 그것을 새로운 문장으로 깔끔하게 구성해야 했고, 적절한 표현들을 곳곳에 채워 넣어야 했다. 그 다음에는 공작과 마주 앉아 하루 종일 그 글을 세밀하게 검토해야 했다. 그는 커다란 소리로 나와 논쟁을 하듯 토론했지만, 내가 작성한 글에 대해서는 만족감을 표하였다. 물론 그가 그 서류를 총회에 제출했는지에 대해서는 나는 모른다. 또 그의 요청에 따라 사업에 관련된 공문도 몇 번 썼지만, 여기서는 그것에 관한 언급은 하지 않겠다.

 사실은 월급에 관한 얘기를 꺼내기가 어려웠던 또 다른 이유가 있었다. 주변 상황을 검토한 결과 나는 이곳을 떠나야 할 것 같다는 생각이 들어서 이 직장을 그만둘 마음을 먹고 있었기 때문이다. 그날 아침 잠에서 깨어 2층 내 방에서 옷을 갈아입으면서 나는 가슴이 두근거리는 것을 느꼈다. 그러고 나서 한숨을 몰아쉬며 마음을 추스르기는 했지만, 공작의 집에 들어갈 때는 또다시 마음이 여전히 흔들리는 것을 느꼈다. 바로 그날 아침에 그 사람, 내가 그동안 골똘히 몰두해 온 문제의 열쇠를 쥔 바로 그 귀부인이 이곳으로 올 예정이었다. 그 사람은 다름아닌 노공작의 딸이자, 앞에서도 내가 말했듯이 베르실로프와 몹시 사이가 나쁜 바로 그 아흐마꼬프 장군의 미망인이었다. 결국 이제 나는 그녀의 이름을 밝히고 말았다! 말할 필요도 없이 나는 그녀를 한 번도 본 적이 없고, 또 어떻게 그녀와 대화를 나누어야 할지, 과연 이야기나 할 수 있을지 어떨지도 알 수 없었다. 그렇지만 그녀가 옴으로써 나는 베르실로프를 둘러싸고 있던 암흑의 장막이 모두 깨끗이 거두어지리라고 상상했고, 또 그런 상상이 충분한 근거를 가지고 있다고 믿었기 때문에 상당히 흥분을 느꼈다. 또 한편으론 그러한 상황이 실제 열리기도 전에 미리부터 허둥대는 내 소심함이 마음에 들지 않았고, 그러면서도 어떤 묘한 호기심, 그보다 조금 더 강한 반발감 등 서로 다른 세 가지 감정이 가슴속에서 뒤섞여 있었다. 그래서 나는 그날 하루에 있었던 일을 아주 생생하게 기억하고 있다.

노공작은 자기 딸이 그날 온다는 것을 전혀 모르고 있었으며, 일주일쯤 후에나 모스끄바에서 돌아올 것이라고 생각하고 있었다. 나도 바로 전날에야 아주 우연히 그 소식을 알게 됐다. 장군의 미망인으로부터 편지를 받은 따찌아나 빠블로브나가 내가 있는 자리에서 그 이야기를 꺼냈기 때문이다. 그들은 담담한 표정으로 나직하게 얘기했지만, 나는 이야기의 내용이 무엇인지를 금방 알아챘다. 물론 내가 엿들은 것은 아니었다. 그 미망인이 온다는 소식을 듣자 갑자기 어머니가 흥분하기 시작했기 때문에 나는 그 이야기에 귀를 기울이지 않을 수 없었다. 베르실로프는 그때 마침 집에 없었다.

노공작이 항상 딸이 집에 돌아오는 것을 두려워한다는 걸 알고 있었기 때문에 나는 그 소식에 관해 그에게 말하고 싶지 않았다. 더욱이 3일 전에는 약간 걱정스러운 어조로 그녀가 이곳에 오면 나를 채용한 문제로 심한 불평을 듣지 않을까 불안하다는 얘기를 했다. 하지만 분명한 사실은 그가 가족들의 눈치나 볼 입장은 전혀 아니었고, 자신의 자유 의사에 따라 집안일, 특히 금전 문제와 같은 일을 처리할 수 있는 입장에 있다는 점이다. 처음에는 그가 전혀 줏대 없이 여자처럼 연약한 사람이라고 단정했지만, 차차 그에게도 담대하지는 못할지언정 굳센 면이 있음을 알고 나는 섣부른 판단을 수정해야 했다. 그렇지만 이따금씩 그의 소심하고 유약한 성격 때문에, 사람들이 그와 더불어 거의 아무런 일도 도

모할 수 없을 때가 있었다. 그 점에 대해서는 후에 베르실로프가 내게 더욱 자세히 설명을 해줬다. 가만히 돌이켜 생각해 보니 노공작과 나는 장군의 미망인에 관해서 거의 한 번도 이야기한 적이 없었다. 우리 두 사람에게는 말하기를 의도적으로 회피하는 화제가 있었다. 이를테면 나는 그녀에 관한 얘기를 꺼내지 않았고, 그는 베르실로프에 관한 얘기를 피했다. 그러한 사정을 알고 있었기 때문에 설사 내가 오랫동안 관심을 가졌던 여러 가지 미묘한 문제들 중 어느 하나에 대해서 그에게 묻는다고 하더라도, 그가 내게 있는 대로 대답해 주지 않으리라는 것을 피부로 느낄 수 있었다.

그렇다면 한 달이나 되는 긴 시간 동안 도대체 우리가 무슨 이야기를 나누었을까 궁금해 하는 사람들이 있을 것이다. 우리는 사회에서 얘기되고 있는 갖가지 화제에 대해서 대화를 나누었고, 때로는 미묘한 의미를 지닌 문제들에 대해서도 얘기를 나누었다. 나는 나와 대화를 나눌 때 그가 취하는 아주 담담한 태도가 썩 마음에 들었다. 그러다가도 나는 이따금씩 어리둥절한 기분으로 노공작을 바라보면서 혼자 이런 질문을 던지게 되는 경우도 있었다. 〈도대체 이 사람이 어떻게 회의를 주재할 수 있을까? 고등학교 1학년 정도의 과정에나 다녀야 할 것 같은 이런 사람이. 그랬으면 아주 좋은 학생이 됐을지도 모르겠다.〉 그의 얼굴 모습에 대해서도 역시 나는 여러 번 놀랐다. 처음 언뜻 보기에 그의 얼굴은 미남형에 아주 진지해 보이는 여윈 모습을 하고 있었다. 또한 숱이 많은 백발의 곱슬머리에 맑은 두 눈, 그리고 호리호리하지만 튼튼해 보이는 체격을 하고 있었다. 그러나 그는 얼굴에 아주 진지한 분위기를 띠고 있다가 갑자기 장난기 어린 표정을 짓는 등, 뭔가 점잖지 못하고 불안해 보이는 이상한 버릇이 있었다. 그를 처음 만난 사람들은 전혀 깨달을 수 없는 기이한 행동이었다. 한번은 내가 그 이야기를 베르실로프에게 하자, 그도 호기심 어린 표정으로 내 말에 귀기울였다. 아마 내가 그렇게 세밀한 사항에 대해서 관찰해 지적할 줄은 몰랐다는 표정이었다. 그러나 얘기를 듣고 나더니, 그가 말하기를 그러한 버릇은 공작이 발작을 일으키고 난 다음 극히 최근에 생긴 것이라고 한다.

그 밖에 노공작과 내가 얘기를 나눈 것은 주로 두 개의 추상적인 문제에 관한 것이었다. 그중 하나는 신과 그의 존재의 문제, 즉 신은 존재하는가 하지 않는가 하는 문제와, 다른 하나는 여성에 대한 것이었다. 노공작은 서재에 촛대가 달려 있는 커다란 성상을 모신 장을 둘 정도로 신앙심이 돈독했다. 그러나 얘기를 나누다 보면 사람이 달라진 것처럼, 그는 갑자기 신의 존재를 의심하기 시작하였다. 이따금은 아주 파격적인 말을 한 뒤에 그에 대한 내 의견을 말하라고 강요하기도 했다. 이러한 문제에 관해서는 대부분의 경우에 나는 상당히 무관심한 편이었지만, 우리는 대화에 매우 열중했으며, 또 항상 진지하게 이야기를 나누었다. 두 사람이 나누었던 대화를 떠올리면 지금도 나는 기분이 아주 상큼하다. 그러나 그가 무엇보다도 말하기 좋아한 것은 여자에 대한 이야기였다. 그러나 내가 그러한 화제를 좋아하지 않았기 때문에 좋은 말벗이 될 수는 없었으며, 그 때문에 때로는 그가 매우 안타까운 표정을 짓는 일조차 있었다.

그날 아침에도 내가 출근하자마자 공작은 그런 종류의 이야기를 꺼내기 시작했다. 전날 내가 돌아갈 때는, 왠지 매우 우울해 보이더니, 그날 아침에는 약간 들떠 있었다. 그러나 나는 사람들이 찾아오기 전에 먼저 월급에 관한 이야기를 분명히 해두려고 하였다. 그날은 많은 방문객들이 있어 우리가 편안하게 얘기를 나눌 형편이 안 될 것 같았기 때문이다. 그렇게 되면 가슴이 두근거려 돈에 관한 얘기는 꺼낼 수도 없을 것이다. 하지만 왠지 돈 문제는 말하기가 쑥스러웠으며, 그러한 내 자신의 주변머리에 나 역시 화가 났다. 그런데 아침부터 그는 뭐가 그리 좋은지 익살맞은 질문을 계속 퍼부어 대어, 나는 더 이상 참지 못하고 아주 흥분한 어조로 내 자신의 여성관에 대해서 길게 늘어놓았다. 그렇게 되자 그 역시 이전보다 더 자신의 속마음을 자세히 내보였다.

3

「……왠지 저는 여자가 싫습니다. 여자들이란 아주 드센 사람들이기 때문입니다. 또 속이 아주 좁고, 자립심도 전혀 없고요. 게다가 그들은 이상한 옷을 입고 다닙니다!」 나는 되는 대로 말을 이으며 두서없는 결론을 내렸다.

「여보게, 그건 좀 심하군!」 그가 몹시 들뜬 기분으로 외치듯 말했다. 그의 말이 더욱 나를 언짢게 했다.

사소한 작은 것에 관해서는 자기 주장을 하지 않지만, 중요한 사안에는 내 의견을 굽히지 않는 것이 내 성격적 특성이다. 사소한 일, 예를 들어 일상적인 관계에서 생기는 일에 관해서는 나는 다른 사람들의 의견을 거의 다 들어준다. 물론 그러한 내 성격이 마음에 드는 것은 아니다. 경우에 따라서는 그렇게 유순하게 물러서는 성격 때문에 자기 의견만을 고집하는 속물들과 만나 대화를 할 때에도 쉽게 그의 말에 동의할 때도 있다. 또 때로는 말도 안 되는 것을 주장하는 멍청이 같은 사람과 자제력을 잃고 심하게 언쟁을 벌이기도 했다. 그 이유는 내가 홀로 이방인처럼 폐쇄적으로 살아왔기 때문인지도 모른다. 그렇게 누군가와 맞서 싸운 다음에는 마음속으로 깊이 자성하며 그런 일을 다시는 되풀이하지 않으리라 다짐해 보지만, 다음날 그런 상황이 되면 나는 똑같은 일을 반복하곤 했다. 그래서 사람들이 때로 나를 겨우 열여섯 남짓 되는 풋내기로 넘겨짚는 일도 생겼다. 그러다 보니 인내심을 키우기보다 차라리 더욱더 내 껍질 속에 콕 박혀 있는 편이 낫겠다고 지금도 나는 생각하고 있다. 아무리 염세적으로 보여도 상관없다. 〈어쭙잖은 인간으로 보여도 좋다, 여하튼 이런 상황에서는 벗어나 버리겠어〉 하는 생각을 나는 내 가슴속에서 진정으로 떠올리곤 했다. 지금 내가 쓰고 있는 것은 공작과는 아무런 상관도 없으며 그와 나눈 대화와 관련이 있는 내용도 아니다.

「저는 당신을 즐겁게 하기 위해서 이런 말을 하는 것이 결코 아닙니다.」 나는 거의 소리지르듯이 그에게 말했다. 「전 다만 저의 소신을 말하고 있을 따름입니다.」

「그런데, 왜 자네는 여자들이 거칠고 보기 흉한 옷을 입고 다닌다고 말하지? 이건 처음 듣는 말인데.」

「여자들은 예절이 없어요. 극장에 한번 가보세요. 또 산책하러 나가 보세요. 남자라면 누구나 오른쪽으로 다녀야 한다는 것을 알고 있어요. 길에서 마주치게 되면 서로 오른편을 택해서 부딪치지 않고 지나가지요. 그러나 귀부인이라는 여자들을 보세요. 길을 가면서 그들은 상대방에 대한 배려는 전혀 하지 않고 정면으로 부딪쳐 와서는 상대방이 서둘러 비켜서 길을 양보할 의무라도 있는 듯 몰염치하게 똑바로 쳐다봅니다. 상대방이 연약한 여자이니까 저도 양보할 용의는 있습니다. 하지만 그들은 어떻게 자신들에게는 그렇게 굴 권리가 있고, 상대방은 당연히 양보해야 할 의무가 있다고 생각하는 겁니까? 바로 그 점에 저는 화가 치밀거든요! 저는 그런 치들을 만나면 언제나 저주를 내뱉지요. 사정이 그런데도 그들은 자신들이 천대받고 있다고 떠들어대며 평등을 요구합니다. 그렇게 상대방에게 모래를 끼얹고 기본적인 예절도 못 지키면서 도대체 무슨 평등을 말한단 말입니까!」

「모래라니!」

「그들은 아주 야하게 내비치는 옷을 입고 다닙니다. 그러한 속성을 가지고 있는 사람만이 그러한 사실을 눈치채지 못합니다. 법정에서도 외설적인 내용의 사건을 심의할 때에는 비공개로 합니다. 그런데 도대체 왜 사람들이 훨씬 더 많은 큰길에서, 그들이 그런 모습으로 활보하고 다니는 걸 허용해야 합니까? 그들은 궁둥이 언저리에다 옷을 걸쳐 자신들이 괜찮은 몸매를 지녔다는 걸 공공연히 떠벌립니다. 아주 막 내놓고 말입니다! 저는 그것을 안 볼 수가 없습니다. 젊은 친구들도 역시 알아차리지요. 이제 막 학교를 다니기 시작한 어린아이들도 역시 모두 느낄 겁니다. 참으로 역겨운 일입니다. 물론 나이 먹은 호색한들은 군침을 질질 흘리며 그들의 궁둥이를 따라다닐 것입니다. 그렇지만 그런 여자들의 야한 모습에 노출되어 있는 사람들 중에는 순결한 의식을 막 키워가는, 주변에서 잘 보호해 주어야 할 젊은이도 있을 것입니다. 그런 점을 고려한다면 그런 여자들의 행위를 어떻게 경멸하지 않겠습니까? 또한 그들은 인도를 걸으며 1아르신 반이나 되는 치마 꼬리로 바닥을 쓸어대어 먼지를 잔뜩 일으킵니다. 그러니 그 뒤를 가는 사람은 어떻겠습니까? 서둘러 걸어서 그들을 앞질러 가든가 혹은 옆으로 멀리 비켜나지 않으면, 콧속이나 입 속에 금방 모래 가루가 5푼뜨는 가득 찰 것입니다. 거기에다 그들이 입은 옷의 재질은 비단입니다. 단지 유행에 미쳐 흙 위에 비단 옷감을 3베르스따 정도 쓸고 다니는 꼴입니다. 그 여자의 남편이 의회 의원이라면 연봉으로 겨우 5백 루블을 받을 텐데 어떻게 그런 사치에 돈을 대줄 수 있겠습니까? 다 그런 이유 때문에 사회를 부패시키는 뇌물 문화가 생기지 않겠어요? 그래서 저는 항상 여자들을 경멸합니다. 이따금 일부러 들으라고 큰소리로 욕을 해댑니다.」

그와 나누었던 대화를 생생하게 전달하려고 다소 과장해서 이렇게 쓰고 있지만, 지금도 이와 비슷한 생각을 가지고 있다.

「그렇게 하고도 자네는 무사할 수 있었나?」 공작은 다소 호기심이 생긴 모양이었다.

「적당히 욕을 해대고는 슬그머니 물러서는 겁니다. 물론 상대방도 그 사실을 알지요. 그렇지만 짐짓 못 들은 체하며, 고개도

한 번 안 돌리고 그대로 당당하게 걸어갑니다. 다만 언젠가 한 번 어떤 여자 두 명과 진짜 싸운 일이 있습니다. 둘 다 치마 꼬리를 끌며 보도를 걷고 있기에, 제가 점잖게 그 치마 꼬리가 눈꼴사납다고 큰소리로 말했지요.」

「정말 그렇게 말했었나?」

「물론이지요. 첫째로 그들은 사회의 미풍을 해치고 있고, 둘째로는 먼지를 일으키잖습니까. 보도는 모든 사람들을 위해 있는 것이지 그런 사람들만 번드르르하고 야한 몸짓으로 걸으라고 있는 게 아니잖습니까? 저도 걷고 다른 사람도 걷고, 표도르나 이반이나 모두 다 걸을 수 있게 한 것이지요. 제가 말하려고 했던 점은 바로 그것입니다. 또 저는 왠지 뒤에서 보는 그런 여자의 걸음걸이가 역겹습니다. 그래서 그것도 말해 줬지요. 물론 암시하듯 말했습니다만.」

「자네, 그런 짓을 하다가 곤란한 문제가 생길 수도 있어. 그 사람들이 자네를 치안 판사에게 끌고 가면 어쩌려고 그러나?」

「그들이 어쩌겠어요. 옆을 걷다가 그들의 행동에 반감이 생겨 혼잣말을 한 것인데 누가 그 일에 대해 왈가왈부하겠어요? 누구에게나 자기가 생각하는 바를 있는 대로 말할 권리가 있습니다. 제 말이 그 두 사람을 직접적으로 지칭한 것은 아니었으니까요. 그런 형편인 것을 느꼈는지 두 사람은 욕지거리를 내뱉기 시작했습니다. 그 여자들은 저보다도 훨씬 추잡한 말을 썼습니다. 젖비린내 나는 녀석이 건방지다, 이런 놈은 아무것도 주지 않고 굶어 죽게 해야 한다, 허무주의자다, 순경에게 넘기겠다는 등의 말을 마구 퍼부어 대더군요. 또 내가 시비를 건 것은 그쪽이 연약한 여자 둘뿐이기 때문이며, 남자가 함께 있었다면 말도 꺼내지 못했을 것이라고도 하더군요. 그래서 저는, 당신네들 같은 사람들과 같은 길을 걷기 싫어 저쪽 보도로 건너갈 테니, 내게 더 이상 귀찮게 덤비지 말라고 했습니다. 하지만 그때 나는 속으로〈내가 그들의 남자를 무서워하지 않으며, 내가 그들의 도전에 응할 용의가 있다는 것을 증명하기 위해서 이제부터 약간의 거리를 두고 그들의 집까지 좇아가자. 그리고 그 집 앞에 서서 그들의 남자가 나오기를 기다리자〉라는 생각을 했습니다. 그리고 그대로 실행했지요.」

「정말로 그랬단 말인가?」

「물론 어리석은 객기였지요. 그러나 저는 참으로 화가 났었습니다. 그 무더위 속에 저는 그들을 따라 대학가가 있는 곳까지 3베르스따 정도를 따라가서, 그들이 들어간 나무로 된 단층집 앞에 멈춰 섰습니다. 아주 멋진 집이라는 것은 인정해야겠습니다. 집 안에는 많은 꽃과 카나리아 두 마리와 스피츠 개가 세 마리, 그리고 벽에 동판화가 몇 장 걸려 있는 것이 창문으로 보였습니다. 저는 그 집 앞의 큰길 한가운데에서 반시간 가량 서 있었습니다. 그들은 서너 번 바깥을 내다보더니 커튼을 모조리 내렸습니다. 한참 있자니 곁문으로 관리처럼 보이는 중년의 사내가 나왔습니다. 눈치를 보니 지금까지 낮잠을 자다가 그 여자들이 깨우자 일어나 나온 것 같았습니다. 가운인지 뭔지 모를 것을 입은, 아주 꾸밈없는 옷차림이었지요. 그가 곁문 옆에 서서 뒷짐을 지고 저를 바라보기 시작하기에, 저도 지지 않고 흘겨보았지요. 그랬더니 그는 시선을 좀 돌렸다가 또다시 힐끔 이쪽을 보더니, 난데없이 싱긋 웃음을 짓지 않겠습니까. 그래서 저는 뒤로 돌아서서 그대로 돌아오고 말았지요.」

「여보게, 그건 완전히 실러 스타일이야. 자네처럼 건강한 빛이 가득한 홍안의 미소년이 왜 그렇게 여자를 싫어하는지 나는 그 이유를 모르겠네. 자네 나이 정도의 젊은이에게 어떻게 여성이 아무런 느낌을 줄 수 없는지 이해가 되지 않는구먼. 나는 말이야 여보게mon cher, 겨우 열한 살쯤 됐을 때 〈여름 공원〉에서 여자의 나신상을 뚫어지게 쳐다보다가 가정교사에게 잔소리를 듣곤 했어.」

「공작님은 제가 죠세피나인가 뭔가 하는 여자의 집에 출입하면서 생긴 일 같은 것을 말씀드리면 좋아하실 것 같군요. 하지만 왜 그런 일을 해야 합니까. 저는 이미 열세 살 때 여자의 나체를, 그것도 실오라기 하나 걸치지 않은 여자의 나체를 본 적이 있고, 그 후부터는 그런 것들이 아주 싫어졌습니다.」

「그게 사실인가? 그러나 여보게, 젊은이cher enfant, 아름답고 싱싱한 여자에게서는 사과 냄새가 풍겨 나오는 법이야. 그런데 그런 게 싫다니, 나는 도통 이해를 못하겠는데!」

「아직 고등학교에 들어가기 전, 제가 있던 뚜샤르[5]의 사숙에 친구가 하나 있었는데, 람베르뜨라는 이름이었지요. 녀석은 단지 자기가 나보다 세 살 위라는 이유만으로 그냥 저를 때리곤 했습니다. 저는 그 아이의 온갖 심부름을 다해 주어야 했고, 장화까지 벗겨 주곤 했습니다. 한번은 람베르뜨가 예배를 드리고 왔을 때 리고라는 신부가 첫번째 성찬식을 축하해 주기 위해 왔습니다. 두 사람은 눈물을 흘리면서 서로 손을 마주 잡더니, 이윽고 신부가 그를 자기 가슴에 꼭 끌어안아 주었습니다. 저도 따라 울며 그 아이를 매우 부러워했습니다. 그 후 아버지가 세상을 떠났기 때문에 그 아이는 사숙을 그만두었고, 2년 남짓 못 만나다가 우연히 길에서 그 친구를 다시 만났습니다. 그 아이는 저를 찾아오겠다고 말했습니다. 그때 저는 벌써 고등학교에 들어가서 니꼴라이 세묘노비치의 집에서 살고 있었지요. 어느 날 아침 일찍 그 아이가 저를 찾아와서 5백 루블의 돈을 보여 주더니 자기와 함께 나가자고 말했습니다. 2년 전 저를 때리고 장화를 벗기게 하던 그 아이가 이제는 자기 속마음 얘기를 털어놓으려고 찾아온 것입니다.

---

5 아르까지 돌고루끼의 학창 시절에 대한 기억에서 도스또예프스끼는 자신의 자전적인 요소를 삽입하고 있다. 뚜샤르는 모스끄바에 있는 기숙학교 소유자였던 수샤르드의 성을 변형시킨 것이다. 이곳에서 1833년 소년 도스또예프스끼가 수학했다.

람베르뜨는 제게 말하기를, 자기가 가지고 있는 돈은 열쇠를 만들어 가지고 어머니의 귀중품 상자에서 훔쳐낸 것이며, 또 사실상 그 돈은 아버지가 자기에게 물려준 것이니 법률상 전부 자기 것이나 마찬가지인데 어떻게 어머니가 그걸 안 내놓겠느냐고 했어요. 어제도 리고 신부가 자기를 훈계하러 찾아와 방에 들어오더니 갑자기 자기 앞에 서서 울먹이기도 하고 또 두 손을 들어올려 하늘을 우러러보기도 하더니, 다시 위협하는 태도를 취해서, 람베르뜨는 칼을 꺼내서 죽여 버리겠다는 말도 했다고 합니다(그는 베어 버리겠다고 말했어요). 우리는 둘이서 꾸즈네쯔끼 거리로 마차를 타고 갔습니다. 가면서 람베르뜨는, 자기 어머니가 리고 신부와 관계를 맺고 있다는 것을 알게 되었다고 말했습니다. 그래서 자기는 주변의 모든 것에 대해서 저주하는 마음밖에 없다는 것입니다. 그들이 성찬식이니 뭐니 하는 것도 결국은 모두 위선이라고 말했습니다. 그 밖에도 여러 가지 다른 이야기를 했지만, 사실 저는 속으로 약간 겁이 났습니다. 꾸즈네쯔끼 거리에서 그는 쌍발 엽총과 사냥용 주머니, 실탄, 채찍, 그리고 설탕 1푼뜨를 샀습니다. 우리는 교외로 사냥하러 가기 위해 마차를 달리다가 도중에 새장을 가진 새 사냥꾼을 만났습니다. 람베르뜨는 그 사람에게서 카나리아를 한 마리 샀습니다. 그러더니 숲속에 이르자 그는 카나리아를 놓아주었습니다. 새장에 갇혀 있다가 나왔기 때문에 새는 멀리 날지 못했습니다. 람베르뜨는 그 새를 겨냥해서 총을 쏘기 시작했습니다. 그렇지만 한 발도 맞지 않았습니다. 그는 총 쓰는 것이 처음이었지만, 이미 뚜샤르의 사숙에 있을 때부터 우리는 총을 가지는 것을 소망해 왔고, 드디어 총을 갖게 되었던 것입니다. 그는 기쁨에 겨워 몹시 흥분해 있었습니다. 그의 머리카락은 아주 검었고, 얼굴은 하얗지만 뺨은 탈을 쓴 것처럼 붉었으며, 긴 코는 프랑스 사람처럼 매부리코에 검은 눈과 새하얀 이를 가지고 있었습니다. 그가 카나리아를 실로 나뭇가지에 붙잡아 매두고, 1인치도 안 되는 근거리에서 쌍발 엽총을 새에 대고 두 발 계속 쏘니, 카나리아는 털만 남고 몸은 형체도 없이 사라져 버리고 말았습니다. 그리고 나서 우리는 마차를 돌려 호텔로 돌아와서 방을 잡은 후에 요리를 시켜서 샴페인을 마시기 시작했습니다. 그러는 동안에 여자가 왔습니다……. 저는 그 여자가 아주 화려한 초록색 비단옷을 입고 있어서 매우 놀랐던 기억이 납니다. 제가 아까 말씀드린…… 바로 그것을 거기서 처음 보았습니다……. 그리고 우리는 또 마시기 시작했는데, 그는 여자를 놀리며 짓궂게 집적거리기 시작했습니다. 여자는 옷을 입지 않고 앉아 있었습니다. 그가 모두 벗겨 버린 것입니다. 그리고 여자가 화를 내면서 입겠다고 옷을 달라고 말하자, 그는 알몸인 여자의 두 어깨를 채찍으로 힘껏 때리기 시작했습니다. 저는 벌떡 일어서서 그의 머리카락을 붙잡았습니다. 그리고 단번에 마룻바닥에 내동댕이쳤지요. 그러자 그는 포크를 집어서 제 넓적다리를 찔렀습니다. 비명을 듣고 사람들이 뛰어들어왔기 때문에 저는 무사히 도망칠 수 있었지요. 그 후로는 벌거벗은 여자의 모습을 생각만 해도 저는 소름이 끼칩니다. 그 여잔 상당히 미인이었습니다만.」

처음에 들뜬 표정을 짓던 공작의 얼굴이 내 이야기가 계속되는 동안 점점 매우 슬픈 표정으로 바뀌어 갔다.

「가엾은 친구Mon pauvre enfant! 어린 시절에 자네가 참 불행한 때가 많았으리라고 나는 생각하고 있었네.」

「그렇게 염려하지 않으셔도 됩니다.」

「자네 말을 들어 보니 자네 참 고독했겠군! 그 람베르뜨라는 친구도 그렇고. 그리고 자네는 얘기를 참 잘하네. 카나리아에 관한 이야기며, 눈물을 흘리면서 서로 끌어안았던 성찬식 때의 이야기, 그리고 1년도 안 지나서 어머니가 신부와 관계했다는 등등……. 여보게mon cher, 요새 젊은이들은 참 무섭다는 말밖에 할 말이 없네. 아이들이 아직 어릴 때는 고수머리 금발을 하고 천진난만하게 우리 앞을 뛰어다니면서 해맑은 웃음소리와 맑은 눈으로 우리를 보면 그야말로 천사이거나 그렇지 않으면 예쁜 어린 새와도 같은데. 그러나 그 다음에는 이제 더 이상 자라지 말았으면 하는 생각이 드네.」

「공작님, 그렇게 연약한 말씀 하지 마세요. 공작님은 어린 자제도 없으시고, 그런 걱정을 하실 일이 없지 않습니까?」

「글쎄 어떨는지Tiens.」 이 말을 하는 순간 그의 표정은 완전히 바뀌었다. 「글쎄, 알렉산드라 뻬뜨로브나가 말이야, 허허! 알렉산드라 뻬뜨로브나 말일세, 자네도 아마 약 3주 전에 여기서 그분을 만났을 걸세. 그런데 말야, 그때 있었던 일이야. 내가 농담으로 지금 내가 결혼한다 하더라도 적어도 자식이 생길 걱정은 하지 않아도 될 거라고 말했더니, 갑자기 그 사람이 강한 어조로 말을 막으며 내게 〈당치도 않은 말씀 마세요. 공작님 같은 분이라면 틀림없이 꼭 자식을 보실 겁니다. 아마 혼인하신 첫해에 그렇게 될 겁니다. 두고 보세요〉 하고 말하지 않겠나. 허허! 그리고 웬일인지 모두들 갑자기 내가 결혼을 하리라고들 추측하는 모양이야. 다분히 악의가 섞인 말이기는 하지만 그럴듯하지 않은가?」

「그럴듯한 이야기지만, 그렇게 말을 하면 실례지요.」

「글쎄, 이보게cher enfant, 그런 일에 모두 화를 내다가는 한이 없어, 나는 점점 사라져 가고 있는 사람들의 재치 어린 기지를 무엇보다 높이 평가하네. 알렉산드라 뻬뜨로브나 같은 이가 뭐라고 하든, 그런 걸 다 깊이 생각할 필요가 있겠나?」

「뭐요, 뭐라고 말씀하셨지요?」 나는 상대방의 말에 끌려들어갔다. 「일일이 화내다가는 한이 없다고요……. 네, 정말 그렇습니다. 전혀 주의를 기울일 만한 가치가 없는 사람들이 있지요. 맞는 말씀이십니다. 참으로 훌륭한 가치 판단입니다. 바로 그런 말이 제게 꼭 필요한 것입니다. 이것은 적어 두어야겠습니다. 공작님은 이따금 참 좋은 말씀을 하십니다.」

마치 자신의 뜻을 이루기라도 한 듯 그의 얼굴이 밝아졌다.

「그렇지 않나? 젊은이N'est-ce pas? Cher enfant. 정말로 인간의 기지란 것은 시간이 갈수록 더욱더 사라져 버리고 있네. 그건 그렇고…… 난 여자에 대해서 좀 아는 편이지Eh, mais…… C'est moi qui connaît les femmes! 그런데 말일세, 어떤 종류의 여자든지, 아무리 큰소리를 쳐봐도 여자란 일생 동안 자기가 순정을 바칠 남자를 항상 찾아다니게 되어 있어……. 말하자면, 뭔가에 순종하겠다는 욕망이 강한 편이지. 그리고 알아 둬야 할 일은, 거기에는 하나도 예외가 없다는 거야.」

「정말 그렇습니다. 참 훌륭하신 말씀입니다!」 나는 기쁨에 넘쳐서 말했다. 다른 때 같으면 우리는 곧 이 문제에 대해서 한 시간 이상에 걸쳐 철학적 담론을 나누었을 것이다. 그러나 갑자기 무엇에 찔린 듯 나는 얼굴이 새빨개졌다. 이처럼 그의 지혜로운 말을 칭찬함으로써 나는 자연스럽게 그에게 돈 얘기를 꺼낼 수 있을 것이라는 생각이 들었기 때문이다. 그리고 내가 월급에 대해서 얘기를 꺼내면, 그는 틀림없이 선선히 내 청을 들어줄 것이라고 느꼈다. 나는 그때의 상황을 여기서 상세히 말하고자 한다.

「공작님, 매우 죄송합니다만, 제 이달 월급 50루블을 좀 주셨으면 합니다.」 나는 무례할 정도로 서두르며 단숨에 말해 버렸다.

내가 그 말을 꺼내자 갑자기 분위기가 어색해져 버렸다. 나는 지금도 그때의 상황을 생생하게 기억하고 있다. 그날 아침에 일어났던 일은 아무리 사소한 일이라도 분명하게 기억이 나는데, 특히 내 말이 끝난 다음에 우리 사이에 일어났던 그 미묘한 상황에 대한 기억은 아주 선명하다. 그는 처음에 내 말뜻을 이해하지 못했다. 나를 한참 쳐다보면서 그는 도대체 내가 무슨 돈 얘기를 하는지 모르겠다는 표정을 지었다. 그는 내가 하는 일이 특별한 것이라고 생각하지 않았기 때문에 당연히 내게 월급을 주어야 한다는 생각을 하지 않고 있었던 것이다. 그는 잠시 후 내 말뜻을 이해했는지, 자기가 그 생각을 잠시 잊고 있었다고 변명하듯이 말을 하며 얼굴이 새빨개진 채 아주 당황한 표정을 짓더니 곧 50루블의 돈을 꺼냈다. 그의 표정을 통해 사정을 이해한 뒤에, 나는 일어나면서 그 돈을 받을 수 없다고 말하였다. 나 자신은 월급을 받게 될 거라는 얘기를 듣기는 하였지만 그것은 아마도 분명한 착오였거나, 아니면 내가 취직 제의를 거절하지 못하도록 하기 위해 그렇게 말한 것이 틀림없는 것 같으며, 더욱이 그동안 내가 한 일이 특별한 게 없으므로, 돈을 받아야 할 타당한 이유가 없는 것 같다고 잘라서 말했다. 그러자 공작은 놀라면서, 이미 내가 그동안 일을 아주 많이 했으며, 앞으로도 해주어야 할 많은 일에 비해 50루블의 월급은 너무 적은 것 같으니 앞으로 조금 더 올려 줄 생각이라고 말하였다. 내가 일하는 것에 대한 대가를 고려하는 것이 자신의 의무이기도 하지만, 또 따지쨔나 빠블로브나에게도 자신이 분명히 약속했던 일이었는데, 그것을 〈까맣게 잊어버려서 매우 미안하다〉고 내게 사과를 하였다. 나는 갑자기 화가 치밀었다. 치마 꼬리를 끌고 다니는 두 여자의 뒤를 따라 집까지 쫓아갔었다는 수치스러운 이야기를 해서 월급을 받아내는 것 같아 마음이 불편했기 때문이다. 그래서 나는 공작을 위로하는 말상대 노릇을 위해서가 아니라 무슨 할 일이 있다고 해서 온 것이며, 할 일이 없다면 그만둘 수밖에 없다는 등등의 이야기를 단호한 어조로 말했다. 그런 요지로 내가 말을 하자 그는 상당히 당혹해하면서 자신이 미리 명확하게 일을 처리하지 못해 미안하다고 거듭 사과를 하면서 50루블의 돈을 억지로 떼를 쓰듯 건네주었다. 나는 얼굴이 화끈거렸다. 세상일이란 언제나 생각했던 것과 전혀 다르게 결말이 나게 마련이지만, 나는 마음이 아주 불편하고 언짢았다. 다만 위안이 되는 것은 내가 그 정도의 비용을 받을 만큼은 일했다는 생각이 들었고, 그 역시 내 말을 듣고 나서 내게 정당한 비용을 주어야 한다는 생각을 했다는 점이다. 그렇게 해서 나는 다소 찜찜하지만 그 돈을 받을 수밖에 없었다.

「젊은이Cher, cher enfant!」 그가 나를 자기 쪽으로 끌어당겨 입을 맞추면서 말했다. 사실대로 고백하지만, 나는 자신도 모르게 왠지 눈물이 나왔다. 물론 금방 진정을 했지만, 지금 이 글을 쓰면서도 그 생각을 하면 낯이 뜨거워진다. 「자네는, 자네는 이젠 내 혈육과 마찬가지일세. 지난 한 달 동안 자네는 내 자신의 일부가 된 것 같네! 〈사교계〉라는 곳은 실속 없는 〈상류 사회〉의 허상일 뿐 내게는 이미 아무런 의미도 없네. 그리고 내 딸 까쩨리나 니꼴라예브나는 훌륭한 여성으로 성장해서 내게 커다란 위안을 주기도 하지만, 또 한편으로는 내게 아주 골치 아픈 일만 만들어 내는 형편일세……. 또 명명일에 축하하러 오는 그 여자 아이들도 모두 내게는 귀여운 아이들이긴 하지만elles sont charmantes, 걔들의 엄마란 사람들은 자기들이 수놓은 것을 가져다 줄 뿐, 뭐 하나 내게 의미 있는 일을 해줄 줄은 전혀 몰라. 지금 우리집에 그 사람들이 수놓은 개나 사슴 그림이 새겨진 방석이 한 60개는 쌓여 있지만, 무언가 내 허전한 가슴을 채워 줄 만한 게 하나도 없어. 물론 나는 그들을 매우 좋아하지만, 자네하고 이렇게 있을 때 느끼는 감정을 가져 보지 못하였네. 자네하고 있으면 마치 내 아들, 아니 내 동생하고 있는 듯한 느낌이 든다네. 특히 자네가 나와 다른 의견을 솔직하게 말해 줄 때 내 마음이 아주 좋아. 자네는 문학적이고, 책을 많이 읽었으며, 무엇보다 감동할 줄 아는 정서를 가지고 있거든……」

「아닙니다. 저는 별로 읽은 것도 없고, 또 전혀 문학적이지도 않습니다. 책은 되는 대로 그저 읽었을 뿐이고, 더구나 지난 2년 동안은 아무것도 읽지 않았습니다. 앞으로도 몰두해서 읽을 생각은 없습니다.」

「왜, 무슨 특별한 이유가 있나?」

「저는 해야 할 다른 일이 있습니다.」

「이보게Cher…… 이렇게 나처럼 삶의 황혼에 이르러서 〈무엇이든 알고 있지만 막상 나는 의미 있는 것은 하나도 모른다Je sais tout, mais je ne sais rien de bon〉고 스스로 되풀이한다면, 마음이 무겁지 않겠나. 이 세상을 살면서 도대체 무엇을 했는지 모르겠어! 그러나…… 자네에게 여러 가지로 신세를 졌어……. 그래서 내 입장에서는…….」

무슨 이유에선지 그는 갑자기 말을 멈추더니 초점을 잃고 무슨 생각엔가 골똘히 잠기기 시작했다. 정신적 충격을 받으면(근본적 원인은 모르지만, 그는 아직도 늘 그러한 충격을 받을 가능성이 있었다) 그는 얼마 동안은 상식적 판단력을 상실하여 자신의 마음을 절제할 수 없는 상태에 빠지곤 했다. 하지만 잠시 후면 곧 회복되었기 때문에 설사 그런 일이 생겨도 크게 염려하지는 않았다. 우리는 잠시 동안 아무 말 없이 앉아 있었다. 몹시 두터운 그의 아랫입술은 아무런 말도 꺼내지 않았다. 그러다가 갑자기 그가 자기 딸에 관한 이야기를 꺼내어 나는 소스라치게 놀랐다. 그는 그 얘기를 아주 솔직한 어조로 말했다. 물론 나는 그 상황에서 그가 잠시 마음을 추스를 수 없었기 때문에 그런 얘기를 꺼낸 것이라고 생각했다.

「자네Cher enfant, 참, 자네는 내가 자네라고 부르는 것에 대해서 언짢아하지는 않겠지, 그렇게 불러도 괜찮지?」 예기치 않은 말이 다시 그의 입에서 튀어나왔다.

「아뇨, 괜찮습니다. 제 느낌을 솔직히 말씀드리자면, 처음에는 저도 좀 언짢아서, 공작님을 똑같이 평어체로 부를까 하고 생각했었습니다. 그렇지만 공작님께서 제게 〈자네〉라고 말씀하시는 것이 저를 낮추어 보려고 하신 것이 아니라 편하게 대해 주시려는 뜻인 줄 차차 깨달았습니다.」

하지만 벌써 그는 내 말에 주의를 기울이고 있지도 않았으며,

내게 무엇을 물었는지도 잊어버린 눈치였다.

「자네 아버지께서는 요즘 어떻게 지내시나?」 그는 갑자기 사색에 잠긴 듯한 시선으로 나를 쳐다보았다.

그의 말을 들으며 나는 잠시 흠칫했다. 우선 이제까지 한 번도 그렇게 호칭한 적이 없는데, 그가 베르실로프를 〈자네 아버지〉로 불렀기 때문이다. 또한 그에 관한 이야기를 절대로 꺼낸 적이 없었는데 갑자기 베르실로프의 이야기를 물었기 때문이다.

「돈이 없어 외출도 못하고 우두커니 우울하게 집 안에 머물러 있습니다.」 나는 대수롭지 않은 듯이 대답했지만, 사실은 마음속에 강렬한 호기심이 솟아오르고 있었다.

「음, 그렇군. 하지만 오늘 지방 법원에서 그들이 계류한 사건에 관한 최종 판결이 날 거야. 바로 그 일 때문에 오늘 세르게이 공작이 이리로 오게 되어 있어 그를 기다리고 있네. 법원에서 일이 끝나면 그가 바로 이리로 오겠다고 약속했거든. 그들의 운명이 오늘 판결에 따라 결정되는 거지. 소송에 걸려 있는 돈이 아마 6만인가 8만인가 되는 아주 큰 금액이니까. 물론 나는 항상 안드레이 뻬뜨로비치에게(즉 베르실로프에게) 행운이 깃들기를 원했는데, 예상했던 대로 아마 그가 승소하고 세르게이 공작에게는 전혀 유산이 돌아가지 않을 것 같던데. 법에 정해진 대로 결정하는 것이니 어쩔 도리가 없지!」

「최종 판결이 오늘이라고요?」 나는 아주 놀라서 소리쳐 물었다.

베르실로프가 이런 중대한 일에 관해서 내게 전혀 언급해 주지 않았다는 사실이 나를 아주 당혹하게 했다. 〈그렇다면 어머니에게도, 아니 그 누구에게도 말하지 않았을 거야〉 하는 생각이 문득 머리에 떠올랐다. 〈참 어지간한 고집불통이군!〉

「그러면 소꼴스끼 공작은 뻬쩨르부르그에 와 있습니까?」 갑자기 다른 생각이 번쩍 떠올랐다.

「어제 왔다고 하던데. 아마 일부러 베를린에서 날짜를 맞추어

온 거겠지.」

그 소식은 내게 아주 중요한 의미를 가지고 있었다. 〈그렇다면 그 사람도 오늘 이리 올지 모르겠구나. 베르실로프의 뺨을 후려쳤던 바로 그 사람이!〉

「그가 오면 또 무슨 이야기를 꺼낼까?」 갑자기 공작이 다시 얼굴 표정을 바꾸며 말했다. 「예전과 마찬가지로 그 사람은 다시 종교에 관한 설교를 할 테고, 그러고 나서는…… 아마 또 어린 여자애들, 아직 머리에 피도 마르지 않은 어린 계집애들의 뒤를 쫓아다니기나 하겠지. 하하! 지금까지도 사람들 입에 오르내리는 아주 웃기는 조그마한 사건이 하나 있었네……. 하하!」

「누가 설교를 한다는 거죠? 또 누가 계집애들을 따라다녀요?」

「안드레이 뻬뜨로비치 말이야! 자네가 이 얘기를 믿을 수 있을까? 예전에 그 사람은 우리한테 아주 난처한 질문들을 던져 곤혹스럽게 하곤 했지. 이를테면, 〈우리가 지금 어디로 가고 있나?〉라든가 〈우리가 무엇에 관해 생각하고 있는가?〉와 같은 어려운 질문을 제기하곤 했었지. 그런 식으로 잔뜩 사람들을 어리둥절하고 혼돈스럽게 만들고 나서는, 기껏 한다는 말이 〈그렇게 신앙심이 돈독하다면, 왜 수도원으로 가서 수도승이 안 되었지?〉라는 거였어. 그게 바로 그가 말하고자 하는 요지였지. 〈그런데 생각치고는 참Mais quelle idée!〉 설사 그가 제기한 명제가 정당한 의미를 가지고 있다고 하더라도 그런 식의 언사는 지나친 것 같지 않은가? 특히 〈최후의 심판〉에 관한 얘기를 꺼내 가지고는 나를, 누구보다도 나를, 쩔쩔매게 하기를 좋아했지.」

「벌써 한 달 동안이나 그와 함께 지내 왔지만, 그런 점에 대해서는 저는 전혀 깨닫지 못했습니다.」 뭔가 답답한 심정으로 그의 말을 듣다가 내가 대답했다. 좀처럼 갈피를 잡을 수 없게 계속해서 두서없이 중얼거리는 그의 말이 아주 성가셨다.

「이제 그런 식의 말을 하지는 않지만, 실제로 예전에 그런 일이 있었네. 물론 그가 아주 영민하고 학식도 깊은 사람이라는 것은 재론의 여지가 없지만, 과연 그의 지성이 건전한 것이라고 말할 수 있을까? 이런 모든 일은 3년 동안 그가 외국 생활을 하고 돌아왔을 때 일어난 일이야. 솔직하게 말한다면 내겐 아주 충격적인 일이었네. 아니지. 충격을 받지 않은 사람이 아무도 없었네……. 〈여보게, 나는 신을 사랑하고 있네Cher enfant, j'aime le bon Dieu…….〉 나는 신을 믿고 있어. 가능한 한 믿으려고 하지……. 그러나 그때 그의 말을 듣고, 나는 너무나 화가 났었네. 그래서 내가 경솔한 태도를 취했는지도 모르겠지만, 그건 내가 너무도 화가 나서 의도적으로 한 일이었지. 그의 명제에 대해 내가 반대하는 근거는 태초에 이 세상이 만들어진 이후 항상 변함 없이 굳건하게 이어져 내려왔어. 그래서 나는 이렇게 말했지. 〈만약 절대적인 존재가 실제로 존재하며, 그리고 그것이 인격적인 존재의 모습을 가지고 있고, 창조를 위해 흩뿌려지지 않은 채 액체 상태로라도 존재한다면(그렇게 되면 이해하기가 더욱 곤란해지긴 하겠지만), 도대체 그 신은 어디에 살고 있단 말인가?〉 하고 말이야. 여보게, 〈이건 바보짓이야c'était bête〉, 틀림없어. 하지만 말일세, 모든 논쟁들이란 결국 이러한 문제로 귀착하게 되어 있네. 거주 장소Un domicile, 이 명제야말로 핵심적인 문제거든. 내가 그런 뜻의 답을 하자 그가 굉장히 화를 냈지. 그 사람은 외국에서 천주교로 개종해 버렸거든.」

「그런 내용의 이야기를 저도 이전에 들은 일이 있습니다. 그러나 그건 아무 의미도 없는 난센스에 불과한 것입니다.」

「나 역시 이 세상의 모든 신성한 것을 걸고 맹세할 수 있네. 그리고 그 사람을 한번 잘 살펴보게……. 자넨, 그 사람이 이젠 변했다고 말하고 있지만, 그 당시에 그는 우리 모두를 참 지독히 괴롭혔네! 자네가 믿을지 모르겠지만, 그 사람은 마치 자신이 성자인 것처럼 행동했고, 사후에 그의 유체를 전시라도 할 듯한 기세였네. 심지어 그 사람은 우리에게 일상 생활에서의 품행에 대한 보고서까지 요구하기도 했어. 실제로 그랬단 말이야! 유체라고 말했거든! 〈이것은 별개의 생각이지En voilà une autre!〉 수도승이나 속세를 떠난 사람한테라면 또 모르지만, 자신도 연미복을 잘 차려입고, 다른 사람들도 모두 다 그렇게 하고 있는 판에…… 갑자기 그가 나타나더니 자신이 성자라도 되는 것처럼 하고 다녔단 말일세! 상류 사회의 사람들 중에는 뭔가 이해할 수 없는, 이를테면 좀 괴상한 취미를 가지고 있는 이들도 있기는 해. 그리고 그러한 개인의 취미 생활에 대해서 내가 간섭할 필요는 없지. 각자 추구하는 바가 모두 다 신성한 것이고, 또 이 세상에서는 온갖 일이 일어날 수도 있는 법이니까……. 더욱이 그건 모두 미지의 세계의de l'inconnu 일이니 말이야. 그렇지만 그런 일은 상류 사회 사람들의 품위와는 어울리지 않는 일이네. 내게 설사 그런 맘이 생긴다 할지라도 단연코 나는 그런 행위는 안 하겠어. 자네는 이해가 되나. 어제 사람들과 어울려 화려한 레스토랑에서 식사를 하던 사람이, 다음날 갑자기 기적을 행하는 선지자처럼 사람들 앞에 나타나다니, 참 우스운 일 아닌가! 그때도 내가 이런 내용의 얘기를 그 사람에게 했었네……. 그때 그는 실제로 항상 고행의 쇠사슬을 몸에 감고 다녔어.」

그의 말에 화가 나서 나는 얼굴이 벌겋게 상기되었다.

「공작님께서 직접 그 쇠사슬을 보셨습니까?」

「내가 직접 내 눈으로 본 것은 아니지만, 그렇지만…….」

「그렇다면 분명히 말씀드리겠습니다만, 그런 이야기는 모두 거짓입니다. 그를 모함하거나 음해하려는 사람이 꾸며 낸 사악한 날조이자 중상모략일 것입니다. 그러한 간계를 꾸며 낼 사람이 딱 한 사람 있지요. 그 가장 비인간적인 한 사람의 적이 그를 공격하기 위해 날조한 것입니다. 그런 일을 조작할 수 있는 사람은 단 한 사람, 바로 공작님의 따님입니다!」

그러자 이번에는 공작이 매우 화를 냈다.

「여보게Mon cher, 분명히 말해 두지만, 제발 앞으로는 절대로 내 앞에서 그 추악한 사건과 관련시켜서 내 딸의 이름을 입 밖에 내지 말아 주게.」

나는 벌떡 일어섰다. 그도 주체할 수 없을 정도로 역정이 나 있는 듯, 아래턱을 덜덜 떨고 있었다.

「그 수치스러운 사건Cette histoire infâme……! 나도 그런 이야기는 믿지 않았어. 또 절대로 믿고 싶지 않기도 했고. 그렇지만…… 모두 나더러 믿으라, 믿으라고 하기에 그만 나도…….」

바로 그때, 하인이 들어와서 손님이 방문했다는 말을 전했다. 맥이 빠져 나는 다시 의자에 쓰러지듯 주저앉았다.

4

방문객은 두 사람의 젊은 숙녀였다. 한 사람은 공작의 죽은 부인의 사촌 오빠가 입적한 양녀인가 뭔가 하는 여자로, 공작이 양육한 처녀 중의 하나였다. 나중에 벌어진 사건을 설명하기 위해 미리 말해 두지만, 그녀는 아직 결혼 전이지만 공작이 이미 지참금을 주었기 때문에, 자신의 재산도 제법 있는 여자였다. 또 한 사람은 안나 안드레예브나 베르실로바로, 나보다 나이가 세 살 위인 베르실로프의 딸이었다. 그녀는 자기 오빠와 함께 파나리오 또프의 집에서 살고 있었는데, 나는 그때까지 그녀를 꼭 한 번 길에서 우연히 본 적이 있을 뿐이다. 그녀의 오빠와도, 역시 잠깐이긴 했지만, 언젠가 한 번 모스끄바에서 만난 일이 있었다(나중에 서술할 만한 공간이 있으면 별 특별한 내용은 없지만 그와의 만남에 대해서도 잠깐 언급할지 모르겠다). 노공작은 안나 안드레예브나가 어렸을 때부터 특별히 그녀를 아꼈다고 한다(베르실로프와 공작의 친분은 매우 오래 전에 시작된 것이었다). 두 사람이 들어왔을 때 공작은 일어서서 그들을 맞았지만, 나는 바로 조금 전에 있었던 대화의 충격으로 일어설 힘도 없었다. 또 새삼스럽게 일어서기도 겸연쩍게 느껴져서 그대로 앉아 있기로 했다. 내가 그렇게 어정쩡한 태도를 취하게 된 가장 큰 이유는, 바로 3분 전에 공작이 내게 몹시 큰소리로 역정을 냈기 때문에 갈피를 못 잡고 그냥 나가 버릴 것인지 아닌지 아직 마음을 정하지 못하고 있었기 때문이다. 그러나 노인은 방문객들을 보자 곧 항상 그랬듯이 지난 일은 잊어버리고 기분이 아주 좋은 듯이 전신에 활기가 넘치기 시작했다. 그리고 조금 전까지와는 완전히 다른 표정으로 뭔가 비밀이나 있는 듯 내게 눈을 찡긋하면서 두 사람이 들어오기 직전에 빠른 어조로 이런 말까지 했다.

「올림삐아다를 잘 보게, 잘 보아 두란 말이야, 잘…… 이유는 나중에 말해 주지…….」

그래서 그녀를 꼼꼼히 살펴보았지만, 나는 별 특별한 점을 발견하지 못했다. 그녀는 적당한 키에 통통한 몸매였고, 뺨이 유달리 발그레한 처녀였다. 그러나 얼굴은 퍽 예쁜 편이어서, 겉모습을 중시하는 사람이라면 누구나 호감을 가질 만한 용모였다. 그녀는 온순해 보이기는 했지만 뭔가 묘한 기운이 감도는 표정을 지니고 있었으며, 일정 수준의 지적 토대를 쌓은 것 같지도 않았다. 왜냐하면 그녀의 눈빛 속에 교활함이 자리하고 있는 걸 분명히 볼 수 있었기 때문이다. 나이는 열아홉을 넘은 것 같지 않았다. 단적으로 말해 전혀 특징적인 점이 하나도 없었다. 만일 우리 학교에서라면, 우리는 그녀를 〈방석〉이라고 부를 것이다. (내가 이렇게 자세히 묘사한 것은 이것이 미래에 필요할 것이기 때문이다.)

이제까지 모든 것을 자세히 쓴 것도 너무 상세하게 늘어놓는 것 같지만 나중에 벌어질 일과 연관이 있어 그런 것이다. 적당한 때가 되면 저간의 사정을 밝힐 계획이지만, 만일 지리하게 느껴진다면 더 이상 읽지 말기를 바란다.

베르실로프의 딸은 전혀 다른 분위기를 지니고 있었다. 그녀는 큰 키에 다소 여윈 편이었으며, 길쭉한 얼굴에 눈에 띄게 창백했지만 검고 매력적인 머릿결을 지니고 있었다. 또한 커다란 검은 눈으로 바라보는 시선에는 깊이가 있었으며, 불타는 듯한 그녀의 조그만 입술은 신선한 느낌을 주었다. 또한 가녀린 몸매를 지녀 걷는 모습이 내게 혐오감을 주지 않는 최초의 여성이었다. 그녀의 얼굴 표정은 따스하다고는 말할 수 없지만, 꽤 다양한 분위기를 담고 있었다. 나이는 스물둘. 겉모습으로 보아선, 베르실로프를 닮은 점은 거의 하나도 없었다. 그렇지만 뭐라고 할까, 전체적인 얼굴 표정 속에는 그와 닮은 점이 많이 엿보였다. 그녀가 미인인지 아닌지는 나는 모른다. 그것은 각자의 취향에 달린 문제이다. 두 사람 모두 수수한 옷차림이었기 때문에, 그 점에 대해서 특별히 쓸 것은 없다. 그녀를 보면서 나는 곧 베르실로바에게서 눈짓으로나 아니면 몸짓으로 어떤 모욕을 당할 것이라고 각오하고, 그녀가 취할 행동에 대비하고 있었다. 내가 그녀의 오빠를 생전 처음 모스끄바에서 만났을 때, 그는 내게 아주 모욕적으로 대했었기 때문이다. 그녀는 내 얼굴을 알아볼 수 없었지만, 내가 공작의 집에서 일한다는 것에 대해서는 알고 있었을 것이다. 그 내용이 무엇이든 공작이 꾀하고자 하는 계획이나 행동은 곧 주변의 수많은 친척들이나 그에게 〈기대어 살고 있는〉 사람들의 관심을 끌게 되어, 그들은 그것이 지니고 있는 의미에 대해서 곰곰이 생각해 보기 때문이다. 그리고 무엇보다도 무슨 이유에서인지 공작이 내게 깊은 관심을 보이고 있었으니 말이다. 공작이 안나 안드레예브나의 장래에 대해서 아주 깊은 관심을 가지고 그녀의 결혼 상대를 찾고 있다는 것은 분명했다. 그러나 베르실로바에게 결혼 상대를 찾아 주는 일은, 수틀에 수나 놓는 평범한 아가씨들의 배우자를 찾는 것과는 달리 훨씬 힘든 일이었다.

하지만 상황이 내가 예상했던 방향과는 다르게 전개되었다. 공작의 손을 잡고 상냥한 모습으로 서로 인사를 나누더니 베르실로바는 아주 호기심 어린 표정으로 나를 바라보았다. 그러더니 내가 자신의 얼굴을 바라보고 있는 것을 알고는 살짝 미소를 지으면서 내게 인사했다. 아마도 지금 막 들어오면서 나와 마주쳤기 때문에 먼저 와 있던 사람에 대한 의례적인 인사인 것 같았다. 그러나 아주 따스한 미소를 머금고 있는 것으로 미루어 보아, 그녀는 오래 전부터 이러한 상황을 예상하고 미리 그러한 표정을 짓기로 마음먹고 있었음이 분명했다. 그 순간에 내가 느꼈던 아주 상큼한 행복감을 나는 지금도 기억하고 있다.

「여기 이 젊은이는…… 저 이 사람은 나와 가깝게 지내는 젊은 친구 아르까지 안드레예비치 돌…….」 그녀가 인사를 하는데도 내가 계속해서 앉아 있는 것을 보고 공작이 말을 꺼내다가 갑자기 말을 멈췄다. 아마 이복 누이인 그녀에게 동생인 나를 소개하고 있다는 사실이 왠지 어색하게 느껴진 것 같았다. 내가 〈방석〉이라고 별명을 붙인 아가씨도 역시 고개를 숙여 내게 인사했다. 하지만 갑자기 나는 상황에 전혀 안 어울리게 흥분하여, 자리에서 벌떡 일어섰다. 아마도 그것은 내 병적인 자존심 때문에 생긴 발작적인 행위라고 할 수 있으며, 전적으로 내 못난 자존심에서 비롯된 것이었다.

「저, 공작님, 저는 아르까지 마까로비치지, 아르까지 안드레예비치가 아닙니다.」 나는 잔뜩 흥분하여 두 숙녀에게 응답 인사를 하는 것도 잊어버린 채, 아주 단호한 어조로 끊듯이 말했다. 지금 생각하면 너무도 무례하게 굴었던 그 순간을 내 기억 속에서 지워 버리고 싶다!

「아니, 저…… 이것 참Mais…… tiens!」 손가락으로 자신의 이마를 탁 치면서, 공작이 큰소리로 말했다.

「당신은 어디서 공부하셨지요?」 바로 내 옆까지 다가와서 묻는, 〈방석〉 아가씨의 말꼬리를 길게 늘어뜨린 질문이 내 귓전에서 울렸다.

「모스끄바에 있는 고등학교에서 공부했습니다.」

「아! 들은 적이 있는 것 같아요. 그래 어때요, 좋은 학교인가요?」

「네, 아주 좋은 학교입니다.」

마치 상관의 질문에 대답하는 병사처럼, 나는 선 채로 짧게 대답했다.

그 아가씨의 질문은 상황에 전혀 어울리지 않는 것이었다. 하지만 그녀의 배려 섞인 질문 덕택에 나는 더 이상의 어리석고 충동적인 행동을 제어할 수 있었고, 공작도 갑작스런 곤경에서 벗어날 수 있었다. 그러는 동안에 벌써 공작은 베르실로바가 귀에 대고 나직하게 말해 주는 무슨 재미있는 이야기에 빠져 들어 미소를 띠면서 듣고 있었다. 아마도 나에 관한 이야기는 아닌 듯했다. 그런데 나와 아무런 관계도 없는 이 낯선 아가씨가 무엇 때문에 자진해서 내 어리석은 행동을 막아 주었을까? 그녀의 그러한 태도는 분명히 무슨 생각이 있어서 한 것이지, 무심코 취한 행동은 아닌 것 같았다. 그녀는 아주 강한 호기심이 담긴 눈빛으로 나를 바라보고 있었다. 그녀의 행동은 마치 내 쪽에서도 역시 자신을 될 수 있는 대로 자세히 관찰해 주기를 바라는 듯한 의도를 가지고 있는 듯했다. 아주 시간이 많이 흐른 다음에 안 사실이지만, 그때의 내 짐작은 일리가 있는 추론이었다.

「뭐, 오늘이라고?」 공작은 갑자기 큰소리를 내더니, 자리에서 벌떡 일어섰다.

「그럼 아직 모르고 계셨나요?」 베르실로바가 놀란 목소리로 되물었다. 「올림뻬아다! 까쩨리나 니꼴라예브나가 오늘 오시는 걸 공작님은 모르고 계셨대요. 저희는 그분을 만나러 왔어요. 저희는 그분이 오늘 아침 기차로 오셔서, 벌써 집에 도착하셨으리라고 생각했거든요. 바로 조금 전에 현관에서 그분을 만났는데, 역에서 막 들어오는 길이라고 하면서, 저희더러 먼저 들어가 있으라고 하셨어요. 그분도 곧 오시겠다고 하면서요. 아! 이제 들어오시는군요!」

그때 옆에 있는 문이 열리고 드디어 그녀가 모습을 나타냈다!

공작의 서재에 걸려 있는 커다란 초상화를 통해서, 나는 이미 그녀의 얼굴을 알고 있었다. 지난 한 달 동안, 나는 그녀의 초상화를 찬찬히 살펴볼 수 있었다. 그녀가 서재에 들어온 후 약 3분 동안, 나는 단 1초도 그녀의 얼굴에서 눈을 떼지 않았다. 하지만 이 초상화를 보지 않았더라면 그렇게 3분을 서재에 같이 있었다 하더라도 누가 내게 〈그녀는 어떤 여자인가?〉 하고 물었을 때 나는 아무런 답도 주지 못했을 것이다.

나는 완전히 얼이 빠진 상태에 있었기 때문에 그 3분 동안에 일어난 일 가운데서, 단지 공작이 아름다운 그녀와 입을 맞추고 손으로 십자가를 그어 준 일과, 방으로 들어오자마자 곧바로 내게 와 닿기 시작하던 그녀의 날카로운 시선만을 기억할 뿐이다. 공작이 묘한 웃음소리를 내며 그녀에게 새로 온 비서인 나에 대해서 무엇인가를 중얼거리듯 설명하면서 내 이름을 입 밖에 낸 것을 나는 분명히 들었다. 그러자 그녀는 고개를 번쩍 들더니, 나를 바라보며 뭔가 거만한 표정을 지으며 아주 기분나쁜 미소를 던졌다. 그러한 답답한 상황이 견딜 수가 없어서 나는 한 걸음 앞으로 공작에게 다가서며 몸을 몹시 떨면서 중얼거리듯이 말했다. 하지만 왠지 이까지 덜덜 떨려서 나는 내 생각을 한마디도 온전히 표현하지 못했다.

「저, 이제, 저는…… 저는 해야 할 일이 있어서…… 그만 나가 보겠습니다.」

그 한 마디를 겨우 던지고서 나는 돌아서 나와 버렸다. 모두 그저 내 갑작스런 행동을 바라볼 뿐 아무도, 공작까지도, 내게 아무런 말도 하지 않았다. 나중에 공작이 말해 준 바에 따르면, 그는 갑자기 창백해져 버린 내 얼굴을 보고 〈그만 말문이 막혔었다〉는 것이다.

하지만 상황이 어떠했든 나는 그 일에 크게 괘념하지 않았다!

제3장

1

그 정도 일에 대해서는 신경을 쓸 겨를이 없었다. 뭔가 조금 더 깊게 새겨 봐야 할 생각들이 그러한 사소한 일들을 모두 옆으로 밀어냈기 때문이다. 그리고 나자 가슴 깊은 곳에서 다른 모든 일을 덮어 줄 만큼 힘찬 기운이 가득 차올랐다. 밖으로 나왔을 때 나는 아주 마음이 편안해짐을 느꼈으며, 큰길에 나서자 노래라도 나올 것 같은 기분이었다. 뜻하지 않게 갑자기 아주 상큼한 아침을 맞이할 수 있었다. 밝은 태양, 활기찬 발걸음으로 오가는 사람들, 다양한 소음을 느끼며 나는 모처럼 살아 있다는 사실에 기쁨을 만끽했다. 그러나 그 여자는 만나자마자 나를 모욕하지 않았던가? 만일 다른 누군가가 그렇게 야릇한 눈빛과 무례한 웃음으로 나를 대했다면, 설사 내 행위가 어리석게 보일지라도, 물론 나는 그런 평가에 전혀 신경을 쓰지 않겠지만, 참지 않고 곧바로 격렬하게 항의했을 것이다. 하지만 눈여겨보아야 할 대목이 있었다. 그녀가 이곳으로 서둘러 온 진짜 이유는 어쩌면 한 번도 본 적이 없는 내게 가능한 한 빨리 심한 모욕감을 던져 주기 위해서였을 것이라는 사실이다. 아마도 그녀는 나를 〈베르실로프가 보낸 스파이〉로 생각했을 것이다. 그때는 물론이고 오랜 시간이 지난 후에도, 그녀는 베르실로프가 자신의 운명을 완전히 그의 손아귀에 쥐고 있으며, 원하기만 한다면 언제라도 곧 그녀를 파멸시키는 수단이 될 수 있는 서류를 그가 가지고 있다고 굳게 믿고 있었다. 그들의 싸움은 참으로 목숨을 건 결투였다. 그러나 사실을 말한다면, 나는 모욕을 당하지는 않았다! 물론 그녀의 행동은 모욕적인 것이었다. 그렇지만 나는 그것을 전혀 모욕적인 것으로 받아들이지 않았다! 오히려 그녀의 행동에서 나는 묘한 기쁨을 느끼기까지 하였다. 그녀는 내게 모멸감을 던져 주려고 왔지만, 오히려 나는 그녀에게서 묘한 호감을 느꼈다. 〈오랫동안 파리를 잡으려고 잔뜩 노리고 있던 거미가, 목표로 삼고 있던 바로 그 파리에게서 문득 연민을 느낄 수 있는지는 잘 모르겠다. 아, 내 귀여운 작은 파리여! 내 생각으로는 모든 사람들이 자신의 희생물에게 측은함을 느낄 것처럼 보인다. 아니 더 나아가 사랑의 느낌을 가질 수도 있을 것처럼 여겨진다. 바로 나부터 적에게 사랑의 느낌을 받고 있지 않은가. 말하자면 그녀의 아름다움이 무척이나 내 마음에 들었던 것이다. 《나는 말입니다, 마나님, 당신이 그처럼 거만하고 당당하신 것이 마음에 들었습니다. 만일 당신이 보다 온화한 사람이었다면, 이러한 만족감은 없었을 것입니다. 당신은 내 얼굴에 침을 뱉으셨습니다. 그렇지만 나는 승리한 기분입니다. 만일 당신이 정말로 내 얼굴에 침을 뱉으셨다 해도, 아마 나는 화내지 않았을 것입니다. 아니 정말입니다. 왜냐하면, 당신은 나의 희생물, 그렇습니다. 바로 나의 희생물이지 그의 희생물이 아니기 때문이지요. 이 얼마나 매혹적인 느낌입니까.》 그렇다. 내면에 감추고 있는 우월감이 겉으로 드러나는 우월감보다 훨씬 더 큰 만족감을 주는 것이다. 만일 내가 백만장자라면, 아마 나는 가장 낡은 옷을 입고 다닐 것이다. 사람들이 나를 너무도 가난해서 타인의 동정을 청해야 할 비참한 인간이라고 생각하고, 나를 구박하고 멸시하는 바로 그러한 상황에서, 나는 틀림없이 만족감을 찾을 것이다. 왜냐하면 백만장자라는 그 사실 하나만으로도 충분한 행복감을 느낄 수 있기 때문이다.〉

바로 그런 입장에서, 그때 당시에 느꼈던 내 생각, 지고의 행복감, 그리고 내 가슴속에 고이던 느낌들 중에서 많은 것을 있는 그대로 적어 보고 싶다. 다만 한 가지 덧붙여 두어야 할 것은, 지금 여기에 쓴 내용이 실제보다 다소 경박하게 씌어진 것 같다는 점이다. 사실은 그때, 나는 좀 더 진지하고 또 진지한 편이었다. 어쩌면 나는 지금도 말이나 행동보다, 실제의 모습이 훨씬 더 진지할지도 모를 일이다. 아마도 틀림없이 그럴 것이다!

어쩌면 내가 이런 것을 쓰는 것이 별로 바람직한 일이 아닌지도 모르겠다. 왜냐하면 말로 표현되지 못하고 가슴속에 남아 있는 것이 훨씬 더 많기 때문이다. 가령 생각이란, 그것이 좋지 못한 것일지라도 머릿속에 있는 동안은 항상 그윽하고 깊은 맛이 있지만, 일단 말로 표현되고 나면 훨씬 더 산만해 보이고 또한 대수롭지 않아 보인다. 경박하고 나쁜 사람들에게서는 이러한 사정이 정반대로 나타난다고 언젠가 베르실로프가 내게 해준 말이 생각난다. 그런 종류의 사람들은 항상 거짓말만 하기 때문에, 자신의 생각을 글로 표현하기가 쉬울지 모르지만, 나는 모든 일을 있었던 그대로 적어 보려 하니 참으로 힘이 든다!

2

바로 이날, 9월 19일에 내겐 또 다른 〈사건〉이 생겼다.

이곳에 도착한 후 처음으로 내 주머니에 돈이 들어온 것이다. 그동안 나는 한푼 없이 지내왔다. 앞에서 말했듯이, 지난 2년 동안 푼푼이 모은 60루블의 돈을 어머니에게 주어 버렸기 때문이다. 벌써 며칠 전부터, 월급을 받으면 바로 그날 오래 전부터 꿈꾸던 〈행동〉을 시도하기로 나는 마음을 먹고 있었다. 그리고 바로 어제 드디어 나는 신문에서 〈상뜨 뻬쩨르부르그 지방 법원〉의 명의로 낸 공고를 가위로 오렸다. 그것은 〈9월 19일 정오, 까잔 구역의 어느 거리에 있는 집에서, 레브레호트 부인 소유의 동산을 경매할 것임〉, 그리고 〈품목과 가격표 및 매각이 될 물건은 경매 당일 열람할 수 있음〉 등의 내용이었다.

오후 한 시가 좀 지났을 때, 나는 목적지로 서둘러 걸음을 옮기고 있었다. 지금까지 벌써 3년째 나는 마차를 타지 않기로 맹세하고 자신과의 약속을 지켜 왔다. 그렇게 하지 않고서는 그 60루블의 돈을 모을 수가 없었을 것이다. 또한 나는 지금까지 한 번도 경매에 가본 일이 없었다. 내 스스로 자신에게 그런 행동을 허락할 수가 없었다. 처음으로 시험에 옮긴 이 〈행동〉은 단지 오랜 시간 결행하기로 마음먹었던 일을 시험하는 데 지나지 않는 것이다. 나는 마음속으로 학교를 졸업하고 모든 사람과 관계를 끊은 다음, 자신의 껍질 속에 들어앉아 완전히 자유롭게 되었을 때 이 일을 결행하려고 다짐하고 있었다. 사실 나는 아직 자신의 〈껍질〉 속에 온전히 들어앉았다고 할 수는 없고, 자유롭게 되는 것도 먼 훗날의 일이었다. 그러나 그때, 나는 다만 시험해 본다는 기분으로, 그저 분위기를 살펴보려고, 말하자면 그저 환상에 빠지듯 그렇게 시도해 본 것에 지나지 않았다. 그러고 나면 이후 당분간은 진짜 일에 진지하게 임할 때까지 다시는 그런 장소에 가지 않으리라고 결심하고 있었다. 다른 사람들에게 그런 일은 큰 의미를 둘 필요도 없고 그저 평범한 경매에 지나지 않겠지만, 나로서는 콜럼버스가 아메리카를 발견하려고 타고 갔던 배를 건조할 때에 사용한, 바로 그 목재와 같은 의미로 와 닿았다. 그 당시의 내 느낌은 바로 그러한 것이었다.

예정했던 목적지에 도착해서, 나는 신문의 공고에 나왔던 건물의 안마당을 지나 그 안에 있는 레브레호트 부인의 집으로 들어갔다. 그 집은 현관에 붙어 있는 거실과, 그다지 크지 않고 천장이 낮은 네 개의 방으로 구성되어 있었다. 거실을 지나 첫번째 방에는 약 30명쯤 되어 보이는 사람들이 서 있었다. 그중 반쯤은 장사꾼들이었고, 나머지는 외모로 보아 그냥 구경 나온 사람들이거나, 또는 미술품이나 골동품 애호가로 보였으며, 혹은 레브레흐트의 대리인처럼 보였다. 금으로 만든 물건에 침을 흘리는 장사꾼과 유대 인도 있었고, 〈단정한〉 몸차림을 한 몇몇 사람들도 있었다. 그들 중에 몇 명의 표정은 지금도 내 기억 속에서 생생하게 떠오른다. 문을 열어 놓은 오른편 방에는 한가운데에 테이블이 놓여 있었는데, 그 방에는 들어갈 수 없었고, 바로 그 테이블 위에 경매될 물건들이 놓여 있었다. 왼편에는 또 하나의 방이 있었는데, 그 방으로 통하는 문들은 닫혀 있었지만, 안에서 한 사람이 쉴새 없이 방문을 약간 열고 그 틈으로 바깥 사정을 엿보고 있었다. 추측하건대 그것은 이러한 상황을 별로 달가워하지 않는 레브레흐트 부인의 많은 유가족 중 한 사람으로 짐작되었다. 문과 문 사이에 놓인 테이블 앞에는 배지를 단 집달관들이 사람들 쪽을 향하여 의자에 앉은 채 경매를 집행하고 있었다. 내가 갔을 때 경매는 이미 반 정도가 진행되어 있었다. 안에 들어가자, 나는 그 테이블 쪽으로 뚫고 들어갔다. 마침 청동으로 만든 촛대를 경매하려 하고 있었다. 나는 상황을 살피기로 했다.

경매가 진행되는 상황을 눈여겨 살피면서 나는 곧 이런 생각을 했다. 도대체 여기서 내가 무엇을 살 수 있겠는가? 저 청동제 촛대를 사보았자 나로서는 보관할 수 있는 방법도 없지 않은가. 그리고 이러한 일을 통해서 내 궁극적인 목적을 달성할 수 있을까? 또 내가 이런 일을 해도 좋을까? 이런 거래에서 내가 이득을 얻을 수 있을까? 그리고 이렇게 타산하고 있는 일 자체가 벌써 너무도 유치한 일 아닐까? 그런 생각을 하면서 나는 상황을 죽 눈여겨보고 있었다. 그러자 갑자기 노름판에서 마치 자신의 패를 쳐다보면서, 〈걸려면 한번 걸어 보고 죽으려면 그냥 죽는 거지 뭐, 마음이 끌리는 대로 한번 해보는 거야〉라고 생각하는 것과 같은 묘한 기분이 들기 시작했다. 마지막 결정을 내리기 전에 심장은 아직 두근거리지 않았지만, 어쩐지 조금 떨리는 기분이 드는 것 같기도 하고 약간 위축되는 느낌도 있지만 기분은 별로 나쁘지 않았다. 그런데 갑자기 그 주저하는 기분이 마음속에서 커다란 부담감으로 다가오기 시작하더니 어쩐지 눈앞이 깜깜해지는 것 같았다. 그래서 일부러 손을 쭉 내밀어 패를 집었다. 그러나 그것은 거의 무의식적으로 하는 기계적인 동작일 뿐 마치 자기 손을 딴 사람이 움직이고 있는 것 같았다. 그때 마지막 결심을 하고 승부를 겨루자는 생각이 들자 갑자기 거부할 수 없이 다가오는 전혀 다른 의식에 사로잡혔다. 이것은 경매에 대해서 쓰고 있는 것이 아니다. 나는 그때 내 자신의 깊은 곳에서 이루어지던 심리적 전이에 대해서 쓰고 있는 것이다.

경매장에 있는 사람들의 풍경은 다양했다. 어떤 사람은 흥분해 있었고, 다른 사람들은 침묵한 채 분위기를 읽고 있었으며, 또 다른 사람들은 물건을 산 뒤 그것을 후회하는 표정을 짓고 있었다. 말끔하게 옷을 차려입은 어떤 사람은 양은으로 만든 우유 주전자를 은으로 된 것으로 착각하고 2루블 줄 만한 것을 5루블이나 주고 샀다며 투덜거리고 있었지만 이미 경매가 끝난 뒤였다. 이러한 상황들을 살피며 나는 어떤 몽롱한 기분을 느꼈다. 집달관은 차례차례 물건을 바꿔 내놓았다. 촛대 다음엔 귀고리가 나타났다. 귀고리 다음에는 수놓은 양가죽 방석, 그 다음에는 보석함을 내놓았다. 아마도 갖가지 물건을 다양하게 전시하려는 의도이거나, 아니면 사람들의 기호를 고려해서 처음부터 그렇게 구성한 것 같았다. 나는 단 10분 동안도 한자리에 그대로 서 있을 수가 없었다. 방석에 다가서 보기도 하고 보석함에 손을 내밀려고도 했지만, 결정적인 순간에는 그때마다 기세를 꺾이고 말았다. 그것들이 전혀 내 손에 닿을 수 없는 물건들인 것 같았기 때문이다. 드디어 집달관이 앨범 한 권을 잡았다.

「빨간색 양가죽으로 장정한 가족용 앨범입니다. 중고품이기는 하지만 안에 수채화와 묵화가 들어 있고, 상아를 박은 케이스에 담겨 있는 것으로 은제 장식을 한 것입니다. 가격은 2루블!」

나는 앞으로 나섰다. 보기에는 매우 우아한 물건이었지만 상아 조각에 한 군데 흠이 있었다. 물건을 보려고 나선 사람은 나 하나뿐, 다른 사람들은 모두 침묵을 지키고 있었다. 아무도 경쟁자로 나선 사람이 없었다. 고리를 빼고 앨범을 케이스에서 끄집어내어 물건을 잘 살펴볼 수도 있었지만, 나는 그 권리를 행사하지 않았다. 그리고 〈어쨌든 괜찮아〉 하는 심정으로 떨리는 손을 들어 살 의사를 표시했다.

「2루블 5꼬뻬이까.」 가격을 제시하면서 나는 또다시 이빨이 딱딱 부딪친 것 같았다.

마침내 물건은 내 차지가 되었다. 나는 곧 돈을 꺼내어 지불을 끝낸 다음, 앨범을 집어 가지고 방구석으로 물러섰다. 거기서 앨범을 케이스에서 끄집어내어 열병에나 걸린 듯 서둘러 살펴보기 시작했다. 케이스의 값어치를 고려하지 않는다면, 그것은 이 세상에서 가장 쓸모없는 물건이었다. 앨범은 작은 편지지 정도 크기의 얇은 것으로, 모서리의 금박은 벗겨졌지만 예전에 학교를 졸업한 아가씨들 사이에 유행하던 것과 똑같은 물건이었다. 앨범에는 먹과 물감으로 그린 산꼭대기 위의 수도원, 큐피드, 백조가 떠 있는 연못 등의 그림이 들어 있었다. 그리고 또 이런 시도 있었다.

> 멀고 먼 길을 나는 떠나며,
> 모스끄바에 작별을 고하노니,
> 사랑하는 그대여 부디 잘 있거라,
> 끄림을 향하여 역마차는 달린다.

(앨범과 관계된 사항들은 지금도 내 기억 속에 잘 보존되어 있다!) 〈이것을 산 건 분명히 내 실수야〉라고 나는 단정했다. 이 세상에 이런 것에 관심을 가질 사람은 전혀 없을 것 같았다.

〈괜찮아.〉 나는 마음을 달랬다. 〈반드시 첫판은 늘 지게 돼 있는 것이니까. 오히려 이건 좋은 징조야.〉

갑자기 나는 상큼한 기분을 느꼈다.

「어이쿠, 한 걸음 늦었구나. 당신이 그걸 샀습니까? 아, 벌써 당신이 사셨군요.」 푸른 외투를 입은 신사의 목소리가 돌연 내 곁에서 울렸다. 훌륭한 옷차림을 한 그럴듯한 풍모의 신사였다. 그는 뒤늦게 온 것이었다.

「아 참, 한 발 늦었구려, 아 참 아쉬운데요. 그런데 얼마나 주고 사셨지요?」

「2루블 5꼬뻬이까 주었습니다.」

「허 참, 저 혹시 제게 양보해 주실 수는 없을까요?」

「저 밖에 나가서 얘기하시지요.」 나는 그에게 속삭였다. 나는 숨이 탁탁 막히는 느낌이 들었다.

우리는 계단으로 걸어나왔다.

「10루블에 양보하겠습니다.」 등골에 찬 기운을 오싹오싹 느끼면서 나는 말했다.

「10루블이라고요! 너무 심하시군요, 무슨 말씀을 하시는 거요!」

「좋도록 하십시오.」

그는 눈을 똑바로 뜨고 나를 바라보았다. 나는 단정한 옷차림을 하고 있었기 때문에 유대 인이나 중개업자 같은 면은 전연 없었다.

「좀 봐주십시오. 이건 전혀 쓸모없는, 낡아빠진 앨범 아닙니까. 누가 그런 것이 필요하겠습니까? 케이스도 사실은 아무런 가치도 없지요. 당신도 누구에게 파실 수도 없지 않겠어요?」

「바로 당신이 사려 하고 있지 않습니까?」

「그건 특별한 사정이 있기 때문이지요. 나는 어제서야 경매에 관해 알았습니다. 이런 물건을 살 사람은 정말 나 하나뿐일 거라고 생각했습니다. 제 사정 설명이 어떻게 좀 납득이 되십니까?」

「당신께 25루블을 불러야 했다고 생각합니다. 그러나 그렇게 하면 당신이 사시려는 의향을 거두실지 몰라서, 분명하게 하기 위해서 10루블만 부른 것입니다. 이 값에서 한푼도 깎을 수 없습니다.」

나는 돌아서서 걷기 시작했다.

「그러면 4루블 주지요.」 그는 집 밖으로까지 나를 따라오며 다시 값을 제시했다. 「그러면 5루블.」

나는 말없이 걸음을 재촉했다.

「할 수 없군요, 자 가져가시오!」 그는 10루블을 꺼냈다. 나는 그에게 앨범을 넘겨주었다.

「그렇지만 이것 보시오, 이건 부정 거래요! 2루블 정도짜리를 10루블 받다니, 그렇지 않아요?」

「왜 부정 거래란 말입니까? 이것은 정당한 거래입니다!」

「이게 무슨 거래란 말이오?」 그는 화를 냈다.

「수요가 있으면 거래가 있는 것이지요. 당신이 팔라고 하지 않았다면, 40꼬뻬이까에도 팔지 못했을 겁니다.」

나는 매우 진지한 태도를 취했다. 큰소리로 웃지는 않았지만 마음속으로는 소리를 내어 웃고 싶은 심정이었다. 어떤 기쁨을 느껴서가 아니라 까닭 없이 웃고 싶은 느낌이 들었다. 그리고 다소 숨가쁜 기분이었다.

「이것 보십시오.」 나는 내 기분을 참을 수 없어 중얼거리듯 말했다. 매우 다정한, 지극히 그를 좋아하는 듯한 어조였다. 「좀 들어 보십시오. 바로 얼마 전, 17억 프랑의 재산을 남기고 세상을 떠난 파리의 제임스 로스차일드[6]는(그는 고개를 끄덕였다) 아직 젊었을 때, 베레 공작이 암살당한 것을 우연한 기회에 다른 사람들보다 몇 시간 빨리 알고 곧바로 당국에 알렸습니다. 그래서 단지 그것만으로 순식간에 수백만 프랑의 돈을 벌었습니다. 바로 그것이 세상 사람들이 일하는 방식입니다!」

「그러면 당신이 로스차일드란 말이오?」 그는 바보를 상대하듯이 내게 화를 내면서 언성을 높였다.

나는 서둘러 건물 밖으로 발걸음을 옮겼다. 단 한 번의 행동으로 벌써 7루블 95꼬뻬이까를 벌었다! 그러한 내 행동이 뭔가 제정신에 의한 것 같지 않아 보였고, 또한 어린아이 장난 같기도 하다는 느낌이 들었다. 그러나 결과적으로는 내 예상이 잘 맞아떨어졌기 때문에, 나는 마음속으로 커다란 흥분을 느끼지 않을 수 없었다. 물론 그런 느낌을 새삼스럽게 여기에 묘사할 필요는 없다. 10루블짜리 지폐는 조끼 주머니에 들어 있었다. 나는 손가락 둘을 넣어 그것을 만지작거리면서, 그 손을 주머니에서 빼지 않은 채 그대로 걷고 있었다. 약 1백 보쯤 걸은 후에 나는 그것을 꺼내 바라보았다. 한참 보고 나서 그것에 입맞추려고 했다. 바로 그때, 어떤 집 현관 앞에 덜컥덜컥 소리를 내면서 마차 한 대가 멈춰 섰다. 문지기가 현관문을 열었다. 그러자 뒤로 2미터쯤 길게 꼬리를 늘어뜨린 화려한 비단과 벨벳으로 된 값비싼 옷을 차려입은 젊고 아름다운 숙녀 한 사람이 집에서 나와 마차를 타려고 했다. 그 순간 모양이 예쁘게 생긴 손가방이 그녀의 손에서 미끄러지듯 빠져나와 땅에 떨어졌다. 숙녀는 그대로 좌석에 앉았다. 그러자 하인이 몸을 굽혀 물건을 집으려고 했다. 하지만 내가 그보다 더 빨리 뛰어가 가방을 집어 모자를 조금 들어올리고 숙녀에게 그것을 넘겨줬다(모자는 실크로 된 것이었다. 나는 청년 신사답게 보기 흉하지 않은 복장을 하고 있었다). 다소 수줍은 듯했지만 아주 환한 미소를 머금은 채 숙녀는 내게 〈고맙습니다Merci,

6 파리의 은행가(1792~1868).

monsieur!〉하고 말했다. 마차는 소리를 내며 달리기 시작했다. 나는 10루블짜리 지폐에 입을 맞췄다.

3

바로 그날, 나는 예핌 즈베레프를 만나기로 되어 있었다. 그는 고등학교 때의 내 동급생으로, 학교를 중퇴하고 뻬쩨르부르그의 어떤 실업 학교에 입학한 친구였다. 나는 그와 돈독한 친분이 있었던 것이 아니기 때문에 여기서 그에 대해 특별히 쓸 내용은 없다. 그런 그를 내가 필요에 따라 뻬쩨르부르그에서 찾아냈다. 여기서 자세히 밝힐 필요는 없지만, 그는 내게 꼭 필요한 끄라프뜨라는 사람의 주소를 그가 빌노에서 돌아오는 즉시 알려 주기로 되어 있었다. 그리고 즈베레프가 이틀 전에 알려 준 소식에 의하면, 그 사람이 며칠 안에 돌아온다는 것이었다. 그를 만나러 뻬쩨르부르그 구까지 걸어가야 했지만 나는 조금도 피로를 느끼지 않았다.

내가 그의 집에 갔을 때 즈베레프(그도 역시 열아홉 살이었다)는 임시로 기거하고 있는 아주머니의 집 마당에 나와 있었다. 그는 식사를 막 끝내고 어기적거리며 마당에서 거닐고 있던 참이었다. 그는 내게 끄라프뜨가 어제 벌써 이곳에 도착하여 같은 뻬쩨르부르그 구에 있는 이전의 하숙집에 머무르고 있으며, 또 그 역시 내게 무언가 가급적 빨리 알려야 할 중대한 용건이 있어 서둘러 나와 만나기를 바라고 있다고 말했다.

「그 사람은 또 어디론가 가야 한다던데.」예핌은 덧붙였다.

나는 지금 당장 끄라프뜨와 만나서 꼭 논의해야 할 중요한 일이 있기 때문에 나를 그의 집으로 데려다 달라고 예핌에게 부탁했다. 그러나 즈베레프는 여기서 매우 가까운 골목길에 그가 머무르는 집이 있어 약 한 시간 전에 그와 만났는데, 그는 제르가쵸프에게 가는 길이더라고 내게 설명을 했다.

「그러면 제르가쵸프에게로 가보자. 왜 너는 늘 싫다고 그러지? 겁나니?」

어쩌면 끄라프뜨는 제르가쵸프의 집에 계속 머무르고 있을지도 모를 일이었다. 그렇다면 어디서 그를 기다려야 할까? 제르가쵸프에게 가는 것이 겁나지는 않지만, 왠지 썩 마음이 내키지는 않았다. 사실 그동안에 벌써 세 번이나 예핌은 나를 그리로 끌고 가려고 시도했었다. 그리고 그럴 때마다 몹시 음흉한 미소를 띠며〈겁나니?〉라고 물었다. 미리 말해 두지만 이것은 겁나고 안 나고의 문제가 아니었다. 만일 내가 두려워하는 것이 있다면, 그것은 그가 생각하는 것과는 전혀 다른 내용이었다. 그러나 이번에는 한번 가보기로 마음먹었다. 제르가쵸프의 집 역시 거기서 매우 가까운 곳에 있었다. 그곳으로 걸어가는 도중 나는 예핌에게, 지금도 여전히 아메리카로 도망갈 생각을 하고 있느냐고 물었다.

「어쩌면 좀 더 때를 기다려야 할지도 모르겠어.」 그가 멋쩍게 웃으면서 대답했다.

왠지 나는 그에게 호감이 생기지 않았다. 아니 어쩌면 그를 아주 싫어했다고 말하는 편이 낫겠다. 그는 결이 고운 머리카락, 적당히 살이 오른 얼굴에 어린아이 같은 천진한 맛이 있었다. 그리고 키는 나보다 컸지만 열일곱 살 정도의 풋내기처럼 보였다. 그래서 그와는 이렇다 할 만한 이야깃거리가 없었다.

「도대체 거기서 무슨 짓들을 하는 거지? 늘 그렇게 사람들이 모이니?」 항상 머리에서 떠나지 않던 의문을 풀어 보려고 내가 물었다.

「무엇 때문에 너는 그렇게 자꾸 겁을 먹지?」 또다시 그가 웃기 시작했다.

「네 멋대로 생각해.」 나는 마침내 화를 내고 말했다.

「많이 모여 있지는 않아. 아는 사람들만 올 뿐이야. 모두 친구들이니 걱정할 건 없어.」

「친구들이건 아니건 내가 상관할 바 아니고, 내가 가도 되냐고? 그런데 그들이 어떻게 나를 믿느냔 말이지?」

「내가 너를 데리고 왔다는 것만으로도 충분해. 너에 대해서 이미 이야기를 해놓았거든. 그리고 끄라프뜨도 너에 대해 말해 줄 수 있잖아.」

「바신도 거기 있을까?」

「모르겠어.」

「만일 있으면, 안에 들어가서 곧 내 옆구리를 찔러 누가 바신인지 알려 줘. 안에 들어가자마자 곧 말이야, 알았어?」

바신에 대해서는 벌써 상당히 많은 얘기를 듣고 있던 터라 나는 오래 전부터 그에 대해 흥미를 가지고 있었다.

제르가쵸프는 어떤 여자 상인이 소유하고 있는 목조 건물의 마당에 딸린 조그마한 사랑채에 살고 있었다. 방은 깨끗한 편으로 모두 셋이었다. 네 개의 창문에는 모두 블라인드가 내려져 있었다. 그는 직장이 뻬쩨르부르그에 있는 기술자로, 들리는 말로는 지방의 어느 민간 사업체에서 그에게 좋은 자리를 제공하여 곧 그리로 가게 되어 있다고 한다.

입구의 조그마한 방으로 들어서자, 여러 사람의 목소리가 들렸다. 그들은 열띤 논쟁을 벌이고 있는 것 같았다. 그때 누군가가 큰소리로 외쳤다. 「약으로 못 고치는 것은 철이 고치고, 철이 못 고치는 것은 불이 고친다Quae medicamenta non sanant — ferrum sanat, quae ferruma non sanant — ignis sanat!」

사실 나는 약간 불안한 느낌을 가지고 있었다. 왜냐하면 왠지 나는 어떤 종류의 모임이든 사람들이 모인 자리에 나가는 일에 익숙하지 못했기 때문이다. 학교를 다닐 때도 동급생들과 아무런 문제 없이 지내기는 했지만, 거의 아무하고도 진한 우정 관계를 맺지는 않았다. 나는 내가 편안할 수 있는 한구석을 만들어 그 구석에 묻혀 살았다. 그러나 내가 당황한 것은 그것 때문만은 아니었다. 잘못하다가는 논쟁에 끼어들 수 있을지도 모르기 때문이었다. 그래서 나는 속으로 어떠한 논쟁에도 끼어들지 말자, 그리고 아무도 나에 대해서 이런저런 판단을 하지 못하도록 극도로 말을 아껴 꼭 필요한 말만 하자고 다짐했다.

아주 자그마한 방 안에는 남자가 일곱, 여자들까지 합하면 열 명 정도나 있었다. 제르가쵸프는 25세였고 아내도 있었다. 그 아내에게는 여동생과 한 명의 친척 여자가 있었는데, 그 두 사람 또한 제르가쵸프의 집에서 같이 살고 있었다. 방 안에는 이런저런 몇 가지 가구가 놓여 있고, 깨끗한 편이었다. 벽에는 석판 인쇄로 된 초상화가 걸려 있었는데 매우 값싼 것이었다. 구석에는 아무런 장식도 없는 성상이 걸려 있었다. 그러나 등불은 켜 있었다. 제르가쵸프는 내게로 다가와서 악수를 하더니 앉으라고 권했다.

「앉으세요. 여기 있는 사람들은 모두 허물없는 사이입니다.」

「어서 앉으세요.」 수수한 옷차림을 한 매우 아름다운 젊은 여자가 말을 덧붙였다. 그리고 내게 가볍게 인사를 하고는 곧 밖으로 나갔다. 그녀는 그의 아내였는데, 상황을 보니 그녀 역시 논쟁에 참여하고 있었던 듯했다. 아마 아기에게 젖을 주려고 나간 것 같았다. 방에는 아직도 두 명의 여자가 남아 있었다. 한 명은 키가 작고 검은 옷을 입은 20세 가량의 여자였는데 역시 보기에 괜찮은 편이었다. 또 한 명은 30세 정도의 야위고 눈매가 무서운 여자였다. 두 사람은 앉아서 열심히 듣고는 있었지만 대화에 끼어들지는 않았다.

남자들은 거의 모두가 서 있었고, 앉은 사람은 나 이외에 끄라프뜨와 바신뿐이었다. 방에 들어가자마자 예픰이 그 두 사람을 내게 가르쳐 주었다. 왜냐하면 나는 끄라프뜨도 처음 만나는 것이었기 때문이다. 나는 자리에서 일어나 그들에게로 초면 인사를 하러 가까이 다가갔다. 나는 끄라프뜨의 얼굴을 아마 평생 잊지 못할 것이다. 그는 미남이라고는 할 수 없지만 아주 온화하고 섬세한 얼굴이었으며, 얼굴 전체에 타고난 기품이 배어 있었다. 나이는 26세에 몸집은 호리호리한 편이고, 키는 보통보다 좀 큰 편에 머리칼은 금발이었다. 얼굴은 진실해 보이고 부드러워 전체적으로 매우 조용한 인상을 풍겼다. 그렇다고 나더러 나와 그의 외모를 바꾸면 어떻겠느냐고 말하는 사람이 있다면, 별로 잘나지 못한 내 얼굴이지만, 나는 그의 매력적인 외모와 바꿀 생각은 전혀 없다. 그의 얼굴에는 무언가 받아들이기 어려운 그 무엇인가가 있었다. 정신적 의미에서 너무나 지나치게 조용하고 아주 비밀스러운 무어라 말로 표현할 수 없는 자존심 같은 것이 있었다. 그렇지만 이처럼 상세한 판단을 그 당시의 나로서는 아마 할 수가 없었을 것이다. 그때 그렇게 판단했을 거라고 말하는 것은, 모든 일이 다 끝난 다음에 아마도 그랬을 것이라는 추측이 내 생각을 이끌었기 때문이다.

「와주셔서 기쁘군요.」 끄라프뜨가 말했다. 「실은 당신과 관계되는 편지 한 통을 제가 가지고 있어요. 여기 좀 앉았다가 제 방으로 갑시다.」

제르가쵸프는 보통 키에 넓은 어깨, 두툼한 목에 기다란 턱수염, 총명해 보이는 눈을 갖고 있었는데, 감정을 잘 드러내지 않을 것 같아 어쩐지 마음을 놓을 수 없는 사람 같았다. 입을 다물고 있을 때가 많았지만, 그럼에도 불구하고 그가 이 자리의 대화를 주도해 가고 있는 듯했다. 바신에 대해서는 머리가 비상한 사람이라는 소문을 듣고 있었지만, 그의 얼굴은 그다지 나를 놀라게 하지는 않았다. 금발의 머리카락, 엷은 회색의 커다란 눈, 그리고 지극히 개방적으로 보이는 얼굴, 그러나 동시에 그의 표정에는 어딘가 필요 이상으로 경직된 면이 있어 쉽게 내면을 잘 털어놓지 않을 성격으로 느껴졌다. 그러나 그의 눈빛은 아주 총명해 보였다. 오히려 제르가쵸프의 시선보다 더 총명하고 깊이가 있어 보였으며, 방 안에 있는 누구보다도 영민할 것 같았다. 그러나 내가 지금 모든 것을 지나치게 과장하고 있는지도 모르겠다. 거기에 있던 젊은이들 중 지금 생각나는 얼굴은 두 명뿐이다. 한 명은 키가 크고 거무스름한 얼굴에 구레나룻을 기른 스물일고여덟 살 가량의 말이 매우 많은 사람이었다. 학교 교사인지, 그럴듯한 직업을 가진 사람처럼 보였다. 그리고 다른 한 명은 나와 동년배의 청년인데, 러시아 식 반외투를 입고 있었다. 그의 얼굴에는 깊은 주름살이 있었고 말이 별로 없이 주로 듣는 편이었다. 나중에 알았지만 그는 농민 출신이었다.

「아니야, 이건 그렇게 제기할 문제가 아니야.」 아마 아까 하던 논쟁의 계속인 듯 구레나룻을 기른 교사가 다시 논쟁을 이어가기 시작했다. 그는 누구보다도 말이 많았다. 「수학적 증명에 대해서는 나는 아무 말도 안 해. 그렇지만 말이야, 수학적 증명 같은 것은 빼고라도 내가 믿으려는 이 이념이라는 것은……」

「가만있게, 찌호미로프.」 제르가쵸프가 큰소리로 가로막았다. 「그렇게 말하면, 지금 들어온 사람은 이해할 수 없잖아. 이건 말입니다……」 돌연 그가 나를 향하여 말했다(만일에 이것이 그가 생면부지인 나를 시험해 보기 위해서라거나 혹은 내게 말을 시킬 작정으로 한 일이라면, 그가 취한 이 방법은 매우 교묘한 것이었다. 나는 곧 그것을 알아차리고 마음의 준비를 했다). 「사실은 이런 이야기입니다. 여기에 있는 이 끄라프뜨는 인품과 굳은 신념 때문에 우리들 사이에서는 상당히 유명한 인물입니다. 바로 그런 사람이 아주 평범한 사실에서 출발하여 매우 예외적인 명제를 도출하여 모든 사람을 놀라게 했습니다. 이 사람의 말에 따르면, 러시아 국민은 2등 국민이라는 것입니다……」

「아냐, 3등이야.」 누군가가 큰소리로 말했다.

「……2등 국민이며, 더 나아가 다른 고상한 민족을 위한 소재로만 쓰일 운명을 가지고 있을 뿐, 인류가 운명을 개척하는 데 자신의 독자적 역할을 담당할 능력을 가지고 있지 않다는 것입니다.[7] 혹은 정당할지도 모르는 그의 명제에 근거하여 끄라프뜨는 다음과 같은 결론에 도달한 것입니다. 다시 말해 그의 주장에 따르면, 모든 러시아 사람은 이러한 제약 때문에 구체적인 실천력을 발휘하지 못하며 새로운 도전을 꿈꾸지도 못하고……」

「가만있어 봐, 제르가쵸프. 문제를 그런 식으로 제기해선 안 돼.」 또다시 찌호미로프가 참다못해 말했다(제르가쵸프는 곧 발언권을 양보했다). 「여하튼 끄라프뜨는 진지한 연구를 했어. 생리학의 기초에 서서 결론을 냈고, 그 결론을 수학적으로 확인했으며, 자신의 이념 때문에 아마 2년쯤은 헛되이 세월을 보냈으니 말이야. 나라면 선험적인 a priori 사실로 그대로 받아들였을 것을 그는 진지하게 살펴보려 했으니까. 그렇지만 끄라프뜨가 상정한 이 명제는 특이한 현상의 하나를 형상화시키고 있는 거야. 그런데서 근본적인 문제가 생기지만, 그것을 끄라프뜨는 이해하지 못해. 따라서 우리는 우선 그 문제, 즉 끄라프뜨가 이해하지 못하고 있는 문제를 다루어야 해. 왜냐하면 그것은 하나의 특이 현상일 뿐이기 때문이지. 이 특이한 현상이 독특한 하나의 현상으로서 임상 연구의 과제가 될 것인지, 그렇지 않으면 다른 사람에게도 일상적으로 되풀이되는 성질을 가진 것인지를 해결지어야 하는 거지. 이것은 우리가 앞으로 추진해 나가야 할 사업의 관점에서 보아도 흥미 있는 문제야. 그리고 나는 러시아에 관한 끄라프뜨의 해석은 정당성을 지니고 있다고 생각해. 아니 오히려 그것이

---

7 자신의 사상을 기록한 후 자살한 치안 판사 끄라메르가 1870년대에 이와 유사한 비관적인 명제를 피력한 바 있었다. 도스또예프스끼의 친구이자 유명한 러시아의 법률가였던 A. F. 꼬니가 자신의 대학 친구인 끄라메르 사건을 조사했고, 도스또예프스끼에게 그 사건의 전말에 대해서 알려 주었을 것이다. 이 사건에서 끄라프뜨의 인물 성격이 설정되었을 것이다.

바로 내가 하고 싶은 말이라고 해야겠어. 만일에 이 이념을 모든 사람들이 터득한다면 모두가 자유로워질 수 있고, 또 많은 사람을 애국적 편견에서 해방시킬 수 있을 테니 말이야……」

「나는 애국심에서 그런 말을 한 것은 아니야.」 끄라프뜨가 묘하게 긴장된 어조로 말했다. 아마 그에게는 이러한 논쟁이 달갑게 느껴지지 않는 것 같았다.

「애국심이 있고 없고의 문제는 여기서 논의에 포함시키지 않아도 될 거야.」 아무런 말 없이 있던 바신이 말했다.

「그렇지만 말해 보게, 끄라프뜨의 결론이 도대체 어떻게 인류 전체 문제에 대한 지향을 약화시킨단 말인가?」 교사가 커다란 소리로 말했다. 큰소리로 떠드는 건 그 한 사람뿐이었으며 나머지는 조용히 얘기했다. 「러시아가 2등국의 운명을 가지고 태어났다고 가정해 보세. 하지만 우리는 꼭 러시아만을 위해서가 아닌 또 다른 종류의 일도 할 수 있지 않은가. 그리고 만일 끄라프뜨가 러시아에 대한 신뢰를 잃었다면 어떻게 그를 애국자라고 부를 수 있겠나?」

「게다가 그는 독일인이야.」 이렇게 말하는 소리가 들렸다.

「아니, 난 러시아 인이야.」 끄라프뜨가 말했다.

「그러한 것은 이 문제와 직접적인 관계가 없는 사항이야.」 중간에 끼어든 친구에게 제르가쵸프가 한계를 그었다.

「무엇보다도 우리는 자신의 좁은 인식 세계에서 빠져나와야 해.」 찌호미로프는 누구의 말에도 귀를 기울이지 않았다. 「만일에 러시아가 보다 더 고상한 사상을 가진 민족을 위한 도구에 지나지 않는 역할을 한다손 치더라도, 그것이 왜 문제가 된단 말이지? 그런 역할도 하기에 따라서는 상당히 멋있는 역할이 될 수 있는 게 아닌가. 우리의 인식과 행동 범위를 넓히기 위해서라도 왜 이 사상을 한번 자세히 살펴보려 하지 않는 거지. 지금 인류는 새롭게 시작되는 미래를 맞이할 바로 전야에 있어. 이러한 상황에서 자신 앞에 당면한 임무를 부정하는 것은 다만 장님뿐이야. 즉 러시아를 믿지 못하겠으면 그것을 버리면 돼. 그리고 미래를 위하여, 미래라는 공간의 아직 알 수 없는 국민을 위해서 일하는 거야. 그러나 그 국민은 민족의 구별 없이 전 인류로 구성될 거야. 그렇지 않아도 러시아라는 국가 형태는 언젠가는 사멸할 것이거든. 국가라는 것은 아무리 복받았다 하더라도 겨우 1천 5백 년, 길어야 2천 년 정도밖에는 지속할 수 없는 거야. 2천 년이나 2백 년이나, 긴 눈으로 보면 마찬가지가 아닐까? 로마 인들도 역동적인 생명력을 발휘한 것은 고작 1천 5백 년 정도밖에는 안 되었고, 나중에는 역시 하나의 도구적 역할만 담당하게 되어 버리고 말았어. 그들이 없어진 지는 오래 되었지만, 그들은 하나의 신념을 남겼지. 그리고 그것은 하나의 주요한 요소가 되어 미래의 인류 운명 속으로 들어갔어. 인간에게 할 일이 없다고 어떻게 말할 수 있는 거지? 언젠가 할 일이 없게 되는 그런 상태를 나는 상상도 할 수 없어. 인류를 위해서 한번 일해 보는 거야. 그리고 그 외의 일에 대해서는 마음을 쓰지 말아야지. 주의해서 주위를 돌아다보면 평생 해도 못할 만큼 일은 많이 있어.」

「자연과 진리의 법칙에 따라서 살아야 해요.」[8] 문 뒤에서 제르가쵸프 부인이 말했다. 문이 약간 열려 있어, 그녀가 아기를 안은 채 가슴을 감추고 열심히 귀를 기울이고 있는 것이 보였다.

끄라프뜨는 약간 미소를 띠면서 듣고 있더니, 다소 싫증난 표정으로 드디어 입을 열었다. 그러나 그의 말에는 진지한 긴장감이 배어 있었다.

「나는 잘 모르겠어. 우리의 이성이나 감성이 어떤 지배적인 사

---

8 비합법적인 성명서 제목의 변형이다. 〈자연과 진리의 법칙에 따라 살아야만 한다〉라는 팸플릿의 변형이다. V. V. 베르비 - 플레로프스끼의 〈니꼴라이의 고뇌와 어떻게 인간이 자연과 진리의 법칙에 따라 살아야 하는지에 대하여〉에도 나타난다.

상의 영향 밑에 종속적으로 놓여 있는 상태에서, 그 사상 이외의 다른 어떤 것을 기준으로 삼는다는 것이 어떻게 가능할까?」

「하지만 자네의 결론은 틀렸어. 자네의 모든 사상은 오류야. 러시아가 2등 국가로 운명지워져 있다는 이유만으로, 인류 모두에게 부여된 미래를 위한 건설적인 활동에서 자신을 제외할 권리가 자네에게는 전혀 없다는 것을 논리적으로 그리고 수학적으로 비판해 주어야 할 사람이 있어야 하고, 또 그런 편협한 시야 대신에 무한한 세계가 전개되어 있다는 것을 자네에게 가르칠 수 있는 사람이 필요한데……, 편협한 애국주의 대신에 만일…….」

「아니야!」 끄라프뜨가 손을 흔들었다. 「지금 막 말했잖아, 이건 애국심의 문제가 아니란 말이야.」

「서로의 논점 사이에 분명히 오해가 있는 것 같네.」 불쑥 바신이 끼어들었다. 「오해의 근원은 말하자면, 끄라프뜨가 말하는 것이 단순히 논리적 결론이 아니라 감정이 섞여 있는 결론이라는 점에 있어. 사람의 성품이란 모두가 같지 않거든. 논리적 결론이 어쩌다 보면 매우 강한 감정과 섞이게 되어 사람들이 온통 그 감정에 사로잡혀 버리는 경우가 많아. 그런 감정은 배제하기도 고치기도 힘들어. 그런 경우, 그런 사람을 치유하기 위해서는 그 감정 자체를 변하게 해야 하는데, 그러면 그와 맞설 만한 다른 감정으로 바꾸는 이외에는 방법이 없어. 그러나 그렇게 하기란 말로는 쉽지만 항상 실현하기가 어려우며 많은 경우 거의 불가능할 거야.」

「그건 잘못이야!」 논쟁을 좋아하는 교사가 큰소리로 떠들었다. 「논리적 결론은 그 어떠한 편견도 불식시키는 거야. 합리적 신념이란 역시 합리적 감정을 낳는 법이거든. 사상은 내면의 감정에서 생기는 것이잖아. 그리고 한번 생겨나면 이번에는 인간의 마음속에 자리를 잡게 되고, 그것이 또 새로운 감정을 형성하는 거야!」

「사람은 참으로 가지가지야. 쉽게 감정이 변하는 사람이 있는가 하면, 또 절대로 바꾸지 않는 사람도 있거든.」 논쟁을 더 이상 지속하고 싶지 않은 듯이 바신이 대답했다. 그리고 나는 그의 의견에 전적으로 공감을 했다.

「제 생각도 그렇습니다. 말씀하신 대로지요!」 나는 그한테 막연히 느꼈던 일정한 거리감을 없애면서 갑자기 말을 시작했다. 「사실 사람들이 한번 가졌던 어떤 감정을 바꾸기 위해서는, 그에 상응하는 적절한 감정을 넣어 줘야 합니다. 모스끄바에서 4년 전에 있던 일입니다만, 어떤 장군이…… 있었습니다. 물론 제가 잘 아는 사람은 아니었고요. 뭐랄까 크게 남의 존경을 살 만한 사람은 아니었고요. 그러한 사실은 말할 필요도 없는 것이지만요. 그러나…… 어쨌든 말입니다. 그 사람의 아기가 죽었습니다. 실은 그에게 딸이 둘 있었는데, 그 아이들이 둘 다 차례차례 성홍열에 걸려서 죽었습니다……. 그런 일이 갑자기 계속해서 닥치니 어떻겠습니까? 그는 갑자기 매우 상심하여 항상 침울하게 되었습니다. 너무나 침울해서 찾아가서도 그의 얼굴을 보기조차 애처로울 정도였습니다. 그러더니 약 반년 후에 그 사람 역시 죽고 말았습니다. 아이들을 잃은 일 때문에 상심하여 결국 죽은 것이지요! 여기서 문제는 그러한 상황에서 그 무엇이 그에게 삶의 의욕을 불러일으킬 수 있느냐 하는 것입니다. 아마도 답은 좌절의 고통에 상응하는 감정을 그에게 부여해 주는 것일 겁니다. 두 딸을 무덤에서 파내어 그 사람에게로 다시 돌려주거나 혹은 그와 비슷한 일을 했어야 했지요. 그 방법뿐입니다. 그런데 그 사람은 죽었습니다. 물론 그 사람에게 훌륭한 이론을 내놓을 수도 있겠지요. 인생은 허무한 것이라든가, 인간은 누구나 한 번은 죽는다라든가, 혹은 연감에서 통계 숫자를 빌어다가 성홍열로 죽는 아이들이 몇 명이라든가……. 그 사람은 퇴직해 있었는데…….」

나는 숨을 몰아쉰 뒤 주위를 돌아보면서 잠시 말을 멈췄다.

「그건 이 명제와는 전혀 다른 이야기가 아닙니까?」 누군가가 말했다.

「당신이 들고 있는 예는 이 문제와 성격이 약간 다른 것이지만, 그래도 유사한 점이 있어서 이 문제를 해명하는 데 도움이 될 것 같군요.」 바신이 내게 말했다.

4

내가 왜 바신이 주장하는 〈감정이 개입된 이념〉에 대한 명제에 동의했는지 그 이유를 여기서 고백해야겠다. 또한 동시에 내가 느꼈던 심한 수치심에 관해서도 고백할 필요가 있다. 예핌이 상상한 것과 같은 이유에서는 아니었지만, 나는 틀림없이 제르가쵸프의 집에 가기를 겁내고 있었다. 모스끄바에 있을 때부터 나는 그들의 모임을 두려워하고 있었기 때문에 겁을 낸 것이다. 그들은, 혹은 그들과 비슷한 사람들도 마찬가지이지만, 논리적 이론에 강한 사람들이기 때문에 어쩌면 내가 정립해 가고자 하는 〈이념〉을 해체시켜 버릴지도 모른다는 생각이 나의 내면에 깃들어 있었다. 나는 그들에게 내 자신의 이념을 펼쳐 보이지 않으리라, 말하지 않으리라 굳은 다짐을 마음속에 가지고 있었다. 그러나 그들은(혹은 그 동료들까지 포함해서) 이쪽에서 전혀 그런 것을 입 밖에 내지 않아도 자기들 마음대로 내 자신의 이념에 회의와 환멸을 느끼게 할 만한 말을 할지도 모르는 것이다. 〈나의 이념〉 속에는 아직 내 자신도 해결하지 못한 몇 가지 문제가 있었다. 그러나 나는 나 자신 이외의 사람이 그것을 해결하는 것을 원하지 않았다. 최근 2년 동안 내가 독서를 중단한 것도 나의 〈이념〉에 대해서 무언가 불리한 대목에 걸려들어 그 때문에 충격을 받지나 않을까 두려웠기 때문이다. 그런데 지금 갑자기 바신이 나 자신의 체계를 흩뜨리지도 않고 단번에 그 과제를 해결한 것이다. 또 사실을 직시하면 내가 도대체 무엇을 두려워할 필요가 있는가.

그들이 아무리 이론에 강한 사람들이라고 해도 도대체 내게 무엇을 할 수 있다는 말인가? 어쩌면 바신이 말한 〈감정이 개입된 이념〉이 무엇인지 이해한 사람은 나 혼자뿐인지도 모를 일이다! 훌륭한 이론을 비판하는 것만으로는 불충분하다. 그것에 맞설 만한 훌륭한 것을 대안으로 제시하지 않으면 안 된다. 그렇지 않으면 나는 무슨 일이 있든 나 자신의 감정과 이별하고 싶지 않기 때문에, 그들이 무슨 소리를 하든, 억지로라도 자기 마음속에서 그들의 논리적 반박을 부정하게 마련이다. 그런 상황에서 그들이 내게 어떤 영향을 줄 수 있단 말인가? 이러한 생각이 들자, 그때 내가 좀 더 강하게 논리적 전개를 해도 좋았을 것이라는 느낌이 들었다. 나는 더욱 담대하게 행동할 의무가 있었던 것이다. 바신의 말에 감탄한 일이 나는 곧 수치스러워졌고, 아직도 자신이 설익은 애송이처럼 느껴졌다.

그 상황에서 나는 수치스러운 행동을 하나 더 했다. 그들에 대한 막연한 적대감을 누그러뜨리면서 내 의견을 토로한 것은, 내 자신의 지혜를 자랑하려는 겉치레 감정에 의한 것은 아니었지만 여전히 〈그 누군가의 동조를 받고 싶다〉는 내면적인 바람 때문이었다. 스스로가 좋은 사람으로 인정받고 사랑받고 싶다는, 혹은 그와 비슷한 것을 원했기 때문이다. 간단히 말하자면, 나는 이미 오래 전부터 그 누군가의 동조를 받고 싶다는 유치한 감정을 나 자신의 모든 수치 중에서도 가장 더러운 것으로 생각하고, 자신에게 그러한 감정이 혹시라도 깃들어 있지 않나 의심해 왔다. 그것은 참으로 오랜 세월 나를 얽매고 있던 그 구석진 생활을 하고 있을 때부터였다. 그러나 나는 그런 생활을 조금도 후회하지는 않는다. 세상 사람들에게 자신을 더욱 분명치 않은 존재로 해둬야 한다는 것을 알고 있었기 때문이다. 그러한 수치스러운 행동을 한 후에도 어쨌든 이 〈이념〉만은 여전히 아무도 모르는 나만의 비밀이었다. 그 누구에게도 그것에 대해 털어놓지 않았다는 생각만이 내게 위로가 되었다. 때로는 만일 누구에겐가 나의 이 이념에 대해 발설하고 나면 곧 진정한 의미의 내 것은 아무것도 남지 않게 되어, 그 결과 나도 다른 사람들과 똑같이 되고, 어쩌면 그 이념까지 버리게 될지도 모른다는 생각이 들어 가슴이 섬뜩해지는 일도 있었다. 따라서 나는 그것을 소중히 간직했고 말하기를 꺼렸던 것이다. 그런데 이게 어찌된 일인가! 나는 제르가쵸프의 집에서 처음이나 다름없는 모임에서 벌써 흔들린 것이다. 물론 나는 내면에 담긴 것을 아무것도 털어놓지는 않았다. 하지만 진중하게 있지 못하고 가볍게 말을 지껄이며 수치스러운 행동을 했다. 지금 생각해도 참 답답한 기억이다! 어쩌면 나는 다른 사람들과 어울려 살 수 없을지도 모른다는 생각이 들고, 지금도 그러한 확신을 가지고 있다. 앞으로 40년 동안 나는 똑같은 말을 할 것이다. 나의 이념은 한구석에서의 소외된 생활을 필요로 한다고.

5

나를 칭찬하는 바신의 말에, 나는 내 의도와는 상관없이 곧 말을 이어 나가고 싶어 견딜 수가 없었다.

「내 견해로는 누구나 자신의 생각을 가질 권리가 있습니다……. 만일 그것이 자신의 신념에 의한 것이라면 말입니다. 그리고 아무도 그것에 대해 비난할 수는 없습니다.」 나는 바신을 향하여 말했다. 나는 아주 강한 어조로 말했지만, 말하고 있는 것이 내가 아닌 것 같았다. 입 속에서 움직이는 것이 내 것이 아닌 다른 사람의 혀처럼 느껴졌다.

「하지만, 전혀 이해가 안 되는군요.」 제르가쵸프의 말을 자르면서 끄라프뜨를 독일인이라고 호칭하던 바로 그 목소리가 비꼬는 어조로 내 말을 받았다.

나는 그 사람은 내 상대가 안 되는 사람으로 치부하고, 마치 내 생각을 반박한 바로 그 당사자를 대하듯 교사 쪽을 바라보고 말했다.

「그 누구의 말이라 해도 함부로 비판하지 않는 것이 나의 신념입니다.」 나는 약간 몸을 떨면서 말했다. 이 말을 하면서 이제는 내 견해를 밝히는 것을 그만둘 수 없다고 생각했다.

「왜 그렇게 모호하게 말을 하지요?」[9] 예의 그 함부로 말하는 사람의 목소리가 또 울렸다.

「누구에게나 자신의 이념이 있는 것입니다.」 나는 교사의 얼굴을 뚫어지게 바라보면서 말했다. 내 열띤 주장을 들으며 상대방은 아무 말 없이 그저 미소를 지으면서 나를 바라보고 있었다.

「당신에게도 그런 게 있단 말인가요?」 비꼬는 어조의 사람이 다시 큰소리로 말했다.

「글쎄요. 자세히 말하면 길어지겠습니다만……, 간단히 말한다면, 제가 생각하고 있는 제 이념의 핵심은 그냥 나를 건드리지 말아 달라는 것입니다. 단 2루블의 돈이라도 있는 동안은 나만의 공간에서 누구와도 상관 관계를 맺지 않고 그냥 혼자서 살고 싶다는 것입니다. 물론 곧바로 반대 의견을 말하고 싶어한다는 것을 나도 알고 있습니다. 그렇지만 그저 아무것도 하지 않고 홀로 지내고 싶다는 것입니다. 끄라프뜨가 우리가 추구해야 할 것이라고 말하고 있는 위대한 미래의 인류를 위한 일에 대해서도 마찬가지 입장입니다. 그러한 고차적인 것보다도 개인적 자유, 즉 나 자신의 자유가 우선하는 것입니다. 개인적인 자유가 그 무엇보다 우선적인 것이며, 그 이외의 것에 대해서는 전혀 알고 싶지 않습니다.」

감정을 추스르지 못하고 나는 되는 대로 말하였다.

---

9 A. S. 그리보예도프의 『지혜의 슬픔』에 나오는 차쯔끼의 대사.

「말하자면 배부른 돼지의 행복과 같은 무사안일주의를 설교하는 겁니까?」

「물론 그렇게 생각하셔도 좋습니다. 돼지에게 모욕을 당할 사람은 아무도 없을 테니까요. 나는 누구에게나 또는 무슨 일에나 빚을 지고 있는 것이 없습니다. 물론 세금이라는 형식으로 사회에 돈을 지불하여 내 재산을 도둑맞지 않고, 또 함부로 누구에게 매맞거나 죽음을 당하지 않을 수 있는 안정적 환경을 제공받고 있기는 하지만, 그 누구도 그 이상의 것을 내게 요구할 수는 없습니다. 물론 어쩌면 내 내면에도 개인적으로는 인류를 위해 봉사하고 싶어하는 마음이 있을지도 모릅니다. 실제로는 아마 그럴 것입니다. 어쩌면 그러한 것에 대해 설교하는 사람들보다도 열 배 이상의 열망이 있을 것입니다. 그렇지만 그 누구도 내게 감히 그것을 요구할 수는 없다는 것입니다. 끄라프뜨처럼 그와 같은 것을 강제로 받아들이게 해서는 안 된다는 것입니다. 내 스스로의 행동에 대해서는 그것이 아무리 사소한 것일지라도 내 완전한 자유 의지에 달려 있다는 얘기입니다. 인류에 대한 애정이 어떻고 하며 사람들을 현혹하면서, 아무 사람의 목이나 끌어당겨 잡으며 감격의 눈물을 흘려 대는 것은 단지 하나의 유행과도 같은 것입니다. 도대체 어떤 이유로 내 주변의 몇몇 사람이나 당신들이 말하는 미래의 인류를 꼭 사랑해야 한다는 말입니까! 내가 미래의 인류를 만나 볼 수 있을지 없을지도 모르고, 상대방 또한 나에 대해 알 수 있는 것이 아무것도 없을 뿐더러, 시간이 흘러 이 지구가 얼음 덩어리로 변화되거나, 또는 그와 비슷한 무수한 얼음 덩어리로 변하여 그런 무의미한 요소들과 함께 대기도 없는 공간을 떠돌아다니게 된다면, 즉 더 이상 의미 있는 것을 상상할 수도 없는 그런 상태에 도달하게 된다면, 당신들이 말하는 미래의 인류에 대한 사랑 같은 것은 이미 자취도 없이 사라지고 말 것이 아니겠습니까! (시간은 거기서는 아무런 의미도 없습니다.)

당신들이 말하는 명제란 바로 그런 것과 다를 바가 없지 않겠어요! 설명해 보세요, 무엇 때문에 내가 꼭 고상한 것을 생각해야 합니까, 세상 모든 일이 한순간의 현상에 지나지 않는다면 말입니다.」

「허, 갈수록 태산이군!」낮게 중얼거리는 소리가 들렸다.

나는 내 자신을 얽어매는 모든 밧줄을 단숨에 끊어 버리겠다는 의도에서 다소 긴장되고 악의가 배인 어조로 말을 했다. 알 수 없는 심연 속에 빠져 들고 있다는 것을 알고는 있었지만, 예상치 못한 반박을 받을까 봐 두려워서 나는 서둘러 말했다. 내가 말하는 내용이 내적인 연관이 없으며 논리도 정연하지 못하다는 것을 잘 알고 있었지만, 나는 그들을 단번에 설복시키고 그야말로 압도적 승리를 거두려고 서둘렀던 것이다. 그것은 내게 너무도 중요한 것이었다! 내 자신의 이념을 준비하기 위해 나는 3년의 세월을 투자했다! 내 말이 진행되는 동안 다행스럽게도 그들은 모두 입을 다문 채 아무 말 없이 듣고 있었다. 계속해서 나는 교사를 향하여 말을 이어갔다.

「핵심은 바로 이것입니다. 아주 현명한 어떤 사람이 한 말입니다만, 〈왜 인간이 꼭 고상해야 하는가?〉하는 질문처럼 대답하기 힘든 문제는 다시 없을 것입니다. 그런데 이 세상에는 세 부류의 건달들이 있습니다. 한 부류는 그저 겉멋에 빠져 자신의 비열한 행동을 더없는 미덕이라고 착각하고 있는 사람들이고, 그 다음은 그래도 수치를 느낄 줄 아는 건달인데 그들은 자신의 비열한 행동을 부끄럽게 느끼고 있는 사람들입니다. 그러면서도 이 부류의 건달은 끝까지 자신의 주 주장을 밀고 나가려고 하지요. 그리고 마지막으로 진짜 건달의 부류가 있습니다. 내 얘기를 들어 보세요. 내 학교 시절 친구 중에 람베르뜨라는 친구가 있었는데, 그가 겨우 열여섯 살 때 내게 이런 말을 한 적이 있습니다. 그는 자신이 부자가 되면 가난한 집안의 어린아이들이 굶어 죽어갈 때

많은 개들에게 빵과 고기를 배불리 먹일 것이며, 가난한 사람들이 겨울 추위에 땔감이 없을 때 가게에 있는 장작 더미를 통째로 사가지고 궁핍한 사람들에게는 한 개비도 주지 않고 들판에 산같이 쌓아 올린 뒤 몽땅 태워 버릴 것이라고 했습니다. 바로 그것이 자신에게는 가장 큰 기쁨이라고 했습니다. 그 친구는 이 말을 진정으로 한 것이었어요! 말씀해 보세요, 만일 이 친구가 〈왜 내가 꼭 고상하게 살아야 한단 말인가?〉라는 질문을 던진다면, 그런 진짜 건달에게 내가 뭐라고 대답해야 하겠습니까? 특히 여러분 같은 사람들이 관념적으로 완전히 새롭게 개조해 버린 현대에는 더욱 그렇습니다. 왜냐하면 지금보다 더 정신적으로 궁핍한 시대는 이전에도 앞으로도 없을 정도니까 말입니다. 지금 우리가 살고 있는 동시대의 사회에서는 모든 일이 그야말로 불투명합니다. 그리고 당신들은 신을 부정하고 헌신적 행동을 부정합니다. 그런데 이러한 상황 속에서 어떻게 아무런 의미와 가치도 없는 그저 일상적인 현실의 무엇이 내게 의미 있는 행동을 강요할 수가 있겠습니까? 아무 일도 하지 않는 것이 내게 훨씬 유리한데 말입니다. 〈인류에 대한 합리적 태도를 취하는 것이 궁극적으로 나의 이익〉이라고 당신들은 말하겠지요. 그러나 만일에 내가 그러한 합리적 생각, 여러분들이 당연하게 여기는 사항들을 불합리하다고 생각한다면 어떻게 되겠습니까? 미래 같은 것을 알 게 뭡니까? 그저 될 대로 되라고 한다 해서 무엇이 달라지겠습니까? 단 한 번 주어진 이 세상에서 이렇게 나 혼자 살아가고 있는데! 내 자신의 존재적 의미는 스스로 판단하게 해줬으면 좋겠습니다. 그렇게 하는 것이 훨씬 타당한 것입니다. 만약 당신들의 규정대로 사랑도, 미래의 삶도, 자신의 영웅적 행동에 대한 보상도, 전혀 얻을 수가 없다고 한다면 1천 년 후에 당신들이 말하는 그 인류에게 무슨 일이 일어나든 도대체 나와 무슨 상관이 있단 말입니까? 아니 만일 그렇다면, 나는 나 자신만을 위해서 내 마음대로 생활하는 쪽을 택하겠습니다. 그 모든 것들이 설사 모두 없어진다 한들 나와 무슨 상관이 있습니까?」

「아주 대단한 감상가이시군!」

「하지만 나는 언제든지 그렇게 행동할 준비가 되어 있습니다.」

「어련하려고!」 여전히 같은 목소리가 이죽거렸다.

다른 사람들은 모두 침묵을 지키며 서로 쳐다보든가 내 얼굴을 찬찬히 바라보기도 했다. 그러나 점차 방 이쪽저쪽에서 픽픽 웃음소리가 일어나기 시작했다. 그 웃음소리는 나지막했지만 어쨌든 모두가 맞대고 나를 냉소하고 있는 것이었다. 웃지 않는 사람은 바신과 끄라프뜨 단 두 사람뿐이었다. 검은 구레나룻을 기른 사나이도 역시 코웃음을 치고 있었다. 그 사나이는 뚫어지게 내 얼굴을 바라보며 듣고 있었다.

「여러분.」 나는 전신을 떨고 있었다. 「나는 어떤 일이 있어도 내 이념에 관해서 당신들에게 말하지 않겠습니다. 하지만 반대로, 당신들의 관점에서 하나 묻고 싶습니다. 이것을 내 관점에서 묻는 것이라고는 생각하지 마십시오. 왜냐하면 어쩌면 내가 당신들의 것을 모두 합한 것보다도 1천 배쯤 더 인류를 사랑하고 있는지도 모를 일이니 말입니다! 자 이렇게 되면 당신들은 꼭 대답해야 합니다. 대답할 의무가 있습니다. 여러분 모두가 웃고 있으니, 자, 말씀해 주세요. 내가 당신들을 따라가도록 하기 위해서 당신들은 어떤 달콤한 미끼를 쓰시려는 겁니까? 말씀해 주세요, 당신들의 무리에 끼는 것이 좋다는 것을 무엇으로 증명하시렵니까? 당신들의 공동체에서 주장하는 나의 이 개별적인 항의에 대해서 어떻게 반응하시겠습니까? 여러분, 나는 오래 전부터 당신들을 만나고 싶었습니다! 당신들의 사회에는 막사라든가 공동 숙사라든가, 절대적 필수품stricte nécessaire이라든가 무신론, 그리고 아이들을 뺀 공동의 아내 같은 것이 만들어질 것입니다. 바로 그것들이 당신들의 궁극적 목적이라는 것을 나는 잘 알고 있습니다. 당신들의 합리주의가 보증하는 바로 그런 정도의 최소한의 물질적 미끼, 즉 한 조각의 빵과 따스한 방으로 유혹하며 당신들은 그 대가로 나의 개인적 자유를 모조리 빼앗으려는 것입니다! 예를 들어 만일에 누가 내 아내를 데리고 도망친다면, 내가 그놈의 머리를 부수어 버리지 못하도록 내 개인적 자유를 억압하겠습니까? 어쩌면 여러분은 내가 그때쯤 되면 보다 분별력이 있게 될 것이라고 말씀하시겠지요. 그러나 조금이라도 자존심이 있는 여자라면, 그 아내가 그런 남편을 지각 있는 사람이라고 말할까요? 이런 일은 너무나 부자연스럽고 몰염치한 일이 아닌가요!」

「그렇다면 당신은 여성에 대해서는 전문가라는 말씀입니까?」 다시 악의가 섞인 사람의 목소리가 들렸다.

바로 그 순간, 나는 그 사람에게 달려들어 주먹으로 후려치고 싶은 충동을 느꼈다. 그 사람은 빨간색 머리에 주근깨가 박힌 얼굴을 하고 있었으며, 별로 크지 않은 키였다……. 그러나 그런 작자의 외모 같은 것은 관심도 없었다!

「진정하십시오, 나는 아직 한 번도 여자와 관계한 일이 없습니다.」 처음으로 그쪽을 향하여 나는 내뱉듯이 대답했다.

「대단한 말씀이군요. 하지만 좀 더 점잖게 표현해야 하지 않을까요, 숙녀들도 동석하고 있으니 말입니다!」

그때 갑자기 사람들이 다 같이 움직이기 시작했다. 모두가 제각기 모자를 손에 들고 돌아갈 준비를 시작했던 것이다. 이제 헤어질 때가 된 것 같았다. 하지만 내 진지한 질문에 대한 그들의 그러한 무시하는 태도에 당황한 나는 어찌할 바를 몰랐다. 그래서 나도 벌떡 일어섰다.

「저, 실례합니다만, 당신의 성이 뭔지 말씀해 주시겠습니까, 아까부터 당신은 내내 제 얼굴을 쳐다보고 계셨지요?」 갑자기 교사가 아주 야릇한 미소를 지으면서 내게로 걸어왔다.

「돌고루끼입니다.」

「돌고루끼 공작입니까?」

「아닙니다. 그냥 돌고루끼입니다. 전에 농노였던 마까르 돌고루끼의 아들로 되어 있습니다만, 실은 나의 이전 주인인 베르실로프의 사생아지요. 그러나 걱정 마세요, 여러분. 그렇다고 해서 곧 여러분이 동정심을 느끼며 내 목을 얼싸안고 송아지처럼 울어주기를 바라서 이런 말을 하는 것은 절대로 아니니까요!」

이때 아주 소리 높은, 무례하기 짝이 없는 웃음소리가 한꺼번에 터져 나와 문 저쪽에서 잠들어 있던 아기가 갑자기 잠이 깨어 울기 시작했다. 나는 분노감에 몸을 떨고 있었다. 사람들은 제르가쵸프와 악수를 나눈 뒤 내 쪽은 거들떠보지도 않고 밖으로 나가 버렸다.

「자, 나갑시다.」 끄라프뜨가 내게 권했다.

나는 제르가쵸프 쪽으로 걸어가 그의 손을 꼭 잡고 여러 차례 힘껏 흔들었다.

「꾸드류모프(빨간색 머리를 한 사람)가 당신에게 모욕적인 언사를 늘어놓은 점을 용서하십시오.」제르가쵸프가 말했다.

나는 끄라프뜨의 뒤를 따라서 밖으로 나갔다. 나는 조금도 부끄러운 생각이 들지 않았다.

6

현재의 내 모습과 그 당시의 내 모습 사이에는 메워지지 않는 간극이 존재한다.

나는 여전히 〈조금도 부끄럽다는 생각 없이〉 밖으로 나왔다. 끄라프뜨를 그다지 중요하지 않은 이류 정도의 인물로 치부하고는 지나친 뒤, 계단 중간쯤에서 바신을 따라잡았다. 그리고 아무일도 없었던 것처럼 아주 자연스럽게 그에게 말을 건넸다.

「저 혹시 당신은 제 아버지를 아시지 않습니까? 베르실로프 말입니다.」

「솔직히 말해, 저는 그 사람과 잘 아는 사이는 아닙니다.」 바신이 대답했다. 그의 어조에선 이따금 세련된 감각을 지닌 사람들이 자신을 방금 전에 모욕한 사람에게 흔히 사용하는 그런 가식적인 정중함은 조금도 느껴지지 않았다. 「하지만 서로 안면이 있습니다. 몇 번인가 만난 적도 있고, 그가 이야기하는 것을 들은 적도 있지요.」

「그분이 이야기하는 것을 들으신 적이 있다면, 당신은 그에 대해서 잘 아시겠군요. 다른 사람도 아닌 바로 당신이니까 말입니다! 그분에 대해서 당신은 어떻게 생각하십니까? 제 성급한 질문을 용서하십시오. 하지만 제게는 당신의 의견이 절실히 필요합니다. 당신이 그분에 대해 어떻게 생각하는지, 바로 당신의 의견을 저는 꼭 듣고 싶습니다.」

「당신은 내게 너무 많은 것을 바라고 있습니다. 내가 보기에 그 사람은 자기 자신에게 아주 큰 의무를 부여할 수 있기도 하고 또한 아마 그것을 수행해 낼 수 있는 능력을 지닌 이로 보입니다만, 자신의 행동에 대해서 누구에게도 해명을 하지 않는 사람 같습니다.」

「그렇습니다, 매우 정확한 의견입니다. 그분은 아주 자존심이 강한 사람입니다! 그분이 진정으로 진솔한 인격을 지닌 사람일까요? 그분이 천주교로 개종한 것에 대해서 당신은 어떻게 생각하십니까? 아 참, 제가 착각하고 있었군요. 아마 당신은 그 사실을 모르시겠군요……」

만약 내가 그렇게 흥분한 상태가 아니었다면 물론, 이전에 한 번도 만난 일도 없고 그저 풍문으로만 들었을 뿐인 사람에게 그런 부적절한 질문을 해대지는 않았을 것이다. 그러나 놀랍게도 바신은 내 지나친 행동에 대해 크게 신경쓰는 것 같지 않았다.

「그 일에 대해서 저도 무언가 좀 들은 일이 있습니다만, 그 소문이 얼마나 신빙성 있는 것인지는 모르겠습니다.」 그는 여전히 침착하고 거침없는 태도로 대답했다.

「그렇지 않아요! 그런 소문은 모두 거짓입니다! 당신은 그분이 신을 믿을 수 있다고 생각하십니까?」

「당신이 지금 말씀하신 것처럼 그분은 매우 자존심이 강한 사람입니다. 그리고 종종 자존심이 매우 강한 사람들 가운데에는 신을 믿기를 좋아하는 사람이 많지요. 특히 다른 사람들을 경멸하는 사람들은 말입니다. 억센 성품을 지닌 사람들은 자기가 그 앞에 고개를 수그릴 어떤 사람이나 혹은 대상을 찾아내고 싶은 아주 자연적인 욕망 같은 것을 가지고 있는 듯합니다. 그런 사람은 때론 자신의 억센 개성을 견뎌내기가 매우 힘들 테니까요.」

「틀림없이 맞는 말씀입니다!」 또다시 나는 큰소리로 말했다. 「다만 저는 어떻게든 그 이유를 이해해 보려고……」

「그 이유는 분명합니다. 그들은 사람들 앞에 고개를 수그리지 않기 위해서 신을 택하는 것입니다. 물론 어떻게 해서 그러한 생각이 도출되었는지에 대해서는 그 자신도 모르지요. 신 앞에 고개를 수그리는 것은 그다지 부끄러운 일이 아니니까 말입니다. 그들 중 어떤 사람은 아주 열렬한 신자가 되기도 합니다. 아니 열렬한 신앙인이 되려 한다고 말하는 것이 타당하겠지요. 그러나 그들은 그러한 열망을 신앙 그 자체라고 생각합니다. 그렇지만 그런 사람들 중에 결국에는 거기에서 환멸을 느끼는 사람이 많습니다. 베르실로프에 대해 말한다면, 나는 그분의 성격에는 진실한 면도 있다고 생각합니다. 어쨌든 전체적으로 나는 그 사람에게 흥미를 가지고 있습니다.」

「바신!」 나는 말했다. 「저는 기쁩니다! 당신의 높은 지각력보다도 당신같이 순수하고 저보다 훨씬 높은 경지에 있는 사람이 저 같은 사람과 나란히 걸으며 마치 아무 일도 없었던 것처럼 명료하고 정중하게 말씀하시는 데에 저는 참으로 감동을 받았습니다!」

바신은 미소를 지었다.

「과분한 말씀입니다. 아까 일은, 당신이 지나치게 추상적인 이야기를 좋아하시는 특성을 지녔기에 생긴 일이지요. 당신은 아마 그전에 매우 오랫동안 침묵을 지키셨겠지요?」

「저는 3년 동안 침묵을 지켰습니다. 3년 동안 제 견해를 말하려고 준비했지요……. 물론 제가 어리석게 행동하기는 했지만, 당신은 아주 현명한 분이니 저를 멍청한 사람으로 치부하시지는 않겠지요. 하긴 어쩌면 당신은 저를 무뢰한으로 생각하셨을 수도 있겠군요.」

「무뢰한이라고요?」

「예, 그렇습니다! 농노의 아들인 주제에 제 자신을 베르실로프의 사생아라고 떠벌리듯 말한 것에 대해 당신은 속으로 멸시하고 계시는 것 아닙니까?」

「당신은 지나치게 자신을 학대하는군요. 만약 자신이 어리석은 말을 했다고 생각한다면, 다시는 그런 말을 안 하면 되지 않습니까? 당신에게는 앞으로 50년 이상의 창창한 미래가 남아 있으니 말입니다.」

「네, 타인에게 매우 말조심해야 한다는 것은 잘 알고 있습니다. 이 세상에서 가장 비열한 짓은 남에게 간절히 매달리는 것입니다. 저는 바로 조금 전 사람들에게 되는 대로 말해 놓고 나서 벌써 당신에게 간절히 매달리고 있습니다. 그러나 거기에는 차이가 있습니다, 있지요? 당신이 그것을 이해하신다면, 그것을 이해하실 수 있으시다면, 저는 이 순간을 영원히 기억하겠습니다!」

바신은 또다시 미소를 지었다.

「혹시 괜찮으시다면, 제 집으로 한번 오시지요.」 그가 말했다. 「나는 지금 일이 있어서 바쁩니다만 와주시면 기쁘겠습니다.」

「저는 아까 당신의 용모를 보고 당신은 의지가 매우 굳고 좀처럼 가까워질 수 없는 성품을 지닌 분일 거라고 단정했습니다.」

「어쩌면 당신의 판단이 적절한 것인지도 모르겠습니다. 저는 당신의 누이인 리자베따 마까로브나를 루가에서 작년인가 만나 봤습니다……. 끄라프뜨가 걸음을 멈췄군요. 당신을 기다리는 것 같군요. 저 친구는 저기서 돌아가야 합니다.」

바신과 굳게 악수를 나누고 나서 바신과 이야기를 나누는 동안 이미 멀찌감치 떨어져 걷고 있던 끄라프뜨에게로 뛰어갔다. 그의 집에 다다를 때까지 우리는 입을 다물고 있었다. 나는 그와 더 이상 말할 생각도 말할 수도 없었다. 끄라프뜨의 성품 중 가장 두드러진 특징의 하나는 바로 아주 섬세한 감성을 지니고 있다는 점이었다.

제4장

1

이전에 어느 부서에선가 근무하던 끄라프뜨는 일과가 끝난 시간에, 죽은 안드로니꼬프가 공무 이외의 시간을 들여 운영하고 있던 어떤 개인 사업을 도와주면서 보수를 받았다. 끄라프뜨는 안드로니꼬프와는 각별한 사이였기 때문에, 내가 지대한 관심을 가지고 있는 그 일에 대해서도 많은 것을 알고 있으리라는 사실만으로도 내게는 중요한 의미를 가지고 있었다. 더욱이 내가 고등학교에 다닐 때 몇 해 동안 묵었던 하숙집 주인이던 니꼴라이 세묘노비치의 아내이자 안드로니꼬프가 직접 키우고 사랑한 조카딸인 마리야 이바노브나가 내게 전해야 할 무엇인가를 끄라프뜨에게 〈맡겼다〉는 얘기도 들어서 알고 있었다. 그래서 나는 벌써 꼬박 한 달 동안이나 그가 오기만을 고대하고 있었다.

끄라프뜨는 본채에서 좀 떨어진 곳에 위치한 낮고 작은 방이 두 개 있는 조그마한 집에서 생활하고 있었다. 이제 막 돌아왔기 때문에 하녀도 아직 없었다. 여행용 트렁크는 뚜껑이 열려 있었고, 정돈되지 못한 여러 가지 물건들이 걸상 위에 걸려 있었다. 또 소파 앞에 있는 테이블 위에는 가방, 여행용 손가방, 권총 그리고 기타 잡다한 물건들이 난잡하게 놓여 있었다. 방에 들어갔을 때 끄라프뜨는 뭔가 깊은 생각에 잠긴 듯, 마치 내 존재에 대해서도 잊어버린 것 같았다. 어쩌면 이곳으로 오는 도중 나와 이야기를 전혀 나누지 않았다는 사실도 인식하지 못하는 듯했다. 그는 곧 무언가를 찾기 시작하다가 거울 속에 비친 자신의 모습을 바라보더니 갑자기 멈추어 선 채 가만히 1분여 동안 찬찬히 자기 얼굴을 살펴보고 있었다. 그의 묘한 행동을 쳐다보면서 무척 우울하고 난처한 기분이 들었던 것을 나중에도 나는 아주 생생하게 기억할 수 있었다. 나는 마음이 심란해져서 안정되지 않았다. 그래서 바로 그 순간, 나는 그대로 밖으로 뛰쳐나가 모든 일을 영원히 내던지고 싶었다. 도대체 이 모든 일들이 본질적으로 무슨 의미를 갖는단 말인가? 자신에게 스스로 공연한 걱정을 덧붙이는 일에 불과하지 않을까? 앞으로 온갖 열정을 다해 이뤄야 할 큰 과업이 있는데, 한갓 감상적 기분에 젖어 어쩌면 쓸데없는 일에 정력을 낭비하고 있는지도 모른다는 절망적 기분이 엄습해 왔던 것이다. 또 한편 제르가쵸프의 집에서 일어난 일을 보아도, 내게는 중대한 일에 대처해 나가는 능력이 부족하다는 것이 여실히 드러나지 않았던가.

「끄라프뜨, 당신은 다시 그 사람들에게로 가야 합니까?」 갑자기 내가 그에게 물었다. 내 질문을 잘 이해하지 못한 듯 그는 천천히 내 쪽으로 몸을 돌렸다. 나는 의자에 앉았다.

「그들을 용서하세요!」 불쑥 끄라프뜨가 말했다.

처음에 나는 물론 그의 말을 조소 어린 것으로 생각하였다. 그러나 그를 가만히 바라보고 있는 동안, 나는 참으로 이상한 놀라울 만큼 순진한 표정이 그의 얼굴에 떠오른 것을 알아챘다. 그리고 왜 그가 그처럼 진실한 어조로 그들을 〈용서하라〉고 말했는지 나는 도무지 갈피를 잡을 수가 없었다. 그는 의자를 끌어당겨 내 옆에 앉았다.

「어쩌면 제가 자존심만 강한 무뢰한에 불과할지도 모른다는 생각이 들기도 하지만……」 나는 말하기 시작하였다. 「그렇다고 해서 용서를 빌고 싶지는 않습니다.」

「그럴 필요도 전혀 없지요.」 그는 조용히 그리고 진지한 어조로 아주 천천히 말했다.

「저는 자신의 감정을 속였습니다……. 저는 자신에 대해서 죄짓기를 좋아합니다……. 끄라프뜨, 당신에게 거짓말하는 것을 용서하세요. 그런데 당신도 역시 그 서클의 일원입니까? 내가 묻고 싶었던 것은 바로 그것입니다.」

「그 사람들은 다른 사람들보다 더 어리석지도 영리하지도 않아요. 다만 그들은 다른 사람들과 마찬가지로 머리가 좀 돌아 버린 것입니다.」

「왜요? 정말 모든 사람들이 다 정신이 돈 걸까요?」 참을 수 없는 호기심에 이끌려 나는 그에게로 몸을 돌렸다.

「오늘날 지력이 어느 정도 있다 싶은 사람들은 모두 다 미쳤어요. 자신의 때를 만난 것처럼 날뛰는 것은 평범하고 아무런 능력도 없는 친구들뿐이지요……. 하지만 이런 말을 한다 해도 아무런 소용이 없습니다.」

그런 말을 하면서 그는 허공을 응시하다가는, 말을 맺지 않고 툭 끊곤 하였다. 특히 그의 목소리가 어쩐지 기운이 없는 것이 마음에 걸렸다.

「그렇지만 바신은 그런 부류의 사람이 아닙니다. 바신에게는 정신이 있고, 또한 도덕적 이념이 있지 않습니까?」 나는 큰소리로 말했다.

「이 시대에는 도덕적 이념 같은 것은 존재하지 않습니다. 갑자기 모조리 사라져 버렸습니다. 무엇보다 중요한 것은, 그런 것은 이전에도 전혀 없었다는 사실입니다.」

「이전에도 없었다고요?」

「이 이야기는 그만두는 것이 좋겠습니다.」 그는 아주 피로한 듯이 말했다.

다소 우수 어린 그의 진실한 어조에 나는 감동을 받았다. 내 자신의 이기주의가 부끄러워 낯이 붉어지는 걸 느끼면서 나는 점점 그의 분위기 속으로 끌려들어가기 시작했다.

「지금의 시대는······.」 이 말을 꺼내더니, 약 2분 동안 말없이 있다가 다시 말을 시작했지만, 그의 눈은 여전히 허공을 보고 있었다. 「지금은 일상적인 것에 매달려 깊이 사고하지 않는 시대입니다. 이 시대의 사람들은 사색 없이 그저 게으르게 무가치한 일에 정열을 모두 낭비하고, 이미 만들어진 기성품만을 탐하고 있습니다. 어느 누구도 깊이 생각하는 사람이 없습니다. 스스로 자신의 이념을 창출해 내려는 사람은 더욱 없습니다.」

그는 또다시 말을 중단하고 잠시 침묵했다. 나는 가만히 듣고 있었다.

「요즈음 사람들은 러시아의 숲을 함부로 베어 내고 자연을 온통 황폐화시켜 몹쓸 땅으로 만들어, 이제 깔미끄 인들[10]이나 살 수 있는 황무지로 만들어 버리고 있습니다. 만일 누군가 새로운 희망을 가진 사람이 나타나서 미래를 위한 나무라도 새로 심으려고 한다면, 모두들 〈당신은 그 나무가 다 자랄 때까지 살아 있기라도 할 것 같은가요?〉 하면서 아마 조소할 것입니다. 또 한편에서는 진정한 시대를 희구하는 사람들이 그저 1천 년 후의 일을 논의하며 논쟁만 벌이고 있습니다. 사람을 옭아매는 이념은 모두 사라져 버렸습니다. 이런 와중에 사람들은 모두가 여관에 하루 머물렀다 떠나는 것처럼, 당장 내일이라도 곧 러시아에서 빠져나가려고 합니다. 모두들 자기 몸 하나만 건사하면 된다는 식의 생활을 하고 있습니다······.」

「이야기를 끊어 죄송하지만, 끄라프뜨, 당신은 지금 〈사람들이 1천 년 후의 일에 대해 논쟁만 하고 있다〉고 말씀하셨지요. 그렇지만 당신의 절망······ 러시아의 운명에 대한 절망은······ 그것 역시 마찬가지 논의가 아닐까요?」

---

10 유목 생활을 하는 몽고 종족의 하나.

「그것은…… 그것은 바로 동시대의 가장 긴급한 문제입니다!」
그는 서둘러 말하고 바삐 자리에서 일어섰다.

「아, 그렇지! 제가 잊어버리고 있었군요!」 그는 갑자기 생각난 듯 나를 쳐다보면서 전혀 다른 목소리로 말했다. 「용건이 있어서 당신을 불러 놓고, 제가 딴 소리만 늘어놓았군요, 용서하십시오.」

마치 꿈에서 깨어난 듯 그는 적이 당황스러운 표정을 지었다. 그리고 테이블 위에 있는 가방에서 편지 한 통을 꺼내어 내게 넘겨주었다.

「이것이 당신에게 전해 드려야 할 물건입니다. 이것은 어떤 중요한 의미를 담고 있는 서류입니다.」 그는 매우 사무적인 태도로 조심스럽게 말을 시작했다.

시간이 많이 흐른 지금도 그 일을 회상하면 나는 새로운 감동을 느끼게 된다. 그런 일에 전혀 마음을 쓸 형편이 아닌데도 그처럼 진지하고 조심스러운 태도로 다른 사람의 일을 처리해 주며, 그렇게 침착하고 단정한 어조로 그것에 대해 설명할 수 있는 그의 능력은 놀라웠다.

「이것은 그의 유언이 원인이 되어, 베르실로프와 소꼴스끼 공작 사이에 소송이 발생했던 바로 그 스똘베예프의 편지입니다. 이 사건은 지금 법원에서 심리 중인데, 아마 베르실로프에게 유리한 판결이 내려지겠지요. 법률은 그를 지지하고 있으니 말입니다. 2년 전에 쓴 이 개인적인 편지에 유언 작성자는 자신의 진정한 의사, 혹은 희망이라고 말하는 것이 더 정확할지도 모르겠습니다만, 그런 것을 표명하고 있는데, 그 내용은 베르실로프보다는 공작에게 더 유리하게 작성되어 있습니다. 그의 유언장에 적힌 내용을 반박하기 위해서 소꼴스끼 공작이 제기하고 있는 여러 문제점에 대한 주장을 뒷받침할 수 있는 유력한 내용이 이 편지 속에 담겨 있습니다. 베르실로프와 맞선 그의 적들은 법률적으로 결정적 의미를 가지는 것은 아닐지라도, 그 어떠한 대가를 치르고서라도 이 서류를 입수하려고 할 것입니다. 베르실로프 쪽의 여러 가지 업무를 담당했던 알렉세이 니까노로비치(안드로니꼬프)가 이 편지를 보관하고 있다가 죽기 바로 전에 내게 이것을 넘겨주며 〈잘 보관하도록〉 부탁했습니다. 아마 자신의 죽음을 예감하자 이 서류가 걱정되었던 모양입니다. 그 당시 알렉세이 니까노로비치의 의향이 어떤 것이었는지 임의대로 추정하기도 싫고, 또 사실대로 말하자면 이 서류를 어떻게 해야 할지 결정하기도 어려워서, 나는 그가 죽은 후에 이것을 어떻게 처리할까 고민해 왔습니다. 머지않아 법원에서 이 사건의 최종 판결을 내리기로 되어 있기 때문에 더욱 그랬습니다. 그런 와중에 알렉세이 니까노로비치가 살아 생전에 깊은 신뢰감을 갖고 있던 마리야 이바노브나가 나를 곤경에서 구출해 주었습니다. 3주 전에 그녀가 내게 편지를 보내, 그 서류를 당신에게 전해 주는 것이 바람직하겠다는 의사를 분명하게 전해 온 것입니다. 그렇게 하는 것이 아마, 이것은 그녀의 표현입니다만, 안드로니꼬프의 의사에 가장 부합되리라는 것이었습니다. 그래서 여기 그 서류를 가지고 와서 당신에게 넘겨드리게 되어 나는 매우 기쁩니다.」

「그렇지만……」 생각지도 못했던 새 소식을 접하고 몹시 당황한 나는 물었다. 「이 편지를 도대체 제가 어떻게 해야 하지요? 어떤 태도를 취하면 되는 거지요?」

「그거야 전적으로 당신의 뜻에 달려 있지요.」

「글쎄요. 제가 상당히 난처한 입장에 있다는 것을 당신도 곧 알게 될 것입니다! 베르실로프는 지금 그 유산을 간절히 바라고 있습니다……. 그리고 아시겠지만, 그 유산을 상속받지 못하면 그는 완전히 파산할 것입니다. 바로 이런 상황에서 갑자기 이런 서류가 있다는 새로운 사실이 튀어나오다니!」

「하지만 그것은 바로 여기, 이 방 안에 있을 뿐 아무도 모르고 있습니다.」

「정말로 그런가요?」 나는 그의 얼굴을 찬찬히 바라보았다.

「만일 이런 경우 당신 자신이 어떻게 처리할 바를 모르신다 해서, 내가 당신에게 무슨 충고를 할 수 있겠습니까?」

「나는 이 서류를 소꼴스끼 공작에게 넘겨줄 수도 없습니다. 그렇게 되면 베르실로프는 모든 희망을 잃게 될 것이고, 그뿐만 아니라 나는 그를 배반하는 것이나 마찬가지가 됩니다……. 반대로 베르실로프에게 넘겨준다면, 나는 죄 없는 사람들을 빈곤에 빠뜨리게 되고, 또 베르실로프도 상당한 정신적 회의 속에 몰아넣게 됩니다. 그렇게 되면 그는 유산을 단념하든가 남의 돈을 가로채든가 둘 중 하나를 선택할 수밖에는 다른 도리가 없을 테고요.」

「당신은 이 문제의 의미를 지나치게 과장해서 생각하는 것 같습니다.」

「그러면 당신이 생각할 때, 이 서류는 어느 정도의 결정적인 영향력을 가진 것 같습니까?」

「법률가는 아니지만, 제 생각에는 그렇게 큰 의미는 없으리라 여겨집니다. 그러나 상대방 측 변호사는 물론 이 서류를 어떻게 이용할 수 있을지 모두 알고 있고, 또한 그것을 최대한 활용해서 자신들에게 이롭도록 활용할 것입니다. 그러나 알렉세이 니까노로비치는 이 편지가 설사 법원에 제출된다고 하더라도 법률적인 결정을 내리는 데 그다지 크게 작용하지는 않으리라고 굳게 믿고 있었으니, 아마도 결국에는 베르실로프가 소송에서 승소할 가능성이 많겠지요. 다만 이 편지는 이른바 양심의 문제와 결부된 거겠지요…….」

「맞습니다. 바로 그것이 요점이겠지요.」 나는 그의 말을 자르고 내 의견을 말했다. 「바로 그러한 이유 때문에 베르실로프는 헤어날 수 없는 정신적인 번민에 빠지게 될 것이라는 말입니다.」

「반대로 그가 이 서류를 파기해 버릴 수도 있습니다. 그렇게 하면 그는 모든 위험에서 완전히 벗어날 수 있을 테니까요.」

「끄라프뜨, 그가 그러한 행동을 할 수 있다는 추측을 할 만한 무슨 특별한 근거라도 있습니까? 저는 그것이 알고 싶습니다. 그것 때문에 일부러 당신에게 온 것입니다!」

「그 사람의 입장에 서면 누구나 그렇게 하리라고 나는 생각합니다.」

「당신이라도 그렇게 하시겠습니까?」

「내가 유산을 받는 것이 아니니까 내 자신이 어떤 결정을 할지에 대해서는 모르겠습니다.」

「잘 알겠습니다.」 나는 편지를 받아 호주머니에 넣었다. 「이 이야기는 우선 그만 하기로 하지요. 그런데 끄라프뜨, 사실은 마리야 이바노브나가 제게 여러 가지 얘기를 해주었습니다. 그러면서 그녀는 1년 반 전에 엠스[11]에서, 베르실로프와 아흐마꼬프 집안 사이에 일어난 사건의 진상을 당신이라면 있는 그대로 알려 줄 것이고, 또 그렇게 할 수 있는 사람은 당신뿐이라고 말했습니다. 저는 가슴속에 묻고 있는 의문 어린 암흑에 밝은 빛을 줄 태양 같은 역할을 해주실 것을 기대하면서 당신이 오시기만을 기다려 왔습니다. 당신은 제가 처해 있는 입장을 잘 모르시겠지만, 끄라프뜨, 그 사건의 진상을 제게 사실대로 말씀해 주십시오. 제가 알고 싶은 것은 바로 베르실로프가 어떤 사람인가 하는 것입니다. 다른 어느 때보다도 지금 그의 진면목을 이해하는 것이 제게는 간절히 필요하기 때문입니다!」

「이상하군요. 어째서 마리야 이바노브나는 자기 입으로 모든 것을 당신에게 이야기하지 않았을까요. 그녀는 죽은 안드로니꼬프에게서 모든 것을 들었을 것이고, 물론 이 이야기에 대해서도 다 들었을 텐데요. 어쩌면 나보다 더 잘 알고 있을 법한데 말입니다.」

「안드로니꼬프 자신도 이 사건에 대해서는 어떻게 처리해야 할

---

11 독일의 요양 도시. 도스또예프스끼는 1874~1875년에 이곳에서 치료를 받으며 『미성년』을 집필했다.

지 몰랐다고, 마리야 이바노브나가 말했어요. 이 사건의 진상은 아무래도 누구도 밝혀 낼 수 없을 것 같습니다. 참으로 답답한 상황이지요! 그래서 저는 당신이 그때 엠스에 있었다는 사실을 알고 당신에게서 무언가 진상에 얽힌 얘기를 들을 수 있으리라고 생각하고 있었습니다……」

「나도 모든 것을 내 눈으로 직접 본 것은 아닙니다. 하지만 제가 알고 있는 범위 내에서 아는 대로 기꺼이 말씀드리겠습니다. 단지 그것으로 당신이 만족스러울 수 있을지는 모르겠습니다.」

2

끄라프뜨가 내게 말해 준 내용을 모두 다 상세히 인용하는 일은 그만두고, 여기서는 간단히 요점만 기술하고자 한다.

1년 반 전에 소꼴스끼 노공작을 통하여, 그 당시 엠스에 체류하고 있던 아흐마꼬프 일가와 사귀게 된 베르실로프는 그 집안 사람들에게 강한 인상을 주었다. 그중에서도 가장 강한 인상을 받은 사람은 바로 아흐마꼬프였다. 그는 장군이었으며, 아직 그다지 늙은 편은 아니었지만 결혼한 지 3년 만에 그의 아내, 즉 까쩨리나 니꼴라예브나가 가지고 온 거액의 지참금을 모두 카드 노름에서 탕진했고, 게다가 무질서한 생활 때문에 뇌출혈을 일으키기까지 하였다. 겨우 위기를 모면한 그는 외국에서 요양 생활을 하고 있었지만, 엠스에 체류한 것은 전처와의 사이에서 난 딸을 위해서였다. 그녀는 열일곱 살쯤 된 병약한 아가씨로, 폐결핵으로 오랫동안 고생하고 있었지만, 대단한 미인이자 창조적인 상상력을 지니고 있었다고 한다. 그녀에게는 이미 지참금은 전혀 없었으나 관례대로 노공작이 어떻게 해주리라고 모두가 기대하고 있었다. 소문에 의하면, 까쩨리나 니꼴라예브나는 그녀에게 아주 좋은 계모였다고 한다. 그런데 이 아가씨는 무슨 이유에선지 베르실로프를 특별히 잘 따랐다. 끄라프뜨의 표현에 따른다면, 그 당시 그는 〈열정적으로 어떤 것〉, 어떤 새로운 이념 같은 것을 말하고 다녔다고 한다. 내가 전해 들은 안드로니꼬프의 야릇한 혹은 냉소적인 비평에 의한다면, 〈고차적 의미의 종교적 환상에 빠져 있었다〉는 것이다. 그러나 여기서 주목해야 할 사실은 사람들이 곧 그를 멀리하기 시작했다는 점이다. 심지어 장군은 그에게 두려움을 느끼기 시작했다. 베르실로프가 병상에 있는 남편으로 하여금, 당시 엠스를 떠나 파리에 머무르고 있던 까쩨리나 니꼴라예브나가 젊은 소꼴스끼 공작과 염문을 가질 수도 있다는 의심을 갖도록 사주했다는 풍문에 대해서도, 끄라프뜨는 굳이 부정하지 않았다. 그리고 그 방법도 직접적인 것이 아니라 〈독특한 그의 방식으로〉 즉, 완곡한 표현과 암시를 통해 그렇게 했다는 것이다. 〈그런 일에 그는 비상할 정도로 탁월한 능력이 있다〉고 끄라프뜨는 말했다. 끄라프뜨는 전체적으로 베르실로프를 어떤 고상한 차원의 독창적 사상을 시종일관 추구한 사람이라기보다는 오히려 야심 많은 정략가나 선천적인 음모가로 여기고 있었다. 아니 그렇게 보고 싶어하는 것 같았다. 끄라프뜨가 말해 주기 전에도 나는 처음에 까쩨리나 니꼴라예브나에게 밀접한 영향력을 가지고 있던 베르실로프가 점점 그녀와 멀어지더니, 결국에는 서로 증오하는 사이가 되어 버렸다는 사실을 알고 있었다. 사람들은 그렇게 친밀했던 두 사람이 어떻게 서로 증오하게 되었는지는 나중에야 알 수 있었다. 그 무렵 또 하나 이상한 사건이 발생했다. 까쩨리나 니꼴라예브나의 병약한 딸이 베르실로프에게 사랑을 느끼게 된 일이었다. 그녀가 그의 어떤 점에 그렇게 매력을 느꼈는지, 그의 말솜씨에 유혹된 것인지는 잘 모르겠지만, 한동안 베르실로프는 거의 매일 이 아가씨의 곁을 떠나지 않았으며, 결국에는 이 아가씨가 갑자기 아버지에게 베르실로프와 결혼하고 싶다는 의사를 강하게 밝혔던 것이다. 이 일이 실제로 있었던 사실이라는 점은 끄라프뜨, 안드로니꼬프, 그리고 마리야 이바노브나에 이르기까지 모두가 다 인정하고 있다. 언젠가 따찌야나 빠블로브나도 내가 있는 데서 무심코 그 일에 대해 얘기를 꺼낸 적이 있다. 무엇보다도 중요한 사항은 베르실로프 자신도 그러한 의향을 가지고 있었을 뿐만 아니라, 이 아가씨와의 결혼에 강한 집착을 보였다는 사실이다. 완전히 다른 세대에 속하는 두 당사자, 즉 노년에 접어든 남자와 어린 아가씨가 서로 결혼할 의사를 가지고 있었으며, 그것이 그들 모두의 공통된 의견이라는 것을 주변의 모든 사람들이 알고 있었다는 사실이다. 하지만 아가씨의 예기치 않은 그러한 의사 표명은 그녀의 아버지를 무척이나 놀라게 하였다. 자신이 몹시 사랑했던 까쩨리나 니꼴라예브나에게서 점점 마음이 멀어짐에 따라 그는 딸을 마치 하느님처럼 신성시하게 되었고, 발작이 있은 후로는 그러한 집착이 점점 더 강해졌다. 이러한 상황에서 그들의 결혼에 대해 가장 격렬한 반대 의사를 표명한 것은 바로 까쩨리나 니꼴라예브나였다. 그래서 그 무렵 그 집안에서는 가족끼리의 극단적인 대립, 살벌한 충돌, 의사 소통의 철저한 단절과 같은, 간단히 말해 말로 표현할 수 없는 여러 가지 불상사들이 계속해서 일어났다. 이러한 우여곡절을 겪으면서 아버지는, 끄라프뜨의 표현에 의하면, 베르실로프에게 완전히 〈정신을 잃고〉 푹 빠진 딸의 완강한 의사에 서서히 꺾이기 시작했다. 그러나 까쩨리나 니꼴라예브나는 시종일관 흔들리지 않는 증오심을 가지고 그들의 결혼에 결사적인 반대를 하였다. 이러한 불투명한 상황 전개에 따라 아무도 그 사건의 흐름에 대해 갈피를 잡을 수 없게 되었다. 아래에 기술하는 것은 이러한 여러 가지 사실을 바탕으로 끄라프뜨가 자신의 상상력을 가지고 추론하여 재구성해 본 내용이다.

베르실로프는 자신의 언어 구사력을 가지고 어린 아가씨에게

까쩨리나 니꼴라예브나의 반대는 어떤 불순한 의도에 의한 것이라는 것을 주입시켰다. 즉 까쩨리나 니꼴라예브나가 이 결혼에 동의하지 않는 것은 그녀 자신이 이미 베르실로프에게 마음을 빼앗기고 있어서 자신의 속마음을 그에게 말한 후에 그에게서 별 반응이 없자 질투심이 생겨서 벌써 오래 전부터 늘 그를 쫓아다니며 방해하는 일을 꾸며 오고 있었으며, 그러한 도중에 그에게 사랑하는 여자가 나타났기 때문에 그를 당장 불에 태워 죽이기라도 할 기세로 결사적인 반대를 하고 있는 것이라고 교묘히 꾸며 말함으로써 베르실로프는 이 어린 아가씨로 하여금 그의 말을 완전히 믿게 하는 데에 성공한 것 같았다. 그러나 이 대목에서 가장 치졸한 행위는 아가씨의 아버지, 즉 〈부정한〉 아내의 남편에게도, 아내의 젊은 공작과의 외도가 그저 한순간의 놀이에 지나지 않았다는 말을 함으로써 그러한 일이 실제로 있었다는 것을 〈암시〉하였다는 사실이다. 이렇게 되자 그 집안에는 지옥과도 같은 고통의 소용돌이가 휘몰아치게 되었다. 또 다른 쪽에서 들리는 말에 의하면, 까쩨리나 니꼴라예브나는 의붓딸을 지극히 사랑하고 있었는데 그런 중상을 당하여 딸과의 애정이 송두리째 깨져 버렸다는 사실 때문에 마음의 상처가 컸으며, 병석에 누워 있는 남편과의 악화된 관계에 대해서는 더 이상 말할 것도 없게 되었다는 것이다. 그런데 이것과 더불어 경악할 만한 또 다른 이야기가 있다. 끄라프뜨는 그것을 실제 있었던 사실로 믿고 있었으며, 그에 관해 이미 상세히 들은 나 자신도 역시 그렇게 믿고 있다. 까쩨리나 니꼴라예브나 자신의 입을 통해 그 이야기를 들은 안드로니꼬프를 비롯한 사람들의 말에 의하면, 베르실로프가 아가씨에게 말했으리라고 추정되는 이야기와 실제 상황은 정반대라는 것이다. 즉 어린 아가씨가 그에게 사랑의 감정을 가지기 전에 이미 베르실로프가 까쩨리나 니꼴라예브나에게 사랑을 고백하였다는 것이다. 부인은 그와는 친한 사이어서 한때는 그의 견해를 귀기울여 들은 적도 있지만, 마음속으로는 항상 그에게 신뢰감을 못 느껴 반대 의견을 가지고 있었기 때문에 베르실로프의 예기치 못한 고백에 매우 증오감을 느껴 그에게 지독히 조소 어린 비판을 퍼부었다. 베르실로프는 그녀에게 장군이 머지않아 곧 두 번째 발작을 일으킬 것이니 그렇게 되면 자기의 아내가 되어 달라고 말했으며, 그래서 부인은 다시는 자기 집에 출입하지 말라며 그를 쫓아냈다고 한다. 그런데도 그 후 그가 뻔뻔스럽게 그녀의 의붓딸에게 구혼하는 것을 보고, 까쩨리나 니꼴라예브나는 베르실로프에게 용서하지 못할 증오심을 느꼈다는 것이다. 모스끄바에 있을 때 이러한 내용의 이야기를 모두 내게 말해 준 마리야 이바노브나는 전혀 상반된 이 두 가지 이야기를 각각 실제 있었던 것으로 믿고 있었다. 즉 전혀 다른 내용의 두 가지 이야기를 임의대로 조합해서 믿고 있었던 것이다. 그녀의 판단에 따르면, 이런 일들은 말하자면 사랑 속의 미움 la haine dans l'amour 같은 것으로, 서로가 서로에게 지니고 있는 애정 때문에 자존심의 상처를 받아 생기는 일로·얼마든지 동시적으로 일어날 수 있다는 것이다. 그러한 일은 간단히 말하면, 건전한 상식과 양식이 있는 사람들에게는 고려할 가치도 없는 일로, 유치하고 변덕스럽고 감상적인 사랑 싸움과 같은 것이라고 그녀는 단정하였던 것이다. 그러나 양식적인 판단을 하며 그렇게 말하는 당사자인 마리야 이바노브나 역시 어릴 때부터 읽은 그런 감상적 로맨스에 관한 소설로 머리가 가득 차 있었고, 여전히 계속해서 그런 소설만 읽고 있었다. 실제로 무슨 일이 있었든 간에 결국에는 베르실로프의 비열함, 거짓 음모, 그리고 그에 대한 인간적 신뢰의 상실만이 뚜렷이 드러났다. 이 사건이 사랑에 눈먼 가련한 한 아가씨의 자살 기도라는 비극적 결말로 끝나게 되어 사정은 더욱 그러하였다. 성냥을 만드는 유황 성분 독극물에 의한 음독 자살의 시도였다. 나는 지금도 이 소문이 사실인지 아닌지 모른다. 그러나 사람들이 그러한 소문을 묻어 버리려고 애썼던 것은 사실이다. 그 아가씨는 2주 동안 병석에 누워 있다가 세상을 떠났다. 그래서 유황 성분에 의한 그녀의 자살 사건은 자세한 진상이 밝혀지지 않은 채로 미궁에 빠졌지만, 끄라프뜨는 그것을 기정사실화하였다. 그 후에 그녀의 아버지도 곧 세상을 등졌다. 딸의 죽음 때문에 지나치게 상심하여 두 번째 발작이 일어나서 그렇게 됐다고 하지만, 그의 죽음은 그 사건이 일어난 지 석 달이나 지난 후였다. 그런데 아가씨의 장례식이 끝난 다음 파리에서 엠스로 돌아온 젊은 공작 소꼴스끼가 사람들이 모여 있는 공원에서 베르실로프의 뺨을 때렸지만 그는 자신을 폭행한 사람에게 결투를 신청하지 않았다. 오히려 반대로 다음날 아무 일도 없었던 것처럼 태연하게 길에서 한가롭게 산책을 하였다. 그때부터 사람들은 모두 그를 멀리하기 시작하였으며 뻬쩨르부르그에서도 사정은 마찬가지였다. 여전히 계속해서 몇몇 사람과 교제하고 있었지만, 그들은 그가 이전에 사귀던 사람들과는 전혀 다른 서클의 사람들이었다. 상류 사회에 속한 그의 지인들은 사건의 진위와 내용에 대해 자세히 알지는 못했지만 일제히 그를 비난했다. 이 일에 대해 그들이 아는 내용은 겨우 한 아가씨의 무모할 정도의 낭만적인 죽음과 베르실로프가 뺨을 맞았다는 정도였다. 이 사건을 비교적 소상하게 들은 사람은 두세 사람뿐이었다. 그중 누구보다도 사건의 진상을 자세히 알고 있던 사람은 오래 전부터 아흐마꼬프 집안과 사업상의 접촉이 있었고, 또 우연한 기회에 까쩨리나 니꼴라예브나와 특별한 친분을 가지게 되었던 안드로니꼬프였다. 그러나 그는 이 사건의 진상에 관해 자기 가족에게도 숨겨 왔으며, 다만 끄라프뜨와 마리야 이바노브나에게만, 그것도 꼭 필요한 상황에서 그 일부분만을 얘기했던 것이다.

「지금 여기서 중요한 의미를 가지고 있는 것은 한 가지 서류가 실제로 존재하고 있다는 것입니다.」 끄라프뜨가 결론을 짓듯 말했다. 「그 서류는 아흐마꼬바 부인이 아주 두려워하는 것이지요.」

그는 그 내용에 관해서도 내게 다음과 같이 말해 주었다.

까쩨리나 니꼴라예브나는 노공작, 즉 자신의 아버지가 외국에서 최초 발작의 후유증에서 회복되어 가고 있을 무렵, 자신이 전적으로 신뢰하던 안드로니꼬프에게 부지불식간에 노공작의 명예를 훼손할 우려가 있는 편지를 극비로 보내는 실수를 저질렀다. 그 무렵 건강이 회복되어 가던 공작은 실제로 자기 돈을 바람에 날려 버리듯 함부로 쓰는 낭비벽을 나타내기 시작하였다. 외국에 있으면서 그는 전혀 필요 없는 값비싼 물건이나 그림과 꽃병 등을 사들였고, 내용도 상세히 모르는 일에 큰돈을 내놓기도 하고 여러 공공 시설에까지 기부금을 임의대로 희사하기 시작했다. 사교계에서 낭비벽으로 유명한 어떤 러시아 인에게서 은밀하게 막대한 비용을 주고 아주 황폐한 데다 귀찮은 소송 문제까지 걸려 있는 영지를 살 뻔한 일도 있었다. 그리고 마지막에는 그 나이에 다시 결혼할 생각까지 했던 것이다. 그래서 병상에서 계속하여 그의 옆을 떠나지 않고 간호를 하던 까쩨리나 니꼴라예브나는 이러한 그의 돌출적인 행위를 고려하여 〈오랜 친구〉이자 〈변호사〉인 안드로니꼬프에게 〈현행법상 공작에게 금치산자라든가 무능력자라는 선고를 내릴 수 있는지, 그리고 그것이 가능하다면 아무도 그러한 판결에 대해 비난할 수 없게 하고, 아버지의 감정을 상하지 않도록 하며, 또 아무런 불미스러운 사건도 발생시키지 않고 순조롭게 일을 추진시킬 수 있는가〉 하는 내용의 문의를 하였다. 이러한 내용의 편지를 받고 안드로니꼬프는 곧 답장을 하여 그녀를 설득하여 그러한 시도를 하지 못하도록 만류하였다. 그 후 공작이 완전히 건강을 회복함으로써 그녀는 그런 생각을 다시는 할 수 없게 되었다. 그러나 그 편지는 안드로니꼬프에게 남아 있었다. 그리고 그가 세상을 떠났을 때, 까쩨리나 니꼴라예브나는 곧 자신이 보냈던 편지를 상기했다. 만일에 그 편지가 고인의 서류 속에서 발견되어 노공작이 그것을 보게 되면, 그는 틀림없이 그녀를 영원히 집안에서 내쫓아 상속권을 박탈하고 한푼의 유산 상속도 해주지 않을 것이다. 친딸이 자신을 정신이 돌았다고 믿고 법적으로 미친 사람으로 규정하려고 했었다는 사실을 알면, 아무리 어린 양처럼 유순한 성품의 이 노인도 야수처럼 돌변할 수 있었을 것이다. 그렇게 되면 죽은 남편이 도박으로 재산을 탕진한 후에 무일푼의 과부가 되어 아버지밖에는 의지할 곳이 없던 그녀로서는 탈출구가 전혀 없게 될 것이다. 그녀는 첫 결혼 때에 받은 액수와 비슷한 거액의 지참금을, 이번에도 아버지에게서 받으리라고 내심 기대를 하고 있던 터였다.

끄라프뜨는 그 후 이 편지가 어떻게 되었는지에 대해서는 아무것도 몰랐다. 하지만 그는 아마도 안드로니꼬프가 〈필요한 서류를 찢는 일은 절대로 하지 않았을 것〉이라고 했다. 그 이유는 그가 모든 상황을 꿰뚫어 보고 자신에게 이로운 쪽으로 헤쳐나갈 대단히 〈적응을 잘하는 양심〉을 가지고 있었기 때문이라고 말했다. 나는 안드로니꼬프를 사랑하고 존경하는 끄라프뜨의 그러한 자의적인 해석에 놀라움을 느꼈다. 끄라프뜨는 파괴력 있는 그 서류가 아마도 안드로니꼬프의 미망인이나 그의 딸들과 가까운 관계인 베르실로프에게 넘어갔으리라 굳게 믿고 있었다. 그의 해석대로 고인의 유가족이 그가 남긴 모든 서류를 베르실로프에게 넘겨주었으리라는 추측은 신빙성 있어 보였다. 끄라프뜨는 까쩨리나 니꼴라예브나도 이미 그 편지가 베르실로프의 수중에 들어간 것을 알고 있기 때문에, 베르실로프가 그 편지를 가지고 노공작에게 갈까 봐 몹시 두려워하고 있다는 사실을 알고 있었다. 또한 끄라프뜨는 그녀가 외국에서 돌아오자마자 곧바로 뻬쩨르부르그에서 그 편지를 수소문하기 시작한 일과, 안드로니꼬프의 유가족을 방문하기도 하였으며 지금도 계속해서 그 편지를 찾고 있다는 사실도 이미 알고 있었다. 그녀는 그 편지가 베르실로프에게 아직 전달되지 않았을 수도 있다는 추정을 마지막 희망으로 삼고 있었기 때문에 상황을 정확히 알기 위해 그렇게 동분서주했던 것이다. 그녀가 이번에 모스끄바를 다녀온 것도 그러한 목적이 있었기 때문이며, 그곳에서 마리야 이바노브나에게 남아 있는 서류들 중 혹시 그 편지가 있는지 다시 한번 찾아봐 달라고 애원했다. 그녀가 마리야 이바노브나라는 존재에 대해서, 그리고 죽은 안드로니꼬프와 그녀의 관계에 대해서 알게 된 것은 최근 아주 우연한 만남을 통해서였으며, 외국에서 뻬쩨르부르그로 돌아온 이후의 일이었다.

「당신 생각에는 그녀가 마리야 이바노브나의 집에서 그 편지를 찾지 못한 것 같습니까?」 나 자신의 생각은 말하지 않고 나는 다시 물었다.

「마리야 이바노브나가 당신에게 아무 말도 하지 않았다면, 아마 그녀는 아무것도 가지고 있지 않을 수도 있지요.」

「그렇다면 당신은 그 편지가 틀림없이 베르실로프에게 있다고 생각하시는군요?」

「그렇게 생각하는 것이 가장 신빙성이 있겠지요. 하지만 분명하게 단정적으로 말을 할 수는 없습니다. 예상치 못한 일이 일어날 수 있는 개연성도 있으니 말입니다.」 그는 매우 피곤한 듯이 말했다.

그를 바라보다가 나는 더 이상의 질문은 하지 않기로 했다. 더 이상의 내용을 알아서 무얼 하겠단 말인가? 혼란스러워 보이는 여러 상황들을 통해, 내게 의미 있는 사실들이 분명하게 드러나지 않았는가? 더욱이 내가 두려워했던 사실을 모두 확인했는데.

「모든 일이 꿈속의 일만 같습니다.」 깊은 슬픔에 잠겨 내뱉듯이 말하고, 나는 모자를 집으려고 했다.

「당신에게 그 사람이 아주 소중한가요?」 끄라프뜨가 물었다. 나는 그 순간 그의 얼굴에 깊은 동정의 빛이 떠오른 것을 보았다.

「처음부터 당신한테서도 역시 충분한 사실을 얻을 수 없으리라고 예상했습니다.」내가 말했다. 「이제 아흐마꼬바에게만 희망을 걸어 볼 수 있겠군요. 원래 저는 그녀에게 희망을 걸고 있었지요. 어쩌면 그녀에게 가볼지도 모르고, 또 안 갈지도 모르겠습니다.」

의아한 표정으로 끄라프뜨는 나를 쳐다보았다.

「가보겠습니다, 끄라프뜨! 왜 어떤 사람은 자기를 꺼리는 사람들을 찾아다녀야 하는 걸까요? 모든 것과 완전히 단절한 채 지내는 것이 낫지 않을까요?」

「단절한 다음에는 어디로 가지요?」땅을 보면서 약간 언짢은 어조로 그가 물었다.

「자신 속으로요, 자기 자신 속으로 돌아가는 거지요! 모든 인연을 끊고 자기 자신으로 돌아간다는 말입니다.」

「아메리카로라도 가는 것입니까?」

「아메리카로라도 가는 겁니다! 자신으로, 오로지 자신 속으로 돌아가기 위해서 말입니다! 이것이 내가 품고 있는 생각의 본질입니다, 끄라프뜨!」나는 흥분하여 말했다.

그는 무언가 호기심에 찬 눈으로 나를 쳐다보았다.

「그러면 당신에게는 그런 장소가 있군요. 〈자신의 내면 속〉에요?」

「그렇습니다. 안녕히 계십시오, 끄라프뜨. 감사합니다. 그리고 괴롭혀서 죄송합니다. 그러나 내가 당신의 입장이라면, 그런 러시아가 내 머릿속에 있다면, 나는 그들 모두를 악마에게나 보냈을 겁니다. 그리고 소리쳤을 겁니다. 〈가서 당신들끼리 서로 음모를 꾸미거나 싸우든가 이제 더 이상은 나와 상관이 없습니다!〉라고요.」

「조금 더 있다가 가시지요.」그가 갑자기 말했다. 벌써 그는 나를 배웅하기 위해 현관까지 나와 있었다.

약간 놀랐지만, 나는 되돌아가서 다시 자리에 앉았다. 끄라프뜨는 나와 마주 앉았다. 우리는 서로에게 무언가 야릇한 미소를 지어 보였다. 지금도 그 모든 장면이 눈에 선하다. 그에게 느꼈던 어떤 외경심 같은 것을 나는 분명하게 기억하고 있다.

「끄라프뜨, 저는 당신이 퍽 예의 바른 사람이라는 점이 마음에 듭니다.」 나는 불쑥 말했다.

「그래요?」

「그런 것을 저는 빨리 인식하는 편입니다. 저도 예의 바르게 처신하려 애써 보지만 그렇게 되지가 않기 때문이지요……. 그러나 어쩌면 사람들에게 모욕을 당하는 편이 나을지도 모르지요. 그렇게 되면 적어도 다른 사람을 사랑하게 되는 따위의 치욕적인 행위는 피할 수 있을 테니까 말입니다.」

「하루 중에서 당신은 어느 시간을 제일 좋아하나요?」 분명히 내 말에 귀를 기울이지 않고서 그가 물었다.

「어느 시간이냐고요? 잘 모르겠어요. 다만 저는 해가 지는 저녁 무렵은 싫습니다.」

「그래요?」 무언가 특별한 호기심을 가진 듯이 말하더니, 그는 곧 다시 생각에 잠겼다.

「당신은 어디로 또 여행을 떠납니까?」

「네…… 또 떠나야지요.」

「곧 떠납니까?」

「네.」

「빌노까지 가는 데 권총이 필요할까요?」 아무 뜻 없이 내가 물었다. 그저 이야깃거리가 막혀서 아무런 생각 없이 있을 때 권총이 눈에 들어오기에 그저 의례적으로 물은 질문이었다.

그는 몸을 돌려 권총을 바라보았다.

「아닙니다. 그저 습관이 돼서요.」

「만일 제게 권총이 있다면, 저는 어딘가에 그것을 감추고 자물쇠를 채워 놓을 겁니다. 그것은 참으로 유혹적인 물체이니 말입니다! 자살 유혹 같은 것을 믿지는 않지만 아마도 이런 물건이 눈앞에 보이면, 사실 아주 강한 유혹을 느끼는 순간이 있을지도 몰라서지요.」

「그런 이야기는 이제 그만 하지요.」 그는 갑자기 의자에서 일어섰다.

「제 자신의 이야기를 하는 것은 아닙니다.」 이렇게 덧붙이면서 나도 역시 일어섰다. 「제가 그런 것을 사용하는 일은 없을 겁니다. 제게 목숨 세 개를 준다 해도 저는 여전히 부족감을 느낄 정도니까요.」

「아무쪼록 오래 사십시오.」 이런 말이 거의 무의식적으로 그의 입에서 나왔다.

그는 무심코 내게 희미한 미소를 던졌다. 그러면서 이상하게 마치 나를 안내라도 하듯 똑바로 현관 쪽으로 걸어가기 시작했다. 아마 그는 자신이 지금 무엇을 하고 있는지 모르고 있는 듯했다.

「모든 일이 잘되시기를 바랍니다, 끄라프뜨.」 계단으로 내려서면서 내가 말했다.

「아마 그렇게 될 겁니다.」 그는 자신 있게 대답했다.

「그러면 다시 만납시다!」

「그것도 아마 그렇게 될 겁니다.」

나를 배웅하며 바라보던 그의 눈빛을 나는 지금도 잘 기억하고 있다.

3

이 사람이 여러 해 동안 내가 가슴을 죄며 만나 보려고 했던 바로 그 사람이란 말인가! 그 무엇을 나는 끄라프뜨에게 기대했으며, 과연 어떤 새로운 정보를 얻었단 말인가!

나는 끄라프뜨의 집에서 나오면서 무척이나 시장기를 느꼈다.

벌써 저녁때가 되었는데, 나는 점심 식사조차 하지 않았던 것이다. 그래서 나는 그곳 뻬쩨르부르그 구역의 큰 거리에 있는 조그만 음식점으로 들어갔다. 한 20꼬뻬이까, 비싸도 25꼬뻬이까 정도의 식사를 할 생각이었다. 그때의 상황에서 그 이상의 비용을 나로서는 도저히 쓸 수 없었다. 나는 수프를 주문했다. 그리고 지금도 기억하지만, 그것을 먹고 나서는 가만히 앉아 창 밖을 내다보기 시작했다. 홀에는 손님이 많았고, 고기를 굽는 냄새, 불결한 물수건과 담배 냄새가 물씬 풍겨서 역한 기분이 들었다. 머리 위에서는 노래를 잊어버린 채 침울하게 생각에 잠긴 듯한 나이팅게일이 부리로 새장 밑바닥을 톡톡 쪼고 있었다. 식당 옆에 있는 당구장에서는 사람들의 소란스러운 소리가 들려오고 있었고, 나는 자리에 앉은 채 깊은 생각에 잠겨 있었다. 노을이 질 무렵의 저녁 기운이 갑자기(저녁 무렵이 싫다고 말했을 때, 왜 끄라프뜨는 그렇게 놀랐을까?) 이런 장소와 전혀 어울리지도 않게 무언가 생각지도 않았던 벅찬 감동 같은 것을 내 가슴에 불러일으켰다. 그러자 어머니의 조용한 눈길, 벌써 꼬박 한 달 동안이나 눈치를 보면서 내 안색을 살피기만 하던 어머니의 다감한 눈길이 자꾸 눈앞에 아른거렸다. 최근에 나는 집에서 아주 멋대로 행동하였다. 그것도 주로 어머니를 향해서 그렇게 하였다. 사실은 베르실로프에게 무례한 언동을 하고 싶었지만, 그렇게는 못하고 내가 항상 하는 비겁한 방식대로 어머니를 괴롭혔던 것이다. 그러한 막무가내의 행동이 어머니를 완전히 질리게 만들었기 때문에, 안드레이 뻬뜨로비치가 들어오면 어머니는 애원하는 듯한 눈빛으로 나를 쳐다보곤 했다. 내가 무언가 예기치 못한 행동을 하지나 않을까 두려워하는 기색이었다. 바로 이 음식점에서 나는 한 가지 이상한 사실을 처음으로 깨달았다. 그것은 나를 부를 때 베르실로프는 친근한 호칭을 쓰는 반면에, 어머니는 아주 정중한 어법을 사용한다는 점이다. 이전부터 나는 그것을 이상하게 느꼈고 어머니의 그러한 행동이 언짢았다. 그런데 왠지 지금, 바로 그 생각이 머리에 떠오른 것이다. 그러자 이상한 생각들이 하나씩 머리를 스쳐 지나가기 시작했다. 밖이 완전히 어두워질 때까지 오랫동안 나는 그 자리에 앉아 있었다. 그러면서 여동생에 대해서도 생각했다.

이를테면 그것은 내게 운명적인 시간이었다. 어떠한 일이 있어도 이제 마지막 결정을 내려야 할 순간이었다! 나는 결단력이 없는 인간이란 말인가? 만약 그들도 나를 원치 않고 있다면, 그 사람들과 인연을 끊는 것이 왜 그렇게 힘들단 말인가? 그러면 어머니와 여동생은? 하지만 무슨 일이 있더라도 나는 그 두 사람을 결코 떠나지 않을 것이다.

내가 아주 어린 시절에 순간적으로 일어난 일이지만, 내 삶의 흐름에서 그 사람의 출현은 내 내면의 의식이 제자리를 잡아 발전해 갈 수 있도록 해준 중요한 전환점이 되었다. 만일 그때 그 사람을 만나지 않았더라면 내 영혼, 가치관, 삶의 방식은 사뭇 달라졌을 것이다. 설사 운명이 내 성격을 결정하고, 결국 그것을 피할 수 없다고 할지라도 말이다.

하지만 이제 가만히 돌이켜 생각해 보면 그 사람은 내 공상, 어릴 때부터의 공상에 지나지 않았다. 그의 형상은 내가 스스로 생각해 낸 것이며, 실제로는 내가 꿈에 그렸던 것보다 훨씬 열등한, 내가 꿈꾸던 것과는 전혀 다른 인물이었다. 내가 그토록 찾으려 했던 것은 순수한 인간이었지 그런 인물은 아니었다. 그런데 어째서 나는 어린 시절에, 어느 날 처음 얼굴을 본 그 짧은 순간에, 한 번 보자마자 영원히 그 사람에게 반했을까? 이 〈영원히〉라는 말은 없어져야 한다. 언젠가 적당한 지점에서 나는 우리의 그 첫 대면을 묘사할 생각이다. 하지만 그것은 이렇다 하게 특별히 전할 내용이 없는 사건이었다. 그러나 나는 그것을 근거로 해서 완전한 피라미드를 쌓아 올렸다. 내가 그 피라미드를 쌓기 시작한 것은, 요람 속에서 잠들기 전 별다른 이유 없이 공연히 울고 때로 꿈을 꾸던 어린 시절부터였다. 사람들로부터 버림을 받았다는 생각이 들기 시작했기 때문일까? 아니면 사람들이 나를 괴롭혔기 때문일까? 그러나 내가 괴롭힘을 당한 것은 잠시 동안의 일로, 그가 내 곁을 영원히 떠나기 전 나를 떨구듯 집어 넣었던 뚜샤르의 기숙사에서 지낸 2년 동안의 짧은 기간이었다. 그 후에는 아무도 나를 괴롭히는 사람이 없었다. 오히려 내가 오만하게 주변의 친구들을 깔보기까지 했다. 그리고 나는 동정을 구걸하는 고아 근성은 참을 수가 없었다! 내가 눈곱만큼의 동정심도 느끼지 못하는 사회에서 버림받은 고아나 사생아들이, 이를테면 이 세상의 쓰레기 같은 존재들이 갑자기 무게를 잡으며 대중 앞에 나서서 연민을 자아내는, 그러면서도 설교하는 듯한 어조로 〈당신들이 우리를 이렇게 만들었습니다!〉 하는 식의 말을 서글픈 목소리로 내뱉을 때, 나는 아주 극도의 역겨움을 느꼈다. 나는 그런 종류의 사람들을 때려 주고 싶은 충동을 느끼기까지 했다. 오히려 징징대거나 불만을 털어놓지 않고 함묵하고 있는 편이 열 배는 훌륭한 태도라는 것을, 이 가련하고 통속적인 사람들 중 그 누구도 이해하지 못한다. 그래도 굳이 그러한 짓을 한다면, 그것은 바로 어리석은 그들의 어쩔 수 없는 운명이라는 것이 바로 내 생각이다!

하지만 흥미로운 사실은 요람 속에서부터 내가 그에 대해 공상했다는 것이 아니라, 바로 그 사람을 위해서, 내가 머릿속에서 꾸며 낸 사람 때문에, 자신의 주요한 목적을 망각하고 이곳으로 왔다는 사실이다. 즉, 그를 도와서 그에게 불리한 모든 모략들을 물리치고, 그의 적을 말살하기 위해 왔다는 사실이다. 끄라프뜨가 말한 그 서류, 그 여자가 안드로니꼬프에게 보냈다는 편지, 그녀가 그렇게도 두려워하는 그 편지, 그녀의 운명을 파괴하고 그녀를 궁핍 속에 빠뜨릴지도 모르는 그 편지, 그리고 어쩌면 베르실로프가 가지고 있을지도 모른다는 그 편지, 바로 그 편지는 베르실로프에게 있는 것이 아니라 내가 외투 주머니 속에 넣고 꿰매어 보관하고 있다. 내가 직접 내 손으로 꿰맸기 때문에 이 세상 누구도 그 사실을 아는 사람은 없다. 이 서류를 〈보관〉하고 있던 소설 애호가 마리야 이바노브나가 그 누구도 아닌 바로 나에게 그걸 넘겨줘야 한다고 결정한 것은 그녀 스스로의 결정이며 그녀의 자유 의사에 의한 것이었으니 내가 그것에 대해 설명할 의무는 없다. 어쩌면 언젠가 다른 이야기에 덧붙여 언급할지도 모르겠다. 그러나 어쨌든 예기치 않게 아주 강력한 힘을 가진 무기를 얻은 나는 뻬쩨르부르그에 가보고 싶다는 유혹을 느끼지 않을 수 없었다. 물론 그 어떤 칭찬의 말이나 포옹 같은 것은 기대하지 않고, 표면에 드러내거나 흥분하는 일 없이 오로지 비밀리에 그 사람에게 도움을 줄 생각이었다. 또한 그 어떤 상황에서도 그를 비난하는 행동은 절대로, 절대로 하지 않을 결심이었다! 사실대로 말해, 내가 그에게 반하여 그를 환상적인 이상형으로 미화했다고 해서 그에게 무슨 죄가 있단 말인가? 아니 어쩌면, 내가 그를 전혀 사랑하지 않았는지도 모를 일이다! 하지만 그의 독창적인 사고 방식, 흥미로운 성격, 상세한 내막을 알 수 없는 여러 가지 은밀한 계획과 모험적 행위들, 그리고 그의 옆에 내 어머니가 함께 있다는 사실, 그러한 모든 사실들도 이제는 더 이상 내 행동을 제지할 수 없을 것 같았다. 환상 속의 내 우상은 허물어졌고, 따라서 아마도 내가 더 이상 그에게 사랑을 느낄 수 없다는 점도 스스로에게 만족감을 주었다. 그렇다면, 도대체 무엇이 나를 붙여잡는 것일까. 그 무엇에 내 의식이 얽매여 있단 말인가? 문제의 본질은 바로 이것이다. 결국 가장 어리석은 것은 바로 나 자신이지 다른 누구도 아니라는 말이다.

다른 사람에게 신실함을 요구하려면 먼저 자신이 신실해야 한다. 여기서 내가 고백하건대, 주머니에 넣고 꿰맨 서류가 나로 하여금 베르실로프에게 당장 달려가 그를 도우려는 열망을 내 마음속에 불러일으켰던 것만은 아니다. 지금 회상해 보면 분명한 사실이지만, 그때도 나는 이미 그러한 생각을 하고 혼자 낯을 붉혔다. 내 눈에는 결국 마주치게 될 상류 사회의 자존심 강한 한 여성의 모습이 아른거리고 있었다. 내가 자기 운명의 지배자인 줄은 꿈에도 생각지 못하고 그녀는 마치 쥐라도 대하듯 나를 멸시하고 조롱했던 것이다. 모스끄바에 있을 때부터 이미 나는 그런 생각에 빠져 들곤 했다. 이리로 오는 열차 속에서는 특히 그 증상이 심했다. 이 일에 대해서는 앞에서 이미 고백한 그대로이다. 그렇다. 나는 그 여자를 증오하고 있었으며, 또 한편으로는 지금도 그렇지만 나는 내 포획물인 그녀를 사랑하고 있었다. 이 모든 것은 틀림없는 진실이며 또한 명백한 사실이기도 하다. 하지만 그것은 나와 같은 성향의 사람이라도 있을 수 없는 일이라고 생각할 정도로 유치한 생각이었다. 나는 지금 그 음식점의 나이팅게일 밑에 앉아서 그날 밤에라도 그들과의 인연을 영원히 끊으려고 결심했을 때 내 머리에 떠오르던 느낌을 묘사하고 있는 것이다. 아까 말한 그 여성과 대면할 때의 기억은 내 얼굴을 벌겋게 달아오르게 한다. 수치스러운 대면! 수치스럽고 부끄러운 느낌. 무엇보다도 부끄러운 것은 실질적 문제에 부딪혔을 때의 나의 무능함을 완전히 증명해 보였다는 사실이다! 그때 머리에 떠올랐던 생각은 가장 하찮은 유혹조차도 내가 이겨낼 수 없음을 증명한 셈이 되었다는 것이다. 그런데도 그 와중에 끄라프뜨에게 내 자신의 입으로 말하기를, 내 내면 속에는 〈자신의 자리〉가 있고 스스로 할 일이 있기 때문에 목숨이 셋 있어도 부족하다고 했다. 그것도 아주 오만할 정도의 태도로 단정적으로 말했다. 내가 자신의 이념을 포기하고 베르실로프의 일에 말려든 것은 어쩌면 변명할 만한 요소가 있을 것이다. 그러나 마치 놀란 토끼처럼 이리저리 뛰어다니면서 의미도 없는 일에 차츰차츰 휘말려 들어갔던 것은 내가 어리석었기 때문이며 다른 변명거리는 찾을 수도 없다. 도대체 무슨 이유로 제르가쵸프의 집에 가서 그런 유치한 말을 지껄였단 말인가! 논리에 맞고 설득력 있게 말할 수 없으면 그저 침묵을 지키는 것이 지혜로운 처신이라는 것을 나는 벌써부터 알고 있지 않았던가? 더욱이 바신 같은 사람에게 〈당신에게는 앞으로 아직 50년 정도의 인생이 남아 있으니 공연히 조바심 낼 필요가 없다〉는 한가한 얘기나 듣고 다니다니. 물론 그 사람의 제안은 타당성 있고 어느 점에서는 나도 동의한다. 또한 그의 논리 정연한 이론적 관점에는 경의를 표하고 싶다. 간단하고 명료하다는 점만으로도 그의 의견은 가치 평가를 받을 만하다. 간단명료한 것은 보다 현명하거나 어리석은 여러 가지 시도가 있은 다음 최종적 순간에 비로소 이해되는 것이기 때문이다. 그러나 바신에 앞서서 나는 이미 그 답을 알고 있었다. 벌써 3년 남짓 전부터 나는 그런 생각을 해왔기 때문이다. 뿐만 아니라 바로 그 속에 〈나의 이념〉의 일부분이 함축되어 있다고도 할 수 있다. 내가 그때 음식점에서 생각했던 것은 바로 이런 것이었다.

여기저기를 걸어다니며 골똘히 생각에 잠겨 있었기 때문에 매우 피곤해져 있었고, 저녁 일곱 시가 지나서 세묘노프 연대 구역에 도달했을 때 나는 속이 아주 불편하였다. 주위는 벌써 완전히 어두워지고, 날씨도 변해 있었다. 공기도 건조해진 데다가 그 악명 높은 뻬쩨르부르그의 바람이 불기 시작하더니 바늘로 찌르는 듯 등에 와 부딪혔고 사방에 먼지와 모래를 일으켰다. 작업장과 근무처에서 나와 자기 집을 향해 바쁜 걸음으로 돌아가는 수많은 서민들의 우울한 얼굴! 어느 얼굴에나 각기 다른 수심에 가득 찬 빛이 보인다. 아마 이 군중에게는 모두를 하나로 엮어 줄 만한 공통의 사상 같은 것은 하나도 없을 것이다. 끄라프뜨의 표현은 적절하다. 모두가 해체된 개체로 존재할 뿐이다. 나는 조그마한 사내아이를 만났다. 이런 시각에 왜 혼자서 큰길에 서 있을까 하는 의아한 생각이 들 만큼 조그만 아이였다. 길을 잃은 것처럼 보였다. 어떤 여자가 잠시 걸음을 멈추고 아이의 이야기를 들었지만, 두 손을 벌려 어찌 해볼 수 없다는 몸짓을 하더니 아이를 혼자 암흑 속에 남겨 놓고 가버렸다. 내가 가까이 다가서려고 하자 어린애는 왜 그런지 내 모습에 흠칫 놀라더니 어딘가로 뛰어가 사라져 버렸다. 집이 가까워지면서 다시는 바신에게로 가지 않으리라 결심했다. 계단을 올라가기 시작하면서는, 집에 베르실로프가 없고 어머니와 여동생만 있었으면 좋겠다는 강한 소망이 내 마음에 가득했다. 그가 돌아오기 전에 어머니와 여동생에게 무언가 다정한 말 한마디라도 해주고 싶었다. 나는 여동생한테 한 달 내내 말다운 말 한마디 건네지 않았다. 내 소망대로 그는 집에 없었다…….

4

그런데 내가 이 〈새로운 인물〉을(나는 베르실로프에 대해서 말하고 있는 것이다) 내 삶에 관한 〈수기〉 속에 참여시키게 되었으니, 그의 삶의 이력을 간단하게 서술하기로 한다. 물론 이렇다 할 만하게 특별한 내용은 없지만, 그렇게 함으로써 독자의 이해를 도울 수 있고, 또 앞으로 전개될 이야기의 어디쯤에서 그에 관한 내용을 서술해야 할지 예측하기가 어렵기 때문이다.

그는 대학에서 공부하던 도중 군대에 들어가 근위대의 기병 연대에서 근무하였다. 그리고 파나리오또바와 결혼을 하고 군대에서 제대하였다. 그 뒤 그는 외국을 여행하고 돌아와 모스끄바의 사교계에서 화려한 생활을 하며 지냈다. 그러다가 아내가 죽자 시골의 영지로 갔으며, 거기서 내 어머니와의 일이 생긴 것이다. 그 후 그는 남쪽의 어느 곳에선가 오랫동안 지냈다. 유럽과의 전쟁[12]이 일어나자 그는 다시 입대했다. 그러나 끄림에는 가지 않았고, 전쟁 중 전투에는 한 번도 참가하지 않았다. 전쟁이 끝나자 군대에서 나와 다시 외국 여행을 떠났다. 이번에는 어머니를 동반하고 가기는 했지만 그녀를 쾨니히스베르크[13]에 남겨 놓고 혼자 떠났다. 가련한 내 어머니는 두려움에 떨며 흐느끼면서 거의 반년 동안이나 어린 딸 하나만을 의지한 채 그야말로 숲속에 홀로 내던져진 것처럼 말도 통하지 않는 곳에서 외롭게 지냈으며, 마지막에는 돈까지 떨어졌던 당시의 처참한 형편을 이따금씩 이야기하곤 했다. 그때 따찌야나 빠블로브나가 어머니에게 와서, 어머니를 러시아로 데려가 노브고로드 지방의 어느 곳에서 살게 해주었다. 그 후 〈농노 해방〉이 실시되자 베르실로프는 조정 위원회의 위원이 되어 그 직무를 아주 깔끔하게 수행했다고 한다. 그러나 곧 위원직을 그만두고, 뻬쩨르부르그에서 여러 가지 개인적 민사 소송 사건을 취급하기 시작했다. 안드로니꼬프는 항상 그의 능력을 높이 평가했고 그를 매우 존경했지만, 그래도 그의 성격적 특성을 헤아리기가 어렵다고 말하였다. 그 후 베르실로프는 그 일도 그만두고 외국으로 가더니 이번에는 오랫동안, 몇 해 동안이나 머물렀다. 그리고 나서 그는 소꼴스끼 노공작과 막역한 사이가 되었다. 그 몇 해 동안에, 그의 재정적 형편은 두세 번의 커다란 굴곡을 겪었다. 어떤 때는 한순간에 완전히 빈털터리가 되었다가 또다시 갑자기 부를 얻어 재기하였다.

어느새 수기의 내용이 여기까지 발전해 왔으니, 내 마음을 추슬러서 〈나의 이념〉에 대해 서술해 보려고 한다. 그 생각이 내 내면에서 시작된 뒤에 그것을 글로 처음 옮기는 것이다. 내가 마음을 다져먹고 독자에게 그것을 고백하려는 것은, 앞으로 전개될 이야기의 내용을 보다 명료하게 이해시키려는 목적을 가지고 있기도 하다. 그것이 생기게 된 동기나 원인이 무엇이었는지를 설명하지 않으면 독자들도 혼란스러울 뿐만 아니라 필자인 나 자신

12 끄림 전쟁.
13 프로이센의 수도.

도 그것이 발전해 가는 단계를 설명하는 데 상당한 어려움을 느낄 것이다. 이른바 〈침묵의 기법〉을 통해서, 내가 앞에서 조소를 한 바 있는 소설가의 〈문학적 기교〉에 나 자신도 또다시 빠졌던 것이다. 여러 가지 수치스러운 사건으로 가득 찬 나의 뻬쩨르부르그에서의 삶에 얽힌 이야기로 들어가기 위해서는, 이러한 머리말이 꼭 필요하다고 나는 생각한다. 하지만 〈문학적 기교〉를 위해 지금까지 침묵해 온 것은 아니고, 사건의 본질이, 내가 처한 상황이 복잡했기 때문이다. 이미 모든 것이 다 지난 일이 되어 버린 지금도 나는 내 〈이념〉을 말로 옮기기에 극복할 수 없는 어려움을 느낄 정도이다. 게다가 나는 그것을 그때 당시의 상황에서, 즉 지금이 아니라 그 당시에 그것이 어떻게 내 머릿속에서 구성되고 발전되었는가를 있는 그대로 서술해야 한다는 부담도 가지고 있다. 이것이 또 하나 아주 어려운 점이다. 어떤 내용은 거의 서술할 수 없는 것도 있다. 무엇보다도 단순하고 무엇보다도 분명한 이념, 바로 그런 이념이 오히려 이해하기 힘든 것이다. 만일에 콜럼버스가 아메리카를 발견하기 이전에 자기의 생각을 다른 사람들에게 이야기했더라면 아주 오랫동안 그는 사람들의 이해를 전혀 얻지 못했을 것이라고 나는 확신한다. 그리고 사실을 말하자면 그들은 그의 뜻을 전혀 이해하지 못했다. 그렇다고 해서 나 자신을 콜럼버스에 비교하려는 의도는 전혀 없다. 만일 내가 그러한 의도를 가지고 있을 거라고 상상하는 사람이 있다면, 아마 그렇게 생각하는 자신에 대해서 스스로 부끄러운 느낌이 들 것이며, 그 이상의 어떤 다른 의미도 얻어 낼 수 없을 것이다.

제5장

1

 내가 말하고 있는 이념이란 바로 로스차일드와 같은 인물이 되는 것이다. 여기서 나는 독자 여러분에게 내 말을 조용히 진지한 기분으로 들어 주기를 요청한다.

 한 번 더 내 말을 반복하고자 한다. 내 이념은 바로 로스차일드가 되는 일이다. 로스차일드처럼 부유해지고 싶다. 단지 부자가 되는 것이 목적이 아니라, 로스차일드와 같은 부유한 저명 인사가 되고자 하는 것이다. 내가 품고 있는 구체적 계획이 무엇인지, 무엇을 위해서인지, 그리고 왜 그러한 것을 생각하게 되었는지에 관해서는 차차 언급할 생각이다. 우선 내가 계획하고 있는 것들의 성공 가능성이 수학적 확실성에 의해서 보장받고 있다는 사실만 밝혀 두고자 한다.

 명제의 본질은 아주 단순하다. 모든 비밀은 〈굳은 의지〉와 〈억센 인내심〉이라는 두 단어 속에 들어 있다.

 「많이 듣던 말인데.」 사람들은 나에게 말할 것이다. 「새로울 것도 없다. 독일의 아버지들은 누구나 자식들에게 이 말을 되풀이하여 말해 주고 있다. 하지만 그렇게 말하는 아버지들은 수백만 명 있었지만, 예의 그 로스차일드(내가 말하는 인물은 작고한 파리의 제임스 로스차일드이다)는 단 한 사람밖에 없지 않았는가?」

 그 문제에 대해서 나는 이렇게 답하고자 한다.

「여러분은 익히 듣던 말이라고 주장하지만, 사실상 당신들은 핵심적인 것은 아무것도 듣지 못했던 것이다. 어떤 점에서는 당신들의 말도 일리는 있다고 할 수 있다. 이것이 〈매우 단순한〉 일이라고 말했지만, 또한 동시에 아주 어려운 일이기도 하다는 점을 덧붙여야 했는데 내가 잊고 말았다. 이 세상의 모든 종교와 도덕은 결국 〈미덕을 사랑하고 악행을 피해야 한다〉는 한 가지 사실로 수렴된다. 여러분은 이것보다 더 단순한 진리는 없을 것이라고 생각할 것이다. 그렇다면 이제 당신들이 저지르는 악행을 그치고 어떤 종류의 것이라도 좋으니 미덕 어린 선행을 하나만이라도 실천하려는 노력을 시도해 보시라.」 바로 이것이 내가 말하고 있는 명제와 같은 의미를 지니고 있다.

당신들이 말하는 독일의 그 수많은 아버지들이 오랜 세월 동안 모든 비밀을 담고 있는 이 놀라운 두 마디 말을 반복하여 말했을지도 모르지만, 그럼에도 불구하고 로스차일드는 단 한 사람밖에 없었다는 사실이 바로 그 이유를 반증해 주고 있다. 즉 말은 같을지 모르지만 내용은 전혀 다른 것이었다는 말이다. 아버지들이 되풀이하여 말했던 것은 전혀 다른 사상을 담고 있었던 것이다.

말할 나위 없이 그들 역시 굳은 의지와 억센 인내심에 대해서는 들었을 것이다. 그러나 내가 목표로 삼아 놓은 것을 달성하기 위해 정한 좌표는 〈독일 아버지 식〉의 굳은 의지도 아니고 〈아버지 식〉의 억센 인내심도 아니다.

아버지라는 단어가 지니고 있는 뜻은(나는 단지 독일 사람들에 대해서만 말하는 것은 아니다) 그에게 부양해야 할 가족이 있고, 다른 사람들처럼 생활하며, 모든 사람처럼 돈을 지출할 곳이 많고, 또한 다른 모든 사람들과 같은 의무가 있다는 것이다. 하지만 만일 그렇게 한다면 그 누구도 결코 로스차일드는 될 수 없고 그저 평범한 인간이 되고 말 것이다. 물론 독일 아버지 식이 아니라 진정으로 로스차일드가 되기를 꿈꾼다면, 그것은 바로 그 순간부터 일상적인 사회의 흐름에서 벗어나는 것을 의미한다는 것을 나는 분명히 알고 있다.

몇 년 전에 나는 신문에서 흥미로운 기사를 하나 읽은 적이 있다. 볼가 강을 따라 항해하던 증기선에서 구걸하던 거지 한 명이 죽었다. 누더기를 입고 구걸했기 때문에 그 주변에서는 누구나 잘 알고 있는 사람이었다. 그런데 그의 시신을 수습하던 중 그의 누더기 옷 속에 3천 루블이나 되는 지폐가 꿰매져 있는 것이 드러났다. 어느 날 나는 또 고급 레스토랑 같은 곳을 돌아다니면서 구걸하던 좀 〈고급스러운〉 거지에 관한 기사도 읽었다. 그런데 그 사람을 체포하고 몸수색을 해보았더니 5천 루블이나 되는 돈을 가지고 있더라는 것이다. 이러한 사항에 근거해 곧바로 두 가지 결론이 나온다. 첫째는 1꼬뻬이까짜리 동전이라도 〈굳은 의지〉를 가지고 꾸준히 모으면 결국에는 엄청난 성과를 올릴 수 있다(여기서 시간은 전혀 고려되지 않는다)는 사실이며, 둘째는 돈을 모으는 방법이 다소 능숙하지 못할지라도 〈억센 인내심〉을 가지고 계속하기만 한다면 분명한 성공이 수학적으로 보장되어 있다는 사실이다.

하지만 현명하고 자제력도 있으며 다른 사람들의 존경을 받고 있는 이들 중에, 비록 자신이 그것을 간절히 원한다고 해도 5천은 고사하고 3천 루블의 돈도(아무리 안달을 할지라도) 만져 보지 못한 사람이 부지기수일 것이다. 그 이유가 무엇일까? 대답은 간단명료하다. 그들은 내심으로는 너나없이 돈을 원하면서도 딱히 돈을 벌 방법이 생각나지 않을 때 남에게 구걸을 해서라도 그 돈을 만들려는 〈열망〉을 가지고 있지 못하기 때문이다. 또한 그들에게는 구걸을 해서 얻은 돈을 자신을 위해서나 혹은 가족을 위해서나 또는 여분의 빵 조각을 위해서 낭비하지 않겠다는 굳센 의지가 깃들어 있지 않기 때문이다. 그리고 그 정도의 큰돈을 모으기 위해서는 설사 구걸과 같은 방법으로 돈을 모은다고 해도 빵과 소금만으로 버티어 낼 각오를 다져야만 한다. 적어도 나는 그렇게 생각하고 있다. 앞에서 말한 두 걸인도 아마 그렇게 했을 것이다. 아마 그들은 틀림없이 빵 이외에 다른 것은 전혀 먹지도 못했을 것이며, 온기 있는 방에서 생활할 꿈도 꾸지 않았을 것이다. 물론 그들에게 로스차일드가 되려는 의도가 없었다는 것은 의심할 여지도 없다. 단지 그들은 아르파공[14]이나 쁠류쉬낀[15]과 같은 부류에 속하는 전형적인 족속일 뿐 그 밖의 어떤 의미도 가지고 있지 못하다. 그러나 그들과 전혀 다른 보다 세련된 방식으로 돈을 벌어 로스차일드와 같은 인물이 되려는 사람들에게는 이 두 걸인의 경우에서 보는 강철 같은 의지가 절실하게 요구되는 덕목이다. 독일식의 아버지들은 그와 같은 강인한 집착력을 보여 주지 못할 것이나. 이 세상에는 가지각색의 힘이 있다. 특히 한 개인의 의지와 의욕이 창출하는 힘은 더욱 다양하다. 이를테면 온도에도 물을 끓게 하는 온도가 있는가 하면, 쇠를 녹여 버리는 온도도 있다.

아마 수도원에서 행해지는 영웅적인 금욕 생활도 마찬가지 이치일 것이다. 여기서 문제가 되는 것은 단순히 이념만이 아니라 감성적인 부분도 중요하다. 무엇을 위하여? 도대체 무슨 이유 때문에? 과연 그렇게 부당 이득을 챙기면서 평생 누더기를 걸치고 말라 비틀어진 빵 조각을 먹으며 연명하는 것이 도덕적인 것일까? 기만적인 행위가 아닐까? 이 문제는 나중에 논의하기로 하고, 지금은 다만 목표를 실현해 낼 수 있는 가능성에 관해서만 논하고자 한다.

불타오르는 내 영혼 속에서 처음으로 〈나의 이념〉을 생각해 냈을 때, 나는 자신에게 수도원의 금욕 생활을 이겨낼 만한 능력이 있는지를 자문하였다. 이것을 시험해 볼 목적으로 나는 처음 한

[14] 몰리에르의 희극 작품 『수전노』에 나오는 악착같은 구두쇠.
[15] 고골의 작품 『죽은 혼』에 나오는 인색한 지주.

달 동안 빵과 물만 먹으며 지냈다. 그것도 하루에 흑빵을 2푼뜨 반 정도만 먹으며 버텼다. 이러한 계획을 실천하기 위해, 나는 아주 두뇌가 명석한 니꼴라이 세묘노비치와 끔찍이도 나를 위해 주는 마리야 이바노브나를 속여야만 했다. 식사를 내 방으로 가져다 달라고 떼를 써서 그녀를 상심시키기도 했고, 섬세한 마음을 가진 니꼴라이 세묘노비치를 놀라게 하기도 했다. 내 방에서 나는 그것을 깨끗이 없애 버렸다. 수프는 창 밖의 풀밭이나 혹은 화장실 같은 곳에 쏟아 버렸고, 고기는 창문 너머로 개에게 던져 주거나, 또는 종이에 싸서 호주머니에 넣었다가 나중에 밖에 나가는 길에 버리는 방식을 택하였다. 식사 때 주는 빵은 2푼뜨 반보다는 훨씬 적었기 때문에 내 돈으로 몰래 사서 보탰다. 그렇게 해서 위를 약간 상한 채, 나는 한 달을 무사히 견뎌 냈다. 그리고 다음달부터 나는 빵에 수프를 약간 곁들여 먹고 아침과 저녁에 차를 한 잔씩 마시기도 했다. 그렇게 하면서 나는 아주 건강하고 만족스러운 상태로 1년을 지냈으며, 정신적으로는 약간의 도취감과 끊임없이 솟아오르는 남모를 희열 같은 것을 느꼈다. 그동안 나는 먹거리에 별다른 불편함을 전혀 느끼지 못하였고, 오히려 기쁨에 겨워했다. 그렇게 1년을 보내고 나자, 나는 어떤 종류의 변변찮은 식사도 견뎌 낼 수 있다는 자신감을 가지게 되었고, 그때 비로소 다른 사람들과 같은 식사를 하기로 하고 그들과 함께 식탁에 앉아 식사를 했다. 그러나 이 실험만으로는 만족하지 못하여 나는 두 번째 실험을 했다. 그때 니꼴라이 세묘노비치에게 지불하는 하숙비 이외에 용돈으로 나는 매달 5루블씩을 쓸 수 있었다. 나는 그것을 절반만 쓰기로 결심했다. 이것은 매우 힘이 드는 시도였다. 그러나 2년 가량이 흐르고 뻬쩨르부르그로 왔을 때, 내 호주머니 속에는 다른 돈과 별도로 70루블의 돈이 들어 있었다. 그와 같은 뼈저린 절약을 통해서 내가 모은 돈이었다. 내가 시도한 이러한 두 가지 실험 결과는 내게 아주 중요한 의미를 가졌다. 내가 설정해 놓은 목표를 실현할 만한 정신적인 의지가 내게 있는가를 결정하는 데 두 가지 실험의 결과는 상당히 긍정적인 결론을 도출해 내었다. 다시 말하지만 바로 그러한 시도들 속에 〈나의 이념〉의 본질적인 요소들이 함축되어 있으며, 그 밖의 다른 일들은 내게 아무런 의미도 없다.

2

아무튼 큰 의미가 있는 것은 아니지만 그것들에 대해서도 한번 살펴보기로 하자.

앞에서 나는 내가 시도했던 두 가지 실험에 대해서 기록했다. 독자들도 이미 알고 있듯이, 뻬쩨르부르그에서 나는 세 번째 실험을 했다. 나는 경매하는 곳에 가서 한 번의 시도로 7루블 95꼬뻬이까라는 돈을 벌었다. 물론 그것은 진정한 의미의 실험이라고 말할 수는 없고 단지 기분 전환을 해보기 위한 시도에 지나지 않는다. 앞으로 전개될 미래의 어느 한순간을 미리 떼어내어, 내가 어떻게 행동하고 처신해야 할지를 좀 시험해 보고 싶었던 것이다. 모스끄바에서 처음으로 이 구상을 계획할 때부터 나는 사업에 본격적으로 착수하는 시기를 내가 완전히 자유롭게 될 때까지 미뤄 두기로 마음먹고 있었다. 무슨 일을 하더라도 우선 고등학교는 졸업해야 한다는 것을 나는 너무나 잘 알고 있었다(독자들도 아시다시피 나는 대학은 단념했다). 내가 남모르는 분노를 가슴에 품고 뻬쩨르부르그로 온 것은 재론의 여지도 없다. 그럭저럭 고등학교를 마치고 처음으로 자유를 느끼게 되자마자 나는 곧 베르실로프와 얽힌 사건이 나로 하여금 얼마 동안 본격적으로 내 사업에 뛰어들지 못하게 할 것이라는 사실을 알아챘다. 나는 화가 났지만 내 자신의 목표를 차분히 가슴속에 담아 놓고는 뻬쩨르부르그로 왔다.

내가 구체적으로 어떤 일을 해야 할지에 관해서는 결정하지 못했다. 그러나 3년 동안 줄곧 생각해 왔기에 내 계획에 관해서는 어떤 회의도 들지 않았다. 천 번도 넘게 나는 어떤 일인가에 뛰어드는 모습을 상상했다. 마치 하늘에서 떨어지기라도 하는 것처럼 갑자기 두 수도[16] 중의 한 곳에 홀연히 나타난다(나는 내 일을 시작할 장소로 두 수도를 택했다. 그리고, 나름대로의 계획에 의해 뻬쩨르부르그를 먼저 택하기로 마음먹었다). 어쨌든 이처럼 하늘에서 내려오기라도 한 듯 홀연히 나타나, 나는 완전히 자유를 구가하며 누구의 간섭도 없이 지내고 있으며, 몸은 건강하고, 호주머니에는 사업 자금으로 준비한 1백 루블의 돈을 가지고 있다. 1백 루블의 돈이 없이는 사업을 시작하지 못한다. 그것 없이는 첫 번째 성공을 거둘 때까지 오랫동안 그대로 지내야 하기 때문이다. 그 1백 루블 이외에 독자들도 알고 있듯이, 내게는 용기와 굳은 의지, 부단한 노력과 완전한 고독, 그리고 혼자 지켜 온 비밀이 있다. 이 중에 고독이야말로 가장 중요한 것이다. 아주 최근에 이르기까지, 나는 어떤 종류의 것이든 다른 사람들과의 교제나 접촉을 꺼려 왔다. 사실을 말하자면, 완전히 혼자서 〈이념〉의 실천에 착수하려고 결심했기 때문이다. 이것은 절대 필요 조건 sine qua이다. 사람들은 내게 커다란 부담이다. 그들과 있으면 나는 마음을 안정하지 못할 것이고, 불안은 지향하는 목표를 혼동케 할 수 있다. 그리고 지금까지 나 혼자 사람들을 공상 속에서 대할 때는 아주 적절한 태도를 취할 수 있었지만, 막상 실질적인 상황에 닥치게 되면 언제든 전혀 예상 밖의 태도를 취해 왔다. 매우 언짢은 기분이지만 여기서 그것을 자인해 둔다. 나는 언제나 상대방의 말에 적절하게 대처하지 못해서 황당한 지경에 잘 빠진

---

16 뻬쩨르부르그와 모스끄바를 말함.

다. 그래서 가능한 한 사람들과의 접촉을 적게 하기로 결심했다. 그러한 결심의 결과로 얻은 것이 자신의 완전한 독립이고, 마음의 안정이며, 목적의 명확성이다.

물가가 매우 비싼 뻬쩨르부르그에서 생활하면서 나는 하루에 생활비로 15꼬뻬이까 이상은 결코 쓰지 않겠다고 굳게 결심했고, 내 자신이 그 약속을 꼭 지킬 수 있으리라고 생각했다. 생활비를 책정하면서 나는 이 문제에 관해 아주 오랫동안 세밀하게 따져본 뒤에 그렇게 결정했다. 그런 뒤 이틀간 계속해서 빵에 소금만 찍어 먹고, 사흘째에는 지난 이틀 동안 절약한 돈으로 좋은 음식을 먹기로 하였다. 계속해서 15꼬뻬이까라는 최소 비용으로 식사를 하다 보면, 건강에 상당한 영향을 미칠 것 같았기 때문이다. 또 머물 곳이 필요했는데, 말 그대로 아주 허름한 장소면 족했다. 밤에 잠을 잘 수 있고, 날씨가 아주 나쁜 날에는 비바람을 피할 수 있기만 하면 되는 그러한 장소 말이다. 나는 매일 노숙을 할까도 생각했었고, 경우에 따라서는 걸인들의 구호소에서 잠잘 생각도 했다. 거기에서는 하룻밤 머물 수 있을 뿐더러 빵 한 조각과 차 한 잔을 주기 때문이다. 내 거처나 구호소에서 다른 사람에게 도둑맞지 않도록 내 돈을 감추는 일이라면 나는 아주 자신 있다. 다른 이들이 전혀 엿보지 못하게 할 수도 있다. 언젠가 나는 길을 걷다가, 〈내가 돈을 도둑맞을지 모른다고? 천만에, 오히려 내가 훔치지나 않을까 그것이 걱정인데〉라고 어떤 협잡꾼 같은 친구가 떠벌리듯 말하는 것을 들은 적이 있다. 나는 그의 말 속에 내포되어 있는 교활함과 자신감을 따올 뿐 남의 것을 훔칠 생각은 전혀 해본 적이 없다. 또한 모스끄바에 있을 때부터였던가 아니면 가슴속에 〈이념〉이 생긴 바로 그날부터였던가 나는 전당포나 고리대금 같은 것은 절대로 이용하지 않으리라 굳게 결심했다. 그런 일을 위해서는 바로 유대 인이 존재하고 있기 때문이다. 그리고 러시아 인 중에 사고력도 모자라고 이렇다 할 특성이 전혀 없는 친구들도 얼마든지 있기 때문이다. 그러나 전당포나 고리 대금 같은 것은 내게는 전혀 어울리지 않는 시시한 것이다.

그리고 나는 옷을 평상복과 외출복 두 벌만 가지고 있기로 했다. 나는 옷을 오랫동안 입을 자신이 있었다. 2년 반 동안 나는 옷을 해지지 않게 입는 방법을 의식적으로 연구하여 그 비결까지도 발견했다. 옷이 늘 단정하고 쉽게 헐지 않게 하기 위해서는 가급적 자주, 하루에 다섯 번이건 여섯 번이건 솔질을 해주어야 한다. 모직은 솔질을 두려워하지 않는다. 솔질을 두려워하는 것은 단지 먼지와 때뿐이다. 먼지는 아무리 그것이 작다고 해도 현미경으로 보면 아주 단단한 돌멩이와도 같다. 그러나 모직처럼 부드러운 솔로 여러 번 문질러 주면 제아무리 단단한 먼지라 할지라도 다 털어낼 수 있다. 이와 유사한 관찰을 통해 나는 장화를 신는 법도 연구했다. 걸을 때 신 바닥 전체를 동시에 땅에 닿게 하며, 될 수 있는 대로 발을 옆으로 기울어지지 않게 하는 것이 바로 장화를 닳게 하지 않고 오랫동안 신을 수 있는 비결이다. 이러한 요령은 2주면 익힐 수 있다. 그리고 나면 무의식중에도 그렇게 할 수 있다. 이러한 요령으로 장화를 신으면 지난 2년간의 내 경험으로 미루어 평균적인 착용 기간보다 3분의 1은 더 오래 신을 수 있다.

이런 준비를 거쳐 드디어 이제부터 실질적인 활동을 시작하게 되는 것이다.

구체적으로 내가 실천해 가려는 계획은 대략 이런 것이었다. 지금 내 수중에는 1백 루블의 돈이 있다. 그리고 뻬쩨르부르그에서는 수많은 경매가 이루어지고 있고, 재고품을 값싸게 파는 곳도 있으며, 고물 시장에 가면 조그마한 상점들이 얼마든지 많이 있다. 그런 곳에서 값싼 물건을 사서 그것을 꼭 필요로 하는 사람들에게 파는 일은, 다시 말해 수요가 많은 물건을 값싸게 사서 그것을 조금 비싸게 다른 사람에게 파는 것은 지극히 자연스런 일이라는 말이다. 앞에서 말한 대로 나는 앨범에 2루블 5꼬뻬이까의 돈을 투자해서 7루블 95꼬뻬이까의 이익금을 얻었다. 이 막대한 이익을 아무런 어려움 없이 정당하게 얻은 것이다. 나는 그 물건에 관심이 있는 사람의 눈치를 본 뒤에, 그가 물러서지 않으리라는 것을 알아챘다. 물론 그것이 우연에 의한 것이라는 사실을 나는 아주 잘 알고 있다. 그러나 내가 찾고 있는 것은 바로 그러한 우연이다. 그렇기 때문에 나는 거리에서 살기로 작정했다. 물론 이 모든 것이 우연에 근거한 무모한 짓이라 해도 좋다. 그 어떤 상황에서도 내가 지켜야 할 제일 중요한 규칙은, 우선 절대 무모한 투자를 하지 않을 것과, 둘째 매일 지출하는 최소한의 생활비보다 더 많은 돈을 벌어 날마다 꾸준하게 저축을 하는 것이다.

〈자네가 계획하고 있는 것은 단지 환상일 뿐이야, 자네는 거리의 생활을 모르기 때문에 첫발을 내디디자마자 곧 현실을 깨닫게 될 것〉이라고 말하고 싶은 사람도 있을 것이다. 그러나 나는 굳은 의지와 강한 성격을 갖고 있다. 거리의 생활에서 배우는 공부도 학교에서 배우는 다른 공부와 틀림없이 유사할 것이다. 학교에서 7학년까지 나는 굳은 의지와 끈기로 공부해 계속해서 우등생이었다. 특히 수학을 잘했다. 세상 경험이라든가 거리의 생활에서 이루어지는 공부라는 것이 미리 꼭 실패를 예상해야 할 만큼 그렇게 꿈도 꾸어 보지 못할 정도로 힘든 것일까? 내 생각에 그런 말을 하는 친구는 자기 스스로 아무런 일도 해본 경험이 없고, 일다운 일도 추진해 본 적 없이 그저 주어진 여건 속에서 무위도식하는 사람일 것이다. 〈앞에서 해본 사람이 낭패를 보면 뒷사람도 틀림없이 큰코다칠 것이다〉라고 말들을 하겠지만, 나는 절대로 그런 실수는 안 할 것이다. 나는 아주 강한 성격을 가졌기 때문에 온 신경을 집중하면 모든 일을 무리 없이 잘 처리할 것이다. 끊임없는 예리한 관찰, 부단한 노력, 계속적인 심사숙고와 집중적인 검토를 하게 되면 분명히 하루에 20꼬뻬이까 정도의 돈을 버는 방법 정도는 찾을 수 있다. 가장 중요한 것은, 절대로 단번에 최대한의 이익을 보려고 하지 않고 항상 침착하게 마음을 다스리는 일이다. 그렇게 해서 앞으로 1천 루블이나 2천 루블 정도의 큰돈을 벌게 되면 자연스럽게 중개인 노릇이나 거리의 사업은 중단할 것이다. 물론 나는 아직까지 증권 거래소에 관한 것이나 은행 업무, 그 밖의 경제적인 사항에 관해서는 아는 지식이 거의 없다. 그렇지만 그러한 것들에 대해서도 틈틈이 연구를 해서 그 누구에게도 지지 않을 정도의 지식을 축적할 생각이다. 나는 분명히 그러한 계획들을 차곡차곡 준비해 두었다가 때가 오면 멋지게 실현해 보일 것이다. 그런 정도의 일에 정말로 그렇게 많은 지혜가 필요한 것일까? 필요한 것은 솔로몬의 지혜가 아니라 일관된 확신이다. 그것만 있으면 된다. 수완이나 기교, 필요한 지식도 때가 되면 다 갖추어진다. 진정 중요한 것은 어떤 일을 성취해 내려는 〈의욕〉만 굳건히 가지고 있으면 되는 것이다.

그리고 무엇보다 중요한 것은 무모한 모험을 하지 않아야 한다. 그런데 이것은 굳은 의지가 있어야 한다. 내가 이곳으로 온 뒤에 뻬쩨르부르그에서 철도 주식의 거래가 있었다. 처음에 거래에 참여했던 사람들은 큰돈을 벌었다. 그리고 얼마 동안 주가는 계속 올라가기만 했다. 그런데 여기서 이러한 가정을 해보자. 예를 들어 미처 그 주식을 사지 못했거나 혹은 욕심이 많은 사람들이 내 수중에 주식이 있는 것을 보고 몇 퍼센트의 프리미엄을 붙여 줄 테니 그것을 팔라고 갑자기 제안했다고 하자. 그런 경우에 틀림없이 나는 그 자리에서 그것을 팔아 버릴 것이다. 그러면 사람들은 아마도 조금만 더 기다리면 열 배쯤은 더 이익을 낼 수 있을 거라면서, 나를 비웃을 것이다. 물론 그들의 말은 일리가 있다. 그러나 내가 받은 프리미엄은 내 호주머니 속에 있다는 점에서 안전하지만, 그 사람들의 것은 아직 허공에 떠 있는 불안한 것이다. 그렇게 해서는 큰돈을 벌 수 없다고 사람들은 말할 것이다. 그러나 바로 거기에 그 사람들의 약점이 있다. 결과적으로 그 주식의 이상 붐은 꼬꼬레프, 뽈랴꼬프, 구보닌[17] 같은 사람들이 일반 투자자들을 한탕주의에 빠져 들도록 오도했기 때문인 것으로 밝혀졌다. 여기서 내가 터득한 진리를 하나 말하겠다. 돈을 버는 데 중요한 것은 부단한 노력과 굳은 의지, 그리고 무엇보다도 계속적인 저축이다. 한 번에 두 배의 이익을 얻는 것보다도 저축이 더 중요한 이유는 그것이 훨씬 더 안정적이고 확실한 투자이기 때문이다!

프랑스에서 혁명이 일어나기 얼마 전, 파리에 로[18]라는 이름을 가진 사람이 나타나서 이론상으로는 그야말로 눈부신 사업 계획을 발표했다(나중에 그의 사업 계획은 실제적 운용 단계에서 완전히 실패했다). 그러자 온 파리가 들끓었다. 사람들은 앞을 다퉈 로의 주식을 샀고, 대혼잡까지 연출했다. 파리의 유휴 자본이 주식 모집을 관장하던 사무소로 쓰던 집으로 자루째 쏟아 붓듯이 밀려들어왔다. 그리고 나중에는 사람들이 북적대어 그 집도 비좁게 되고 큰길에까지 차고 넘쳤다. 직업, 계층, 연령을 초월한 사람들의 모임이었다. 유산 계층, 귀족, 그들의 자제, 백작 부인, 후작 부인, 창녀 등 모든 계층의 사람들이 마치 미친개에게 물린 듯이, 정신이 반쯤 나간 채 밀려든 것이다. 그곳에서는 관등도, 혈통에 관한 오만한 자존심도, 심지어 명예와 명성까지도 모두 사라져 버린 채 모든 것이 진흙탕처럼 되고 말았다. 사람들은(여성들까지도) 몇 장의 주식을 얻기 위해 모든 것을 희생했다. 마침내 모집 장소가 큰길로 옮겨졌다. 그러나 신청서를 작성할 만한 장소조차 없었다. 그래서 사람들은 한 곱사등이에게 등의 혹을 잠깐 빌려 달라고 했다. 테이블 대용으로 그 곱사등이의 등 위에서 주식 신청서를 작성하려는 것이었다. 곱사등이는 승낙했다. 대신

---

17 철도 건설 사업에서 거대한 이익을 챙긴 기업가들.

18 1716년 파리에 은행을 지은 미국인으로 비보장 형식의 은행 주식을 발행했으나 결국 1720년에 도산하고 말았다.

에 상상할 수도 없는 엄청난 대가를 요구했다! 얼마 안 지나서(매우 짧은 기간이었다) 사업 계획이 허사가 되어 버리자 모든 사람이 파산하게 되었고, 그 주식은 휴지 조각이 되어 버렸다. 그러면 대체 돈을 번 사람은 누구인가? 그 곱사등이 한 사람뿐이었다. 그는 대가로 루이도어[19]를 받아 주식을 사지 않고 그대로 모아 두었기 때문이다. 그런데 내가 바로 그 곱사등이였다. 먹을 것도 먹지 않고 한푼 두푼 돈을 모아 72루블이라는 커다란 금액의 돈을 저축할 만한 능력을 내가 가지고 있기 때문이다. 또한 다른 모든 사람들이 모조리 휩쓸려 들어가는 열풍의 한복판에 있을지라도, 나는 모든 유혹을 참아 내고 큰돈보다는 보다 확실한 쪽을 선택할 수 있는 강한 자제력도 가지고 있다. 나는 작은 일에 관해서는 자상하게 임하지만 큰 일을 대할 때는 그렇지 않다. 내게 〈이념〉이 생긴 후에도, 약간만 참으면 될 일에는 인내심을 발휘하지 못한 적이 자주 있었지만, 커다란 자제력을 필요로 하는 경우에는 항상 어디에선가 새로운 기력이 솟아 나왔다. 아침에 출근하기 전에 어머니가 차디찬 커피를 가져올 때면 참지 못하고 화를 내거나 무례한 말을 내뱉는 나였지만, 동시에 꼬빡 한 달 동안을 빵과 물만으로 지낼 수 있는 억센 인내력을 갖고 있기도 했다.

내 생각으로는 돈을 한푼도 벌지 못하면서 돈 버는 방법을 배우려 하지 않는 것은 아주 어리석은 짓이다. 또 반대로 꾸준히 지속하는 저축, 세밀한 관찰과 끊임없는 사고, 억센 자제력, 절약 정신, 그리고 지속적인 열정을 가지고 노력하면서도, 다시 한번 말하지만, 백만장자가 되지 않는 것은 더욱더 이해가 되지 않는 일이다. 앞에서 말한 그 걸인이 그런 큰돈을 번 것은 미친 듯한 몰두와 굳은 의지의 결과가 아니고 무엇이겠는가? 내가 참으로 저 걸인보다 못한 것일까? 〈그리고 최악의 경우 아무것도 얻지

---

19 프랑스의 금화.

못해도 좋다. 내가 세운 계획이 틀려도 좋다. 모든 것이 허사가 되고 설사 실패로 돌아간다 해도 마찬가지다. 어쨌든 나는 내가 가야 할 길을 갈 뿐이다. 내 자신의 길을 가고자 하는 이유는 단지 내가 그렇게 하고 싶기 때문이다.〉 모스끄바에 있을 때부터 나는 이런 말을 자신의 내면을 향해 던지곤 했다.

내가 하는 이런 말 속에 〈이념〉 같은 것은 전혀 들어 있지 않고 특별히 새로운 것도 하나 없다고 말하는 이들도 있을 것이다. 아마 그러한 것에 대해 얘기하는 것이 이게 마지막일 것이고 다시 말하지 않겠지만, 그러한 말 속에는 그야말로 수없이 많은 이념과 새로운 내용이 함축되어 있다고 나는 믿고 있다.

사람들이 일상적으로 취하는 반대 의견들은 때로 참으로 평범한 생각에서 비롯된 것일 뿐이며, 나 또한 그들에게 내 〈이념〉에 대해 설명하는 가운데 그들과 마찬가지로 평범한 인간이 되고 말 뿐이라는 것을 예견할 수 있다. 지금 내가 도대체 무슨 이야기를 하고 있는 것인지 잘 모르겠다. 내가 가슴속으로 인식하고 있는 것을 나는 1백 분의 1도 제대로 표현하지 못하고 있다. 어느새 나 자신도 아주 소심해지고 옹졸해져서, 그저 다른 사람들의 시선에나 신경을 쓰는, 그야말로 내 나이에 비해 어쩐지 유치한 족속이 되고 만 듯하다.

3

이제 앞에서 약속한 대로 〈무엇 때문에〉, 〈어떤 이유에서〉, 그리고 〈그것이 도덕적인가 아닌가〉 등의 문제에 관한 대답을 해야 할 것 같다.

한순간에 독자를 실망시키는 것이 나로서는 슬픈 일이기도 하지만, 동시에 아주 유쾌한 기분을 느끼게도 한다. 여기서 분명하게 말해 두지만, 내가 지향하는 〈이념〉의 목표 속에 〈복수〉의 감정 같은 것은 그야말로 전혀 담겨 있지 않다. 바이런 식의 낭만적 애수나, 고아의 애달픈 저주, 사생아의 처절한 눈물 같은 것도 전혀 배어 있지 않다. 만일 낭만적 감정이 충만한 어느 여인이 내 수기를 읽게 된다면, 곧바로 그녀는 적이 당혹감을 느낄 것이다. 왜냐하면 내 〈이념〉의 유일한 지향점은 혼자만의 고독한 상태이기 때문이다.

「그러나 만일 고독만이 지향점이라면, 로스차일드가 되겠다고 완강히 버티지 않아도 그 목적을 이룰 수 있지 않겠는가, 무엇 때문에 로스차일드를 끄집어내어 들먹여야 하는가?」

「그 이유는 단지 고독만이 아니라 더불어 굳건한 의지가 필요하기 때문이다.」

여기서 이 글의 서언에 해당되는 부분을 쓰기로 하자. 어쩌면 독자들은 내 고백이 너무나 노골적인 데 질려서 어떻게 필자가 이렇게 직설적으로 쓸 수 있을까 하고 순진하게 의문을 가질지도 모르겠다. 그러한 의문에 대한 나의 대답은 아주 명쾌하다. 나는 출판하기 위해서 이 글을 쓰는 것이 아니라는 것이다. 아마도 독자들이 이 글을 읽으려면 아무리 빨라도 10년 후가 될 것이고, 그 무렵에는 모든 것이 과거지사가 되어 여기서 논의되는 사실들이 분명하게 드러나고 증명되어서 새삼스럽게 그 일에 대해 낯을 붉힐 필요도 없을 것이다. 그렇기 때문에 이 수기에서 내가 때때로 독자에게 말하는 것은 단지 하나의 형식에 불과하다. 내가 상정하는 독자는 바로 환상적인 인물이라고 할 수 있다.

사실은 이렇다. 내가 처음 〈이념〉에 대해서 몰두한 것은 뚜샤르의 사숙에 있을 때 그렇게 놀림거리가 되었던 사생아라는 내 신분 때문도 아니고, 홀로 우수에 잠겨 지내던 유년 시대의 아픈 기억 때문도 아니며, 내 상황에 대한 복수심이나 저항하려는 의도에서 비롯된 것도 전혀 아니다. 아마도 그것은 내 개인적 성격과 관련이 있을 것이다. 내 생각으로는 열두 살쯤 됐을 때부터, 즉 자신에 관한 올바른 자각을 가지기 시작함과 거의 동시에 나는 사람들을 싫어하기 시작했던 것 같다. 싫어했다기보다는 오히려 왠지 사람들이 무거운 짐처럼 느껴지기 시작했다. 친한 사람들에게까지도 순진한 마음으로 생각하는 바를 있는 그대로 모조리 말하지 못하는 자신이, 물론 내키지 않으면 그렇게 할 수도 있기는 하지만, 모든 것에 회의적이고 우울하며 비사교적인 자신이, 무엇 때문인지 항상 억제해 버리는 자신이, 때로는 내 자신도 아주 서글프게 느껴졌다. 그리고 또 오래 전, 거의 유년 시대부터 사람들에게 아주 비판적이고 때로는 타인을 지나치게 비난하는 경향이 내 성격 속에 잠재해 있는 것을 나는 익히 알고 있었다. 그러나 그러한 못된 성벽을 표출하고 난 다음에는 곧바로 〈나쁜 것은 그들이 아니라 바로 나 자신이 아닌가〉라는, 너무나 견딜 수 없는 자책감이 나를 자주 괴롭혔다. 얼마나 자주 나는 나 자신을 질책하고 자성했던가! 그러한 문제에 빠져 들지 않으려고 나는 고독한 상황을 스스로 선택하기 시작하였다. 그뿐만이 아니다. 또 한편 아무리 노력해도, 사실 나는 무진 애를 썼지만, 사람들과의 교제에서 무엇 하나 의미 있는 것을 발견할 수가 없었다. 적어도 나와 같은 연배의 학교 친구들은 그야말로 예외 없이 모두 내면적 정신 세계에서 나보다 훨씬 저급한 단계에 있는 아이들뿐이었다. 지금도 내 기억 속에는 단 한 명의 예외도 떠오르지 않는다.

사실 맞는 말이다, 나는 우울한 인간이다. 나는 끊임없이 내 내면을 닫아걸고 속으로만 침잠해 들어가려고 한다. 나는 자주 사람들의 틈바구니에서 탈출하기를 원한다. 나도 어쩌다가 타인을 위해 좋은 일을 할지도 모르지만, 현재로서는 그들에게 좋은 일을 해줘야 할 이유를 조금도 찾아낼 수가 없을 때가 많다. 그리고 사람들이란 그러한 배려를 해줘야 할 만큼 선하지도 않다. 왜 그들은 진심으로 사람을 대하지 않을까? 또 왜 항상 이쪽에서 먼저 그들에게 매달려야 한단 말인가? 그것이 바로 항상 내가 자신에게 던지는 의문이다. 나는 은혜와 의리에는 약한 인간이다. 벌써 몇백 번이나 어쭙잖은 행동으로 그것을 증명했다. 상대방이 솔직한 태도로 나오면 나도 솔직한 태도로 대하고, 곧 상대방을 좋아하게 된다. 적어도 지금까지 나는 그렇게 생활해 왔다. 그러나 누구나 할 것 없이 모두 얼마 안 있어 나를 기만했고, 인간적인 배신감에 나는 곧 그들과 담을 쌓고 지내게 되었다. 그중에 그래도 가장 솔직한 편이었던 것은 유년 시대에 언젠가 나를 마구 때렸던 람베르뜨였다. 하지만 그 역시 내면을 살펴보면 비열한 인간에 지나지 않는다. 그리고 그의 솔직한 태도 역시 단지 그가 어리석었기 때문에 나오는 특성이었다. 이상이 뻬쩨르부르그로 올 당시 내가 내면에 가지고 있던 생각이다.

제르가쵸프의 집에서 함께 나올 때(왜 그의 집으로 갈 생각이 들었는지 전혀 감이 잡히지 않는다), 나는 왠지 즉흥적인 감동에 이끌려 바신에게 강한 호감을 느꼈다. 그런데 이게 무언가? 벌써 그날 저녁 나는 그에 대한 호감이 아주 약해져 있는 것을 느꼈다. 무엇 때문에? 이유는 다름아니라 그를 높여 주면서 어느샌가 자신을 턱없이 낮추었기 때문이다. 그러나 사실 오히려 그 반대가 되어야 바람직하다고 나는 생각한다. 자신의 자존심을 낮추어 주면서도 타인의 가치를 인정할 정도로 공정하고 관대한 사람, 그런 사람이야말로 그 인격으로 보아 누구보다 고상하다고 할 수 있지 않겠는가. 그런데 왠지 머릿속으로는 그런 생각을 하면서도 나는 바신에 대한 호감이 상당히 미약해지는 것을 느꼈다. 독자들도 잘 알고 있는 예를 하나 들겠다. 끄라프뜨와 얽힌 일만 해도 그렇다. 그가 나를 현관으로 쫓아내던 것을 생각하면 나는 아주 불쾌해지고 입맛이 쓰다. 후에 끄라프뜨에 대해 가졌던 오해가 모조리 풀리고 상황을 이해할 수 있게 된 다음에도 그러한 기분은 가시지 않았다. 그리고 고등학교 1학년 때부터 친구들 중에 공부를 잘하거나 수업 시간에 요령 있게 답을 잘하거나 혹은 체력에서 조금이라도 나를 앞서는 친구가 있으면, 나는 곧바로 그와 교제하거나 말하기를 그만두었다. 그 친구를 미워하거나 그가 뛰어나지 못하기를 원한 것은 아니었다. 다만 그런 경우에 그저 돌아서 버리는 것이 내 성격적 특성이었던 것이다.

사실 나는 지금까지 내면 속에서 어떤 강력한 힘과 처연한 고독을 갈망해 왔다. 내가 머릿속에서 생각하고 있는 것을 남들이 알아차린다면, 누구든 틀림없이 내 앞에서 웃음을 터뜨리고 말 것이라고 나는 어린 시절부터 혼자 공상해 왔다. 바로 이것이 내가 그처럼 비밀스런 고독을 즐기게 된 이유이다. 그렇기 때문에 나는 누구하고 이야기할 사이도 없을 만큼 나만의 공상에 몰두하고 있었다. 그래서 사람들은 나를 사교성 없는 작자로 결론을 내렸고, 멍한 내 표정을 근거로 나에 대한 터무니없는 판단을 내리기도 했다. 그러나 장밋빛처럼 뽀얀 내 뺨이 그러한 판단이 전혀 사실무근이라는 것을 잘 대변해 주고 있었다.

특히 내가 행복감을 느낄 때는, 주위를 돌아다니는 사람이 아무도 없고 인기척 하나 들리지 않는 완전한 고독 속에서 홀로 조용히 침대에 누워 담요를 덮고 여러 가지 형태의 삶에 대해 관조하기 시작할 때였다. 그렇게 심각하게 공상에 몰두하는 습성이 마침내 나로 하여금 내 나름의 〈이념〉을 발견하는 차원으로까지 이끌어 갔으며, 그 순간에는 내가 하는 모든 공상들이 뜬구름 잡는 듯한 수준에서 단번에 논리적 타당성이 있는 것처럼 여겨졌고, 공상 소설에나 나올 법한 것들이 개연성 있는 현실적 형상으로 변조되었다.

그리고 이러한 모든 것이 하나의 목적을 향해 융합되었다. 물론 가짓수는 그야말로 헤아릴 수 없이 많았지만 그 공상들이 모두 엉뚱한 것만은 아니었다. 그리고 그중에는 내 마음에 드는 것도 있었다……. 그러나 여기에서 새삼스럽게 그런 이야기를 끌어

낼 필요는 없을 듯하다.

 강력한 힘! 나 같은 〈조잡한 인간〉이 그런 강한 힘을 얻으려는 것을 알게 된다면 많은 사람들이 조소할 것이다. 나는 그렇게 믿는다. 여기서 어쩌면 그들을 더욱 놀라게 할 한마디를 덧붙여 두고자 한다. 아마 내 공상이 시작되던 처음부터, 즉 유년 시절부터 그랬지만, 나는 항상 생활의 모든 면에서 최고의 자리가 아닌 곳에 있는 내 모습을 상상할 수가 없었다. 그리고 어쩌면 그러한 성벽이 지금까지도 여전히 계속되고 있는 것인지도 모르겠다. 하지만 다시 한번 여기서 말해 두지만, 내 그러한 특성을 그 누구에게도 이해받으려는 뜻은 전혀 없다.

 바로 그러한 점에서 돈이야말로 보잘것없는 인물까지도 최고의 지위로 이끌어 주는 유일한 수단이라는 것이 바로 내 〈이념〉의 주요한 내용이며, 그것을 쟁취함으로써 비로소 내 〈이념〉에 힘이 실리는 것이다. 어쩌면 내 자신이 그다지 보잘것없는 인물은 아닌지도 모르겠다. 그러나 하나의 예를 든다면, 거울을 볼 때 이따금 나는 내 외모가 내게 불리하게 작용한다는 생각을 한다. 왜냐하면 내 얼굴이 평범하기 때문이다. 그렇지만 만일에 내가 로스차일드만큼 부자라면 누가 내 얼굴을 문제로 삼겠는가? 휘파람만 좀 불면 수천 명의 여자가 그들의 미모를 받쳐들고 곧장 내게로 달려올 것이 아니겠는가? 뿐만 아니라 그 여자들은 점차 진심으로 나를 미끈한 미남으로 생각하게 되리라고 나는 확신한다. 어쩌면 나는 아주 지력이 탁월한 사람인지도 모른다. 그러나 내 이마의 넓이가 일곱 뼘이나 된다고[20] 하더라도, 이 넓은 세상에는 여덟 뼘의 이마를 가진 사람이 얼마든지 있다. 하지만 내가 로스차일드라면, 내 옆에 있는 그 여덟 뼘의 이마를 가진 현인이 무슨 의미가 있겠는가? 그러한 현인도 내 옆에서는 말 한마디도 할 수

---

20 총명하다는 뜻의 은유적 표현.

없을 것이다! 나는 어쩌면 매우 기지 있는 사람인지도 모르겠다. 그러나 내 옆에 탈레랑[21]이나 피롱[22]이 있다면, 곧바로 내 기지가 빛을 잃고 말 것이다. 그러나 내가 로스차일드가 되는 그 순간, 피롱의 모습은 자취를 감출 것이며, 어쩌면 탈레랑조차도 한 순간에 의미를 잃고 말 것이다. 말할 나위도 없이 돈은 절대적 위력을 지닌다. 그러나 또 한편 돈은 모든 인간을 평등하게 만드는 강력한 힘을 지니고 있기도 하다. 돈의 주요한 위력은 바로 그 점에 있다. 돈은 모든 불평등을 평등하게 한다. 모스끄바에 있을 때부터 나는 이미 이러한 현실을 정확하게 꿰뚫어 보고 있었다.

어쩌면 이러한 내 관념들 속에서 여러분은 한 보잘것없는 인간이 탁월한 재능을 가진 사람들에 대해 가지고 있는 역설적인 반감과 도발적인 승리감만을 느낄 수 있을지 모른다. 물론 나는 내가 지니고 있는 사상이 세련되지 못하다는 점은 인정한다(또 한편 그렇기 때문에 새로운 매력도 내포하고 있다). 그러나 다른 사람들이 어떻게 판단하든 크게 상관할 바는 없다. 여러분은 내가 그때 강한 힘을 가지려고 한 것이 틀림없이 타인을 압도하고 복수하기 위해서였다고 생각할지도 모른다. 여러분 생각으로는 평범한 인간에게는 그러한 비정상적인 특성이 있다는 잘못된 선입견이 있기 때문이다. 그러나 명망이 높은 수많은 인재들이나 현인들일지라도 어느 한순간에 로스차일드의 그 많은 재산을 얻게 된다면, 바로 그 순간부터 절제력을 잃고 그들이 낮추어 보는 평범한 사람들처럼 저속한 행동을 할 것이며, 누구보다도 심하게 타인을 압도하리라는 것을 나는 확신한다. 하지만 내 이념의 본질은 그런 종류의 것이 아니다. 나는 돈을 두려워하지 않을 것이다. 또한 돈에 압도되지도 않을 것이며, 돈을 무기로 타인을 압박하거나 억누르려고 하지도 않을 것이다.

21 탈레랑(1754~1838). 프랑스 정치인.
22 피롱(1689~1773). 프랑스의 시인.

어떻게 보면 나는 돈이 필요하지 않은 것일 수도 있다. 아니 내게 필요한 것은 돈이 아니라고 말하는 편이 더 적절할 것 같다. 그리고 강한 힘 그 자체도 또한 내게 필요한 것이 아니다. 내게 필요한 것은 강한 힘으로 얻어지는 것, 강한 힘 없이는 절대로 얻을 수 없는 것이다. 그것은 바로 고독하지만 내적인 안정이 깃든 인식이다! 이것이 바로 전세계 인간이 그토록 얻으려고 힘쓰는, 가장 완전한 의미의 자유의 정의인 것이다! 자유! 나는 드디어 이 위대한 말을 쓰고야 말았다……. 그렇다. 고독한 힘의 인식, 이 얼마나 아름답고 매력적인 말인가! 내게는 힘이 있다. 그러나 나는 태연하다. 천둥은 주피터의 수중에 있다. 그렇기 때문에 그는 항상 태연자약하지 않은가. 그가 함부로 소리내는 것을 자주 들어 볼 수 있을까? 어리석은 자들은 그가 잠자코 있다고 생각할 것이다. 그러나 어떤 얼빠진 문학가나 어리석은 시골 아낙네를 주피터의 자리에 앉게 해보라. 바로 그 순간부터 천둥소리가 온 사방에 쉴새없이 울려 퍼질 것이다.

이따금 나는 혼자서 만일 내게 강대한 힘이 있다면 하는 가정을 해본다. 아마도 그렇게 되면 그것을 사용할 때가 거의 없을 것이다. 스스로 확신하지만, 그 경우에 나는 어디에 가서나 자진해서 말석에 위치할 것이다. 내가 만일 로스차일드라면, 나는 낡은 외투를 입고 우산을 짚고 다닐 것이다. 큰길에서 사람들이 함부로 나를 밀치지 않도록, 또는 날뛰는 마차에 치이지 않도록, 혹은 흙탕물이 내게 튀기지 않도록 스스로 조심하면 되지 않겠는가. 그 어느 순간에도 누구에게 내 존재를 알리고 대접받으려 하기보다, 내 자신 스스로가 나는 바로 로스차일드다라는 의식만 가지고 있으면 되고, 바로 그 의식만으로 나는 스스로를 자존할 수 있지 않겠는가. 집에 돌아가면 이 세상에서 제일가는 요리사가 준비한 식사가 기다리고 있다는 것을 알고 있는 것만으로도 나는 충만감을 느낄 것이다. 그러한 자긍심을 가지고 있다면 한 조각의 빵과 햄을 먹는 것만으로도 항상 행복감을 느낄 것이다. 나는 지금도 그렇게 생각하고 있다.

또 그러한 상황이 되면 나는 귀족들의 꽁무니를 쫓아다니지 않을 것이다. 오히려 그쪽에서 내 목에 바싹 매달리도록 할 것이다. 그리고 여자들을 쫓아다니지도 않을 것이다. 오히려 여자들 쪽에서 바칠 수 있는 모든 것을 바치고자 내게 물밀듯이 밀려올 것이다. 〈저속한 여자들〉은 돈 때문에 올 것이며, 〈영리한 여자들〉은 그 어느 것에도 마음이 흔들리지 않는 이상스럽고 자존심 강한, 비밀스런 은둔자에 대한 호기심에 끌려서 올 것이다. 하지만 그 어떤 경우에도 나는 그들을 정겹게 맞이하고, 어쩌면 때로 그들에게 돈을 줄지도 모르지만 그들로부터는 아무것도 받지 않을 것이다. 때로 인간의 호기심은 열정을 낳는다. 경우에 따라서는 내가 그들의 정열을 불러일으킬지도 모른다. 그러나 그런 경우에도 그들은 내게서 아무것도 얻지 못하고 다만 여러 가지 선물 꾸러미만을 받아서 돌아갈 것이라고 나는 확신한다. 그렇게 되면 나라는 인물은 그들에게 몇 배나 더 흥미로운 사람이 될 것이다.

……내겐 충분해
이러한 인식이 깃들어 있다면.[23]

내 나이 겨우 열일곱 때부터, 틀림없는 사실이긴 하지만, 그런 환상에 사로잡혀 있었다는 것은 한편으로는 참 이상하기도 하다.

나는 그 어느 누구에게 복수한다거나 누구를 제압하려는 행동은 원하지도 않고, 그렇게 하지도 않을 것이다. 그러나 만약 내가 어떤 인간을 파멸시키려고 한다면 누구 하나 방해할 사람은 없을 것이며, 오히려 모두 자진해서 앞장서리라는 것을 나는 알고 있

---

23 알렉산드르 뿌쉬낀의 이른바 〈소비극들〉이라 일컫는 작품들 중 첫 작품인 「인색한 기사」에 나오는 남작의 대사의 한 구절.

다. 그것만으로 내게는 충분하다. 그 누구에게도 나는 복수 어린 감정을 품지 않을 것이다. 그런데 내가 항상 의문을 가졌던 것은, 어떻게 제임스 로스차일드가 남작 작위를 수여받는 데[24] 동의할 수 있었을까 하는 문제이다. 무엇 때문에, 그리고 어떤 목적으로? 그런 것이 없어도 이미 그는 당대의 최고 인물이 아니었던가? 〈어쩌면 말을 갈아타는 역참에서 흔히 볼 수 있는 무례하고 오만한 장군이 설사 나를 모욕했다 해도, 나는 아무렇지도 않을 것이다. 왜냐하면 내가 누구인지를 그가 알게 된다면, 그는 곧 뛰어나와 손수 마차에 말을 매고, 초라한 내 마차에 내가 앉을 수 있도록 서두를 것이기 때문이다! 어느 글에선가 본 적이 있는데, 어떤 외국의 백작인가 남작이 사람들이 바라보고 있는 가운데 빈 철도의 어느 역에서 그곳의 한 은행가에게 구두를 신겨 주려고 했을 때, 그 볼품없는 은행가가 송구스러워하기는커녕 태연하게 발을 내밀더라는 이야기가 있다.[25] 가령, 정말 가정이라는 전제하에 아주 굉장한 미인(정말로 굉장한 미인이어야 한다. 그런 미인이란 꼭 있는 법이니까!)이자 화려한 명문 귀족의 딸이 기선 위라든가 또는 다른 어느 장소에서 나와 만났다고 상상해 보자. 우선 아가씨는 곁눈질로 나를 보면서 책이나 신문을 손에 든 이런 볼품없고 남루해 보이는 사람이 어떻게 일등석에 끼여 자기와 나란히 앉아 있을까 하는 오만한 표정을 지어 보이며, 심한 모멸감과 동시에 강한 의문을 지니게 될 것이다. 그러나 만일 그녀가 자기 옆에 앉은 사람이 누구인지 알게 된다면 어떻겠는가! 물론 그녀는 곧 그 사실을 알게 될 것이다. 그리고 그 사실을 알게 되자마자 이번에는 자진해서 내 옆에 자리를 잡고는 온순하고 다정하며 애교가 흘러넘치는 여자가 되어 나와 시선을 맞추려 애를 쓰고,

---

24 로스차일드는 1822년에 남작 칭호를 수여받았다.
25 이와 유사한 이야기가 V. P. 메쉬체르스끼(1839~1914)의 수기 『외국의 거리 스케치』에 언급되어 있다.

내가 미소라도 짓게 되면 가슴이 들먹거리게 될 것이다…….〉 내가 상정한 개념을 더욱 분명히 표현하기 위해서 나는 일부러 이렇게 오래 생각했던 장면을 삽입한다. 그러나 이런 공상적인 장면은 애매하기도 하고, 또 어쩌면 너무나 평범한 것일지도 모른다. 오로지 구체적인 현실만이 모든 것을 증명해 주는 것이다.

아마도 사람들은 내게 그렇게 사는 것은 어리석은 짓이라고 말할 것이다. 왜 훌륭한 저택을 가져서는 안 되는가. 저택을 장만해서 사람들에게 개방하여 여러 가지 모임을 갖고, 타인에게 좋은 영향을 주기도 하며, 또 결혼을 하면 어째서 안 된단 말인가? 그러나 그렇게 한다면 로스차일드는 어떤 의미를 갖게 될 것인가? 결국 그도 흔해빠진 사람들과 마찬가지의 인간이 되지 않겠는가. 내가 정립한 〈이념〉의 모든 매력은 순식간에 없어지고, 그 모든 정신적인 힘도 소멸해 버리지 않겠는가. 나는 아주 어렸을 때부터 뿌쉬낀의 작품 「인색한 기사」의 독백을 암송했다. 주제적 관점에서 이 작품은 뿌쉬낀이 창작한 최고의 것이다! 지금의 나 역시 그러한 관념을 꿈꾸고 있다.

〈그러나 자네의 이상은 너무나 천박해〉라고 사람들은 멸시하듯 말할 것이다. 〈돈, 재산! 그런 것들은 공공의 복지, 인본주의적 사업과는 전혀 상관도 없지 않은가?〉

하지만 내가 재산을 어떻게 쓸지 누가 알겠는가? 수백만의 돈이 하고많은 유해하고 더러운 유대 인의 수중에서 나와, 밝은 눈으로 세상을 바라보는 근면하고 의지가 굳은 금욕주의자의 수중에 들어가는 것이 어째서 부도덕하고 저속하단 말인가? 그리고 일반적으로 이러한 미래의 예상이나 추측 같은 것은 현재로서는 다만 뜬구름 잡는 이야기와 같다. 따라서 그런 것에 관해 쓰는 것은 어쩌면 허사일지도 모른다. 또한 아무도 이 글을 읽지 않을지도 모른다는 것을 나는 잘 알고 있다. 그러나 만일 읽는 사람이 있다면, 그 사람이 로스차일드의 막대한 재산이 내게 주어지면 내가 감당하지 못하리라고 간단히 단정해 버리겠는가! 설사 그렇더라도, 그것은 내가 막대한 재산에 압도당하기 때문이 아니라 오히려 정반대로 전연 다른 의미에서 그렇게 할 것이다. 이따금 공상을 하면서 나는 미래의 어느 한순간에 내 내면 의식이 완전히 충만함을 느끼고, 내 인식의 힘이 더 이상 강건하지 못하게 될 때가 올 것이라는 느낌을 여러 번 받았다. 만일 그렇게 된다면 나는 수백만의 전재산을 그냥 다른 사람에게 주어 버릴 것이다. 그 이유는 권태를 느껴서나 공연한 우수를 느끼기 때문도 아니며, 보다 더 커다란 목표를 설정하고자 하기 때문이다. 그때는 사회 공동체로 하여금 내 재산을 적절하게 분배하도록 하면 된다. 그러고 나서 나는 또다시 별 볼일 없는 군중들 속으로 뒤섞여 들어갈 것이다! 어쩌면 나는 기선 위에서 죽은 그 걸인처럼 될지도 모른다. 다만 그와 다른 점은 내 헌 옷가지 속에는 아무것도 꿰매어 있지 않을 것이라는 사실이다. 〈그러고 나면 내 의식 속에는, 언젠가 내 수중에 수백만의 돈이 있었지만 나는 주저 없이 그것을 흙탕 속에 버렸다는 자긍심이 고여 있을 것이며, 가령 허허벌판의 한가운데에 있다 하더라도 그러한 만족감이 내 마음의 양식이 될 것이다.〉[26] 나는 지금도 그렇게 생각하고 있다. 그렇다. 내 〈이념〉만 있으면 언제나, 어떤 경우에나, 가령 기선 위에서 죽은 걸인과 같은 신세가 될지라도 그것에 의지하여 나는 모든 사람들로부터 벗어나 홀로 고독을 향유할 수 있게 될 것이다. 바로 이러한 내 관념은 곧 나의 시이다! 그리고 여러분이 알아야 할 사실이 있다. 그것은 바로 내게 필요한 것은 단 하나, 내 모든 행위의 원천은, 내 비도덕적 의식이라는 사실이다. 그것을 통해 나는 내 내면에 모든 것을 거부할 수 있는 힘이 있다는 것을 나 자신에게 증명

---

[26] 예언자 일리야의 성자전에, 여러 해 동안 가뭄이 들어 이 예언자가 황야에 살게 되었을 때 까마귀들이 그에게 빵과 고기를 날라다 주었다고 언급되어 있다.

하고자 하는 것이다.

아마 사람들은 틀림없이 그런 것은 그저 뜬구름 잡는 얘기일 뿐이며, 가령 그런 돈이 수중에 들어온다면 내가 그 수백만의 돈을 도저히 내던져 버릴 수 없을 것이며, 또한 내가 그 사라또프의 거지처럼 될 수도 없을 것이라고 반박할 것이다. 어쩌면 나 역시 돈을 내던지지 않을지도 모른다. 나는 다만 내 마음속에 하나의 이상을 그렸을 뿐이다. 그러나 이번에는 진심으로 이런 말을 덧붙여 두고자 한다. 만일 내가 로스차일드가 가진 액수와 같은 정도의 재산을 저축하게 된다면, 그때에는 실제로 그것을 사회에 내던지는 것으로 끝날 수도 있을 것이다(그러나 로스차일드의 재산과 동일한 액수에 도달하는 것을 실행하기는 어려울 것이다). 그렇다고 해서 반액 정도를 내던지지는 않을 것이다. 그런 행위는 너무나 저속하기 때문이다. 달리 말해 그렇게 한다면 나는 그야말로 의식까지 빈곤한 인간이 될 뿐이다. 그러나 참으로 모든 것을, 그야말로 최후의 1꼬뻬이까까지 내던진다면, 설사 걸인이 된다고 하더라도 그 순간부터 나는 곧 로스차일드보다 두 배나 더 부자가 되는 것이다! 만일 사람들이 이 이치를 이해하지 못할지라도 그것은 내 잘못이 아니다. 더 이상 설명하지는 않겠다.

〈그것은 브라만 교도들에게서나 보이는 광신이며, 보잘것없는 사람의 시적 공상일 뿐이다!〉라고 사람들은 단정할 것이다. 〈능력 없는 사람이나 평범한 사람들의 백일몽〉이라고 한다면 맞는 얘기일 것이다. 어떤 의미에서 이런 꿈은 능력 없는 사람이나 평범한 사람들의 백일몽일 수도 있다는 점은 인정한다. 그러나 과연 그것이 그러한 무능력자들만의 백일몽일까? 나는 이런 인물의 행위를 상상해 보는 것을 아주 좋아했다. 예를 들어 능력도 없고 평범한 한 인간이 세계를 앞에 놓고 서서 미소를 띠면서 이렇게 말하는 것이다. 〈진정 당신들은 갈릴레이요 코페르니쿠스입니다. 카를 대제이기도 하며 동시에 나폴레옹입니다. 또 당신들은 뿌쉬낀이자 셰익스피어입니다. 그런 한편 당신들은 장군도 되며 궁중의 고관이기도 합니다. 하지만 저는 아무런 재능도 없는 사생아에 지나지 않습니다. 그렇지만 당신들보다는 제가 위이지요. 왜냐하면 당신들은 스스로 그런 신분에 굴복했기 때문입니다.〉 여기서 고백하지만, 나는 이런 공상을 극단으로까지 이끌어 가기를 반복하다가 결국에는 교육 그 자체까지 무시하게 되었다. 내 생각으로는 만일 사람이 전혀 교육을 받지 않게 된다면 훨씬 더 다양한 양상으로 존재할 수 있을 것 같았다. 이러한 공상에 지나치게 탐닉하는 습성은 당시 고등학교 상급 과정에 있던 내 성적에까지도 영향을 끼쳤다. 교육이 없는 쪽이 오히려 이상에 대한 동경을 더욱 고양시켜 줄 것이라는 내 광신적인 믿음 때문에 나는 공부를 중단하고 말았던 것이다. 그 점에 대해서 지금 나는 내 신념을 바꾸었다. 교육은 방해가 되는 역할을 하지는 않는다.

내면 속에서 자신만의 독특한 사상을 꿈꾼다는 사실이, 그것이 아무리 작은 것일지라도, 그렇게도 여러분들에게 부담으로 작용하는 것인가? 설사 방향이 틀린 것일지라도 아름다운 이상을 꿈꾸는 이는 행복하다! 그 무엇에도 불구하고 나는 내 자신의 이상을 굳게 믿고 있다. 다만 문제가 되는 것은 내가 설명하는 방법이 부적절하고 미숙할 뿐이다. 앞으로 10년만 지나면 나는 더욱더 그 내용을 잘 설명할 수 있을 것이다. 그때까지 나는 그 사상의 본래 내용을 내 기억 속에 소중하게 간직해 둘 생각이다.

4

내 〈이념〉에 관한 설명은 이 정도로 마무리짓고자 한다. 만일 내 서술이 평범하고 그저 표피적으로 느껴졌다면, 그것은 순전히 내 서술이 서툰 탓이지 내 〈이념〉의 내용이 잘못된 것이어서 그런 것은 아니다. 이미 앞에서도 말했지만, 가장 단순한 사상일수록 이해하기 곤란한 법이다. 다시 한번 더 말해 두지만, 이 〈이념〉을 있는 그대로 설명하려고 했기 때문에 더욱더 기술하기가 어렵게 된 것이다. 또 이념이란 것은 다음과 같은 정반대의 특성도 가지고 있다. 즉 평범하고, 급작스럽게 만든 이념은 이해도 빠르게 된다는 것이다. 그리고 틀림없이 그것은 거리에 있는 많은 사람들의 공감을 불러일으킬 것이다. 뿐만 아니라, 이따금 그런 것은 더없이 훌륭하고 비범한 것으로 간주되기도 한다. 하지만 값싼 물건이 오래가지 못하듯, 그런 조잡한 이념은 지속적으로 존재할 수 없는 법이다. 이해가 빠르다는 것은 바꾸어 말하면, 그것을 이해하고자 하는 주체들이 아주 평범하다는 사실을 반증하는 것이다. 비스마르크[27]의 이념은 한순간에 독창적인 것으로 이해되었으며, 비스마르크 자신은 한 시대의 천재가 되었다. 그러나 사실은 이 빠른 속도가 어딘지 의심쩍다. 나는 10년 후의 비스마르크에 대한 평가를 기다리고 있다. 지금 동시대인에게 회자되고 있는 그의 이념 중 과연 무엇이 살아남을지, 한 걸음 더 나아가 재상 각하 자신도 어떻게 될 것인지를 보고 싶다. 이렇게 본론에서 동떨어진, 어떤 점에서는 그것과 전혀 관계도 없는 이야기를 삽입한 것은, 단순히 비유를 하기 위해서가 아니라 기억 속에 오래 남기기 위해서이다(또 어떤 면에서는 성미가 급한 독자를 위한 해설이기도 하다).

이제 이 글의 진행이 방해받지 않도록 하기 위해서, 이념에 관한 논의를 마무리할 수 있는 두 가지 일화에 대해 말하고자 한다.

뻬쩨르부르그로 오기 두 달 전, 내가 완전한 자유를 누리고 있던 7월의 일이었다. 어느 날 마리야 이바노브나의 부탁으로 뜨로

---

27 독일의 정치가이며 외교관으로, 1870~1871년에 벌어졌던 전쟁에서 승리하여 독일 민족의 통일 국가를 성립시켰고, 1871년에 독일 제국의 재상이 되어 1890년까지 독점적으로 권력을 행사하였다.

이쯔끼의 교외로 가서, 그곳에 살고 있는 한 노처녀의 집을 방문하게 되었다. 그 일의 내용은 별로 자세히 말할 필요도 없는 그저 그런 별 흥미 없는 것이었다. 나는 그날 집으로 돌아오는 길에 열차 속에서 어떤 초라하게 보이는 젊은이에게 마음이 끌렸다. 그 젊은이의 몸매는 그런대로 괜찮았지만 어딘가 모르게 옷차림이 단정치 못했고, 피부는 거무스레하며 갈색 머리칼에 얼굴에는 여드름이 잔뜩 나 있었다. 그는 독특한 버릇을 가지고 있었는데, 큰 정거장이든 작은 정거장이든 할 것 없이 꼭 차에서 내려 보드까를 마시는 것이었다. 종착역에 가까워질 무렵에는 떠들썩하지만 별 특성이 없는 사람들이 그의 주변에 모여들어 어느새 한 무리가 형성되었다. 특히 약간 취해 있던 장사꾼 한 사람은 자신도 쉴새없이 마셔대면서도 제정신을 잃지 않는 이 젊은 친구의 주량에 거듭 감탄하고 있었다. 또 한 젊은 친구도 매우 만족하는 듯 보였다. 그는 아주 어리석어 보였고, 지독히 말이 많은 사람으로 독일식 복장을 하고 있었는데 아주 지저분한 냄새를 풍겼다. 나중에 들은 바에 따르면, 그는 누군가의 하인이었다. 이 사람은 그 젊은 술꾼과 아주 친해져서 기차가 멈출 때마다 〈보드까를 마실 시간이 됐어〉 하고 술꾼을 불러 일으켜 서로 붙잡고 밖으로 나가곤 했다. 술꾼인 젊은 친구는 거의 한마디도 말이 없었지만, 그의 주위에 모여드는 사람의 수는 점점 많아지기만 했다. 그는 사람들의 이야기를 듣고만 있었지만, 쉴새없이 꼭 침이라도 흘릴 것같이 히히거리는 웃음소리를 냈다. 그리고 번번이 불쑥 〈쥬를 — 류를 — 류〉 따위의 묘한 소리를 냈고, 그때마다 매우 우스꽝스러운 동작으로 손가락을 자기 코 밑으로 가져가는 것이었다. 이 동작이 장사꾼과 하인, 그리고 주변의 모든 사람들을 유쾌하게 했다. 그들은 아주 큰소리로 마음껏 웃어대는 것이었다. 사람이란 때로 무엇 때문에 웃고 있는지 모를 때가 있는 법이다. 결국 나도 무심결에 그에게 가까이 다가섰다. 그리고 이유는 모르겠지만, 이 젊은이가 어쩐지 마음에 들었다. 아마도 그의 행동이 일상적인 예의 범절에서 완전히 벗어나 있는 것을 보고 내 마음이 끌렸는지도 모른다. 사실대로 말하자면, 그가 단순히 멍청한 사람인 것을 나는 파악하지 못했다. 하지만 나는 그와 금방 친해졌고, 기차에서 내릴 때는, 그가 그날 저녁 여덟 시에서 아홉 시 사이에 뜨베르스꼬이 공원에 있을 것이라는 사실도 알게 되었다. 또 그가 전에 대학생이었다는 것까지도 알았다. 나는 공원으로 가보았다. 거기서 그는 내게 어처구니없는 제안을 하였다. 우리는 둘이서 온 공원을 여기저기 싸돌아다니다가 좀 늦은 시간이 되어 혼자 걸어가는 단정한 옷차림의 여자를 찾아냈다. 오가는 사람이 하나도 없는 것을 확인하고 우리는 곧 그 여자에게 달라붙었다. 그 여자에게는 말 한마디 하지 않고, 그가 여자의 한쪽에 나는 그 반대편에 늘어붙었다. 그리고 그 여자가 있다는 것을 전혀 의식하지 못하는 것처럼 아주 태연한 표정으로 서로 점잖지 못한 이야기를 주고받기 시작했다. 우리는 그저 당연한 일을 하는 것처럼 아무렇지도 않은 태도로 가지가지 추잡스런 내용의 이야기를 내뱉었으며, 몹시 타락한 탕아들도 거의 상상해 낼 수 없는 가장 저속하고 음탕한 장면들을 아주 상세하게 사실적으로 묘사했다(나는 물론 그러한 지식을 벌써 학교 시절에, 아니 고등학교에 들어가기 전에 모조리 알고 있었다. 그러나 말로 그랬을 뿐 실제로는 몰랐다). 그 여자는 매우 놀라서 서둘러 걸으려고 애썼다. 그때마다 우리도 걸음을 재촉하며 우리의 짓거리를 계속하였다. 이 가련한 희생양은 물론 어찌할 바를 모르고 쩔쩔맸다. 소리를 지르자니 보는 사람도 없고, 또 타인에게 호소하기에도 민망한 일이었다. 그런 장난에 정신을 팔고 있는 동안 벌써 여드레 가량이 흘러갔다. 어떻게 그런 장난이 마음에 들었는지 나도 모르겠다. 아니 마음에 들었다기보다는 그냥 왠지 그러고 싶었던 것이다. 처음에는 이런 일이 마치 일상 생활의 형식적 틀을 초월한, 무언가 독창적인 것같이 느껴졌다. 그리고 한편으로 나는 여자가 참을 수 없이 싫었다. 나는 언젠가 한번 이 예전의 대학생에게 장 자크 루소가 그의 『고백록』에서 고백한 내용을 말해 줬다. 즉 그가 청년이 된 후의 일인데, 사람들 앞에서는 내놓지 않는 신체의 은밀한 부분을 노출시킨 채 그것을 어느 구석에서 내밀어 지나가는 여자들을 놀려먹기를 좋아하였다는 이야기다. 그러자 그는 즉시 〈쮸를 ─ 류를 ─ 류〉 하는 소리로 응답했다. 나는 그가 지극히 무식할 뿐더러, 놀라울 만큼 아무 일에도 흥미를 가지고 있지 않다는 것을 알아차렸다. 내가 그에게서 은근히 기대했던 내면에 감춰진 이념 따위는 찾아낼 수도 없었다. 독창적인 것 대신에 내가 찾아낸 것이라고는 참을 수 없는 단조로움뿐이었다. 나는 그 친구가 점점 싫어졌다. 드디어 모든 상황이 전혀 예상 밖의 결말을 맞게 되었다. 언젠가 벌써 주위가 완전히 캄캄해졌을 때, 우리는 잔뜩 겁에 질려 바쁜 걸음으로 공원을 지나가는 한 어린 아가씨에게 달라붙었다. 그녀는 아주 어린 아가씨로, 나이가 열여섯 정도이거나 아니면 더 어렸을지도 모른다. 그녀는 매우 깨끗하고 얌전한 옷차림을 하고 있었다. 어쩌면 자기 힘만으로 살고 있거나, 아니면 일터에서 나이 많은 어머니에게로, 또는 많은 자식들을 거느린 과부에게로 돌아가는 중이었는지도 모른다. 그러나 이런 감상에 빠질 필요는 하나도 없었다. 그녀는 얼마 동안 듣는 둥 마는 둥 종종걸음을 재촉할 뿐이었다. 그녀는 고개를 숙이고 무서워서 떨고 있는 듯했다. 그러다가 드디어 걸음을 딱 멈추더니 갑자기 베일을 벗었다. 내 기억에 의하면 그녀는 상당한 미인이었지만 야윈 얼굴이었다. 그리고 빛나는 눈으로 우리를 노려보며 소리를 질렀다.

「아니, 무슨 이런 지저분한 사람들이 다 있어!」

어쩌면 그런 말을 하고 나서 울음을 터뜨릴지도 모르겠다는 생각이 들었다. 그러나 전혀 예상 밖의 다른 사태가 일어났다. 그녀는 조그마한 야윈 손으로 그 예전 대학생의 뺨을 후려갈겼다. 그보다 더 멋있게 뺨치는 모습을 나는 일찍이 본 적이 없다. 그녀는 정말 멋지게 후려갈겼던 것이다! 그는 욕지거리를 하면서 덤벼들려고 했으나 내가 그것을 말렸다. 그 사이에 그녀는 도망갈 수 있었다. 뒤에 남은 우리는 곧 다투기 시작했다. 너는 무능하고 쓸모없는 가련한 놈이다. 그리고 〈네 머릿속에는 이념의 그림자 하나 비친 적도 없을 거다〉 하고 그에게 말해 주었다. 그 역시 내게 욕설을 퍼부었다(나는 언젠가 내가 사생아란 것을 그에게 말한 적이 있다)……. 그래서 우리는 싸우고 헤어졌다. 그 후로 나는 그를 다시는 보지 못했다. 그날 밤 나는 매우 화가 났지만 다음날에는 많이 가라앉았고 사흘째는 완전히 잊어버렸다. 그건 그렇고, 그 후에도 때때로 그 어린 아가씨가 머리에 떠오르곤 했지만, 그것은 언제나 우연히 잠깐 생각날 뿐이었다. 다만 뻬쩨르부르그에 온 후 약 두 주일이 지나서, 나는 돌연 그때의 장면을 생생하게 떠올렸다. 그리고 기억을 떠올리자마자 갑자기 너무나 부끄러운 생각에 회개의 눈물이 뺨을 타고 흘러내렸다. 그 일이 있던 날 저녁 밤새 마음이 괴로웠다. 어떤 의미에서는 지금도 그 일에 대해 고민하고 있다고 말할 수 있다. 나는 처음에는 내가 어떻게 그렇게 천하고 수치스러운 행동을 할 수 있었는지 알 수 없었다. 그러나 중요한 것은 내가 그 사건을 부끄럽게도 생각지 않았고 후회도 하지 않았으며 어느샌가 잊어버렸다는 사실이다. 이제야 겨우 그 이유가 짐작되었다. 내 〈이념〉 탓이었다. 간단히 결론만 말하기로 하겠다. 사람은 마음 한복판에 어떤 확고한 생각을 가지고 그 생각에 지독히 몰두하고 있으면, 그것의 영향으로 마치 온 세상을 등지고 깊은 산중에나 숨어 버린 기분이 되어, 본질과는 상관이 없는 그 밖의 모든 일들이 다만 곁을 스치고 지나가는 의미 없는 것으로 느껴지게 된다. 그리고 그런 상황에서 가지는 사물에 대한 인상 역시 적절하게 각인되지 않는다. 덧붙여서 더 중요한 것은, 자신의 행위에 대해 항상 변명거리를 준비하고 있다는 사실이다. 요즈음 나는 내내 어머니를 얼마나 괴롭혔으며 여동생에게 무례하게 대했던가. 하지만 나는 항상 〈내게는 이념이 있어, 그 밖의 일상적인 것은 모두 사소한 것일 뿐이야〉 하는 따위의 말을 자신에게 속삭였다. 그렇게 말하는 나 자신도 모욕을 당한 적이 있었다. 그것도 매우 심한 모욕을 말이다. 그때마다 〈괜찮아, 어차피 나는 천박한 인간인걸. 그러나 내게는 이념이 있어. 그들은 그것을 이해하지 못해〉 하는 생각이 들었으며, 그 〈이념〉이야말로 염치없고 보잘것없는 내 자신을 위로하는 수단이 되어 주었다. 그러나 동시에 나의 모든 비열한 행동도 또한 이 이념이라는 미명 아래 숨어 버리는 것 같았다. 이념은 모든 무거운 짐을 가볍게 해주었지만 동시에 내 눈앞에 펼쳐져 있는 모든 것을 제대로 보지 못하게 가리는 역할도 했다. 이처럼 〈이념〉을 빙자한 여러 가지 사건이나 사물에 대한 분명치 않은 이해는 다른 일은 물론이거니와 바로 〈이념〉 자체까지도 손상시킬 수 있다.

이번에는 또 다른 일화이다.

지난해 4월 1일은 마리야 이바노브나의 명명일이었다. 그날 저녁에는 최소한의 손님만 있었다. 그 자리에 갑자기 아그라페나가 헐떡거리며 뛰어들어오더니, 지금 부엌 앞 통로에 버려진 갓난아이가 울고 있는데 어떻게 해야 좋을지 모르겠다고 말했다. 그녀의 말에 모두 놀랐다. 모두들 가보니 광주리가 하나 있었다. 그 광주리 속에 태어난 지 3, 4주일쯤 되어 보이는 여자 아이가 누워 울고 있었다. 나는 광주리를 들고 부엌으로 들어왔다. 그리고 곧 조그맣게 접은 종이 조각을 발견했다. 〈자비롭고 선하신 분께. 아리나라는 세례명을 가진 이 아이에게 한없는 동정을 베풀어 주시기를 바라옵니다. 저희는 이 아기와 더불어 영원히 하느님의 옥좌에 당신들을 위하여 눈물을 바칠 것입니다. 그리고 귀하신 분의 명명일을 축하드립니다. 당신이 모르시는 사람들 올림.〉 그때, 내가 그처럼 존경하는 니꼴라이 세묘노비치는 나를 매우 실망시켰다. 그는 매우 심각한 표정을 짓더니 이 아이를 양육원에 보내기로 결정한 것이다. 나는 매우 우울한 기분이 되었다. 그들은 지극히 검소한 생활을 꾸려 가고 있었지만 자식이 없었고, 그러한 생활을 니꼴라이 세묘노비치는 늘 좋아하고 있었다. 나는 광주리 속에서 어린 아리노츠까를 꺼내어 조그마한 어깨를 두 팔로 잡고 안았다. 광주리 속에서는, 오랫동안 목욕시키지 않은 갓난아이에게서 흔히 나는 코를 찌를 듯한 고약한 냄새가 풍겨 나왔다. 니꼴라이 세묘노비치와 말다툼을 하고 난 뒤에, 나는 느닷없이 내가 돈을 대어 이 여자 아이를 양육하겠다는 뜻을 발설하였다. 그러자 그는 평상시의 부드러운 태도를 별안간 바꾸어 아주 강한 어조로 반대 의견을 내세웠다. 그리고 가벼운 농담으로 자신의 말을 끝냈지만, 아이를 양육원에 보내려는 의견만은 완강하게 고집했다. 그러나 결국은 내 생각대로 되었다. 같은 건물의 다른 쪽 열에는 아주 가난하고 나이가 든 술주정뱅이 목수가 살고 있었다. 그의 아내는 아직 젊고 건강했는데 바로 얼마 전에 갓난아기를 잃은 처지였다. 결혼한 지 8년이 지나도록 갖지 못하다가 얻은 귀한 아기였다. 그 아기 역시 여자 아이였으며, 다행스럽게도 우연의 일치로 아리노츠까라는 똑같은 이름을 가지고 있었다. 나는 〈다행스럽게도〉라고 말했다. 왜냐하면 우리가 부엌에서 언쟁을 벌이고 있을 때, 이 여자가 그 사건에 대해 듣고서 사정을 알아보려고 왔다가 그 아기의 이름이 아리노츠까라는 것을 듣고는 몹시 측은해 했기 때문이다. 아직도 젖은 마르지 않았기 때문에 그녀는 가슴을 헤치고 아기에게 젖꼭지를 물렸다. 나는 그녀에게 비용은 내가 매달 지불하겠으니 이 아기를 데려가 키워 달라고 간청하기 시작했다. 그녀는 남편이 허락할지 걱정했지만, 어쨌든 하룻밤만은 데리고 있겠다고 하였다. 다음날 아침, 매달 8루블을 내는 조건으로 그녀의 남편은 승낙했다. 나는 그 자리에서 당장 처음 한 달치 양육비를 그에게 선불했다. 그는 곧 그 돈으로 술을 마셔 버렸다. 니꼴라이 세묘노비치는 여전히 묘한 웃음을 지으면서, 나로 하여금 매달 8루블의 돈을 틀림없이 지불하도록 시키겠다고 목수에게 확인해 주었다. 나는 니꼴라이 세묘노비치에게 그의 말을 보증하기 위하여 60루블의 돈을 맡기려 했지만 그는 받지 않았다. 그는 물론 내게 돈이 있는 것을 알고 있었고, 그래서 내 말을 신용했던 것이다. 그의 이 사려 깊은 처신 때문에 우리 사이의 일시적 언쟁도 어느새 없던 일로 되어 버렸다. 마리야 이바노브나는 아무 말도 없었지만, 다만 어째서 내가 이런 귀찮은 일을 떠맡는지 이상스러워했다. 내가 특히 고맙게 생각한 것은, 그들 두 사람이 조금도 나를 조롱하려 들지 않았을 뿐더러, 당연한 일이긴 하지만 이 문제를 처리해 나가는 과정에서 진지하고 섬세한 마음씨를 보여 주었다는 것이다. 나는 매일 세 번씩 목수의 부인에게 들렀다. 그리고 일주일이 지났을 무렵 그녀의 남편 몰래 여분으로 3루블을 그녀에게 더 주었다. 그리고 별도로 3루블을 더 내어 조그마한 담요와 기저귀를 사줬다. 그런데 열흘 후 갑자기 어린아이가 앓기 시작했다. 나는 즉각 의사를 불러왔다. 의사는 무언지 처방을 써줬다. 그리고 우리는 그 빌어먹을 약으로 갓난아이를 괴롭히면서 밤새 간호했다. 그러나 다음날, 의사는 이미 늦었다고 단언했다. 나의 애원이라기보다는 오히려 비난에 가까운 말에 대해 의사는 〈나도 신은 아니니 말입니다〉 하고 점잖게 책임을 회피하는 말을 했다. 그 여자 아이의 혀, 입술 그리고 입 안에는 무언지 자잘하고 하얀 것이 가득 덮여 있었다. 그리고 그날 저녁 아이는 숨을 거두고 말았다. 마치 누군지 알아보는 것처럼 그 커다랗고 검은 눈으로 빤히 나를 쳐다보면서. 왜 그 아이의 죽은 얼굴을 사진으로 찍어 둘 생각을 하지 못했는지 나는 모르겠다. 그런데 아무도 믿지 않겠지만 그날 저녁 나는 눈물을 흘리는 정도가 아니라 그야말로 소리를 내어 울부짖었다. 그런 꼴사나운 짓은 여태까지 한 번도 한 적이 없었다. 마리야 이바노브나는 나를 달래지 않을 수 없었다. 그러나 그때도 그들 내외는 조금도 나를 조소하지 않았다. 조그마한 관은 목수가 만들어 주었다. 마리야 이바노브나는 관을 레이스로 된 리본으로 장식했고, 안에는 예쁜 베개를 넣어 줬다. 나는 꽃을 사다가 갓난아이에게 뿌려 줬다. 그런 뒤 불쌍한 아기는 들려 나가고 말았다. 믿지 않을지 모르지만 나는 지금까지도 그 아기를 잊지 못하고 있다. 그러나 얼마 지나지 않아 예상치 못한 또 하나의 사건이 아주 심각할 정도로 나를 깊은 생각에 잠기게 했다. 물론 아리노츠까의 장례를 치르는 데 그다지 많은 비용이 들지는 않았다. 관을 매장하는 비용, 의사의 약값, 꽃값, 그리고 목수의 아내에게 치른 비용까지 모두 합쳐야 겨우 30루블 정도였다. 이 돈은 뻬쩨르부르그로 떠나올 때 베르실로프가 여비로 보내 준 40루블과, 떠나기 전에 판 몇 가지 물건 값으로 마련할 수 있었다. 그래서 사업을 위한 〈자본〉은 그대로 온전히 남아 있었다. 〈하지만 이렇게 샛길로만 빠져들면 도저히 목적을 달성하지 못할 것〉이라고 나는 생각했다. 우선 그 대학생 출신 젊은이와의 사건을 통해, 〈이념〉에 집착하다 보면 적당한 핑곗거리를 만들며 일상의 현실에서 일탈할 수 있는 위험성이 있다는 결론을 얻었다. 그리고 아리노츠까와 얽힌 일에서는 이와 정반대의 결론을 얻었다. 즉, 어떠한 〈이념〉도 내 감정을 휘어잡는 어떤 상황에서는 나를 잡아챌 수 있을 만큼 매력적이지는 못하며, 또 몇 해나 걸려서 이념의 실현을 위해 쌓아 놓은 노력도 그러한 상황이 되면 포기할 수 있다는 결론이었다(적어도 내게는 그렇다). 하지만 그럼에도 불구하고, 그 두 가지 결론은 모두 다 내게 깊은 의미를 주었다.

제6장

1

 상황이 꼭 내가 기대했던 대로 된 것은 아니었다. 집에 들어가 봤더니, 어머니와 여동생만 있지는 않았다. 베르실로프는 나가고 없었지만, 어머니 옆에는 따찌야나 빠블로브나가 앉아 있었다. 누가 뭐라고 해도 그녀는 내게 역시 남일 뿐이다. 아주 고조되어 있던 내 기분이 금방 절반쯤은 어디론가 사라져 버렸다. 그런 경우를 당했을 때, 내 기분이 그렇게 빠르고 쉽게 바뀐다는 사실이 적이 놀라울 뿐이었다. 조그만 지푸라기 하나나 작은 모래알이라도 내 상쾌한 기분을 금방 나쁘게 바꾸기에는 충분했다. 그리고 내가 그다지 분노한 것도 아닌데도 한번 구겨진 기분은 이상하리만큼 쉽게 사라지지 않았다. 집에 들어섰을 때, 나는 어머니가 그때까지 따찌야나 빠블로브나와 깊은 흥미를 가지고 나누던 이야기를 서둘러 끊는 것을 감지했다. 여동생은 나보다 바로 조금 전에 돌아왔기 때문에 아직 자기 방에서 나오지 않고 있었다.
 이 집은 세 개의 방으로 되어 있었다. 대부분의 경우에 모두가 모여 있는 가운데 방, 또는 거실이라고 부르는 방은 상당히 크고 아주 안락한 느낌을 주었다. 그 방에는 매우 낡기는 하였지만, 앉기에 편안한 빨간색 안락의자와, 커버를 씌우기엔 너무 낡은 소파(베르실로프는 가구에 커버를 씌우는 것을 매우 싫어했다), 겨우 쓸 만한 정도의 카펫, 몇 개의 탁자와 별 쓸모가 없는 작은 탁자가 있었다. 그리고 그 오른편이 베르실로프의 방인데 폭이 좁고 길다란 방으로 창문은 하나뿐이었다. 그곳에는 초라한 사무용 탁자가 하나 있어, 그 위에는 읽지도 않는 책 몇 권과 잊혀진 서류가 흩어져 있었다. 탁자 앞에는 그에 못지않게 초라한 안락의자가 놓여 있었다. 의자의 겉이 해져 망가진 스프링이 위로 튀어 나와서 앉기에 불편했다. 그 일로 베르실로프는 자주 짜증을 내었고 욕설을 내뱉기까지 하였다. 바로 이 서재에 있는, 낡아빠진 헝겊을 덮어씌운 부드러운 소파가 그의 잠자리가 되었다. 그는 자신의 이 서재를 싫어했고, 하릴없이 거실에 앉아서 몇 시간이든 한가하게 지내기를 좋아했다. 거실 왼편에도 그것과 똑같은 방이 있어, 어머니와 여동생은 거기서 지내고 있었다. 거실은 복도와 통하게 되어 있었고, 복도 끝에는 식모 루께리야가 기거하는 부엌방이 있었다. 거기에서 그녀가 요리할 때에는, 온 집 안에 기름 타는 냄새가 진동하였다. 부엌에서 나는 이 냄새를 아주 싫어한 베르실로프는 그때마다 자신의 운명을 큰소리로 저주하곤 했다. 바로 그 점에는 나도 그와 전적으로 동감이었다. 내 방까지는 스며들지 않았지만, 나 역시 그 냄새가 매우 싫었다. 나는 위쪽의 지붕 바로 밑에 있는 조그마한 방에 살고 있었는데, 그리로 올라가려면 매우 가파르고 삐걱거리는 계단을 타고 기어올라가야 했다. 내 방의 정경은 그래도 볼 만한 것이 있었다. 반달형으로 되어 있는 창문과 나지막한 천장이 정취를 자아냈고, 밤이 되면 루께리야가 그 위에 시트를 깔아 주고 베개를 놓아 주는 방수포를 씌운 소파가 있었다. 그 외에 가구라고는 판자로 적당히 만든 탁자 하나와 구멍이 잔뜩 나 있는 등의자가 두 개 있었다.

물론 예전에 잘살던 시절에 사용하던 물건이 아직은 몇 개 남아 있었다. 예를 들어 거실 탁자 위에는 아름다운 도자기 램프가 놓여 있었으며, 벽에는 드레스덴에서 만든 마돈나가 그려진 아주 보기 좋은 커다란 판화[28]가 걸려 있었다. 또 그 맞은편 벽에는, 플

로렌스 대사원에 있는 청동으로 만들어진 대문을 찍은 커다란 사진이 걸려 있었다. 그리고 방 한구석에는 오래된, 조상으로부터 물려받은 많은 성상을 넣은 성상궤가 걸려 있었다. 그(모든 성인들의) 성상 중의 하나는, 겉 표면이 금박으로 씌워져 있는 은으로 만든 제복을 걸치고 있었다. 바로 그것이 전당포로 가져가려던 것이다. 또 하나의 성상은 성모상으로, 표면에 진주를 박은 융단으로 된 옷을 입고 있었다. 이들 성상 앞에는 촛대가 걸려 있어 축제일이 되면 거기에 등불을 켜 달았다. 베르실로프는 그 성상들이나, 그것들이 지니고 있는 종교적 의미에 대해서는 이렇다 할 관심을 보이지 않았다. 그러나 이따금 자신의 감정이 격해질 때면, 성상의 금색 제복에서 반사되는 빛이 성가시다고 얼굴을 찌푸리며, 그것 때문에 자신의 시력이 점점 나빠지고 있다고 불평을 늘어놓았다. 그렇지만 그는 어머니가 성상에 촛불을 켜서 다는 것을 못하게 하진 않았다.

집에 돌아오면 보통 나는 아무 말 없이 그저 적당히 한쪽 편에 어두운 시선을 던져 보이고는 내 방으로 들어간다. 어떤 때는 인사도 없이 들어가는 일도 있었다. 집에 돌아오는 시간은 항상 지금보다는 이른 편이었고, 식사는 주로 내 방에서 하였다. 그런데 오늘은 집에 들어서자마자 나도 모르게 입에서 〈다녀왔어요, 어머니〉하는 말이 나왔다. 지금까지 한 번도 그런 말을 한 적이 없었다. 그 말을 한 후에 약간 계면쩍어서 어머니의 얼굴을 제대로 바라보지 못하고 거실의 한쪽 구석에 가서 앉았다. 몸이 상당히 피곤했지만 미처 거기에 생각이 닿지 않았다.

「이 버릇없는 친구는 인사하는 태도가 여전하군. 전과 똑같애.」 따찌야나 빠블로브나가 내게 잔소리를 퍼부었다. 그녀의 심한 잔소리는 이전부터 죽 그래 왔기 때문에 별로 새삼스러운 반

28 도스또예프스끼가 좋아했던 미술 작품 중의 하나인 라파엘로의 「시스티나의 마돈나」를 일컫는다.

응을 할 필요도 없었다.

「안녕하······.」 어머니는 예상치 못한 내 인사에 당황하여 얼버무리듯 대답했다.

「식사는 벌써 준비돼 있어요.」 어머니는 어쩔 줄 모르고 쩔쩔맸다. 「수프가 식지 않았으면 좋겠는데, 커틀릿은 내가 곧 말해서······.」 어머니는 벌떡 일어서서 부엌으로 나가려고 했다. 그런데 그때 처음으로, 아마도 내가 온 지 한 달 만에 처음인 것 같았는데, 나는 어머니의 허둥거리는 모습을 보고 갑자기 부끄러운 생각이 들었다. 하지만 지금까지 내가 그렇게 요구했기 때문에 어머니가 그렇게 행동하는 것이었다.

「저, 감사합니다, 어머니. 식사는 하고 왔어요. 방해가 되지 않는다면 여기서 좀 쉬겠어요.」

「아이, 참······ 그 무슨 소리예요······. 괜찮으니 편히 쉬어요······.」

「이제 아무 염려 마세요, 어머니. 다시는 안드레이 뻬뜨로비치에게 버릇없이 행동하지 않겠습니다.」 나는 단숨에 말했다······.

「아하, 꽤 점잖게도 말하는구나!」 따찌야나 빠블로브나가 큰소리로 말했다. 「소냐, 도대체 얘가 누군데 아직도 얘한테 당신 어쩌고저쩌고 하며 존칭을 쓰고 있어? 어떻게 친어머니가 자식에게 그런 경어를 쓰지? 그리고 얘 앞에서 어쩔 줄 모르고 쩔쩔매기나 하고, 부끄럽지도 않아!」

「아주머니 말이 맞아요, 어머니. 그냥 편하게 너라고 부르세요.」

「글쎄, 그렇다면 좋아요. 이제부터는 그렇게 하겠어요.」 어머니는 당황해서 말했다. 「나도 늘 마음속으로는 그렇게 하려고 마음먹었는데. 이제부터는 꼭 명심하겠어요.」

벌게진 어머니의 얼굴을 보며 이따금 그러하듯 나는 묘한 매력을 느꼈다······. 어머니의 얼굴은 소박하면서도 영리해 보이는 편이었다. 그렇지만 얼굴빛이 다소 창백해 건강해 보이지는 않았다. 아주 야위어 버린 양쪽 볼은 움푹 패고, 눈 주변은 아직 그렇지 않지만 이마에는 잔주름이 자글자글하였다. 그래도 커다랗고 맑은 두 눈은 은은하고 침착한 빛을 담고 있었다. 어머니를 처음 만났을 때부터 그 눈빛이 아주 편안하게 느껴졌다. 그리고 어머니의 얼굴에 우울한 기색이나 근심 어린 그림자가 전혀 배어 있지 않은 점도 아주 마음에 들었다. 만일 어머니가 특별하지도 않은 일에 그렇게 자주 놀라거나, 어떤 사람의 이야기에 귀를 기울이다가 그 일이 좋은 결말을 냈다고 할 때까지 조바심내지 않는다면, 아마도 훨씬 더 평온한 분위기를 가질 수 있을 것이다. 그녀에게 모든 일이 순조롭다는 것은 바로 〈일상의 모든 일이 시종여일하다〉는 의미였다. 모든 일에 변함이 없었으면 좋겠다. 설령 그것이 행복한 것일지라도 특별히 새로운 변화가 일어나지 않았으면 좋겠다는 것이다……. 아마도 어머니가 어렸을 때 무언가 커다란 일로 매우 놀랐던 적이 있지 않았나 하는 생각이 들었다. 그녀의 맑은 두 눈 이외에 내 마음에 든 것은 갸름한 얼굴 모양이었다. 만약 얼굴의 광대뼈가 약간만 덜 나왔더라면, 젊었을 때뿐만 아니라 지금까지도 어머니는 미인이라 할 수 있을 것이다. 어머니는 아직 서른아홉을 넘기지 않은 나이임에도 불구하고 벌써 밤색 머리카락 속에 흰머리가 눈에 많이 띄었다.

따찌야나 빠블로브나는 아직도 마음이 풀리지 않았는지 화난 표정으로 어머니를 쳐다보았다.

「어린아이한테 그게 무슨 태도예요, 정말! 왜 그렇게 애 앞에서 쩔쩔매느냔 말이에요! 소피야, 당신은 참 이상해요. 정말 이해가 되질 않아!」

「새삼스럽게 그런 걸 가지고 왜 애한테 야단하세요, 따찌야나 빠블로브나! 지금 그냥 가볍게 말씀하시는 거지요?」 따찌야나 빠블로브나의 얼굴에서 희미한 미소 같은 것을 발견하고 어머니는 말을 덧붙였다. 종종 따찌야나 빠블로브나가 말하는 독설은 말 그대로 받아들여서는 안 될 때가 있었다. 그녀의 희미한 미소는

(실제로 미소를 지었다면) 어머니를 향해 지은 것이었다. 그녀는 어머니가 지니고 있는 따뜻한 성품을 사랑하기 때문이다. 그리고 나도 그 순간 예상치 못한 나의 다소곳한 태도 때문에 어머니가 행복에 겨워하고 있음을 느낄 수 있었다.

「저도 아주머니가 가만히 있는 사람을 공격하면 가만히 있을 수가 없어요, 따찌아나 빠블로브나. 제가 막 집에 돌아와 이때까지 한 번도 해본 적이 없는 〈다녀왔어요, 어머니〉라는 말을 꺼내자마자 당신이 시비를 걸었거든요.」마침내 적절한 기회를 찾아 내가 말을 꺼냈다.

「저것 봐요.」 그녀는 당장 화를 내기 시작했다. 「쟤는 자기가 마치 무슨 큰일이나 한 것처럼 생각하나 봐요? 그래 네가 생전 처음 공손하게 인사했다고 해서 네 앞에 무릎이라도 꿇으란 말이냐? 그래, 집에 들어와서 늘 한쪽 구석을 바라보는 게 공손한 인사니? 네가 어머니 앞에서 제멋대로 군다는 것을 내가 모를 줄 알아! 그리고 내게도 인사쯤은 해야 되지 않니? 나는 네 기저귀를 갈아 주기도 했고, 거기다가 나는 네 대모란 말이야.」

나는 그녀의 말에 대답할 필요가 없었다. 천만다행히도 바로 그때 여동생이 들어왔기 때문에 나는 재빨리 동생에게 말을 걸었다.

「리자, 오늘 바신을 만났다. 그 친구가 너에 대해서 묻더구나. 너 그 사람을 아느냐?」

「네, 작년에 루가에서 만났어요.」 동생은 아주 짧게 대답하며 내 옆에 앉더니 다정하게 나를 쳐다보았다. 나는 왠지 바신에 대해 이야기를 하면 곧 동생의 얼굴이 붉게 물들 것이라고 생각하고 있었다. 여동생은 금발머리였는데, 어머니나 아버지 중에 누구도 전혀 닮지 않은 밝은 금빛이었다. 그러나 눈과 얼굴 모양은 어머니와 아주 흡사하게 갸름했다. 콧날도 아주 반듯하고 적당히 보기 좋은 모양이었다. 그리고 그녀에게는 어머니와 또 다른 특징이 있었는데, 얼굴에 주근깨가 많았다. 그녀는 베르실로프와 닮은 점이 별로 없었다. 다만 키가 크고 날씬하며 걸음새가 아주 경쾌하다는 것 정도가 유사하였다. 동생은 나와는 전혀 닮은 데가 없어, 서로 다른 두 개의 양극 같았다.

「그분을 안 지는 석 달쯤 됐어요.」 리자가 덧붙였다.

「지금 바신에게 그런 극존칭을 쓰는 거냐, 리자? 그런 경우에는 극존칭을 쓰지 말고 그냥 그 사람의 이름을 부르면 된다. 미안하다, 리자. 하지만 네 교육을 너무 등한히 하는 것 같아서 나는 괴로워.」

「어떻게 네 어머니 앞에서 그런 말을 할 수 있니?」 따찌야나 빠블로브나가 갑자기 화를 냈다. 「공연한 소리 하지 마라. 그런 교육은 절대로 등한히 한 적 없으니까.」

「저는 지금 어머니께서 들으시라고 하는 말이 아니에요.」 나는 내 주장을 굽히지 않았다. 「어머니, 저는 리자에게서 이따금 또 하나의 어머니 같은 기운을 느껴요. 어머니는 리자를 그 자상한 성품으로나 기품으로나 아주 잘 키우셨어요. 그런데 그 모습은 아마도 예전에나 지금이나, 앞으로도 영원히 계속될 바로 당신의 모습 그대로예요……. 제가 말하고자 하는 것은 외적인 허례 허식에 대해 비판한다는 말입니다. 물론 그런 것들이 역시 필요는 하겠지요. 다만 제가 화가 치미는 것은 베르실로프의 영향 때문이에요. 리자가 〈바신 씨〉라고 하지 않고 〈그분〉이라는 극존칭을 써서 말해도 아마 베르실로프는 아무 말도 하지 않을 거예요. 바로 그런 태도가 그 양반이 얼마나 오만하고 우리 일에 무관심한지를 반증하는 것이라고요. 그러한 것이 바로 제 감정을 긁어 놓는단 말이에요!」

「예절이라곤 전혀 없는 곰 주제에 무슨 예절을 가르치겠다고 그래. 그리고 지금부터는 어머니 앞에서 〈베르실로프〉라고 함부로 이름을 부르는 무례한 짓은 그만두시게나 젊은 나리, 내 앞에서도 물론이고. 이건 정말 참을 수 없는걸!」 따찌야나 빠블로브나는 눈을 부릅떴다.

「어머니, 저 오늘 월급 탔어요. 50루블이에요. 받아 두세요. 자 여기 있습니다.」

나는 가까이 가서 어머니께 돈을 내밀었다. 그녀는 곧 불안해하기 시작했다.

「받아도 되는 건지 모르겠네!」 돈을 받기를 주저하면서 어머니가 말했다.

나는 그 이유를 알지 못했다.

「무슨 말씀이세요, 어머니. 어머니와 동생이 저를 가족의 일원인 아들이나 오빠라고 생각한다면……」

「아이 참, 내가 잘못했어, 아르까지. 실은 네게 사실대로 말한다면, 네가 너무나 두려워서……」

어머니는 약간 겁에 질린 듯이 억지 웃음을 지으면서 그렇게 말했다. 나는 그 이유를 알 수 없었다. 그렇지만 어머니의 말을 잘랐다……

「그런데, 어머니. 오늘 법원에서 안드레이 뻬뜨로비치와 소꼴스끼 집안 사이에 걸린 소송 사건의 판결이 난다는 것을 알고 있어요?」

「알고 있지!」 이렇게 말하더니 어머니는 놀란 듯한 표정을 지으며, 두 손바닥을 앞에 모았다(이것은 그녀의 버릇이다).

「그게 오늘이야?」 따찌야나 빠블로브나는 갑자기 온몸을 떨고는 어머니에게로 몸을 돌리며 말했다. 「그럴 리가 없을 텐데. 만일 그렇다면 그이가 말했겠지. 소피야, 당신에게는 말했어요?」

「아뇨. 오늘이라고는 말하지 않았어요. 그러나, 이 일주일 동안 내내 나는 걱정이 됐어요. 가령 소송에서 지더라도 어서 빨리 그 일을 잊어버리고 다시 이전대로 되게 해달라고, 나는 그것만 기원하고 싶어요.」

「그러면 당신에게도 말하지 않았군요. 어머니!」 내가 소리쳤다. 「어떻게 사람이 그럴 수가 있지요! 그것이 바로 그가 냉담하고 오만하다는 증거예요. 내가 지금 말했지요?」

「그래, 오늘 판결이 난다니, 어떻게 됐을까?」 따찌야나 빠블로브나가 꼬치꼬치 캐물었다. 「누가 그걸 네게 말했니? 어서 말을 해봐!」

「본인에게 직접 들으세요! 아마 당사자가 직접 이야기해 줄 테니까요.」 현관 쪽에서 들려오는 그의 발자국소리를 듣고 나는 그렇게 말하고는 서둘러 리자 옆에 앉았다.

「오빠, 제발 부탁이에요. 엄마를 생각해서라도 안드레이 뻬드로비치에 대해서 무조건 참으세요. 네…….」 여동생이 속삭였다.

「그래, 알았어. 나도 그렇게 하려고 생각하고 있어.」 나는 동생 쪽으로 몸을 돌려 그녀의 손을 꼭 잡았다.

리자는 도무지 믿을 수 없다는 표정으로 나를 쳐다보았다. 그리고 그녀의 짐작이 맞았다.

2

그는 아주 유쾌한 표정을 지으며 들어왔다. 자신의 만족스런 표정을 감출 필요를 못 느낄 만큼 아주 느긋한 표정이었다. 비교적 최근에 그는 우리에게 엄숙한 태도를 보이지 않고 자신의 결점까지도 있는 그대로 보이는 것을 꺼리지 않았다. 아마도 어떠한 상황에서도 우리가 자신의 입장을 십분 이해해 주리라는 것을 깨달았기 때문인 것 같다. 따찌야나 빠블로브나가 지적한 바에 의하면, 그는 최근 1년 동안 자신의 복장에 기울이는 관심이 아주 약해졌다고 한다. 그의 옷차림은 늘 단정하였지만 옷은 이미 낡은 것이었고 산뜻한 맛이 없어졌다는 것이다. 그 말은 사실이었다. 심지어 같은 내의를 이틀씩 입기도 했다. 어머니는 그의 그러한 변화를 슬퍼하기까지 했다. 그들은 그것이 그가 도저히 할 수 없는 자기 희생에서 비롯된 것이라고 여겼으며, 이 헌신적인 여자들은 그것을 마치 그의 신사도라도 되는 것처럼 생각했다. 그는 항상 차양이 넓은 검은색 중절모를 쓰고 다녔다. 그가 현관에서 모자를 벗으면 숱이 많은 은발의 머리카락이 그의 머리 위에서 춤추듯 너울대며 움직였다. 나는 그가 모자를 벗을 때, 그의 머리카락이 흔들리는 모습을 바라보는 것이 좋았다.

「다들 모여 무슨 얘기들을 그렇게 재미있게 하고 있었어. 어, 저 친구까지 끼여 있었군? 현관에 들어설 때부터 벌써 저 친구의 목소리가 들리더니, 아마 나를 욕하고 있었던 모양이지?」

그의 기분이 아주 좋다는 징후를 느낄 수 있는 것은, 그럴 때마다 그가 내게 이기죽거리며 말을 걸었기 때문이다. 물론 나는 그의 말에 대꾸하지 않았다. 그때 루께리야가 이런저런 꾸러미가 잔뜩 들어 있는 커다란 보따리를 가지고 들어와 탁자 위에 올려놓았다.

「이겼소, 따찌야나 빠블로브나. 내가 재판에서 이겼어요. 공작 측에서는 더 이상 상고하지 못할 거요. 이젠 모든 게 내 거요! 그래서 우선 당장 1천 루블을 차용해 왔소. 소피야, 이제 눈을 그만 피곤하게 하고, 일은 그만두도록 해요. 리자, 일은 다 끝내고 온 거냐?」

「네, 아버지.」 정겨운 태도로 리자가 대답했다. 그녀는 그를 아버지라고 자연스럽게 불렀지만, 나는 전혀 그렇게 하고 싶은 마음이 없었다.

「고단하지?」

「네.」

「이제 직장을 그만두거라. 내일부터는 나가지 말아라. 아주 그만두도록 해.」

「아버지, 그렇게 하면 저는 도리어 안 좋아요.」

「제발 그렇게 해라……. 나는 여자가 일하는 건 견딜 수 없어 그래요, 따찌야나 빠블로브나.」

「일하지 않고 어떻게 해요? 그리고 여자는 일을 하면 안 된다니……!」

「알아요, 알고 있어요. 분명히 그 말이 맞아요. 그리고 정말 그래요. 그 점에 관해서 나도 전적으로 동의한다는 것을 미리 말해 두지요. 다만 나는 수예에 대해서만 말하고자 하는 것이오. 그런데 이상하게도 말이오, 아마 어렸을 때의 병적이고 부정확한 인상 때문일 거야. 내가 대여섯 살쯤 되었을 무렵의 흐릿한 기억 중에서, 지금도 제일 자주 생각나는 것은, 물론 그걸 생각할 때마다 혐오감을 느끼지만, 지체 높은 부인들이 둥그런 탁자에 둘러앉아 엄숙한 표정을 지으며 심각하게 의견을 나누는 장면이나 그리고 가위, 헝겊, 표본 종이, 유행 양식을 그린 그림 등등이 놓여 있던 정경이야. 그들은 위엄 있게 천천히 고개를 흔들면서 이렇게저렇게 말을 하면서 치수를 재고 계산을 하고 재단을 하곤 했어. 그럴 때면 내게 정겹게 대해 주던 사랑하는 사람들의 정다운 얼굴이 어느 한순간에 갑자기 옆에 감히 다가설 수도 없을 만큼 무서운 표정으로 변한단 말이야. 그러다가 내가 장난이라도 시작하면, 당장에 밖으로 내몰리고 말았지. 그 순간에는 불쌍한 내 보모까지도 한 손으로 나를 꼭 붙잡아 꼼짝 못하게 해놓고서는, 마치 천상에라도 있는 것처럼 그쪽만 바라보면서 단 하나의 소리도 놓치지 않을 듯이 귀를 기울이는 거야. 그 지체 있는 사람들의 엄정한 표정과 재단하기 전의 그 엄숙한 분위기는 지금 다시 생각해도 왜 그런지 나를 아주 속박하는 듯해. 따찌야나 빠블로브나, 당신은 지독히도 재단하기를 좋아하지요! 아무리 귀족적이라는 말을 들어도, 나는 역시 전혀 일하지 않는 여자가 더 좋아. 소피야, 자기 이야기를 한다고 생각지 말아요……. 당신은 다르지! 그렇게 하지 않아도 여성들은 위대한 힘을 가지고 있어요. 소냐, 당신도 그러한 기분을 잘 알고 있겠지. 그런데 아르까지 마까로비치, 당신의 의견은 어떠십니까, 아마 내 의견에 반대하시겠지요?」

「아뇨, 전혀 반대할 것이 없군요.」 나는 대답했다. 「여성들이 위대한 힘을 가지고 있다는 표현은 아주 적절한 것입니다. 물론 왜 그것을 일과 결부시키는지는 모르겠습니다만. 그러나 돈이 없으면 일을 해야 한다는 사실을 자신도 잘 알고 계시지 않나요?」

「그런가, 그럼 그걸로 그만 해두지.」 그는 어머니 쪽을 돌아보았다. 어머니는 아주 밝은 표정을 지어 보였다(그가 내게 말을 걸었을 때, 그녀는 흠칫 온몸을 떨었다). 「적어도 당분간은 당신의 일하는 모습이 내 눈에 띄지 않게 해줘. 부탁이니 나를 위해서 그렇게 해주구려. 그리고 아르까지, 너는 현시대의 청년이니 아마 어느 정도는 사회주의자겠지. 그런데 네가 동의할지 모르지만, 사실 누구보다도 놀면서 지내기를 좋아하는 것은 영원히 노동을 계속하고 있는 계층의 사람들이 아니겠니!」

「노는 것이 아니라, 아마 휴식을 취하는 것이겠지요.」

「아니, 놀고 있는 거야. 전혀 아무 일도 안 하면서 말이야. 그것이 바로 그들의 이상이거든! 나는 일반 서민층 출신은 아니지만, 계속해서 노동을 해야 할 근로 생활자 한 사람을 알고 있었지. 그는 상당히 지능이 높고, 세상 사는 이치를 아는 사람이었어. 그런데 그 사람은 평생 동안, 아마도 매일같이, 전혀 일을 안 하고도 살 수 있는 생활을 누릴 생각에 완전히 빠져 들어 있었지. 이를테면, 자신의 공상을 한없이 확장하여, 그 어떤 간섭도 안 받는 극도의 분방한 생활, 환상에만 매달릴 수 있는 영원한 자유, 그리고 아무 일도 안 하고 공상에만 빠져 있을 수 있는 생활에 젖어 들어 갔지. 그런 꿈을 계속 꾸면서 일하다가 결국에는 완전히 몸을 상해 버렸고, 도저히 고칠 수가 없었어. 그래서 그만 병원에서 죽어 버렸지. 가끔씩 나는 진심으로 이런 결론을 내리고 싶을 때가 있어. 즉, 노동의 즐거움이니 하는 것을 생각해 낸 것은 결국 아무 일도 안 하면서 무위도식하는 사람들이라고. 물론 그들은 아주 선량하기 이를 데 없는 사람들이겠지만. 이것은 지난 세기 말에 풍미했던 〈제네바 사상〉[29] 중의 하나야. 따찌야나 빠블로브나, 그저께 나는 신문에서 광고 하나를 오려냈어요. 자 여기 있어요(그는 조끼 주머니에서 신문 조각을 끄집어냈다). 이것은 고전과 수학을 알고 있고, 다락방이든 어디든 서슴지 않고 들어갈 수 있는 헤아릴 수 없을 만큼 흔한 이 시대의 〈대학생〉 중의 한 사람이 쓴 것이지요. 한번 들어 봐요. 〈여선생. 모든 학교의 입시 준비(끝까지 들어 보세요) 및 수학을 개인 교습할 수 있음.〉 단 한 줄의 광고라도 멋지지 않아요! 모든 학교의 입시 준비를 지도한다면, 물론 수학도 포함되었을 것 아닙니까? 그런데 이 수학이라는 어구에 특별한 의미가 있는 거지요. 이것은 벌써 완전한 기아 상태입니다. 이건 극도의 곤경에 있다는 증거입니다. 그녀의 이 서툰 표현이 오히려 감동적이군요. 아마 당사자는 스스로 교사가 되려고 생각한 적도 없었을 것이고, 자신에게 누구를 가르칠 능력이나 있는지 의심스러울 거예요. 그러다가 이제 더 이상 어찌할 수 없는 절박한 심정으로 수중에 있는 마지막 1루블을 투자해서, 모든 학교의 입시 준비를 시킨다느니, 게다가 또 수학 개인교사까지 할 수 있다느니 하는 광고를 신문에 낸 겁니다. 이 세상 도처에, 각기 다른 사정이 있다Per tutto mondo e in altri siti라는 겁니다.」

「안드레이 뻬뜨로비치, 만약 그런 경우라면 어떻게 해서라도 도와줘야지요! 그녀가 어디에 살고 있는지 알아요?」 따찌야나 빠블로브나가 큰소리로 물었다.

「이런 경우는 얼마든지 있어요!」 그는 광고 문안을 호주머니에 넣어 버렸다. 「여기 속에 들어 있는 건 전부 선물이야. 리자, 네게 줄 것이 있다. 그리고 당신 것도 있어요, 따찌야나 빠블로브나.

---

29 루소가 주창하여 일반화시킨 사상을 말함.

소피야하고 나는 단 것을 좋아하지 않아요. 그리고 거기 젊은이, 자네 것도 있네. 모두 내가 직접 옐리세예프와 발레의 상점에서 산 것들이야. 루께리야 말처럼 우린 너무나 오랫동안 〈굶주리고 지냈단〉 말씀이야(N. B.[30] 그 어느 때도 우리는 아무도 굶주리지 않았어). 그 속에는 포도도 들어 있어. 그리고 아주 좋은 과실주까지 샀지. 그리고 또 호두도 있어. 참 묘하게도 나는 아주 어릴 때부터 줄곧 호두가 그렇게도 좋아. 그것도 말이오, 따찌야나 빠블로브나, 제일 평범한 종류가 말이오. 리자도 나를 닮아서 다람쥐처럼 호두 까먹기를 좋아해요. 그러나 따찌야나 빠블로브나, 무엇보다 매혹적인 것은 말이오, 어릴 때의 일을 회상하다가 문득 자신이 숲속에서 호두를 따고 있는 듯한 착각을 일으킬 때이지요…… 벌써 완연한 가을 날씨인데, 일기가 청명하고 매우 신선한 기분이 드는 어느 날 숲속 깊숙이 들어가 여기저기를 헤매는데, 주위에서는 가지각색의 나뭇잎들이 냄새를 풍긴다면…… 아르까지 마까로비치, 어쩐지 자네의 눈시울이 뜨거워지는 것같이 보이는데!」

「유년 시절의 처음 몇 해는 저 역시 시골에서 지냈지요.」

「그랬던가, 자네는 모스끄바에서 살고 있었던 것 같은데…… 내가 잘못 생각했나?」

「당신이 오셨을 때는 모스끄바에 있는 안드로니꼬프의 집에서 살고 있었지만, 그 이전까지는 돌아가신 당신의 바르바라 스쩨빠노브나 아주머니 댁에서 시골 생활을 했어요.」 따찌야나 빠블로브나가 말을 가로챘다.

「소피야, 여기 돈이 있어, 넣어 둬요. 며칠 사이에 또 5천 루블을 준다고 약속했어.」

「그러면, 공작댁은 이제 아무런 희망이 없나요?」 따찌야나 빠

---

[30] N. B.는 라틴 어 〈잘 주목하라〉라는 뜻의 〈nota bene〉의 약자.

블로브나가 물었다.

「아무런 희망도 없어요, 따찌야나 빠블로브나.」

「나는 늘 당신에게 동정심을 가지고 대해 왔어요, 안드레이 뻬뜨로비치. 그리고 댁의 모든 가족과도 친하게 지내 왔어요. 그러나 나와 커다란 친분이 있는 것은 아니지만 공작댁 사람들이 안됐어요. 화내지는 마세요, 안드레이 뻬뜨로비치.」

「나는 그 사람들과 유산을 나눌 생각은 없어요, 따찌야나 빠블로브나.」

「물론 당신은 내가 속으로 어떤 생각을 하고 있는지 알고 계시겠지요, 안드레이 뻬뜨로비치. 당신이 처음부터 유산을 절반씩 나누자고 제안하셨더라면, 그분들은 소송을 중지했을 겁니다. 그러나 지금에 와서는 물론 늦었지요. 내가 지금 무슨 시비를 가리자고 하는 말은 아니에요……. 다만 나는 고인이 자신의 유언장에서 그분들을 무시했을 리 없다고 생각하기 때문이지요.」

「그 사람들에게 아무것도 남기지 않기보다는 오히려 아마 모든 재산을 나만 빼고 그 사람들에게 물려주었겠지요. 물론 그 사람이 재산을 적절하게 처리할 줄 알고 유언장을 제대로 쓸 줄 알았더라면 그랬을 테지요. 그러나 이제 법률은 내 편입니다. 그리고 모든 일이 끝났어요. 이제 와서 유산을 나눌 수도 없지만, 나 역시 그럴 생각이 추호도 없어요. 따찌야나 빠블로브나, 이것으로 모든 일이 끝난 겁니다.」

약간 역정 섞인 어투로 그는 단정하듯이 말했다. 이런 태도는 그에게서 드물게 보는 것이었다. 따찌야나 빠블로브나는 입을 다물고 아무 말이 없었다. 어머니는 수심에 차서 아래만 쳐다보고 있었다. 베르실로프는 어머니가 따찌야나 빠블로브나의 의견에 동조하고 있다는 것을 알고 있었다.

〈그와 같은 결정을 내린 데에는 엠스에서의 그 모욕적인 사건이 영향을 미쳤구나!〉 나는 마음속으로 생각했다. 끄라프뜨가 받아서 내게 건네준, 지금 내 호주머니 속에 들어 있는 그 서류가 만일 그의 수중에 들어간다면, 이 상황에서 그 서류는 더 이상 중요한 의미를 가질 수 없을지도 모른다. 그러한 생각이 들자 나는 이 일이 내 마음을 더욱 뒤엉키게 하고, 어느새 다른 모든 일들과 합쳐져서 나를 더 초조하게 만들고 있다는 것을 깨달았다.

「아르까지, 나는 네가 옷차림을 좀 더 잘 갖추었으면 좋겠구나. 물론 지금도 옷차림이 꼭 나쁘다고는 할 수 없지만 앞으로를 위해 좀 더 세밀하게 신경을 썼으면 좋겠다는 생각이다. 마침 내가 아는 생각이 깊고 세련된 감각을 가진 프랑스 사람이 있으니 소개해 주마.」

「제발 제게 그런 제안은 하지 말아 주세요.」 나는 내뱉듯이 불쑥 말했다.

「이유가 뭐냐?」

「물론 제가 그 제안을 굴욕이라고 여기는 것은 아닙니다만, 우리는 사물을 바라보는 관점이 일치하지 않잖아요. 오히려 반대로 우리의 관점은 사사건건 서로 다르지 않습니까. 그리고 2, 3일 내에 공작댁에 다니는 것도 그만둘 생각입니다. 거기서는 제가 해야 할 일이 아무것도 없습니다.」

「그 댁에 가서 공작하고 함께 앉아 있는 것……. 그 자체가 네 일이잖니!」

「그렇게 생각하시는 자체가 제겐 굴욕적입니다.」

「글쎄 잘 모르겠구나. 그러나 네가 그처럼 마뜩찮다면, 그냥 그 댁에 다니기만 하고 돈을 받지 않으면 되잖아. 네가 그만둔다면 공작이 매우 서운해 할 게다. 그는 벌써 네게 몹시 애착을 가지고 있어, 정말이야……. 물론 네가 스스로 결정할 일이지만…….」

말은 그렇게 하지만 그는 분명 언짢은 듯했다.

「당신은 돈을 받지 말라고 하시지만, 당신 때문에 오늘 저는 비열한 짓을 했어요. 당신이 미리 말해 두지 않으셨기 때문에, 저는 오늘 그분에게 이달분 봉급을 청구했지요.」

「그러면 너는 벌써 그런 생각을 했었다는 거구나. 사실 나는 네가 돈을 청구하리라고는 생각지도 않았다. 어쨌든 요새 젊은 친구들은 빈틈이 없어! 도대체 요즈음은 청년다운 맛이 있는 청년이 없어요, 따찌야나 빠블로브나.」

그는 아주 불쾌해 했다. 나 역시 그의 반응을 보고 화가 치밀어 올랐다.

「저는 당신과 모든 문제를 정리하고 싶습니다……. 당신이 제가 그렇게 하도록 만들었습니다. 저는 이제부터 어떻게 해야 할지 모르겠어요.」

「그건 그렇고, 소피야, 어서 아르까지에게 그 60루블을 돌려줘요. 그리고 너도 내가 성급하게 돈을 돌려준다고 화내지는 말아라. 네 표정을 보고 내가 판단하기에는, 지금 너는 마음속으로 무언가를 계획하고 있는 것 같은데……. 아마 그 돈이 필요할 것 같구나……. 아무튼 네가 계획하고 있는 것에 투자하는 게 어떻겠니.」

「제 얼굴에 무엇이 씌어져 있는지는 모르지만, 어머니가 그 돈에 대해 당신에게 얘기하리라고는 미처 생각하지 못했어요. 제가 그렇게 단단히 부탁했었는데.」 나는 눈을 번쩍이면서 어머니를 바라보았다. 내가 얼마나 모욕을 느꼈는지는 형용할 수도 없다.

「아르까샤, 미안하구나. 하지만 아무래도 말하는 게 좋을 것 같았어…….」

「이 친구야. 어머니가 네 비밀을 말했다고 해서 그렇게까지 할 필요는 없잖아.」 그는 내 쪽을 바라보았다. 「더욱이 좋은 생각으로 한 일인데……. 어머니로서는 아들의 착한 성품을 자랑하고 싶지 않았겠니. 네가 믿지 않을지도 모르지만, 이런 일이 생기지 않았더라도 나는 네가 어느 정도의 돈을 가지고 있으리라고 짐작했다. 네 내면의 비밀은 있는 그대로 너의 그 정직한 얼굴에 나타나거든. 따찌야나 빠블로브나, 이 아이에게는 〈자신의 이념〉이 있어요. 내가 벌써 말했었지요.」

「제 내면에 관한 얘기는 하지 마세요.」 나는 여전히 내뱉듯이 말했다. 「당신에게 통찰력이 있다는 것은 저도 알아요. 어떤 경우에는 자기 앞에 있는 것밖에 보지 못하지만 말입니다. 어쨌든 당신의 통찰력에는 놀랐어요. 그래요, 제게는 〈저만의 이념〉이 있어요. 당신이 그렇게 표현한 것은 물론 우연이겠지만, 나는 그것을 인정하기를 두려워하지 않습니다. 제게는 저 자신만의 〈이념〉이 있어요. 남들이 그것을 안다고 해도 조금도 두렵지 않고, 또 그것에 대해 부끄럽게 생각지도 않습니다.」

「전혀 부끄러워할 일이 아니다. 그것은 아주 중요한 일이야.」

「그렇지만 당신에게는 절대로 말하지 않겠어요.」

「말하자면 털어놓을 가치를 인정 못하겠다는 말이겠지. 뭐 말할 필요도 없어. 말하지 않아도 네가 품고 있는 이념의 본질을 잘 알고 있으니까. 대략 이런 내용이 아니겠니. 〈멀리 황량한 벌판으로 나 홀로 떠나리라……〉[31] 따찌야나 빠블로브나! 내 생각에 이 친구의 희망이란 것은…… 로스차일드라든가, 또는 그런 종류의 사람이 되어 자신의 위대함 속에 몸을 감추는 것입니다. 물론 그는 우리에게도 너그러운 기분으로 연금쯤은 주겠지요. 물론 내게는 안 줄지도 모르지만. 그러나 어쨌든 우리는 그를 아주 잠깐씩밖에는 보지 못할 겁니다. 그는 마치 초승달처럼 잠깐 나타났다가는 곧 숨어 버릴 테니까요.」

마음속으로 나는 매우 놀랐다. 물론 그가 든 예는 우연에 지나지 않고, 로스차일드란 이름을 말하긴 했어도 실상은 아무것도 모를 것이다. 그리고 그가 말한 내용도 내가 생각하고 있는 것과 전혀 다른 내용이다. 그렇지만 모든 사람들과 인연을 끊고 몸을

---

31 러시아 시인 M. V. 주보프의 시에서 인용한 구절.

숨기려는 내 의도를 어떻게 그렇게도 정확하게 읽어 낼 수가 있었을까? 그는 모든 것을 미리 예측하고, 미리 앞질러서 그의 독설로 발설함으로써 사실의 비극성을 훼손시켜 버린 것이다. 그런 말을 하면서 그는 상당히 화가 나 있었다. 그것은 조금도 의심할 여지가 없다.

「어머니! 제가 화낸 것을 용서하세요. 그렇게 내색을 하지 않아도 안드레이 뻬뜨로비치의 눈을 속일 수가 없으니 더욱 그런 거예요.」 나는 어색하게 웃음을 흘렸다. 단 한 순간이라도 모든 것을 농담으로 돌리려고 애썼던 것이다.

「지금 네가 웃음을 터뜨린 게 네가 할 수 있는 최선의 것이야. 그렇게 하는 것이 보기에도 좋고 말이다. 나는 진심으로 말하고 있는 거야. 따찌야나 빠블로브나, 이 친구는 무언가 매우 중대한 것을 머릿속에 가지고 있는 것 같은 티를 내고 다녀요. 물론 자신도 그런 표정을 짓는 것을 부끄러워하면서 말입니다.」

「정중히 부탁드리지만 말씀을 삼가 주십시오, 안드레이 뻬뜨로비치.」

「그래 네 말을 받아들이기로 하지. 하지만 모든 것을 한꺼번에 다 말해 버리고 난 뒤 다시는 그 문제를 언급하지 않는 것도 필요하겠지. 네가 모스끄바에서 이리로 온 것은 바로 반기를 들기 위해서였어. 네가 온 목적에 대해 우리가 아는 것은 그런 정도야. 네가 우리를 놀라게 할 그 무엇을 가지고 왔다는 것, 그것에 대해서는 물론 새삼스럽게 말할 생각은 없다. 그리고 너는 한 달 내내, 이 집에서 우리에게 불평을 늘어놓고 있어. 하지만 너는 분명히 총명한 지력을 가진 사람이고 그런 따위의 불평 나부랭이는 그저 시시한 일로 다른 사람들에게 앙갚음할 생각이나 하는 인간들이나 하는 거야. 너는 늘 자신을 닫아 버리려고 하지만, 너의 그 정직한 모습이며 혈색 좋은 뺨은, 네가 구겨진 티가 전혀 없는 눈으로 정면으로 상대방의 얼굴을 바라볼 수 있는 인간이라는 것을 분명히 증명하고 있단 말이다. 이 친구는 일종의 우울병 환자예요, 따찌야나 빠블로브나. 요새 젊은 친구들이 왜 모두 노이로제에 걸려 있는지 나는 모르겠어요.」

「제가 어디서 자랐는지도 몰랐던 당신이, 어떻게 제가 노이로제에 걸렸는지 안단 말입니까?」

「그래 문제의 핵심이 바로 거기에 있었구나. 네가 어디서 자랐는지 내가 완전히 잊어버렸기 때문에, 그래서 화가 났단 말이지!」

「제 얘기가 그런 뜻이 아닌 것을 알잖아요. 사람을 바보로 만들지 마세요. 어머니, 제가 웃음을 터뜨렸다고 해서 안드레이 뻬뜨로비치가 지금 칭찬하셨어요. 그러면 다 같이 한번 웃어 보지요. 이렇게 앉아서 뭐 하겠습니까! 원하신다면 제가 저에 대한 재미있는 이야기를 하나 시작할까요? 지나가 버리면 안드레이 뻬뜨로비치는 제 파란 많은 지난날을 아무것도 모를 테니까요?」

감정을 주체할 수 없을 정도로 나는 화가 났다. 다시는 이렇게 사람들이 모인 자리에 함께 앉아 있지 않을 것이다. 그리고 이제 집을 나가면 다시는 이 집으로 들어오지 않을 것이다. 나는 그것을 잘 알고 있었다. 따라서 이것이 마지막 기회라고 생각하니, 더욱더 참을 수 없게 되었다. 이런 상태로 결말을 맺게 된 것도 순전히 그의 탓이다.

「정말 재미있는 얘기라면, 아주 좋겠구나.」 그가 나를 쏘아보면서 말했다. 「너는 네가 홀로 자랐다는 그곳에 있는 동안에 성품이 많이 거칠어진 것 같구나. 하지만 그래도 네게는 아직 상당히 예의 바른 점이 있어. 따찌야나 빠블로브나, 이 아이가 오늘은 매우 귀엽군요. 그리고 참, 그렇게 애를 써서 꾸러미를 푸시느라 수고 많이 하셨습니다.」

그의 말을 들으면서 따찌야나 빠블로브나는 얼굴을 찡그리고 있었다. 그의 말에 아무런 대꾸도 하지 않고 그녀는 계속 꾸러미를 풀더니, 내놓은 접시에 선물을 나눠 담고 있었다. 어머니는 아주 어색한 표정으로 앉아 있었지만, 우리 사이가 점점 험악해져 가고 있다는 것을 알고 있었다. 그러자 동생이 다시 한번 내 팔꿈치를 슬며시 잡아당겼다.

3

「여러분께 제가 말씀드리고자 하는 것은.」 난 전혀 거리낌없는 표정으로 입을 열었다. 「어떤 아버지가 그의 귀여운 아들과 처음으로 대면했을 때 어떻게 행동했나 하는 이야기지요. 그 일이 바로 〈내가 자라난 곳〉에서 일어났던 것입니다······.」

「이 친구야, 그건 좀 지리한 이야기가······ 되지 않을까? 너도 알겠지만, 모든 일에는 tous les genres 맞는 격이라는 게 있는 법[32]이잖니······?」

「그렇게 언짢은 표정 짓지 마세요, 안드레이 뻬뜨로비치. 제 이야기는 당신이 생각하시는 것과는 전연 다르니까요. 저는 다만 여러분을 웃기고 싶을 뿐이에요.」

「네 말은 지금 하느님도 듣고 계실 게다, 알겠지. 그리고 우리는 네가 우리 모두를 사랑한다는 것을 잘 알고 있어······. 그러니 모처럼 가지는 이 저녁 모임의 화목한 분위기를 깨뜨리지는 않으리라 생각하는데.」 이렇게 중얼거리면서 그는 말을 끝냈다.

「당신은 물론 이번에도 제 얼굴 표정을 보고, 제가 여러분을 사랑한다는 것을 알아냈겠지요?」

「그래, 네 얼굴을 보고서 어느 정도 알게 됐지.」

「좋습니다. 그런데 저는 따찌야나 빠블로브나의 얼굴을 보고

---

[32] 볼테르가 한 말로, 원래의 전문은 〈Tous les genres sont bons hors le genre ennuyeux〉이며, 〈지루한 것만 빼고 다른 모든 것은 참을 만하다〉라는 뜻이다.

서, 아주머니가 저를 마음속으로 사랑하신다는 것을 벌써부터 알고 있었거든요. 그렇게 무서운 눈으로 나를 보지 마세요, 따찌야나 빠블로브나. 그러지 말고 웃자고요! 웃는 쪽이 더 좋아요!」

그녀는 내 쪽을 향해 몸을 돌리더니 약 30초 동안 찬찬히 내 얼굴을 뚫어질 듯 쳐다보았다.

「무슨 의미인지 알지!」 그녀는 집게손가락을 내게 겨누었다. 그러나 그녀의 아주 정색을 하는 태도로 보아, 내가 하려는 농담이 분위기를 깨는 것이어서는 안 된다는 점을 암시하는 것으로 보였다.

「안드레이 뻬뜨로비치, 당신은 우리가 난생 처음 대면했을 때의 일을 설마 잊지 않으셨겠지요?」

「그런데 어쩌면 좋으냐. 나는 벌써 다 잊어버리고 말았는데. 나는 그 점을 진심으로 미안하게 생각한다. 다만 생각나는 것은 언젠가 오래 전에 어디선가 그런 일이 있었다는 희미한 기억뿐이구나……」

「어머니, 기억하지 못하세요? 제가 여섯인가 일곱 살이 될 때까지 자란 시골에 오셨던 일 말이에요. 중요한 점은, 실제로 언젠가 당신이 그 마을로 가셨던 기억이 있는가 하는 것이에요. 그렇지 않다면 제가 그곳에서 처음 당신을 만난 듯한 기억은 그저 제가 꾼 꿈에 불과한 것일까요? 저는 오래 전부터 당신에게 그것을 묻고 싶었어요. 그렇지만 미루어 왔어요. 이제 겨우 때가 온 것입니다.」

「물론이지, 아르까셴까. 물론이지! 그래요, 나는 그곳에 있는 바르바라 스쩨빠노브나의 집에 세 번이나 손님으로 갔지요. 처음 간 것은 네가 태어난 지 겨우 1년쯤 되었을 때였고, 두 번째는 네 살 때, 그리고 다음은 여섯 살 때였어요.」

「그래요, 저는 한 달 동안 내내 그것을 당신에게 묻고 싶었어요.」
어머니는 갑자기 먼 추억을 떠올리면서, 어느새 얼굴이 붉어진 채 정다운 어조로 내게 물었다.

「그러면 아르까셴까, 넌 그 당시의 나를 기억하고 있니?」

「저는 아무것도 기억하지 못하고 아무것도 몰라요. 다만 제 가슴에 당신의 얼굴에서 느낀 무언가가 영원한 기억으로 남아 있어요. 또 당신이 제 어머니라는 의식이 또렷이 새겨진 거지요. 그 마을도 지금은 꿈속처럼 느껴질 뿐이에요. 저는 제 유모까지도 잊었어요. 그 바르바라 스쩨빠노브나는 약간 생각납니다. 왜냐하면 그녀가 밤낮 이가 아파서 헝겊으로 싸매고 있었기 때문이죠. 그리고 또 그 집 둘레에 큰 나무가 있던 것도 생각나요. 아마 보리수였던 것 같아요. 그리고 열어젖힌 창문으로 이따금 강한 햇빛이 들어오던 일, 화단에 가득 피어 있던 꽃, 그리고 좁은 길도 생각나요. 그런데 당신에 대해서는, 어머니, 한순간의 일이기는 하지만 똑똑히 기억해요. 성찬을 받으러 그곳 교회로 데리고 가서 성체를 받들고 성체에 입맞추도록 당신이 저를 안아 올렸을 때의 일을 기억하고 있어요. 그때는 여름이었는데 비둘기 한 마리가 둥근 천장을 가로질러 창문에서 창문으로 날아서 빠져나갔지요……」

「맞아! 정말 그랬어요.」 어머니는 손뼉을 쳤다. 「그 비둘기에 대해서는 지금도 잘 기억해요. 성배 앞에서 네가 갑자기 몸을 떨면서 〈비둘기, 비둘기!〉 하고 소리쳤었지.」

「당신의 얼굴이라기보다는 그 얼굴의 어떤 표정이 제 기억 속에 깊숙이 남아 있었기 때문인지, 그로부터 5년 후 모스끄바에서 아무도 당신이 제 어머니라고 말해 주지 않았는데도 저는 금방 당신을 알아보았어요. 그런데 제가 안드레이 뻬뜨로비치와 처음 만났을 때, 저는 안드로니꼬프의 집에서 생활하고 있었어요. 그때까지 저는 5년 동안 내내 그 집에서 즐겁고 조용한 생활을 했지요. 그 관사에 대해서라면 자세한 것들까지, 그곳에서 자란 나보다 나이가 많은 따님들, 집안 사람들, 또 안드로니꼬프도 잘 기억해요. 그 사람은 닭이라든가 생선, 새끼 돼지고기 같은 식료품을 자루에 넣어 가지고 직접 시내에서 가져오곤 했어요. 그리고 식사 때에는 늘 자기 자랑만 하는 부인 대신 우리에게 수프를 나눠 주곤 해서 우리가 모두 그 일 때문에 웃곤 했는데, 제일 먼저 웃기 시작하는 사람도 바로 그였어요. 거기서는 아가씨들이 제게 프랑스 어를 가르쳐 줬는데, 제가 가장 좋아한 것은 끄릴로프의 우화였어요. 저는 그것을 많이 암송해 가지고 그가 바쁘든 말든 상관없이 곧장 그의 조그마한 서재에 들어가 매일 하나씩 안드로니꼬프에게 그것을 암송해서 들려주곤 했지요. 그런데 안드레이 뻬뜨로비치, 제가 당신을 만나게 된 것도 바로 그 우화 덕택이었어요……. 이제 조금씩 생각이 나시는가 보군요.」

「그래, 얼마쯤은 생각나는구나. 그때 네가 무언가 내게 들려 줬지……. 우화였던가, 아니면 『지혜의 슬픔』[33]의 한 구절이었다고 생각되는데? 아무튼 네 기억력에 대단히 놀랐었지!」

「기억력요! 당연하죠! 저는 그 일 하나만을 이때까지 잊지 않으려고 해왔으니 말이에요.」

「그래 대단하구나, 아주 좋아, 네 덕택에 기운이 나는 것 같구나.」

그러면서 실제로 그는 웃어 보이기까지 했다. 그러자 어머니와 여동생도 곧 그의 뒤를 따라 웃기 시작했다. 신뢰감이 다시 되살아났다. 그러나 선물을 탁자 위에 차려 놓고 한쪽 구석에 앉아 있던 따찌야나 빠블로브나만은 여전히 기분나쁜 눈으로 찬찬히 내 얼굴을 쳐다보고 있었다.

「그 일은 이렇게 되었던 거예요.」 나는 말을 이었다. 「어느 날 아침, 갑자기 저의 어릴 때부터의 친구인 따찌야나 빠블로브나가 저를 데리러 왔지요. 이분은 제가 생각지도 않을 때 마치 무대에 갑자기 나타나는 인물처럼 불쑥 나타나곤 했지요. 그리고 저를

---

33 그리보예도프가 쓴 널리 알려진 희곡(1834).

마차에 태워 가지고 어떤 귀족의 집처럼 보이는 건물 안에 있는 잘 꾸며진 곳으로 데려갔어요. 안드레이 뻬뜨로비치, 당신은 그 무렵, 파나리오또바 부인이 당신에게서 산 그녀의 빈집에서 지내고 있었는데, 그녀는 그때 외국에 가 있었지요. 저는 늘 짧은 상의를 입고 다녔는데, 그때 갑자기 제게 예쁜 푸른색 프록코트와 아주 좋은 옷을 입혔어요. 따찌야나 빠블로브나는 그날 종일토록 저를 돌보았고, 제게 많은 물건을 사주었습니다. 그래서 저는 텅 빈 이방 저방을 돌아다니면서 거울이라는 거울에는 모조리 저의 모습을 비추어 보곤 했지요. 그러다가 다음날 아침 열 시경, 저는 집 안을 여기저기 돌아다니다가 아무 생각 없이 불쑥 당신의 서재에 들어가 보았습니다. 저는 전날 이미 당신의 모습을 보기는 했지만 금방 도착했을 때 계단에서 잠깐 보았을 뿐이었죠. 당신은 마침 계단을 내려가 마차를 타고 어디론가 나가려던 참이었습니다. 그 무렵은 당신이 오랜 외국 생활 후에 잠시 혼자 모스끄바로 돌아오셨을 때라, 여기저기서 당신을 초대했기 때문에 집에는 거의 안 계셨지요. 저와 따찌야나 빠블로브나를 만났을 때, 당신은 길게 끄는 어조로 〈아아!〉라고 말씀하셨을 뿐 걸음을 멈추려고도 하지 않았습니다.」

「이 아이는 지금 특별한 애정을 가지고 이야기하고 있어요.」 베르실로프는 따찌야나 빠블로브나를 향하여 말했다. 그러나 그녀는 외면한 채 대답조차 하지 않았다.

「저는 지금도 멋진 당신의 모습이 눈에 선합니다. 지난 9년의 세월 동안 당신은 놀랍게도 너무나 빨리 늙으셨고, 추하게 되어 버렸어요. 제 느낌을 이렇게 솔직하게 말씀드리는 것을 용서하세요. 물론 그 당시에도 당신은 벌써 서른일곱이셨지만, 저는 온통 정신없이 당신을 쳐다보기만 했던 것입니다. 정말 놀랄 만큼 훌륭한 머리카락이었어요. 흰머리가 한 올도 섞이지 않은, 거의 완전히 검은, 윤기가 반짝이는 머리카락, 콧수염과 구레나룻은 마치 보석으로 만든 장식과도 같았습니다. 그렇게밖에는 달리 표현할 수 없어요. 얼굴은 광택이 없는 창백한 빛깔이었는데, 지금처럼 병적으로 창백한 것과는 달랐지요. 그래요, 바로 오늘 아침에 제가 직접 만날 수 있는 영광을 가졌던 당신의 따님, 안나 안드레예브나의 지금의 얼굴색과 같았지요. 불타는 듯한 검은 눈과 특히 웃을 때면 반짝이던 고른 치아의 모습 등도 유사하고요. 아무튼 제가 방에 들어가자 당신은 저를 쳐다보더니 웃었습니다. 그 당시는 제게 아직 분별이 없었기 때문에 당신의 미소를 보고 제 기분이 들뜨기 시작했지요. 그날 아침, 당신은 벨벳으로 만든 감청색 양복을 입고 목에는 연보라색 스카프를 매었으며, 알란손 레이스 장식이 된 셔츠를 입고서, 메모를 손에 든 채 거울 앞에 서 있었습니다. 그리고 차쯔끼가 말하는 마지막 독백 부분 맨 마지막의 〈마차를, 빨리 마차를!〉 하고 외치는 장면의 대사를 낭독하며 실감 있게 해보려고 애쓰고 있었어요.」

「아아, 참 놀라워.」 베르실로프가 말했다. 「맞아, 저 아이가 말하는 게 모두 기억이 나! 나는 그때 모스끄바에 잠깐 머물고 있었는데, 질레이꼬가 갑자기 아파서 그 사람 대신, 알렉산드라 뻬뜨로브나 비또프또바의 집에서 열린 연극에서 차쯔끼의 역을 하기로 되어 있었어!」

「정말로 그걸 기억하지 못하고 있었어요?」 따찌야나 빠블로브나가 웃으며 말했다.

「이 아이가 그걸 다시 생각나게 했어! 그때 모스끄바에서 지냈던 며칠 동안은, 어쩌면 내 일생을 통해 가장 빛나던 시기였는지도 몰라! 우리는 그때 젊었고, 그래서 모스끄바에서 그야말로 예상치 못한 여러 가지 일들을 겪었고……, 그래, 그 다음 말을 계속해 다오. 네 말을 듣고 있으니 모든 일들이 정확하게 기억나는구나…….」

「저는 그 자리에 가만히 서서 당신을 쳐다보다가 갑자기 〈아아, 참 멋있다. 진짜 차쯔끼야!〉 하고 외쳤어요. 그러니까 당신이 저를 돌아다보면서 〈너는 벌써 차쯔끼를 알고 있니?〉 하고 물었지요. 그리고 소파에 앉더니 아주 유쾌한 기분을 드러내면서 커피를 마셨어요. 그때 저는 정말 당신한테 마구 키스하고 싶은 심정이었어요. 그 자리에서 저는 곧 당신에게, 안드로니꼬프의 집에서는 모두들 책을 많이 읽는다고, 아가씨들은 여러 가지 시를 외고 있다고, 그리고 『지혜의 슬픔』은 우리끼리 그 속의 어떤 장면을 연극도 해보았고, 또 지난 주에는 모두들 함께 매일 밤 『사냥꾼의 일기』를 낭독했지만, 제가 제일 좋아하는 것은 끄릴로프의 우화이며 그것을 암송하고 있다는 등등의 이야기를 했습니다. 그러자 당신이 저더러 무언가 암송해 보라고 해서 저는 〈까다로운 아가씨〉를 암송했어요. 〈나이 찬 아가씨가 / 신랑을 고르려고 생각했지요.〉[34]」

「그래, 맞다. 이제 나도 다 생각나는구나.」 다시 베르실로프가 큰소리로 말했다. 「그리고 그때의 네 모습도 이제 선명히 기억나는구나. 그때 너는 참으로 귀여운 소년이었어. 아주 똑똑한 아이였지. 그러나 사실대로 말한다면, 너 역시 지난 9년 동안에 좋은 점을 많이 잃어버린 것 같구나.」

그의 말에 모두가, 따찌야나 빠블로브나까지도 큰소리로 웃었다. 그가 어느새 많이 늙었다고 말한 내 뼈 있는 농담에 대해 안드레이 뻬뜨로비치가 똑같은 말로 〈응수〉한 것이다. 그러자 모두들 기분이 유쾌해졌다. 그리고 사실 그의 말은 맞는 말이었다.

「저는 낭독을 하고 있었어요. 그런데 당신은 자꾸 미소를 짓더니 아직 절반도 하기 전인데 저를 멈추게 했어요. 그러고는 초인종을 울려서 들어온 하인에게 따찌야나 빠블로브나에게 오시도록 하라고 말했지요. 그러자 곧 아주머니가 달려오셨는데, 그 전

---

34 끄릴로프의 우화 「까다로운 아가씨」의 첫 줄.

날과는 달리 얼굴 표정이 아주 상냥해서 전혀 다른 사람처럼 보였지요. 따찌야나 빠블로브나 앞에서 저는 다시 한번 〈까다로운 아가씨〉를 처음부터 암송했어요. 암송이 괜찮았는지 따찌야나 빠블로브나도 부드럽게 웃었어요. 그러자 안드레이 뻬뜨로비치가 브라보! 하며 열띤 어조로 이렇게 말했지요. 〈네가 《잠자리와 개미》나 암송했다면 그다지 놀라지 않았을 거다. 너만큼 똑똑한 아이라면 그 정도는 잘 암송할 수 있을 테니까. 그러나 이 《나이 찬 아가씨가 / 신랑을 고르려고 생각했지요 / 그 정도라면 뭐라고 / 탓할 바가 없지마는》 하는 우화시는 다르거든. 그런데 《그 정도라면 뭐라고 탓할 바가 없지마는》 하는 대목을 읽을 때의 네 낭독 솜씨가 제법이구나!〉 그렇게 말하고 나서 당신은 따찌야나 빠블로브나와 무슨 말인가를 프랑스 어로 나누었어요. 그러자 아주머니는 곧 얼굴을 찡그리며 당신의 의견에 반대하기 시작했지요. 아주머니는 매우 격분하셨다고 해도 좋을 정도였어요. 그렇지만 안드레이 뻬뜨로비치가 무엇인가 한번 하기로 하면 누구도 도저히 반대할 수 없는 일이었기 때문에 따찌야나 빠블로브나도 할 수 없이 저를 데리고 바삐 자기 방으로 돌아갔어요. 거기서 다시 제 얼굴과 손을 씻기고 옷을 바꿔 입히고 내 머리에 포마드를 바르더니 하이칼라 머리를 해주었어요. 이윽고 저녁 무렵이 되자, 따찌야나 빠블로브나는 저도 미처 생각하지 못했을 정도로 상당히 화려하게 몸치장을 하고는 저를 데리고 마차로 나갔어요. 나는 난생 처음 연극이라는 것을 보게 된 셈이지요. 그건 비또프또바 부인의 집에서 열린 아마추어 연극 모임이었어요. 수많은 촛불, 환한 샹들리에, 귀부인, 군인, 장군, 아가씨, 막의 휘장, 줄지어 놓은 의자 등 모든 것이 지금까지 전혀 본 적이 없는 것들뿐이었어요. 따찌야나 빠블로브나는 눈에 띄지 않는 뒷줄에 자리를 잡고 저를 옆에 앉혔습니다. 물론 저 같은 아이들도 있었지만, 저는 벌써 곁눈질도 하지 않고 심장이 멈추는 듯한 기분으로 막이

오르기를 기다렸지요. 드디어 당신이 등장하셨을 때는, 안드레이 뻬뜨로비치, 저는 그만 눈물이 나도록 감격했어요. 왜 그랬는지 저 자신도 모르겠지만, 아무튼 대단히 감격해서 눈물을 흘릴 정도였어요. 그 후 9년 동안 그 일을 생각할 때마다 제가 왜 그랬는지 참 이상하게 생각되었어요. 아무튼 저는 조마조마하면서 희극을 지켜보고 있었어요. 연극에서 제가 이해할 수 있었던 것은 〈그〉가 〈그녀〉에게 배반당했다는 일, 그가 아주 몰지각한 사람들에게서 천대받고 모욕당하고 있다는 정도였어요. 또 그가 모든 가련한 인간들을 꾸짖는 것도요. 그리고 마침내 그 사람이 위대하다, 참으로 위대한 인간이라는 생각을 했지요! 물론 안드로니꼬프의 집에서 했던 예비 훈련이 그것을 이해하는 데 도움이 되었지만, 당신의 연기의 힘도 컸어요, 안드레이 뻬뜨로비치! 저는 처음으로 진짜 연극을 보았던 것입니다! 특히 마지막 장면에서 차쯔끼가 〈마차를, 빨리 마차를!〉 하고 외쳤을 때(당신은 놀랄 정도로 실감 있게 외쳤어요), 저는 의자에서 벌떡 일어나 장내의 모든 사람들과 함께 있는 힘을 다하여 박수를 치며 〈브라보!〉라고 외쳤어요. 바로 그 순간, 따찌야나 빠블로브나의 매운 손가락이 뒤에서 〈허리의 좀 아래쪽〉을 옷핀으로 찌르듯이 꼬집었던 일을 지금도 똑똑히 기억합니다. 그러나 저는 조금도 제 열정적인 관심을 돌리지 않았지요! 『지혜의 슬픔』이 끝나자마자 따찌야나 빠블로브나는 저를 데리고 곧바로 집으로 돌아왔습니다. 〈너 때문에 남아서 춤을 출 수도 없게 되었어〉 하고 따찌야나 빠블로브나, 당신은 돌아오는 마차 속에서 내내 불평하셨지요. 밤새 저는 정신 착란과 비슷한 상태에 놓여 있었습니다. 그리고 다음날 아침 열 시에 저는 당신의 서재 문 앞에 서 있었습니다. 그러나 서재는 닫혀 있었어요. 당신을 찾아온 손님들이 있어 당신은 그분들과 무슨 중요한 상의를 하시는 듯했습니다. 그러더니 당신은 갑자기 마차로 외출하셨고, 그날은 밤늦게까지 안 들어왔지요. 그렇게 해서 저는 다시는 당신을 만날 수 없었던 것입니다! 그때 제가 당신에게 무슨 말을 하려고 했는지 지금은 물론 잊어버렸고, 그때도 알지는 못했을 테지만, 아무튼 서둘러 당신을 만나 보려고 간절히 원했던 것을 기억하고 있습니다. 그러나 그 이튿날 아침 아직 여덟 시밖에 안 되었을 때, 당신은 세르뿌호프로 떠나 버렸습니다. 그때 당신은 채권자들에게 빚을 청산하려고 뚤라 지방에 있는 토지를 팔아 버린 직후여서 아마 상당히 큰돈을 가지고 있었던 것 같아요. 그래서 당신은 그때까지 채권자가 두려워 올 수 없었던 모스끄바로 오셨던 거지요. 그런데 모든 채권자 중 단 한 사람, 이 세르뿌호프에 사는 구두쇠가 빚을 반액으로 깎아서 받으라는 교섭에 응하지 않았던 것입니다. 따찌야나 빠블로브나는 제가 무엇을 물어보든 대답을 안 해주었어요.〈그 일에 관해서 네가 알아야 할 일은 아무것도 없어. 그보다도 모레 사숙으로 데리고 갈 테니 준비나 잘해 놓아라. 노트를 준비하고, 책들도 잘 갖추고, 그리고 스스로 짐을 꾸릴 줄도 알아야 해. 너도 이제부터는 네 손으로 모든 것을 직접 해야 한단 말이야.〉그 밖에도 따찌야나 빠블로브나, 당신은 그 사흘 동안 내게 계속해서 잔소리만 늘어놓았어요! 그러고 나서 그녀는 결국 당신을 그리는 마음을 가지고 살던 저를 뚜샤르의 사숙으로 보내고 말았습니다. 이런 우리의 부자간 만남이 하찮은 것이라 해도, 당신은 믿지 않을지도 모르지만, 그로부터 반년 후에 저는 뚜샤르의 사숙에서 도망쳐 당신에게 가려고 했어요!」

「네가 얘기를 잘 꺼냈다. 덕분에 나도 여러 가지 일에 대해서 뚜렷이 기억을 떠올릴 수 있게 되었구나.」베르실로프는 한마디 한마디 분명하게 말했다.「그런데 내가 가장 놀란 것은, 네 이야기 속에는 이상할 정도로 자세한 설명이 많다는 사실이다. 예를 들자면, 내가 가지고 있던 빚에 관한 내용을 그렇게 상세히 알고 있는 거 말이다. 그렇게 상세한 설명은 네가 꼭 해야 할 필요가 없다는 것은 차치하고라도, 어떻게 네가 그런 일을 세밀하게 알 수 있었는지, 나는 이해가 안 되는구나.」

「자세한 설명이라고요? 이를테면 어디서 그런 내용을 들었느냐는 말이지요? 다시 한번 되풀이하지만, 저는 지난 9년 동안 당신에 대한 상세한 정보를 얻는 것을 제 주된 일로 삼고 있었습니다.」

「묘한 말이군. 심심풀이라고 하기에는 좀 이상하고!」

안락의자에 반쯤 누운 자세로, 그는 몸의 방향을 바꾸면서 가볍게 하품을 했다. 그런 그의 행동이 고의적인 것이었는지 아닌지 나는 모르겠다.

「어떻게 할까요, 제가 뚜샤르 사숙에서 당신에게로 도망치려고 한 이야기를 계속할까요?」

「그만두게 하세요, 안드레이 뻬뜨로비치. 그만 떠벌리게 하세요. 그리고 이제 그만 내보내세요.」 따찌야나 빠블로브나는 언짢은 어조로 말했다.

「그러지 마세요, 따찌야나 빠블로브나.」 베르실로프는 그녀를 다독이면서 다정한 어조로 말했다. 「아르까지는 무언가 할 말이 있는 것 같습니다. 그러니 끝까지 말하도록 놔두세요. 자기가 하고 싶은 말을 다 할 수 있도록 말이에요. 다 말해 버리고 나면 오히려 마음속에 있는 응어리가 다 풀릴 수 있을 테니까요. 마음속에 묵직하게 남아 있는 것들은 모두 털어 버리는 것이 좋습니다. 자, 네가 하려고 하는 새로운 이야기를 또 해보거라. 내가 새로운 이야기라고 말했지만, 별다른 뜻은 없고, 대충 네가 말하려는 것을 내가 알 수 있다는 정도다.」

4

「당신에게 가려고 제가 사숙에서 뛰쳐나온 것은 생각해 보면 단순한 일이었어요. 따찌야나 빠블로브나, 기억하세요? 제가 사숙에 들어간 지 약 두 주일 지났을 때, 사숙에서 당신한테 편지를 쓴 일 말입니다. 잊으셨어요? 그 후에 마리야 이바노브나가 제게 그 편지를 보여 줬어요. 그 편지 역시 죽은 안드로니꼬프의 서류 속에서 나왔지요. 뚜샤르는 갑자기 그때까지 돈을 아주 적게 받아 왔다는 사실을 알아채고는 당신에게 편지를 보내, 자기의 사숙에서는 공작이나 귀족 회의 의원의 자제들을 교육하고 있기 때문에 만일 추가로 학비를 더 내지 않는다면, 저와 같은 신분의 아이를 맡을 수 없다고, 또 그런 일은 사숙의 품위를 떨어뜨리는 것이라는 내용을 전달했던 것입니다.」

「이봐요Mon cher. 어떻게 그런 말을 할 수……. 」

「별다른 뜻이 있는 것은 아니에요.」 그녀의 말을 가로막으며 나는 말을 이어 나갔다. 「지금 저는 뚜샤르 사숙에 대해서 말하고자 하는 것이에요. 시골에 있던 당신은 약 2주쯤 후에 그 편지에 대한 회답을 보내 그러한 제안에 단호한 거절의 뜻을 밝혔지요. 그러자 그 사람은, 저는 지금도 선명하게 기억하고 있는데, 얼굴이 잿빛이 되어 우리 교실에 들어왔어요. 그는 나이가 마흔다섯 정도 된 사람으로, 작은 키에 뚱뚱한 몸집을 한 프랑스 사람이었어요. 파리 태생이었지만, 구두장이 집안 출신이니 어떤 사람일지 이해가 되지요. 그러나 아주 오랫동안 모스끄바의 관립 학교에서 프랑스 어 교사로 근무해 왔고, 그래서 관등까지 가졌다는 것을 대단한 자랑으로 여겼는데, 사실은 교육자로서는 전혀 자격이 없는 사람이었어요. 사숙의 학생들은 모두 합해서 여섯 명밖에 없었어요. 그들 중 하나는 틀림없이 모스끄바 귀족 회의 의원의 조카인지 무엇인지였어요. 그리고 우리는 모두 주로 그의 아내의 감독하에 완전히 가족적인 생활을 하고 있었습니다. 그의 아내는 어떤 러시아 관리의 딸이었는데, 매우 잘난 체하는 여자였어요. 저는 그 두 주 동안 친구들 앞에서 지독히 뽐냈어요. 자신의 푸른색 프록코트와 아버지인 안드레이 뻬뜨로비치를 자랑하고 싶었던 것입니다. 그런데 왜 네 성이 베르실로프가 아니라 돌고루끼지, 하는 그들의 질문도 저를 전혀 난처하게 하지 못했지요. 왜냐하면 저 자신도 그 이유를 몰랐으니까요.」

「안드레이 뻬뜨로비치!」 거의 위협하는 듯한 목소리로 따찌야나 빠블로브나가 큰소리로 말했다. 그러나 어머니는 아무 말 없이 내게서 시선을 떼지 않고 보고 있었다. 내가 이야기를 계속하기를 원하는 듯한 표정이었다.

「이ICe 뚜샤르라는 사람은…… 이제 겨우 생각나지만, 매우 키가 작고 조급한 성미를 가진 사람이었지. 베르실로프는 입속말로 중얼거렸다. 「그러나 당시 나에게 그를 소개한 것은 매우 훌륭한 사람들이었는데……」

「이ICe 뚜샤르는 편지를 손에 들고 들어와 우리 여섯 명이 무언가를 암송하고 있는 커다란 참나무 책상으로 가까이 오더니, 갑자기 제 어깨를 꽉 잡아 의자에서 일으켰어요. 그리고는 제 노트를 모두 들라고 명령했어요. 그러더니 〈지금부터 네 자리는 여기가 아니라 바로 저기다〉 하며, 현관 왼쪽에 달려 있는 조그마한 방을 가리켰습니다. 거기에는 판자로 만든 책상과 등의자, 방수포를 붙인 소파가 있는데, 바로 지금 제가 지내고 있는 다락방과 똑같았어요. 저는 깜짝 놀라 아주 겁에 질려서 그리로 자리를 옮겼습니다. 그때까지 저는 한번도 그런 무례한 취급을 당한 적이 없었어요. 반시간쯤 지나서 뚜샤르가 교실에서 나가자, 저는 친구들과 눈짓을 하고 서로 소리를 내어 웃기 시작했습니다. 물론 그들은 저를 비웃는 것이었지만, 저는 그런 줄도 모르고 그저 재미있어 웃는 것이라 생각하고 덩달아 웃었던 것입니다. 바로 그때 뚜샤르가 뛰어들어오더니, 제 머리카락을 꽉 잡고 마구 끌어당기지 않겠어요. 〈점잖은 집 애들과 감히 같이 앉지 마라, 이놈아. 너는 천한 신분이야, 하인이나 마찬가지란 말이야!〉 이렇게 말하면서 그는 볼록하게 나온 제 빨간 뺨을 지독히 아프게 때렸습니다. 이윽고 그 짓이 마음에 들었던지 그는 두 번 세 번 저를 때렸어요. 저는 소리 높여 울었습니다. 몹시 놀랐던 거지요. 꼬빡한 시간 동안이나 저는 두 손으로 얼굴을 가리고 주저앉아서 울고 또 울었습니다. 도저히 이해할 수 없는 일이 제게 일어났던 것입니다. 뚜샤르같이 악인도 아닌 사람이, 러시아의 농노 해방을 그처럼 좋아했던 외국인이, 왜 저 같은 어린 소년을 그렇게 심하게 때릴 수 있었는지 저는 지금도 이해가 안 갑니다. 하지만 그래도 저는 그의 예기치 않은 행동에 놀랐을 뿐 모욕을 느끼지는 않고 있었어요. 저는 그때까지 한 번도 모욕을 당했다고 느끼거나, 누구에게 화를 낸다는 것을 몰랐거든요. 저는 다만 내가 못된 장난을 했구나, 하지만 내가 행동을 고치면 다시 용서해 줄 것이고, 그러면 우리는 모두 다시 유쾌한 기분이 되어 뜰에 나가 놀 수 있을 것이고 다시 즐거운 생활이 시작되리라 생각했던 것입니다.」

「그런 일이 있었구나. 좀 더 일찍 알았더라면……」 다소 피로한 사람들에게서 볼 수 있는 무의식적인 미소를 지으며, 베르실로프는 말끝을 길게 끌었다. 「그런데 그 뚜샤르라는 놈은 아주 몹쓸 불한당이었구나! 그건 그렇고 이제 네가 어떻게든 네 자신감을 회복하고, 또 우리의 지난 모든 잘못을 용서해서, 우리 가족끼리 더없이 즐거운 생활을 했으면 하는 바람을 나는 가지고 있다.」

이번에는 그는 입을 크게 벌리고 하품을 했다.

「저는 당신을 비난하고자 이 말을 하는 것이 아닙니다. 그런 의도는 전혀 없어요. 그리고 사실 뚜샤르에 대한 불평을 하려는 뜻도 없어요!」 약간 당황한 태도로 나는 말했다. 「그렇게 두 달 남짓 그는 저를 때렸어요. 저는 어떻게든 그의 비위를 맞추려고 그에게 매달려서 손에 입을 맞추고 또 맞추면서 그냥 울기만 했어요. 친구들은 저를 조소하고 멸시했지요. 뚜샤르가 때때로 저를 마치 하인처럼 부려먹기 시작했기 때문이지요. 옷을 갈아입을 때면 그는 제게 옷을 가져오라고 명령했지요. 그때마다 제 속의 하인 근성이 본능적으로 자신에게 만족감을 주었습니다. 저는 있는 힘을 다하여 그의 환심을 사려고 노력했고, 조금도 굴욕감 같은 것을 느끼지 않았습니다. 저는 아직도 그런 것을 잘 모르고 있었기 때문이지요. 제 자신이 그들과 동등한 인간이 아니라는 걸 그때까지도 모르다니, 제가 너무도 어리석었지요. 사실 친구들이 그 무렵부터 벌써 제게 그 학교가 왜 좋은지에 관해서 많이 설명해 주었습니다. 그러는 동안 뚜샤르는 제 얼굴을 때리기보다는 뒤에서 무릎으로 찍어 차는 쪽을 더 좋아하게 되었습니다. 그러나 반년쯤 지나자 어떤 때는 저를 귀여워해 주는 적도 있었지요. 물론 어쩌다가 한 번 그랬을 뿐, 한 달에 한 번은 틀림없이 저를 때리기로 정해 놓고 있었어요. 잊어버리지 않도록 기억을 새롭게 하기 위해서였습니다. 그는 곧 나를 다른 아이들과 함께 앉히기도 하고 같이 노는 것도 허락했지만, 그 후 약 2년 반 동안, 뚜샤르는 단 한 번도 우리의 사회적 신분의 차이를 잊은 적이 없었습니다. 그리고 그다지 심하지는 않았지만 여전히 제게 여러 가지 심부름을 시켰습니다. 제 생각으로는 제게 신분을 상기시켜 주기 위해 그렇게 한 것 같습니다.

  제가 도망친 것은, 아니 도망치려고 한 것은, 처음 그런 일이 있은 지 두 달 후, 그리고 다시 다섯 달 정도 후의 일입니다. 무슨 일을 하려고 마음먹으면 저는 그 일을 실행하기 위해 세밀하게 준비를 합니다. 그 무렵 잠자리에 누워 담요를 뒤집어쓰면, 저는 항상 당신에 관해서 상상하기 시작했어요. 안드레이 뻬뜨로비치, 오로지 당신에 관한 생각뿐이었습니다. 어째서 그렇게 되었는지 지금도 전혀 모르겠습니다. 저는 잘 때 당신의 꿈까지 꾸었습니다. 그러나 제가 무엇보다도 열렬히 공상한 것은 이런 장면이었습니다. 즉, 당신이 갑자기 제 방으로 들어오십니다. 그러면 저는 당신에게 매달리지요. 그러면 당신이 저를 그곳에서 이끌어 내어 자기 집으로, 그 서재로 데려갑니다. 그리고 우리는 다시 연극 구경을 다니게 되는 것이지요. 무엇보다도 제일 중요한 것은 우리가 다시는 헤어지지 않는다는 것, 바로 그것이었어요! 그러나 아침이 되어 일어나면, 또다시 아이들의 조소와 멸시가 시작되었습니다. 어떤 놈은 아무 생각 없이 저를 때리기도 하였고, 신발을 가져다 바치라는 심부름까지 시켰어요. 그 녀석은 입에 담을 수 없는 추잡한 말로 저를 욕하기도 했지요. 듣고 있는 녀석들은 좋아하면서 저의 출생의 비밀을 알아내려고 각별히 애썼지요. 그러다가 뚜샤르가 그 자리에 나타나면 저는 도저히 참을 수 없는 기분이 되곤 했습니다. 저는 여기에서는 영원히 용서받지 못하리라고 뼈저리게 느꼈던 것입니다. 그렇습니다. 그때부터 저는 조금씩 이해하기 시작했던 것입니다. 왜 용서받지 못하는가, 그리고 바로 내가 저지른 죄가 무엇인가를 말입니다! 그래서 드디어 저는 도망칠 결심을 했어요. 저는 꼬박 두 달 동안 그것을 공상한 다음에 최종적으로 마음을 정했지요. 때는 9월이었습니다. 저는 토요일에서 일요일에 걸쳐 친구들이 모두 외박한 틈을 타, 당장에 꼭 필요한 물건만 갖추어 남몰래 공들여 꾸러미를 만들었습니다. 돈은 2루블 가지고 있었어요. 저는 어두워지기를 기다렸지요. 〈계단을 내려가서〉 하고 저는 생각했습니다. 〈밖으로 나가자. 그 다음에는 마구 걸어갈 뿐이다.〉 어디로? 저는 안드로니꼬프가 이미 뻬쩨르부르그로 전근했다는 사실을 알고 있었기 때문에 아르바뜨 거리에 있는 파나리오또바 부인의 집을 찾아가기로 결심했습니다. 〈밤에는 여기저기 돌아다니거나 혹은 한곳에 앉아 지내다가, 아침이 되면 그 집 근처에 있는 아무에게나 지금 안드레이 뻬뜨로비치가 어디에 있는지, 만일 모스끄바에 없다면 어떤 도시에 혹은 어떤 나라에 있는지를 자세히 물어본다면 아마 틀림없이 적당한 소식을 들을 수 있을 거야. 이미 그곳을 떠났다면 그 다음에는 어딘가 또 다른 장소에서 누구에게든지 이러저러한 도시로 가려면 어떻게 해야 하는지를 물어보자. 그리고 그 도시를 나서면 그냥 하염없이 걸어가는 거야. 그냥 계속해서 걷다가 밤이 되면 어디든 나무 밑에서 잠을 자고. 먹는 것은 빵만으로 하자. 빵만 먹는다면 2루블로도 꽤 오랫동안 견딜 수 있을 거다.〉 그러나 토요일에는 아무래도 도망칠 수가 없어서, 다음날 즉 일요일까지 기다렸어요. 그런데 마치 일부러 그렇게 한 듯이 일요일에 뚜샤르는 아내와 함께 어디론지 가버렸고, 집 안에는 저하고 아가피야만 남았습니다. 저는 지독히 고민하면서 밤이 되기를 기다렸습니다. 홀로 창가에 앉아서 목조로 된 조그마한 집들이 줄지어 서 있는 큰길과, 이따금 지나가는 사람들의 모습을 지켜보았던 것을 지금도 기억합니다. 뚜샤르는 변두리에 살고 있었기 때문에 창문으로 멀리 성문이 보였어요. 저것이 그 성문이 아닐까? 하는 생각이 어슴푸레 머리에 떠올랐습니다. 새빨간 태양은 막 넘어가려던 참이었고, 하늘에는 시린 기운이 가득 했으며, 살을 에는 듯한 바람이 꼭 오늘처럼 모래 먼지를 불러일으켰습니다. 마침내 사방이 어두워졌습니다. 저는 성상 앞에 서서 기도를 시작했지만, 너무 조급했기 때문에 서둘러 마쳤지요. 그리고 보따리를 꼭 쥐고는 부엌에서 일하고 있는 아가피야가 듣지 못하도록 조마조마하면서 삐걱거리는 계단을 까치발을 디디며 내려갔습니다. 문에는 자물쇠가 걸려 있었습니다. 문을 열자, 마치 끝없는 위험한 미지의 세계를 상징하듯 캄캄한 밤이 제 눈앞을 가렸고, 바람은 말도 없이 제 모자를 휩쓸어 갔습니다. 제가 밖으로 나가려고 할 때, 저쪽 편 인도에서 술 취한 사람이 추잡하게 욕지거리하는 고함소리가 들려왔습니다. 저는 잠깐 멈춰 서서 그것을 바라보다가, 소리 없이 도로 돌아와 가만가만 2층으로 올라가서 조용히 옷을 벗고 보따리를 치우고 나서 그대로 엎드리고 말았어요. 눈물도 안 나왔고 무엇을 생각하는 것도 아니었습니다. 그러나 바로 그 순간부터 저는 여러 가지 생각을 하게 된 것입니다. 안드레이 뻬뜨로비치! 저는 제 자신이 하인 근성을 가졌을 뿐만 아니라 겁쟁이이기도 하다고 자각한 바로 그 순간부터, 내면을 성찰하면서 비로소 진실하고 올바른 내적 성장을 시작하게 되었습니다!」

「하지만 나는 바로 이 순간에 네 본성을 모두 알게 되었어!」 이렇게 말하며, 갑자기 따찌야나 빠블로브나가 자리에서 일어섰다. 그것은 너무나 뜻밖의 일이라 나는 전혀 마음의 준비가 되어 있지 않았다. 「너는 그때도 하인이었을 뿐만 아니라 지금도 역시 하인이야. 너는 진짜로 하인 근성을 가진 인간이란 말이야! 그래 너 같은 철부지를 한낱 구두장이로 만드는 일이 안드레이 뻬뜨로비치에게 무슨 힘이 들어? 직업을 갖게 해줬으니 도리어 고마운 일을 했다고 생각해야지! 도대체 누가 그에게 그 이상의 것을 너를 위해 부탁하고 또 요구할 수 있다고 생각하니? 너의 아비 마까르 이바노비치는 너희들, 즉 자기의 자식들을 하급 계층에서 이끌어 내지 말아 달라고 부탁 정도가 아니라 거의 애걸하다시피 했어. 너는 그가 너를 김나지움에 보내 주고, 여러 가지 혜택을 준 것은 전혀 생각지도 않는구나. 그런데도 오히려 그 사람 때문에 아이들에게 놀림 좀 받았다고 그에게 복수할 생각을 품다니…… 너는 정말 은혜도 모르는 족속이야!」

고백하건대 나는 그녀의 예상치 못한 적대적 행위에 상당히 당황했다. 나는 할 말을 찾지 못하고 일어서서 잠시 멍하니 쳐다보기만 했다.

「맞습니다, 따찌야나 빠블로브나는 제게 새로운 것을 가르쳐 주었습니다.」 드디어 나는 단호한 태도로 베르실로프 쪽으로 몸을 돌려 말했다. 「사실 저는 지독히 하인 근성을 가진 놈입니다. 그렇기 때문에 베르실로프가 저를 구두장이로 만들지 않았다는 것만으로는 도무지 만족할 수가 없는 거지요. 그래서 덕택에 얻은 여러 가지 〈권리〉조차 저를 감동시키지 못했어요. 그런 상황에서 제 분수도 모르고 베르실로프를 전부 내게 달라, 내게 아버지를 달라는 그런 무례한 요구를 했으니 말입니다. 그러니 하인이라는 말을 듣지 않을 수 있겠어요? 어머니, 당신이 혼자 뚜샤르의 사숙으로 저를 찾아오셨을 때, 당신을 대했던 저의 태도 때문에 저는 벌써 8년 동안이나 마음속으로 혼자 괴로워했지만, 지금은 그 이야기를 할 시간이 없군요. 따찌야나 빠블로브나가 저렇게 제 얘기를 못하게 하니 말이에요. 어머니, 내일 기회가 되면 다시 뵙겠습니다. 따찌야나 빠블로브나! 그런데 말이에요, 제가 또 끝까지 하인 근성을 발휘해서, 만일 지금 아내가 살아 있는데 또 다른 여자와 결혼하는 따위의 짓은 아무래도 용서할 수가 없다고 주장한다면 어떻게 하겠습니까? 그리고 그런 일이 실제로 엠스에서 안드레이 뻬뜨로비치에게 일어날 뻔했거든요! 어머니, 만일 내일이라도 다른 여자와 결혼하려는 남편과 같이 살 수 없다는 느낌이 드신다면, 당신에게는 아들이 있다는 사실을, 영원히 당신을 공경하겠다고 맹세하는 아들이 있다는 사실을 꼭 기억하세요. 〈그 사람 아니면 저〉 둘 중에 하나를 택하셔야 합니다, 아시겠어요? 저는 물론 지금 당장 대답을 하시라는 것은 아닙니다. 이런 문제는 즉석에서 대답할 수 없다는 것을 저도 알고 있으니까……」

하지만 나는 끝까지 말을 할 수가 없었다. 왜냐하면, 우선 내가 너무도 흥분을 해서 무슨 말을 해야 할지를 몰랐기 때문이다. 내 말을 듣고 어머니는 얼굴이 창백해지고 목소리까지 잠겨 버린 듯 한 마디도 하지 못했다. 따찌야나 빠블로브나는 다시 커다란 목소리로, 도대체 무슨 말인지 알아들을 수도 없게 되는 대로 지껄여댔다. 그러면서 그녀는 주먹으로 내 어깨를 두 번쯤 후려쳤다. 단지 내가 기억하는 것은 내가 〈옹졸한 마음속에 담고 있던 사악한 감정을 의도적으로 끄집어내어 보이는 것)이라고 외치던 그녀의 말뿐이다. 베르실로프는 꼼짝도 않고 앉아서 심각한 표정을 짓고 있었으며, 그의 얼굴에는 이미 웃음기가 가셔 있었다. 나는 내 방으로 올라갔다. 거실에서 나를 배웅해 준 것은 여동생의 비난하는 듯한 매운 눈길이었다. 그녀는 그런 표정으로 내 뒤에서 머리를 젓고 있었다.

제7장

1

 나는 그때 일어났던 모든 일을 또렷이 기억하고 있고, 모든 내 느낌을 있는 그대로 서술하기 위해서, 내 자신의 처신에 대하여 조금도 미화시키지 않고 상황을 사실대로 묘사하고자 한다. 다락위 내 방으로 들어갔을 때 나는 어찌해야 할지 전혀 알 수 없었다. 내 행동을 부끄럽게 생각해야 할지, 아니면 자신의 의무를 제대로 수행했다는 자부심을 느껴야 할지 도무지 알 수가 없었다. 만일 내가 조금이라도 경험이 있는 사람이라면, 그럴 경우 아무리 조그마한 것이라도 의문이 생긴다면, 나쁜 방향으로 해석해야 한다는 것을 알았을 것이다. 그러나 다른 상황이 나를 다소 혼란케 하였다. 왜인지는 모르겠지만 나는 마음속으로 기쁨을 느꼈다. 마음으로는 내 행동에 대해 의구심이 들고 내가 잘못했다고 분명히 자각하고 있었지만, 여전히 나는 말할 수 없는 기쁨을 느꼈다. 따찌야나 빠블로브나가 그처럼 악의에 찬 욕설을 퍼부은 일조차도 우습고 재미있게만 느껴질 뿐, 조금도 기분 상하지 않았다. 아마도 그 이유는 그렇게 함으로써 내가 내 삶의 족쇄를 끊고, 처음으로 온전히 자유롭게 되었다는 감정을 느꼈기 때문일 것이다.

 또한 나는 자신의 입장이 상당히 곤란하게 되었다는 것도 느끼고 있었다. 이제 그 상속 문제에 관한 편지를 어떻게 처리해야 할지도 더욱 애매해졌다. 상황이 이렇게 되면, 사람들은 결정적으로 내가 베르실로프에게 복수할 생각이라고 여길 것이다. 그러나 나는 아래에서 그러한 언쟁을 하고 있을 때부터 이 상속 문제에 대한 편지에 관해서는 제삼자의 판단에 맡기자, 우선 바신에게 이 문제를 상의해 보자고 마음먹었다. 만일 바신이 적절하지 않으면 또 다른 사람에게 상의해 보자고 나는 마음속으로 생각했고, 벌써 누구와 이 문제를 상의할 것인지까지 염두에 두고 있었다. 어쨌든 다시 한번만 더 바신에게 가보자고 나는 생각했다. 그러고 나서 이 문제가 마무리되면 모든 사람의 눈을 피해서 오랫동안, 몇 달 동안 혼자 숨어 지내기로 마음먹었다. 특히 바신의 눈은 절대로 피해야 한다. 그러나 어머니와 여동생은 아마 이따금 만나게 되겠지 하고 속으로 생각했다. 그런 모든 생각은 두서가 없었다. 무슨 일인가 해야 했지만, 제대로 방향이 설정된 것 같지는 않은 느낌이었다. 그러나 전체적으로 나는 만족을 느꼈다. 그 이유를 자세히 설명할 수는 없지만, 나는 왠지 희열을 느꼈다.

아무래도 내일 이곳저곳 많이 걸어다녀야 할 것 같아서 나는 평소보다 일찍 잠자리에 들기로 했다. 방을 얻어서 짐을 옮겨야 하는 일 외에도, 나는 몇 가지 결심한 것이 있었다. 그 일들은 꼭 실천에 옮겨야 할 것들이었다. 그러나 그날 저녁 사건은 전혀 뜻밖의 국면으로 접어들었다. 베르실로프가 전혀 예상 밖의 행동으로 나를 놀라게 했던 것이다. 그때까지 그는 한 번도 내 다락방에 들어온 적이 없었다. 그런데 내가 방으로 돌아온 지 한 시간도 못 되어, 갑자기 층계에서 발소리가 들려왔다. 그는 불을 좀 비춰 달라고 내게 말했다. 나는 촛불을 들고 나가 손을 아래로 뻗어 그의 손을 붙잡아 위로 끌어올렸다.

「고맙다Merci, 나는 이 집에 세를 든 후 여기에는 한 번도 올라와 본 일이 없다. 매우 초라하리라고 예상은 했지만, 그래도 이렇게 개집 같은 곳이리라고는 미처 생각지 못했다.」 그는 이렇게 말하고 다락방 한가운데에 서서 호기심에 찬 눈으로 주위를 둘러보았다. 「이건 마치 관 속 같구나. 틀림없는 관이야!」

실제로 그 다락방은 관의 내부와 닮은 점이 있었다. 그가 단 한마디로 사물을 정확히 표현하는 것을 보고 나는 내심 놀랐다. 그 방은 좁고 길었으며, 내 어깨보다 높지 않은 곳에서 벽과 지붕이 맞닿아 있어 손으로 짚을 수 있을 정도였다. 베르실로프는 머리가 천장에 부딪히지나 않을까 처음 잠깐 동안은 무의식중에 허리를 굽히고 있었지만, 아무 일 없이 상당히 침착한 태도로 소파 위에 앉았다. 소파 위에는 이미 내 이부자리가 펼쳐져 있었다. 그런데 나는 그의 방문에 놀라 앉는 것도 잊어버리고 멀뚱멀뚱 그를 바라보고 있었다.

「네 어머니는 네가 아까 한 달치 숙식비라고 준 돈을 그대로 받아야 할지 어떨지 모르겠다고 하더라. 그런데 이 관 같은 방을 보니까 그 돈을 받는 것은 고사하고, 오히려 그만큼의 돈을 반대로 우리가 네게 주어야 할 것 같구나! 나는 지금까지 한 번도 여기 올라온 일이 없지만…… 이런 데서 사람이 살 수 있다고는 상상도 못하겠구나.」

「하지만 저는 이제 익숙해졌어요. 그보다도 제 방에서 이렇게 당신을 보게 되다니 전혀 뜻밖이군요. 조금 전 아래에서 그런 일이 있고 난 후라서 더욱 그래요.」

「그래 정말이다. 네가 아래에서 한 말은 좀 심했던 것 같다. 그러나…… 이제 네게 설명하겠지만, 나도 나름대로 생각이 있다. 그렇다고 해서 지금 내가 여기 온 것은 무슨 특별한 이유가 있어서가 아니다. 아래에서 일어난 일 역시 생각해 보면 있을 법한 일이다. 그런데 있는 대로 좀 설명을 해다오. 네가 아까 아래에서 말한 것 말인데, 네가 그처럼 거창하게 서론을 늘어놓으며 시작한 그 이야기 말인데, 그것이 네가 고백하려던 혹은 알리려던 내

「용의 전부냐? 거기에 덧붙여 더 이야기할 것은 아무것도 없니?」

「그것이 전부예요. 아니 그것이 전부라고 해두지요.」

「아마 그뿐이 아닌 것 같구나. 솔직히 말해서 난 네가 말을 꺼낸 어투며, 또 짐짓 우리를 웃기려고 한 것으로 미루어, 이를테면 네가 무언가 매우 이야기하고 싶어했던 눈치로 보아, 나는 네게서 더 많은 것을 기대했었다.」

「하지만 제가 어떻게 말하든 당신에게는 마찬가지 아닌가요?」

「그래, 나는 다만 절제라는 관점에서 말하는 거야. 이미 절제라는 게 무너진 상태에서 그렇게 과장된 말을 하지 않아도 되지 않았니. 한 달 동안이나 침묵하면서 준비를 했는데, 정작 입을 열고 보니 아무 내용도 없어서야 안 되지 않겠니!」

「저는 오랫동안 말하려고 했지만, 지금은 이야기를 꺼낸 것이 부끄럽습니다. 무엇이든 말로 제대로 표현할 수 있는 것은 아니니까 말입니다. 어떤 것은 말하지 않는 편이 나은 일도 있어요. 저는 지금 꽤 말을 많이 했습니다만, 그래도 당신은 이해하지 못하시니 말이지요.」

「그렇다면 너도 이따금 자신의 사상이 말로 제대로 표현되지 않는 괴로움을 느끼는구나! 그런데 그건 고상한 고민이야. 그리고 선택된 소수의 사람에게만 주어지는 거야. 바보는 늘 제가 한 말에 만족하고 있지. 게다가 항상 필요 이상의 말까지 입 밖에 내지. 선택된 사람은 자신의 사상을 내면에 담아 두기를 좋아하는 거야.」

「조금 전 아래에서 했던 제 행동이 바로 그 좋은 본보기란 말이지요. 저 역시 필요 이상의 것을 말했으니까요. 저는 〈베르실로프의 모든 것〉을 요구했어요. 그런데 그것은 필요했던 바를 훨씬 넘는 것입니다. 제게 더 이상 베르실로프는 필요 없어요.」

「내가 보기에 지금 너는 아래에서 한 실수를 만회할 생각인 것 같다. 너는 네 행동에 대해서 후회하는 모양이구나. 왜냐하면 후회한다는 것은 다시 또 누구에겐가 덤벼드는 것을 의미하니까. 너는 마음속으로 다음에는 내게 실수하지 않겠다고 생각했겠지. 그런데 내가 너무 일찍 찾아왔기 때문에 너는 아직도 감정이 식지 않았어. 더욱이 너는 다른 사람의 비평을 그냥 웃어넘기는 성격이 아니니 말이다. 그런데 제발 좀 앉아서 말하자. 나는 지금 네게 할 이야기가 좀 있어서 온 거야. 그래, 고맙다. 자, 네가 아래에서 방을 나갈 때 네 어머니에게 말한 것으로 미루어 보아, 이제 우리는 서로 갈라져서 생활하는 것이 제일 좋다는 게 분명해졌다. 그래서 나는 가급적 조용히 별다른 추문 없이 그렇게 해줬으면 해서 온 게다. 더 이상 어머니를 슬프게 하거나 놀라게 하지 않도록 말이야. 내가 스스로 여기에 온 것만으로도 네 어머니는 벌써 힘을 얻었거든. 우리가 아직도 화해할 수 있고, 모든 일이 이전과 마찬가지가 되리라고 네 어머니는 믿고 있는 것 같아. 만일에 나하고 네가 지금 여기서 한두 번 좀 큰소리로 웃는다면, 그들의 겁 많은 마음에 기쁨이 자리잡게 할 수 있으리라고 나는 생각한다. 그들이 단순한 마음의 소유자라고 하더라도, 그들은 우리를 진심으로 그리고 순진한 마음으로 사랑하고 있으니 말이다. 기회가 있는데 왜 그것을 활용하지 않는단 말이냐? 그래, 이것이 첫째 문제지. 그리고 둘째는 말이야, 왜 우리가 꼭 복수심에 불타 이를 갈고 서로 저주하면서 갈라져야 한단 말이냐? 우리가 서로의 목에 매달릴 필요는 없다고 하더라도 왜 서로 존중하는 마음을 가지면서 헤어질 수 없는 거냐? 그렇지 않니, 응?」

「그것은 모두 터무니없는 소리예요! 저는 아무런 추문도 남기지 않고 나갈 것을 약속합니다. 그러면 아무 문제가 없겠지요. 어머니 때문에 걱정이 되신다고 하셨습니까? 그러나 제 생각에 당신은 어머니에 관한 일은 전혀 관심도 없는 것 같은데요. 당신은 그저 입에 발린 소리로 그렇게 말하는 것 같군요.」

「너는 내 말이 믿어지지 않느냐?」

「당신은 저를 마치 어린애 대하듯 하시는군요!」

「이 친구야, 나는 네가 나 때문에 생긴 일이라고 생각하는 모든 일, 네 어린 시절에 일어났던 모든 일과 그 밖의 것들에 대해, 천 번이라도 진정으로 사과할 용의가 있어. 그러나 이 친구야cher enfant, 그렇게 한다고 해서 그게 무슨 의미를 갖겠나? 너는 현명한 지력이 있으니까 보다 더 현실을 슬기롭게 판단해 보거라. 나는 지금도 네가 비난하고자 하는 구체적인 것이 무엇인지 잘 이해할 수가 없구나. 구체적으로 내가 저지른 잘못이 무엇인지 말해 줄 수 있겠니? 베르실로프라는 성을 네가 부여받지 못한 것 때문이냐? 아니냐? 음! 네가 웃으며 손을 젓는 걸 보니 그건 아닌 것 같고.」

「그렇습니다. 맹세하지만 저는 베르실로프라는 성으로 불리는 것을 조금도 명예라고 생각지 않아요.」

「명예에 대한 이야기는 미루어 두기로 하자. 그리고 네 대답은 반드시 타당성이 있어야 한다. 그런 조건하에 네가 나를 비난하는 진정한 이유를 말해 주겠니?」

「제가 꼭 알아야 했던 일로, 이때까지 제가 아무래도 이해할 수 없었던 모든 일을 바로 조금 전에 따찌야나 빠블로브나가 말해 줬어요. 그것은 당신이 저를 구두장이에게로 보내지 않으셨다, 따라서 저는 그 점에 대해서 감사하게 생각하지 않으면 안 된다는 것입니다. 그러나 지금도, 제가 왜 은혜를 모르는 놈인지 그 이유를 가르쳐 주신 지금도, 저는 제가 왜 그 일에 감사해야 하는지 도무지 이해할 수가 없습니다. 아마도 자존심 강한 당신의 피가 제 속에 흐르기 때문이 아닐까요, 안드레이 뻬뜨로비치?」

「아마, 그래서가 아닐 것이다. 그리고 너는 한 가지 사실을 분명히 알아야 한다. 조금 전 아래층에서 네가 했던 짓의 목표는 나였는데, 내 대신 엉뚱하게 네 어머니가 그 일 때문에 괴로워하고 염려한다는 점이다. 또 지금 너는 어머니에 대해 이런저런 판단을 해야 할 입장이 아닌 것 같다. 어머니가 네게 무슨 잘못을 했니? 그리고 말이 나온 김에 또 한 가지 설명해 주면 좋겠구나. 너는 사숙에 있을 때나 고등학교에 다닐 때나 지금까지 줄곧, 그리고 처음 만난 사람에게까지도 자신이 사생아라는 것을 퍼뜨리고 다녔다고 들었는데, 그 이유가 도대체 무엇 때문이냐, 무슨 목적으로 한 짓이지? 또 내가 듣기에 너는 의도적이고 자발적으로 그런 얘기를 했다고 하던데, 그것은 뭔가 잘못된 억측이다. 너는 합법적인 결혼에 의해서 출생한 돌고루끼야. 재능으로 보나 성격으로 보나 존경할 만하고 뛰어난 인간인 마까르 이바노비치 돌고루끼의 아들이란 말이야. 물론 네가 고등 교육을 받을 수 있었던 것은, 사실은 전 지주인 베르실로프의 덕택인지도 몰라. 그러나 그렇게 한 것이 무슨 잘못이란 말이냐? 더 이해할 수 없는 것은, 자신이 사생아라는 사실을 떠들고 돌아다니면서 몰지각한 행동으로 자기 어머니의 아픈 비밀을 드러나게 하였고, 그리고 허영된 자존심 때문에 어머니를 사람들 앞에서 함부로 비판받게 했다는 점이다. 그것은 참으로 비열한 행동이다. 더구나 네 어머니는 아무런 죄도 없는 그야말로 순결한 성품을 지닌 사람이다. 그리고 그녀가 베르실로프라는 성을 쓰지 않는 것은, 아직까지 내 호적에 들어올 수가 없기 때문이야.」

「됐습니다. 전적으로 당신과 동감하니 이제 그만 하세요. 저는 당신의 성품을 잘 알고 있기 때문에 당신이 그렇게 오랜 시간 책망하지 않을 것이라고 생각합니다. 당신은 이른바 절도 있는 태도를 좋아하니까요. 당신은 무슨 일에나 심지어 어머니에 대한 사랑에도 절도가 있으니까요. 이렇게 하면 어떻겠습니까. 이렇게 제게 와서 15분이나 반시간 정도 같이 보낼 생각을 했다면(저는 아직도 당신이 무슨 일로 왔는지 모르겠습니다만, 일단 어머니를 안심시키기 위해서라고 해두지요), 더욱이 조금 전 아래에서 그런 일이 있었는데도 개의치 않고 이렇게 저와 얘기를 나누고자 하시니, 이왕이면 제 아버지에 대한 이야기를 하면 좋겠습니다. 바로 그 순례자, 마까르 이바노비치에 대해서 말입니다. 저는 바로 당신에게서 그에 관한 이야기를 듣고 싶었습니다. 그래서 벌써 오래 전부터 당신에게 물어보려고 했었지요. 이제 서로 헤어져야 할 때이니까(어쩌면 긴 이별이 될지도 모르니까 말입니다), 또 다른 제 질문에 대답해 주시면 좋겠어요. 지난 20년이라는 오랜 기간 동안 당신은 어머니가 내면에 가지고 있는 이런저런 편견을, 지금은 여동생까지도 그렇습니다만, 극복하게 할 수 없었습니까? 당신의 문화적 영향력으로 그녀를 둘러싸고 있는 환경의 원시적인 암흑을 거두어 줄 수 있는 일을 할 수 있지 않았습니까? 저는 그녀의 정신적 순결성에 대해서 말하는 게 아니에요! 어머니는 그렇지 않아도 항상 정신적으로는 당신보다 한없이 높은 곳에 서 있었으니까요. 이렇게 말하면 실례가 되겠지만, 그러나…… 어머니는 한없이 높은 곳에 서 있는 죽은 사람에 지나지 않습니다. 살아 있는 것은 다만 베르실로프 하나뿐이고, 그의 주위에 있는 다른 모든 사람들은, 그와 관계 있는 모든 것은, 자신들의 힘으로, 자신들의 살아 있는 피로, 그를 부양하는 것을 자신의 영광으로 생각해야 한다는 절대적인 조건 아래 그저 무의미한 생활을 반복하고 있습니다. 어머니도 과거 그 어느 때인가는 살아 있는 인간이지 않았습니까? 그리고 당신도 어머니가 지니고 있는 그 무엇인가에 매혹되어 애정을 느낀 게 아니겠어요? 한때는 어머니도 여자가 아니었던가요?」

「글쎄 꼭 듣기를 원한다면 말하겠지만, 내 생각으로 그녀는 한 번도 여자였던 적은 없었다.」 그는 얼굴을 찌푸리며 말하는 그 고약한 버릇을 다시 내게 보이며 말했다. 그러한 그의 동작은 내게 아주 나쁜 기억을 만들었고, 그때마다 나는 그것에 관해 상당히 불쾌해 했다. 얼른 보면 그는 매우 진실하고 정직한 사람처럼 보이지만, 자세히 보면 그의 얼굴에는 지독한 조소가 깃들어 있었다. 그래서 나는 그의 표정을 판단할 수 없을 때가 자주 있었다.

「한 번도 없었어! 러시아 여자들은 절대로 여자일 수가 없어.」

「그러면 폴란드나 프랑스 여자들만 여자란 말입니까? 그렇지 않으면 이탈리아 여자, 저 정열적인 이탈리아 여자들만 진정 여자인 겁니까? 베르실로프 같은 러시아 상류 계층의 문화인을 사로잡을 수 있는 것은 그런 부류들뿐이란 말입니까?」

「나는 이런 데서 슬라브주의자를 만나리라고는 전혀 예상하지 못했는데.」 베르실로프는 웃음을 터뜨렸다.

나는 그가 한 이야기를 한마디 한마디 분명히 기억하고 있다. 그는 자신이 원한 것인 양 자진해서 이야기를 시작했다. 그러나 그가 나를 찾아온 것은 그런 일상적인 이야기를 하기 위해서가 아니었다. 또한 어머니를 안심시키기 위해서만도 아니었다. 내 느낌에 그는 분명히 어떤 목적을 가지고 있었다.

2

「우리 부부는 지난 20년 동안 거의 완벽한 침묵을 유지하면서 살아왔다.」 그는 자신의 이야기를 시작했다(하지만 그것은 아주 의도적이고 부자연스러운 잡담처럼 느껴졌다). 「그리고 우리 사이의 모든 일은 서로 암묵적으로 결정되었으며, 그래서 우리는 한 번도 부부 싸움을 하지 않았지. 사실 나는 자주 집을 비웠고 그녀를 혼자 남겨 두곤 했어. 그러나 결국은 항상 다시 그녀에게로 돌아왔다. 우리는 항상 돌아오는 것이다 Nous revenons toujours.[35] 대체적으로 그것이 모든 남자들의 본질적인 특성이거든. 남자들이란 마음이 넓기 때문이야. 만일 남녀간의 결혼이라

---

35 〈언제나 항상 첫사랑으로 돌아간다 On revient toujours à ses premiers amours〉는 프랑스 속담을 암시한다.

는 게 여자들이 뜻하는 대로 되는 것이라면, 아마 온전하게 지속되는 결혼 생활이란 하나도 없을 게다. 네 어머니가 지니고 있는 성격적 특성은 온순함, 순종, 겸손, 그러면서 동시에 억셈, 강한 의지, 진정으로 강한 의지로 표현될 수 있다. 그리고 그녀는 내가 이 세상에서 만난 여성 중에서 가장 뛰어난 여자였어. 그리고 그녀에게는 힘이 있어. 확언하지만 바로 그 힘이 그녀를 지켜 온 것이라 할 수 있을 거야. 물론 나는 올바른 신념이란 있을 수 없다고 생각하는 사람이니까 그것을 신념이라고는 말하지 않지만, 아무튼 그들에게는 일종의 신념이라고 여기는 것, 또는 그들식으로 말하자면 무언가 신성한 것이 있는데, 바로 그것을 위해서라면 그녀는 어떠한 고통이라도 끝까지 참아 낼 수 있단다. 자, 사실이 이런데도 너는 아직 나를 박해자로 여기겠니? 그러한 특성을 알고 있기 때문에 나는 거의 모든 일에 대해 침묵하고 있었다. 물론 그렇게 하는 것이 편리했기 때문에 그랬던 것은 아니다. 솔직히 말해서, 나는 그렇게 해온 것을 후회하지는 않는다. 왜냐하면 그렇게 해서 모든 일이 순리대로 풀려 왔으니까. 물론 내가 무슨 칭찬을 받을 만한 일을 했다고는 생각지 않아. 하지만 괄호 속에 담아 두는 형식으로 말한다면, 나는 그녀가 내 인간적 본질에 관해서 한 번도 신뢰감을 갖지 않았다는 의심을 가지고 있다. 그렇기 때문에 그녀는 항상 그렇게 떨고만 있었지. 하지만 그렇게 떨기는 했어도 그녀는 절대로 어떤 문화적 충격에 대해서도 굴복하지는 않았어. 우리는 잘 모르겠지만, 그들은 어떻게 용케 그것을 할 수 있는 모양이다. 대체로 그들은 우리보다 훨씬 자신의 문제를 잘 해결하는 것처럼 보인다. 그들은 더없이 견딜 수 없는 상황에 놓이더라도 자신들의 일상적인 생활을 계속할 수 있고, 또 그들의 생활과는 동떨어진 이질적인 환경 속에서도 전혀 흔들림 없이 본래의 모습 그대로 살아갈 수 있지. 우리는 도저히 그럴 수가 없지만.」

「그들이란 누구를 말하는 거지요? 저는 이야기의 뜻을 잘 알아들을 수가 없군요.」

「민중이지. 나는 민중에 대해서 말하고 있는 거야. 민중은 정신적으로나 정치적인 측면에서 위대한 생활력과 거대한 역사성을 가지고 있다는 것을 증명해 왔다. 그러나 우리의 문제로 돌아가기 위해서, 먼저 네 어머니에 대한 이야기를 좀 해둬야겠다. 그녀도 항상 그렇게 침묵하고 사는 것만은 아니다. 때로는 자기 의견을 말하기도 하지. 그러나 그 말을 들어 보면 결국은 이전의 방식으로 이야기하기 때문에, 이미 5년 동안이나 걸려서 무엇인가를 가르쳐 보아도 아무런 소용이 없다는 것을 알 수 있었다. 더욱이 때로는 전혀 기대하지도 않았던 말을 하곤 한단 말이야. 여기서 또 말해 두지만 나는 절대로 그녀가 어리석은 사람이라고 말하는 것은 아니다. 반대로 그녀는 아주 독특한 두뇌의 소유자, 그리고 굉장한 두뇌의 소유자라고 말하는 것이 옳을 게다. 물론 너는 아마 두뇌 같은 것은 믿지 않겠지만······.」

「왜 제가 그것을 믿지 않는다고 생각하지요? 저는 다만 당신이 실제로 어머니의 두뇌를 믿고 있다는 말을 신뢰할 수 없어요. 그저 일부러 그런 체하는 거겠지요.」

「그래, 네 생각에는 내가 그처럼 카멜레온 같은 인간으로 보이느냐? 내가 너를 지나치게 방종하도록 놔두는 것 같구나······. 마치 버릇 나쁜 아들을 대하듯이 말이다······. 그러나 이번만은 그대로 지나가자.」

「제 아버지에 대한 이야기를 해주세요. 진실대로 말해 줄 수 있다면요.」

「마까르 이바노비치에 관해서 말이냐? 마까르 이바노비치에 관해서 말이지. 그 사람은 너도 알다시피 농노 출신으로 말하자면 뭔가 명예를 꿈꾸는 사람이었지······.」

「제 짐작이 틀림없겠지만, 당신은 지금 그 사람에 대해 뭔가 질투심을 가지고 있군요!」

「천만에, 사실은 오히려 그 반대이다. 원한다면 말해도 좋지만, 나는 네 정신이 여러 가지 생각으로 복잡한 상태에 있는 것을 보니 매우 기쁘다. 그리고 맹세하지만 나는 지금 마음속으로 후회하는 심정이다. 지금 바로 이 순간에, 어쩌면 천 번째인지도 모르겠지만, 20년 전에 일어난 그 모든 일에 대해서 나는 한없이 자책하는 마음만 든다. 그 모든 일은 그저 우연히 일어난 것이었음을 하느님도 알고 계신다……. 어쨌든 그 일이 있고 난 다음에도 나는 온 힘을 다하여 모든 일을 순리대로 수습하려고 애썼다. 적어도 그 당시에 나는 인도주의의 위대한 행동을 얼마나 마음속에서 동경하고 있었는지 이루 말할 수도 없다. 그 당시 우리는 모두 선을 실천하고, 여러 가지 공공의 목적과 지고의 이상에 봉사하려는 정열에 불타고 있었다. 우리는 관등이나 세습 귀족의 특권, 낙후된 농촌과 심지어 전당포 같은 것에도 비난을 퍼부었지. 적어도 우리 중에서 어떤 사람들은 그렇게 하려고 노력했단 말이지……. 너에게 맹세한다. 비록 우리들의 숫자는 그렇게 많지 않았지만 우리는 옳은 말을 하려고 했어. 그리고 단언하건대 때로 정의로운 행동을 하기도 했다.」

「그때 당신은 서로 어깨를 부여잡고 우셨습니까?」

「미리 모든 점에서 너와 동감이라고 전제하고, 얘기가 나왔으니 다시 말하지만, 그 어깨 운운하는 얘기는 네가 나한테서 들은 거야. 그렇다면 너는 지금 이 순간, 내 정직한 태도와 신뢰를 악용하고 있는 것밖에 안 되는 거야. 그러나 너도 동의하겠지만, 그 어깨에 관한 것은 사실 처음에는 익숙하지 않으니까 그렇지 보기에 그다지 나쁜 것은 아니었다. 특히 그 당시에는 그랬지. 그때 우리가 막 시작했을 때였으니까 말이다. 물론 내가 부자연스러운 몸짓을 했어. 그러나 그때는 나 자신이 부자연스럽다는 것을 몰랐다. 그럼 너는, 예를 들자면 실제의 행동에서 절대로 부자연스러운 몸짓을 정말 안 한단 말이냐?」

「아까 아래에서 저는 다소 감상에 빠졌던 것 같습니다. 그래서 이리로 올라왔을 때에도 당신이 제 행동을 보고 제가 일부러 그런 태도를 취했다고 생각하지나 않을까 생각되어 사실은 매우 부끄러웠습니다. 마음속으로는 그렇게 생각하고 있으면서도 때로는 전혀 다른 연극을 할 때가 있는 것은 사실이지요. 그렇지만 아까 아래에서 있었던 일은 모두가 자연스러운 것이었습니다. 정말입니다.」

「그래, 그런 일이 흔히 있지. 너는 적절한 표현을 썼다. 〈마음속으로는 그렇게 생각하고 있으면서도 때로는 전혀 다른 연극을 할 때가 있다〉라고. 그래, 나도 그런 경우가 더러 있었지. 사실 나는 연극은 했지만, 소리를 내어 울부짖는 심정은 진정이었다. 좀 더 머리가 영리했더라면 마까르 이바노비치가 자신의 어깨에 기대고 운 것을 더욱 심한 조롱으로 받아들였을지도 모른다는 점에 대해서 나 역시 부정은 안 한다. 하지만 그의 정직한 성격이 그때 그것을 통찰할 힘을 막았던 거야. 다만 그때 그가 나를 가엾게 생각했는지 안 했는지는 모르겠다. 그 당시 내가 진심으로 그랬으면 하고 원했던 일만은 지금도 기억하고 있다.」

「그런데 말이에요.」 나는 그의 말을 막았다. 「당신은 지금도 그 이야기를 하면서 비웃는 듯한 표정을 짓는군요. 그리고 지난 한 달 동안 저와 이야기할 때면, 당신은 언제나 비웃는 듯한 표정을 지었어요. 저와 이야기할 때 왜 그런 표정을 짓는 거지요?」

「진정으로 그렇게 생각하느냐?」 그는 온화한 어조로 대답했다. 「너는 매우 의심이 많구나. 그렇지만 내가 웃은 것은 너를 향해서 그런 것은 아니다. 혹은 적어도 너한테만 그런 것은 결코 아니라는 것을 말해 두마. 하지만 지금 나는 웃고 있지 않아. 그런데 그 일이 일어났을 때, 한마디로 말해 그때 나는 할 수 있는 모든 일을 다 했다. 정말이다. 나는 내게 전혀 도움이 되지 않는 일도 했다. 우리 상류 계층 사람들은 민중들과는 다르게 자신에게 이익이 되는 일을 할 수가 없었어. 반대로 늘 자신에게 손해가 되는 일만 했었지. 그 당시 우리들 사이에서는 바로 그렇게 하는 것이 〈우리의 최고의 미덕〉인 것처럼 여겨진 것 같다. 그 기준도 상당히 높았던 것 같고. 진보적인 지금 사람들과는 비교할 수 없을 만큼 그때 우리는 욕심이 많았던 것 같다. 아무튼 그때 나는, 아직 죄를 저지르기 전에, 내 솔직한 감정을 있는 대로 마까르 이바노비치에게 말했다. 지금 생각하니 그 말 중에는 전혀 할 필요가 없었던 것도 많았고, 더욱이 그렇게 솔직한 태도를 취할 필요도 없었던 게 아닌가 하는 생각이 든다. 인간적 존중에 대해서는 그만두고라도, 그렇게 하는 것이 오히려 더 예의에 맞는 일이었다고 여겨진다. 그러나 댄스에 정신이 팔려 있을 때 한번 멋있는 스텝을 밟아 보겠다는 기분을 억제할 수 있겠니? 어쩌면 아름답고 고상한 요구란 실제로는 그런 것인지도 모르겠다. 나는 이 의문을 평생 해결 못하고 있다. 그러나 그것은 우리의 피상적 대화에 비해 너무 무거운 주제인 것 같다. 어쨌든 너에게 맹세해도 좋지만, 나는 지금도 그 일을 상기하면 부끄러워 죽겠구나. 나는 그때 그에게 3천 루블의 돈을 주마고 했다. 그런데 지금도 기억하지만 그는 내내 침묵을 지켰고, 말한 건 나뿐이었다. 그런데 말이야, 나는 그의 그런 태도를 보면서, 그것은 그가 나를 두려워하기 때문이다, 즉 나의 지주로서의 권리를 무서워하기 때문이라고 생각했단 말이야. 그래서 나는 잊혀지지도 않지만, 그를 격려하느라고 갖은 애를 다 썼다. 아무것도 염려하지 말고 그의 모든 소원을 말하도록, 그리고 어떤 비난을 한다 해도 무방하다고 나는 그를 설득하려고 했다. 보증의 형식으로 나는 그에게 이런 약속을 했다. 만일 내가 건 조건, 즉 3천 루블의 돈과 농노 신분의 방면 증서(그것은 물론 그와 그의 아내 두 사람에게 준 것이지), 그리고 아무데로나 마음대로 여행해도 좋다(물론 아내는 빼고)는 조건이 싫다면 내게 곧바로 솔직하게 말을 해라, 그럴 경우에는 그에게 농노 신분의 방면 증서를 주고, 아내 또한 그에게로 돌려주며 위자료로 똑같이 3천 루블씩 두 사람에게 지불하겠다. 그리고 그들이 내게서 떠나 아무데나 원하는 곳으로 가지 않는다면 그 대신 내가 그들에게서 떨어져 3년 동안 혼자 이탈리아로 떠난다는 내용이었다. 이 친구야Mon ami, 나는 마드무아젤 사쀼쥐꼬바를 이탈리아로 데리고 가는 따위의 짓은 하려고 하지 않았네. 그 점은 믿어도 좋아. 그때 나는 매우 순진했으니까. 그런데 뭐야? 이 마까르는 내가 말한 내용을 지키리라는 것을 잘 알고 있으면서도 여전히 침묵을 지키고 있었지. 그리고 내가 세 번째 이야기를 하려고 했을 때에야 무언가 마뜩찮은 표정을 지으면서 그냥 밖으로 나가 버렸어. 그때 나 역시 예상치 못한 그의 태도에 약간 놀랐지. 나는 그때 거울에 비친 나의 얼굴을 흘끗 보았던 기억을 잊을 수가 없어. 대개 그들과 상의를 할 때 그들이 아무 말도 하지 않을 때가 제일 힘든 법이거든. 그런데 그는 침울한 성격이어서, 솔직히 말한다면 서재로 불렀을 때 나는 그를 믿지 않았을 뿐더러, 실은 매우 두려워하고 있었지. 그 계층 사람들 중에는 전혀 예측 불가능한 불덩이를 가슴에 지니고 있는 사람들이 많이 있거든. 폭력을 쓰는 것보다도 그런 특성을 가진 쪽이 훨씬 더 두려운 법이지. 그래Sic. 나도 그때 위험한 짓을 했어. 대단한 모험이었지! 만일 그때 그가 이 시골뜨기 우리야[36]가 온 집안이 떠나가도록 큰소리를 지르기 시작했다면 나 같은 꼬마 다윗이 어떻게 대처해야 했을지 모를 일이다. 그랬다면 그때 내가 무슨 일을 할 수 있었겠니? 그런 이유 때문에 내가 먼저 3천 루블을 제안했던 거야. 이것은 본능적으로 한 일이었지. 그러나 다행스럽게도 그런 제안이 받아들여지리라고 생각한 것은 내 오해였다. 이 마까르 이바노비

---

[36] 구약성서, 사무엘하 11장에 나오는 인물.

치라는 사람은 일상적인 사람들과는 전혀 다른 유형의 사람이었거든…….」

「말해 주세요, 무슨 죄를 지었나요? 지금 당신은 죄를 저지르기 전에 남편을 불렀다고 하지 않았나요?」

「글쎄, 그건, 말하자면 해석하기에 달린 것인데…….」

「그러면 죄가 있었군요. 그런데 지금 당신은 그의 사람됨을 오해했었다, 그는 전혀 다른 유형의 사람이었다고 말했지요. 도대체 그는 어떤 사람이었습니까?」

「나는 지금도 그를 어떤 특성의 사람이라고 단정할 수가 없다. 그러나 그는 어딘가 남다른 점이 있었지. 그리고 아주 충직한 사람이었어. 내가 그런 결론을 내린 것은, 나중에는 그와 함께 있다는 사실이 더욱 마음 아프게 되었기 때문이야. 바로 다음날 아무 소리도 없이 그는 곧바로 여행을 떠나는 데에 동의했어. 내가 제의한 액수에 대해 꼼꼼히 챙겨 가지고.」

「그 사람이 돈을 받았어요?」

「대단했지! 그 점에서 나는 아주 놀랐지. 나는 그때 3천 루블이라는 큰돈을 수중에 가지고 있지 않았기 때문에 우선 7백 루블을 빌려서 그에게 주었다. 그랬더니 그 사람은 나머지 2천 3백 루블을 차용 증서의 형식으로, 그것도 법적으로 확실히 하기 위해 어떤 상인의 명의로 작성해 달라고 요구했거든. 그리고 2년 후, 그 상인은 이 증서를 가지고 소송을 걸어 내게서 그 금액에 이자까지 합한 돈을 빼앗아 갔지. 여기에서 나는 다시 한번 놀랐다. 왜냐하면 정작 본인은 〈하느님의 전당을 건축하려는 자금을 모으러 떠났고〉,[37] 그로부터 벌써 20년 동안이나 온 사방을 떠돌아다니고 있으니 말이다. 순례자가 왜, 자신의 돈이 그렇게 많이 필요한지 나는 이해가 안 간다……. 돈은 뭐니 뭐니 해도 속세의 물건이

---

37 네끄라소프의 시 「블라스」 중에서 인용한 것임.

니까……. 물론 순간의 일시적인 충동으로 그런 제안을 했지만, 나도 나중에는 시간이 흐름에 따라 자연히 생각이 달라질 수도 있었지……. 그렇게 지내다 보면 어느 순간엔가 그가 나를 용서해 주리라고…… 아니, 사실대로 말하자면 우리, 나와 그녀를 용서하리라고. 적어도 그런 때가 오기를 기다려는 주리라고 생각했어. 그런데 그는 기다려 주지 않았지…….」

(이해를 돕기 위해 여기에다 주석을 붙여야 할 것 같다. 만일 어머니가 베르실로프보다 오래 살게 된다면, 그녀는 노후에 문자 그대로 일전 한푼 없이 지낼 수밖에 없었다. 만약에 마까르 이바노비치의 그 돈 3천 루블이 없었다면 말이다. 그 돈은 이자를 합쳐서 벌써 두 배가 되어 있었는데, 그는 그 돈을 1루블도 남김없이 모두 그녀에게 상속해 주도록 유언장에 기록해 두고 작년에 세상을 떠났다. 이미 그때 그 사람은 베르실로프의 내면을 꿰뚫어 보고 있었던 것이다.)

「언젠가 말한 적이 있는데, 마까르 이바노비치는 몇 번인가 당신을 방문하여 며칠씩 묵게 되면, 그때마다 늘 어머니의 집에서 머물렀다면서요?」

「그랬지. 솔직하게 말하면, 처음에 나는 그가 오는 것을 지독히 두려워했어. 이 20년이라는 오랜 기간 동안 그가 다녀간 것은 모두 합해서 여섯 번인가 일곱 번인데, 처음 몇 번은 집에 있으면서도 나는 숨어서 나타나지 않았지. 그의 방문이 무엇을 의미하는 것인지, 무엇 때문에 그가 나타나는 것인지 도무지 종잡을 수가 없었거든. 그러나 차차 생각해 보니, 그 사람의 입장에서는 그렇게 행동할 수도 있겠다는 생각이 들었어. 그 후 나는 우연히 어떤 호기심을 가지게 되었고, 나가서 그를 만나 보기로 했지. 그리고 나는 그에게서 참으로 묘한 인상을 받았다. 그때는 벌써 그가 우리를 찾아온 지 세 번째던가 네 번째였을 때였고, 내가 마침 조정위원으로 취임하여 온 힘을 다해 러시아의 당면 문제를 연구하기 시작했을 무렵의 일이었다. 나는 그에게서 매우 많은 새로운 이야기들을 들을 수 있었지. 뿐만 아니라 그런 것이 있으리라고는 도저히 상상할 수도 없었던 것을 바로 그에게서 발견했지. 뭐랄까, 일종의 온유함, 균형 잡힌 성격, 그리고 제일 놀라운 것은 유쾌하다고도 할 수 있는 그의 태도 같은 것들. 그는 〈그 일〉(너는 알겠지tu comprends?)에 대해서는 조금도 내비치지 않았고, 이야기를 이끌어 나가는 능숙한 말솜씨와 말하는 태도가 참으로 훌륭했어. 하인들에게서 흔히 보이는 거들먹거리는 근성 같은 것은 조금도 없었다. 솔직하게 말해서 내가 아무리 평민적이라고 해도 그런 유치한 태도만은 참을 수가 없었지. 그리고 소설이나 연극에서 〈진정한 러시아 사람〉들이 흔히 보여 주는 그런 러시아적인 점이 그에게는 전혀 보이지 않았다. 또 이쪽에서 시작하지 않는 한 종교에 대한 이야기도 전혀 하지 않았지. 그러나 이쪽에서 호기심을 가지고 질문하면, 수도원이나 수도원 생활의 독특한, 매우 흥미롭다고도 할 만한 이야기를 해주었지. 그러나 가장 중요한 점은 그의 공손한 태도였어. 그 겸손하고 공손한 태도, 최고의 인격에 도달하기 위해 꼭 있어야 할 것 같은, 뿐만 아니라 내 생각으로는 그것 없이는 최고의 경지에 도달할 수 없을 것 같은 바로 그러한 공손한 태도였어. 그의 흠잡을 데 없는 그런 태도는 오만을 완전히 버림으로써 얻어진 것이었지. 그 정도가 되면 어떠한 처지에 있든, 어떠한 운명에 처하든, 자기 스스로 자신에 대해 흔들림 없는 확신과 같은 신념이 생길 것이다. 자신이 처해 있는 바로 그 상황에서 자신을 존중하는 능력은 이 세상에서는 아주 보기 드문 것으로, 진정한 품위와 마찬가지로 정말로 귀한 것이지. 너도 살다 보면 저절로 알게 된다. 그러나 나중에, 정말 나중에 나는 더욱 놀라게 되었어. 처음에는 그렇지도 않았지만(베르실로프는 덧붙였다), 나중에 보니 마까르는 참으로 당당한 미남자였지. 뭐라 말할 수 없이 아름다운 얼굴이었지. 나이는 들었지만 〈검게 그을린 구릿빛 얼굴, 커다란 키에 당당한 풍모〉,[38] 그에게는 허식이 없고 무게가 있었지. 나는 내 가련한 소피야가 어째서 〈그때〉 나를 선택할 수 있었는지 이해가 되지 않을 정도였어. 그때 그는 쉰 살 가량이었지만 아직 젊어 보였고, 그와 비교하면 나 같은 사람은 보잘것없는 경박한 건달이었지. 하지만 지금도 분명히 기억나는데, 그는 그때 벌써 머리가 완전히 백발이었지. 아마 그녀와 결혼할 때에도 이미 머리가 허옇게 셌을 테지. 어쩌면 그래서 그녀가 그런 선택을 했는지도 모르겠고.」

베르실로프에게는 상류 계층 출신 특유의 무언가 경박해 보이는 습성이 있었다. 지적이고 수준 높은 대화를 나누다가도 갑자기(전혀 그런 이야기가 나올 상황이 아닌데도) 지금 마까르 이바노비치의 백발과 그것이 어머니에게 준 영향에 대한 억측처럼 아주 시시껄렁하고 경솔한 이야기를 일부러 꺼내어 이야기의 끝을 맺는 습성 말이다. 그는 일부러 그렇게 하는 것이고, 아마 경박하기 짝이 없는 상류 계층의 못된 습성 때문에 자신의 말이 무슨 의미를 가지는지도 전혀 모르고 하는 듯했다. 그의 이야기를 듣고 있으면 때로 아주 진지한 내용을 담고 있을 것 같지만, 사실 그는 마음속으로 딴 것을 생각하거나 그저 웃기려고만 했다.

3

왜 그런지 이유는 알 수 없지만 나는 그때 갑자기 몹시 화가 났다. 그때 내가 저질렀던 어처구니없는 행동들을 떠올릴 때마다 나는 지금도 몸둘 바를 모르겠다. 아무튼 나는 갑자기 의자에서 벌떡 일어났다.

38 네끄라소프의 시 「블라스」에서 인용한 부분.

「그런데 말입니다.」 내가 말했다. 「당신이 지금 이리로 온 것은 주목적이 어머니에게 우리가 화해했다고 생각하게끔 하자는 것이라고 말했지요. 그런 목적으로 온 것이라면 이제 시간은 충분했던 것 같습니다. 이제 저 혼자 있게 해주시면 좋겠는데요.」

그는 약간 낯을 붉히며 자리에서 일어났다.

「너는 내게 참 버릇없이 구는구나. 하지만 이제 그만 가마. 억지로 친절을 지어낼 수는 없을 테니 말야. 그런데 한 가지만 묻겠는데, 너 정말 공작댁에 다니는 일을 그만둘 작정이냐?」

「하, 하! 당신에게 특별한 목적이 있는 것을 저는 다 알고 있지요……」

「지금 너는 내가 어떤 목적을 가지고 너로 하여금 공작 근처에 그대로 머물러 있도록 하기 위해서 왔다고 의심하는구나. 설마 너는 내가 모스끄바에서 너를 불러들인 것도 내게 어떤 목적이 있어서 그렇게 한 것이라고 생각하는 건 아니겠지? 너는 참으로 의심이 많구나! 네가 생각하는 것과는 오히려 반대로, 어떤 일에서나 나는 네게 도움이 되는 쪽을 찾고 있다. 바로 지금도, 이제 내 재산도 돌아왔으니 나와 네 어머니가 너를 한번 제대로 도울 수 있도록 용납해 줬으면 하고 생각하고 있다.」

「저는 당신이 싫습니다, 베르실로프 씨.」

「이제는 〈베르실로프〉라고 부르기까지 하는구나. 어쨌든 그 성을 네게 넘겨주지 못한 것을 나는 진심으로 가슴 아프게 생각한다. 왜냐하면 만일 내게 죄가 있다면, 내 모든 죄는 바로 그것과 관련이 있을 테니 말이다. 그렇지 않니? 그렇지만 다시 말한다면 나는 유부녀와 결혼할 수가 없었다.」

「그래서 당신은 남편이 없는 부인과 결혼하려고 했군요?」

그의 얼굴에 가벼운 경련이 스쳐 지나갔다.

「너는 지금 엠스에 대한 이야기를 하고 있구나, 아르까지. 너는 아까 네 어머니 앞에서 내게 손가락질하며 난폭한 행동을 했어.

너는 네가 저지른 가장 큰 실수가 바로 거기에 있었다는 것을 알아야 한다. 너는 리지야 아흐마꼬바와의 사건에 대해 제대로 알고 있는 것이 아무것도 없다. 그리고 그 사건에 바로 네 어머니가 어느 정도까지 관계했는지도 너는 모르고 있어. 그래, 네 어머니가 나와 함께 그곳에 있지 않았던 것은 사실이지만, 만일 내가 정말로 소중한 여인을 보았다면, 그것은 바로 그때 본 너의 어머니일 것이다. 그러나 이젠 그만 하자. 모든 것은 아직까지도 제대로 다 밝혀진 게 아니야. 그런데 너는, 자기도 무슨 의미인지 모르는 타인의 말을 그대로 옮기고 있을 뿐이야.」

「그런데 바로 오늘 공작이 말하기를, 당신더러 털도 나지 않은 처녀들을 좋아하는 사람이라고 하던데요.」

「공작이 그런 말을 했어?」

「한번 들어 보세요. 당신이 무엇 때문에 이곳으로 왔는지 그 확실한 이유를 말해 볼까요? 저는 내내 앉아서 방문의 진짜 이유가 무엇일까를 골똘히 생각하고 있었는데, 이제 대충 짐작이 가는 것 같습니다.」

그는 이미 방에서 나가려고 했지만, 갑자기 걸음을 멈추고 다음 말을 기다리는 듯 내 쪽으로 얼굴을 돌렸다.

「제가 아까, 안드로니꼬프의 서류 속에 끼여 있던 따찌야나 빠블로브나에게로 보낸 뚜샤르의 편지가, 안드로니꼬프가 죽은 후 모스끄바의 마리야 이바노브나의 수중에 들어갔다고 잠깐 말씀드렸지요. 저는 그때 갑자기 당신의 얼굴이 어쩐지 경련을 일으키는 것처럼 느꼈지요. 그런데 바로 지금 다시 한번 당신의 얼굴이 아까와 똑같이 떨렸기 때문에, 저는 지금에서야 겨우 그랬었구나 하고 알아챘습니다. 당신은 아래에서 이렇게 생각하셨겠지요. 안드로니꼬프의 편지 한 통이 마리야 이바노브나의 수중에 들어갔다면, 또 한 통의 편지도 거기 있을 가능성이 높지 않겠는가? 안드로니꼬프가 죽은 후 매우 중요한 편지들이 아직도 남아 있을 수 있지 않겠는가라고 말입니다. 그렇지 않습니까?」

「네 생각으론, 그런 이유 때문에 내가 너한테 와서 네게 뭔가 얘기하게끔 하려 했단 말이로구나?」

「그건 자신만이 아시겠지요.」

그의 얼굴이 아주 창백해졌다.

「이것은 네가 혼자서 생각한 일이 아닌 것 같구나. 여기에는 분명 어떤 여자의 영향이 있는 것 같다. 그리고 네 말 속에, 너의 그 버릇없는 추측 속에는, 대단한 증오심이 담겨 있는 것 같구나!」

「어떤 여자를 말하지요? 오늘 저는 마침 그 여자를 만났어요! 저를 공작 곁에 그대로 있게 하려는 이유가, 그 여자를 염탐하기 위해 저를 이용하려는 것은 아니겠지요?」

「아마도 너는 새로운 영역에서도 탁월한가 보구나. 네 〈이념〉이란 게 그런 것 아니냐? 그대로 계속하면 좋을 것 같다. 너는 남을 염탐하는 분야에 그야말로 탁월한 재능을 가진 것 같으니 말이다. 재주가 있으면 그것을 갈고 다듬어야지.」

그는 숨을 쉬기 위해 말을 멈췄다.

「말을 함부로 하지 마세요. 베르실로프 씨. 저를 댁의 원수로 만들지 마세요.」

「이런 상황에서 자신의 최종적인 생각을 발설하는 사람은 아무도 없다. 그런 것은 마음속에 그냥 간직해 두는 거야. 자, 불을 좀 비추어 다오. 내가 아마도 네 원수인 것 같은데, 그래도 아직은 내 목뼈가 부러지기를 바랄 정도는 아니겠지. 그런데, 이 친구야 Tiens, mon ami, 참 우습군.」그는 계단을 내려가면서 말을 계속했다.「나는 지난 한 달 동안 너를 성품이 아주 좋은 친구라고 생각해 왔으니 말이다. 내가 보기에 너는 몹시 삶을 갈망하고 있어. 아마 목숨이 셋 있어도 모자랄 정도로 삶을 강렬히 원하고 있다고 바로 네 얼굴에 씌어져 있다. 그런데 그런 사람들은 대부분 아주 따뜻하고 여유로운 법인데, 내가 완전히 사람을 잘못 봤구나.」

4

 나 홀로 남게 되었을 때, 내 마음이 얼마나 괴로웠는지 도저히 표현할 수가 없다. 마치 생살을 칼로 도려내는 것과 같은 느낌이었다! 왜 내가 그처럼 감정이 복받쳐서 그다지도 그를 모욕했을까? 그것도 아주 의도적으로. 그때와 마찬가지로 지금도 그 이유를 분명하게 설명할 수가 없다. 그리고 그때 그의 얼굴이 얼마나 창백해졌던가? 어쩌면 그의 창백한 얼굴은 분노나 굴욕감에서 비롯된 것이 아니라, 가슴에서 진정으로 우러난 순수한 감정과 한없이 슬픈 마음의 표현이었는지도 모른다. 그가 가슴속으로 나를 매우 사랑하고 있다고 나는 한때 믿고 있었다. 그렇다면 지금은 왜 그렇게 믿을 수 없단 말인가? 저간의 상황과 얽힌 것들이 다 해명된 지금에 와서는 더욱 그렇지 않을까?

 갑자기 화를 내면서 내가 그를 그렇게 내몰다시피 했던 것은, 그가 나를 찾아온 속뜻이 바로 안드로니꼬프의 편지가 아직 마리야 이바노브나에게 있는지를 알아보기 위한 것이라는 추측이 불현듯 들었기 때문이다. 지금 그의 입장에서는 당연히 그 편지를 찾고 있을 것이라고 생각하고 있었다. 그런데 어쩌면 그때, 바로 그 순간에, 내가 치명적인 실수를 한 것인지도 모를 일이다! 감정에 겨워 주섬주섬 털어놓은 내 얘기가 빌미가 되어, 어쩌면 그는 마리야 이바노브나에 대해서 그녀의 수중에 편지가 있을지도 모른다는 생각을 머릿속에 떠올렸을 수도 있다. 누가 알겠는가?

 그런데 끝으로 또 하나 이해가 안 되는 것이 있다. 아까 얘기를 나눌 때, 그는 내 속생각을 아주 선명하게 읽어 내었다(목숨이 셋 있어도 하는). 그 얘기는 내가 끄라프뜨에게 한 말이다. 여기서 아주 중요한 것은 그의 말이 내가 한 말과 바로 똑같았다는 사실이다. 우연히 서로의 말이 일치하는 경우도 종종 있을 것이다. 하지만 어떻게 그토록 내가 내면으로 생각하고 있는 것의 본질을 그는 꿰뚫듯이 알고 있을까? 참으로 뛰어난 관찰력과 추리력이다! 한 가지 사안에 대해서 그처럼 세밀하게 이해할 수 있다면 다른 일들 역시 다 알고 있지 않을까? 그는 모르는 체하는 것이 아니라, 정말 내 마음속에 담긴 것을 읽지 못하는 것일까? 내 출신 성분 때문에 내가 그를 용서하지 않겠다고 한 것은 전혀 사실이 아니다. 내 삶 속에서 꼭 필요한 것은 그라는 것을, 내게 필요한 것은 베르실로프라는 귀족의 신분도 아니며, 단지 베르실로프라는 그 사람 자체, 그의 존재 모든 것, 그리고 바로 내 아버지이며, 그런 생각이 내 피 속에 스며들어 있다는 것을, 그처럼 섬세하고 예민한 사람이 정말 아둔할 정도로 모르고 있단 말인가? 그러나 만일 그렇지 않다면, 도대체 왜 그는 나를 이렇게 혼란스럽게 뒤흔들어 놓고 가만히 모르는 체하고 있는 것일까?

제8장

1

 이튿날 아침 나는 될 수 있는 대로 일찍 일어나려고 하였다. 대개 나와 어머니, 그리고 여동생은 8시 무렵에 일어나고, 베르실로프는 9시 30분까지 혼자 편안히 잠자리에 누워 있었다. 8시 30분이 되면 정확한 시간에 어머니는 늘 내게 커피를 가져왔다. 하지만 이날은 커피가 오기를 기다리지 않고 정각 8시에 아무도 눈치 채지 못하게 조용히 집을 빠져나왔다. 그날 해야 할 일에 대해서는 전날 이미 대략적인 계획을 세워 놓았다. 그 계획을 즉시 실행에 옮기려는 강렬한 열망이 있음에도 불구하고 나는 가장 중요한 몇 가지 사항에 대해 아직 분명한 결론이 나지 않은 채 애매한 구석이 있다는 것을 느끼고 있었다. 그래서 나는 전날 밤 밤새도록 깊은 잠을 못 이루고 잠꼬대를 계속하였다. 몽롱한 상태에서 여러 가지 꿈만 꾸고 잠시도 깊은 잠에 들지 못한 것은 어쩌면 당연한 결과이기도 했다. 그렇지만 자리에서 일어났을 때, 나는 그 어느 때보다도 기운이 넘치고 기분도 상쾌했다. 어머니와는 마주치고 싶지 않았다. 어머니와 마주치면 내 계획에 대해 말할 수밖에 없을 텐데, 그러다 보면 뭔가 예상치 못한 새로운 감정에 빠져 그 때문에 예정된 목표에서 이탈하지나 않을까 두려웠기 때문이다.
 아침 공기는 아주 싸늘하였고, 습기로 가득 찬 옅은 안개가 모든 것을 덮고 있었다. 그 모습은 아주 지저분해 보였지만, 분주한 뻬쩨르부르그의 이른 아침은 특별한 이유 없이 항상 내 마음에 들었다. 제각기 일터로 바삐 걸어가는 이기적이고 늘 무슨 생각엔가 골똘히 잠겨 있는 사람들의 모습도, 아침 8시 이 시각엔 뭔가 특별한 매력이 있어 보였다. 바삐 걸어가면서 누구에겐가 간단한 용건을 물어보든가 혹은 저쪽에서 뭔가에 대해 되물어 오는 것을 나는 아주 좋아했다. 그들의 물음이나 대답은 언제나 간단명료해서, 어느 쪽도 그 때문에 걸음을 멈추는 일은 없었다. 그리고 거의 모두가 친절하게, 그리고 기분좋게 대답하는 태도는 하루 중 다른 시간에는 볼 수 없는 것이다. 뻬쩨르부르그 사람들은 낮이나 저녁에는 훨씬 말이 적어지고, 자칫하면 금방 욕설이라도 내뱉을 듯하고 경멸 어린 표정을 짓기 십상이지만, 아직 일을 시작하기 전인 이런 이른 아침에는, 즉 하루 중에서 가장 진지한 이 시간에는, 그들의 분위기와 형편이 전혀 다르다는 것을 나는 깨달았다.

집을 나서면서 나는 서둘러 뻬쩨르부르그 구역 쪽으로 발걸음을 재촉했다. 어딘가 들러서 커피를 한잔 마셨으면 하는 생각이 간절했지만, 걸음을 멈추지 않고 바삐 걸었다. 먼저 예핌 즈베레프를 그가 집에 있는 동안에 꼭 만나야 하고, 그리고 난 다음 정확히 열한 시까지는 폰딴까에 있는 바신의 집으로 가봐야 하기 때문이다. (사실 그를 만나려면 정각 열 시까지는 그의 집에 닿아야 한다.) 나는 서둘러 예핌에게로 갔다. 자칫하면 그를 만나지 못할 뻔했다. 내가 그의 집에 도착했을 때, 그는 아침 커피를 마시고 나서 막 외출하려던 참이었다.

「요즘 왜 이렇게 자주 나를 만나러 오는 거지?」 그는 자리에서 일어서지도 않은 채 나를 맞으며 말을 꺼냈다.

「그 이유에 대해서 이제 얘기를 해줄게.」

뻬쩨르부르그의 이른 아침을 포함해 그 모든 아침은 하나도 예외 없이 인간을 맑은 정신으로 돌아가게 하는 힘을 가지고 있다.

어쩌면 불타는 듯한 밤의 망상은 아침의 광선, 냉기와 더불어 증발하듯이 어디론가 자취도 없이 사라지고 마는 경우가 있다. 아침이 되면, 이렇게 말하는 나 자신도 바로 조금 전까지 하고 있던 밤의 여러 가지 망상이나 행동을 떠올리면서 양심의 가책과 부끄러운 마음을 느낄 때가 많다. 그리고 말을 꺼낸 김에 하나 더 덧붙인다면, 나는 뻬쩨르부르그의 아침 풍경이 이 지구상에서 가장 산문적이라고 여겨지고, 또는 이 세상에서 가장 환상적일 수도 있다고 생각한다. 물론 이것은 내 개인적 견해나 인상이라고 하는 편이 더 적절하겠지만, 아무튼 나는 끝까지 그렇게 주장하고 싶다. 이렇게 안개에 뒤덮인 눅눅하고 습기 많은 뻬쩨르부르그의 아침에는, 뿌쉬낀의 『스페이드의 여왕』의 주인공 게르만(이 인물의 설정은 탁월한 상상력에 의한 것이다. 그는 거의 완벽할 정도로 뻬쩨르부르그적 인물의 전형, 또는 뻬쩨르부르그 시대의 전형적 인물의 하나일 것이다!) 같은 인물의 환상이 더욱 현실적이 되는 것이 당연하다고 나는 생각한다. 이런 음산한 안개에 싸여 있는 동안, 나 자신도 끊임없이 떠오르는 이상한 환상에 사로잡혔던 적이 그야말로 헤아릴 수 없을 정도로 많았다. 〈이 안개가 흩어져 위로 올라가 사라져 버리면, 그것과 동시에 이 습기에 가득 찬 음산한 도시도 안개와 더불어 점점 위로 올라가서 마치 연기처럼 사라져 버리진 않을까. 그렇게 되면 이전 핀란드 시대의 그 늪과, 아마 그 늪을 건너뛰기에 지쳐 뜨거운 숨을 몰아쉬는 말을 탄 《청동의 기사》[39]만이 장식품으로 남아 있을 것이다.〉 내 가슴 속에 떠오른 이 인상을 나는 한마디로 표현할 수가 없다. 왜냐하면 이 모든 것이 환상이자 결국은 시이며, 그렇기 때문에 그저 객쩍은 잡담일 수도 있기 때문이다. 그럼에도 불구하고 전혀 의미 없는 다음과 같은 의문이 자주 머리에 떠올랐으며, 지금까지도 자

---

[39] E. 팔꼰이 제작한 뾰뜨르 1세의 기념상이다.

꾸 떠오른다. 〈그들은 모두 지금도 저렇게 덤비고 버둥거린다. 그러나 어쩌면 이것은 모두 누군가의 꿈인지도 모를 일이다. 여기에 실제의 인간은 하나도 없고, 그 어떤 행위도 실제로 존재하는 것은 하나도 없는 것이 아닐까? 그런 생각을 하던 어느 누군가가 문득 정신을 차렸을 때, 그에게 이 모든 것은 꿈으로 보이다가 갑자기 사라져 버리는 것이 아닐까.〉 하지만 나는 그 환상에 깊이 빠져 들었다.

내 생각에 사람들은 누구나 일생에 한 번쯤은 틀림없이 미친 사람이라고 다른 사람들이 생각할 정도로 엉뚱한 계획이나 공상에 빠질 때가 있는 법이다. 그런 종류의 공상에 사로잡힌 채, 나는 그날 아침 즈베레프의 집으로 갔던 것이다. 내가 즈베레프에게 간 이유는, 이런 경우에 닥쳤을 때 그것에 대해 상의할 만한 사람이 뻬쩨르부르그에는 달리 아무도 없기 때문이다. 그런데 이 예핌이라는 친구는 그런 일에 대해서 상의할 사람을 선택해야 할 때, 내가 제일 마지막으로 만나야 할 종류의 사람이었다. 갖가지 망상과 열병에 들떠 있던 내가 그와 마주 앉았을 때, 그는 아주 차분하고 마음의 평정을 가지고 있는 사람이라는 생각이 들 정도였다. 물론 나는 가슴속에 내 이념과 확실한 감정을 가지고 있었지만, 그에게는 세상을 사는 데 필요한 실제적인 경험이나 판단이 있었다. 나는 내가 생각하고 있는 바에 대해 간단명료하게 그에게 설명했다. 그 내용은, 이번에 내가 근위대의 중위인 소꼴스끼 공작에게 결투를 신청할 생각인데, 그 이유는 1년 남짓 전에 그가 엠스에서 내 아버지인 베르실로프의 뺨을 때렸기 때문이며, 커다란 명예가 걸린 이 사건의 주요한 입회인으로 와줄 사람이 뻬쩨르부르그에서는 그 이외에 아무도 없고, 게다가 그가 오랜 친구이기 때문에 내 간청을 거절할 수 없을 것이라 생각한다는 것이었다. 여기서 말해 두지만, 예핌은 내 가정 형편이나 나와 베르실로프의 관계, 그리고 베르실로프에 대해 내가 알고 있는 거의 모든 사정을 매우 상세하게 알고 있었다. 여러 번에 걸쳐, 물론 몇 가지 비밀은 빼놓고, 내가 그에게 이야기를 해주었기 때문이다. 보통 때의 습관대로 그는 새장 속에 갇힌 새처럼 잔뜩 얼굴을 찌푸리고 앉아서 내 말을 들었다. 그의 흰 머리는 헝클어져 있고, 약간 붓기 있는 얼굴에 심각한 표정을 지은 채 말없이 앉아 있는 그의 입술에는 희미한 조소 어린 미소가 담겨 있었다. 그의 미소는 의도적인 것이 아니라 자연스럽게 이루어지는 것이어서 보기가 더 꺼림칙했다. 그 순간 그는 아마도 속으로 자기가 지력으로나 인품에서나 나보다 훨씬 차원이 높다고 생각했을 것이다. 또 한편으로 나는, 어제 제르가쵸프의 집에서 벌어졌던 일 때문에 그가 나를 더욱 멸시하지나 않을까 하는 우려도 느꼈다. 그러나 어쩌면 그러한 것은 당연한 일일지도 모른다. 왜냐하면 어차피 예핌은 보통의 군중일 뿐이고, 지나가는 구경꾼일 뿐이기 때문이다. 그러한 사람들은 언제나 구체적으로 이루어 낸 성공적인 결과에 대해서만 고개를 숙이는 속성을 가지고 있기 때문이다.

「그런데 베르실로프 자신은 이 일에 대해서 알고 있나?」 그가 물었다.

「물론 모르지.」

「그렇다면, 네가 무슨 자격으로 그의 문제에 개입하려고 하는 거지? 이것이 내 첫번째 의문이고, 둘째로는, 그렇게 함으로써 궁극적으로 너는 무엇을 증명해 보이려는 거지?」

나 역시 내 생각에 대해 그가 어느 정도는 반대하리라는 것을 알고 있었기 때문에 그가 생각하는 것처럼 내 행동이 어리석은 것은 아니라는 점을 곧 설명했다. 그 내용은 첫째, 우리와 같은 계층의 사람들 중에도 아직 명예를 존중하는 인간이 있다는 것을 그 무례한 공작에게 증명하자는 의도를 가지고 있다는 것이다. 그리고 둘째로는, 그렇게 함으로써 베르실로프 자신이 수치심을 느끼게 될 것이며, 그에게 하나의 교훈이 될 것이라는 점이다. 셋째로,

이것이 제일 중요한 사항인데, 가령 베르실로프의 결정이 나름대로 옳았다 하더라도, 즉 공작에게 결투를 신청하지 않고 뺨을 맞은 모욕을 참고 지내기로 결심한 것이 뭔가 자신의 신념에 의한 것이라 할지라도, 최소한 그에 대한 모욕을 마치 자신의 것처럼 강하게 느끼고…… 그와는 영원히 결별하려고 하면서도…… 그를 위해 자신의 생명을 던질 수 있는 인간이 곁에 있다는 것을 그가 알게 될 것이라는 점이다.

「그렇게 소리지르지 말고 조용히 해봐. 아주머니가 좋아하지 않는단 말이야. 그런데 그 소꼴스끼 공작이라는 사람은 베르실로프와 유산을 놓고 법정 다툼을 벌이고 있는 그 사람이지? 그렇다면 이것은 소송에서 이기는 완전히 새롭고 독창적인 방법인 셈이겠군. 결투에서 상대방을 죽이려고 하니 말이야.」

그 말을 듣고 나는 그에게 〈말을 꾸미지 않고 솔직하게en toutes lettres〉, 너 같은 사람은 이 일의 자세한 내용을 이해할 수도 없을 것이고, 사람을 비웃는 듯한 네 미소가 점점 더 너의 오만과 좁은 소견을 증명할 뿐이며, 소송에 대한 생각은 처음부터 내 의도와는 전혀 상관이 없었다는 것을 너 같은 정도의 사람은 이해할 수도 없을 것이고, 바로 너처럼 복잡하게 머리를 굴리는 작자만이 그런 생각을 해낼 수 있을 것이라고 설명해 줬다. 나는 덧붙여 소송은 이미 베르실로프가 승소했고, 또한 재판의 상대방은 소꼴스끼 공작 한 사람이 아니라 바로 소꼴스끼 공작 일가이기 때문에, 설사 공작 한 사람이 죽는다 하더라도 그 가문의 다른 사람들이 아직 남아 있다고 말해 주었다. 그러나 결투 신청은 공소 기한이 지날 때까지 당연히 연기할 것이다(설령 공작 일가가 공소를 하지 않더라도). 그렇게 하려는 것은 다만 최소한의 예의를 지키기 위해서일 뿐이며, 공소 기한이 지나면 곧 결투를 하려고 한다. 그리고 내가 여기에 온 이유는, 물론 결투가 바로 벌어지지는 않더라도, 내 주변에 입회인이 되어 줄 만한 사람이 별로 없기 때문에 만일 예핌 네가 거절할 경우를 대비해서 미리 적절한 사람을 찾을 만한 시간을 확보하기 위해서이다. 단지 그 이유 때문에 내가 온 것이다.

「사정이 그렇다면 그때 얘기하러 오면 되잖아. 공연히 10베르스따나 되는 먼길을 올 필요가 없었잖아.」

그는 일어서면서 모자를 집었다.

「그러면 그때 와주는 거겠지?」

「아니, 물론 나는 안 가지.」

「왜?」

「만일 내가 그때 가겠다고 지금 동의한다면, 자네는 그 공소 기한이 될 때까지 거의 매일 내게 올 거야. 그 일 하나만으로도 나는 싫어. 그리고 무엇보다도 이것은 모두 난센스야. 모두가 쓸데없는 일이란 말이야. 자네 때문에 내 앞날을 망치란 말인가? 갑자기 공작이 내게 묻는다고 하자. 〈누구의 부탁으로 왔지?〉 〈돌고루끼입니다.〉 〈무엇 때문에 베르실로프의 일에 돌고루끼가 나선다지?〉 그러면 나는 그에게 자네의 족보에 관해서 설명해 줘야 한단 말인가? 아마 그걸 들으면 공작은 크게 웃고 말 거야!」

「그러면 그 작자의 얼굴을 한 대 때려 주면 되지.」

「그런 것은 옛날 이야기에나 나오는 거야.」

「무서운가? 그렇게 몸집이 크면서 왜 그 모양이야. 자네는 학교에서도 제일 힘이 셌잖아?」

「무섭지, 물론 무섭지. 그리고 싸움은 대등한 상대하고 하는 법이야. 공작은 그 이유만으로도 싸우려고 들지 않을 거야.」

「나도 나이로 보면 어엿한 신사야. 나는 권리가 있어. 대등하잖아……. 오히려 그쪽이 상대로는 부족하지.」

「아니야, 자네는 어려.」

「어째서 어리단 말인가?」

「어리니까 어리지. 우리는 둘 다 어리지만 그쪽은 어른이야.」

「자네, 참 어리석군! 법률상 나는 벌써 1년 전부터 결혼할 수도 있단 말이야!」

「그렇다면 결혼해 봐. 뭐라고 해도 역시 아직 성숙하지 못했어. 자네는 아직도 더 자라야 해!」

그의 본래 의도가 나를 조롱할 생각이라는 것을 물론 나는 즉시 알아챘다. 이런 어쭙잖은 에피소드는 다른 사람에게 말할 것도 없이 그냥 아무도 모르게 가슴속에 묻어 두는 것이 오히려 낫다. 게다가 그런 이야기는 상당히 중요한 결과를 내포하고는 있지만, 그것이 사소하고 불필요하다는 점에서 내게 혐오감마저 느끼게 하는 것이다.

하지만 내 자신을 보다 더 자학하고 싶은 심정으로, 나는 있던 상황에 대해서 모두 다 말하겠다. 예핌이 나를 조롱하고 있다는 것을 알아채고, 나는 오른손이라기보다는 오른 주먹으로 그의 어깨를 한 대 쳤다. 그러자 그는 내 두 어깨를 붙잡아서 얼굴이 땅에 닿게 넘어뜨렸다. 우리 학교에서 정말로 그가 제일 힘이 셌다는 것을 그는 실제로 증명해 보였던 것이다.

2

이 글을 읽는 사람들은 예핌의 집에서 나왔을 때의 내 기분이 그야말로 처참했을 것이라고 짐작하겠지만, 그것은 완전히 잘못 짚은 것이다. 사실 내 행위는 감정에 들뜬 어리석은 고등학생 같은 짓이었지만, 그 일로 해서 내 계획에 손상을 입은 것은 조금도 없다는 것을 잘 알고 있었기 때문이다. 나는 뻬쩨르부르그 구역에 있는 어제의 그 음식점 앞을 일부러 지나쳐서, 바실리예프스끼 구역으로 가서 커피를 실컷 마셨다. 그 음식점도, 그리고 꾀꼬리도, 내게는 왠지 더욱 밉살스럽게 느껴졌기 때문이다. 이상한 성격이지만, 나는 장소나 물건을 사람과 똑같이 미워할 수 있다. 그런 곳 대신에 나는 뻬쩨르부르그에서 내 맘에 드는 곳을 몇 군데 알고 있다. 그곳들은 내가 언젠가 어떤 이유로 해서 행복감을 느꼈던 장소들이다. 그런데 나는 그 장소들을 아껴 두고 일부러 가급적 거기에는 안 가기로 맘먹고 있다. 그 이유는 언젠가 나중에 내가 완전히 고독하고 불행하게 되었을 때, 그리로 가서 실컷 슬픔과 추억에 잠기기 위해서이다. 커피를 마시는 동안, 나는 예핌이 내린 판단의 정당성에 대해서 인정해야겠다는 생각이 들었다. 확실히 그는 나보다 실제적이다. 그러나 보다 더 실현 가능한 것을 계획할 수 있을지는 의심스럽다. 자신의 눈 밑에 있는 사항밖에 보지 못하는 현실주의는 뜬구름 잡는 환상벽보다 더 위험하다. 왜냐하면 그것은 맹목적이기 때문이다. 그러나 예핌의 정당성을 인정하면서도(그는 아마 그 순간 내가 자신의 욕을 하면서 길을 걷고 있으리라 생각했을 것이다), 나는 자신의 신념을 하나도 굽히려고 하지 않았다. 또 지금까지도 굽힐 생각이 없다. 그러나 세상에는 찬물을 양동이로 하나만 뒤집어쓰면 자신의 행동을 부정할 뿐더러 그 이념까지도 버리고 바로 한 시간 전까지도 신성하다고 생각했던 것을 자진해서 조소하기 시작하는 인간이 있다. 나는 그런 사람들을 가끔 보았다. 그들은 아무 생각 없이 간단히 그 짓을 한다! 하지만 설령 예핌이 이 문제의 본질을 나보다 옳게 꿰뚫고 있고, 나는 바보 중의 으뜸가는 바보여서 그저 쓸데없는 고집을 피우고 있는 데 지나지 않는다 하더라도, 그래도 역시 이 문제의 가장 깊은 곳에는 내 판단이 옳았다는 정당성을 부여할 수 있는 그 무엇인가가 숨어 있다. 그리고 중요한 것은, 그들은 그것을 절대로 이해하지 못한다는 점이다.

내가 폰딴까의 세묘노프 다리 근처에 있는 바신의 집에 도착했을 때는 시간이 벌써 열두 시가 되었지만 그는 아직 집에 돌아오지 않고 있었다. 내가 듣기로 그의 직장은 바실리예프스끼 구역에 있기 때문에 그는 틀림없이 열두 시 무렵이면 항상 집에 돌아온다고 하였다. 게다가 그날은 마침 무슨 경축일이었기 때문에 나는 그를 꼭 만날 수 있으리라 생각했다. 그러나 그가 집에 없었으므로 그것이 처음 찾아간 것이기는 했지만 그를 계속 기다릴 작정이었다.

그를 기다리면서 나는 속으로 이런 생각을 하였다. 유산이 걸려 있는 그 편지 건은 양심에 관련된 문제이다. 따라서 나는 바신을 심판관으로 선택한 바로 그 사실을 말해 줌으로써 그에 대한 내 존경심이 얼마나 깊은 것인가를 먼저 보여 준다. 물론 그런 행동은 그에게 아첨하는 것임에 틀림없다. 그러나 참으로 나는 이 편지 때문에 마음이 아주 괴로웠고, 실제로 제삼자의 결정이 꼭 필요하다고 믿었다. 그러나 그렇게 말하면서도 제삼자의 어떠한 도움도 받지 않고 이 난국을 헤쳐나갈 수 있을 것이라는 생각도 하였다. 그리고 중요한 것은 나 스스로 그 방법을 알고 있다는 사실이다. 그것은 바로 그 편지를 직접 사람을 통해 베르실로프에게 넘겨주고, 그 다음에는 그가 하고 싶은 대로 하게 놔두면 그만이다. 이것이 그 해결 방법이다. 이런 종류의 문제에서 자신을 최고의 심판자, 결정자의 입장에 두는 일은 오히려 전혀 옳지 못한 일이라고도 할 수 있다. 그 편지를 아무 말 없이 사람을 시켜 넘겨주고 뒤로 스스로 물러선다면, 나는 바로 그것으로 베르실로프보다 한층 더 우월한 입장에 서게 되고, 궁극적으로는 승리감을 느낄 수 있게 될 것임에 틀림없다. 왜냐하면 유산 상속으로 내게 올 모든 혜택을 거절함으로써(왜냐하면 나는 베르실로프의 아들이니까, 그 돈 중 얼마쯤은 물론 지금 당장은 아닐지라도, 언젠가는 내 수중에 들어올 것이기 때문이다) 나는 이후에도 영원히 베르실로프의 행동에 대하여 도덕적 비판의 눈으로 볼 수 있다는 최고의 권리를 보유하게 되기 때문이다. 그리고 공작의 일가를 파멸시켰다고 아무도 나를 비난할 수 없을 것이다. 왜냐하면 이 문서가 결정적인 법률적 의미를 안 가지기 때문이다. 나는 텅 빈 바신의 방에 앉아서 그런 모든 일을 여러모로 생각했고 완전히 정돈할 수 있었다. 그런데 정말 갑자기 다음과 같은 생각이 머리에 떠올랐다. 이제부터 어떻게 하면 좋은가에 관해서 어떻게든 그로부터 충고를 얻어야겠다는 열망에서 바신에게 온 것 같지만, 사실은 내가 얼마나 고결하고 욕심 없는 인간인가 하는 것을 그가 눈으로 보도록 하고, 그렇게 함으로써 어제 그 사람 앞에서 당한 굴욕에 보복하려는, 단지 그 목적을 위해서 온 게 아니었나 하는 생각이었다.

그런 생각이 들자마자 나는 마음이 아주 무거워졌다. 그렇지만 나는 그 자리에서 떠나지 않고 그대로 앉아 있었다. 그렇게 앉아 있으면 나는 내 가슴속에 생긴 이 유감스런 마음이 매 5분마다 더욱더 심해질 것이라는 사실을 확연히 알고 있었다.

그러다가 갑자기 무엇보다도 그 바신의 방이 아주 싫어졌다. 〈너의 방을 보이라, 나는 그것으로 너의 성격을 알리라.〉 그 말이 적절한 것 같았다. 바신은 세를 사는 사람이 다시 세낸 방에서 살고 있었다. 이중으로 세를 놓은 그 사람은 분명히 가난뱅이여서, 그 외에도 몇 사람 하숙인을 두고 그것으로 생계를 꾸려 가는 모양이었다. 몇 개 되지도 않는 가구를 놓았을 뿐이면서도 매우 편리한 듯 보이려고 꾸민 이 비좁은 방이 내게는 낯익었다. 그런 종류의 방에는 고물 시장에서 사온 부서질까 봐 더 이상 움직일 수도 없을 것 같은 헝겊을 붙인 소파, 세면대, 병풍으로 둘러싸인 철제 침대가 반드시 놓여 있게 마련이다. 짐작컨대 바신은 가장 세를 많이 내는, 또한 제일 믿을 만한 하숙인 같았다. 그런 입장의 하숙인이기 때문에 그는 특별 대우를 받는 것이다. 그런 사람의 방은 치우고 쓸고 하는 데도 더욱 마음을 쓰며, 소파 위쪽에는 무슨 석판화 같은 것이 걸려 있고, 탁자 밑에는 낡은 융단이 깔려 있기도 한다. 이러한 곰팡이 냄새가 풍기는 깨끗한 방이나, 특히 안주인의 아첨하는 듯한 특별 대우를 좋아하는 인간은 그 본인 자신부터 수상한 인물인 법이다. 가장 좋은 하숙인이라는 호칭을 바신 자신이 기분좋게 생각하고 있음에 틀림없다고 나는 확신했다. 왜 그런지 모르겠지만, 산더미같이 책을 쌓아 놓은 두 개의 탁자를 보면서 나는 점점 화가 치밀기 시작했다. 책, 종이 그리고 잉크스탠드, 그런 모든 물건들이 얄미울 정도로 잘 정돈되어 있었다. 이렇게 가지런히 정돈해 놓으려는 생각은 독일인 안주인이나 그 하녀의 인생관과 꼭 부합되는 것이리라. 책은 꽤 많았다. 그것도 신문이나 잡지 따위가 아니라 진짜 책 말이다. 그리고 그는 분명히 그것을 읽고 있다. 아마 그는 매우 점잖고 깔끔한 태도로 책을 읽거나 글을 쓸 것임에 틀림없다. 이유는 모르겠지만 나는 책이 난잡하게 흐트러져 있는 것을 좋아한다. 적어도 원고 쓰는 일을 신성시하는 것이 나는 싫다. 아마 이 바신이라는 사람은 방문객에게는 지극히 정중하겠지만, 틀림없이 그의 몸짓 하나하나가 방문객에게 〈나는 이렇게 당신과 함께 앉아서 한 시간 반이나 이야기하고 있지만, 당신이 나가면 곧 일을 시작할 거야〉라고 말하는 인상을 줄 것이다. 만약 그가 이야기 상대라면 아마 지극히 재미있는 대화를 할 수 있겠고 또 새로운 이야기도 들을 수 있겠지만, 그러나 〈이제부터 당신과 이야기를 시작해서 당신을 매우 재미있게 해주겠지만, 당신이 가버리면 그때야말로 나는 가장 재미있는 일을 시작할 작정이오……〉 하는 따위의 인상을 틀림없이 줄 것이다. 그러나 그래도 역시 나는 떠나지 않고 그대로 앉아 있었다. 이제는 그의 충고 같은 것은 전혀 필요 없을 것이라는 생각이 들기 시작했다.

그렇게 나는 한 시간 이상을 앉아 있었다. 내가 앉아 있는 자리는 창가 쪽에 바싹 붙여 놓은 두 개의 등교의 중 하나였다. 저녁 때까지는 집도 구해야 하는데, 시간이 하염없이 흘러가는 것이 아주 언짢았다. 나는 심심풀이로 책이라도 하나 집어다가 볼까

했지만 그만두었다. 그런 것으로 스스로를 위안하는구나 생각하니 자꾸만 반발심이 더해졌기 때문이다. 한 시간 이상이나 심상치 않은 고요가 계속되었다. 그러다가 갑자기 어딘가 매우 가까운 곳, 소파로 막아 놓은 문 뒤쪽에서 속삭이는 소리가 점점 커지며 어느새 내 귀에 들려오더니 점차 똑똑히 들리게 되었다. 이야기하는 것은 두 사람이며, 여자들 목소리 같았다. 여자들 목소리라는 사실은 알 수 있었지만 무슨 내용인지는 전혀 알아들을 수가 없었다. 그러나 나는 시간을 보낼 겸 그들의 말을 어느새 엿듣기 시작했다. 무언가에 대해 열심히 이야기하고 있었는데, 재단할 때 쓰는 종이본에 대한 이야기가 아니라는 것만은 분명했다. 무엇에 대해선지 서로 상의하는 것 같기도 하고 혹은 다투는 것 같기도 했다. 한쪽이 열심히 설득하고 간청하는데, 상대방은 그것을 반대하고 있었다. 아마 누군가 다른 하숙인들일 것이다. 나는 곧 엿듣기도 지루해졌고 귀도 거기에 익숙해졌기 때문에 계속 듣고는 있으나 거의 기계적이어서 때로는 내가 듣고 있다는 것을 잊어버리기도 했다. 그런데 돌연 무언가 심상찮은 일이 벌어졌다. 그것은 누군가가 발을 구르고 자리에서 벌떡 일어섰거나, 그렇지 않으면 갑자기 그 자리에서 일어서서 발로 마루를 구르는 듯한 소리였다. 뒤따라 신음소리가 들렸고, 그 다음에는 갑자기 고함소리가 울렸다. 그것은 고함소리 정도가 아니라 동물적인, 분노에 불타는, 이렇게 된 바에는 딴 사람이 듣든 말든 상관없다는 듯한 날카로운 소리였다. 나는 뛰어가서 문을 열었다. 그와 동시에 복도 끝의 문이 또 하나 열렸다. 나중에 알았지만 그것은 안주인의 방이었다. 거기에서 호기심에 가득 찬 머리가 둘이나 바깥을 내다보고 있었다. 그러나 고함소리는 곧 멎었다. 그 순간 내가 있던 방의 옆 방 문이 열리더니, 젊은 여자(내게는 그렇게 보였다)가 바삐 나와 계단을 재빨리 뛰어내려갔다. 그때 중년 부인이 그녀를 만류하려고 했지만 이미 늦었다. 그래서 그녀의 뒷모습에다 대고 신음하듯 겨우 이렇게 외쳤다.

「올랴, 올랴, 어디로 가는 거니! 올랴!」

그렇게 부르던 중년 부인은 다른 방의 문이 둘씩이나 열려 있는 것을 알아차리고는, 약간의 틈을 남겨 놓고 바삐 문을 닫아 버렸다. 그리고 계단을 뛰어내려가는 올랴의 발자국소리가 안 들리게 될 때까지 그 틈으로 엿듣고 있었다. 나는 다시 창가로 돌아왔다. 이것은 시시한, 어쩌면 우스꽝스러운 사건인지도 모른다. 그래서 나는 그 일에 대해 생각하는 것을 중단하였다.

약 15분쯤 지났을 때, 바신의 방문 바로 앞 복도에서 뭐라고 큰소리로 이야기하는 남자의 목소리가 들렸다. 누군가가 문의 손잡이를 잡고 약간 돌렸다. 나는 그 틈으로 누군지는 모르지만 키 큰 남자가 복도에 서 있다는 것을 알아볼 수 있었다. 상대방 역시 내가 있다는 것을 알아챘고, 아니 그뿐만 아니라 이미 충분히 내 모습을 관찰한 것 같았다. 그러나 아직도 방에 들어오려고는 하지 않고 그저 손잡이를 붙잡은 채 복도 저쪽 끝과 이쪽 끝에서 안주인과 이야기를 나누고 있었다. 안주인은 높고 명랑한 큰소리로 그와 말을 주고받았다. 그 소리만 들어도 이 방문객이 그녀와는 오래 전부터 아는 사이이며, 그녀가 그를 훌륭한 손님, 유쾌한 신사로서 경의를 표하고 있다는 것을 알 수 있었다. 그 유쾌한 신사는 큰소리로 재담을 연발하고 있었는데, 그 이야기는 요컨대 바신은 또 집에 없다, 언제 와도 그를 만날 수가 없다, 그것은 아마 그의 운명인가 보다, 할 수 없이 그때처럼 그를 기다리는 수밖에 도리가 없다는 내용이었다. 그러나 안주인은 그것을 재담의 극치라고 생각하는 모양이었다. 마침내 손님은 문을 활짝 열어젖히고 방으로 들어왔다.

그 사람은 이름난 양복점에서 맞춘 것 같은 이른바 〈귀족적〉으로 훌륭하게 옷차림을 한 신사였고, 또 그렇게 보이고 싶어하는 티가 났지만, 사실은 귀족적인 데라고는 조금도 없는 사람이었다. 그는 특별히 무례한 편은 아니었고, 다만 어쩐지 염치없어 보였다. 그래도 거울 앞에 서서 외형만 갖추려고 하는 뻔뻔스러운 사람보다는 덜 불쾌한 편이었다. 약간 흰 머리가 섞인 밤색 머리카락도 검은 눈썹도 촘촘하게 자란 턱수염과 커다란 눈도, 그의 개성을 드러내 주지 못하고 있을 뿐만 아니라 오히려 이 사람에게 세상의 누구와도 유사한 어떤 통속적인 느낌을 더해 주는 듯했다. 이러한 종류의 사람은 대개 잘 웃고 또 금방 웃으려고 한다. 그렇지만 그런 사람과 이야기해 보면 왜 그런지 도무지 유쾌한 기분이 나질 않는다. 우스꽝스러운가 하면 금세 점잖은 표정으로 변하고, 점잖은가 하면 곧 경솔하거나 은근한 눈짓이라도 하는 것 같은 표정으로 변하곤 하는데, 그것이 어딘지 산만하고 또 서로 아무런 관련도 없게 느껴지는 것이다……. 그러나 미리 이러한 것을 쓸 필요는 없을 것 같다. 이 사람은 나중에 여러 가지 일로 인해 나와 퍽 가까운 사람이 되었기 때문에, 그가 문을 열고 안방으로 들어왔을 때보다 지금 훨씬 더 잘 알게 되어, 어느덧 여러 가지 면에서 그에 관한 사정을 이렇게 자세하게 묘사하고 있는 것이다. 그렇기는 해도 그에 대해서 무언가 정확하고 단정적인 말을 해야 한다면, 지금에 와서도 곤란을 느낄 것이다. 왜냐하면 이런 사람들의 특징은 바로 그 미완성인 점과 산만한 점, 애매한 점에 있기 때문이다.

그가 아직 자리에 앉기도 전에 틀림없이 바신의 의부(義父)인 스쩨벨꼬프인가 뭔가 하는 사람이리라는 생각이 갑자기 머리에 떠올랐다. 이 사람에 대해서는 전에 뭔가 들은 적이 있지만, 그것이 무엇이었는지는 분명히 말할 수 없을 정도로 언뜻 들었을 뿐이다. 단지 기억나는 것은 뭔가 좋지 못한 소문이었다는 것뿐이다. 바신이 오랫동안 고아로 이 사람의 보호를 받고 있었지만, 벌써 오래 전부터 그의 영향을 받지 않게 되었고 관점이나 이해 관계도 어긋나게 되어 현재는 모든 점에서 서로 별개의 생활을 하고 있다는 사실을 나는 알고 있었다. 그리고 또 이 스쩨벨꼬프라는 사람은 약간의 자본을 가지고 있고 투기상이며, 상당한 난봉꾼이라고 할 만한 사람이라는 것도 생각났다. 간단히 말해, 나는 그에 대해서 뭔가 더 자세한 것을 이전에는 알고 있었는지도 모르지만 모두 다 잊어버린 것이다. 그는 인사도 없이 내 모습을 아래위로 훑어보고 나서 실크 모자를 소파 앞의 탁자 위에 놓고, 내가 감히 앉아 보지도 못한 그 소파 위에 앉았다기보다는 완전히 드러누워 두 발을 건들건들 흔들기 시작했다. 그리고 에나멜을 칠한 오른쪽 장화 끝을 높이 들어 그걸 흥미 있게 바라보기 시작했다. 그러다가 곧 내 쪽으로 몸을 돌리고 또다시 그 커다란 약간 부릅뜬 듯한 눈초리로 나를 훑어보았다.

「와도 통 만날 수 없군요!」 그는 가볍게 내게 고개를 끄떡였다.

나는 아무 말도 하지 않았다.

「약속을 지킬 줄 모르는 친구! 고집은 되게 세면서. 혹시 뻬쩨르부르그 구에서 오셨나요?」

「그럼 당신은 뻬쩨르부르그 구에서 오셨습니까?」 나는 반문했다.

「아니, 제가 당신에게 묻는 겁니다.」

「저 말씀입니까……? 저는 뻬쩨르부르그 구에서 왔습니다만, 당신은 그걸 어떻게 아셨습니까?」

「어떻게냐고요? 음.」 그는 어깨를 움찔했지만, 그 이유는 설명하지 않았다.

「말하자면 저는 뻬쩨르부르그 구에 살고 있지는 않습니다만, 지금 뻬쩨르부르그 구에 갔다가 이리로 왔지요.」

그는 여전히 말없이 무언가 의미심장한 미소를 띠고 있었다. 그 미소는 내 마음에 들지 않았다. 그의 눈짓에는 어딘가 우둔해 보이는 구석이 있었다.

「그러면 제르가쵸프 씨의 집에?」 마침내 그가 입을 열었다.

「제르가쵸프의 집이라는 것은 또 뭐지요?」 나는 눈이 휘둥그레

졌다.

그는 의기양양하게 나를 바라보았다.

「저는 모르는데요.」

「음.」

「좋을 대로 생각하시지요.」 나는 대답했다. 나는 그가 매우 싫어졌다.

「그렇습니까? 그럼 제 얘기를 들어 보세요. 지금 당신이 어떤 상점에서 물건을 고르고 있는데, 바로 옆 상점에서 다른 사람이 어떤 물건을 흥정하고 있다고 가정해 봅시다. 당신 생각에는 어떤 물건이라고 느껴지나요? 그건 바로 돈입니다. 고리 대금업을 하는 사람에게서 돈을 융통하려는 거지요……. 돈도 역시 물건이고, 고리 대금업자도 마찬가지로 장사꾼이라고 할 수 있는 거지요……. 제 얘기를 듣고 있나요?」

「계속해 보세요.」

「그런데 세 번째 손님이 지나가면서 한 상점을 가리키며 〈이곳은 믿을 만하다〉라고 하고, 다른 또 하나의 상점에 대해서는 〈이곳은 신뢰할 수 없다〉라고 한다면, 그 손님의 말에 대해서 내가 어떤 입장을 취해야 할까요?」

「제가 그걸 어떻게 압니까?」

「그럼 그 얘긴 그만두고 나를 예로 들어 말하지요. 사람의 실제 생활이 좋은 예가 될 수 있으니까요. 내가 네프스끼 거리를 걸어가고 있을 때, 어떻게든 그 사람의 특성을 알아보고 싶은 사람이 건너편 인도를 따라 걸어가고 있다고 가정해 보지요. 우리가 각자 양쪽 인도를 따라 걸어서 모르스까야 거리의 모퉁이, 바로 영국 상점이 있는 곳에 다다랐을 때, 어떤 제3의 인물이 때마침 말에게 밟히는 광경을 보았다고 칩시다. 때마침 그곳을 지나가던 제4의 인물은 우리 세 사람의 특성을 본질적이고 실제적인 관점에서 정의하고자 합니다……. 제 말뜻을 아시겠어요?」

「죄송합니다만, 무슨 말씀을 하시려는 건지 전혀 감이 안 잡히는데요.」

「좋습니다. 나도 그럴 것이라고 생각했지요. 자, 화제를 바꾸지요. 내가 독일의 어느 온천에 있다고 가정합시다. 여러 번 다녀온 곳이지만 어떤 곳인지는 굳이 밝힐 필요가 없어요. 온천에 머물다가 영국인 몇 사람과 마주쳤어요. 당신도 알다시피 영국인이란 사귀기가 퍽 어렵지요. 그런데 두 달이 지나 요양 기간이 끝날 무렵 우리는 함께 뾰족한 지팡이를 짚고 산을 올라갔어요. 여기서 어느 산이었는지는 중요하지 않지요. 산을 오르다가 어떤 모퉁이에서 이를테면 수도사들이 샤르뜨레즈 보드까를 만들고 있던 숙박지에서(이 점을 유의해야 합니다), 우리는 홀로 아무 말 없이 우리를 바라보고 서 있는 그 지방의 토박이 한 사람을 만났어요. 나는 그 사람의 본질에 대해 판단해 보고 싶습니다. 그런데 당신 생각에는 온천에 있을 때 대화를 나눌 수 없었다는 이유만으로 함께 여행하고 있던 그 영국인들에게 내가 그 문제에 대한 의견을 구할 수가 있을까요?」

「제가 알 리 없지요. 죄송합니다만, 당신의 이야기는 힘들어 통 따라갈 수가 없습니다.」

「힘들다고요?」

「그렇습니다. 그리고 피곤합니다.」

「음.」 그는 또다시 어깨를 움찔해 보였다. 그것은 뭔가 매우 의기양양한 기분을 느끼고 있음을 보여 주는 것 같았다. 그러고 나서는 아주 천천히 침착한 동작으로, 지금 막 사온 것으로 보이는 신문을 호주머니에서 끄집어내어 펼치더니 마지막 면을 읽기 시작했다. 아마 이제는 나를 그냥 내버려둘 것 같았다. 약 5분 동안 그는 내 쪽을 전혀 쳐다보지도 않았다.

「브레스또 그라예프스끼[40]는 역시 파산하지 않았군요. 아, 잘 됐군. 잘되어 가는군요! 곧장 파산하고 만 사람들을 나는 많이 알고 있지요.」

그는 매우 심각한 표정으로 나를 찬찬히 쳐다보았다.

「저는 아직까지는 증권 거래에 대해서 잘 모릅니다.」 나는 대답했다.

「부정하시는 겁니까?」

「무얼 말씀이지요?」

「돈을 말입니다.」

「저는 돈을 부정하진 않습니다. 그러나…… 그러나 제게는 이념이 제일이고, 그 다음이 돈이라고 생각됩니다.」

「그렇다면, 실례합니다만…… 여기에, 말하자면 자기 자본을 가진 사람이 있다고 합시다…….」

「첫째는 최고의 이념이고, 그 다음이 돈이지요. 돈이 있어도 최고의 이념이 없으면 사회는 반드시 붕괴됩니다.」

무엇 때문에 내가 그처럼 흥분했는지 나 자신도 모르겠다. 그는 당황한 듯, 다소 어리벙벙한 표정으로 내 얼굴을 바라보았다. 그러다가 갑자기 그의 온 얼굴에 기쁨을 참지 못하는 듯한 지극히 교활한 미소가 번졌다.

「그러면 베르실로프는 어떻습니까, 네? 가로챘어요, 완전히 제대로 가로챘어! 어제 판결이 있었지요, 네?」

전혀 예상 밖으로 나는 이 사람이 내가 누구인지를 벌써부터 알고 있었다는 것을 눈치챘다. 아마 틀림없이 다른 일에 대해서도 세밀하게 알고 있을 것이다. 그런데 내가 왜 갑자기 얼굴을 붉히며 넋이 나간 표정을 지은 채 시선을 돌리지 않고 그의 얼굴을 뚫어지게 바라보고 있었는지 도대체 이해가 되지 않았다. 그는 분명히 의기양양해 있었다. 그는 유쾌한 표정을 지으며 어떻게 해서든 교묘하게 나를 얽매어 놓고 내 정체를 다 캐내겠다는 듯

---

40 1870년대 초반에 세워진 브레스또 그라예프스끼 철도 주식 회사에 대한 언급이다.

이 쳐다보았다.

「안 되지요.」 그는 양쪽 눈썹을 위로 올렸다. 「베르실로프에 대한 일이라면 나한테 물어야지요! 조금 전 내가 왜 사람의 진실성에 대해 말을 꺼냈겠어요? 1년 반 전에 그는 어린아이를 빌미로 어떤 조그만 사건의 매듭을 확실하게 지을 수 있었는데, 결국은 실패하고 말았지요.」

「어떤 어린애를 미끼로요?」

「바로 그 젖먹이 말입니다. 아마 지금도 어딘가에 숨겨서 키우고 있는 것 같은데, 그래 보아야 이제 아무 소용도 없게 되었지요……. 왜냐하면…….」

「젖먹이라니, 어떤? 도대체 무슨 이야기지요?」

「물론 그의 아기지요. 바로 리지야 아흐마꼬바에게서 난 그의 친자식 말입니다. 〈매혹적인 아가씨가 진정으로 나를 사랑하니…….〉 그 유황 사건 있잖습니까?」

「무슨 그 따위 허무맹랑한 말을 합니까? 그 사람은 아흐마꼬바에게서 자식을 본 일이 절대로 없어요!」

「이거 놀라운데요! 내가 뭘 하는 사람이라고 생각하지요? 나는 이래뵈도 의사입니다. 산부인과 의사란 말이오. 내 이름은 스쩨벨꼬프, 듣지 못하셨던가요? 그렇지, 그 당시에 임상 진료는 그만둔 지 오래되었지요. 그렇지만 필요할 때는 실제적인 사항에 대한 충고쯤은 할 수 있었어요.」

「당신은 산부인과 의사였군요……. 그래서 아흐마꼬바의 아기를 받아 주셨군요?」

「아닙니다. 아흐마꼬바의 아기를 받았던 것은 내가 아니었어요. 그곳 교외에 힘겹게 가족의 생계를 꾸려 나가던 그란쯔라는 의사가 있었는데, 그 사람에게 그곳 의사들이 보통 사례비로 받던 반 딸레르를 지불하고 일을 부탁했지요. 더욱이 그는 아는 사람이 별로 없었기 때문에 나 대신에 그 일을 맡긴 거지요……. 비밀스럽게 그 일을 하기 위해 내가 그 사람을 추천했던 겁니다. 무슨 뜻인지 아시겠어요? 나는 다만 베르실로프의, 안드레이 뻬뜨로비치의 요청에 따라서 이 일을 극비리에 추진할 수 있도록 그에게 실제적인 충고를 했을 뿐입니다. 하지만 안드레이 뻬뜨로비치는 동시에 두 마리의 토끼를 잡으려고 했지요.」

아주 놀라서 나는 그의 말에 귀를 기울였다.

「나는 끝없이 예외가 반복되다 보면 결국에는 그것이 일반적 법칙이 되고 만다고 생각합니다. 또 다른 토끼를 잡으려고 한다는 말은, 러시아 어로 옮긴다면 다른 부인을 얻으려고 한단 말이겠지요. 그리고 결국에는 아무것도 얻지 못하게 되는 겁니다. 이미 무엇인가를 잡았다면 끝까지 그걸 잡아야 합니다. 그런데 정작 일을 서둘러야 할 때, 그 사람은 망설였어요. 베르실로프라는 사람은 바로 젊은 소꼴스끼 공작이 내가 있던 자리에서 한 적절한 표현대로 〈치마를 두른 예언자〉이지요. 당신은 당연히 내게 왔어야지요. 베르실로프라는 사람에 대해 자세히 알고 싶다면 당신은 내게로 오게 될 겁니다.」

상상하기 어려운 놀라움 때문에 벌어진 내 입을 보고 그는 아주 기분이 좋아진 모양이었다. 나는 그 젖먹이 아기에 대해서는 전혀 아무것도 들은 바가 없었다. 그런데 바로 그 순간, 갑자기 옆 방 문이 열리더니 누군가 바삐 그 방으로 들어갔다.

「베르실로프는 세묘노프 연대 구역의 모자이스끼 거리에 리뜨비노바의 집, 17호에 살고 있어요. 내가 주소를 안내하는 곳에서 알아봤어요!」 큰소리로 외치는 화난 여자의 목소리가 울렸다. 한마디 한마디가 똑똑히 들려왔다. 스쩨벨꼬프는 눈썹을 치켜뜨고 손가락을 위로 들어올렸다.

「우리는 여기서 그 사람의 이야기를 하고 있는데, 그 사람은 저기서 또 뭘…… 이런 것이 바로 부단히 반복되는 예외라는 겁니다……. 모든 사람이 같은 말을 할 때에는 Quand on parle d'une corde……」

 서둘러서 그는 소파에 무릎을 꿇고, 소파를 기대어 놓은 문에 귀를 대고 그 이야기를 엿듣기 시작했다.
 나 역시 몹시 놀랐다. 내가 추측하기로는 아마 아까 몹시 흥분하여 밖으로 뛰어나간 그 젊은 여자가 지르는 외침 같았다. 그런데 왜 여기서도 베르실로프라는 이름이 들먹여지는 걸까? 갑자기 고함소리가 다시 울려 나왔다. 그 소리는 원하는 것을 받지 못하거나, 무언가를 억제당해 분노를 느낄 때 포효하는 사람의 절규 같았다. 조금 전과 다른 점은 그 고함소리와 비명이 더 오래 지속되었다는 사실이다. 이어서 서로 붙잡고 다투면서 빠른 어조로 〈안 돼요, 그렇게 하지 않겠어요, 이리 줘요, 제발 달라니까요!〉라고 말하는 소리가 여러 차례 되풀이되었지만, 지금은 그게 무슨 내용이었는지 전혀 기억나지 않는다. 그러고는 한 사람이 문 쪽으로 달려가 문을 열었다. 그러더니 두 여자가 밖으로 나와 서로 옥신각신하기 시작했다. 스쩨벨꼬프는 소파에서 일어나 잠자코 그들의 말싸움에 귀기울여 듣기를 즐기다가, 갑자기 문을 열고 밖으로 나가 곧바로 그들에게 다가갔다. 물론 나도 그의 뒤를 따라갔다. 하지만 그의 모습이 복도에 나타나자 갑자기 찬물을 끼얹은 듯 조용해지더니, 이윽고 두 여자는 방 안으로 들어가며 문을 세차게 닫았다. 스쩨벨꼬프는 그들의 뒤를 따르다가 걸음을 멈추고 손가락을 치켜올리더니, 웃으며 무언가를 골똘히 생각하였다. 그의 미소 속에서 나는 분명히 뭔가 아주 비열하고 음습한 악의를 보았다. 자신의 방문 앞에 서 있는 안주인을 보자, 그는 복도를 가로질러 그녀에게로 달려갔다. 약 2분쯤 그녀와 속삭이더니 그는 무언가 약간의 정보를 얻었는지 아주 거들먹거리며 위엄 있게 방에 들어왔다. 그러고는 탁자 위에 있던 중절모를 손에 들고 잠시 거울을 보며 머리카락을 쓰다듬어 올리고는 내 쪽은 쳐다보지도 않고 자신만만한 표정을 지으며 여자들이 있는 옆 방으로 갔다. 잠시 문 앞에서 방 안의 동정을 살피면서 기웃거리던 그는, 복도 저편에서 손가락으로 그에게 그러지 말라고 하며, 〈아이 저 양반이 짓궂게 왜 그래!〉 하듯 고개를 젓고 있는 안주인에게 염려 말라는 시늉을 해보였다. 그러더니 마침내 작정한 듯 아주 조심스러운 표정으로 허리까지 굽힌 자세로 그는 방문을 두드렸다. 안에서 소리가 났다.

「누구세요?」

「중요한 용건이 있는데, 안으로 들어갈 수 없을까요?」 큰소리로 스쩨벨꼬프는 당당히 말했다.

그러자 안에서 잠시 주저하는 기색이 흐른 후 이윽고 문이 열렸다. 처음에는 문이 겨우 4분의 1쯤만 열렸다. 그러자 스쩨벨꼬프는 곧 문의 손잡이를 꼭 잡아 다시는 닫지 못하게 했다. 그리고 그들 사이에 얘기가 시작됐다. 얘기가 시작되자 스쩨벨꼬프는 차츰차츰 방 안으로 들어가면서 큰소리로 말했다. 그가 말한 내용을 자세히 기억할 수는 없지만, 대략 그는 베르실로프에 대한 이야기와 자기가 세밀히 알고 있다는 말과 그 문제도 설명해 줄 수 있다며, 〈아니죠, 나와 상의를 해야지요〉라든가 〈그렇게 할 게 아니라 내게 한번 오세요〉라는 따위의 얘기를 하였다. 그러자 뜻밖에도 그들은 곧 그를 방 안으로 들어오게 하였다. 나는 소파 쪽으로 다가가서 그들의 대화를 엿들어 보려고 했지만 그들의 대화 내용을 전부 알아들을 수는 없었고, 다만 베르실로프의 이름이 자주 언급된다는 사실만 확인할 수 있었다. 그러나 그들의 어조로 미루어 보아 스쩨벨꼬프가 어느새 그들의 대화를 주도하고 있음을 알 수 있었다. 처음에 그가 하던 간사한 말투는 간데없이 사라지고, 나에게 말할 때처럼 〈이해가 됩니까?〉, 〈바로 이 점을 주의해야 합니다〉 하는 따위의 거친 말투가 함부로 튀어나왔다. 물론 상대가 여자이기 때문에 그도 자신의 어조를 바꾸려고 애를 쓰는 기색이었다. 그는 애써 두 번이나 큰소리로 웃어 젖혔지만,

당면한 상황과는 전혀 어울리지 않아 공허한 울림만 울렸다. 그의 의도적인 허세와 대비되어 두 여자의 전혀 생기 없는 말소리가 함께 나왔기 때문이다. 특히 아까 비명을 지르던 젊은 여자의 목소리는 내 신경을 자극했는데, 그것은 아주 신경질적이고 빠른 말투로 무엇인가에 대해 신랄하게 비판하며 일의 시비를 분명하게 가려 보자는 악에 받친 말소리였다. 하지만 스쩨벨꼬프 역시 전혀 위축되지 않고 더욱더 큰소리로 떠들며 너털웃음을 짓곤 했다. 그와 같은 종류의 사람은 다른 이의 말에 귀기울일 준비가 전혀 되어 있지 않은 사람이다. 나는 그들의 대화를 엿듣는 일이 부끄럽게 느껴져서 그만 소파에서 내려와 먼저 앉았던 창가의 등교의로 돌아와 앉았다. 내 생각에 바신은 이 남자를 전혀 신뢰하지 않겠지만, 만일 내가 그와 같은 의견을 토로한다면 그는 곧 정색을 하고 〈그 사람은 실리를 추구하는 요즈음 사람들 중에서도 아주 실리적인 사람이기 때문에, 우리의 이론적이고 추상적인 관점에서 그를 일방적으로 매도할 수만은 없다〉고 그 사람을 두둔하며 애써 변호할 것으로 여겨졌다. 하지만 지금도 그 순간을 생생하게 기억하고 있는데, 나는 정신적으로 충격을 받은 듯 가슴이 두근거리며 무슨 일인가가 곧 벌어질 것만 같았다. 다시 10분 정도가 흘렀다. 예의 그 허세를 부리는 커다란 웃음소리가 오랫동안 이어지더니, 갑자기 누군가가 의자에서 벌떡 일어서는 소리가 들렸다. 그러자 그의 말투가 다시 궁색한 변명이라도 늘어놓는 듯이 조금 전과는 전혀 다르게 애걸조로 바뀌었다. 하지만 상대방은 그의 말에 전혀 귀를 기울이지 않았다. 그러더니 곧 이어 분노 어린 목소리가 크게 울려 나왔다. 〈썩 나가요! 당신은 불한당이에요. 아니 파렴치한이에요.〉 그가 한순간에 내밀려났음이 분명했다. 내가 문을 연 것은 그가 옆 방에서 복도로 밀려나온 바로 그 순간이었다. 말 그대로 여자들이 그를 내몬 것 같았다. 나를 보자마자 그는 갑자기 나를 가리키면서 소리를 지르기 시작했다.

「자, 여기 베르실로프의 아들이 있어! 나를 믿지 못하겠으면 여기 그 사람의 아들이 있어. 그 사람의 친아들이란 말이오! 자, 물어봐요!」 그는 꾹 힘을 주어 내 손을 붙잡았다.

「이 사람이 그 사람의 아들이오, 그 사람의 친아들이란 말이야!」 그는 그 말을 되풀이하며 나를 그 여자들 쪽으로 끌고 갔지만, 이번에는 더 이상의 설명은 덧붙이지 않았다.

젊은 여자는 복도에 있었고, 중년 여자는 그보다 한 걸음 뒤에 떨어진 채 문 옆에 서 있었다. 지금 내가 기억할 수 있는 것은 그 불행한 아가씨의 나이가 약 스물쯤 되어 보이고, 붉은색 머리에 상당한 미인형이지만 아주 야위어 병색이 완연하며, 그 얼굴이 얼마쯤은 내 여동생과 비슷한 느낌을 주었다는 것뿐이다. 그녀의 그러한 특징이 잠시 내 눈을 스쳐 지나갔으며 아직도 내 기억에 남아 있다. 다만 리자는 지금까지 지금 내 앞에 있는 이 여자처럼 분노에 불타는 광란 상태에 빠져 본 일이 없거니와, 앞으로도 물론 절대 그럴 리가 없을 것이다. 그녀의 입술은 핏기가 없고, 맑은 회색의 두 눈은 반짝 빛나고 있으며, 심한 분노로 전신을 떨고 있었다. 그때의 내 입장은 참으로 어처구니없고 수치스러운 것이었다고 나는 기억하고 있다. 이 파렴치한 덕택에 그 예상치 못한 상황에서 그야말로 완전히 할 말이 없었기 때문이다.

「그 사람의 아들이면 뭐란 말이에요! 당신과 한패라면 똑같은 불한당일 테지. 만약 당신이 베르실로프의 아들이라면 말야.」 그녀는 갑자기 내 쪽을 돌아다보며 말했다. 「내가 말하더라고 당신의 아버지에게 전하세요. 그 사람은 불한당이고 또 짐승 같은 파렴치한이라고요. 그리고 나는 그 사람의 돈 같은 것은 필요 없다고요……. 자, 자, 빨리 지금 당장 이 돈을 그 사람에게 전해 주세요!」

그녀는 재빨리 호주머니 속에서 지폐 몇 장을 꺼냈다. 그러나 중년 부인(나중에 알았지만 그 부인은 그녀의 어머니였다)이 그녀의 손을 붙잡았다.

「올랴, 그렇지만 어쩌면 거짓말인지도 모르잖아. 어쩌면 저 사람은 그의 아들이 아닐지도 모르잖니!」

올랴는 서둘러 그녀를 보고 뭔가 생각하더니, 멸시하듯 나를 쳐다본 다음 돌아서서 방으로 돌아갔다. 그러나 문을 쾅 닫기 전 문턱에 서서 다시 한번 분노에 찬 목소리로 스쩨벨꼬프에게 소리를 질렀다.

「나가요!」

그러면서 그녀는 그를 향해 발을 구르기까지 했다. 뒤따라 문은 쾅 닫혔고, 자물쇠까지 잠겼다. 스쩨벨꼬프는 내 어깨를 붙잡은 채 손가락 하나를 치켜들고, 깊은 생각이 담긴 듯한 미소를 띠면서 이상하다는 눈초리로 나를 바라보고 있었다.

「저에 대한 당신의 행동은 비열하고 수치스러운 것이라고 생각합니다.」 나는 몹시 화난 소리로 중얼거렸다.

그는 내 말을 듣고 있지 않았다. 그러면서도 내 얼굴에서 눈을 떼려고 하지 않았다.

「이 일은 잘 살펴볼 필요가 있어요!」 그는 생각에 잠겨 있는 듯 말했다.

「도대체 무슨 이유로 당신은 저를 끌고 들어갔지요? 도대체 이건 누구요? 그 여자는 도대체 누굽니까? 당신은 제 어깨를 붙잡고 끌고 갔는데, 도대체 무엇 때문에 그렇게 했습니까?」

「글쎄, 뭐라고 할까, 제기랄! 누군가에게 정조를 잃은 여자겠지요……. 〈자주 반복되는 예외〉랄까, 뭐 그런 종류겠지요. 알아듣겠어요?」

그렇게 말하며, 그는 손가락으로 내 가슴을 툭 쳤다.

「에이, 참!」 나는 그의 손가락을 밀어 치웠다.

그런데 갑자기 전혀 예상치도 못하게 그는 잘 들리지도 않는 낮은 목소리로 유쾌하다는 듯 오랫동안 웃기 시작했다. 그리고 나서 모자를 고쳐 쓰더니, 이번에는 갑자기 침울한 표정을 한 얼굴로 눈썹을 찌푸리고 말하기 시작했다.

「이 집 안주인에게는 이 사실을 알려 줘야 해……. 저런 것들은 이 집에서 쫓아내야 하니까. 그것도 가급적 빨리 말이야. 그렇지 않으면 저것들은 여기서…… 자 두고 보라고! 내 말을 기억해 둬, 한번 두고 봐. 체, 제기랄!」 악담을 하더니, 그는 금방 목소리가 다시 명랑해졌다. 「그러면 당신은 그리샤를 더 기다리겠습니까?」

「아닙니다, 기다리지 않겠습니다.」 나는 단호하게 대답했다.

「그럼 뭐, 좋을 대로 하시지요…….」

그렇게 말하고 나서 그는 더 이상 아무 말도 하지 않고 돌아서서 방을 나갔다. 밖으로 나가서 그는 형편이 어떻게 돌아가는지에 관한 설명과 보고를 기다리고 있던 안주인에게는 눈길도 주지 않고 계단을 내려가 버렸다. 나도 모자를 손에 들고, 내가 즉 돌고루끼가 왔었다는 것을 전하도록 안주인에게 부탁하고 계단을 뛰어내려갔다.

3

내 입장에서는 아무 소득도 없이 공연히 시간만 까먹은 꼴이었다. 거리로 나가자마자 나는 서둘러 셋방을 찾기 시작했다. 하지만 갑작스런 정신적 충격 때문에 마음이 혼란스러워서 몇 시간 동안 겨우 대여섯 군데밖에는 들러 보지 못했다. 안내를 받았던 약 스무 개의 집은 미처 자세히 들여다보지도 못하고 지나쳐 버렸다. 셋방을 구하기가 이렇게 힘들 줄은 상상도 못했다. 그러한 상황이 나를 더욱 화나게 했다. 어딜 가나 바신의 방 같거나 아니면 그보다도 훨씬 못했고, 방세는 엄청나게 비쌌다. 내 예산으로는 턱도 없이 모자랐다. 내가 찾는 것은 그저 운신할 정도의 조그마한 방이라고 말하면 집주인은 조소하는 듯한 태도로, 그렇다면 진짜 〈판잣집 촌〉에나 가보라고 내게 알려 줬다. 뿐만 아니라 어디를 가나 차림새로 보아 도저히 같이 지낼 수 없을 것 같은 이상한 하숙인들만 눈에 띄었다. 그런 사람들은 내 쪽에서 먼저 돈이라도 주면서 나와 같은 곳에 머물지 말아 달라고 청탁하고 싶을 정도였다. 상의도 입지 않은 사람들, 즉 조끼만 걸치고 턱수염을 지저분하게 기른 무례하고 호기심 많은 사람들이었다. 어떤 조그마한 방에서는 그런 친구들이 열 명 가까이 둘러앉아 카드 노름을 하면서 맥주를 마시고 있었고, 집주인은 내게 바로 그 옆 방을 권했다. 또 다른 곳에서는 집주인의 질문에 내가 서툴게 대답을 했더니, 어이없다는 듯 나를 쳐다보기도 했다. 그리고 또 어떤 집에서는 잠깐 언쟁까지 벌이기도 했다. 그러나 이런 시시한 일을 모조리 쓸 필요는 없을 것이다. 다만 내가 말하고 싶은 것은, 지독히 피로했기 때문에 주위가 어두컴컴해졌을 무렵 어떤 음식점에서 뭔가 좀 먹었는데, 그때 나는 이제부터 곧 그 유산 상속과 관련된 편지를 (아무런 설명도 하지 않고) 직접 베르실로프에게 넘겨준 뒤 다락방에 있는 내 물건을 가방과 보자기에 꾸려 가지고, 하룻밤쯤은 여관에서 자도 좋으니 집에서 나오자고 최후의 결심을 했다. 오부호프 대로의 끝에 있는 개선문 옆에는 여인숙이 많아, 거기서는 30꼬뻬이까만 내면 독방도 얻을 수 있다는 것을 나는 알고 있었다. 베르실로프의 집에서만 자지 않는다면, 하룻밤쯤은 어느 곳에서라도 지낼 각오였다. 그런데 공업 전문 학교 옆을 지나가다가, 왠지 나는 갑자기 따찌야나 빠블로브나의 집에 들러 볼까 하는 생각이 떠올랐다. 그녀는 바로 공업 전문 학교 맞은편에 살고 있었다. 사실은 그 유산 상속에 관련된 편지를 구실로 들르려고 했던 것이지만, 꼭 들러야겠다는 억제할 수 없는 욕망을 느낀 원인은 그 외에도 물론 있었다. 그러나 나는 지금도 그 이유를 분명히 설명할 수 없다. 아무튼 〈젖먹이 아기〉니 〈일반적 법칙에 적용되는 예외〉니 하는 말 때문에 머리가 이상하게 혼란했던 것이다. 무엇인가를 이야기하고 싶었는지, 혹은 뻐기고 싶었는지, 또는 싸우고 싶었는지, 아니면 울고 싶었는지 나는 모르겠다. 그러나 어쨌든 나는 따찌야나 빠블로브나의 집 계단을 올라갔다. 나는 그때까지 꼭 한 번밖에 그녀의 집에 와본 적이 없었다. 그것은 내가 모스끄바에서 막 왔을 때의 일로, 어머니에게서 무엇인가를 부탁받고 그녀를 방문했던 것이다. 그때 안으로 들어가자마자 나는 부탁받은 용건을 전하고는 앉지도 않고 곧 돌아왔던 것을 기억한다. 그녀 역시 앉으라는 말도 하지 않았다.

내가 초인종을 누르자, 곧 하녀가 문을 열고 나오더니 아무 말도 하지 않고 나를 집 안으로 들어가게 하였다. 그때의 정황을 이렇게 상세히 묘사하는 것은, 나중에 일어난 그 모든 일에 커다란 영향을 미쳤던 그 광적인 사건이 도대체 어떻게 일어났는지 제대로 설명하려는 의도 때문이다. 그래서 우선 먼저 그 하녀에 대해 자세히 서술하기로 한다. 그녀는 들창코에 사나워 보이는 얼굴을 한 핀란드 여자였는데, 자기의 주인인 따찌야나 빠블로브나를 미워하는 것 같았다. 그러나 상대방은 반대로 그녀에게 묘한 애착을 가지고 있어 그녀를 내보낼 생각을 전혀 하지 않았다. 그것은 마치 노처녀들이 물기 묻은 코를 가진 발바리나, 밤낮 잠이나 자는 고양이를 좋아하는 것과 같은 종류의 애착이었다. 이 핀란드 여자는 곧잘 화를 내기도 하고 서슴없이 무례한 행동을 하기도 했으며, 그렇지 않으면 주인과 싸우고는 몇 주 동안 말도 하지 않아 주인의 속을 썩이곤 했다. 내가 간 날도 틀림없이 그녀가 말을 하지 않는 기간 중의 하루였을 것이다. 왜냐하면 〈안에 계신가요?〉 하는 내 질문에(내가 그렇게 물은 것을 나는 지금도 분명히 기억한다) 아무런 대답도 하지 않고 그냥 부엌으로 가버렸기 때문이다. 그래서 나는 당연히 집주인이 집에 있으리라 생각하고 방으로 들어갔다. 그러나 집에 아무런 인기척도 없어서 따찌야나 빠블로브나가 곧 침실에서 나오리라고 생각하고 기다리기로 했다. 집주인이 집에 없다면 하녀가 나를 집 안으로 들여보냈을 리가 없기 때문이다. 나는 앉지도 않고 2, 3분을 기다렸다. 벌써 거의 어둑해진 저녁이었다. 그리고 어둑한 따찌야나 빠블로브나의 집은 벽의 사방에 걸어 놓은 알록달록한 여러 가지 헝겊 때문에 더욱 산만하게 느껴졌다. 여기서 그 사건이 일어난 장소를 분명히 묘사하기 위해 이 보잘것없는 조그마한 집에 대해 덧붙여 말해 두고자 한다. 오랫동안 지주 생활을 한 따찌야나 빠블로브나는 타고난 고집스런 성격과 남에게 지시하는 습성 때문에, 가구가 달린 방을 세내어 살 수 없어 이 조그만 집을 독채로 세내어 살고 있었다. 두 개의 방은 크지만 작은 카나리아의 새장 두 개를 서로 맞붙여 놓은 것 같았고, 3층에 위치하고 있었기 때문에 창문은 모두 안마당을 내다보고 있었다. 집에 들어서면 곧바로 폭이 1미터 정도 되는 복도가 있고, 그 왼편에 위에서 말한 두 개의 새장 같은 방이 있었다. 그리고 복도를 따라 똑바로 들어가면 손바닥만 한 부엌으로 들어가는 입구가 나왔다. 한 사람이 12시간 동안에 필요로 하는 약 3세제곱미터의 공기는 아마 이 두 방에도 들어 있겠지만, 그 이상이 있을지는 의심스러웠다. 이 두 방은 보기 흉할 정도로 천장이 낮았지만, 그보다 더 답답한 것은 창문, 출입문, 가구 할 것 없이 보이는 것에는 모두 알록달록한 헝겊을 씌우고 건 일이었다. 그 헝겊은 멋진 프랑스 제품으로 꽃 모양의 레이스까지 붙인 것이었다. 그러나 그것 때문에 방 안은 더욱 어둡게 느껴졌고, 마치 여행 마차의 내부 같았다. 내가 기다리던 방은 가구로 꽉 차 있었지만, 그래도 겨우 몸 하나는 움직일 수 있었다. 그리고 말이 나온 김에 말해 두지만, 집 안의 가구는 상당히 멋진 것이었다. 청동 장식이 붙은 조각 나무로 세공한 가지각색의 조그마한 탁자들이 놓여 있고, 몇 개의 문갑도 있었으며, 사치스럽고 호화로운 화장대까지 있었다. 그러나 그녀가 나오리라고 내가 생각했던 옆 방은 침실이었으며, 이 방과는 두터운 휘장으로 구분되어 있었다. 나중에 알게 된 일이지만, 그 방에는 침대 하나만 덩그러니 놓여 있었다. 이러한 상세한 설명은 이후에 내가 저지른 우둔한 행동을 이해하는 데 꼭 필요할 것이다.

아무런 의심도 없이 집주인이 나오기를 나는 계속해서 기다리고 있었다. 그때 초인종이 울렸고, 하녀가 서두르지 않는 걸음걸이로 복도를 지나 아까 내가 왔을 때와 똑같이 아무런 말 없이 방문객을 맞아들이는 소리가 들려왔다. 들어온 사람은 두 명의 여자였는데, 그들은 둘 다 큰소리로 이야기하고 있었다. 목소리를 듣고서야 나는 그중의 한 명이 따찌야나 빠블로브나라는 것을 알고 매우 놀랐다. 그리고 다른 한 명은 이런 곳 이런 상황에서 만나리라고는 꿈에도 생각지 못했던 바로 그 부인이 아닌가! 내가 잘못 들었을 리는 없다. 이 잘 울리는 힘찬 금속성의 음성을 어제 나는 이 귀로 분명히 들었기 때문이다. 그것은 단지 3분 동안이었지만, 나는 그것을 내 마음속에 깊이 담아 두고 있었다. 사실이었다. 그녀는 〈어제의 바로 그 부인〉이었다. 그러한 상황에서 내가 어떻게 처신했어야 했을까? 독자에게 이런 질문을 던져 보려고 하는 것은 결코 아니다. 다만 내 스스로 그때의 순간을 되새기고 있을 뿐이다. 그런데 도대체 어째서 그렇게 됐는지 나는 지금도 도무지 설명할 수가 없다. 아무튼 나는 두 방을 가로막고 있던 휘장을 헤치고 따찌야나 빠블로브나의 침실로 뛰어들었다. 간단히 말하면, 나는 그곳에 숨었던 것이다. 내가 그곳으로 뛰어들자마자 그들은 내가 있던 방으로 들어왔다. 왜 나는 그들에게 나가지 않고 숨었던 걸까. 그 이유를 나 역시 모르겠다. 모두가 우연히 완전히 무의식중에 일어난 일이었다.

그녀의 침실로 뛰어들며 침대에 부딪혔을 때, 나는 그 침실에서 부엌으로 통하는 문을 발견했다. 만약 그리로 나간다면 이러한 상황에서 빠져나갈 길은 있다. 여기서 아주 도망쳐 버릴 수도 있다. 그런데 자세히 보니 그 문에는 자물쇠가 채워져 있고, 열쇠 구멍에는 열쇠가 꽂혀 있지 않았다. 절망에 빠져 나는 침대 위에 쓰러지듯 누웠다. 그러자 이제부터 그들의 대화를 엿듣게 되겠구나 하는 생각이 내 머리에 떠올랐다. 그들의 대화 첫 몇 구절 몇 마디를 듣기 시작했을 때, 나는 그들의 대화가 아주 비밀스럽고 미묘한 내용의 것이라는 걸 알 수 있었다. 내가 정직하고 고상한 인간이라면 그때라도 큰소리로 〈잠깐만 기다리세요, 제가 여기 있어요!〉라고 말해야 했을 것이다. 그리고 내 자신의 입장이 아무리 우스꽝스러워도 그대로 방을 나가 버렸어야만 했다. 그러나 나는 일어서지도 않았고 나가지도 않았다. 용기가 없었다. 비굴하기 짝이 없는 일이지만 겁이 났던 것이다.

「보세요, 까쩨리나 니꼴라에브나, 그렇게 말씀하시면 난 매우 슬퍼져요.」 따찌야나 빠블로브나가 애원하듯 말했다. 「이제 다시는 그런 일은 걱정하지 마세요. 당신답지 않아요. 당신이 계신 곳에선 어디서나 기쁨이 넘쳤는데, 이제 와서 갑자기 그런…… 그렇지만, 내가 말하는 것만은 이전과 다름없이 믿어 주시리라고 나는 생각하고 있어요. 내가 얼마나 당신을 사랑하고 있는지 당신은 알고 계실 테니 말이에요. 정말 안드레이 뻬뜨로비치에 대한 마음에 못지않아요. 또 말합니다만, 그분에 대한 나의 변치 않는 마음을 나는 감추려고 하지 않아요……. 그러니까 내 말을 믿으세요, 네! 내 명예를 걸고 맹세하지만, 그런 문서는 그분의 수중에는 없어요. 아니 어쩌면 전혀 아무것도 안 가지고 있는지도 몰라요. 그리고 그분은 그런 교활한 짓을 할 사람이 아니에요. 그것을 의심한다는 건 죄받을 일이에요. 당신들 두 분이 공연한 불화를 만드셨을 뿐이에요…….」

「그런 내용의 문서는 분명히 있어요. 그리고 그 사람은 무슨 짓이든 할 수 있는 사람이에요. 그리고 뭡니까, 어제 집에 들어서자마자 처음 만난 것이 그 꼬마 스파이ce petit espion가 아니겠어요? 아마도 그 사람이 그를 공작에게 억지로 떠맡겨 놓은 것일 거예요.」

「꼬마 스파이라뇨. 그 아이는 절대로 스파이가 아니에요. 왜냐하면, 바로 내가 억지로 부탁해서 공작에게로 보낸 거예요. 그렇게라도 하지 않으면, 그 아이는 모스끄바에서 그만 미쳐 버렸거나 굶어 죽었을 거예요. 마침 그때 그쪽에서 그런 제안이 왔기 때문에 그렇게 했던 거예요. 그리고 무엇보다도 버릇없는 그 아이는 아주 어리석어요. 그런 아이가 무슨 스파이가 될 수 있겠어요?」

「그래요. 정말 어리석어 보이는 아이였어요. 그렇지만, 그렇다고 해서 비열한 인간이 되지 말라는 법은 없어요. 나는 다만 화가 났을 뿐이지만, 그렇지 않았으면 아마 죽도록 웃었을 거예요. 글쎄 나를 보더니 갑자기 얼굴이 창백해져서 내 옆으로 오더니 오른발을 뒤로 빼고 인사를 한 다음, 프랑스 어로 이야기를 시작하지 않겠어요? 그래도 모스끄바에서는 마리야 이바노브나가 그 애에 대해 마치 천재나 되는 것처럼 말했어요. 아무튼 그 불행한 편지가 온전하게 남아 있으며, 어딘가 가장 위험한 장소에 있다는 것을 나는 무엇보다도 그 마리야 이바노브나의 표정에서 알아볼 수 있었어요.」

「아니라니까요! 당신은 분명히 그녀에게는 아무것도 없었다고 직접 말씀하셨잖아요!」

「그렇지만 분명히 어딘가에 있기는 있어요. 다만 그녀가 거짓말을 하고 있을 뿐이에요. 분명히 말해 두지만 그녀는 대단한 여자예요. 모스끄바로 갈 때까지는 그래도 그 문서가 더 이상 남아 있지 않으리라는 희망이 다소나마 있었지만, 막상 가보니까 거기서는…….」

「아니에요, 사실은 정반대일 거예요. 그녀는 친절하고 분별 있는 부인이라고 다들 말하잖아요. 고인도 여러 조카들 중에서 그녀를 제일로 치셨다잖아요. 사실 나는 그녀를 그다지 잘은 모르지만, 당신은 그녀를 충분히 설득할 수 있었을 텐데요. 그녀를 설득하는 일쯤은 당신에게는 아무것도 아니잖아요. 나는 벌써 이렇게 할머니가 다 됐지만, 그래도 당신에게 홀딱 반해서 당장에 입이라도 맞추려고 덤빌 지경인데요……. 정말 그녀를 유혹하는 일쯤은 당신에게는 쉬운 일이었을 거예요!」

「물론 나도 그녀를 유혹했어요. 따찌야나 빠블로브나, 해보았어요. 그리고 그녀가 내게 반하도록 만들었어요. 그렇지만 깜찍한 면에서는 그쪽이 나보다 한 수 위였어요……. 아니 정말 대단해요. 독특한 모스끄바 식 성격이에요……. 그랬더니 내게 이곳에 사는 끄라프뜨인가 하는 사람에게 상의해 보라고 권하지 않겠어요. 그 사람은 전에 안드로니꼬프의 조수였으니 혹시 뭔가 알고 있을지도 모른다는 거예요. 끄라프뜨라는 사람은 나도 다소 알기도 하고 잠깐 얼굴을 본 적도 있어요. 그러나 그녀가 끄라프뜨에 관해서 말했을 때, 나는 거기서 처음 확신을 가지게 됐어요. 그녀는 아무것도 모르는 게 아니라 모든 내용을 다 알고도 말을 둘러대고 있다고 말이에요.」

「글쎄, 왜 그런 말을 했지요? 그렇다면 아마 그 사람을 만나면 모든 내용을 소상히 알 수 있겠군요! 내가 기억하기로는 그 끄라프뜨란 사람은 독일 사람인데, 말을 함부로 하지도 않고 정직한 사람이니까요. 정말 그 사람에게 물어보면 되겠군요! 하지만 그 사람은 아마 지금 뻬쩨르부르그에 없을 텐데…….」

「아니에요, 벌써 어제 돌아왔어요. 내가 지금 그 사람에게 들렀다 오는 길이에요……. 그래서 나는 이렇게 불안에 못 견뎌 당신에게로 달려온 거예요. 이걸 보세요, 온몸을 모두 떨고 있잖아요. 그래서 사실은 당신에게 부탁이 있어요. 따찌야나 빠블로브나, 당신은 누구나 다 잘 아시니, 혹시 그 사람의 서류 속에서 찾아낼 수 있지 않을까 해서요. 왜냐하면 서류들은 틀림없이 남아 있으니까 말이에요. 지금 도대체 그 서류는 누구의 손에 넘어가 있을까요? 어쩌면 또다시 위험한 사람의 손에 들어가 있지는 않을까요? 그래서 당신과 상의해 보려고 달려온 거예요.」

「서류, 서류 하시지만, 대체 무슨 서류지요?」 따찌야나 빠블로브나는 전혀 이해가 가지 않았다. 「당신은 지금 끄라프뜨에게 다녀오시는 길이라고 말씀하셨잖아요?」

「맞아요, 다녀왔어요. 네, 지금 다녀오는 길이에요. 그런데 그 사람은 권총으로 자살을 했어요! 어제 저녁에 벌써.」

그 소리에 나는 침대에서 벌떡 일어났다. 나보고 스파이니 백치니 하는 동안은 그대로 앉아 있을 수 있었다. 그리고 그들의 대화가 점점 더 진행됨에 따라 더욱더 몸을 내밀기가 곤란하다고 느꼈다. 그것은 생각할 수도 없는 일이었다. 따찌야나 빠블로브나가 손님을 배웅할 때까지 나는 숨을 죽이고 그대로 앉아 있기로 결심했다(다행히 그녀가 그전에 무슨 일로 침실에 들어오지만 않는다면). 아흐마꼬바가 떠나기만 하면, 그 다음에는 따찌야나 빠블로브나와 맞붙어 싸워도 괜찮다……. 그러나 갑자기 지금 끄라프뜨의 일을 듣자, 나는 침대에서 벌떡 일어났다. 마치 전신에 경련이 일어난 것 같았다. 아무런 생각도 없이, 그야말로 아무런 판단도 분별도 없이, 나는 걸어가 휘장을 밀어 올리고 그들 두 사람 앞에 나타났다. 창백한 얼굴로 전신을 떨고 있는 내 모습을 충분히 알아볼 수 있을 만큼 아직 주위는 밝았다……. 나를 보고 두 사람은 비명을 질렀다. 그 상황에서 어떻게 비명을 지르지 않을 수 있겠는가?

「끄라프뜨가 말인가요?」 나는 아흐마꼬바를 향하여 중얼거렸다. 「권총 자살이라고요? 어제요? 해질 무렵에요?」

「너 어디 있었어? 어디서 나왔어?」 따찌야나 빠블로브나는 소리를 지르며 험하게 내 어깨를 붙잡았다. 「너 스파이짓을 했구나? 엿들었지?」

「내가 지금 뭐라고 했어요?」 까쩨리나 니꼴라예브나는 나를 가리키면서 소파에서 일어섰다.

그 말에 나는 그만 이성을 잃었다.

「거짓말이야. 헛소리야!」 나는 맹렬히 그녀를 가로막았다. 「당신은 지금 나를 스파이라고 했지요. 무슨 말이에요! 당신 같은 사람을 염탐할 가치나 있을까요. 뿐만 아니라 당신 같은 인간 옆에서 사는 것조차 더러울 정도예요! 대범한 사람은 자살로 생을 끝내지요. 끄라프뜨는 권총으로 자살했어요. 그는 이념 때문에, 헤카베[41] 때문에 자살했어요……. 그러나 당신 같은 사람이 헤카베에 대해 알 리가 있어요……? 그런데 이곳에서는 당신들의 음모 속에서 살고, 당신들의 거짓과 속임수와 간계에 휘말려 헛된 세월을 보낸단 말이에요……. 이제 그것으로 충분해요!」

「뺨을 때리세요! 따귀를 때리세요!」 따찌야나 빠블로브나가 떠들어 댔다. 그러나 까쩨리나 니꼴라예브나는 눈도 깜짝하지 않고 나를 노려보고 있었지만(나는 그녀 얼굴에 일었던 미세한 움직임까지 모조리 기억하고 있다), 그 자리를 움직이려고도 하지 않았기 때문에, 아마 다음 순간에는 따찌야나 빠블로브나 스스로 자신이 제안했던 대로 할 것임에 틀림없었다. 그래서 나는 손을 들어 얼굴을 가리려고 하였다. 그러나 바로 이 동작을 그녀는 내가 손을 들어 때리려 한다고 생각했던 것 같다.

「자, 때려, 때려 봐! 네 근본이 상놈이라는 것을 증명해 봐라! 너는 여자보다는 힘이 셀 테니 그렇게 해봐!」

「헐뜯는 말은 그만 해요, 됐어요!」 내가 소리를 질렀다. 「난 한 번도 여자에게 손을 든 일이 없어요! 당신은 염치가 없어요! 따찌야나 빠블로브나, 당신은 항상 나를 멸시했어요. 물론 상놈을 존경할 필요는 없겠지요! 당신은 비웃고 계시는군요. 까쩨리나 니꼴라예브나, 아마 내 꼴을 보고 비웃으시는 거겠지요. 하느님은

---

[41] 『햄릿』을 인용한 듯하다. 헤카베는 그리스 신화에 등장하는 트로이 왕 프리아모스의 아내이다.

제게, 당신이 가까이 지내는 부관들 같은 멋진 체격을 주시지는 않았어요. 그러나 그렇다고 해서 나는 당신 앞에서 비굴함을 느끼진 않아요. 오히려 반대로 우월감을 느끼지요……. 아무래도 좋습니다. 표현이 어떻든, 나에게는 아무 죄도 없어요! 나는 우연히 여기에 있었으니 말입니다. 따찌야나 빠블로브나, 나쁜 것은 당신 집의 그 핀란드 여자예요. 아니 그보다도 그 여자에 대한 당신의 묘한 애착심이지요. 그 여자는 내 질문에는 대답도 않고 나를 그냥 이리로 들여보냈어요. 그래서 두 분은 이해하시겠지만, 부인의 침실에서 튀어나오기가 너무나 이상했기 때문에 나타나지 않고 말없이 모욕을 참으려고 결심했지요……. 당신은 또 비웃고 계시는군요, 까쩨리나 니꼴라예브나!」

「어서 나가, 어서 썩 나가 버리란 말야!」 거의 내 몸을 밀어내며 따찌야나 빠블로브나가 소리쳤다. 「까쩨리나 니꼴라예브나, 저 녀석의 거짓말 따위에는 신경도 쓰지 마세요. 그래서 제가 말씀드렸잖아요. 저 녀석은 정신 이상이라고.」

「정신 이상이라고요? 어째서요? 도대체 누가 어떻게 그런 말을 만들었지요? 하지만 어쨌든 좋습니다. 까쩨리나 니꼴라예브나! 나는 이 세상의 모든 성스러운 것을 걸고 당신께 맹세합니다만, 여기서의 대화도 그리고 내가 들은 모든 것도 우리들만의 일로 해두겠어요……. 당신의 비밀을 알았던들 내게 무슨 잘못이 있겠어요? 또한 당신의 부친과 함께 하는 일도 내일부터는 그만둘 생각이며, 당신이 찾으시는 그 서류에 대해서도 이제는 안심해도 될 거예요!」

「그건 무슨 이야기지요……? 당신이 말하는 서류라는 건 뭐지요?」 까쩨리나 니꼴라예브나는 당황한 듯이 말했다. 그리고 얼굴까지 창백하게 되었다. 그러나 그것은 어쩌면 내게 그렇게 보였을 뿐인지도 모른다. 나는 내가 아무 생각 없이 너무 말이 많았다는 것을 깨달았다.

내가 서둘러 밖으로 나올 때 그들은 말없이 눈으로 내 뒷모습을 바라보고 있었으며, 그들의 시선 속에는 극도로 놀란 기색이 엿보였다. 간단명료하게 기술하자면, 내가 그들에게 수수께끼와 같은 명제를 던졌던 것이다…….

제9장

1

밖으로 나온 뒤 나는 집을 향해 서둘러 걸었다. 이유는 알 수 없지만 가슴속에서 평온함을 느꼈다. 물론 부인들에게 그런 식으로 말해서는 안 된다는 걸 나도 알고 있다. 정확히 말하면, 〈그러한 부인들에게〉가 아니라, 〈그러한 부인에게는〉 하고 말하는 편이 맞을 것이다. 왜냐하면 나는 따찌야나 빠블로브나를 그런 범주에 포함시키고 싶지 않기 때문이다. 어떠한 상황에서도 〈당신들의 음모 같은 것은 아무런 의미도 없어요〉라는 말은 직접적으로 부인을 향해 절대로 써서는 안 될 말이었다. 하지만 나는 그렇게 말했다. 게다가 그렇게 말했다는 사실로 인해 나는 묘한 만족감마저 느꼈던 것이다. 그렇게 단호하게 말함으로써 그때 내가 처했던 어쭙잖은 상황을 일거에 해소할 수 있었기 때문이다. 하지만 나는 그 일만 오래 생각할 여유는 없었다. 내 머리는 끄라프뜨에 관한 생각으로 꽉 차 있었다. 그의 자살이 특별히 나를 괴롭혔다고는 할 수 없지만, 어쨌든 나는 내 정신적 토대가 한순간에 무너지는 듯한 심한 충격을 받았다. 타인이 불행을 당했을 때, 예를 들어 누가 다리를 부러뜨렸다든가 명예를 상실했다든가 혹은 사랑하는 사람을 잃었다든가 하는 따위의 일을 당했을 때, 대부분의 사람들이 느끼는 그 어떤 만족감, 일상에서 느끼는 그런 허위적인 만족감 같은 건 내 가슴속에는 전혀 없었다. 대신 그런 천박한 것과는 전혀 다른 매우 순수한 감정, 즉 슬픔, 끄라프뜨에 대한 애도의 정이 자리하고 있었다. 물론 그것이 진짜 애도의 정인지 어떤지는 모르겠지만, 아무튼 무언가 매우 강렬한 연민의 감정이었다. 그런 감정을 느끼면서 나 역시 내 행위에 대해 만족했다. 그리고 나는 묘한 경험을 하였다. 즉 어떤 중대한 소식에 접했을 때 전신에 심한 충격을 받아 그 밖의 다른 감정은 그것에 압도되어 버려, 그것과 관계 없는 특히 사소한 생각 따위는 모조리 관심권 밖으로 밀려나는 것이 당연하다고 보이는 바로 그런 중요한 순간에, 오히려 사건과는 전혀 관계 없는 가지가지의 잡생각들이 내 머리에 떠오르는 것이었다. 물론 그런 중요한 순간일수록 반대로 시시한 생각만 자꾸 떠오르는 법이다. 지금도 잊혀지지 않지만 그렇게 자잘한 데까지 신경이 쓰여 감정을 추스를 수 없는 불안한 전율이 내 전신을 몇 분 동안이나 지속적으로 감싸더니, 집에 돌아와 베르실로프와 이야기하는 동안에도 내내 그 상태가 계속되었다.

 우리의 이야기는 아주 이상하고 비정상적인 상황에서 시작되었다. 앞에서 내가 묘사한 바 있지만, 우리는 안마당 한구석의 조그마한 독채에 살고 있었다. 그 건물에는 13호라는 번호가 붙어 있었다. 내가 문을 들어서려고 할 무렵, 초조하고 화난 듯한 어조로 〈13호 건물은 어디지요?〉 하고 큰 목소리로 누구에겐가 묻고 있는 여자의 목소리가 들려왔다. 대문 가까이에 있는 가게의 문을 열고 어떤 여인이 묻고 있는 것이었다. 그러나 아무런 응답도 못 들었거나 혹은 쫓겨나기라도 한 듯, 그녀는 몹시 화를 내면서 가게 출입구의 계단을 내려왔다.

 「이 집의 문패가 대체 어디 있다지?」 그녀는 성마른 소리로 혼잣말을 하였다. 나는 그것이 누구의 목소린지 바로 알 수 있었다.

 「제가 13호로 가는 길입니다.」 나는 그녀에게 다가섰다. 「누구를 찾으시지요?」

「나는 사람들에게 묻기도 하고 집집마다 계단을 가보면서 벌써 이 집의 문패를 한 시간 동안이나 찾았어요.」

「그 집은 이 건물 안마당 쪽에 있어요. 그런데 저를 모르시겠습니까?」

그녀 역시 이미 나를 알고 있었다.

「당신도 베르실로프에게 용건이 있지만, 저도 마찬가지입니다.」 나는 말을 계속했다. 「저는 그와 영원히 결별하기 위해 이곳에 왔습니다. 자, 가시죠.」

「당신은 그의 아들이세요?」

「그런 것은 별 의미가 없는 일입니다. 비록 제 성은 돌고루끼이지만, 그의 아들이라면 아들이라고 할 수도 있지요. 이를테면 사생아란 말이지요. 그에게는 사생아가 셀 수도 없을 정도로 많습니다. 그들이 양심과 명예에 관해서 말하면, 적자는 집을 떠납니다. 이런 것은 성경에도 있지요. 그는 유산 상속을 받았습니다만, 저는 받지 않고 제 힘으로 벌어서 살 것입니다. 필요할 때 위대한 정신을 가진 사람은 자신의 삶까지도 희생합니다. *끄라프뜨*는 자살을 했습니다. 생각해 보세요, *끄라프뜨*는 젊은 사람이거든요. 그런데 자신의 이념 때문에 모든 희망을 던져 버렸단 말입니다……. 자, 이쪽으로 오세요, 이쪽으로요. 그 집은 이쪽에 있는 독립된 가옥입니다. 그런데 벌써 성경에서도 아이들은 아버지를 떠나 자신들의 둥우리를 짓는다고 하고 있거든요……. 이념이 끄는 한은…… 이념이 있다면 말이에요! 이념이란 아주 중요한 것입니다, 바로 모든 것이 그 속에 들어 있거든요…….」

우리가 집에 다다를 때까지 나는 계속해서 이런 식으로 그녀에게 이야기를 했다. 독자들은 아마도 내가 자신을 별로 너그럽게 대하지 않는다는 사실과, 필요하다면 어디에서라도 분명히 진실을 말할 줄 알고 또한 그렇게 하기를 원한다는 것을 증명해 보이려 한다는 사실을 알아챘을 것이다. 베르실로프는 집에 있었다.

나는 외투를 벗지 않고 안으로 들어갔고, 그녀도 또한 그렇게 했다. 그녀는 옷을 아주 허술하게 입고 있었다. 검은 옷 위에 무엇인가 누더기 같은 것을 걸치고 있었는데, 굳이 이름을 붙이자면 외투나 망토로 불러야 할 것 같았다. 머리에는 낡아서 겉이 벗겨져 버린 해군용 모자를 쓰고 있었는데, 그것은 그녀의 아름다운 모습을 해치고 있었다. 우리가 응접실로 들어갔을 때, 어머니는 늘 앉는 자리에서 일을 하고 있었고, 여동생 역시 무엇인가를 하고 있었으며, 막 자기 방에서 나와 문 어귀에서 걸음을 멈추던 참이었다. 베르실로프는 평상시처럼 아무 일도 하지 않고 있다가 우리를 맞으며 일어났다. 그는 의아하고 엄한 표정으로 내 얼굴을 쳐다보았다.

「나는 이 일과 아무런 관련이 없어요.」 나는 얼른 자리를 피해서 옆으로 물러났다. 「나는 이분을 바로 대문 앞에서 만났을 뿐입니다. 당신을 찾고 있었지만, 아무도 가르쳐 주는 사람이 없더군요. 나도 할 얘기가 있어서 왔지만, 이분의 이야기가 끝나면 말씀드리기로 하겠습니다……」

베르실로프는 호기심에 찬 눈빛으로 나를 뚫어져라 쳐다보고 있었다.

「저, 실례합니다만.」 그 아가씨는 더 이상 참을 수 없다는 듯 입을 열었다. 「왜 어제 당신이 돈을 두고 갈 생각을 했을까 하고, 저는 오랫동안 생각했어요……. 그래서 저는…… 간단히 말씀드리자면…… 자, 여기 당신의 돈이 있어요.」 아까처럼 그녀는 거의 비명에 가까운 목소리로 말하더니 돈을 탁자 위에 올려놓았다. 「저는 당신의 주소를 주소 안내소에 문의해서 알아야 했어요. 그렇지 않았다면 좀 더 빨리 가져올 수 있었을 거예요. 여보세요, 당신도 듣고 계세요?」 그녀는 갑자기 어머니 쪽을 향하면서 말했다. 어머니는 얼굴이 온통 창백해져 있었다. 「저는 당신을 모욕하고 싶지는 않아요. 당신은 선한 인상을 하고 계시군요. 그리고 어쩌면 저이는 당신의 따님인지도 모르겠군요. 당신이 저분의 부인인지 아닌지는 모르겠습니다만, 좀 알아 두셔야겠어요. 저분은 여자 가정교사나 여교사가 주머니를 털어서 낸 신문 광고를 오려 가지고, 그런 불행한 사람들의 집을 돌아다니면서 비열하게 자기 잇속이나 차리려 하고, 또 돈으로 그 사람들을 불행에 빠뜨리고 있어요. 어떻게 제가 어제 그러한 사람에게서 돈을 받을 수 있었는지 저는 도무지 이해할 수 없어요! 그는 그토록 선량한 사람인 척했어요……. 저리 비키세요. 말하지 말아요! 여보세요, 댁은 정말 불한당이에요. 설사 당신이 선량한 의도로 한 일이었다고 해도, 저는 당신의 동정을 받고 싶지 않아요. 말하지 말아요. 말하면 안 돼요! 이제 저는 참 기뻐요, 이렇게 당신의 아내와 딸 앞에서 당신의 그 사악한 본성을 폭로했으니 말이에요! 당신은 저주를 받을 거예요!」

말을 마치고 그녀는 서둘러 방에서 뛰어나가다가 문 앞에서 잠깐 돌아서더니 이렇게 소리쳤다.

「당신이 유산을 상속받았다는 소문이 있더군요!」

그리고 그녀는 그림자처럼 자취를 감추었다. 다시 한번 말해 두지만, 그녀는 완전히 광란 상태였다. 베르실로프는 심한 충격을 받은 것 같았다. 그는 골똘히 무엇인가 깊은 생각에 빠져 있더니, 내 쪽으로 몸을 돌렸다.

「혹시 너는 그 여자에 대해 알고 있니?」

「아까 우연히 바신의 집 복도에서 미치광이처럼 소리를 지르면서 당신을 저주하는 것을 보았지요. 그렇지만 그녀와 이야기를 나눠 보지는 않아서 나는 아무것도 모르고 있어요. 그리고 지금 다시 대문에서 만난 거예요. 아마 그 여자는 어제 말씀하시던 〈산수도 지도함〉이라고 한 바로 그 여교사 같군요.」

「그래 바로 그 사람이다. 나는 진심으로 처음 좋은 일을 했다고 생각했는데……. 그런데 네가 가지고 있는 게 뭐지?」

「이게 바로 그 편지예요.」 나는 대답했다. 「자세한 설명은 필요 없을 것이고, 다만 그 편지의 출처는 끄라프뜨지요. 끄라프뜨는 고인인 안드로니꼬프로부터 이것을 입수했어요. 내용을 보면 아실 거예요. 덧붙여 말씀드리지만, 이제는 이 편지에 대해 아는 사람이 이 세상에 저밖에는 아무도 없어요. 왜냐하면 끄라프뜨는 어제 저에게 이 편지를 넘겨주고, 제가 그 집에서 나오고 나서 곧 권총 자살을 하고 말았으니 말이에요……」

단숨에 모든 이야기를 다 해버리려고 숨을 몰아쉬며 말하는 동안, 그는 편지를 받아 그것을 왼손에 쥔 채, 주의 깊게 내 말에 귀를 기울이고 있었다. 끄라프뜨의 자살에 대해 설명하면서 나는 그 말의 효과를 알아보기 위하여 특별히 주의해서 그의 얼굴을 자세히 보았다. 결과는 전혀 예상 밖이었다. 자살 소식도 그에게는 별 특별한 느낌을 주지 않았고, 눈 한번 깜박거리지도 않았다. 그러다가 그의 표정을 살피느라 내가 잠시 말을 멈춘 사이에, 그는 늘 손에서 놓은 일이 없는 검정 리본이 달린 안경을 꺼내어 편지를 촛불 가까이로 가져다가 서명한 것을 잠시 보고 난 다음, 열심히 그것을 읽기 시작했다. 그의 이 오만하고 무관심한 태도에 내가 얼마나 심한 모욕감을 느꼈는가에 대해서는 표현할 길이 없다. 내 생각으로는 그가 끄라프뜨에 대해서 매우 잘 알고 있을 것이고, 그 편지를 입수한 것 역시 뭔가 의미 있는 소식으로 여길 것이라 믿고 있었다. 결론적으로 말하자면, 나는 당연히 그 편지가 어떤 감동을 자아낼 것으로 생각했다. 그가 읽기를 잠시 기다리다가 그 편지의 내용이 길다는 것을 생각하고는 나는 돌아서서 방을 나왔다. 내 트렁크는 벌써 준비되어 있었다. 다만 몇 가지 물건을 보자기에 싸는 일만 남았을 뿐이다. 나는 어머니에 대해 생각했다. 그러나 어머니에게 가보지는 않았다. 10분쯤 지나 완전히 준비를 끝내고 마차를 부르러 가려고 할 때 여동생이 다락방으로 들어왔다.

「엄마가 언젠가 받은 60루블을 오빠에게 돌려드리는 거예요. 그리고 그것에 대해서 안드레이 뻬뜨로비치에게 말한 것을 용서해 달라고 말씀하셨어요. 그리고 여기 또 20루블. 오빠가 어제 식비로 50루블 내셨지요. 엄마가 말씀하시기를, 아무래도 30루블 이상은 받을 수 없대요. 50루블은 들지 않았으니 말이에요. 그래서 20루블을 돌려드린대요.」

「그래, 고맙다. 다만, 그 말이 정말이라면 말이야. 그러면 잘 있어라. 나는 이제 떠나야겠어.」

「이제 어디로 가는 거예요?」

「당분간 어디 여관에라도 가 있어야지. 이 집에서 밤을 지내고 싶지 않으니 말이다. 어머니에게 말씀드려, 나는 어머니를 사랑한다고 말이야.」

「알고 계세요. 엄마는 오빠가 안드레이 뻬뜨로비치도 역시 사랑한다는 것을 알고 계세요. 그런데 부끄럽지도 않아요, 어떻게 집 안에 그런 불길한 사람을 데리고 와요!」

「아냐, 절대로 내가 데리고 온 게 아니야. 그저 대문에서 그 여자를 만난 거야.」

「아니에요, 오빠 때문에 생긴 일이에요.」

「절대로 아니라니까.」

「좀 생각해 보세요. 그리고, 자기 가슴에 손을 대고 물어보세요. 그러면 오빠가 이 모든 일의 원인 제공자라는 것을 알 거예요.」

「나는 다만 베르실로프가 망신당한 것이 매우 기쁠 뿐이야. 생각해 봐, 그에게는 리지야 아흐마꼬바에게서 태어난 어린아이가 있단 말야……. 그렇지만 내가 너에게 이런 이야기를 해도 소용없지…….」

「아버지에게요? 어린아이가요? 그렇지만 그건 아버지의 아기가 아니에요. 오빠는 대체 어디서 그런 거짓말을 듣고 왔지요?」

「어떻게 네가 사실을 안다고 할 수 있니!」

「내가 모른다고요? 루가에서 그 아기를 본 사람이 바로 나예요. 이것 봐요, 오빠. 나는 벌써부터 느꼈지만, 오빠는 정말 아무 것도 모르고 있어요. 그러면서도 안드레이 뻬뜨로비치를 모욕하고, 또 엄마한테도 그러신단 말이에요.」

「그 사람이 옳다면, 내가 잘못한 것이 되겠지. 그러면 그뿐이야. 그렇다고 해서 내가 가족들을 사랑하지 않는다는 것은 아니야. 왜 그렇게 얼굴을 붉히니? 이젠 더 빨갛게 되는구나! 뭐, 괜찮아. 어쨌든 나는 엠스에서 베르실로프의 뺨을 친 그 공작에게 결투를 신청할 생각이야. 베르실로프가 아흐마꼬바와 아무런 일 없이 정당한 관계라면, 더욱더 그래야겠어.」

「오빠, 정신차려요. 뭐 하자는 거예요!」

「다행히 이젠 재판도 끝났으니……, 너 이번에는 아주 하얗게 질렸구나.」

「그렇지만 공작은 오빠 같은 사람은 상대도 안 할 걸요.」 리자는 놀라움을 감추고 창백한 얼굴로 미소를 지었다.

「그렇다면 사람들의 면전에서 망신을 시켜 버려야지. 왜 그래, 리자?」

그녀는 새파랗게 질리더니 더 이상 서 있을 수가 없는 듯 그만 소파에 주저앉고 말았다.

「리자!」 아래에서 어머니가 부르는 소리가 들려왔다.

그녀는 정신을 차리고 일어섰다. 그녀는 내게 상냥한 미소를 던졌다.

「오빠, 그런 쓸데없는 짓은 그만두세요. 그리고 적당한 때가 올 때까지 기다려 보세요. 그러는 동안에 많은 것을 알게 될 거예요. 정말 오빠는 아무것도 모르고 있어요.」

「나는 잊지 않을 거야, 리자. 결투를 하겠다는 내 말에 네 얼굴이 하얗게 질린 것을 꼭 기억해 두마.」

「그래요, 좋아요. 그것을 되새겨 주세요!」 그녀는 아래로 내려가면서 다시 한번 미소를 지으며 말했다.

나는 마차를 부른 다음 마부에게 내 짐을 집에서 가져다가 신도록 했다. 집 식구들은 아무도 내게 반대를 안 했고, 나를 붙잡지도 않았다. 나는 베르실로프와 마주치기가 싫어서 어머니에게조차 작별 인사를 하러 가지 않았다. 그리고 마차에 올랐을 때, 갑자기 내 머리에 어떤 생각이 떠올랐다.

「폰딴까로 갑시다. 세묘노프 다리 쪽으로.」 갑자기 가야 할 방향을 정했다. 그리고 나는 다시 바신의 집으로 향했다.

2

내 마음속에서 문득 끄라프뜨에 대해서라면 바신이 어쩌면 나보다 백 배 이상 자세히 알고 있을지도 모른다는 생각이 떠올랐다. 그리로 가서 보니 내가 예상했던 대로였다. 바신은 모든 이야기를 하나하나 자세히 내게 말해 주었다. 그러나 썩 마음이 내키지는 않는 기색이었다. 아마도 그가 몹시 피곤해서 그런 것이라고 짐작되었다. 사실 그는 그날 아침 이미 끄라프뜨의 집에 다녀온 것이었다. 바신의 말에 따르면, 끄라프뜨는 어제 밤이 깊었을 때 권총(바로 그 권총)으로 자살했다고 한다. 이것은 그의 일기를 보아도 분명했다. 일기에 마지막으로 적은 내용은 권총을 발사하기 직전에 쓴 것이며, 깜깜한 어둠 속에서 겨우 글자를 분간했다는 그의 주석이 붙어 있었다. 촛불을 켜지 않은 것은, 자신이 죽은 다음 화재가 일어날까 봐 두려웠기 때문이다. 그는 〈촛불을 켜면 권총을 발사하기 전에 자신의 목숨처럼 그것을 꺼야 할 텐데, 그렇게 하고 싶지 않다〉는 이상한 말을 거의 마지막 줄에 덧붙여 놓았던 것이다. 죽음을 앞두고 쓴 이 일기는, 어제 그가 뻬쩨르부르그로 돌아와서 제르가쵸프를 방문하기 전에 쓰기 시작한 것이었다. 내가 떠난 후에는 15분마다 적어 놓은 것이며, 특히 최후의 세 가진가 네 가지의 느낌은 5분마다 적어 넣은 것이었다. 바신이 그처럼 오랫동안 그 일기를 눈앞에 두고서도(그는 그것을 끝까지 읽어 볼 기회가 있었다), 그것을 옮겨 적어 놓지 않은 것에 대해 나는 큰소리로 놀라움을 표시했다. 그 내용을 모두 적는다고 해도 겨우 큰 종이 한 장 정도의 분량이었고, 또한 이런저런 감상을 적은 것은 모두 짧은 것이었으니 더욱 그랬다. 〈마지막 페이지만이라도 옮겨 적었더라면 좋았을 것을!〉 내가 그런 뜻을 계속해서 말하자 바신은 자신이 그 내용을 잘 기억하고 있기 때문에 그럴 필요가 없다고 하였다. 특히 그의 감상을 적은 것은 아무런 체계도 없이 그저 머리에 떠오르는 단상들을 있는 그대로 받아 적은 것이었다고, 웃으면서 내게 말했다. 나는 이런 상황에서 그러한 것이야말로 정황을 이해하는 데 중요한 요소라고 주장하였다. 그러나 별 소용이 없는 일이라는 생각이 들어 그만두고, 바신에게 무엇이라도 기억을 되살려서 이야기해 달라고 귀찮을 정도로 조르기 시작했다. 그러자 그는 끄라프뜨가 권총을 발사하기 약 한 시간 전에 쓴 몇 줄을 기억하여 이야기해 주었다. 그 내용은 〈몸에서 한기가 난다〉, 〈몸을 따뜻하게 하기 위해 술을 한 잔 마실까 생각했지만, 그 때문에 어쩌면 출혈이 심해지리라는 생각에 그만뒀다〉는 것이다. 「모두가 대체로 그런 내용의 것이었어요.」 바신은 말을 맺었다.

「이것도 당신은 그저 객쩍은 소리라고 하겠군요.」 내가 큰소리로 말했다.

「언젠가 내가 말하지 않았던가요? 나는 어떤 글을 옮겨 적는 일은 하지 않습니다. 그리고 이런 종류의 내용은 그런 긴박한 상황에서라면 당연히, 아니 자연스럽게 씌어지는 그런 종류의 글이 아니겠어요…….」

「그렇지만 그것은 그 사람의 최후의 사상, 그야말로 최후의 사상 아니겠어요?」

「최후의 사상이라는 것은 때로 매우 보잘것없는 것일 수가 있지요. 어떤 사람은 죽으면서 자신의 일기 속에서, 그런 중대한 순간이니 〈고상한 사상〉만 머리에 떠올라야 할 것 같은데 반대로 온통 잡다하고 사소한 것들만 끊임없이 떠오른다고 기록한 것도 있어요.」

「그렇다면 몸에서 한기가 난다는 것도 역시 헛된 사상인가요?」

「당신은 오한이나 출혈에 대해서 말하는 겁니까? 그러나 자살이든 아니든 눈앞에 닥친 자신의 죽음을 생각할 여유를 가진 사람은 뒤에 남을 자신의 시체의 모습을 매우 걱정하는 경향이 있으며, 또 그런 사람이 많다는 것은 세상이 다 아는 사실이지요. 그런 의미에서 끄라프뜨도 과도한 출혈을 두려워했겠지요.」

「그것을 일반적인 사실이라고 해야 할지 어떨지……, 또 과연 그런 경우에 형편이 그러할지 모르겠습니다.」 나는 중얼거렸다. 「하지만 저는 당신이 이 문제를 그렇게 담담하게 받아들이는 것이 이해가 되지 않습니다. 우리가 끄라프뜨와 같이 앉아 흥분하며 토론한 것이 바로 얼마 전이지 않습니까? 정말로 당신은 그에게 연민의 정을 안 느낍니까?」

「저도 물론 연민을 느끼지요. 그렇지만 그건 완전히 다른 문제입니다. 그러나 끄라프뜨가 자신의 죽음을 논리적 결론의 형태로 잘 표현했다는 것은 분명합니다. 지금 생각해 보면, 어제 제르가쵸프의 집에서 그것에 대해 이야기하던 것이 모두 근거가 있는 이야기였군요. 그의 유품으로 학문적인 결론을 적은 노트가 남아 있어요. 그것에 의하면 러시아 인이 이류 민족이라는 것은 골상학이나 두개학으로 보아도 그렇고, 수학적으로도 증명된다, 따라서 러시아 인은 이 지상에 전혀 살아 있을 만한 가치가 없다는 것입니다. 그런데 여기서 주목해야 할 것은, 어떤 논리적 결론을 내든 그것은 그 사람의 자의적인 뜻에 따라 할 일이지만, 그러한 결론을 뒷받침하기 위해 권총으로 자살한다는 것은 흔히 볼 수 있는 일이 아니라는 점입니다.」

「적어도 그 의지에 대해서는 경의를 표해야 하겠지요.」

「그러나 어쩌면 자살 이유가 그뿐이 아닐지도 모르지요.」 바신은 애매한 어조로 말했다. 그러나 그 말이 이성의 비합리성이나 유약함을 염두에 두고 한 말이라는 것을 뉘앙스를 통해 알 수 있었다. 나를 더욱 초조하게 만든 것은 그 말이었다.

「당신 스스로도 어제 감정에 대해서 말하지 않았습니까, 바신.」

「지금도 부정하지는 않습니다. 그러나 실제로 일어난 사실을 보면서 나는 그것에는 큰 오류가 있다고 느껴지며, 또한 사건을 엄정한 관점에서 바라보자니 어느새 그가 불쌍하다는 생각까지도 사라지는군요.」

「실은 당신의 눈매를 보면서 당신이 끄라프뜨를 비난하리라고 아까부터 알아차리고 있었습니다. 그래서 그 비난을 듣지 않으려고 당신의 의견을 묻지 않기로 결심했습니다. 그러나 당신 자신이 그것을 말했기 때문에, 저로서는 본의 아니게 당신의 의견에 동의하지 않을 수 없게 되었습니다. 그래도 저는 당신에게 불만입니다! 저는 끄라프뜨가 불쌍해서 견딜 수가 없어요.」

「아마도 우리가 너무 깊이 들어간 것 같습니다……..」

「그렇습니다, 네.」 나는 말을 가로막았다. 「그러나 적어도 이런 경우에는 늘 뒤에 살아 남은, 죽은 사람의 비판자가〈그 사람은 자살하고 말았다. 참 아까운 친구가 죽었다. 뭐라고 말해야 좋을지 모르겠다. 그러나 아무튼 우리는 이렇게 살아 남았으니, 따라서 그다지 슬퍼할 건 없다〉고 자신에게 말할 수 있다는 것이 다소의 위안이지요.」

「그렇지요, 물론 그런 관점에서 본다면……, 지금 당신은 아마 농담으로 그런 말을 한 것 같군요! 그러나 재치 있는 말이군요. 지금 이 시간이면 저는 늘 차를 마시기 때문에 가져오라고 할 텐데, 당신도 저와 함께 마시지요.」

그렇게 말하고 나서 그는 내 트렁크와 짐 보따리에 눈길을 한 번 던지더니 밖으로 나갔다.

속으로 나는 끄라프뜨의 입장에서 그의 말에 정면으로 반박하고 싶었다. 그래서 나는 비유적으로 그런 말을 했던 것이다. 그러나 흥미롭게도 그는 내가 꺼낸 〈우리들처럼 살아 남은 사람들〉이라는 개념을 진정으로 받아들이려고 했다. 이런 모든 것을 고려해 볼 때 내면적인 감정에까지도 그가 나보다 사리 분별이 있어 보였다. 그러한 인식에 대하여 나는 아무런 불만도 느끼지 않았지만, 그에 대해 좋은 느낌이 들지 않는 것은 어쩔 수 없었.

그가 차를 가져왔을 때, 나는 그에게 여기서 하룻밤 묵을 수 있는지, 만일 여의치 않으면 여관으로 가겠다고 말했다. 그런 다음 베르실로프와 싸우고 헤어지게 된 이유를 솔직하고 명료하게 그리고 간단히 그에게 얘기했다. 바신은 주의해서 듣고 있었지만, 조금도 흥분하는 눈치를 보이지 않았다. 대체로 그는 내 물음에 대답할 뿐이었다. 그의 대답은 친절했고 그 내용도 충분히 만족할 만한 것이었다. 아까 일부러 그에게로 와서 충고를 들으려고 했던, 문제의 그 편지 건에 대해서는 나는 전혀 말하지 않았다. 그래서 아까 다녀간 것은 그냥 들렀던 것이라고 변명하였다. 그 편지에 대해서는, 나 이외에는 아무도 아는 사람이 없을 것이라고 베르실로프에게 약속했기 때문에 나는 그것에 대해 누구에게도 말할 수 없다고 생각했다. 그리고 왠지 바신과 어떤 문제에 대해 상의를 하는 것이 썩 마음에 내키지 않았다. 하지만 그것은 몇몇 특정한 종류의 문제에 대해서만 그랬을 뿐, 다른 문제에 대해서는 그렇지 않았다. 나는 낮에 복도, 그러니까 이 집 옆 방에서 시작되어 베르실로프의 집에서 끝난 사건에 대한 이야기를 하여 그의 흥미를 끌기에 성공했다. 그는 매우 주의 깊게 내 이야기, 특히 스쩨벨꼬프에 대한 이야기에 귀를 기울였다. 스쩨벨꼬프가 제르가쵸프에 대해서 캐물었다는 이야기는 두 번씩이나 내게 되풀이시켰고, 깊은 생각에 잠기기도 하더니 마지막에는 빙그레 웃기도 했다. 그 순간 나는 문득 이 바신이라는 사람은 어떤 일이 있어도 곤경에 빠지지 않으리라는 생각이 들었다. 그런 생각이 들자, 지금도 기억하지만, 처음에 그에 대해 느꼈던 호감이 다시 내 마음에 떠올랐다.

「결론적으로 나는 스쩨벨꼬프의 이야기 속에서 특별한 내용을 얻어낼 수는 없었지요.」 그렇게 나는 스쩨벨꼬프에 대한 이야기를 끝맺었다. 「그 사람의 말은 왠지 아주 산만해 보이고…… 또 뭔가 아주 경박해 보이는 구석이 있어서…….」

내 말을 듣고 바신은 곧 진지한 표정을 지었다.

「그 사람은 사실 별로 말재주가 없어요. 하지만 첫눈에 그렇게 보일 따름입니다. 이따금 그도 올바른 의견을 말할 때가 있지요. 그러나 전체적으로 말한다면, 그는 사상을 탐구하고 인식하는 사람이라기보다는 오히려 실제적인 사리에 밝은, 투기적 사업가지요. 그런 사람들은 그런 관점에서 비판해야지요…….」

그의 말은 내가 아까 상상했던 바로 그대로였다.

「그 사람은 옆 방에서 큰 소동을 일으켰지요. 내버려두었다면 그야말로 무슨 일이 일어났을지 모릅니다.」

옆 방에 머무는 여자들에 관해 이야기가 나오자, 바신은 그 사람들이 약 3주 전부터 이곳에 살게 되었는데, 어딘가 지방에서 올라온 것 같다고 말했다. 그들이 머무는 방은 아주 좁고, 다른 여러 가지 점으로 미루어 보아 그들이 아주 가난하며, 다만 무언가를 막연히 기다리고 있는 것 같다는 이야기였다. 바신은 젊은 여자가 신문에 가정교사 광고를 낸 일을 모르고 있었지만, 베르실로프가 그들에게 왔다는 이야기는 알고 있었다. 그가 집에 없을 때 있었던 일이지만, 안주인이 그에게 알려 주었다. 그러나 옆 방 여자들은 이 집에서 아무와도 사귀지 않았고 집주인까지도 피하고 있었다. 이 며칠 동안 옆 방의 분위기가 뭔가 이상하다고 그도 느껴 왔지만 오늘 같은 소동은 없었다는 것이다. 나는 나중에 있을 일을 위하여 우리가 옆 방 여자들에 대해서 한 이야기를 자세히 적어 두려고 한다. 그때 문 하나를 사이에 둔 옆 방에서는 아무런 소리도 들려오지 않았다. 스쩨벨꼬프가 옆 방 여자들의 일로 안주인과 꼭 상의해야 한다고 생각하고, 〈어디 두고 보자, 두고 보잔 말이야!〉 하고 두 번씩이나 되풀이했다는 이야기에 바신은 특별한 흥미를 가지고 귀를 기울이고 있었다.

「두고 보아야지요.」 바신이 덧붙였다. 「그가 공연히 그런 말을 했을 리가 없어요. 이런 일에 대해서 그는 매우 눈치가 빠르거든요.」

「그러면 당신 생각에 그가 집주인에게 그들을 쫓아내라고 권하기라도 한단 말입니까?」

「아뇨, 쫓아내고 안 쫓아내고를 말하는 게 아니라, 다만 소동이나 일어나지 않았으면 좋겠다는 겁니다……. 물론 어떻게 되든 그런 소동이라는 것은 결국……, 이런 이야기는 이제 그만둡시다.」

베르실로프가 옆 방 여자들을 방문한 일에 대해서도 그는 어떤 단정적인 얘기를 하려고 하지 않았다.

「어떠한 일이든 할 수 있겠지요. 이제 자신에게 충분한 돈이 있다는 생각에서…… 물론 그는 자신이 단지 자선을 베풀려고 그랬다고 생각할 수도 있겠지요. 아마 어쩌면 그의 사고 방식이거나, 또는 일종의 취미인지도 모르지요.」

스쩨벨꼬프가 〈젖먹이 아이〉에 대해 내게 했던 이야기도 그에게 말했다.

「그 문제에 대해 스쩨벨꼬프는 완전히 오해하고 있습니다.」 매우 진지한 태도로, 특히 힘을 주어서 바신은 말했다. (그것을 나는 너무나 잘 기억하고 있다.) 「스쩨벨꼬프는,」 그는 말을 계속했다. 「때로 자신의 실제적인 상식을 과신하는 경우가 있어요. 그렇기 때문에 자신의 논리에 따라 어떤 결론을 성급히 끌어내려고 하지요. 물론 그것이 정연한 논리일 경우도 있지요. 그러나 어떤 사건을 판단할 때, 거기에 연루되어 있는 사람들을 염두에 두고 실제와 달리 왜곡되고 전혀 다른 방향으로 해석할 가능성도 있지요. 이것도 바로 그런 경우이지요. 사실의 일부분만을 알고서, 그 아기가 베르실로프의 자식이라고 쉽게 결론을 내렸지요. 그런데 사실 그 아이는 베르실로프의 자식이 아니거든요.」

귀찮을 정도로 그에게 자세히 캐물은 뒤에 나는 다음과 같은 참으로 놀라운 사실을 알게 되었다. 문제의 아이는 공작 세르게이 소꼴스끼의 핏줄이었던 것이다. 리지야 아흐마꼬바는 무슨 병 때문인지 아니면 단순히 환상에 잘 사로잡히는 성격 때문인지, 이따금 정신 나간 사람처럼 행동하는 경우가 있었다. 베르실로프를 알기 전에 그녀는 공작에게 빠져 있었다. 바신의 표현에 의하면, 공작 역시 별 깊은 생각 없이 매우 쉽게 그녀의 사랑을 받아들였다. 그러나 이러한 관계는 순간적인 것이었다. 이미 알려져 있는 것처럼, 그들은 곧 서로 심각할 정도로 싸웠고, 이어서 리지야가 공작을 쫓아 버렸다. 그러나 상대방은 오히려 그러한 상황을 기뻐하였던 모양이다.

「그녀는 매우 이상한 여자였지요.」 바신이 덧붙여 말했다. 「이따금 그녀가 이성을 잃어버리는 일이 있었다는 것은 가능한 일입니다. 그러나 파리로 떠났을 때, 공작은 자신의 희생물이었던 그녀의 몸에 어떤 일이 생겼는지 전혀 모르고 있었지요. 파리에서 돌아오던 그 순간까지 일이 돌아가는 사정을 전혀 모르고 있었습니다. 베르실로프는 이 젊은 여자를 사랑하게 되자, 지금 말한 바와 같은 사정을 알면서도 곧 그녀에게 청혼했습니다(그러나 부모는 딸이 그런 몸이 되었으리라고는 아마 끝까지 상상도 못했던 모양입니다). 사랑에 빠진 이 아가씨는 너무나 기쁜 나머지 베르실로프의 청혼이 그의 자기 희생적 정신에 의한 것만은 아니라고 생각하고, 그것을 고맙게 받아들였습니다. 물론 더 말할 것도 없이 그 사람은 그런 일에 대해서는 아주 마무리를 잘했지요.」바신이 덧붙였다.「아기를(딸이었는데) 예정일보다 한 달인가 6주인가 빨리 낳았고, 곧 독일의 어딘가에 맡겼지요. 그러나 나중에 베르실로프가 데려왔으니 지금은 러시아의 어느 곳엔가 있을 겁니다. 어쩌면 뻬쩨르부르그에 있을지도 모르지요.」

「그런데 유황 성냥 사건은 어떻게 된 것이지요?」

「그것에 대해서는 저 역시 아무것도 모릅니다.」바신이 말했다.「리지야 아흐마꼬바는 출산 후 약 2주가 지나서 죽고 말았는데, 그때 무슨 일이 있었는지는 저도 모릅니다. 파리에서 돌아와서야 공작은 비로소 그녀가 아기를 낳았다는 것을 알았지만, 아마 처음에는 자기의 아이라고 믿지 않았던 모양입니다……. 사람들은 이 사건의 실체가 무엇인지 아직까지도 사실대로 밝히려고 하지 않아요.」

「그 공작이라는 작자는 사람이 어떻게 그 모양이지요!」나는 화가 치밀어서 말했다.「병약한 처녀에게 어떻게 그런 짓을 할 수 있지요?」

「그 당시 그녀는 그렇게 병약하지는 않았어요……. 또 그녀 쪽에서 그를 쫓아 버렸으니 할 말이 없지요……. 어쩌면 그는 그런 속박에서 벗어난 것을 즐겼고, 서둘러 그런 상황을 이용했다고 말할 수는 있겠지요.」

「당신은 어떻게 그런 비열한 작자를 변호하십니까?」

「그런 의도가 아닙니다. 저는 다만 그를 비열한 작자라고 부르지 않을 뿐입니다. 그의 행위 속에는 비열함 이외에도 여러 가지 요인이 섞여 있어요. 이런 일은 그저 일상에서 있을 수 있는 평범한 사건입니다.」

「그런데, 바신. 당신은 그를 잘 알고 있지요. 저와 관련이 깊은 하나의 사건이 있기 때문에, 저는 특히 당신의 의견을 듣고 싶습니다.」

내가 무심코 던진 이 말에 대해 바신은 절제된 감정으로 대답했다. 어째서인지는 모르지만 그는 공작을 잘 알고 있었다. 하지만 그는 무슨 생각에선지 분명한 언질은 아무것도 주지 않았다. 나중에 그가 알려 준 바에 의하면, 공작은 사람들의 연민을 받을 만한 성품의 소유자였다. 〈그는 매우 성실하게 살려고 애를 썼으며, 감수성이 풍부했지만 자신의 욕망을 충분히 절제할 만한 이성도 의지력도 가지지 못했다〉는 것이다. 또한 그는 교양을 갖추지 못한 인간이었다. 새로운 많은 사상과 사회적 현상들과 조우하면서도 그러한 것들을 깊숙이 이해하지 못했고, 아무런 논리도 없이 그런 흐름들을 공격했다. 예를 들면 그는 이런 말로 상대방을 괴롭히곤 했다. 〈나는 공작이며 류리끄[42]의 후손이지요. 그러나 처해 있는 현실이 어렵고 입에 풀칠은 해야 하며 이렇다 할 능력이 없다면, 현실에 뛰어들어 구둣방의 도제라도 되어야 하지 않겠습니까? 자기 가게를 열어 《구두 제작공, 공작 누구누구》라고 쓴다면, 오히려 그쪽이 더 낫지 않을까요.〉「아무튼 자신이 말한 것은 꼭 실행한다는 것이 가장 중요한 점이겠지요.」 바신은 계속 말했다. 「그러나 그것은 신념의 힘이 아니라, 다만 경솔한 일시적 감정에 의한 것이지요. 그 대신 나중에는 그것에 대해 후회할 때가 분명히 옵니다. 그렇게 되면 이번에는 먼저와는 정반대 편의 극단으로 달려가지요. 그의 인생은 바로 그런 사건의 연속이었습니다. 이 시대에는 많은 사람들이 그런 실수를 하여 곧잘 곤경에 빠지지만.」 바신은 말을 맺었다. 「그건 바로 그들이 현대라는 시대에 태어난 탓이겠지요.」

그 말을 듣고 나는 깊은 생각에 잠겼다.

「그런데 전에 그가 군대에서 쫓겨났다는 것은 사실입니까?」 내가 물었다.

---

42 러시아 공국을 처음으로 세운 대공후로, 이후 류리끄 왕조를 개창하였다.

「글쎄요. 쫓겨난 것인지 아닌지는 모르겠지만, 군대에서 무언가 적절치 못한 일로 인해 사직한 것은 사실입니다. 그가 작년 가을에 군대에서 나와 2, 3개월 동안 루가에서 지낸 것은 당신도 알고 있지요?」

「저는…… 저는 당신도 그때 루가에 머물고 있었다고 알고 있습니다만.」

「네, 저도 얼마 동안 있었지요. 공작은 리자베따 마까로브나와도 아는 사이더군요.」

「그래요? 저는 몰랐어요. 솔직히 말해서, 저는 여동생과는 이야기하는 일이 매우 드물지요……. 그렇다면 그가 어머니의 집에 출입을 허락받았나요?」 나는 놀라서 물었다.

「아니오. 그는 그저 아는 사이일 뿐이에요. 누군가를 통해서 만난 겁니다.」

「그렇군요. 여동생이 그 아이에 대해 뭐라고 했더라? 그렇다면 그 아이도 루가에 있었나요?」

「잠시 동안 있었지요.」

「지금은 어디 있지요?」

「틀림없이 뻬쩨르부르그에 있을 겁니다.」

「저는 도무지 믿어지지 않는군요.」 나는 극도로 흥분하여 말했다. 「제 어머니가 조금이라도 그 리지야와의 사건에 관계가 있다니!」

「이 사건에서 베르실로프가 한 역할에 대해서는 특별히 비난받을 점이 없어요. 또 다른 여자에게 청혼한 것은 제외하고 말입니다. 그 일에 대해서는 제가 뭐라고 말할 입장이 아니군요.」 너그러운 미소를 띠면서 바신이 말했다. 그는 내색하지는 않았지만, 아마 나와 자세한 이야기를 나누기가 버겁게 느껴졌던 모양이다.

「저는 도대체 이해할 수가 없습니다.」 또다시 나는 강하게 말했다. 「어떻게 여자가 자기 남편을 다른 여자에게 양보할 수 있지요. 저는 그것만은 도저히 믿을 수 없어요……. 틀림없이 제 어머니는 이 사건과 아무런 관계가 없을 거예요!」

「그렇지만 그렇게 강하게 반대한 것은 아닌 것 같습니다.」

「제가 어머니의 입장이라도, 자존심 때문에 반대 따위는 하지 않을 겁니다.」

「저는 이 사건의 성격과 결과에 대해 규정하고 판결할 수 있는 입장이 아닙니다.」 바신이 말을 맺었다.

그렇게 깊은 지력을 가지고 있지만 어쩌면 바신은 실제로 여자에 대해 전혀 모르고 있는지도 모른다. 그래서 여자에 관한 관념이나 이해가 선명하게 이루어지지 않는 것이라는 생각이 들어 나는 아무런 말도 하지 않았다. 지금 바신은 잠시 동안 어떤 주식회사에서 일하고 있었다. 그래서 일거리를 집으로 가져오는 일이 종종 있다는 것을 나는 알고 있었다. 내가 자꾸 물어보자, 그는 지금도 계산해야 할 일이 있다고 털어놓았다. 그래서 나는 편안하게 격식을 따지지 말고 할 일을 하라고 했다. 아마 내 말이 그를 편안하게 했던 모양이다. 그러나 서류를 검토하기 전에, 그는 먼저 나를 위하여 소파 위에 잠자리를 마련하기 시작했다. 처음에 그는 내게 침대를 양보하겠다고 말하였지만, 내가 그것을 거절하자 그것에도 또한 만족한 것 같았다. 베개와 담요는 집주인에게서 빌려왔다. 바신은 지극히 정중하고 또 친절했다. 그러나 그가 나를 위하여 그처럼 마음을 쓰는 것이 나는 어쩐지 편치 않았다. 약 3주 전에 한번 우연히 뻬쩨르부르그 구역에 있는 예핌의 집에 찾아갔을 때가 내게는 더 마음이 편했다. 지금도 기억하지만, 그때도 역시 그는 아주머니에게는 알리지 않고 나를 위하여 소파 위에 잠자리를 만들어 주었다. 왜 그런지 그는 친구가 잠자러 온 것을 알게 되면 아주머니가 화를 내리라고 생각하였던 것 같다. 시트 대신에 셔츠를 깔고, 베개 대신에 외투를 뭉쳐 놓고서 우리는 많이 웃었다. 준비를 끝내고는 즈베레프가 정답게 소파를 툭 치며 이렇게 말했던 것을 나는 기억한다.

「어린 임금님처럼 주무시지요Vous dormirez comme un petit roi.」

그때는 즈베레프의 단순한 성격과 소 등에 말 안장을 올려놓은 것처럼 그에게 전혀 안 어울리던 그의 프랑스 어 때문에 나는 아주 편안한 기분으로 그 재담꾼의 집에서 잠을 잤다. 그런데 바신에게서 받는 느낌은 달랐다. 그가 내 잠자리를 보아 준 뒤 내게 등을 돌리고 자기 일을 시작했을 때에야 비로소 나는 편안함을 느꼈다. 소파 위에 드러누워 그의 등을 바라보면서 나는 오랫동안 많은 것에 대해 곰곰이 생각했다.

3

생각해야 할 것이 참 많았지만, 내 마음은 아주 혼란스러웠고 무엇 하나 안정적인 것은 하나도 없었다. 몇 가지 사실만은 내게 그 느낌이 아주 선명했지만, 어느 것 하나도 나를 그 결과까지 완전히 끌어가 주는 것은 아무것도 없었다. 모두가 아무런 관련도 순서도 없이 그냥 머리를 스치고 지나가는 것이었다. 그런데도 나 자신은 그중의 어느 하나에 생각을 모으거나 순서를 지어서 생각하기를 전혀 원하지 않았다. 끄라프뜨에 대한 생각조차도 어느새 뒤로 물러나고 말았다. 무엇보다도 나를 골똘한 생각에 빠지게 한 것은 내 자신의 처지였다. 이제 나는 주변의 모든 것과 〈절연〉을 한 것이다. 내 트렁크도 이렇게 여기 있고, 이제 더 이상 머물 수 있는 자기 집도 없다. 이제 완전히 새로운 생활을 시작하였다는 느낌이 들었다. 지금까지 했던 모든 계획이나 준비는 그저 한번 시험삼아 해본 것이며, 〈지금 갑자기 예상치 못하게, 모든 일이 드디어 실제로 시작되었다〉는 기분이 들자 그러한 생각이 오히려 내 기운을 북돋아 주었다. 물론 마음속은 여러 가지 일로 혼란스러웠지만 내 기분은 들떴다. 그러나…… 그것과는 다른 느낌도 있었다. 그중 하나는 특히 선명하게 떠올라서 내 마음을 지배하려고 했다. 그런데 이상하게도 이 느낌 역시 내 기운을 북돋아서 나로 하여금 즐거운 기분을 느끼도록 유도하는 것 같았다. 그러나 내면에서 그것은 내가 느끼는 두려움과 맥을 같이 하고 있었다. 지나치게 흥분해서 아무런 생각도 없이 그 서류에 대해 무의식중에 아흐마꼬바에게 말해 버린 것을, 그 말을 입 밖에 꺼낸 순간부터 나는 두려워하고 있었다. 〈맞아, 내가 말이 너무 많았다〉 하고 나는 생각했다. 〈혹시 그들이 무언가를 감지했는지도 모른다……. 큰 문제로군! 무언가를 의심스럽게 여긴다면, 물론 그들은 나를 그대로 놔두지 않을 것이다. 그렇지만…… 마음대로 해보라지! 아마 나를 찾아내지 못할 거야, 숨을 테니까! 그러나 만일 정말 나를 찾기 시작한다면 어떻게 한다지…….〉 그런 생각에 빠져 들자, 그녀의 이목구비 하나하나가 내 눈앞에 선명하게 그려지기 시작했다. 특히 내가 까쩨리나 니꼴라예브나의 정면에 서 있을 때 그녀가 애써 오만한 표정을 지으려 하면서도 한편으로는 아주 예기치 못한 사태에 놀란 듯한 기색을 감추지 못하던 모습이 떠오르자 내 가슴 한쪽에서 묘한 희열이 솟아오르는 것을 느끼기 시작했다. 그렇게 그녀를 당혹케 한 뒤에 그 자리를 떠나면서 내가 혼자 마음속으로 〈그녀의 눈은 완전히 검은색은 아니야……. 다만 속눈썹이 매우 검기 때문에 눈이 모두 그런 빛으로 보일 뿐이지……〉라고 생각하던 정경이 떠올랐다.

지금도 확연히 기억하고 있지만, 갑자기 당면한 상황에 대해 생각하면서 나는 참을 수 없는 혐오감을 느끼기 시작했다……. 그들은 물론이고 나 자신에 대해서도 아주 불쾌한 생각이 들고 화가 치밀었다. 나는 내 행동의 몇 가지 점에 대해 자성을 한 뒤 애써 다른 일에 대해 생각하려고 마음을 가다듬었다. 〈옆 방 여자와 얽힌 베르실로프의 처신에 대해 나는 왜 조금도 분노가 느껴지지 않았을까?〉라는 의문이 불현듯 떠올랐기 때문이다. 내가 보기에 그는 자신의 바람기를 발휘하여 그녀를 유혹하기 위해 찾아갔을 것이라는 확신이 들었지만, 그의 성벽으로 미루어 보아 있음직한 일이라고만 느껴질 뿐 그 일에 대해 더 이상 화가 나지는 않았다. 마음속으로는 그가 봉변을 당한 일이 고소하게 느껴졌지만, 그를 비난할 마음은 들지 않았다. 아니 내게 그런 일은 심각하게 느껴지지 않았던 것이다. 내 가슴속에 깊이 각인된 것은 내가 그 여자와 함께 방으로 들어갔을 때, 나를 쳐다보던 그의 참으로 증오 어린 눈초리였다. 그것은 내가 지금까지 한번도 경험해 보지 못한 사나운 눈초리였다. 하지만 그것을 보면서 나는 속으로 〈드디어 그가 심각한 표정을 지으며 나를 바라보았다〉는 사실에 대해 심장이 멎을 듯한 기쁨을 느꼈다. 만약 내가 그를 사랑하지 않는다면, 어떻게 그의 그런 증오하는 눈빛을 기쁜 마음으로 받아들일 수 있겠는가!

그런 종류의 공상에 빠져 들며 졸다가 나는 깊이 잠들고 말았다. 다만 잠결에 바신이 일을 끝마치고 서류를 정돈한 다음 내가 누운 소파를 한번 바라보더니 옷을 벗고 촛불을 끄던 것을 기억하고 있다. 이미 밤 열두 시가 지난 시각이었다.

4

잠들고 나서 약 두 시간쯤 지났을 때, 나는 잠에 취한 몽유병 환자처럼 벌떡 일어나 소파에 앉았다. 옆 방으로 들어가는 문 저쪽에서 성난 고함소리와 울음소리 그리고 통곡하는 소리가 들려왔다. 바신의 방문은 활짝 열려 있었다. 복도에는 이미 불이 켜져 있었고, 사람들이 무슨 소리를 지르며 분주히 오갔다. 바신을 깨우려고 하다가 나는 그가 이미 잠자리에 없다는 것을 깨달았다. 성냥이 어디 있는지를 몰라 불을 켜지 못한 채, 나는 겨우 손으로 더듬어 옷을 찾아 어둠 속에서 서둘러 입기 시작했다. 옆 방에는 집주인을 비롯해 다른 하숙인들도 모두 모인 것 같았다. 그러나 늙은 여인의 울부짖는 소리만 들릴 뿐 내가 아주 잘 기억하고 있는 어제 그 젊은 여자의 목소리는 전혀 들려오지 않았다. 그러한 상황에서 갑자기 저간의 사정이 이런 것이구나 하는 직감이 내 머리에 떠오르던 것을 기억한다. 내가 아직 옷을 다 입기도 전에 바신이 방으로 들어오더니 익숙한 솜씨로 금방 성냥을 찾아서 방에 불을 켰다. 그는 내복 위에 겉옷 하나만을 걸친 채 슬리퍼를 신고 있다가, 이윽고 옷을 갈아입기 시작했다.

「무슨 일이 생겼나요?」 내가 그에게 물었다.

「아주 불쾌하고 성가신 일이 생겼어요!」 그는 다소 언짢은 감정이 섞인 어투로 대답했다. 「당신이 이야기한 옆 방의 그 젊은 여자가 자기 방에서 목을 맸어요.」

소스라칠 듯이 놀라 나는 얕은 신음을 토했다. 뭐라고 표현할 수도 없을 만큼 나는 마음속으로 심한 충격을 받았다. 우리는 복도를 뛰어나갔다. 이제야 솔직히 얘기하지만, 그때 나는 옆 방으로 들어갈 용기가 없어 잠시 멈칫거렸다. 그러다가 이윽고 그녀의 시신을 끈에서 떼어놓았을 때 비로소 안으로 들어가 그 불쌍한 여자의 모습을 잠깐 보았다. 구체적으로 말한다면 시신에서 얼마쯤 떨어져 엷은 천으로 덮인 모습을 본 것이었다. 천 밑으로 조그마한 두 개의 구두 밑창이 보였다. 그녀의 얼굴만은 전혀 내 보이지 않았다. 그녀 어머니의 모습은 보기에 참담할 정도였다. 그녀와 함께 있던 집주인 여자의 모습은 그다지 놀란 기색이 아니었고, 다른 하숙인들도 모두들 그 자리에 모여 있었다. 사람 수는 그렇게 많지 않았다. 항상 무슨 불평과 요구 조건을 늘어놓더니 이제는 별로 말이 없어진 나이 지긋한 선원 한 사람과, 뜨베리

지방에서 올라온 상당히 점잖은 늙은 관리와 그의 아내 정도였다. 그 다음에 일어났던 이러저러한 잡다한 일과 뒤에 경찰관이 찾아온 일 등 그날 밤에 있었던 일들에 관한 이야기는 더 이상 쓰지 않겠다. 아침이 될 때까지 나는 계속해서 몸을 조금씩 떨고 있었다. 그리고 별로 할 일도 없었지만 다시 자리에 눕지 않는 것이 내가 해야 할 도리인 것 같았다. 다른 사람들은 매우 분주한 모습이었으며, 뭔가 활기를 띠고 있다고 해도 좋을 정도였다. 바신은 마차를 타고 어딘가를 다녀오기까지 했다. 나는 집주인 여자가 생각보다 제법 괜찮은 사람이며 분별력도 있다는 것을 알게 되었다. 내가 어머니를 딸의 시신과 함께 있도록 내버려둘 수는 없으니 아침까지만이라도 그녀의 방으로 데려가 달라고 말하자(나는 좋은 일을 했다고 생각한다), 그녀는 그 자리에서 내 말에 동의했다. 그리고 딸의 시신 옆을 떠나기 싫다고 매달리는 어머니를 겨우 달래서 자기 방으로 데려가더니 곧 사모바르를 준비하였다. 다른 하숙인들도 제각기 방으로 돌아갔다. 그러나 나는 방으로 돌아가 다시 자리에 눕지 않고 오랫동안 집주인의 방에 앉아 있었다. 자신과 이런저런 얘기를 나눌 수 있는 대화 상대가 있다는 것을 그녀는 좋아하는 것 같았다. 두 사람이 대화를 나누는 분위기를 만들 수 있었던 데에는 사모바르의 역할이 컸다. 일반적으로 사모바르란 바로 이러한 재난과 불행한 일이 일어났을 때, 특히 전혀 예상치 못한 기묘한 일이 발생했을 때 더욱더 사람들에게 필요해지는 러시아 인의 필수 살림 도구이다. 물론 주인이 거의 강제적으로 자꾸 권하는 바람에 젊은 여자의 어머니까지도 차를 두 잔이나 마셨다. 나는 이 불행한 부인처럼 자신의 상심한 마음에서 우러나는 슬픔을 있는 그대로 표현하는 것을 일찍이 보지 못했다. 이것은 진심으로 말하는 것이다. 발작적인 히스테리와 통곡이 어느 정도 진정되자, 그녀는 자발적으로 자신의 이야기를 털어놓기 시작했다. 나는 열심히 그녀의 이야기에 귀를 기울였다. 이런 불행한 경우를 당했을 때, 오히려 가급적 이야기를 많이 시킬 필요가 있는 사람이 있다. 특히 여자들에게 그런 경우가 많다. 또 슬픔에 찌든 것 같은 성격의 소유자도 있다. 그들은 일생 동안 매우 큰 슬픔과 끊임없는 작은 슬픔을 무수히 체험해 왔다. 그래서 그들은 어떠한 불행에도, 예기치 못했던 어떤 돌발적 재난을 당해도 절대로 놀라지 않는다. 또한 자신이 가장 사랑하는 사람의 관 앞에서도, 매우 값진 대가를 치르고 습득한, 절대로 타인의 기분을 해치지 않는 태도를 견지할 수 있다. 물론 나는 그러한 태도에 대해 시비하는 것은 아니다. 그것은 저속한 이기주의도 아니고 유치한 인격의 표현도 아니기 때문이다. 어쩌면 그런 사람들의 마음속에는 사교계의 여자 주인공들의 아름다운 외모보다도 더 보기 좋은 요소들이 많이 있을지도 모르기 때문이다. 다만 지나치게 오랫동안 불행한 상태에 놓이게 되면 자신을 비하하게 되거나 자기 보전의 본능에 집착하게 되며, 장기간의 위협과 압박을 받게 되면 결국에는 불행에 굴복하고 만다. 그런 점에서 자살한 젊은 여자는 자신의 어머니와 닮지 않았지만, 그들의 얼굴은 서로 닮아 있었다. 물론 죽은 딸이 훨씬 더 미모였다. 어머니라는 사람도 아직 그다지 늙지는 않은, 많아야 쉰 전후의 부인이었으며, 머리카락 색은 역시 블론드였다. 그러나 눈과 뺨이 깊이 패어 있고, 이빨은 크고 노랬으며 고르지 않았다. 그리고 전체적으로 어딘가 누르스름한 분위기를 띠고 있었다. 부인의 얼굴과 손의 피부는 마치 기름종이처럼 노란빛을 띠고 있었으며, 어두운 색깔의 옷도 이제는 매우 낡아서 완전히 누렇게 되어 있었다. 그리고 오른손 집게손가락의 손톱 하나가 무슨 이유에선지 밀랍으로 꼭 붙여져 있었다.

커다란 불행을 겪은 그 부인의 이야기는 때로 앞뒤가 맞지 않았지만, 내가 이해하고 기억한 내용을 중심으로 여기에 적어 보려고 한다.

5

 그들 모녀는 모스끄바에서 왔다. 그녀의 남편은 오래 전에 세상을 떠났다. 「제 남편은 7등관 관리였습니다.」 하지만 그녀의 남편은 유산을 거의 아무것도 남기지 못했다. 「2백 루블씩 받는 연금 이외에는 저희에겐 아무것도 없었어요. 하지만 2백 루블을 가지고 뭘 하겠습니까?」 그런 형편에도 그녀는 올랴를 키웠고, 고등학교 공부도 시켰다……. 「그 애는 공부를 아주 잘했고, 성적도 아주 좋아서 졸업할 때엔 은메달까지 받았지요.」 (이 대목에서 그녀는 말할 것도 없이 오래 울었다.) 그런데 죽은 남편에게는 뻬쩨르부르그의 어느 상인에게 빌려 준 채 받지 못한 4천 루블 정도의 대부금이 있었다. 그리고 그 상인은 갑자기 대단한 부자가 되었다. 「저는 서류를 가지고 있었기 때문에 주변에 상의해 봤더니 〈그것을 청구해 보세요, 아마 전부 받을 수 있을 겁니다〉라고 여러 사람이 얘기했어요……. 그래서 저는 교섭을 시작했습니다. 그리고 상인은 제 제안에 동의를 했습니다. 그러자 〈직접 가보세요〉라고 여러 사람이 권했습니다. 그래서 저와 올랴는 벌써 한 달쯤 됩니다만 준비를 해가지고 이리로 오게 된 것입니다. 저희는 돈이 없습니다. 그래서 이 조그마한 방을 빌렸습니다. 이것이 제일 작은 방이었고, 또 보기에 깨끗한 집 같았기 때문이지요. 저희에게는 그러한 곳이 무엇보다도 필요했습니다. 저희는 세상 물정을 모르는 여자들이고, 모든 사람이 저희를 얕잡아 보는 것 같아서 말입니다. 그래서 여기에 한 달치 방세를 드리고, 그 다음에는 여기저기 뛰어다녔습니다. 그런데 뻬쩨르부르그는 참 무서운 곳입니다. 그 상인은 태도를 바꾸어 전혀 우리 말을 들으려고도 하지 않았습니다. 〈당신 같은 사람은 알지도 못해요. 듣도 보도 못했단 말이오〉 하며, 그 서류도 정식으로 작성된 것이 아니라고 주장했습니다. 그것은 저도 알고 있었지요. 그러자 어떤 사람이 유명한 변호사를 찾아가 보라고 했습니다. 그분은 대학 교수를 지낸 사람으로 보통 변호사와는 다른 영향력이 있는 법률가니까 어떻게 하면 좋을지 가르쳐 줄 것이라고 말입니다. 그래서 저는 마지막으로 남은 15루블을 가지고 그 사람에게 갔습니다. 변호사는 제 이야기를 겨우 3분 정도 듣고서는 이렇게 말했습니다. 〈사정을 잘 알겠습니다. 이런 경우에 상인이 만약 그럴 의사가 있다면 돈을 지불하겠지만, 그렇지 않다면 아마 돈을 내놓지 않을 것입니다. 만일 소송을 건다면 오히려 이쪽에서 돈을 내게 될지도 모르지요. 이런 경우 가장 좋은 방법은 서로 타협을 하는 것입니다.〉 그렇게 말하더니 그는 〈네게 남은 마지막 동전 한 닢까지 빼앗기기 전에 도중에 화해를 하라〉[43]는 성서 구절까지 인용하며 농담조로 말을 하고는 비웃는 표정을 지으며 저를 배웅했습니다. 그렇게 해서 우리 수중에 있던 마지막 15루블마저 없어지고 말았지요. 그렇게 아무런 소득 없이 돌아와서 올랴와 서로 마주 앉았을 때, 저는 그만 울음을 터뜨리고 말았습니다. 하지만 그 애는 미동도 않고 가만히 앉아서 사나운 표정을 지을 뿐 슬픈 표정도 짓지 않았습니다. 어릴 때부터 그 애는 항상 그런 모습이었지요. 절대로 자신의 서러운 감정을 밖으로 드러내 본 적이 없어요. 언제나 가만히 앉아서 매서운 눈으로 상대방을 노려보아서 그 모습을 바라보는 쪽이 오히려 무서울 정도였습니다. 이렇게 말을 하면 이해되실지 모르겠지만, 저는 항상 그 애를 어려워했습니다. 무섭기까지 했어요. 아주 오랫동안 그런 감정을 느껴 왔지요. 어떤 때는 제 감정을 솔직히 털어놓고 싶었지만, 그 애 앞에서 차마 그렇게 할 엄두를 내지 못했습니다. 하는 수 없이 저는 다시 그 상인에게 가서 울며 간청했지만, 그는 다만 〈글쎄요〉라는 말만 뇌까릴 뿐 제 말을 귀담아듣지도 않았습니다. 솔직히 말해 저희는 이곳에

---

43 마태오의 복음서 5장 25~26절 인용.

이렇게 오랫동안 머물 생각을 하지 않았기 때문에 수중에 있던 돈이 오래 전에 다 떨어졌습니다. 생각다 못해 저는 옷들을 전당포에 맡기고 받은 돈으로 생활을 했습니다. 제 옷가지를 다 전당포에 맡기고 나자, 그 애는 자기에게 하나 있던 변변한 옷을 내주었습니다. 그때 저는 더 이상 참지 못하고 서럽게 울기 시작했는데, 그 애가 갑자기 일어서서 나가더니 상인에게로 달려갔습니다. 그랬더니 홀아비로 지내던 그 상인은 그 애에게 〈모레 오후 다섯 시에 다시 와서 그 문제에 대해 상의해 보자〉고 말했다고 합니다. 그 애는 돌아와서 〈그가 다시 상의해 보자〉고 했다며 기쁜 표정을 지었습니다. 물론 저도 새로운 기대를 가졌지만, 또 한편으로는 왠지 불길한 예감이 들어 불안했지요. 하지만 그 애에게 다시 물어볼 엄두가 나지 않았습니다. 이틀 뒤에 상인을 찾아갔던 그 애는 새파랗게 질려 떨며 오더니 몸을 가누지 못하고 그대로 쓰러졌습니다. 무슨 일이 있었는가를 한눈에 알 수 있었지만 저는 주저했습니다. 그런데 어떻게 이런 일이 있을 수 있나요? 그 불한당이 글쎄 그 애에게 15루블을 주면서 〈당신이 한 번도 경험이 없는 여자라면 40루블을 더 주겠소〉라고 전혀 수치심도 안 느끼며 그런 말을 뇌까리더랍니다. 그래서 그 애가 그 자리에서 대들자, 그 작자는 그 애를 밀쳐낸 뒤 옆 방으로 도망쳐 들어가 방문을 잠가 버렸다고 합니다. 당신에게 있는 대로 고백하자면, 우리는 더 이상 먹을 것이 아무것도 없었어요. 그래서 하는 수 없이 토끼털 가죽으로 만든 짧은 외투를 가지고 나가서 판 다음, 그 돈으로 그 애가 신문사로 가 수학을 비롯한 전과목을 가르친다는 광고를 냈습니다. 그 애는 혼잣말로 〈최소한 30꼬뻬이까는 받을 수 있을 거예요〉라고 되뇌었습니다. 그러고 나더니 그 애는 말 한 마디 하지 않고 창가에 우두커니 앉아 건너편 집의 지붕을 몇 시간 동안이나 바라보고 있는가 하면, 갑자기 〈어디 가서 빨래라도 해주거나 땅이라도 파야겠어요!〉라고 말하며 아주 분노 어린 표정을 지어 보이기도 했습니다. 저희는 이곳에 아는 사람이 하나도 없었기 때문에 누구와 상의할 수도 없었습니다. 저는 혼자 〈이제 어떻게 해야 하나?〉 하고 생각했습니다. 그 애하고 말하는 것이 두려웠기 때문입니다. 그러던 어느 날 그 애가 낮잠을 자다가 갑자기 눈을 번쩍 뜨더니 저를 뚫어져라 바라보기 시작했습니다. 저도 옷 상자 위에 앉아서 그 애의 얼굴을 마주보았는데, 그 애가 아무 말 없이 제게 다가와 저를 꼭 끌어안았습니다. 우리는 서러움에 북받쳐 서로 손을 끌어안은 채 울음을 터뜨렸습니다. 그 애는 태어나서 처음으로 그런 행동을 했습니다. 그렇게 둘이 울며 앉아 있는데, 당신의 하녀인 나스따시야가 들어오더니, 〈어떤 부인이 오셔서 당신을 뵙자고 하십니다〉 하는 말을 전했습니다. 바로 나흘 전의 일이었습니다. 이윽고 아주 훌륭한 옷차림을 한 부인이 들어오더니 거의 독일 사람 같은 러시아 어 발음으로 〈혹시 당신이 신문에 가정교사 광고를 내셨습니까?〉 하고 물었습니다. 저희는 너무도 기쁜 마음에 그녀에게 의자를 권했습니다. 그러자 그 부인은 상냥하게 웃는 얼굴로, 〈제 집은 아니고 조카딸 집에 어린애들이 있는데, 시간이 나실 때 한번 그 집으로 오세요. 서로 상의를 해보지요〉라고 말하며 자기 집 주소를 가르쳐 주었습니다. 보즈네셴스끼 다리 근처에 있는 집의 호수와 번호를 자세히 말한 뒤 그녀는 돌아갔습니다. 올레츠까는 곧바로 준비를 하고 나서 그 집을 찾아 나섰습니다. 하지만 약 두 시간쯤 지나서 돌아온 올랴는 거의 발작 상태였습니다. 나중에 그 애가 경과를 말해 주었습니다. 그 부인이 말해 준 주소지에 가서 그 애가 문지기에게 〈혹시 이런 호수의 집이 어딘가요?〉 하고 묻자, 문지기는 그 애의 얼굴을 빤히 쳐다보면서, 〈당신이 그 집에 무슨 볼일이 있지요?〉 하고 되물었다고 합니다. 그 사람의 말투가 상당히 불손해서 자존심 강하고 직선적인 그 애로서는 그런 무례한 태도를 참을 수가 없었겠지요. 그래서 그 애가 따지듯이 다시 묻자, 〈저집니다〉하며 계단 위를 가리킨 뒤 돌아서더니 바로 방으로 들어갔다더군요. 그 다음에 어떤 일이 일어났는지 짐작이나 되세요? 그 애가 집 안으로 들어가 기척을 내자, 여기저기서 여자들이 뛰어나오더니 〈어서 오세요. 이리 들어오세요〉 하고 떠들썩하게 말하며 들러붙더랍니다. 여자들은 모두 짙은 화장을 하고 있었는데, 어떤 축들은 야릇하게 웃으며 그 애 주변으로 몰려들고, 또 피아노를 치고 있는 사람도 있었으며, 그 애를 끌어안으려고 하는 사람도 있었답니다. 그 애 말로는, 서둘러 도망쳐 나오려고 했지만 놓아주지 않았고, 더럭 겁이 나서 다리가 움직이지 않았답니다. 그들은 그 애를 잡고서 달래는 말로 어르며 술을 따라 자꾸 권했다고 합니다. 그런 행동을 보고 그 애는 깜짝 놀라 몸을 떨면서 〈보내 주세요, 제발 보내 주세요!〉 하고 힘껏 소리를 질렀습니다. 그러고는 문 쪽으로 뛰어갔지만 그들은 문을 막고 내보내 주지 않더랍니다. 그래서 그 애가 비명을 지르고 울기 시작했지요. 그때 우리집에 왔던 그 부인이 뛰어나오더니 다짜고짜 우리 올랴의 뺨을 두 번씩이나 때리더니, 〈허울만 번듯한 너 같은 년은 이런 훌륭한 집에 있을 자격이 없어!〉 하고 문 밖으로 밀어냈다고 합니다. 그러자 또 다른 여자가 계단을 내려가는 그 애에게, 〈먹을 것이 없다고 제 발로 찾아온 주제에 도대체 뭐 하는 거야! 우리는 너 같은 건 보기도 싫단 말이야!〉 하고 소리를 질렀답니다. 그날 밤 내내 그 애는 몹시 열이 나서 잠꼬대만 하고 있었습니다. 다음날 아침 그 애의 눈에서는 독기가 번득였습니다. 자리에서 일어나 방 안을 돌아다니면서 〈그년을 고소하겠어요, 고소해야 해요〉 하고 되뇌었습니다. 저는 잠자코 있었습니다만 마음속으로는 〈고소해 본들 어떻게 하겠니, 어떻게 증거를 댈 수 있겠어?〉 하고 생각했습니다. 그때부터 그 애의 얼굴은 온통 수심에 가득 찬 검은 그림자로 덮여 한시도 사라지지 않았습니다. 사흘이 지나고 나자 말은 없었지만 기분이 좀 나아진 듯 보였습니다. 바로 그날 오후 네 시쯤 베르실로프 씨가 우리를 찾아오셨습니다.

단도직입적으로 말씀드리자면, 그렇게 의심이 많아진 올랴가 어떻게 그분이 얘기를 꺼내자마자 귀담아듣게 되었는지 저는 지금도 이해가 잘 안 갑니다. 그때 무엇보다도 저희 두 사람의 마음을 끈 것은 그 사람의 태도였는데, 그것은 아주 진실해 보이고 엄숙한 것이었으며, 저희에게 공손할 정도의 예의를 갖추었습니다. 그분의 마음속에는 어떤 음모 같은 것이 전혀 엿보이지 않았습니다. 정말 순수한 마음으로 오셨다는 것을 곧 알 수 있었습니다. 〈저는 신문에서 당신이 낸 광고를 읽었습니다. 아가씨, 그런데 그런 식으로 제안을 한다면 당신이 부적절한 대우를 받는 게 아닐까요?〉라는 내용의 말을 그분이 했습니다. 또한 여러 가지 설명을 덧붙였는데, 수학이나 그 비슷한 것에 대한 말이어서 저는 알아들을 수가 없었습니다. 제가 가만히 곁에서 지켜보니까, 올랴의 얼굴에 생기가 돌며 새로운 기운에 넘치는 듯 기꺼운 마음으로 그분의 얘기를 귀담아들으며 이야기를 나누고 있었습니다. (그렇습니다. 그분은 정말 뛰어난 지력을 가지고 있는 사람처럼 보였습니다!) 저는 그 애가 그분에게 감사하다는 말을 하는 것을 듣기도 했습니다. 그분은 그 애와 여러 가지 내용에 관해 상세히 얘기를 나누었는데, 보아하니 모스끄바에 오랫동안 살았으며, 김나지움의 여자 교장 선생님과도 개인적으로 잘 아는 사이라는 것을 알 수 있었습니다. 〈가르칠 수 있는 자리는 제가 꼭 찾아 드리지요. 마침 이곳에 제가 아는 사람들도 많고, 영향력 있는 인사들에게 부탁을 할 수도 있으니 말입니다. 그리고 만일 지속적인 일자리를 원하신다면, 그것에 대해서도 생각해 보십시오……. 그리고 제가 직설적으로 한 가지만 묻겠는데요, 혹시 제가 지금 도울 일이 없는지요? 어떤 것이든 당신을 도울 수 있다면, 제가 당신을 도울 수 있다면, 그것은 제가 당신에게 커다란 위안을 드리는 게 아니라 오히려 제가 당신으로부터 위안을 받는 일일 것입니다. 그렇게 하면 당신이 마음에 부담을 느낄지 모르지만, 당신이 일자리를 찾게 되었을 때 빠른 시일 안에 되갚으면 될 겁니다. 이건 제 순수한 뜻이니 그대로 받아 주셨으면 합니다. 그리고 제가 언젠가 지금 당신처럼 곤경에 빠지게 되면, 저도 곧 당신에게 정성 어린 도움을 청하러 가겠습니다. 아니면 아내나 딸을 보내도록 하지요······.〉 저는 그분이 한 말을 모두 다 제대로 옮길 수가 없습니다. 그때 저는 그만 울음을 터뜨리고 말았습니다. 제가 보니, 올랴도 깊은 감동을 받은 듯 입술을 떨고 있었습니다. 그 애는 그분에게 〈제가 이것을 받는 것은 선생님이 제 아버지처럼 성실하고 인정이 많으신 분이라고 믿기 때문입니다〉라고, 아주 담백하고 진심 어린 태도로 그분에게 말했습니다. 분명히 〈인정이 많으신 분〉이란 표현을 사용했습니다. 그러자 그분은 자리에서 일어서면서 〈당신은 충분한 자격을 갖추고 있으니까, 가르칠 수 있는 자리나 지속적인 일자리를 틀림없이 찾아 드리겠습니다. 지금부터 바로 찾아보지요〉라고 말했습니다. 제가 미처 말을 못했지만, 그분은 들어오셨을 때 곧바로 그 애에게 학력에 관한 모든 자료를 달라고 해서 살펴본 후 직접 여러 과목에 대해 물었습니다······. 나중에 올랴는 제게 〈어머니, 그분은 여러 과목에 대해 제 실력을 알아보았어요. 그분은 참 머리가 좋은 것 같아요. 그처럼 교양 있고 지적인 분과 얘기를 나눌 기회는 거의 없는데······〉라고 말하며 얼굴에 기쁜 표정을 지었습니다. 그분은 탁자 위에 60루블의 돈을 놓고 가셨습니다. 〈받아 두세요, 어머니. 제가 일자리를 얻으면 곧바로 이 돈부터 먼저 갚아 드리면 될 테니까요. 그렇게 해서 우리가 신실한 사람이라는 것을 증명해 주면 돼요. 어쩌면 그분은 이미 우리가 기품 있는 사람이란 것을 알고 있을 거예요.〉 그 애는 침묵하고 있다가 갑자기 깊은 한숨을 내쉬었습니다. 그러더니 갑자기 그 애가 말을 이어 나갔습니다. 〈어머니, 만일 우리가 어리석은 사람이었다면, 아마 공연한 자존심 때문에 이 돈을 받지 않았을지도 몰라요. 이렇게 그분의 호의를 받아들인 것이 오히려 떳떳한 태도일 거예요. 연세 지긋한 분의 진정한 뜻을 믿는 마음에서 그대로 받아들였으니까요, 그렇지요?〉 처음에 저는 그 애의 말뜻을 잘못 알아듣고, 〈왜 그러니, 올랴? 점잖고 여유 있는 분의 도움을 받는 것이 잘못은 아니잖니? 더욱이 그분은 진실한 마음에서 그런 호의를 베푼 것인데〉라고 말했습니다. 그러자 그 애는 얼굴을 찡그리며 〈아니죠, 어머니. 동정을 받을 수는 없지요. 다만 그분의 《선의》가 고마운 것이지요. 마음 같아서는 돈은 안 받았더라면 좋을 뻔했어요, 어머니. 제게 일자리를 알아봐 주는 것만으로도 충분했을 텐데……. 물론 우리가 아주 궁핍한 처지이긴 하지만 말이에요〉라고 말했습니다. 저는 쓴웃음을 지으며 그 애에게 〈올랴, 하지만 우리 처지에 어떻게 그런 도움을 거절할 수 있겠니?〉라고 대꾸했습니다. 하지만 저는 마음속으로 그 애의 태도가 기특했습니다. 그런데 한 시간쯤 지났을 때, 다시 그 애가 단호한 어조로 제게 〈어머니, 그 돈은 그대로 좀 가지고 계세요〉라고 말했습니다. 제가 〈왜 그러니〉 하고 묻자, 그 애는 〈글쎄 그렇게 해주세요〉라고 말할 뿐 더 이상 말이 없었습니다. 그리고 밤새 그 애는 뭔가를 골똘히 생각하며 아무 말이 없더니, 새벽 한 시 무렵 제가 잠에서 깼을 때까지 침대에서 몸을 뒤척이며 생각에 잠겨 있었습니다. 그러더니 제게 〈어머니, 안 주무세요?〉 하고 물었습니다. 그래서 제가 〈그래, 왜 그러니?〉 하고 묻자, 그 애는 〈아무리 생각해도 그분이 저를 모욕하려고 그렇게 한 것 같지 않아요?〉 하고 되물었습니다. 〈아니 그게 무슨 소리냐?〉 〈아마 틀림없을 거예요. 그 사람은 아주 음흉한 불한당이에요. 그런 사람의 돈은 단 한 푼도 받으면 안 돼요.〉 제가 침대에 엎드려 울기까지 하면서 그 애를 달래 보려고 했지만, 그 애는 벽 쪽으로 돌아누우면서, 〈이제 그만 자게 내버려두세요!〉 하고 큰소리로 대꾸했습니다. 다음날 아침에 일어나 보니, 그 애는 이전과는 완전히 판이한 모습으로 방 안을 서성이고 있었습니다. 제 말을 믿어 주실지 모르겠지만, 하느님께 맹세하고 말하건대, 그때 이미 그 애는 제정신이 아니었어요! 그 추잡한 집에서 몹쓸 일을 당한 바로 그때부터 그 애는 제정신을 잃기 시작했던 겁니다……. 정신이 온전하지 못하게 되었지요. 그날 아침 저는 그 애의 얼굴을 보면서 뭔가 불안감에 사로잡혔습니다. 저는 두려운 생각이 들어, 그 애가 무슨 말을 하든 절대로 반대하지 말자고 마음먹었습니다. 〈어머니, 그 사람은 주소도 알리지 않고 갔어요.〉〈그런 말을 해서는 안 돼, 올랴. 어제 네가 직접 그 사람과 말을 나누었고, 나중에는 자진해서 그분을 칭찬했고, 또 눈물까지 보이면서 고맙다고 하지 않았니?〉 제가 이 말을 하자마자 그 애는 소리를 지르고 거칠게 화를 냈습니다. 〈엄마는 비열한 감정을 가진 여자예요, 농노 시대의 낡은 교육을 받은 여자란 말이에요!〉 하고 그 애는 갑자기 언성을 높여 소리를 질렀습니다……. 그런 다음에는 제가 무슨 말을 하든 들으려고도 하지 않고 모자를 집더니 그냥 밖으로 뛰어나가 버렸습니다. 저는 뒤에서 큰소리로 그 애를 부르면서, 어떻게 하려는 걸까, 도대체 어디로 가는 걸까, 하고 생각했습니다. 그 애는 주소 안내소로 가서 베르실로프 씨가 살고 있는 곳을 알아 가지고 왔습니다. 돌아와서는 〈오늘이라도 당장 그 사람에게 돈을 가지고 가서 그의 얼굴에다 집어 던지고 오겠어요. 그 사람은 사프로노프(이것이 바로 그 상인의 이름입니다)와 마찬가지로 저를 모욕하려고 했어요. 다만 사프로노프는 우둔한 농사꾼처럼 저를 모욕했고, 그 사람은 위선자와 같은 교활한 방법으로 했을 뿐이에요〉 하고 말하는 것이었습니다. 바로 그 순간 어제 우리에게 들렀던 그 신사가 문을 두드리더니, 〈두 분이 지금 베르실로프에 관해서 이야기를 하고 있는 것 같은데, 저 역시 그 사람에 대해 알려 드릴 것이 있습니다〉 하고 말하지 않겠습니까. 그 애는 베르실로프라는 말을 듣자마자 대번에 그 신사에게 달려들 듯이 함부로 말을 해댔습니다. 옆에서 보고 있던 제가 놀랄 정도였지요. 한 번도 그 애는 그런 식으로 말한 적이 없었습니다. 더욱이 상대방은 알지도 못하는 사람이잖아요? 그 애의 뺨은 불타듯 벌게졌고, 두 눈은 반짝거리고 있었습니다……. 그런데 그 신사는 그런 말을 기다리고나 있었던 듯이 〈당신의 말씀 그대로입니다, 아가씨. 베르실로프는 바로 신문 기사에 흔히 나는 그런 이곳 장군들과 아주 똑같은 부류의 사람입니다. 그런 작자들은 가슴에 온갖 훈장들을 주렁주렁 달고, 일자리를 찾기 위해 신문에 광고를 내는 여자 가정교사들을 찾아다닙니다. 그렇게 돌아다니면서 자기들 눈에 차는 사람을 찾아내려는 겁니다. 설사 그럴듯한 여자를 못 찾더라도, 그 여자들과 마주 앉아 실컷 되는 대로 아무 말이나 해대다가 그대로 가버리는 겁니다. 어쨌든 자신들의 만족감은 채운 것이니까요〉라고 말하며 그 애의 심사를 온통 뒤흔들어 놓았습니다. 올랴는 커다란 소리로 웃기까지 했지만, 그것은 섬뜩할 만큼 독기가 배어 있는 웃음이었습니다. 그런데 가만히 보니까 이 작자가 슬그머니 올랴의 손을 잡아 자기 가슴 쪽으로 갖다 놓는 것이었습니다. 그러면서 〈저는 제법 재산을 가지고 있는 사람이기 때문에 언제든지 예쁜 아가씨에게 청혼을 할 수 있습니다. 하지만 먼저 그 귀여운 손에 입을 맞추고 싶습니다……〉라고 지껄이더니, 그 애의 손에 입을 맞추려고 끌어당겼습니다. 그러자 그 애가 벌떡 일어섰고, 우리는 둘이서 힘을 합쳐 그 작자를 쫓아냈습니다. 그리고 나서 저녁 무렵 올랴는 저를 밀치면서 그 돈을 빼앗아 가지고 밖으로 뛰어나갔습니다. 그리고 다시 돌아와서 한다는 말이 〈어머니, 그 불한당 같은 사람에게 복수하고 왔어요!〉라는 것이었습니다. 그래서 저는 그 애에게 〈올랴, 어쩌면 우리는 우리에게 찾아온 행운을 우리 스스로 차버렸는지도 모르겠구나. 네가 참으로 점잖고 인정 많은 분에게 몹쓸 짓을 했는지도 모르겠어〉라고 말하면서, 그 애의 그런 행동을 더 이상 참을 수가 없어서 울었습니다. 그러자 그 애는 〈싫어요, 저는 싫단 말이에요. 그 사람이 아주 순수한 마음에서 그랬다고 하더라도, 저는 그 사람의 동정을 받아들이기가 싫어요! 아니 그 누구의 동정도 받기 싫단 말이에요〉라고 제게 큰소리로 대들었습니다. 저는 그만 자리에 눕고 말았습니다. 하지만 그런 일이 일어날 줄은 꿈에도 생각 못했습니다. 벽에 박힌 그 못은 이전에 거울을 걸어 놓았던 것입니다. 저도 여러 번 자세히 바라본 적이 있는데, 미처 그런 일에 사용되리라고는 생각도 못했지요. 저는 그런 일에 대해서는 한 번도 생각조차 해본 적이 없거든요. 더군다나 올랴가 그런 짓을 하리라고는 꿈에도 생각하지 못했지요. 저는 한번 잠이 들면 아무것도 모르고 아주 곯아떨어집니다. 게다가 피가 머리로 몰려서 그런지 심하게 코를 곱니다. 어떤 때는 피가 가슴으로 밀려드는 것처럼 답답해져서 잠결에 소리를 지르기도 합니다. 그럴 때면 올랴가 저를 깨워서 〈어머니는 무슨 잠이 그렇게도 깊이 드세요. 도무지 깨우려고 해도 일어나셔야 말이지요〉라고 합니다. 그러면 제가 〈그래, 올랴. 나는 정말 잠에 푹 빠져 드는구나〉 하고 말하곤 합니다. 어젯밤에도 아마 제가 코를 골며 깊이 잠드는 것을 기다렸다가 그 애는 가만히 일어났을 겁니다. 그리고 그 트렁크를 감는 긴 가죽끈은 지난 한 달 동안 계속해서 우리 눈에 잘 보이는 곳에 있었고, 바로 어제 아침에만 해도 저는 〈저것을 이리저리 굴러다니지 않게 치워 버려야지〉 하고 생각하고 있었지요. 그 애는 의자에 올라선 후 아마 의자를 발로 찼을 겁니다. 의자가 쓰러질 때 소리가 나지 않게 하기 위해 그 옆에 올랴는 자기 치마를 깔아 놓았습니다. 아마 그 짓을 한 다음 한참 시간이 지났을 겁니다. 한 시간은 족히 흐른 다음에야 저는 잠에서 깼습니다. 뭔가 불길한 생각이 들어 〈올랴! 올랴!〉 하고 불러 보았지만, 그 애의 기척이 전혀 들리지 않았습니다. 어두웠기 때문에 침대에 올랴가 있는지 없는지 확인이 안 되어, 저는 급히 일어나서 손을 뻗어 침대를 더듬어 보았습니다. 하지만 침대에는 아무도 없었고 베개도 차가웠습니다. 저는 가슴이 철렁하여 어쩔 줄 모르고 그 자리에 얼빠진 사람처럼 서 있었습니다. 〈아마 잠시 밖에 나갔을지도 모르지〉 생각하고 저는 침대 옆에서 한 걸음 내디딘 다음 주변을 둘러보았습니다. 그랬더니 문 옆 구석에 그 애가 서 있는 것처럼 느껴졌습니다. 그 애 역시 어둠 속에서 저를 바라보고 있는 듯한데, 웬일인지 아무런 기척도 느껴지지 않았습니다……. 〈그런데 왜 쟤가 의자 위에 올라서 있는 거지?〉 저는 미심쩍은 생각이 들어 가만히 그 애를 불렀습니다. 〈올랴, 안 들리니?〉 그리고 바로 그 순간 저는 어떤 상황인지 알 수 있었습니다. 저는 그리로 다가가 두 손으로 그 애의 몸을 잡고 끌어안았습니다. 그런데 제 팔에 안긴 그 애의 몸이 흔들거렸습니다. 안고 있는데도 흔들거리는 것이었습니다. 비로소 저는 사태를 정확하게 파악했지만, 이미 벌어진 상황을 제대로 알고 싶지 않았습니다……. 소리를 지르려고 했지만 목소리가 나오지 않았습니다……. 〈아!〉 저는 낮게 신음을 토하고는 그대로 마루 위에 쓰러지고 말았습니다. 그제서야 저는 소리를 지를 수 있었습니다…….」

「바신.」 내가 그에게 말을 꺼냈을 때는, 벌써 새벽 다섯 시가 지나 있었다. 「스쩨벨꼬프라는 사람만 안 끼어들었더라도 이 일은 일어나지 않았을 겁니다.」

「그것을 누가 알겠습니까. 제 생각에는 아마 똑같은 결과가 생겼을 겁니다. 이것은 그렇게 단순하게 판단할 일이 아니지요. 이런 결론이 날 수밖에 없도록 상황이 그렇게 마련되어 있었으니까 말입니다……. 사실 그 스쩨벨꼬프라는 사람은 이따금…….」

자신의 말을 끝맺지 않고 그는 얼굴을 찌푸리며 아주 불쾌한 표정을 지었다. 그러다가 여섯 시가 지나자 그는 다시 어디론가 나갔다. 그는 계속 분주해 보였다. 그래서 결국엔 다시 나 홀로 남게 되었다. 이미 날이 밝고 있었다. 약간 현기증을 느끼면서 자꾸만 베르실로프의 모습이 눈앞에 아른거리기 시작했다. 그 부인의 이야기를 듣고 난 뒤에, 나는 그를 완전히 다른 관점에서 보기 시작했다. 잡다하게 떠오르는 생각을 정리하려고 나는 옷도 벗지 않고 장화까지 신은 채 잠시 바신의 침대에 편안한 자세로 드러누웠다. 잠을 자고 싶은 생각은 전혀 없었는데, 어느새 그만 잠에 빠져 버렸다. 아무도 나를 깨워 줄 사람이 없었기 때문에 나는 거의 네 시간 가까이나 잠을 잤다.

제10장

1

 아침 10시 반쯤 겨우 잠이 깬 후 나는 오랫동안 눈앞에 펼쳐진 정경을 이해할 수가 없었다. 분명히 어젯밤에 내가 잠을 잔 소파 위에는 어머니가 앉아 있고, 그 옆에는 불행한 이웃인 그 자살한 여자의 어머니가 앉아 있는 것이 아닌가. 서로 손을 마주 잡은 채, 두 사람은 속삭이는 듯한 목소리로 뭔가를 이야기하고 있었다. 아마 나를 깨우지 않기 위해서 목소리를 낮추고 있었지만, 두 사람은 모두 울고 있었다. 나는 침대에서 일어나 바로 어머니에게 가서 입을 맞췄다. 그러자 어머니의 얼굴은 기쁨에 겨운 듯 환히 빛났다. 어머니는 내게 입을 맞추더니 오른손으로 세 번 십자를 그었다. 우리가 미처 한마디 말을 나누기도 전에 문이 열리더니 베르실로프와 바신이 들어왔다. 어머니는 곧 일어서서 이웃 여자를 데리고 나가 버렸다. 바신은 내 손을 잡았지만, 베르실로프는 내게 말 한마디 건네지 않고 안락의자에 앉았다. 그는 아마 어머니와 벌써 오래 전에 이곳에 온 모양이었다. 그의 얼굴은 우울하고 수심이 가득해 보였다.
 「무엇보다도 제가 유감스러운 것은.」 하던 이야기를 계속하는 듯 그는 말을 꺼냈다가 멈추더니 이어서 바신에게 계속 말을 했다. 「제가 어제 저녁에 해야 할 일을 제대로 하지 않았다는 것입니다. 만약 제가 그렇게 조치했더라면, 이런 끔찍한 일은 아마 일어나지 않았을 것입니다! 그리고 그때는 아직 여덟 시가 채 안 된 시각이었으니, 일을 원만하게 수습할 시간도 충분히 있었지요. 어제 저녁 그 아가씨가 우리집에서 나가고 난 뒤 나는 곧 그녀를 뒤따라와 성심을 다해 설득해 보려고 생각했는데, 뜻밖에도 지체할 수 없는 일이 생겨서……. 그러나 지금 생각해 보면 오늘까지…… 아니 일주일 정도는 연기할 수 있는 일이었는데, 그만 그 일이 방해가 되어 모든 것을 뒤흔들어 놓고 말았습니다. 이런 걸 두고 설상가상이라고 하는 것 같습니다.」

「설사 그렇게 했더라도 아마 그녀를 설득할 수는 없었을 겁니다. 당신과의 일이 없었다고 해도 그녀는 이미 지나칠 정도로 분노에 사로잡혀 있었고, 온갖 불만이 가득 쌓여 상당히 울적해 있었던 것 같습니다.」 바신은 가벼운 어조로 말했다.

「아닙니다, 제가 할 수 있었을 겁니다. 그녀를 틀림없이 설득할 수 있었을 겁니다. 그리고 사실은 저 대신 소피야 안드레예브나를 보낼까 하는 생각도 불현듯 떠올랐었지요. 그러나 그런 생각은 아주 잠시 떠올랐을 뿐입니다. 소피야 안드레예브나가 혼자 왔더라면 틀림없이 그 아가씨를 설득할 수 있었을 것이고, 그랬으면 그 불행한 아가씨는 죽지 않았을 것입니다. 이 일을 겪으면서 저는 마음속으로 다시는…… 〈자선 사업〉에 관여하지 않기로 결심했습니다……. 제가 처음으로 한 일이었는데 이런 결과가 생겼으니 말입니다! 저 스스로는 지금까지 그래도 아직은 동시대의 흐름에 뒤떨어지지 않았고, 이 시대의 젊은 사람들을 이해할 수 있다고 자부해 왔습니다. 그런데 우리같이 늙은 사람들은 제대로 성숙한 판단을 할 겨를도 없이 그만 늙어 버리는가 봅니다. 가만히 생각해 보면, 바로 어제까지 자신이 그렇게 사고했다는 이유만으로, 이미 오래 전에 시대적 흐름에서 뒤처져 있음에도 불구하고 아직도 자신이 젊은 세대와 호흡할 수 있다고 생각하는 사람들이 상당히 많은 것 같습니다.」

「아마도 무슨 오해가 있었던 것 같습니다. 너무도 분명한 오해였지요.」 바신이 생각에 잠긴 말투로 말했다. 「그녀의 어머니 말에 의하면, 그녀는 창녀촌에서 그렇게 심한 모욕을 당한 후로는 완전히 이성을 잃은 듯했다고 합니다. 그리고 그전에 상인에게 당했던 최초의 모욕과 합쳐서 생각한다면…… 이런 일은 이전에도 꼭 그대로 일어날 수 있던 일이며, 제 생각으로는, 특별히 이 시대 젊은이들의 특성이라고 규정할 수도 없을 것 같습니다.」

「물론 그 아가씨는 다소 성급했지요. 뿐만 아니라 현대의 젊은이들은 현실에 대한 이해도 상당히 부족하지요. 물론 그러한 특징은 어느 시대의 젊은이들에게나 볼 수 있는 것이지만, 현대의 젊은이들은 어쩐지 특히……. 그런데 그 스쩨벨꼬프 씨는 여기서 또 무슨 짓을 한 것이지요?」

「스쩨벨꼬프 씨가 이 사건의 주요 원인 제공자입니다.」 불쑥 내가 끼어들었다. 「그 사람이 없었더라면 아무 일도 일어나지 않았을 것입니다. 그 사람이 타는 불에 기름을 부었으니 말입니다.」

내 쪽을 돌아다보지도 않은 채 베르실로프는 말없이 듣고 있었고, 바신은 얼굴을 찡그렸다.

「그와 더불어 나는 또 하나 아주 우스운 일에 대해서도 자책하고 있습니다.」 베르실로프는 천천히 말미를 끄는 듯한 어조로 계속해서 말했다. 「아마 그 아가씨와 얘기할 때도 내가 나쁜 습관대로 약간 경박하다고도 할 수 있는 태도를 취했던 것 같고, 또한 항상 하는 대로 경솔하게 웃음기를 머금고 얘기했던 모양입니다. 간단히 말한다면, 보다 진지하고 깊이 있는 태도로 용건만 말했어야 하는데 아마 그렇지 못했던 모양입니다. 이러한 세 가지 요소를 현대의 젊은 세대들은 매우 존중하는 것 같은데 말입니다. 내 태도가 아마 나를 그 아가씨에게 방황하는 셀라동[44]쯤으로 생

---

44 프랑스 소설가 오노레 뒤르페의 소설 『아스트레』의 주인공 이름. 난봉꾼을 의미함.

각할 만한 구실을 주었던 것 같습니다.」

「아닙니다. 그 반대입니다.」 나는 또다시 날카로운 어조로 끼어들었다. 「당신은 성실하고 오히려 엄하다고 할 만한 태도를 취했으며, 성의에 넘쳐 있었기 때문에, 이를 데 없이 좋은 인상을 받았다고 그 어머니가 분명히 말했습니다. 이것은 그 사람이 직접 한 말입니다. 자살한 당사자도 그날 당신이 돌아가신 다음에 같은 의미에서 당신을 칭찬했다고 합니다.」

「그래?」 마침내 나를 힐끔 보고 나서 베르실로프는 어색한 표정을 지었다. 「그리고 이 종이 쪽지를 한번 보세요. 이 사건을 이해하는 데 꼭 필요한 것이니 말입니다.」 그는 조그마한 종이 쪽지를 바신에게 내밀었다. 상대방은 그것을 받았지만, 내가 깊은 관심을 가지고 바라보자 나더러 읽어 보라면서 내게 넘겨주었다. 그것은 어둠 속에서 연필로 쓴 것 같은, 행이 고르지 못한 두 줄의 사연이었다.

〈사랑하는 어머니. 인생의 첫걸음도 내딛지 못하고 떠나는 저를 용서하세요. 당신을 슬프게 한 올랴 올림.〉

「오늘 아침에 겨우 찾아낸 것입니다.」 바신이 설명했다.

「참 이상한 편지군요!」 나는 놀란 목소리로 말했다.

「어디가 이상하지요?」 바신이 물었다.

「어떻게 그처럼 절박한 순간에 이런 유머 섞인 표현을 할 수 있을까요?」

내 말을 듣고 바신은 이상하다는 듯이 내 얼굴을 보았다.

「이런 유머는.」 나는 말을 계속했다. 「고등학생들이 친구 사이에 흔히 쓰는 표현이거든요……. 그런데 그렇게 절박한 순간에 어머니께 쓰는 편지에 그런 표현을 썼거든요. 더군다나 그녀는 자기 어머니를 사랑한 것 같은데 어떻게 〈인생의 첫걸음도 내딛지 못하고〉와 같은 표현을 썼는지.」

「왜 그렇게 쓰면 안 되지요?」 바신은 아직도 알아듣지 못하는 모양이었다.

「내가 보기에도 여기에는 유머 같은 것은 조금도 없는데.」 베르실로프가 천천히 입을 열었다. 「물론 이 표현은 적절하지 못하고, 어법에도 맞지 않는 내용이다. 네가 말한 것처럼 고등학생이나 혹은 어떤 사람들끼리 쓰는 말이거나, 신문의 투고란에서나 이따금 볼 수 있는 표현이지. 그러나 자살한 아가씨는 그것이 어울리지 않는 말이라는 걸 전혀 모르고 썼을 거야. 그 아가씨는 이 무서운 유서를 전혀 아무 생각 없이 있는 그대로의 기분으로 썼을 게다.」

「그건 아닐 거예요. 그녀는 학교를 나왔어요. 더욱이 졸업할 때 은메달까지 받았습니다.」

「여기서 은메달 같은 것은 아무런 의미도 없어. 요새는 그런 상을 받고 졸업하는 사람들이 많아.」

「또 이 시대의 청년관에 대해 말씀하시는군요.」 바신은 말하며 미소를 지었다.

「그럴 생각은 전연 없습니다.」 자리에서 일어나 모자를 집으면서 베르실로프가 대답했다. 「현대의 많은 젊은이들은 그다지 문학적이지는 않지만, 그 대신 틀림없이…… 다른 장점을 가지고 있습니다.」 이상할 정도로 진지한 표정으로 그는 덧붙여 말했다. 「그리고 〈많다〉는 것은 〈전부〉라는 말과는 다르지요. 이를테면 나는 당신이 문학적 소양이 부족하다고 비판할 생각은 없어요. 그렇지만 당신도 역시 아직은 청년이지요.」

「그래서 바신도 〈첫걸음〉이라는 말을 조금도 이상하게 생각하지 않는단 말이지요!」 나는 참다못해 한마디하지 않을 수 없었다.

베르실로프가 아무 말 없이 바신에게 손을 내밀자, 그도 역시 함께 나갈 생각으로 모자를 집어 들더니 내게 〈쉬십시오〉 하고는 나갔다. 나가면서 베르실로프는 내게 눈길도 안 주었다. 나 역시 그대로 시간을 흘려 보낼 수는 없었다. 방을 구하러 사방으로 뛰어다녀야 할 때였기 때문이다. 다른 어느 때보다도 바로 지금 그것이 내게는 꼭 필요하다! 어머니는 이미 집주인의 방에도 없었다. 아마 옆 방의 부인을 데리고 나간 것 같았다. 나는 무엇인가 특별한 기운이 마음속에서 솟아오르는 것을 느꼈다. 그리고 마치 일을 그렇게 꾸며 놓기라도 한 것처럼 모든 일이 순조롭게 해결되었다. 뜻밖에도 아주 빨리 나는 지내기에 적당한 방을 발견했다. 그러나 그 방에 대해선 나중에 말하기로 하고, 지금은 중요한 이야기를 끝마치기로 하겠다.

오후 한 시가 막 지났을 무렵 내가 트렁크를 가지러 바신의 집으로 갔을 때, 그는 마침 집에 있었다. 나를 보자 그는 진지하고 밝은 표정으로 말을 건넸다.

「마침 당신을 만나 참 잘됐군요. 지금 막 나가려던 참인데! 사실은 당신한테 매우 흥미 있는 사실을 알려 드리려고요.」

「저도 그것을 기다리고 있었습니다!」 내가 외쳤다.

「이제 원기를 다 회복했군요. 당신은 어떤 편지에 대해서 전혀 들은 적이 없나요? 끄라프뜨가 보관하고 있던 것을 어제 베르실로프가 입수했는데, 그것이 바로 그가 승소한 유산 상속 건과 깊은 관계가 있는 서류랍니다. 그 편지에서 유산 양도인은 어제 법원의 판결과는 반대의 의미로 자기 의사를 표시하고 있습니다. 벌써 오래 전에 쓴 편지지요. 한마디로 말해 저는 그 일에 대해 제대로 아는 것이 하나도 없지만, 혹시 당신은 무언가 알고 있지 않나요?」

「물론 다 알고 있었지요. 그저께 그 사람들이 있던 곳에서 끄라프뜨가 저를 자기 집으로 데리고 간 것은…… 그 편지를 제게 넘겨주기 위해서였습니다. 그리고 제가 어제 저녁에 그것을 베르실로프에게 넘겨줬지요.」

「그랬군요. 저도 그러리라고 생각했지요. 그런데 상황이 바뀌었습니다. 아까 베르실로프가 여기서 말하기를, 어제 저녁에 그가 직접 이리로 와서 그 아가씨를 설득하려고 했는데 바로 그 편지 때문에 그렇게 하지 못했다는 겁니다. 왜냐하면 베르실로프는 어제 저녁 소꼴스끼 공작에게로 가서 문제의 그 편지를 넘겨주고, 승소 판결이 난 유산의 상속권을 모두 포기하겠다는 의사를 밝혔다고 합니다. 그래서 곧바로 그의 포기 선언이 법적인 효력을 갖게 되었습니다. 간단히 말해, 베르실로프는 유산을 양도한 것이 아니라, 공작이 이 사건의 승리자임을 인정한 것이지요.」

그의 말을 듣고 나는 무슨 말인지 어리둥절했지만, 마음은 아주 기뻤다. 나도 베르실로프가 그 편지를 읽고 난 뒤에 그렇게 하리라고 믿었다. 뿐만 아니라, 나는 끄라프뜨에게 편지의 내용을 감추는 것은 비열하다고 말했고, 또 나 자신도 그 음식점에서 〈내가 만나러 온 사람은 결백한 사람이지 그런 비열한 사람은 아니다〉라고 마음속으로 몇 번이고 되뇌었지만, 또 마음 한구석에서는, 즉 마음의 가장 깊은 곳에서는, 그 서류를 완전히 폐기해 버리는 수밖엔 없으리라고 생각했다. 나는 그렇게 하는 것이 어쩌면 지극히 당연한 것이라고 생각했던 것이다. 나중에 그것을 가지고 베르실로프를 비난한다 하더라도, 그것은 다만 의도적으로 한번 그렇게 해보려는 것이지 비난할 생각은 없었으며, 그렇게 함으로써 그에 대해서 자신의 우월한 입장을 유지하려는 의도였다. 그러나 지금 베르실로프의 위대한 행동에 대해서 듣고 나니 나는 진심으로 아주 큰 기쁨에 싸여 나의 냉소주의와 그의 선행에 대한 무관심한 태도를 반성하는 한편, 후회와 수치스러움으로 어찌할 바를 몰랐다. 그리고 곧 베르실로프를 나 자신보다 무한히 높은 곳에 있는 존재로 여기는 마음이 들자 나는 바신을 얼싸안기라도 할 기분이었다.

「사람이 어떻게 그럴 수 있을까! 참, 어쩌면 그럴 수 있을까! 대체 어느 누가 그런 행동을 할 수 있겠습니까?」 나는 정신없이 외쳤다.

「그렇게까지 하는 사람이 많지 않다는 점에 대해서는, 저 역시 당신과 동감입니다……. 그리고 말할 나위도 없이 그것이 매우 사심 없는 행동이라는 것도……」

「〈그렇지만〉이라고요……? 끝까지 말씀하세요, 바신. 《그렇지만》이라고 하시려는 거죠?」

「제 생각으로는, 베르실로프의 행동은 다소 서두르는 것 같고, 또 그다지 공명정대한 것 같지는 않습니다.」 바신은 미소를 지었다.

「공명정대하지 않다뇨?」

「제 생각에 그의 행동에는 약간의 〈체면치레〉 같은 점이 스며 있습니다. 왜냐하면, 어떤 상황이 되더라도 자신은 크게 손해를 보지 않으면서 생색을 내는 일을 할 수 있었으니 말입니다. 이 사건을 아주 신중하게 살펴본다면, 절반까지는 아니어도, 그 유산의 몇 분의 1은 틀림없이 베르실로프에게 양도되어야 합니다. 더욱이 그 문서가 결정적인 의미를 가지는 것도 아니고, 또한 재판도 이미 그가 승소했으니 말입니다. 제가 조금 전 상대방 측 변호사를 만나 얘기를 나누었는데, 그 사람도 그런 의견을 가지고 있었습니다. 그의 행동이 더욱 멋진 것이 될 수도 있었을 것을, 그만 변덕스러운 그의 자존심 때문에 전혀 다른 결과가 나타난 것입니다. 문제는 베르실로프가 지나치게 흥분해서 일을 너무 서둘러 처리했다는 점입니다. 아까 당사자도 약 일주일쯤 그런 결정을 미뤄 놓았더라면 하는 말을 하더군요……」

「바신. 저 역시 당신의 의견에 동의하지 않을 수 없습니다. 그렇지만…… 저로서는 그렇게 하는 쪽이 더 좋습니다! 저는 그가 그렇게 한 것이 더 좋단 말입니다!」

「물론 그것은 각자의 취향에 따른 문제겠지요. 그러나 이 문제는 당신이 꺼낸 것입니다. 그렇지 않았으면 저는 아무 말도 하지 않았을 겁니다.」

「가령 여기에 〈체면치레〉가 있다손 치더라도 저는 오히려 그쪽이 더 좋습니다.」 나는 말을 이었다. 「다소 과장된 권위일지라도 그 자체로서는 매우 귀중한 것이니 말입니다. 결국 이 〈체면치레〉

란 것은 〈이념〉과 연관이 있는 것입니다. 현대인들 중에 어떤 사람들의 마음에는 이미 그것이 사라져 버렸지만, 그래도 그것은 나름대로 의미가 있는 것입니다. 보기에 다소 껄끄럽기는 하지만, 그래도 역시 그것이 있는 쪽이 좋지요! 그리고 당신 자신도 그렇게 생각하시지요, 바신. 그렇지요, 바신. 제가 쓸데없는 이야기를 마구 늘어놓았습니다만, 간단히 말하자면, 저는 당신이 제 말을 이해해 주시리라 믿습니다. 그렇기 때문에 바로 당신이 바신인 겁니다. 어쨌든 저는 당신을 얼싸안고 입을 맞추고 싶습니다, 바신!」

「기뻐서 그런 겁니까?」

「너무나 기뻐서요! 왜냐하면, 그 사람이 〈죽었다가 다시 살아난 것이며, 사라져 버렸다가 다시 나타났기 때문입니다〉! 바신, 저는 별로 아는 것도 없는 풋내기이며, 당신과는 비길 수 없는 인간입니다. 제가 이런 것을 고백하는 것은, 때로는 제가 완전히 다른 인간, 지금보다 더 고상하고 깊이 있는 인간이 될 때를 꿈꾸고 있기 때문이지요. 저는 그저께 당신 앞에서 당신을 칭찬했고(제가 칭찬한 것은 다만 당신이 무의식적으로 제 의견을 무시하고 깊은 고려를 하지 않는 것 같아서였습니다), 그 때문에 저는 지난 이틀 동안 내내 당신을 미워했지요! 그리고 그날 밤, 저는 다시는 당신에게 오지 않겠다고 마음을 먹었습니다. 어제 아침에 당신에게 왔던 것도 사실은 단지 증오심 때문이었습니다. 이해하시겠어요, 증오심 때문이었단 말입니다. 저는 여기 이 의자에 혼자 앉아서 당신의 방과, 당신이라는 인간과, 당신의 책 하나하나, 그리고 하숙집 주인까지 비판하면서 당신을 깎아내리고 당신을 비웃으려고 애썼습니다……」

「그런 말은 하지 않는 쪽이 더 좋을 것 같은데……」

「어제 저녁에도 당신이 한 말 중에서 한 마디만을 골라 들은 뒤, 당신은 여성을 이해하지 못한다는 결론을 내리고 그것으로 당신의 흠을 찾을 수 있다고 저는 기뻐했습니다. 아까도 그 〈첫걸음〉의 문제로 당신의 약점을 잡은 듯해 다시 대단히 기뻤습니다. 그때 모든 사람이, 그리고 제 자신도 당신을 완벽한 사람으로 생각했기 때문이지요……」

「물론 그랬겠지요!」 마침내 바신은 큰소리로 말했다(그는 그때까지 조금도 놀라는 기색 없이 내 말을 들으며 내내 웃고만 있었다).「누구나 다 그런 경험을 한 번씩은 겪고 지나갑니다. 다만 아무도 그런 일에 대해 고백하지 않을 뿐이지요. 그리고 고백할 필요도 전혀 없고요. 왜냐하면 대부분 그런 일은 통과 의례처럼 지나가는 것이고 아무런 흔적도 남지 않기 때문이죠.」

「정말로 누구나 그럴까요? 모든 사람들이 그런 경험이 있을까요? 그래서 당신은 이런 종류의 말을 하면서도 담담한 건가요? 그렇지만 어떻게 그런 생각을 담아 두고 살아갈 수 있지요?」

「그러면 당신의 생각으로는, 〈내게 고귀한 것은 진실의 비천한 어둠보다 / 내 마음을 고양시켜 주는 거짓이로다〉[45]라는 말입니까?」

「그러나 그것은 틀림없는 사실 아닙니까?」 나는 외쳤다. 「이 두 줄의 시에는 신성한 명제가 담겨 있어요!」

「글쎄요, 이 두 줄의 시가 진실인지 아닌지, 지금 서둘러 단정을 내리지 않기로 하겠습니다. 아마도 진리라는 것은 항상 그렇듯이 어딘가 중간쯤에 놓여 있을 겁니다. 즉 어떤 경우에는 신성한 진리지만, 어떤 경우에는 허위라는 말이지요. 다만 제가 확언할 수 있는 점은, 진리에 대한 이런 생각이 사람들 사이에서 가장 중요한 논쟁점의 하나로 오랫동안 지속될 것이라는 사실입니다. 그리고 제가 보기에 당신은 지금 춤이라도 추고 싶은 마음인 것 같군요. 괜찮습니다. 그렇게 하세요, 마음 가는 대로 하는 것이 건강에 유익합니다. 참, 오늘 아침에 저는 할 일이 아주 많은

---

45 A. S. 뿌쉬낀의 『영웅』에서 인용한 것임.

데…… 그런데 당신과 이야기하다 보니 많이 늦어졌습니다!」

「저도 가봐야 합니다. 하지만 가기 전에 꼭 한마디만 하겠습니다.」 트렁크를 들면서 내가 말했다. 「제가 바로 지금 또다시 〈당신에게 호감을 나타낸 것〉은, 실은 다른 이유가 아닙니다. 제가 들어왔을 때, 당신이 참으로 성의 있는 태도로 제게 그 사실을 전해 주었고, 당신이 나가기 전에 제가 온 사실이 아주 흐뭇했기 때문입니다. 이 일이 아까 우리가 말했던 그 〈첫 무대〉 사건의 뒤에 일어난 것이어서 말입니다. 당신은 제가 진심에서 우러나온 기쁨으로 당신을 향해 저의 〈순수한 마음〉을 전할 수 있도록 하였습니다. 그러면 안녕히 계십시오. 될 수 있는 대로 이곳에는 오지 않도록 노력하겠습니다. 그렇게 하는 것이 당신에게 더 편하다는 것을 잘 알고 있으니 말입니다. 그것은 당신의 눈만 봐도 알 수 있지요. 그리고 서로 그렇게 하는 것이 좋을 것 같아서요……」

들뜬 마음으로 이런저런 얘기를 쓸데없이 잔뜩 늘어놓은 뒤, 나는 트렁크를 집어 들고 새 하숙집으로 향했다. 아까 베르실로프가 내게 화를 내며 말도 하려 들지 않고, 돌아다보려고도 하지 않은 일이 무엇보다도 내 마음에 만족감을 주었다. 트렁크를 새 방에 들여놓고서, 나는 곧 노공작에게로 뛰어갔다. 솔직히 말해서 이틀 동안 그의 얼굴을 보지 못했기 때문에 다소 심란한 기분까지 들었다. 그리고 또 베르실로프의 일에 대해서 그는 이미 틀림없이 들었을 것이다.

2

나는 그 사람이 진심 어린 마음으로 나를 맞아 주리라는 것을 미리 알고 있었다. 맹세하건대, 베르실로프와 얽힌 일이 없더라도 나는 오늘 그에게 들를 생각이었다. 다만 어제도 그랬지만 요즈음 들어, 혹시라도 까쩨리나 니꼴라예브나와 마주치지 않을까 하는 생각이 마음을 짓눌렀다. 그러나 이제는 그 어느것도 두렵지 않았다.

그는 아주 반가워하며 나를 얼싸안았다.

「베르실로프에 관한 얘기를 들으셨습니까?」 나는 곧 가장 중요한 이야기부터 시작했다.

「이보게Cher enfant, 자네는 나의 사랑스런 친구일세. 그래, 그 사람의 행동은 참으로 존경할 만한 일이야, 참 훌륭해. 한마디로 말하자면, 저 낄리얀(아래층에서 일하는 사람)까지도 아주 전율적인 인상을 받았어! 그의 관점에서 본다면 딱히 분별 있는 행동이라고 할 수만은 없겠지만, 어쨌든 그것은 훌륭한 일이야. 참으로 위대한 행위야! 그 이상주의만은 인정해야 돼!」

「그렇지요! 그렇지 않습니까? 그 점에서 당신은 저와 항상 의견이 일치했지요.」

「그래, 나와 자네는 항상 같은 의견이었지. 그런데 자네는 어디에 갔었나? 나는 자네에게 꼭 한번 가보고 싶었지만, 어디 가면 만날 수 있는지 알 수가 있어야지……. 사정이 어떻든 내가 베르실로프에게로 갈 수는 없으니 말일세……. 어떤 경우라 해도 내가 베르실로프에게 갈 수는 없었으니까……. 아무리 지금과 같은 일이 있은 다음이라도, 역시…… 내 생각에 그가 여성들의 마음을 사로잡을 수 있는 것도 바로 그러한 점 때문일 거야. 바로 그런 독특한 특성이 있기 때문이지, 그건 틀림없는 사실이야…….」

「제가 혹시라도 잊어버릴까 봐 미리 말씀드리겠는데요. 공작님께 꼭 물어보고 싶은 말이 있습니다. 실은 어제, 어떤 건달 같은 한량이 저에게 베르실로프를 욕하면서 그는 〈치마를 두른 예언자〉라고 말했습니다. 이 표현이 무슨 말인지요? 꼭 당신께 물어보려고 제 가슴에 담아 둔 이야기입니다…….」

「〈치마를 두른 예언자〉란 말이지(그것 참…… 매혹적인 표현인데Mais…… c'est charmant)! 하, 하! 하지만 이 표현은 그에게 꼭 맞는 표현은 아니야. 정확하게 말하자면 전혀 맞지 않지. 허, 참…… 그러나 참 적절한 표현이야……. 아니, 전혀 어울리지가 않아, 그렇지만……」

「괜찮습니다. 당황하실 건 없습니다. 단지 경구와 같은 것이라고 보면 되겠지요!」

「경구는 훌륭한 거야. 그리고 자네 혹시 알고 있나. 경구란 것은 매우 깊은 의미를 지니고 있거든……. 참으로 적절한 의미를 지닌 것이지! 그리고 말야, 자네가 믿어 줄지 모르겠지만…… 자네에게 조그마한 비밀 한 가지를 간략히 말해 주겠네. 그때 자네도 올림삐아다의 행동을 눈치챘나? 저 말이지, 내가 보기에 그 애는 안드레이 뻬뜨로비치에 대한 연정을 마음에 두고 괴로워하는 것 같아. 뭔가 간직하고 있는 것 같기도 하고……」

「간직해요? 어떻게 그녀가 그럴 수 있겠어요?」 나는 화가 치밀어 손으로 상스런 모양을 만들어 보이며 외쳤다.

「이봐Mon cher, 그렇게 소리지르지 말게. 사실이 그렇다는 말일세. 아마 자네의 입장에서 보면, 자네 말이 맞지. 한데, 지난번 여기에 까쩨리나 니꼴라예브나가 들어왔을 적에 자넨 어찌된 일이었나? 자넨 왜 허둥대고 비틀거렸지……. 나는 자네가 쓰러지지나 않을까 생각되어, 뛰어가서 부축해 주려고 했네.」

「그것에 관해서 지금은 말하지 않겠습니다. 그저 제가 좀 당황했을 뿐이지요. 좀 그럴 이유가 있어서……」

「자네는 지금도 낯을 붉히고 있는데.」

「공작님께서는 어떤 상황에 대해서 항상 덧붙여서 말해야 하겠군요. 그녀가 베르실로프와 원수지간이라는 사실은 당신도 알고 계시지 않습니까……. 그래서 그런저런 일 때문에 제가 그만 흥분했던 겁니다. 이제 그 얘기는 그만두세요, 다음에 하지요!」

「그럼 그만두지. 나도 그런 얘기는 그만두는 것이 좋겠어…….

한마디만 더 한다면, 나는 그 애에게 매우 미안한 마음을 가지고 있어. 기억하고 있겠지만, 언젠가 자네 앞에서 그 애에 대한 불평을 말했었지……. 그 일은 잊어버리게. 그 애도 역시 자네에 대한 자신의 편견을 차차 바꿀 걸세. 그 애가 그러리라는 것을 나는 잘 알고 있어……. 아, 세료쟈 공작이 왔군.」

그때 활기에 넘쳐 보이는, 아주 잘생긴 젊은 장교가 들어왔다. 나는 그를 자세히 뜯어보았다. 지금까지 한 번도 본 적이 없는 사람이었다. 내가 잘생겼다고 말한 것은, 모든 사람이 그에 대해 항상 그렇게 말했기 때문이다. 그러나 그 젊고 아름다운 얼굴에는 무언가 심상치 않은 기운이 스며 있었다. 지금 내가 이렇게 말하는 것은, 영원히 내 마음에 새겨진, 맨 처음에 보았을 때의 인상이 그러했기 때문이다. 그는 야윈 체구에다 머리카락은 밤색이고, 생기는 있어 보이지만 노르스름한 얼굴에 날카로운 눈매를 가진 키가 큰 청년이었다. 그의 멋진 검은 두 눈은, 그가 아주 편안한 기분일 때도 다소 엄정한 분위기를 엿보이게 했다. 그러나 그의 날카로운 눈매가 타인에게 거리감을 느끼게 하는 이유는, 왜 그런지 그 엄정함이 그의 인간적 특성을 가리고 있는 것 같아서였다. 물론 나는 그것을 적절하게 표현할 수는 없다……. 그의 얼굴은 잔뜩 굳은 표정을 짓고 있다가 갑자기 놀랄 만큼 부드럽고 기품이 있으며 사교적이기까지 한 표정으로 수시로 변하였다. 그리고 중요한 점은, 그러한 급격한 변화가 전혀 의식적으로 꾸민 것이 아니라는 것이다. 또한 그가 가지고 있는 대로의 천진함이 바로 매혹적인 것이었다. 또 다른 특징이 한 가지 있었는데, 그처럼 애교와 천진함이 담겨 있음에도 불구하고, 그의 얼굴이 결코 환해지는 일이 없다는 점이다. 큰소리로 웃을 때조차도 마찬가지였다. 그것을 보며 나는 그의 마음속에는 진정으로 밝고 경쾌한 기분 같은 것은 한 번도 깃든 적이 없는 것처럼 느껴졌다. 물론 사람의 얼굴 표정을 묘사하기란 이렇게 아주 힘든 일이다.

나에게는 그런 묘사를 적절하게 할 만한 능력이 없다. 노공작은 평상시와 마찬가지로 그의 익숙한 습관대로 서둘러 두 사람을 소개하기 시작했다.

「이 사람은 내 젊은 친구 아르까지 안드레예비치(분명히 안드레예비치라고 했다!) 돌고루끼.」

예의 바른 얼굴로 젊은 공작은 나를 향해 몸을 돌렸다. 그러나 그는 내 이름을 처음 듣는 게 분명했다.

「이 사람은…… 안드레이 뻬뜨로비치의 친척일세.」 다소 마음이 언짢아진(이러한 노인들이 습관대로 이따금 언짢아지는 것처럼!) 공작이 중얼대듯 말했다. 젊은 공작은 곧 모든 것을 알아챘다.

「아! 진작부터 얘기를 듣고 있었습니다…….」 빠른 어조로 그가 말했다. 「저는 작년에 루가에서 댁의 누이 되는 리자베따 마까로브나와 가까이 지내며 아주 즐거웠던 기억을 가지고 있습니다……. 그분도 역시 제게 당신의 얘기를 하셨지요…….」

내가 오히려 어느 정도 당황한 표정을 지었다. 지금까지와 달리 그의 얼굴에는 아무런 꾸밈 없는 만족의 빛이 떠올랐기 때문이다.

「저, 공작님. 당신에게 진심으로 꼭 해야 할 얘기가 있습니다.」 두 손을 꼭 잡으면서 내가 그에게 말했다. 「그리고 노공작이 계신 자리에서 이런 말을 하게 된 것이 다행이라고 생각합니다. 저는 꼭 당신을 만나고 싶었습니다. 그런 생각을 한 것은 극히 최근으로, 바로 어제의 일입니다. 제가 만나려고 한 목적은 일상적인 것이 전혀 아닙니다. 설사 당신이 아무리 놀라게 되더라도, 저는 제 생각을 솔직히 말하겠습니다. 간단히 정리하면, 1년 반 전에 엠스에서 당신이 베르실로프에게 가했던 그 모욕을 갚기 위해서, 저는 당신에게 결투를 신청하려고 생각했던 것입니다. 물론 제가 겨우 고등학생이고 아직 미성년이기 때문에 당신이 혹시 제 신청을 받아들이지 않을지도 모르지만, 당신이 어떤 태도를 취하든 상관없이 꼭 결투를 신청할 생각이었습니다……. 그리고 솔직히 말한다면, 지금도 역시 그런 의도를 가지고 있습니다.」

나중에 노공작이 내게 해준 말에 따르면, 그때 나는 아주 당당한 태도로 그런 취지의 말을 단호하게 던졌다고 한다.

내 말을 듣자 공작의 얼굴에는 진심으로 슬퍼하는 표정이 엿보였다.

「당신은 제가 말을 끝낼 수 있는 기회를 아직 주지 않았습니다.」 그는 사려 깊은 목소리로 대답했다. 「저는 지금 진심에서 우러나오는 말로 당신을 대하고 있습니다. 그 이유는 바로 안드레이 뻬뜨로비치에 대해 제가 현재 가지고 있는 진정 어린 순수한 감정 때문입니다. 유감스럽게도 지금 이 자리에서 저간의 사정을 당신에게 상세히 설명할 수는 없지만, 제 명예를 걸고 말씀드릴 수 있는 것은, 이미 오래 전부터 저는 엠스에서 제가 저질렀던 철없는 행동에 대해 깊이 반성하고 있다는 사실입니다. 뻬쩨르부르그로 돌아올 때 저는 안드레이 뻬뜨로비치에게 가능한 한 최고의 예를 갖추어 사죄하려고 결심하였습니다. 아주 분명한 태도로, 바로 그분이 원하는 방식으로 사죄할 생각이었습니다. 이렇게 제 생각을 바꾸게 한 원인은 가장 고상하고 또 품위 있는 어떤 영향력 때문이었습니다. 그것은 바로 엠스에서 있었던 사건에 대한 정식 결투 신청입니다……. 우리가 소송에서 싸웠다는 사실도 제가 그런 결심을 하는 데 어떤 영향도 미치지 못했습니다. 말하자면, 어제 저와 얽힌 문제로 그분이 보여 준 태도가 제 마음에 강한 영향을 미쳤습니다. 믿으실지 모르겠지만, 저는 지금 이 순간에도 모든 게 얼떨떨하게 느껴집니다. 그리고 당신에게 꼭 알려 드려야 할 소식이 있습니다. 제가 이렇게 공작을 찾아온 것도 사실은 아주 중대한 이 사실에 대해 말씀드리기 위해서였습니다. 정확히 세 시간 전에, 그때는 바로 그분이 우리 측 변호사와 함께 그 문건을 작성하던 시각입니다만, 안드레이 뻬뜨로비치의 대리인이 제게로 와서 그분의 결투 신청을 전달해 주었습니다……. 엠스에서 있었던 일에 대한 정식 결투 신청 말입니다.」

「그가 당신에게 결투를 신청했어요?」 나는 외쳤다. 눈에서 불이 나고, 피가 확 얼굴에 몰려오는 것을 느꼈다.

「그렇습니다. 결투를 신청했습니다. 저는 그 자리에서 도전을 받아들였지만, 곧 마음을 바꿔 둘이 결투 장소에서 만나기 전에 그분에게 편지를 내기로 결심했습니다. 그 편지 속에 제 행동에 대한 뉘우침과 저의 있을 수 없는 불찰에 대한 후회를 모조리 다 적었습니다……. 왜냐하면, 그것은 어리석은 실수였기 때문입니다. 불행하고, 치명적인 저의 과실이었기 때문입니다! 미리 말씀드립니다만, 군대에 몸을 담고 있는 저로서는 이런 사과를 하는 것이 모험입니다. 결투하기 전에 그런 편지를 내면, 저는 여론의 비판을 받을 수도 있기 때문이지요……. 그것은 이해하시겠지요? 그러나 그럼에도 불구하고 저는 그렇게 하기로 결심했습니다. 다만 그 편지는 아직 발송하지 못했습니다. 왜냐하면 결투 신청 후 한 시간이 지나 그분에게서 또 다른 편지를 받았기 때문입니다. 그 편지 속에서 그분은 먼저 제 마음을 혼란케 해서 미안하고, 결투 신청에 대해서는 잊어버려 달라고 하셨습니다. 그리고 자신의 〈좁은 도량과 이기주의의 순간적 발작〉을 후회한다고 덧붙이셨습니다. 이것은 그분 자신의 말씀입니다. 그렇게 해서 그분에게 편지를 내려던 저로서는 큰 짐을 덜게 되었습니다. 그 편지는 아직 보내지 않았지만, 그것에 대해 공작과 상의를 드리려고 이렇게 온 것입니다……. 제 자신이 그 누구보다도 극심한 양심의 가책으로 시달려 왔다는 점을 믿어 주십시오……. 아르까지 마까로비치, 이런 해명을 혹시 받아들여 주실 수 있겠습니까? 최소한 지금 이 순간 제 진의가 어떻다는 것을 이해해 주실 수 있겠습니까?」

그의 진심 어린 고백을 듣고 나는 그만 완전히 지고 말았다는 것을 느꼈다. 전혀 뜻밖에 그의 진정 어린 사과를 받은 것이다. 그런 일이 있으리라고는 꿈에도 생각지 못했다. 그에게 무슨 말을 해야 할지 몰라 망설이다가 나는 불쑥 그에게 두 손을 내밀었다. 그는 그것을 잡고 아주 기쁜 듯 흔들었다. 그러고 나서 그는 노공작을 데리고 그의 침실로 가서 약 5분 동안 이야기를 나눴다.

「만일에 괜찮으시다면,」그는 노공작의 침실에서 나오자, 큰 목소리로 내게 말했다.「지금 저하고 저의 집으로 가십시다. 가서 안드레이 뻬뜨로비치에게 보낼 편지를 보여 드리겠습니다. 그리고 제게 온 그분의 편지도.」

기꺼운 마음으로 나는 그의 제안을 수락했다. 나를 배웅하면서 노공작은 갑자기 무슨 생각이 들었는지 잠깐 얘기를 하자며 나를 자기 침실로 끌고 갔다.

「친구Mon ami, 나는 마음이 아주 기쁘네, 참 기뻐……. 내 기분에 대해서는 나중에 말하기로 하고, 거기 내 가방 속에 편지가 두 통 있는데, 한 통은 가지고 가서 자네가 잘 설명해야겠고, 또 하나는 은행으로 가는 건데 그것도 역시 거기 가서……」

그렇게 말하면서 그는 내게 아주 긴급하고, 또 비상한 노력과 주의가 필요한 두 가지 일을 맡겼다. 그래서 나는 서둘러 그리로 가서 그것을 전달하고 인수증을 받아 오는 등등의 일을 하지 않을 수 없었다.

「당신은 참 노회한 분이군요!」편지를 받으면서 나는 말했다. 「맹세해도 좋아요, 제 생각에 이건 모두 별로 중요한 일이 아닌 것 같은데요. 이 두 가지 용건은 당신이 일부러 생각해 내신 거지요. 제가 여기서 의미 있는 일을 하고 있다고 생각하도록 하고, 또 그 일을 한 것에 대해 월급을 받는 것이라고 생각하게 하기 위해서이지요!」

「이 친구야Mon enfant, 자네가 뭔가를 오해하고 있어. 절대로 그렇지 않아. 이 두 가지 일은 정말 긴급한 용건이야……, 이 친구아Cher enfant!」 몹시 감동적인 어조로 그는 내게 말했다. 「자네는 참 정이 가는 청년이야!(그는 두 손을 내 머리에 얹었다.) 자네와 자네의 운명을 축복하네……. 항상 오늘처럼 깨끗한 마음을 가져 주게……. 그리고 언제든지 아주 따뜻하고 아름다운 마음을 간직해 줘……. 그리고 지상에 있는 모든 훌륭한 것들을…… 그들의 있는 그대로의 모습으로 사랑하게……. 그리고enfin…… 신실한 마음으로 신에게 감사하세enfin rendons grâce……. 그리고 나는 자네를 축복하겠네!et je te bénis!」

이야기를 다 끝내기 전에 그는 숙이고 있는 내 머리 위에서 갑자기 흐느껴 울기 시작했다. 나 역시도 거의 울음을 터뜨릴 뻔했다는 것을 고백한다. 나는 가슴에서 우러나는 진심 어린 마음으로 이 기묘한 노인을 끌어안았다. 그리고 우리 두 사람은 서로 꼭 부둥켜안았다.

3

세료쟈 공작(세르게이 뻬뜨로비치 공작을 애칭으로 부르는 말인데, 이제부터 나는 그를 이렇게 부르기로 한다)은 아름답게 치장한 사륜 마차에 나를 태워 자기 집으로 데려갔다. 그의 저택은 아주 화려한 외양을 하고 있었다. 다른 저택들보다 유난히 화려한 것은 아니었지만, 그 집은 〈최상류 계층〉의 저택답게 천장이 아주 높고, 환하고 넓은 여러 개의 방을 가지고 있었다(내가 본 것은 두 군데뿐이고, 나머지 방들은 닫혀 있었지만). 그리고 아주 많은 가구들은 모두, 그것이 베르사유 식인지 르네상스 식인지는 알 수 없었지만, 안락해 보이고 느낌이 좋은 것들이었으며 외양이 호화로웠다. 집 안에는 융단과 나무 조각품, 그리고 조그마한 입상 등등 없는 것이 없었다. 그런데도 사람들은 모두 그들을 보고 거지나 다름없는 신세가 되었다고 말한다. 누군가에게 들은 바에 의하면, 공작은 자기가 가는 곳마다, 이를테면 이곳이나 모스끄바에서나, 그리고 이전에 근무한 연대에서나 파리에서나, 어디에 있든 여러 가지 사건을 저질렀으며, 또한 도박을 아주 좋아하고 많은 빚까지 있다는 소문이었다. 지난밤에 옷을 벗지 않고 그대로 잔 탓에 내가 입고 있던 프록코트는 많이 구겨지고 새털이 밖으로 나와 있었으며, 셔츠는 벌써 나흘째 갈아입지 못한 상태였다. 물론 내 프록코트는 아직 그렇게 많이 헐지는 않았다. 하지만 언젠가 베르실로프가 내게 옷을 한 벌 맞춰 주겠다던 말이 불현듯 머릿속에서 떠올랐다.

「어젯밤에 어떤 아가씨가 자살을 했는데, 저는 그 일을 마무리하다가 그대로 옷을 입은 채 잠이 들었습니다.」 내가 약간 어색한 표정을 지으며 얘기를 꺼내자, 그가 곧 흥미로운 관심을 나타내어 그 사건의 경위를 설명했다. 그러나 그의 기색을 살펴보니, 그는 그가 말한 편지에 더욱 마음이 가 있는 것 같았다. 노공작의 집에서 내가 그에게 결투를 신청할 생각이라고 그에게 말했을 때 내가 의아하게 생각한 것은 그가 미소조차 보이지 않았으며, 일절 아무런 반응도 하지 않은 일이었다. 물론 내 말이 그를 긴장하게 하여 그가 미소짓지 못하도록 한 것이기는 했지만, 그와 같은 계층의 사람이 그러한 행동을 한 것은 이상한 일이었다. 우리는 방 한가운데에 있는 사무용 책상을 사이에 두고 서로 마주 앉았다. 그는 깨끗이 정서하여 언제든지 부칠 수 있게 되어 있는 베르실로프에게 보낼 편지를 내게 보여 주었다. 그 편지의 내용은 아까 노공작의 집에서 이야기한 것과 아주 유사하였으며, 진지하게 쓴 흔적이 배어 있었다. 나는 그의 분명하고 숨김 없는 태도와, 모든 상황을 긍정적으로 받아들이려는 그의 자세를 과연 어떻게 해석해야 좋을지 판단이 잘 서지 않았지만, 그의 말에 대한 신뢰감이 생겨 차차 내 주장을 누그러뜨리기로 하였다. 그가 어떤 특성을 가진 사람이든, 그리고 사람들이 그에 대해서 뭐라고 말하든, 내 판단으로는 그는 여러 가지 좋은 품성을 가진 사람 같았다. 그리고 나는 베르실로프가 마지막으로 보냈다는, 일곱 줄로 되어 있는 결투 신청을 취소하는 내용의 편지도 보았다. 그 편지 속에서 그는 자신의 〈좁은 도랑〉과 〈이기주의〉에 대해 말하고 있었지만, 그 편지의 전체 어조 속에는 상대방을 낮추어 보는 듯한 오만함이 두드러지게 엿보였……. 보다 정확히 말한다면 자신이 상대방을 전혀 고려하지 않고 있다는 일방적인 무시와 같은 기운이 담겨 있었다. 하지만 나는 나의 느낌에 대해 말하지 않았다.

「당신은 그가 제안한 이 취소 요청에 대해서 어떻게 생각하십니까?」 나는 물었다. 「설마 그가 겁을 내서 그랬다고 생각하는 것은 아니겠지요?」

「물론 그렇지 않습니다.」 공작은 미소를 지어 보였지만, 그 미소 속에는 뭔가 심각하고 진지한 기색이 담겨 있었다. 그러더니 그는 점점 침착성을 잃으며 말했다. 「저는 그분이 기품 있는 사람이라는 것을 잘 알고 있습니다. 물론 거기에는 그분 나름의 독특한 관점이 있지만요……. 그분 자신의 독특한 사고 방식 말입니다…….」

「맞습니다.」 나도 흥분하여 그의 말을 가로막았다. 「바신이라는 친구는 이런 편지를 보내고 유산 상속을 거부하는 그의 행동에는 뭔가 〈체면치레〉와 같은 부자연스러운 점이 있다고 말했습니다……. 하지만 제 생각은 다릅니다. 이와 같은 일은 남에게 보이려고 하는 것과는 성격이 다릅니다. 내면에 뭔가 그럴 만한 근거를 가지고 하는 행동입니다.」

「바신이라면 저도 잘 압니다.」 공작은 말했다.

「그래요, 당신은 루가에서 그를 만나셨겠군요.」

그러면서 우리는 말을 멈추고 한동안 서로의 얼굴을 바라보았다. 그때 내 얼굴이 붉어졌던 것을 나는 기억하고 있다. 그는 내가 하던 이야기를 중단시켰지만, 나는 이야기를 계속 이어 나가고 싶었다. 나는 어제 만났던 어떤 사람의 일을 기억하고 그것에 대해 그에게 몇 가지 질문을 하고 싶었지만, 어떻게 그 얘기를 꺼내야 할지 몰랐다. 이유는 모르겠지만 나는 마음을 안정시킬 수 없었다. 또한 그의 놀랄 만큼 예의 바르고 정중한 태도와 자연스러운 처신에 강렬한 인상을 받았다. 한마디로 말해, 그러한 태도는 요람에 있을 때부터 그들이 본받아야 했던 흠잡을 데 없는 귀족들의 기품 있는 행동에서 비롯된 것이라고 할 수 있다. 그의 편지에서 나는 아주 기본적인 문법이 틀린 곳을 두 군데나 발견했다. 나는 이런 종류의 만남을 가질 때, 절대로 나 자신을 낮추려고 하지 않는다. 아니 오히려 일부러 더 날카로운 태도를 취하려고 한다. 물론 때로는 그런 태도가 아주 어리석어 보일지도 도르지만. 그러나 지금은 옷에 새털이 잔뜩 묻어 있다는 생각이 나를 다소 위축시켰고, 또한 언짢은 생각까지 들게 되어 나는 다소 비위가 상하기 시작하였다⋯⋯. 가만히 쳐다보니 공작은 이따금 뚫어져라 내 얼굴을 응시하곤 했다.

「그런데 말입니다, 공작님.」 갑자기 내 입에서 질문이 튀어나왔다. 「제가 아직 〈풋내기〉인 주제에, 다른 사람이 받은 모욕을 이유로 당신에게 결투 신청을 하려고 한 일에 대해 당신은 속으로 우습게 생각하지 않습니까?」

「자신의 아버지가 받은 모욕에 대해 그렇게 행동하는 것은 당연하겠지요. 나는 조금도 우습다는 느낌을 받지 않았습니다.」

「그러나 저는⋯⋯ 다른 사람의 관점에서 본다면⋯⋯ 아주 우스운 노릇임에 틀림없을 것이라고 생각합니다⋯⋯. 물론 제 관점에서는 그렇지 않습니다만. 게다가 저는 베르실로프가 아니라 돌고루끼니까 말입니다. 이런 경우 만일에 당신이 거짓말을 하시거나, 혹은 그 상류 사회 특유의 세련된 말솜씨로 적당히 얼버무려 버린다면, 그것은 바로 다른 모든 점에서도 저를 속이는 것과 마찬가지입니다.」

「아닙니다. 저는 우습다고 생각하지 않습니다.」 그는 아주 심각한 표정을 지으며 진지한 어조로 되풀이했다. 「당신은 자신의 몸 속에 아버지의 피가 흐르고 있다는 사실을 느끼지 않습니까……? 그리고 당신은 아직 젊습니다. 아마…… 잘 모르겠습니다만…… 성년에 도달하지 못한 사람들은 결투할 수 없다든가, 또 그 도전에 응하는 것은 금지한다든가 하는…… 그런 규칙이 있는 것 같습니다……. 그러나 이 경우에는 한 가지 강력한 반대 이유가 있을 것입니다. 즉, 그분이 받은 모욕에 대해서 본인에게 알리지도 않고 당신이 결투를 신청한다면, 그것은 바로 신청자 자신이 모욕의 당사자를 존경하지 않는다는 것을 여실히 증명하는 것입니다. 그렇지 않습니까?」

한참 서로의 말에 열중하고 있는데 하인이 들어와 그에게 무엇인가를 말하려고 하였다. 하인을 보자 공작은 그를 기다리고 있었다는 듯이 하던 말도 마무리짓지 않고 자리에서 일어나 그에게로 걸어갔다. 하인이 그에게 낮은 목소리로 말했기 때문에 나는 무슨 내용인지 알 수 없었다.

「죄송합니다.」 공작은 나를 뒤돌아보며 말했다. 「1분 안에 돌아오겠습니다.」

그러고는 밖으로 나갔다. 나는 혼자 남았다. 그래서 방 안을 거닐면서 생각했다. 이상하게도 그는 내 마음에 들었다가 안 들었다가 하였다. 그 이유가 무엇인지 나 자신도 분명히 말할 수는 없었지만, 어쨌든 뭔가 맘이 편치 않은 그 무엇이 있었다. 〈만약 그가 나를 조금도 비웃지 않은 것이 사실이라면 그는 아주 솔직한 사람임에 틀림이 없고, 속으로 나를 비웃었다면……. 어쩌면 내 눈에는 그가 더욱 영리한 사람으로 보였을지도 모른다…….〉 딱히 그 이유가 무엇인지 모르겠지만, 그런 이상한 생각이 내게 들었다. 나는 책상으로 다가가서 그가 베르실로프에게 쓴 편지를 다시 읽었다. 그 글에 생각을 빼앗겨 시간이 얼마나 흘렀는지 모르다가 문득 정신을 차리고 보니, 공작이 나간 지 벌써 15분이나 지났다는 것을 알아차렸다. 이 사실이 나를 약간 흥분시켰다. 나는 다시 한번 방 안을 왔다갔다했다. 그러다가 더 이상 참지 못하고 모자를 집어 들고 나가기로 결심했다. 누구라도 만나면 공작을 불러 달라고 말하고, 그가 온다면, 다른 일 때문에 더 이상 머무를 수 없다고 말하고 나오려 했던 것을 나는 기억하고 있다. 그것이 가장 예의에 맞는 것처럼 생각되었다. 왜냐하면 그가 이처럼 오랫동안 나를 혼자 내버려둔 것은 나를 소홀히 대접하기 때문이라는 생각이 내 마음을 언짢게 했기 때문이다.

그 방으로 통하는 닫혀 있는 두 개의 문은 모두 한쪽 벽 양쪽 끝에 있었다. 우리가 어느 쪽 문으로 들어왔는지 잘 기억도 나지 않고 다소 얼떨떨한 상태였기 때문에 나는 아무런 생각 없이 그중의 한쪽 문을 열었다. 그랬더니 좁고 기다란 방의 소파에 내 여동생 리자가 앉아 있는 모습이 보였다. 그녀 이외에는 아무도 없었다. 그녀 역시 누군가를 기다리고 있는 것 같았다. 그러나 내가 깜짝 놀랄 틈도 없이 누군가와 큰소리로 이야기를 나누며 서재로 돌아오는 공작의 목소리가 밖에서 들려왔다. 나는 서둘러 문을 닫았다. 그래서 다른 문으로 들어온 공작은 내가 한 일에 대해 아무런 눈치도 챌 수 없었다. 그가 돌아와 바로 사과하던 것을 지금도 기억하고 있다. 그리고 나서 그는 안나 표도로브나인가 하는 여자에 대한 이야기를 시작했다……. 그러나 나는 예상치 못했던 상황을 보고 몹시 놀라고 당황해 있었기 때문에 그가 무슨 이야기를 하는지 거의 아무것도 알아들을 수가 없었다. 그래서 이제 그만 집으로 돌아가야겠다고 말하고 그의 손을 뿌리치면서 그 방을 나왔다. 예의 바른 공작의 입장에서는 내 행동을 이상한 눈으로 보지 않을 수 없었을 것이다. 그가 무슨 이야기인가를 계속 말하며 나를 현관까지 배웅했지만, 나는 아무런 대답도 하지 않았고, 그를 뒤돌아보지도 않았다.

4

 밖으로 나와 큰길에 닿았을 때, 나는 왼쪽으로 방향을 틀어서 발길이 닿는 대로 걷기 시작했다. 머릿속에서 아무런 생각도 잘 정돈되지 않았다. 나는 천천히 걷고 있었다. 그리고 꽤 오랫동안, 약 5백 보쯤 걸었을까 생각되었을 때, 갑자기 누군가가 내 어깨를 가볍게 두드리는 것을 느꼈다. 뒤돌아보니 리자였다. 그녀는 내 뒤를 따라와 양산으로 나를 가볍게 건드렸다. 그녀의 반짝이는 시선에서 정겹고 반가운 기색이 엿보였다.
 「오빠가 이쪽 방향으로 와서 저는 정말 기뻐요. 그렇지 않았더라면 오늘은 만날 수 없었을 테니 말이에요!」 그녀는 너무나 빨리 걸었기 때문에 약간 숨을 헐떡거리고 있었다.
 「숨이 가쁜 모양이구나.」
 「오빠를 따라잡으려고 계속해서 뛰었어요.」
 「리자, 내가 조금 전에 본 게 너였지?」
 「어디서요?」
 「공작의 집에서…… 소꿉스끼 공작의 집에서 말이야…….」
 「아니, 제가 아니에요, 아니에요, 오빠가 만난 것은 제가 아니에요…….」
 나는 입을 다물고 아무 말도 하지 않았다. 그렇게 우리가 열 걸음쯤 걸었을 때, 리자가 갑자기 큰소리로 웃기 시작했다.
 「오빠 그것은 저였어요. 물론 저예요. 오빠가 직접 저를 보고 뚫어지게 응시했고, 저도 오빠를 분명히 보았는데, 왜 오빠가 본 것이 나냐고 새삼스럽게 묻지요? 이상하군요! 그런데 있잖아요, 오빠가 제 얼굴을 쳐다볼 때 오빠가 아주 우스꽝스러운 표정을 지었기 때문에 저는 웃음이 나와서 혼났어요.」
 그녀는 매우 깔깔거리며 웃었다. 나는 모든 슬픔이 내 마음속을 떠난 것처럼 느꼈다.

「거긴 왜 갔었는데, 응?」
「안나 표도로브나에게 갔었어요.」
「안나 표도로브나라니?」
「스똘베예바 부인 말이에요. 우리가 루가에서 살았을 때, 저는 매일 그분의 집에 가 있었지요. 그분은 엄마도 초대하셨고, 또 우리집으로 오신 일도 있었어요. 그곳에서 그분은 어느 집에도 가신 일이 거의 없었어요. 그분은 안드레이 뻬뜨로비치와는 먼 친척이고, 또한 소꼴스끼 공작댁과도 친척 관계가 돼요. 공작에게는 할머니뻘이 된다고 그래요.」
「그 사람이 지금 공작의 집에서 살고 있는 거니?」
「아니에요, 공작이 그분의 집에 살고 있는 거예요.」
「그러면 그것은 대체 누구의 집이지?」
「그분의 집이에요. 그 집은 벌써 1년 전부터 그분의 집이에요. 공작이 이리로 오게 되자 그분이 자기 집에 머물게 한 거예요. 그리고 그분도 나흘 전에 뻬쩨르부르그로 왔어요.」
「그렇지만…… 이것 봐, 리자, 그 사람의 집과 네가 무슨 상관이 있니. 그리고 공작과도 말이야…….」
「그분은 훌륭한 분이에요…….」
「그렇겠지, 그런 사람들은 손에 책이나 잡고 살면 될 거야. 우리도 그런 입장에 있다면 훌륭한 사람이 될 게다! 그건 그렇고 오늘 날씨가 얼마나 좋으냐? 정말 좋은 날이지. 오늘은 또 네가 참 예뻐 보이는구나, 리자. 어려 보이기도 하고.」
「아르까지, 그런데 어제 왔던 그 아가씨는 어떻게 됐어요?」
「참 불쌍하게 됐어, 리자. 아아, 정말 안됐어!」
「정말 불쌍해요! 무슨 운명이 그래요! 그녀의 영혼은 지금 어딘가 어둠 속을, 끝없는 어둠 속을, 죄지은 사람으로서 원한을 품고 떠돌고 있을 텐데, 우리는 이렇게 즐거운 맘으로 걷고 있다는 것이 죄스러워요……. 아르까지, 그녀의 자살은 도대체 누구의 잘못일까요? 참으로 무서운 일이에요! 오빠는 이 어둠에 대해서 생각해 본 적이 있어요? 저는 죽는 게 두려워요. 얼마나 죄스러운 일이에요! 저는 어둠이 싫어요, 밝은 태양과는 너무도 다르니까요! 엄마는 뭔가를 두려워하는 것은 죄짓는 일이라고 하시지만……. 아르까지, 오빠는 엄마에 대해서 잘 알아요?」

「아직 잘 몰라, 리자. 잘 몰라.」

「엄마는 정말 훌륭한 분이에요. 오빠는 반드시, 반드시 엄마에 대해서 잘 아셔야 해요! 특별히 잘 이해할 필요가…….」

「맞다. 나는 너에 대해서도 아무것도 몰랐지. 그러나 이제는 모든 것을 잘 알게 되었어. 단 1분 동안에 모든 것을 알았어. 너는 말이야 리자, 죽음이 두렵다고 말하지만 실제로는 자존심이 강하고 대담하고 용기 있는 아가씨임에 틀림없어. 나 같은 사람과는 비교할 수 없을 정도로 훌륭해 보인다! 나는 네가 아주 좋아, 리자, 리자! 적당한 때가 오면, 죽음 같은 게 와도 별로 두려움을 느끼지 않게 되는 거야. 그러니 사는 동안은 열심히 살아야 해! 그 불행한 아가씨는 불쌍하지만, 아무튼 삶을 열심히 살아야 하지 않겠니, 그렇지? 그렇지? 내게는 내 〈이념〉이 있어, 리자. 그런데, 리자, 너는 베르실로프가 유산 상속을 거절한 것을 알고 있니?」

「어떻게 모를 수 있겠어요! 벌써 엄마와 입을 맞추기까지 했는 걸요.」

「그러나 너는 내 마음을 모르겠지, 리자. 너는 모를 거야, 그분이 내게 얼마나 소중한지를…….」

「모르다뇨, 다 알고 있어요.」

「다 알고 있어? 그래 너는 바신보다는 머리가 좋으니 그럴 테지. 너나 어머니나 두 사람 모두 사람의 마음을 꿰뚫는 따뜻한 눈을 가졌으니 말이야. 아니, 눈이 아니지, 관점이야. 글쎄…… 나는 여러 가지 면에서 아주 어리석은 사람이야, 리자.」

「오빠 같은 사람은 두 팔로 꼭 끌어안아 줘야 해요. 그러면 아무 문제 없을 거예요!」

「그렇게 해주렴, 리자. 오늘 너를 이렇게 바라보고 있으니 얼마나 좋은지 모르겠구나. 그런데 너는 네가 얼마나 매력적인 사람인 줄 알고 있니? 나는 한 번도 네 눈을 들여다본 적이 없어……. 그런데 지금 처음으로 네 눈을 들여다보았다……. 오늘 너는 그것을 어디서 찾아왔니, 리자? 어디서 샀니? 얼마나 주었니? 리자…… 나는 친구가 없었다. 그래서 친구를 가진다는 생각은 쓸데없는 것이라고 생각했어. 그렇지만 네가 곁에 있다면 상황이 전혀 다를 것 같구나……. 내 친구가 되어 줄래? 내가 무슨 말을 하고 싶은 건지 너는 이해하겠지……?」

「잘 알겠어요.」

「아무런 조건 없이 그냥 서로의 친구가 되는 거다!」

「그래요, 좋아요, 그렇게 해요. 하지만 한 가지 조건이 있어요. 만일 우리가 언젠가 서로를 비난하게 될 때, 서로에게 불만을 품게 되었을 때, 서로를 증오하거나 미워하게 될 때, 아니면 이 모든 것에 대해서 잊어버리게 될 때라도, 오늘 지금 이 순간의 느낌만은 영원히 잊지 말자는 게 제 조건이에요. 우리가 서로 손을 마주 잡고 밝게 웃으며 행복해 했던 오늘을 언제나 마음속에 간직하자고 약속해요……. 그렇게 할 수 있지요, 그렇게 할 거지요?」

「좋아, 리자. 그렇게 하자. 그런데 나는 네가 하는 말을 처음 듣는 듯한 기분이구나……. 리자, 너는 책을 많이 읽었니?」

「내게 한 번도 묻지 않더니! 어제 저녁에 내가 말을 꺼냈을 때 처음으로 내게 관심을 가져 주었어요, 이 고지식한 양반!」

「내가 그렇게 어리석게 굴었다면 왜 네가 먼저 내게 말을 걸지 않았니?」

「저는 오빠가 좀 더 영리해지기를 계속해서 기다리고 있었어요. 저는 처음부터 오빠를 관찰하고 있었어요, 아르까지 마까로비치. 그렇게 관찰을 하면서 저는 이런 생각을 가졌어요. 〈자기가 먼저 다가올 거야, 이 사람은 아마 틀림없이 먼저 다가오게 될 거야〉라고요. 하지만 우리 사이의 대화를 이끌어 나갈 영예는 오빠한테 양보하려고 마음먹고 있었어요. 〈아니에요, 사실을 말하자면, 자, 제 뒤를 따라오세요!〉 하는 속셈을 가지고 있었어요.」

「너 아주 영악하구나! 좋아, 리자. 그러면 바른 대로 말해. 너는 이 한 달 동안 속으로 나를 비웃고 있었지, 안 그래?」

「오빠는 참 우스워요, 지독히 우스운 사람이에요, 아르까지! 하긴 제가 이 한 달 동안 오빠를 좋아한 것도, 어쩌면 무엇보다도 오빠가 그런 특이한 구석이 있기 때문인지도 몰라요. 하지만 오빠가 오만해지지 않도록 해두는 말인데요, 오빠는 여러 가지 점에서 좀 이상한 사람이에요. 그리고 또 한 사람, 오빠에 대해서 이상하게 생각하는 사람이 있었는데 누군지 알아요? 바로 엄마가 그랬어요, 저와 함께요. 엄마는 〈참 독특한 사람이야, 무슨 사람이 저렇게 괴짜 같을까!〉 하고 소곤거렸어요. 그런 줄도 모르고 오빠는 우리가 오빠에게 두려움 같은 것을 가지고 있다고 혼자서 생각한 것 같아요.」

「리자, 너는 베르실로프에 대해서 어떻게 생각하니?」

「그분에 대해서는 생각해야 할 일이 많아요. 그분에 대해서는 오늘은 말하지 말아요, 오늘만은 그분에 대해 말하지 말아요. 괜찮지요?」

「그래 좋아, 그렇게 하자! 리자, 너는 머리가 좋은 것 같구나! 틀림없이 나보다 머리가 좋을 거야. 좀 기다려 봐라, 리자. 이 모든 일을 끝내고 나면, 네게 무언가 얘기해 줄 것이 있을 거야……」

「왜 그렇게 얼굴을 찡그려요?」

「아냐, 얼굴을 찡그린 게 아니야, 리자…… 리자, 솔직하게 말하는 편이 낫겠다. 나는 묘한 특성을 가지고 있는데, 내 마음속에 생기는 미묘한 감정을 다른 사람들이 함부로 흔드는 것이 싫다……. 아니, 반대로 내가 지니고 있는 어떤 감정을 노출시켜서 다른 사람들의 흥미거리가 되는 것이 아주 싫을 때가 자주 있어. 그것은 아주 수치스러운 일이잖니? 그래서 나는 때로 얼굴을 찡그리고 입을 다물고 있는 게 더 낫다고 생각할 때가 있어. 너는 머리가 좋으니까 이해해 줘야 돼.」

「그것은 신경 쓸 것 없어요, 사실은 저도 그래요. 이제 오빠에 대해서는 모든 것을 알았어요. 그리고 엄마도 역시 그렇다는 것을 오빠는 알겠어요?」

「아, 리자! 이 세상에서 좀 더 오래 살 수 있다면! 뭐라고? 지금 무슨 말을 했니?」

「아니, 아무 말도 안 했어요.」

「내 얼굴을 보고 있니?」

「그래요, 오빠도 날 보고 있잖아요. 저는 오빠의 얼굴을 쳐다보고 있어요. 그리고 오빠를 사랑해요.」

동생을 집 바로 근처까지 데려다 주고, 나는 그녀에게 내 주소를 가르쳐 주었다. 그러고 나서 헤어질 때 나는 태어나서 처음으로 동생에게 입을 맞추었다……

5

이런 모든 일들은 모두 좋은 일임에 틀림없지만, 단 하나 좋지 않은 일이 있었다. 그날 밤부터 어떤 생각이 내 머릿속에 떠오르더니 좀처럼 사라지지 않았다. 그것은 바로 이런 내용이었다. 즉 어제 저녁에 우리집 대문 앞에서 그 불행한 아가씨를 만났을 때 내가 그녀에게 나 자신도 이 집에서, 이 둥지, 악의 둥지를 떠나서, 내 자신의 둥지를 만들 생각이라는 것과 베르실로프에게는 많은 사생아들이 있다는 등의 얘기를 한 사실이었다. 자기 아버지에 대해서 아들이 하는 그런 말을 듣고 그녀는 자신이 품었던 의심을, 그리고 자신이 모욕을 당한 것이라는 의구심을 더욱 확신할 수 있었을 것이다. 그 사건의 원인 제공자로 나는 스쩨벨꼬프를 지목했지만, 어쩌면 불에다 기름을 부은 것은 누구보다도 바로 나일지도 모른다. 그것은 무서운 생각이었다. 지금도 소름이 끼칠 정도다……. 그러나 그때, 바로 그날 아침에 그런 생각으로 나는 괴로움을 느끼기 시작했지만, 별 부질 없는 생각처럼 여겨졌다. 〈내가 아니었더라도 그것은 이미 《탈 대로 다 타고, 끓을 대로 다 끓어》 있었어〉라고, 나는 이따금 그 일이 생각날 때마다 되풀이했다. 〈괜찮아. 괜찮아질 거야! 차차 모든 게 좋아질 거야! 어떻게 해서든 꼭 좋은 일을 해서…… 이 일을 틀림없이 만회해야지……. 내게는 앞으로도 50년이나 되는 미래가 남아 있어!〉

하지만 그 생각은 여전히 내 마음을 뒤흔들어 놓고 있었다.

2
제2부

제1장

1

 나는 거의 두 달을 건너뛴 시점부터 이야기를 기록하고자 한다. 하지만 독자들은 전혀 걱정할 필요가 없다. 앞으로 기술하는 것에 의해 저간의 사정이 분명하게 드러날 것이기 때문이다. 11월 15일이라는 날짜를 여기에 똑똑히 적어 둔다. 이날은 여러 가지 이유로 내가 영원히 기억해야 할 날이다. 그리고 무엇보다도 두 달 전에 나를 본 그 누구도 이제 나를 알아볼 사람은 아무도 없을 것이다. 혹시 외모는 알아볼 수 있을지 몰라도, 내면적인 것은 아무것도 알지 못할 것이다. 나는 지금 아주 멋진 옷을 입고 있다. 이게 바로 그 첫번째 이유이다. 언젠가 베르실로프가 내게 소개하려고 했던 그 〈고상한 취미를 가진 선량한 프랑스 인〉 재봉사는 이미 내게 옷 한 벌을 만들어 주었지만, 벌써 오래 전에 내게 외면을 당하였다. 지금은 더 고급스러운 일류 재단사들이 내 옷을 맞추어 주며, 나는 그들의 양복점과 외상 거래도 하고 있다. 나는 또한 유명 음식점에서도 외상이 통한다. 그러나 그런 곳에서는 돈이 얼마간 있으면 외상 거래를 하는 것은 점잖지 못한 일이라 여기고 항상 현금으로 지불하기 때문에, 그런 일을 하여 내 자신의 명예를 떨어뜨리지나 않을까 걱정스러울 정도이다. 네프스끼 대로에 있는 한 이발관의 프랑스 인 이발사는 그동안 나와 친해져서 내가 이발하러 가면 내게 재미있는 이야기를 들려준다.

나는 실제적인 상황을 통해 프랑스 어를 연습할 의도로 그와 대화를 하고 있다. 나는 제법 프랑스 어를 잘하지만, 상류 사회에서 쓰기에는 아직 불안하다. 또한 내 발음도 정통 파리지앵들의 그것과는 많은 차이가 있는 것 같다. 나는 또 멋진 마차와 좋은 말을 가진 마차꾼인 마뜨베이를 고용하고 있다. 내가 부르면 그는 언제라도 기꺼이 뛰어온다. 그가 끄는 말은 옅은 밤색의 수말이다(나는 회색 말은 좋아하지 않는다). 그렇지만 일이 꼬인 경우도 있었다. 벌써 11월 15일, 겨울이 시작된 지 벌써 사흘이 되었는데, 내가 입고 다니는 외투는 곰털 가죽으로 된 것이지만, 베르실로프가 물려준 것이어서 이미 상당히 낡아 판다면 겨우 25루블 정도밖에 못 받을 정도였다. 새로 외투를 맞춰야 하지만 주머니 사정이 안 되었다. 그리고 무엇보다도 오늘 저녁에 쓸 돈을 꼭 마련해야 한다. 무슨 일이 있더라도 그것은 내게 꼭 필요한 돈이며, 만약에 그것을 준비하지 못하면 나는 〈아주 불행한, 거의 죽은 목숨과 마찬가지〉 상황이 되어 버린다. 이 말은 그 당시 내 진심에서 우러난 것이었다. 아, 이 얼마나 저속한 말인가! 그런데 도대체 이 수천 루블의 돈과 훌륭한 말, 그리고 보렐리[46]가 갑자기 어디서 생긴 것일까? 어떻게 그 모든 것을 갑자기 잊고 이렇게 바뀌어 버렸을까? 수치스러운 일이다! 독자들이여, 나는 이제부터 내 수치와 치욕의 역사에 관해 말하겠다. 내 삶에서 그 어떤 일도 이 기억보다 더 수치스러운 것은 없었다!

마치 엄정한 재판관처럼 말하고 있지만, 나는 내 자신이 또 한편으로는 죄인이라는 점을 잘 알고 있다. 그때 내가 휘말려 들어갔던 그 회오리 같은 상황 속에서 나는 완전히 혼자였고, 나를 이끌어 줄 사람이나 충고해 줄 사람도 없었지만, 이미 그때 나는 분명히 내 자신이 타락해 가고 있다는 것을 의식하고 있었다. 그렇

---

46 그 당시 뻬쩨르부르그에서 가장 화려하고 값비싼 레스토랑의 이름.

기 때문에 나는 용서받을 수 없는 것이다. 그럼에도 불구하고 지난 두 달 동안 나는 항상 거의 행복감을 느꼈다. 왜 거의라고 말하는가? 나는 지나칠 정도로 행복에 겨워했다! 그렇지만 항상 한순간에 내 머리에 나타나서(그것은 아주 자주 나타났다!) 내 영혼을 완전히 뒤흔들어 놓고야 마는 그 치욕의 의식, 바로 그 의식이(과연 사람들이 이 말을 믿을까?) 나를 더욱더 미혹시켰다. 〈타락하면 타락하는 거지 뭐. 나는 완전히 타락하지는 않을 거야, 꼭 빠져나가고 말 것이다! 내게는 행운이 깃들어 있어!〉 나는 나뭇조각으로 만든 난간도 없는 아주 좁은 다리 위를 걸어 파멸의 심연을 건너려 하고 있었으며, 그렇게 걸어가는 내 모습이 아주 유쾌하기까지 하였다. 나는 그 파멸의 심연을 한번 자세히 들여다보려고 하였다. 그것은 위험하기도 했지만, 한편으로는 즐겁게 느껴지기도 하였다. 그러면 내 〈이념〉은 어떻게 되었는가? 〈이념〉은 나중의 일이다. 이념은 항상 나를 기다리고 있었다. 이러한 모든 일은 〈단지 약간 정상 궤도를 벗어난 것에 불과하다〉, 〈왜 자신을 즐기면 안 된단 말인가?〉 바로 이 점에 내 이념의 오류가 있다. 다시 한번 말하지만, 그것은 모든 일탈 행동을 그대로 허용하고 만다. 만약 내 이념이 아주 견고하고 극단적인 것이 아니었다면, 아마도 나는 일탈 행동을 하기를 조금은 두려워했을 것이다.

그때 나는 계속해서 그 방을 빌려 놓고 있었지만, 거기서 살지는 않았다. 거기에는 내 트렁크와 가방, 그리고 몇 가지 물건들을 놔두고 있을 뿐, 나는 주로 세르게이 소꼴스끼 공작의 집에서 생활하였다. 나는 그의 집에서 지냈고 잠을 잤다. 그렇게 몇 주간을 보냈다……. 어떻게 그렇게 되었는지 설명하겠지만, 우선 그 셋방에 대해서 말하고자 한다. 그것은 이미 내게 아주 소중한 의미를 가지게 되었다. 지난번 서로 논쟁을 벌인 후에 베르실로프가 처음으로 직접 나를 찾아온 곳이며, 또 그 후에도 여러 번 다녀간 곳이기 때문이다. 되풀이하여 말하지만, 그것은 무서운 치욕

시간이었던 동시에 다른 한편으로는 아주 행복한 시간이기도 했다……. 그때는 모든 일이 아주 순조로웠고 또한 행복에 둘러싸여 있었다! 편안한 기분에 젖어들 때면 〈그런데 이전에는 왜 그렇게 우울에 빠져 있었을까?〉 하고 나는 혼자 자문하곤 했다. 〈이전의 그 병적인 흥분과 고독하고 음울했던 유년 시대, 그리고 담요를 뒤집어쓴 채 끝없이 빠져 들던 그 어리석은 망상들, 헛된 맹세들, 꼼꼼한 계산, 그리고 또 그 이념까지도? 나는 끊임없이 그런 것을 상상하고 궁리하곤 했지만 실제로 현실에 부딪혔을 때는 모든 것이 전혀 다르지 않던가. 하지만 나는 이렇게 행복하고 편안한 기분으로 살고 있다. 내게는 베르실로프라는 아버지도 있고, 세료쟈 공작이라는 친구도 있다. 그리고 그 밖에도…….〉 그러나 그 밖에 또 무엇이 있는지에 관한 얘기는 남겨 두기로 하자. 아, 처음에는 모든 것이 사랑과 관용, 그리고 명예라는 명목하에 이루어졌지만, 나중에는 그 모든 것이 야비하고 파렴치하고 불명예스러운 것이 되고 말았다.

하지만 이 정도로 충분하다.

2

처음으로 그가 나를 찾아온 것은 우리가 싸우고 헤어진 지 사흘째 되던 날이었다. 내가 집에 없자 그는 나를 기다리고 있었다. 자그마한 내 방에 들어갔을 때, 비록 사흘 동안 그를 기다렸지만 막상 그를 그렇게 보게 되자 눈앞이 캄캄해지고 가슴이 두근거려서 나는 문에서 걸음을 멈추어야 했다. 다행히 그는 집주인과 함께 앉아 있었다. 주인은 손님이 기다리며 지루하지 않도록 하기 위해 서로 인사를 나눈 뒤에 곧 무엇에 관해선지 열띤 태도로 토론을 하기 시작하였다. 이미 40대에 접어든 그는 9등 문관이었으며, 폐병을 앓고 있는 아내와 병든 아이라는 무서운 짐을 짊어지고 사는 아주 가난하고 얼굴에 곰보 자국이 있는 사람이었다. 하지만 다정다감한 성격에 이야기 나누기를 좋아하였으며, 그런 한편 상당히 예민한 구석도 있었다. 나는 그가 같이 앉아 있는 것이 편안했다. 그가 나를 어려운 상황에서 구해 주었다고도 할 수 있었다. 혼자 있었다면 도대체 베르실로프에게 무슨 말을 할 수 있었을까? 그 사흘 동안 나는 베르실로프가 먼저 찾아오리라는 것을 알고 있었다. 나는 그를 너무나 잘 알고 있었으며, 또한 그것이 내가 진정으로 소망하는 바이기도 했다. 왜냐하면 어떤 일이 있어도 내가 먼저 그를 찾아갈 리는 없었기 때문이다. 막무가내로 고집을 부리는 것이 아니라, 그에 대해 가지고 있는 내 사랑에서, 적절하게 표현할 수는 없지만, 사랑에서 비롯된 어떤 질투의 감정 같은 것에 의해서 그런 것이었다. 그에 대한 내 표현에서 독자들은 미사여구를 볼 수 없을 것이다. 아무튼 그 사흘 동안 줄곧 그를 기다렸고 그가 내 방으로 들어오는 장면까지도 계속해서 마음속에 그려 왔지만, 막상 그런 상황이 벌어지자 나는 갑자기 어떤 이야기를 해야 할지 아무리 생각해도 딱히 적당한 말이 떠오르지 않았다.

「이제 오니?」 그는 자리에서 일어나지도 않은 채, 내게 손을 내밀며 다정하게 말을 건넸다. 「이리 와서 앉거라. 지금 뽀뜨르 이뽈리또비치로부터 아주 재미있는 이야기를 듣고 있다. 빠블로프스끼[47] 병영 근처인가⋯⋯ 그 부근 어딘가에 있는 돌에 관한 이야기야⋯⋯.」

「네, 저도 그 돌에 대해 압니다.」 그들 옆에 있는 의자에 앉으며 내가 서둘러 대답했다. 그들은 탁자 옆에 앉아 있었다. 방은 사방 2미터 정도의 넓이로 정사각형이었다. 나는 깊은 숨을 쉬었.

---

47 건축가인 V. P. 스따소프의 설계로 지어진 빠블로프스끼 근위 연대의 병영.

베르실로프의 눈에서는 무언가 만족스러운 빛이 반짝거렸다. 그는 아마도 내가 무언가 과장적인 행동을 하지나 않을까 걱정하다가, 이제 마음이 놓인 것 같았다.

「처음부터 다시 얘기를 시작하시지요, 뾰뜨르 이뽈리또비치.」 어느새 그들은 서로 이름과 부칭만으로 부르는 사이가 되어 있었다.

「돌아가신 황제[48]가 살아 있을 때 생긴 일이지요.」 그 이야기의 효과가 어떨지 몰라 걱정이 되는 듯 뾰뜨르 이뽈리또비치는 내 쪽을 바라보며 불안스럽고 신경이 쓰이는 듯한 표정을 지었다. 「그 돌에 대해서는 아마 당신도 알고 계실 겁니다. 통행에 방해가 되는 그 아무런 쓸모도 없는 돌이 무엇에 쓰이는 것인지, 무엇 때문에 있는지에 대해서는 말입니다. 황제께서 여러 번 그 부근에 오셨는데, 그때마다 그 돌이 그곳에 있었지요. 마침내 황제께서는 그것이 못마땅하게 느껴졌습니다. 사실 그 돌은 마치 산 같은 것인데, 그 산 같은 큰 돌이 큰길에 우뚝 솟아 있어 통행에 커다란 방해가 되고 있었으니 말입니다. 그리고 드디어 〈그 돌을 없애 버리라!〉는 분부를 내렸습니다. 아시겠어요, 바로 없애 버리라는 분부였어요. 이 〈없애 버리라〉는 말씀이 무슨 뜻인지 알겠지요? 그리고 돌아가신 폐하의 성격을 기억하지요? 그러자 이 돌을 어떻게 할 것인가를 놓고 모든 사람들이 전전긍긍하였습니다. 그래서 국민 회의가 열렸습니다. 그 회의를 주재한 사람이 누구였는지 이름은 기억하지 못합니다만, 어쨌든 그 당시 최고의 고관이었습니다. 그는 여러 사람의 의견을 듣기로 했습니다. 사람들 얘기로는 비용이 아무래도 1만 5천 루블은 들 것이고 그 이하로는 안 되며, 그것도 은화로 그만큼 필요하다는 것이었습니다(왜냐하면 돌아가신 황제의 시대에는, 지폐는 반드시 은화로 환산해야 했으니 말입니다).[49] 〈어떻게 1만 5천 루블이나 든단 말이야, 그

---

[48] 1855년에 죽은 황제 니꼴라이 1세를 말한다.

렇게 많이!〉 왜냐하면 우선 영국인이 레일을 깔면 그 돌을 레일 위에 올려놓고 증기 기관차로 끌어야 하는데, 그렇게 하자면 얼마나 많은 비용이 들겠습니까? 그 당시는 철로가 아직 없었고, 짜르스꼬예 셀로 철도[50]만이 운행되고 있었으니 말입니다……」

「그냥 잘게 부서뜨리면 되지요.」 나는 그렇게 말하며 얼굴을 약간 찡그렸다. 베르실로프 앞에서 이런 얘기를 듣고 있는 것이 좀 언짢았고 계면쩍은 기분도 들었기 때문이다. 그러나 정작 본인은 흥미를 가지고 그 얘기에 귀를 기울이고 있는 듯했다. 나는 그 역시 이 어색한 자리에 주인이 동석해 있는 것을 편안해 하고 있다는 것을 알았다. 그 역시 나와 둘만 있는 것을 어쩐지 어색하게 느끼는 듯했다. 지금도 기억하지만, 그러한 그의 태도를 보며 나는 어떤 감동 같은 것을 느꼈다.

「그렇습니다. 부수면 되지요. 그래서 그들은 결국 그렇게 하기로 결론을 내렸습니다. 그것을 생각해 낸 사람이 바로 저 몽페랑[51]이었습니다. 그 사람은 바로 그때 이사아끼예프 사원을 건축하고 있었지요. 그는 그 돌을 잘게 깨어 운반하면 된다고 말했습니다. 그렇습니다만, 그렇게 하려면 비용이 얼마나 들겠습니까?」

「하나도 안 들지 않겠어요. 그냥 돌을 깨서 운반하면 되니까요.」

「아닙니다. 그렇게 하려면 우선 기계를 설치해야 되지요. 증기를 사용하는 기계 말입니다. 그리고 또 어디로 가져가야 하지 않겠습니까? 그런 산 같은 것을 움직여야 하지 않겠어요? 그러니 사람들은 1만 루블은 들 거다, 그보다 싸게는 안 되며, 아무래도 1만이나 1만 2천 루블은 최소한 든다고 말했습니다.」

「뾰뜨로 이뽈리또비치, 그건 별로 쓸데없는 이야기입니다. 터

---

49 1839~1843년 러시아에서는 화폐 개혁이 실시되었고, 이 시기에 가치를 잃어버린 지폐는 유통이 정지되었다.
50 1838년에 황제의 궁궐 주변에 건설되었던 러시아 최초의 철도.
51 모스끄바에 많은 유명 건축물을 제작했던 19세기의 건축가.

무늬없는…….」 그러나 바로 그때, 베르실로프가 내게 슬며시 눈짓을 했다. 그 눈짓에서 집주인에 대해 섬세하게 배려해 주는 그의 마음과 주인의 당황스러워하는 기색까지도 이해해 주려는 여유를 느끼고 나는 마음이 아주 편안해져서 가만히 웃어 보였다.

「그래서, 그래서 말입니다.」 아무런 눈치도 알아채지 못한 주인은 자기 이야기를 계속 들어 주는 것이 좋아서 이야기를 이어 나갔다. 그는 흔히 이야기를 끌어 나가는 사람들이 그러하듯, 듣는 사람들이 여러 가지 어려운 질문을 해서 자기 이야기를 혼란스럽게 만들지나 않을까 하고 걱정하고 있었다. 「그때 마침 그곳에 상인이 한 사람 왔습니다. 그는 아직 젊은 나이였으며 전형적인 러시아 인이었지요. 그는 잘 기른 턱수염에 길다란 통바지를 입은 채 약간 술에 취한 듯한 모습…… 사실 그렇게 취하지는 않았지요. 그는 말없이 서서 영국인과 몽페랑 같은 사람들이 서로 의논하는 것을 듣고 있었는데, 그때 바로 그곳에 이 일을 총괄하는 사람이 마차를 타고 왔습니다. 사람들의 이야기를 들어 보니 논의만 무성할 뿐 도무지 결론이 나오지 않자, 마침내 그는 화를 내고 말았습니다. 그래서 무심코 한번 주위를 둘러보니까 먼 곳에 그 젊은 상인이 서서 뭔가 교활한 미소를 꾸며서 짓고 있지 않겠습니까. 아니 그것은 꾸며 낸 것이 아니라, 제가 잘못 말했습니다. 그 뭐라고 할까요…….」

「아마도 빈정거리는 듯한 것이었겠지요.」 조심스럽게 베르실로프가 말을 받았다.

「맞습니다. 빈정거리는 듯한 것이었지요. 그 왜, 선량한 러시아식 웃음 있잖습니까. 그러자 그 책임자는 화가 나 있는 상태에서 그를 보고, 〈어이, 거기 있는 턱수염 난 친구, 자네는 무엇을 보고 있나? 자넨 대체 누구지?〉 하고 소리를 질렀습니다. 〈네, 저는 그냥 이 돌을 쳐다보고 있습니다, 나리〉 하고 그가 대답하였습니다. 그 책임자는 아마 수보로프 공작이 아니었나 여겨집니다. 아니

수보로프가 아니라 이딸리스끼 공작이었던가, 그 장군의 후손이었던가…… 유감스럽게도 누구였는지 잊어버렸습니다.[52] 아무튼 그 책임자는 정부의 고관이었으며, 순수한 러시아 인이자 전형적인 러시아 인, 애국자, 진보적인 러시아의 영혼을 가진 사람이었습니다. 그래서 그는 한순간에 모든 것을 알아챘습니다. 〈그러면 자네는 그 돌을 옮길 묘안이라도 있단 말인가, 왜 그렇게 웃고 있는 거지?〉〈영국 사람들은 참 우스워요, 나리. 그리고 참 터무니없는 값을 부르고 있군요. 물론 러시아의 돈주머니는 두둑하지만 백성들의 집에는 먹을 것이 별로 없으니 말입니다. 나리, 1백 루블쯤 주신다면, 내일 저녁때까지는 그 돌을 치우겠습니다.〉 아무도 상상할 수 없던 제안이었지요. 그러자 영국인은 당장 잡아먹을 듯한 기세였고, 몽페랑은 기가 막힌 듯 웃고 있었지요. 그러나 전형적인 러시아의 영혼을 지닌 그 고관은 〈이 사람에게 1백 루블을 주어라! 그러면 자네 정말 이 돌을 말끔하게 치워 놓겠지?〉 하고 물었습니다. 〈내일 저녁때까지는 나리의 뜻대로 해드리겠습니다.〉〈도대체 어떻게 할 생각이지?〉〈죄송합니다만, 그것은 저의 비밀이라 말씀드릴 수가 없습니다〉 하고 그 상인은 러시아 식으로 묘하게 대답했습니다. 그러한 태도가 그 고관의 마음에 들었습니다. 〈좋다, 이 사람에게 모든 필요한 것을 주어라!〉라고 말해서 모든 일이 그대로 되었습니다. 그 사람이 도대체 그것을 어떻게 처리했을 것 같습니까?」

주인은 잠시 이야기를 멈추고 감동적인 눈으로 우리의 얼굴을 둘러보았다.

「글쎄요, 잘 모르겠군요.」 베르실로프가 웃으며 말했다. 나는 약간 얼굴을 찡그렸다.

[52] 아마도 수보로프 총사령관의 후손 A. A. 수보로프(1804~1882)를 지칭하는 말인 듯하다. 하지만 그가 뻬쩨르부르그 지사가 된 것은 1861년의 일이었기 때문에 여기에 언급된 일화와는 시기적으로 맞지 않는다.

「그 사람은 바로 이렇게 했습니다.」 주인은 마치 자신이 그것을 해치우기라도 한 것처럼 의기양양한 어조로 말했다. 「그는 어디서나 볼 수 있는 평범한 러시아 농군들에게 삯을 주어 고용한 뒤, 그들에게 삽으로 돌 바로 옆에 커다란 구멍을 파게 했습니다. 일꾼들은 밤새 커다란 구멍을 계속해서 팠습니다. 그러자 돌의 높이만 한, 아니 그것보다 한 자 정도는 더 깊은 구멍이 패였습니다. 그 구멍을 다 파자, 이번에는 돌 바로 밑의 땅을 조심하면서 조금씩 파게 하였습니다. 그렇게 그 땅을 조금씩 파나가자 자연의 이치대로 돌은 제 중심을 잃고 흔들리기 시작하였습니다. 이번에는 돌을 반대쪽에서 힘껏 손으로 밀었습니다. 러시아 식으로 같이 목소리를 맞추어서 함께 밀었지요. 마침내 돌은 그 구멍 속으로 쿵 소리를 내며 들어가 버리고 말았습니다. 그러고는 삽으로 파낸 흙을 그 위에 쌓은 다음 계속해서 다지고 나서 잔돌을 깔아 버리니, 땅은 평평해졌고 돌은 감쪽같이 사라져 버렸지요!」

「놀라운 일이군요!」 베르실로프가 말했다.

「사람들이 곧 무수히 몰려들어 그야말로 인산인해를 이뤘습니다. 그 영국인들은 벌써부터 이런 결과를 예측했었는지 투덜대고 있었습니다. 몽페랑도 와서 보더니 그야말로 농군 식이군, 아주 간단한 방식이야라고 중얼거렸습니다. 그런데 아주 간단한 방식이라고 한 말은 사실 말이 안 되지요! 자신들은 그렇게 논의하고 난 뒤에도 그 방법을 생각해 내지 못했으니 말입니다. 정말 어리석은 사람들이지요! 자, 그렇게 되니까, 책임자인 정부의 고관은 그 상인을 꼭 끌어안았습니다. 〈그래, 자네는 어디서 왔지?〉 하고 물으니 〈야로슬라프 지방에서 왔습니다, 나리. 제 본래의 직업은 재봉사입니다만, 여름에는 과일을 팔러 대도시로 옵니다〉라고 대답하였습니다. 그러한 소식이 정부 고위층의 귀에까지 들어가게 되어 정부에서는 그 사람에게 훈장을 수여하게 되었습니다. 그러자 그 사람은 훈장을 목에 걸고 사방으로 돌아다니다가 결국에는 그만 술 때문에 몸을 망쳐 버렸다는 이야기입니다. 러시아 인은 끝까지 참아 내는 인내심이 없는 민족이지요! 그래서 지금까지 외국인들에게 당하기만 하는 거고요. 그렇지 않습니까!」

「네, 물론, 러시아 인의 마음이라는 것은…….」 베르실로프가 이야기를 시작하려고 했다.

그때 마침 다행스럽게도 환자인 아내가 이야기꾼을 불러내어 그는 서둘러 밖으로 나갔다. 그렇지 않았으면 아마도 나는 더 이상 참을 수 없었을 것이다. 베르실로프는 그것을 보고 가만히 웃고 있었다.

「저 사람은 네가 올 때까지 거의 한 시간 가까이나 나를 즐겁게 해주었다. 그 돌에 관한 얘기는…… 아마도 그와 비슷한 여러 이야기 속에 들어 있는[53] 매우 애국적이면서도 무질서한 감정이 모두 섞인 걸 거야. 그러니 어떻게 이야기를 중단시키겠니? 너도 보았다시피 당사자가 아주 열중해서 이야기를 풀어가고 있으니 말이야. 그리고 아마 그 돌은 내 기억이 틀림없다면, 지금도 그 자리에 그대로 있을 거야. 구멍을 파서 묻었다는 것은 지어낸 거짓말이야…….」

「그래요? 사실은 그랬군요!」 내가 큰소리로 말했다. 「그런데 어떻게 그런 이야기를 꾸며 낼 수 있을까요?」

「왜 그러냐? 너는 아주 화난 모양이구나. 그만 해둬라. 그 사람은 완전히 이야기를 새롭게 꾸며 낸 거야. 어렸을 때 나도 그와 비슷한 이야기를 들은 적이 있다. 물론 이야기의 줄거리도 다르고 돌에 관한 이야기도 아니었지만 말이야. 그러나 〈고위층의 귀에까지 들어갔습니다〉라는 말은 사실 터무니없는 말이지. 하지만

---

[53] 이 이야기는 V. I. Dali의 『민중에 관한 80가지 이야기』라는 책에서 모티프를 찾은 듯하다. 또 이 주제는 똘스또이의 『어떻게 농부가 돌을 치웠나』라는 이야기에도 변주되어 나타나고 있다. 도스또예프스끼는 『민중을 위하여』라는 책에서 이와 비슷한 이야기를 아이러니컬하게 서술하고 있다.

〈고위층의 귀에까지 들어갔습니다〉 하고 말하는 바로 그 순간에, 그 사람의 가슴은 기쁨으로 충만했을 거야. 그러한 비참한 상황에서 살아가면서 그들은 그런 이야기라도 만들어 내지 않고서는 참아 내기가 어려웠을 것이다. 하층 계급 사람들 사이에는 그런 이야기가 많이 있지. 그 주요한 이유는 그들이 절제 없는 생활을 하기 때문이야. 공부다운 공부라고는 해보지 못했고, 정확히 아는 것이라고는 아무것도 없거든. 카드 노름과 자식 만들기를 빼고서는 말이야. 그러다 보니 그들은 뭔가 인류 공통의 시적인 이야기를 꾸며 내고 싶은 거야······. 그런데 이 뽀뜨르 이뽈리또비치라는 사람은 어떤 사람이지?」

「아주 가난하고, 불행하다고도 할 만한 사람이지요.」

「그것 봐라. 그 사람은 어쩌면 카드 노름 한번 해보지 못했는지도 모르겠구나. 되풀이하는 것 같지만, 그런 쓸데없는 이야기를 함으로써 그는 자신 주변에 있는 사람들에 대한 사랑을 표출하는 거야. 그것을 통해 그는 우리들까지도 행복하게 해주려고 했으니 말이지. 그것으로 애국심도 표출했고. 예를 들자면, 그 사람들 사이에는 또 이런 일화도 회자되고 있다. 영국인들이 자비얄로프라는 사람에게 그가 자기들의 제품에 검인만 찍지 않는다면 1백만 루블을 주겠다고 한 이야기 등등······.」

「저도 그 이야기를 들은 적이 있어요.」

「안 들은 사람이 없겠지. 하지만 이야기꾼은 그런 이야기를 할 때 상대방도 틀림없이 그것을 들은 적이 있다는 것을 잘 알면서도, 일부러 들은 적이 없으리라고 생각하고 그냥 그 이야기를 하는 거야. 스웨덴 왕이 유령이 된 이야기[54]는 아마 이제는 그들 사이에서도 시들어 버린 것 같다. 내가 젊었을 때는 마치 비밀을 털

---

54 스웨덴 왕 카를 11세(1655~1697)는 미래의 국왕 구스타프 3세(1746~1792)가 음모에 의해서 죽을 것이라고 예언하는 유령을 보았다고 한다. 이 전설은 『카를 11세의 유령』에 언급되어 있다.

어놓기라도 하듯 속삭거리면서 얘기했었다. 금세기 초에 원로원에서 누군가가 의원들 앞에서 무릎을 꿇었다는 이야기와 마찬가지로 말이야. 바슈쯔끼[55] 사령관에 대해서도 역시 우스운 이야기가 많지. 예를 들어 기념비를 실어 간 이야기 같은 거 말이야. 대체로 민중들은 궁중에서 일어난 에피소드를 아주 좋아하지. 예를 들면, 먼저 황제 때 장관을 지낸 체르니셰프[56]에 대한 이야기도 비슷한 이야기야. 70을 넘은 노인이었던 그가 30대 정도로밖에 보이지 않게 분장을 하여, 그곳에 왔던 폐하를 놀라게 해드렸다는 이야기인데……」

「그 얘기도 들었어요.」

「모든 사람이 들었겠지. 이런 이야기는 모두 감정의 절제 없이 이루어지는 것이다. 너도 잘 알아 두어야 하는데, 이런 무절제한 인간들의 형상은 우리가 생각하는 것보다 훨씬 더 폭넓고 깊숙하게 퍼져 있다. 자신의 주변에 있는 사람들을 그저 즐겁게 해주기 위해서 상황을 과장하려는 욕망은 우리 나라의 이른바 상류 사회에서도 자주 볼 수 있는 현상이다. 왜냐하면 우리 모두의 마음속에는 이러한 무절제한 것을 억누를 수 있는 토대가 약하기 때문이지. 우리들 사이에 오가는 것도 다만 약간 그 종류가 다를 뿐 거의 대동소이한 것이야. 지금 우리 사회에서 가장 흔히 볼 수 있는 화제는 온통 미국에 관한 것인데, 이것은 열병처럼 번져 가고 있어. 우리 나라의 장관급이라는 사람들까지도 그러고 있으니 말이다! 고백한다면 나 자신도 이러한 무절제한 인간형에 속한다고 할 수 있어. 그러한 사실 때문에 나도 평생 고민해 왔지……」

55 1803년부터 뻬쩨르부르그 지역의 위수 사령관을 지낸 인물. 그를 소재로 한 많은 우스운 이야기가 만들어져 있다.
56 알렉산드르 이바노비치 체르니셰프(1785~1857)는 나폴레옹과의 전쟁에서 승리를 거둔 공작이었다. 그는 1832~1852년에 전투 사령관으로 근무했으며, 『젊어지는 법』이란 책에서 그의 사람됨에 대한 이야기가 언급되고 있다.

「저 역시 체르니셰프에 대해 몇 번인가 이야기한 일이 있어요.」

「너도 그런 이야기를 했었니?」

「이 집에는 저 말고도 또 다른 하숙인이 있어요. 관리로 일하는 사람인데, 그 역시 얼굴이 곰보예요. 나이가 제법 든 사람이지만 아주 따지기 좋아하는 사람이어서, 뽀뜨르 이뽈리또비치가 이야기를 시작하기가 무섭게 바로 얘기를 잘라 버리든가 무조건 반대 의견을 나타내요. 그래서 집주인은 마치 노예처럼 그 사람의 눈치를 살피게 되었고, 자기 얘기를 끝까지 들어 달라며 오히려 그 사람의 비위를 맞추려고 애를 써요.」

「그런 사람은 또 다른 유형의 무절제한 인간형이지. 어쩌면 그런 유형이 첫번째 유형보다도 더 문제가 될 수 있어. 첫번째 유형은 내적인 열망을 가지고 있어서 〈내가 하고 싶은 말을 실컷 꾸며서 할 수 있도록 해줘. 한번 들어 보면 그것이 얼마나 멋진 이야기인지 알 거야〉 하는 특성이지. 이에 비해 두 번째 유형은 우울한 분위기를 띠고 있으며, 〈네가 말을 함부로 꾸며서 하도록 놔두지 않을 테다. 그게 언제, 어디서, 어느 해에 있었던 일이지?〉 하고 꼬치꼬치 따지는 식으로, 한마디로 말해서 남에 대한 이해심이라곤 전혀 없는 인간이지. 그러니 다른 사람이 어느 정도 과장하여 꾸며서 말해도 이해해 줄 수 있어야 한다. 그렇다고 그것이 죄짓는 일도 아니니까. 아니, 실컷 거짓말을 하게 놔둬도 좋을 거야. 그렇게 함으로써 우선 상대방에게 이쪽의 이해심 있는 아량을 보여 줄 수가 있고, 둘째로는 반대 급부로 이쪽에서도 어느 정도 말을 꾸며서 할 수 있는 여지를 가질 수가 있으니. 이렇게 말하면 어떨지 모르지만, 그렇게 되면 일거양득 아니겠니. 이런 참 Que diable! 그리고 네 주변의 사람에게 깊은 관심을 가져야 한다. 그건 그렇고, 이제 가봐야 할 것 같구나. 너는 방을 참 가지런하게도 꾸며 놓았더구나.」 의자에서 일어서면서, 그가 말을 덧붙였다. 「소피야 안드레예브나와 네 여동생에게도, 너에게 들러 보았더니 아주 잘 지내고 있더라고 가서 전하마. 그럼 다시 또 만나자. 잘 있거라.」

아니, 이게 하고 싶은 말의 전부인가? 내가 정작 듣고 싶은 것은 이런 것이 아닌데. 내가 기대한 것은 그런 일상적인 내용이 아니라 보다 다른, 아주 중요한 것이었는데. 이런 상황에서는 그럴 수밖에 없다는 것을 이해할 수는 있지만, 아무튼 나는 촛불을 들고, 그를 계단 쪽으로 안내했다. 그러자 하숙집 주인이 뛰어나왔다. 그래서 나는 베르실로프가 눈치채지 않도록 슬며시 그의 손을 잡아 뒤로 밀쳤다. 그러자 그는 어리둥절하여 내 얼굴을 쳐다보더니 곧 말없이 뒤로 물러났다.

「이런 계단은……」 느린 입속말로 베르실로프는 중얼거렸다. 무슨 말을 덧붙이려고 하다가 그는 내가 무슨 말을 할까 기다리는 것 같았다. 「이런 계단은 아주 오랜만에 걸어 보는구나. 더욱이 네 방은 3층이니 말이다. 하지만 이젠 좀 눈에 익는다. 길을 찾아갈 수 있겠지……. 걱정할 건 없다. 얘, 너 감기 들겠다.」

그러나 나는 물러나지 않았다. 우리는 이미 두 번째 계단을 내려가고 있었다.

「지난 사흘 동안 저는 내내 오시기를 고대하고 있었어요.」 이런 말이 돌연 내 입에서 저절로 튀어나왔다. 나는 가슴이 울렁거렸다.

「참 고마운 말이구나.」

「저는 알고 있었어요, 꼭 제게 오시리라는 걸 말입니다.」

「나도 알고 있었다. 내가 꼭 오리라는 것을 네가 틀림없이 알고 있으리라는 걸 말이야. 정말 고맙구나.」

그러고는 아무 말 없이 우리는 출입문까지 걸어 나왔다. 나는 줄곧 그의 뒤를 따라 걸었다. 그가 문을 열자 확 불어 들어온 바람이 내가 든 촛불을 꺼버렸다. 그때 나는 불쑥 그의 손을 잡았다. 주위는 완전히 암흑 세계였다. 그는 흠칫하더니 계속해서 침묵을 지키고 있었다. 나는 그의 손에 내 얼굴을 대고 갑자기 입을 맞추기 시작했다. 계속해서, 헤아릴 수 없을 만큼.

「너는 마음이 따뜻한 사람이구나. 나 같은 사람을 이렇게도 끔찍하게 사랑하고 있으니 말이다.」 그가 말했다. 그 목소리는 완전히 다른 사람의 목소리인 것 같았다. 그의 목소리는 떨리고 있으며, 그 목소리에는 뭔가 새로운 기운이 담겨 있어, 마치 누군가 다른 사람이 말하고 있는 것 같았다.

무슨 말인가 하고 싶었지만, 아무런 말도 나오질 않아서 나는 그만 계단을 뛰어올라오고 말았다. 그러나 그는 계속해서 그 자리에 서 있었다. 내가 겨우 방 앞에 돌아왔을 때에야 비로소 출입문이 열리더니, 다시 그것이 닫히는 소리가 아래에서 들려왔다. 밖의 동정을 살피려고 하숙집 주인이 모습을 나타냈지만, 나는 아무 말 없이 그를 스쳐 지나서 내 방에 들어와 문을 잠그고 촛불도 켜지 않은 채 침대에 엎드려 베개에 얼굴을 파묻고 울었다. 하염없이 울었다. 전에 뚜샤르의 사숙에서 울었던 이후 처음으로 흘리는 눈물이었다! 그것은 그야말로 내 온 가슴으로 터뜨리는 오열이었다. 그러면서 나는 한없는 행복감을 느꼈다……. 마음 한편에서는 이런 내용을 기록하는 것이 어쭙잖은 짓이라고 느껴진다.

나는 개의치 않고 이것을 쓴다. 지금은 다소 앞뒤가 안 맞는 뜬구름 잡는 듯한 이야기일지 모르지만, 언젠가는 내 가슴속의 진실을 그대로 담은 아름다운 이야기가 될지도 모르기 때문이다.

3

하지만 나는 다시 그를 고통스럽게 만들고 말았다! 금세 나는 아주 난폭한 태도를 취하기 시작했다. 이렇다 할 이유도 없이 우리는 그날 밤의 사건을 기억 속에서 말끔히 지워 버렸다. 그 일이 있은 후 사흘째 되던 날 우리는 다시 만났지만, 아무런 내면적 감정의 교류 없이 데면데면하게 서로를 대하였다. 그뿐이 아니었다. 두 번째로 만나던 날 밤에, 나는 거의 난폭한 행동을 하였고, 그는 그대로 어딘가 냉랭한 태도를 취하였다. 이 일도 역시 내 방에서 일어났다. 나는 어머니를 만나고 싶다는 생각이 들었지만, 왜 그런지 내가 그의 집을 찾아가는 것은 내키지가 않았다.

그리고 그동안 즉 지난 두 달 동안 우리는 계속해서 아주 추상적인 화제에 대해서만 이야기해 왔다. 나 자신도 그것을 아주 이상하다고 생각했지만, 우리가 나누는 이야기의 화제는 주로 추상적인 내용이었다. 물론 그러한 것도 인류 전체와 관계가 있는 가장 본질적인 문제임에는 틀림없지만, 우리가 당면하고 있는 일상적인 것과는 전혀 관계가 없는 것이었다. 당면하고 있는 일상의 문제들 중에서도, 우리가 분명하게 매듭을 짓고 또 서둘러 해결해야 할 많은 문제가 있었다. 그러나 그런 것에 대해서 우리는 서로 침묵하고 있었다. 나는 어머니와 리자에 대해서까지도 무엇 하나 이야기하지 않았다……. 그뿐만 아니라 내 자신에 대해서도, 지금까지 내가 어떻게 살아왔는지에 대해서도 일절 말하지 않았다. 무슨 수치심 때문인지, 혹은 젊은이들에게 흔히 있는 혼란스런 감정 때문인지 나는 모르겠다. 가만히 생각해 보면 혼란스런 감정 때문인 것 같다. 왜냐하면 수치심은 어느 정도 극복할 수 있기 때문이다. 내가 그에게 아주 난폭한 행동을 하고 무례한 태도까지 취한 것은 한두 번이 아니었다. 그것도 내 자신의 감정을 거스르면서까지 그런 짓을 하였다. 어떻게 해볼 도리가 없이 자연히 그렇게 되었고, 나 스스로도 전혀 자신을 억제할 수가 없었다. 그럴 때마다 그는 뭔가 냉소적인 기색을 내비쳤다. 틀림없이 그도 항상 아주 다정한 기분으로 대할 수만은 없었을 것이다. 한편 나는 그가 찾아오는 것을 즐겼다. 그래서 나도 차차 어머니를 찾아가는 일이 아주 드물어져 일주일에 겨우 한 번 정도밖에는 가지 않게 되었다. 특히 최근 들어 내가 매우 바쁘게 된 후로는 더욱 그런 형편이었다. 그는 언제나 저녁 무렵에 내 방에 찾아와서 이런저런 잡담을 하곤 했다. 또 하숙집 주인을 상대로 얘기하는 것도 매우 좋아했다. 그와 같은 사람이 하숙집 주인 정도의 사람을 상대하고 있다는 사실에 나는 화가 치밀어 미칠 것만 같았다. 그는 왜 내 방 이외에는 갈 곳이 없단 말인가 하는 생각이 내 머리에 떠오르기도 했다. 나는 그에게 친구와 친척들이 있다는 것을 분명히 알고 있다. 지난해에 그가 교제를 끊었던 사교계의 많은 사람들과 그는 최근에 와서 다시 교제하기 시작하였다. 그러나 그는 그런 사람들에게는 그다지 흥미가 없는 듯했으며, 형식적으로 교제를 재개한 사람이 많았고, 오히려 내게 놀러 다니기를 더 좋아하는 것 같았다. 그동안에 나는 이따금 그에게서 어떤 진한 감동을 느낀 적이 있다. 그것은 다름아니라 저녁때 내 방에 들어올 때면 그는 문을 열고서 번번이 불안한 기색으로, 〈방해되지 않니? 그렇다면 말하거라, 금방 돌아갈 테니〉 하는 표정을 지으며 내 눈치를 살폈다는 것이다. 때로는 직접 그런 뜻을 말로 하기까지 했다. 예를 들자면 한번은 아주 최근의 일인데, 내가 조금 전에 양복점에서 보내 온 옷을 차려입고 〈세료쟈 공작〉에게 가려고 할 때 마침 그가 들어온 적이 있다. 공작과 둘이 어딘가를 가려던 참이었다(그곳이 어디인지에 대해서는 뒤에 설명할 생각이다). 그런데 그는 내가 나갈 준비를 하고 있다는 것을 알아채지 못했는지, 들어오자 곧 자리를 잡고 앉아 버렸다. 그는 때때로 아무 생각이 없는 듯한 때가 있었다. 그리고 일부러 그렇게 하는 듯, 하숙집 주인에 관한 이야기를 시작했다. 나는 갑자기 화가 치밀었다.

「그 망할 놈의 주인이 또 문제네!」

「어, 그러고 보니.」 그가 서둘러 자리에서 일어섰다. 「너 어디

나가는 게로구나. 그런 줄도 모르고 방해했구나……. 용서해 다오, 미안하다.」

그러더니 그는 아무 말 없이 나가려고 서둘렀다. 그 정도 사회적 신분을 가진 사람이, 그처럼 상류 사회의 지체 높은 사람이 나 같은 젊은 친구를 이렇게 격의 없는 태도로 대해 준다는 사실로 인해, 나는 마음속에서 그에 대한 애정과 신뢰가 일순간에 회복되는 것을 느꼈다. 그러나 그가 나를 그렇듯 사랑했다면 왜 그는 내가 치욕의 시간을 보내고 있는데도 나를 말리지 않았던가? 그가 당시에 한마디만 했어도 나는 참아 냈을지도 모른다. 그러나 어쩌면 그렇게 하지 않았을지도 모른다. 내가 부리는 사치와 과장적인 언사, 그리고 내 전속 마부인 마뜨베이를 똑똑히 보지 않았던가. (한번은 내가 그더러 내 썰매를 타고 가라고 했지만, 그는 타려고 하지 않았다. 그가 타려고 하지 않은 일은 몇 번이나 있었다.) 지금 내가 돈을 물쓰듯 쓰고 있는 것을 보면서도 그는 한 마디도, 단 한 마디도 언급하지 않을 뿐더러 관심조차 보이지 않는 것이다! 그러한 사실에 나도 놀랐다. 그리고 지금까지도 이상하게 여겨질 정도다. 그 무렵 나는 아무런 체면도 차리지 않고 그에게 모든 일을 있는 그대로 다 털어놓았다. 그렇지만 변명하는 말을 한 마디도 하지 않은 것은 물론이다. 그가 물어보지 않았기에 나도 말하지 않았을 뿐이지만.

그리고 우리는 경제적인 문제에 관해 두세 번 서로 이야기한 적이 있다. 그가 유산 상속을 거절한 지 얼마 되지 않았을 때의 일이지만, 내가 그에게 앞으로 어떻게 살아갈 작정이냐고 물은 적이 있다.

「글쎄, 되는 대로 살아가야 하겠지.」 그는 아주 침착한 어조로 말했다.

겨우 5천 루블 정도밖에 되지 않는 따찌야나 빠블로브나의 재산 중에서 거의 반이, 지난 2년 동안 베르실로프를 위해 소비되었다는 것을 나는 잘 알고 있다.

또 다른 기회에 우리는 어머니에 대한 이야기를 나누었다.

「애야.」 어느 날 그가 불쑥 침울한 표정으로 말했다. 「우리가 처음 같이 살게 되었을 때, 나는 소피야 안드레예브나에게 이런 말을 곧잘 했었다. 아니, 처음에도 했었지만, 중간쯤에도, 그리고 마지막에도 역시 그랬다. 〈나는 당신을 괴롭히고 있어, 참으로 지독히 괴롭히고 있어. 그렇지만 당신이 나하고 사는 동안 나는 그것을 안쓰럽게 여기지는 않아. 그러나 만약 당신이 세상을 떠난다면, 나는 죄책감에 바로 죽고 말 거야. 나는 그것을 알고 있어〉라고 말이야.」

물론 지금도 잘 기억하고 있지만, 그날 저녁 그는 아무것도 감추지 않고 있는 그대로 고백했다.

「사실 나는 의지가 약하고 보잘것없는 인간이어서 그런 죄의식 때문에 고민해 왔다! 그러나 또 한편으로는 사정이 전혀 달라. 왜냐하면 나는 내가 한없이 강한 인간이라는 것을 알고 있으니 말이야. 그렇다면 나는 어떤 점에서 강한 것일까? 너는 어떻게 생각하니? 그것은 바로 현대의 러시아 지식인이라면 누구나 지니고 있는, 어떠한 상황에나 잘 적응할 수 있는 본능적인 힘을 가지고 있기 때문이다. 그 무엇으로도 나를 파괴할 수 없고, 그 무엇으로도 멸망시킬 수 없고, 또 그 무엇으로도 놀라게 할 수 없다. 집 지키는 개처럼 나는 억세고 강한 인내력을 가지고 있다. 지극히 편리하게도 나는 이런 두 가지 상반되는 감정을 동시에 느낄 수 있다. 물론 순전히 내 자신의 의사에 따른 것은 아니지만 그것이 수치스러운 일이라는 것은 나도 잘 알고 있어. 그러한 모순을 느끼는 것은 너무나 상식적이기 때문이지. 나는 거의 쉰 살이 되었지만, 이렇게 사는 것이 과연 좋은 일인지 나쁜 일인지 아직까지도 판단이 서지를 않는다. 물론 나는 삶을 사랑한다. 또 그것은 매우 당연한 일이기도 하지. 그러나 나 같은 인간이 삶을 사랑한다고 말하는 것은 어쩌면 비열한 일이 아닐까 하는 생각이 든다. 그리고 최근에 색다른 일들이 일어나고 있다. ㄲ라프뜨 같은 사람은 그것에 순응하지 못하고 권총 자살을 했지. 그러나 ㄲ라프뜨 같은 사람은 우둔하다고 말할 수밖에 없어. 그에 비하면 우리는 현명한 편이야. 따라서 이 문제에 구체적인 평행선을 그을 수는 없을 것 같다. 그래서 그러한 문제는 그대로 미해결로 남아 있을 수밖에 없는 거지. 그렇다고 이 지구가 우리 같은 인간을 위해 있는 걸까? 물론 틀림없이 그렇다고 말할 수 있겠지. 그러나 그렇게 대답해도 여전히 허전한 구석은 남아 있다. 물론…… 물론 그러한 문제는 항상 미해결의 상태로 남아 있는 거겠지만.」

그는 전에 없이 쓸쓸한 표정으로 이런 이야기를 했다. 그러나 그가 과연 진심으로 말한 것인지 아닌지 나는 아직도 알 수 없다. 어떤 경우에도 그의 말에는 묘한 여운이 남아 있어 명료하게 규정할 수 없는 구석이 있다.

4

그때 나는 아주 많은 질문을 한꺼번에 던졌다. 굶주린 사람이 빵 조각에 찰싹 달라붙듯이 나는 그에게 달라붙었다. 내 질문에 그는 항상 빠르게 그리고 정직하게 대답하였지만, 결국에는 가장 일반적인 경구와 연관시켰다. 그래서 실제로는 무엇 하나 이렇다 할 만한 결론을 낼 수 없었다. 이러한 모든 문제들은 지금까지도 여전히 나의 내면에서 나를 뒤흔드는 요소로 작용하고 있다. 사실을 말하자면, 나는 모스ㄲ바에 있을 때 뻬쩨르부르그에서 그를 만나면 해결하겠다고 생각하며 이러한 문제들을 뒤로 미뤄 두었다. 그리고 나는 분명히 그러한 내용을 그에게 말하였다. 그러자 그는 전혀 나를 조소하는 듯한 기색 없이, 지금도 기억하고 있지만, 오히려 내 손을 꼭 잡아 주었다. 일반적인 정치 문제나 사회 문제에 대해서도 나는 그 자신의 의견을 거의 아무것도 들을 수 없었다. 그리고 속성상 이러한 문제들은 내 〈이념〉과 밀접한 상관 관계를 가지고 있기 때문에 무엇보다도 나를 불안하게 하는 요소였다. 언젠가 나는 제르가쵸프 같은 사람들에 대한 얘기를 꺼내, 그로 하여금 〈그런 친구들은 비평할 만한 가치도 없어〉라는 말을 억지로 하게 한 일이 있다. 그러나 그는 동시에 〈그렇지만 이러한 내 의견에 대해 어떤 의미를 덧붙일 수 있는 권리를 자신에게 부여하지 않고자 한다〉라는 아주 미묘한 말을 덧붙였다. 또한 그는 현대의 여러 국가, 그리고 이 세계가 어떻게 진행되어 갈 것인가, 사회 조직은 어떻게 새로워질 것인가 하는 문제에 대해서는 아주 오랫동안 침묵을 지키고 있었다. 그러다가 결국 나는 언젠가 한번 그에게서 몇 가지 말을 끌어낼 수가 있었다.

「그런 문제들은 아주 평범하게 진행되어 나갈 것이라고 생각한다.」 그가 말했다. 「아무런 특별한 이유 없이 모든 국가들은 균형 잡힌 예산을 갖추고 부채가 없는 상황임에도 불구하고, 어느 날 아침un beau matin 결정적으로 혼란에 빠져 그 어떤 예외도 없이 지불을 거부해야 할 상황에 직면하게 될 거야. 전체적인 파산 속에서 하나도 빠짐없이 모두 재기하려고 하기 때문이지. 그러나 전세계의 보수적인 요소들은 반대할 거야. 왜냐하면 이 요소들은 바로 주주들이고 채권자여서 파산 소동을 허용하고 싶지 않기 때문이지. 그렇게 되면 물론 파산 정리가 대대적으로 시작될 것이고, 많은 유대 인들이 와서 유대 인의 왕국을 건설하겠지. 그러나 상황이 그렇게 되면 지금까지 한 번도 주식을 가져 본 일이 없는 사람들, 아니 주식뿐만 아니라 도대체 아무것도 가져 본 일이 없는 사람들, 즉 모든 부랑자와 같은 사람들이 당연히 그러한 일방적인 파산 정리에 참가하기 싫다고 거부할 것이다……. 그렇게 되면 커다란 싸움이 벌어지겠지. 그리고 77회의 격렬한 싸움을 거쳐 부랑자들이 주주들을 전멸시키고 그들의 주식을 빼앗아 새로운 주주의 자격으로 그들의 자리를 차지하게 될 거야. 어쩌면 그들이 무언가 새로운 것을 말할지도 모르지만, 어쩌면 또 아무 말도 안 할지 모른다. 그러나 확실한 것은 그들도 결국에는 역시 파산하고 말 것이라는 점이지. 그 다음에는 어떤 운명이 도래해서 이 지구의 상황을 변화시켜 나갈지 나는 무엇 하나 자신 있게 예견할 수가 없구나. 그런 것에 관해서는 요한의 묵시록을 들여다보는 편이 좋을 것 같다……」

「모든 것이 다 그렇게 물질적인 것과 상관이 있을까요? 단지 재정 문제만으로 이 세계가 파멸할 수 있는 것일까요?」

「내가 물론 전체 그림의 한 부분만을 떼어 내어 묘사했을 뿐이지만, 이 한 부분도 전체와 끊을 수 없는 관련을 맺고 있다.」

「그러면 어떻게 그것을 극복할 수 있을까요?」

「글쎄, 뭐라고 쉽게 단정적으로 말할 수 있는 게 아닌 것 같다. 이런 일들은 그렇게 급속도로 결말지어지는 것이 아니야. 일반적으로 말해서 아무것도 하지 않는 것이 제일 좋아. 적어도 아무데도 관여하지 않았다는 사실 때문에 마음은 편할 테니 말이다.」

「진정으로 생각하고 있는 것을 말해 주세요. 제가 알고 싶은 것은 앞으로 무엇을 해야 하나, 어떻게 살아야 하나 하는 문제입니다.」

「무엇을 해야 하느냐고? 어느 상황에서든지 항상 정직하고 절대로 거짓말을 하지 말아라. 그리고 이웃 사람의 것을 탐하지 말아야 한다. 한마디로 말해 십계명에서 말하고 있는 바를 지키는 거야. 그 속에 모든 영원한 진리가 담겨 있으니까.」

「그렇게 도식적이고 관념적인 말은 그만 하세요. 지금 제게는 구체적인 사실이 필요해요.」

「글쎄, 그런 일이 지루해서 못 견디겠으면, 그 누군가를 또는 그 무엇인가를 한번 열렬히 사랑해 보려고 시도해 보거라. 혹은 어떤 사안에 직접적으로 뛰어들어 보는 방법도 있다.」

「그저 웃기만 하시는군요! 그렇게 저 혼자서 십계명을 열심히 지킨다고 해서 그것이 무슨 의미를 가지겠습니까?」

「그런 의문이나 의혹에 상관하지 말고 한번 십계명대로 실천해 봐. 그러면 너는 틀림없이 위대한 사람이 될 거다.」

「아무도 알지 못하는 위대한 인물이 되라는 말씀이시군요.」

「숨길수록 더 드러난다는 속담이 있지.」

「저를 완전히 웃음거리로 만들 작정이시군요.」

「모든 것이 그렇게도 마음에 걸린다면, 우선 가급적 빠르게 전문 지식을 습득하는 것이 좋을 게다. 건축에 관계된 일을 해본다든가, 변호사가 된다든가 말이야. 그러면 현실적이고 구체적인 일을 하고 있기 때문에 마음도 안정되고 쓸데없는 일들은 잊어버리겠지.」

나는 침묵하였다. 이런 말들 속에서 도대체 무엇을 얻을 수 있단 말인가? 이런 대화가 있고 난 다음이면 나는 전보다도 더욱 마음의 동요를 느꼈다. 뿐만 아니라 나는 그의 가슴속에 표출되지 않는 무슨 비밀 같은 것이 남아 있다는 것을 감지하게 되었고, 오히려 그것이 나를 더욱더 그에게 끌리게 했다.

「제 말을 들어 주세요.」 나는 다시 한번 그의 말을 가로막았다. 「저는 늘 이런 의구심을 가지고 있어요. 즉 당신이 그렇게 말씀하시는 것은 무언가 내면적인 고뇌와 갈등이 있기 때문이고, 또 당신은 그 어떤 구체적인 계획에 대한 신념이 있는데 그것을 드러내지 않으려 애쓰고 있으며, 그래서 사실대로 말하지 않는 것에 대해 부끄러워하고 있는 것이라고 말입니다.」

「그렇게 보아 줘서 고맙구나.」

「사실 뭔가 의미 있는 인간이 되는 것보다 더 훌륭한 일은 없을 것입니다. 그렇다면 지금 이 순간에 무슨 일을 하여야 제가 가장 의미 있는 인간이 되겠습니까? 물론 당신이 이 문제에 대한 결정적인 답을 제시할 수 없다는 것은 저도 잘 압니다. 그러나 저는 다만 당신의 의견을 물을 뿐입니다. 그러니 말씀해 주세요. 당신이 말씀하시는 그 방향을 따라 걸어갈 것을 맹세합니다! 도대체 위대한 사상이란 무엇입니까?」

「돌을 빵으로 변하게 하는 것, 바로 그거야말로 위대한 사상 아니겠니?」

「가장 위대한 것입니까? 정말로 가장 위대한 길을 말씀하신 겁니까? 그것이 가장 위대한 것입니까?」

「매우 위대한 것이지. 그래 대단히 위대한 거야. 그러나 가장 위대한 것은 아니다. 위대한 것이기는 하지만 이차적인 것이며, 바로 이 순간에만 위대하다고 할 수 있겠지. 사람이란 배가 부르게 되면 지난날의 일은 회상하지 않는다. 회상은커녕 바로 그 자리에서 〈자, 이제는 배가 부릅니다. 이번에는 무엇을 해야 하지요?〉 하는 법이다. 그러니 문제는 영원히 미해결로 남게 되는 거지.」

「당신은 언젠가 〈제네바 사상〉에 대해서 말씀하셨지요. 저는 이해 못했습니다만, 대체 〈제네바 사상〉이란 게 무엇입니까?」

「제네바 사상이란 그리스도를 제외한 다른 이념들을 말하는 것으로, 현대의 사상, 아니 현대의 모든 문명에 담겨 있는 사상이라고 하는 것이 좋을 게다. 간단히 말해서, 이것은 말을 꺼내기가 아주 복잡하고 지루할 수도 있는 그런 이야기 중의 하나다. 그러니까 너하고는 뭔가 다른 이야기를 하는 편이 나을 것 같구나. 다른 이야기도 그만두고 가만있으면 더 좋겠는데.」

「그러면 당신은 늘 입을 다물고 있는 편이 좋겠군요!」

「침묵하고 있다는 것은 좋은 일이야. 그러면 아무런 위험도 없고, 또 아름답기도 하다는 것을 기억해 둬라.」

「아름답다고요?」

「물론이지, 침묵은 항상 아름다운 거야. 그리고 입을 다물고 있는 사람은 말하고 있는 사람보다 언제나 더 아름다운 거야.」

「당신과 이런 식으로 이야기한다면 그게 바로 입을 다물고 있는 거나 마찬가지예요. 도대체 그게 무슨 놈의 아름다움이란 말입니까, 대체 그 어떤 빌어먹을 이득이 된단 말입니까?」

「애야.」 약간 어조를 바꿔서 그가 서둘러 말했다. 그의 목소리에는 무언가 확고한 주장과 같은 기운이 담겨 있었다. 「나는 어떤 부르주아 식 생각을 갖도록 네 이념을 미혹할 생각은 전혀 없다. 〈행복이 그 어떤 영웅주의보다 나은 것〉이라고 말하고 싶지는 않다. 오히려 그 반대로 영웅주의야말로 모든 행복보다 더 높은 가치가 있지. 그러한 것을 지향하는 정신이 바로 행복을 일구어내는 것이다. 그 정도로 우리 사이에 이 문제를 정리하자꾸나. 사실, 나는 네가 지닌 뜻을 무척이나 존중하고 있다. 왜냐하면 이 부패한 시대에 살고 있으면서도, 자신의 마음속에 〈나름대로의 이념〉 같은 것을 설정하고 있으니 말이다. (나는 네가 말한 것들을 잘 기억하고 있다.) 그렇지만 역시 적당한 도를 지켜야 한다는 생각을 잊어서는 안 된다. 지금 네가 꿈꾸고 있는 것은 자신의 이름을 만천하에 떨치는 것이겠지. 러시아 전체를 뇌성벽력처럼 질주해서 모든 사람을 공포와 감격의 도가니에 몰아넣고 모든 것을 뒤흔들어 놓은 다음, 자신은 미국쯤에 가서 은둔해 버리자는 것이겠지. 아마도 틀림없이 너는 내면 속에서 그런 생각을 가지고 있을 게다. 바로 그런 이유 때문에 나는 네게 미리 주의를 줄 필요가 있다고 생각하는 거야. 진심으로 너를 사랑하기 때문에. 알겠니?」

이와 같은 말 속에서 내가 무엇을 도출해 낼 수 있을까? 그러한 것은 단지 나를 걱정하는, 내 현실적 운명을 걱정하는 불안스런 생각일 뿐이다. 아버지가 진심으로 아들을 걱정하는 말이긴 하지만, 그것은 지극히 일상적인 감정을 토로하는 것과 별로 다를 바 없지 않은가. 이념을 가진 내게 필요한 것이 과연 그런 것일까? 진정한 이념을 위해서라면, 진정 신실한 아버지라면, 그 옛날 로

마의 이념을 위해서 호라티우스가 자신의 아들들을 보냈던 것처럼,[57] 그 어떤 난관을 예상할지라도 당연히 자기 아들을 보내야 할 것이 아니겠는가?

종교에 관한 논의에서도 나는 그와 자주 신경전을 펼쳤지만, 이 문제는 어떻게 판단해야 할지 알 수 없었다. 〈그러면 저는 이 문제를 어떻게 처리해야 하지요?〉라고 내가 물으면, 그는 마치 어린아이에게나 말하듯 〈신을 믿어야 해, 알겠지?〉 하고 어리석기 짝이 없는 대답을 하는 것이었다.

「만약 제가 그것을 전혀 믿고 싶지 않다면 어떻게 되지요?」 한번은 내가 언짢은 목소리로 언성을 높였다.

「그것은 또 그것대로 의미가 있는 거야.」

「그게 무슨 말입니까?」

「그러한 태도도 의미 있는 것이란 말이다. 지극히 믿음직한 징조라고 해도 좋을 거야. 왜냐하면 우리 러시아의 무신론자는, 만일 그가 진정으로 무신론을 신봉하고 어느 정도 지적인 토대가 있는 인간이라면, 이 세상에서 가장 훌륭한 사람이며, 또 신을 항상 진정으로 추구하는 경향을 가지고 있으니 말이다. 그는 틀림없이 선량한 인간이기도 하지. 왜냐하면 그는 자신이 무신론자라는 사실을 생각하고 항상 지고의 인간이 되려 하기 때문이야. 어쨌든 러시아의 무신론자들은 존경할 만한 사람들이며, 최고로 믿음직한 인간들이야. 말하자면 조국의 기둥이란 말이지……」

그의 의견은 분명히 내적 토대가 있는 견실한 말임에 틀림없다. 그러나 내가 듣고 싶은 말은 그것이 아니었다. 언젠가 꼭 한번 그는 자신의 의견을 말한 적이 있다. 그러나 그것이 너무나 이상했기 때문에 나는 어리둥절할 수밖에 없었다. 특히 그가 천주

---

57 코르네유의 비극에서 호라티우스는 로마와 알바 롱가 간의 권력 다툼을 해결하기 위해 세 아들을 전쟁에 보낸다. 둘은 전쟁에서 전사하고 셋째만 살아 돌아온다.

교로 개종했다든가 쇠사슬을 끌고 다녔다는 소문을 들은 적이 있기 때문에 더욱 그랬다.

「그런데.」 한번은 집 안에서가 아니라 대로변에서 긴 대화를 나눈 후에, 내가 그를 배웅하려 할 때 그가 말을 꺼냈다. 「그런데 말이야, 현재 있는 모습 그대로의 인간을 사랑해야 해. 그래서 억지로 참아 가면서 코를 쥐고 눈을 감은 채로(이건 꼭 필요하다) 그들을 따뜻하게 대해야 한다. 그들의 사악함을 덮어 주면서 〈너도 인간이라는 것을 잊지 말고〉 가급적 그들에게 화를 내지 않도록 해야 한다. 물론 그렇더라도 네가 조금이라도 보통 사람보다 지혜로운 인간으로 태어났다면, 너는 그들에게 엄격한 태도를 취하는 것을 잊어서는 안 된다. 인간이란 원래가 약한 존재여서 연민에 의해 쉽게 동정심을 표출하곤 하거든. 하지만 그런 인정에 이끌려서는 안 되고, 분명히 비판할 것은 비판해야 해. 코란의 어딘가에서 알라 신은 예언자들에게 〈신념이 있는 사람은〉 우매한 인간을 쥐처럼 보고, 그들에게 선을 행한 뒤에 그 옆을 그대로 지나가라고 명령하고 있다. 이것은 다소 오만하긴 하지만 참으로 적절한 말이야. 그들이 선량하다고 할지라도 그들을 멸시할 때는 해야 한다. 왜냐하면 그럴 때일수록 인간은 가장 추악한 존재가 될 수 있기 때문이지. 나는 내 자신의 행동에 근거하여 이 말을 하고 있는 것이다! 사람이라는 존재는 어느 정도 지각만 있으면 누구나 자성하며 살아가는 법이다. 그가 정직한 사람이든 아니든 그 결과는 마찬가지야. 또 자신의 주변 사람을 사랑하면서 동시에 그에게 경멸감을 느끼지 않을 수가 없다. 내 생각에, 인간은 자신의 주변 사람을 온전히 사랑할 수 없도록 선천적으로 타고나는 것 같다. 여기에는 처음부터 무언가 언어상의 오류가 있어. 〈인류에 대한 사랑〉이라는 말도, 네가 자신의 마음속에서 상정하고 있는 인간들만을 대상으로 하는 사랑이라는 것을 알아야 한다(바꿔 말하자면, 그 개념은 자기 자신이 만들었기 때문에 결국에는 자기 자신에 대한 사랑이 되고 말지). 따라서 그런 것은 실제로는 절대로 존재하지 않는다는 말이 된다.」

「절대로 존재하지 않습니까?」

「그래. 물론 그것이 모순적이라는 것은 나도 동의한다. 하지만 그것은 내 잘못이 아니지. 왜냐하면 창조의 순간에 내 의견을 제시한 것은 아니니까 말이다. 그러니 나는 그 점에 관해 내 자신의 의견을 확고하게 가질 권리가 있겠지.」

「그렇다면 어떻게 당신을 그리스도 인이라고 부를 수 있지요?」 내가 언성을 높였다. 「어떻게 당신을 쇠사슬을 끌고 다니는 수도자이며 순례자라고 하는지 저는 영문을 모르겠어요!」

「누가 나를 그렇게 부른단 말이냐?」

나는 내가 들은 것을 그에게 자세히 이야기했다. 그는 내 이야기를 주의 깊게 들었지만, 우리의 대화는 그것으로 끝났다.

내 기억 속에서 잊을 수 없는 이 대화가 도대체 어떻게 시작되었는지 나는 도무지 알 수 없다. 더욱이 나는 그의 말을 들으며 화를 내기까지 했는데, 그런 일은 지금까지 거의 없었던 일이다. 그는 얘기 상대가 내가 아닌 것처럼 아주 열중해서, 냉소하는 듯한 태도는 조금도 보이지 않은 채 이야기했다. 그렇지만 나는 이번에도 그의 말을 액면 그대로 믿지 않았다. 그가 나를 상대로 그런 진지한 내용의 이야기를 할 리 없지 않은가라는 생각이 들었기 때문이다.

제2장

1

 바로 그 11월 15일 아침에 나는 〈세료쟈 공작〉의 집에서 그를 만났다. 그들 두 사람이 가깝게 지낼 수 있는 계기를 만든 것은 나였지만, 그런 나의 역할과 상관없이 그들은 밀접한 유대 관계를 맺을 여러 가지 요소를 가지고 있었다(그것은 외국에서 일어났던 바로 그 사건과 그 밖의 다른 일들을 말한다). 그뿐만 아니라, 공작은 자신이 상속한 재산의 3분의 1인 약 2만 루블의 돈을 그에게 나눠 주겠다고 약속했다. 지금도 기억하지만, 나는 그때 왜 절반이 아니라 3분의 1을 나눠 주었는지 아주 이상하게 생각했지만 아무런 말도 하지 않았다. 이 유산 분배의 약속은 공작이 그때 자진해서 한 것이다. 베르실로프는 그것에 대해서 한마디도 하지 않았고, 그런 기색도 전혀 보이지 않았다. 공작이 먼저 스스로 자신의 생각을 말했고, 베르실로프는 그러한 제의를 그저 아무 말 없이 받아들였을 뿐, 그 후에도 그 일에 대해서는 한 번도 말하지 않았다. 그리고 그가 말한 약속에 대해서 기억하는 눈치조차 보이지 않았다. 얘기가 나온 김에 말한다면, 공작은 처음에 그와 말하면서 그의 말솜씨에 완전히 매혹되어, 내게 그런 요지의 말을 몇 번씩이나 하였다. 나와 단둘이 있을 때면, 공작은 자기 자신에 대해서 때로 거의 절망적인 소리를 했다. 〈나는 너무도 무지해서 이런 거짓된 삶을 삽니다!〉 어느새 우리는 그런 말을 거리낌없이 할 정도로 친밀해졌다……. 그때는 베르실로프에게 공작의 장점만을 말해 주려고 노력했으며, 내가 분명히 알고 있는 그의 결점은 적극적으로 변호해 주고자 했다. 그러나 베르실로프는 내 말에 대답을 하지 않거나, 그렇지 않으면 가만히 미소짓고 있을 뿐이었다.

「물론 그에게도 여러 가지 결점이 있지만, 그는 적어도 그 이상의 장점을 가지고 있어요!」 나는 언젠가 우리 둘이 있을 때 베르실로프에게 큰소리로 말했었다.

「칭찬이 대단하구나.」 그가 웃음을 터뜨렸다.

「뭐가 칭찬이라고 그러세요?」 나는 영문을 알 수 없었다.

「그가 그 정도로 장점이 많단 말이지! 만일 그 사람이 결점만큼 장점을 가지고 있다면, 그는 성인이 되겠구나!」

물론 이것은 구체적인 의견이라고 할 수 없다. 이유는 정확히 모르겠지만, 그 당시 그는 대체적으로 공작에 대해 이야기하는 것을 회피하고 있었다. 물론 모든 일상적인 것에 대해서도 그랬지만, 공작에 대해서는 특히 그러했다. 나는 그 당시부터 이미 혼자 생각으로, 그가 나를 제쳐놓고 공작과 왕래하고 있지 않은가, 그들 사이에 무슨 특별한 관계가 있지 않은가에 대해 의구심을 가지고 있었지만, 별로 내색하지는 않았다. 그리고 그가 공작을 대할 때는 나를 상대할 때보다 더 진지하고 적극적인 태도로 임한다는 사실에 대해, 이를테면 비웃는 듯한 말을 함부로 하지 않는다는 사실에 대해 나는 별로 질투심을 느끼지 않았다. 그 당시에는 전체적으로 아주 안정적인 기분을 느꼈기 때문에, 오히려 나는 그러한 사실이 마음에 들기까지 하였다. 또한 공작은 영민한 사람이 아니어서 말을 할 때도 정확하게 내용을 전달하려는 데만 치중하여, 풍자적인 의미를 담은 말은 전혀 이해하지 못했지만 나는 그러한 사실조차도 이해하려는 입장을 취했다. 그러나 최근에 와서는 그가 어쩐지 분수에 넘치게 행동한다는 것을 느끼게 되었다. 베르실로프에 대한 그의 감정도 왜 그런지 얼마쯤 변하기 시작한 것 같았다. 통찰력이 있는 베르실로프도 그것을 인식했다. 여기서 미리 말해 두지만, 동시에 공작의 나에 대한 태도도 바뀌었다는 것을 확연히 알 수 있었다. 그래서 이제는 처음에 두 사람 사이에 있었던 열렬한 우정의 잔재만이 남아 있게 되었다. 그럼에도 불구하고, 나는 여전히 그의 집에 출입하고 있었다. 기왕에 일상적인 일처럼 된 것을 하루아침에 그만둘 수가 없었기 때문이다. 그때 내가 왜 그런 서투른 짓을 했을까. 사람을 그토록 비굴하고 무력하게 만들 수 있었던 것은 단지 우둔한 마음뿐이란 말인가? 그에게 돈을 꾸면서도 나는 그것을 대수롭지 않게, 오히려 당연하게까지 여겼다. 물론 마음이 불편하지 않았던 것은 아니다. 나는 그때도 그것이 당연하지 않다는 것을 알고 있었다. 단지 내가 그런 것을 그다지 깊이 생각해 보지 않았을 뿐이다. 물론 나는 돈이 무척이나 필요했지만, 그렇다고 단지 돈 때문에 그 집에 드나든 것은 아니었다. 돈 때문에 출입하는 것이 아니란 것을 알고 있었지만, 또 매일 돈을 꾸기 위해 다닌다는 것도 잘 알고 있었다. 이를테면 나는 감정의 소용돌이 속에 빠지고 말았던 것이다. 그 당시 내 마음에는 이런 일 이외에 전혀 다른 것이 가득 차 있었다. 내 마음속에는 기쁨의 노래가 흘러넘치고 있었다!

아침 열한 시쯤 내가 그 집에 들어갔을 때, 마침 베르실로프가 무언가 자신의 견해를 늘어놓던 것을 마무리하려던 시점이었다. 공작은 방 안을 거닐면서 그의 말에 주의를 기울이고 있었고, 베르실로프는 의자에 앉아 있었다. 공작은 다소 흥분한 듯이 보였다. 그는 거의 언제나 베르실로프의 말을 들은 뒤 흥분을 느꼈다. 공작은 단순하리만큼 감수성이 풍부한 사람이어서, 바로 그 점 때문에 나는 그를 다소 낮추어 보았다. 그러나 다시 말하지만, 최근 며칠 사이에 그는 어딘가 아주 공격적인 태도를 보였다. 내 모습을 보자 그는 걸음을 멈췄다. 그러더니 그의 얼굴에 희미한 경련이 일어나는 것 같았다. 그날 아침에 왜 그가 그렇게 침울한 표정을 짓고 있는지 나는 잘 알고 있었지만, 그의 얼굴에 경련이 일 정도라고는 상상도 못했다. 그에게 여러 가지 걱정거리가 겹쳐 있다는 것을 나는 분명히 알고 있었다. 그러나 내가 알고 있는 것은 겨우 사실의 10분의 1 정도이며, 나머지에 대해서는 그가 내게 아무것도 말하지 않았다는 것 때문에 나는 불쾌한 느낌을 가지고 있었다. 왜냐하면 그의 말을 들으면서 나는 그를 위로하며 충고하려고 덤볐고, 〈그런 시시한 일 때문에〉 당황하는 그의 유약한 태도를 오만한 자세로 냉소하는 데에 익숙했기 때문이다. 그러면 그는 아무런 말이 없었다. 아마도 그러한 순간에 그는 속으로 나를 증오하고픈 생각이 들지 않을 수 없었을 것이다. 나는 아주 동떨어진 생각을 하면서 그의 속생각에 대해서는 생각조차 하지 못했다. 신에게 맹세하건대, 가장 중요한 사안에 대해서 나는 아무런 의구심도 갖고 있지 않았던 것이다!

그렇지만 그는 예의 바른 자세로 내게 손을 내밀었다. 베르실로프는 이야기를 멈추지도 않고 고개만 끄떡했다. 나는 소파 위에 팔다리를 죽 펴고 드러누웠다. 그 당시 내 말투와 태도는 아주 형편없었다! 나는 이전보다 더욱더 함부로 말했고, 마치 친구들을 대하듯 그의 친지들을 낮추어 보기까지 하였다……. 만일 지금 다시 그런 상황이 된다면, 나는 그때와는 전혀 다른 태도를 취할 텐데!

잊어버리지 않기 위해 해야 할 두 마디 말이 있다. 세료쟈 공작은 당시에도 여전히 그 집에 살고 있었는데, 그때는 이미 집 거의 전체를 차지하고 있었다. 집주인인 스똘베예바 부인이 약 1개월 정도 그곳에 머물다가 다시 어딘가로 떠났기 때문이다.

2

 두 사람은 귀족 계층의 특성에 대해 이야기하고 있었다. 미리 언급해 둔다면, 공작은 외형적으로 완전한 진보주의자를 표방하고 있었지만, 이러한 주제는 때로 그를 매우 흥분시켰다. 아마도 그와 연루된 여러 가지 추문들은 이러한 그의 사고 방식과 깊은 관련을 맺고 있을 것이라고 나는 생각했다. 거지나 다름없는 처지이면서도 자신의 신분이 공작이라는 허영심과 헛된 자존심에서 일생 동안 가는 곳마다 돈을 뿌리고 다녀, 결국에는 엄청난 부채를 지게 되었던 것이다. 베르실로프는 그의 신분이 공작이라는 사실을 일깨워 주며, 그에 걸맞는 고상한 사상을 내면에 견지하도록 여러 차례 당부의 말을 하였다. 그러나 공작은 그렇게 그로부터 설교를 듣는 것을 모욕적이라고 생각하는 듯했다. 분명히 그날 아침에도 무언가 그와 비슷한 일이 있었던 것 같지만, 나는 그 내용을 듣지 못했다. 처음에 베르실로프는 보수적 성향의 말을 했지만, 나중에는 멋진 말로 그것을 수정했다.

「명예라는 말은 동시에 의무를 뜻하는 것입니다.」 그가 말했다 (나는 그의 말을 내가 기억하는 범위 내에서만 서술하고자 한다). 「그 사회의 엘리트들이 국가를 지배하면 그 나라는 견고해질 것입니다. 최고 계층은 항상 자신의 명예에 대해 생각하며, 그 명예에 대한 믿음을 가지고 있습니다. 그것은 때로 바람직하지 못한 때도 있을지 모르지만, 구성원들을 항상 굳건히 결합시키는 역할을 하며 나라를 견고하게 안정시킵니다. 그것은 정신적으로도 유익하지만, 정치적으로는 더욱 유익하지요. 그러나 노예들, 즉 이 계층에 속하지 않는 모든 사람들은 피해를 보는 것입니다. 그들이 피해를 보지 않도록 하기 위해서는 권리의 평등화가 이루어져야 합니다. 우리 나라에서도 그처럼 실행된 적이 있습니다. 그것은 매우 유익한 방향이지요. 그러나 모든 경험에 비추어 판단하건대, 도처에서(즉 유럽에서) 권리의 평등화가 이루어지면 동시에 명예심의 감소, 이에 따른 책임감의 감소가 생겼습니다. 이기주의가 이전의 공동체적 이념과 자리를 바꿨고, 모든 것이 개인의 개별적인 자유로 분해되어 버리고 말았습니다. 개인의 자유를 느낀 사람들은 공동체적 의식이 없기 때문에 결국은 모든 사회의 결합력이 분실되었고, 그렇게 되니 모처럼 얻은 자신의 자유조차 지키지 못하게 되었습니다. 그러나 러시아 귀족의 특성은 유럽의 귀족 정신과 다릅니다. 우리 나라의 귀족 계층은 특권을 상실한 오늘날에도 명예와 상류 사회, 과학, 고상한 사상 등의 수호자라는 모습으로 이 시대 엘리트 계층으로 남아 있을 수 있습니다. 그리고 중요한 것은 이 계층이 이미 개별적인 신분 계급의 테두리 안에 머무르지 않게 되었다는 점입니다. 그렇게 하는 것은 이미 사상의 죽음을 의미하는 것이니 말입니다. 우리 나라에서는 아주 오래 전부터 이 계층에 들어가는 문이 열려 있었지만, 이제 그 문을 완전히 개방할 시기가 온 것입니다. 명예와 학문, 용감한 행동 등의 분야에서 공을 세운 모든 사람들에게, 우리 나라에서는 누구에게나 최고 계층의 한 사람이 될 권리를 주면 좋겠습니다. 그렇게 하면 그 계층은 저절로 이전 같은 특권을 가진 계급의 의미가 아닌, 진정한 의미에서 이 시대 최고 엘리트들의 모임으로 변하게 될 것입니다. 그렇게 된다면 이 계층은 새로운 의미로, 아니 완전히 혁신된 면모로 계속해서 유지될 것입니다.」

그러자 공작이 언성을 높이면서 화를 냈다.

「그렇게 되면 그게 무슨 귀족 계층이겠습니까? 당신이 구상하고 있는 것은 무슨 공제 조합원들의 비밀 모임 같은 것이지, 귀족 계층이 아닙니다.」

다시 한번 말하지만, 공작은 교양의 깊이가 없는 사람이었다. 나도 베르실로프와 전적으로 같은 의견은 아니었지만, 그래도 그의 몰이해에 화가 나서 소파 위에서 몸을 돌려 앉았다. 공작이 입에 거품을 물며 반대하는 내용을 베르실로프도 잘 알고 있었다.

「당신이 왜 비밀 공제 조합이라는 말을 한 것인지 저는 이해가 안 되는군요.」 그가 말했다. 「그러나 러시아의 공작조차도 이런 사상을 거부한다면, 이 사상이 아직 적절한 때를 만나지 못한 것임에 틀림없습니다. 폐쇄되어 있지 않고 부단히 갱신되어 가는 이 계층의 일원이 되길 원하는 모든 사람들은, 신의 약속이라고도 할 수 있는 이 명예와 계몽의 사상이, 물론 유토피아라고 할 수 있지만, 분명히 실현 가능한 것이라고 생각하고 있습니다. 만약 이 사상이 단지 극소수 사람들의 가슴속에라도 살아 있다면, 그것은 아직 완전히 소멸된 것이 아닙니다. 그것은 깊은 암흑 속의 등불처럼 주변에 환한 빛을 비추고 있는 것입니다.」

「당신은 〈고상한 사상〉이니 〈위대한 사상〉이니 〈공동체적 이념〉이니 하는 따위의 말을 쓰기를 좋아하는군요. 〈위대한 사상〉이라는 말로 도대체 당신이 무엇을 말하려는 것인지 그걸 알고 싶군요.」

「공작님, 저 자신도 그것을 어떻게 정의해야 할지에 대해서는 구체적으로 모르겠습니다.」 베르실로프는 희미한 미소를 지으며 말했다. 「저 자신도 아직 그것에 대해 뭐라고 정확한 답을 할 수 없다고 고백하는 것이 아마 가장 명확할 것입니다. 위대한 사상이란 어쩌면 아주 오랫동안 단정적으로 규정짓지 않는 상태로 있는 추상적인 관념인 경우가 흔히 있습니다. 제가 알고 있는 것은, 다만 그것이 항상 실생활의 원천이었다는 것뿐입니다. 즉 그것은 정신적인, 머리에서 생각해 낸 생활이 아니라, 일상의 구체적인 생활과 관계가 있는 것입니다. 따라서 이 생활의 원천인 고상한 사상은 절대로 필요한 것입니다. 물론 그것이 모든 사람들에게 커다란 부담을 주고 있지만 말입니다.」

「왜 커다란 부담을 주지요?」

「왜냐하면 이념을 가지고 생활하는 것을 추구하지만, 사실 이념 없이 생활하는 것이 항상 더 즐거운 것이니 말입니다.」

공작은 쓰디쓴 표정을 지었다.

「그렇다면 당신의 의견으로는 그 실생활이란 게 도대체 어떤 것입니까?」(그는 분명히 화가 나 있었다.)

「역시 잘 모르겠습니다. 공작님. 제가 알고 있는 것은, 그것은 다만 지독히 단순하고 가장 평범한 것으로, 일상에서 시나브로 눈에 띄는 것이라고 여겨집니다. 그러나 그것은 너무도 단순하기 때문에, 그렇게 단순하리라는 것을 우리가 아무래도 믿을 수 없어 자연히 몇천 년 동안 그것을 알아차리지도 알지도 못하고, 우리는 그 옆을 지나치고 있는 것입니다.」

「제가 말하고 싶었던 것은 당신의 귀족론은 동시에 귀족 부정론을 말하고 있다는 것입니다.」 공작은 말했다.

「만일 그렇게 생각하신다면, 우리 나라 역사에서 귀족 계층은 어쩌면 한 번도 존재한 일이 없었다고 말해도 좋을 것입니다.」

「당신 말씀은 모두 상당히 애매하고 불명료하군요. 제 생각을 바탕으로 의견을 말한다면, 그것을 제대로 전개시켜야 하지 않겠…….」

말을 하다 말고 공작은 이마에 주름을 지으며 흘긋 벽에 걸린 괘종 시계를 쳐다보았다. 그러자 베르실로프는 자리에서 일어나 모자를 손에 들었다.

「전개시켜야 한다고요?」 그가 말했다. 「아닙니다. 전개시키지 않는 쪽이 더 낫겠습니다. 어떤 명제를 전개시키지 않고 얼버무려 이야기하는 것이 제 취미이기도 하지요. 정말 그렇습니다. 그리고 또 하나 이상한 일이 있습니다. 제가 믿고 있는 사상을 전개시켜 나가기 시작하면, 거의 언제나 설명이 끝날 무렵에는 제 자신이 설명하고 있는 것을 스스로 믿지 않게 됩니다. 지금도 그렇게 되지 않을까 그것이 두렵습니다. 그러면 이만 실례합니다, 공작님. 댁에 오면 저는 언제나 별 내용도 없는 것을 함부로 말하곤 합니다.」

그는 나가 버렸다. 공작은 정중하게 그를 배웅했다. 그러나 나는 화가 났다.

「당신은 무엇 때문에 그렇게 침울한 모습을 하고 있지요?」 내 쪽을 돌아다보지도 않고 그냥 옆을 스쳐 지나 탁자 쪽으로 가며 그가 불쑥 말을 꺼냈다.

「침울하게 앉아 있는 것은.」 나는 떨리는 목소리로 말을 시작했다. 「저나 베르실로프를 대하는 당신의 태도가 상당히 변했다는 것을 알게 됐기 때문이지요. 제 생각에…… 물론 베르실로프는 분명히 어느 정도 보수적 입장에서 시작했지만 나중에 자신의 노선을 바꾸었습니다……. 그리고 그의 모든 말 속에는 어쩌면 깊은 사상이 내재해 있는지도 모릅니다. 그런데도 당신은 그것을 이해하지 못하고 있어서…….」

「저는 당신들이 감히 저를 가르치려 들고, 저를 어린애 대하듯 하는 것이 아주 싫습니다!」 그는 거의 격노한 듯이 분노 어린 목소리로 외쳤다.

「공작, 어떻게 그런 말을…….」

「죄송합니다만, 제발 그런 연극조의 몸짓은 하지 말아 주십시오. 저 자신도 제가 아주 저속하다는 것과 또 낭비벽이 심하고 노름꾼이라는 것을 잘 알고 있습니다. 무엇보다도 저는 어쩌면 도둑놈…… 맞습니다, 제 가족의 돈을 도박으로 다 잃고 있으니 도둑놈이지요. 하지만 저는 다른 사람이 저에 대해 함부로 판단하는 것은 용납할 수가 없습니다. 그리고 절대로 그렇게 하도록 놔둘 수가 없습니다. 제 자신의 일은 제 스스로 판단합니다. 그런데 왜 그런 모호한 말을 쓰지요? 만약 그가 제게 하고 싶은 말이 있다면, 유치한 예언자처럼 그렇게 애매하게 말하지 말고 직설적으로 하라는 겁니다. 그러나 제게 그런 말을 하기 위해서는 당사자 스스로가 그만한 권리를 가지고 있어야 합니다. 자기 자신이 그 정도로 진실해야…….」

「첫째, 저는 처음부터 이 자리에 있었던 것이 아니기 때문에 당신들이 무슨 이야기를 하고 있었는지 모릅니다. 그리고 둘째로는, 베르실로프의 어떤 면이 성실하지 못하단 말씀인지 그것을 당신에게 묻고 싶군요.」

「됐습니다. 부탁이니 이제 그 얘기는 그만둡시다. 그리고 어제 당신이 3백 루블을 부탁하셨지요. 자, 여기 있습니다……」 그는 내 앞에 있는 탁자 위에 돈을 놓고는 초조한 태도로 안락의자에 등을 기대고 앉아 다리를 꼬았다. 나는 당황하여 말을 멈췄다.

「글쎄요……」 나는 중얼거렸다. 「제가 틀림없이 당신에게 그런 부탁을 드렸고, 또 지금도 그 돈이 절실하게 필요하긴 하지만, 그런 어조로……」

「제 어조에 대한 말씀은 그만두세요. 만일 제가 말을 심하게 했다면 용서하세요. 솔직하게 말하자면 저는 그런 문제에 신경을 쓸 겨를이 없습니다. 제 상황에 대해 들어 보십시오. 저는 모스끄바에서 온 편지를 받았어요. 그런데 제 동생 사샤가 아직 어린아이인데도 나흘 전에 그만 죽었답니다. 그리고 아버지는, 당신도 잘 아시겠지만, 벌써 2년 동안이나 중풍을 앓고 계십니다. 그런데 편지에 의하면 지금 병세가 악화되어서 말도 못하고 사람을 알아보지도 못한다고 합니다. 그런 상황에서 가족들은 유산 상속 문제가 잘 해결되어 아주 기뻐하고 있으며, 아버지를 외국으로 모시고 갈 생각을 하고 있다고 합니다. 그러나 의사가 내게 쓴 편지에 의하면, 앞으로 아버지는 2주를 더 살까 말까 하다고 합니다. 그렇게 되면 어머니와 여동생 그리고 저만 남게 됩니다. 이제 저는 거의 혼자…… 간단히 말하자면, 이제부터 저는 외톨이가 되는 것입니다. 그 유산은…… 그 유산은 어쩌면 그런 것이 애초에 없었더라면 더 좋았을지 모르겠다는 생각이 듭니다! 하지만 저는 당신에게 이것만은 꼭 알리고 싶습니다. 저는 그 유산 중에서 최소한 2만 루블을 안드레이 뻬뜨로비치에게 주겠다고 약속했습니다……. 그렇지만 생각해 보십시오. 지금까지 얼마나 사정이 복잡하게 돌아갔습니까? 그래서 아직까지 무엇 하나 실행할 수가 없었습니다. 저는 아직까지…… 우리는…… 즉, 아버지는 아직까지도 그 영지의 소유자로 되어 있지 않습니다. 그러는 사이, 최근 3주 동안 저는 상당한 액수를 잃었고, 더욱이 그 추잡한 스쩨벨꼬프라는 놈은 고율의 이자를 받고……, 그런 상황이라 저는 이제 당신에게 거의 마지막 돈을 드리는 겁니다…….」

「공작, 만일 사정이 그렇다면…….」

「저는 그런 뜻으로, 그런 의미로 말한 게 아닙니다. 아마도 오늘 스쩨벨꼬프가 돈을 가져올 것이고, 그 돈이면 어느 정도 융통이 될 수 있을 것입니다. 하지만 그 빌어먹을 스쩨벨꼬프라는 놈이 사정을 훤히 알고 있다는 게 문제지요! 저는 안드레이 뻬뜨로비치에게 다만 1만 루블이라도 주려고 그에게 1만 루블을 가져오도록 부탁했습니다. 그런데 3분의 1을 나눠 주겠다고 했던 약속이 저를 괴롭히고 자책하게 합니다. 하지만 제가 약속한 이상 꼭 지킬 것입니다. 당신에게 솔직하게 말하자면, 저는 그런 의무로부터 속히 벗어나고 싶습니다. 그런 의무감이 저를 짓누르기 때문에 참으로 괴롭습니다! 그런 견딜 수 없는 무거운 부담감 때문에 저는 안드레이 뻬뜨로비치를 만날 수가 없습니다. 그분의 눈을 똑바로 쳐다볼 수가 없기 때문이지요……. 그런데 왜 그분은 이러한 상황을 악용하는 걸까요?」

「악용하다니 그게 무슨 말씀입니까, 공작?」 나는 놀라서, 그의 앞에서 걸음을 멈췄다. 「언제 그 사람이 당신에게 그런 암시라도 하던가요?」

「전혀 그렇지 않습니다. 저는 그것을 고맙게 생각하고 있습니다. 그렇지만 저는 스스로 자신에게 암시하고 있습니다. 그러다 보니 결국 저는 점점 더 깊이 빠져 들어갈 뿐이지요……. 그 스쩨벨꼬프라는 놈이 말입니다.」

「이것 보세요, 공작. 제발 진정하세요. 제 생각에 당신은 점점 더 흥분해서 이런저런 추측을 지나치게 하는 것 같습니다. 그리고 이렇게 말하는 저 자신도 어느새 그런 생각에 깊이 빠져 든 것 같습니다. 용서받지 못할 만큼 비열하게 말입니다. 하지만 이런 생각은 일시적인 것에 불과하다는 것을 저는 잘 알고 있습니다⋯⋯. 하지만 결국에는 일정한 액수의 돈만 맞추면 되는 것 아니겠어요. 지금 이 3백 루블을 합해서 제가 전부 2천 5백 루블을 당신으로부터 빌리는 것이지 않습니까, 그렇지요?」

「제가 언제 당신에게 돈을 갚으라는 재촉을 하던가요?」 공작이 돌연 화를 내며 언성을 높였다.

「당신은 베르실로프에게 1만 루블을 주겠다고 하셨지요. 제가 당신에게 빌린 돈을 베르실로프에게 갈 2만 루블에서 제하세요. 그래야 저도 마음이 편할 것입니다. 그리고⋯⋯ 저는 틀림없이 그 돈을 제 스스로 갚을 것입니다⋯⋯. 그런데 베르실로프가 이렇게 당신 집에 왕래하는 것이 돈 때문이라고 생각하십니까?」

「아닙니다. 돈 때문에 왕래하는 것이라면 차라리 제 마음이 편하겠습니다.」 공작은 알쏭달쏭한 말을 중얼거렸다.

「당신은 〈무거운 부담〉이라고 말씀하셨지요⋯⋯. 만약 그것이 베르실로프나 저를 지칭해서 하신 말씀이라면 저는 받아들일 수 없습니다. 그리고 마지막으로 또 한 가지를 말해야겠는데요, 왜 그 사람이 다른 사람들에게 그렇게 되라고 가르치는 바로 그런 사람이 아니라고 생각하지요? 어쩌면 그것이 바로 당신이 의지하고 있는 논리가 아닌가요! 하지만 그것은 분명히 말씀드립니다만 논리가 아닙니다. 왜냐하면 그가 설사 그런 사람이 아닐지라도 진리에 대해 말할 수는 있는 것이니까요⋯⋯. 그리고 끝으로 설교라는 말은 대체 뭐지요? 당신은 〈예언자〉라는 말을 했지요. 솔직하게 말씀해 주십시오. 독일에서 그를 가리켜 〈치마를 입은 예언자〉라고 말한 사람이 바로 당신입니까?」

「아닙니다, 제가 아닙니다.」
「스쩨벨꼬프는 제게 당신이 그랬다고 하던데요.」
「그가 거짓말을 한 것입니다. 저는 누군가에게 이상한 별명을 붙이는 일을 그다지 잘하지 못합니다. 그리고 제가 말하고자 하는 것은, 명예에 대한 설교를 하려면 누구든 먼저 자기 자신이 명예로운 인간이 되라는 것입니다. 이것이 바로 저의 논리입니다. 만일 그것이 옳지 못한 것일지라도 마찬가지로 그렇게 하라는 것입니다. 저는 그렇게 되기를 원하며 또 실제로 그렇게 될 것입니다. 그리고 그 어떤 사람이라도 제 집에 와서 저에 대해 함부로 판단하거나 저를 어린애 취급하는 따위의 짓을 감히 하지 않기를 저는 바랍니다! 이 정도로 해둡시다.」 그는 큰소리로 말한 다음, 내가 다른 말을 계속하지 못하도록 손을 내저었다. 「어휴, 이제야 겨우!」

바로 그때 문이 열리더니, 스쩨벨꼬프가 들어왔다.

3

그는 변한 것 하나 없이 여전히 자신의 특성을 그대로 보여 주었다. 멋지게 옷을 차려입고, 가슴을 앞으로 내민 채 상대방의 눈을 멍하니 바라보며, 정작 자신은 아무것도 모르는 시늉을 하고 있다고 여기면서 혼자 만족해 하는 특유의 몸짓이 조금도 변하지 않았다. 방에 들어오자 이번에는 평소와 달리 뭔가 매우 조심스럽게 경계하는 빛이 그의 시선에서 엿보였다. 그는 우리의 표정에서 뭔가 알아내려고 하는 것 같았다. 그러다가 그는 곧 안심한 듯 입가에 자신만만한 미소가 번지기 시작했다. 다소 불손하기는 했지만 그런대로 봐줄 만한 미소였음에도 나는 역시 참기가 아주 힘들었다.

나는 오래 전부터 그가 공작을 매우 괴롭히고 있다는 것을 알고 있었다. 그는 전에도 한 번인가 두 번 내가 있을 때 여기에 온 일이 있다. 나도⋯⋯ 나도 역시 최근 한 달 사이에 그와 어떤 관계를 가지게 되었지만, 그가 들어오는 것을 보고 약간 당황했다.

「잠깐 기다려요.」 공작은 아무런 인사말도 없이 그에게 말한 다음, 우리 두 사람에게 등을 돌리고는 탁자 서랍에서 필요한 서류와 계산서를 꺼내기 시작했다. 그때 나는 공작이 한 마지막 말에 상당히 분개하고 있었다. 그의 말 속에는 베르실로프가 명예롭지 못한 사람이라는 암시가 너무나 분명하게 드러났기 때문에 (그것은 참으로 놀라운 것이었다!) 자세한 해명을 듣지 않고는 넘어갈 수가 없는 문제였다. 그러나 스쩨벨꼬프 앞에서는 그런 내용을 말할 수가 없었다. 나는 다시 소파에 기대어 앞에 있는 책을 펼쳤다.

「벨린스끼, 제2부! 아주 새 소식이군요. 당신도 계몽되기를 원하십니까?」 나는 공작에게 큰소리로 물었다. 아마 내 어조는 극히 부자연스럽게 들렸을 것이다.

그는 서두르며 무언가를 하다가 내 말을 듣고는 갑자기 돌아보았다.

「그 책은 그냥 좀 놔둬 주세요.」 그는 날카로운 어조로 말했다.

그의 말투는 아무래도 지나친 것이었다. 그것도 스쩨벨꼬프 앞에서! 상황이 묘하게 흐르자 스쩨벨꼬프는 의도적으로 교활하고 야비한 표정으로 나를 한번 쳐다보고는 턱으로 공작을 가리켰다. 나는 이 불한당을 그저 외면하고 말았다.

「화내지 마세요, 공작. 중요한 인물과 얘기를 하도록 저는 아무 소리 없이 사라지겠습니다⋯⋯.」

나는 무심한 태도를 취하기로 마음을 먹었다.

「지금 중요한 인물이란 것은 바로 저를 두고 하시는 말씀입니까?」 유쾌한 듯 자기를 손가락질하면서 스쩨벨꼬프가 내 말을 받았다.

「그렇습니다. 당신이지요. 당신이야말로 바로 그 중요 인물입니다. 자신도 그것을 잘 알고 있지 않던가요.」

「아닙니다. 천만의 말씀이지요. 세상에는 어디에나 부차적인 인물이 있습니다. 저는 바로 그런 부차적인 인물입니다. 중요 인물도 있고 부차적인 인물도 있다는 말씀이지요. 중요한 인물이 행동을 하면, 부차적인 인물이 그 결과를 취합니다. 그렇게 해서 결과적으로 중요한 인물은 부차적인 인물이 되고, 부차적인 인물이 중요한 인물이 되는 것입니다. 그렇지요, 혹시 그렇지 않습니까?」

「그럴지도 모르지요. 그러나 다만 저는 늘 그렇듯이 당신의 이야기가 전혀 이해되지 않는군요.」

「말하자면 이런 이야기지요. 프랑스에 혁명이 일어나서 모두 사형을 당했습니다. 그런 상황에서 나폴레옹이 나와서 모든 것을 장악해 버렸지요. 이때 혁명은 중요한 인물, 나폴레옹은 부차적인 인물입니다. 그러나 결국에는 나폴레옹이 중요한 인물이 되고, 혁명은 부차적인 인물이 되고 말았습니다. 어떻습니까, 그렇지 않습니까?」

다시 한번 말하지만, 내게 프랑스 혁명에 대해서 말하는 동안, 나는 이미 전에 아주 재미있게 본 적이 있는 그의 교활한 수법을 간파했다. 그는 나를 무슨 혁명이라도 꿈꾸는 사람처럼 생각하고, 나와 만날 때면 반드시 뭔가 그런 종류의 이야기를 하지 않으면 안 된다고 생각하는 듯했다.

「자, 저쪽으로 갑시다.」 공작이 말했다. 그리고 그들 두 사람은 옆 방으로 갔다. 혼자 남게 되었을 때 나는 스쩨벨꼬프가 돌아가면 3백 루블을 다시 공작에게 돌려주려고 생각했다. 나도 그 돈이 아주 필요했지만 그렇게 하기로 작정했다.

그들은 아무 소리도 없이 약 10분 동안 옆 방에 있더니, 갑자기 큰소리로 이야기를 시작했다. 두 사람이 같이 이야기를 시작하더니 갑자기 공작이 큰소리를 지르기 시작했다. 굉장히 화가 나서 거의 미친 듯한 기세였다. 때때로 그는 몹시 화를 내는 일이 있었기 때문에 나는 그것에 별로 마음을 두지 않았다. 바로 그 순간 하인이 손님의 내방을 알리려고 들어왔다. 나는 옆 방에 있다고 가르쳐 줬다. 그러자 곧 방 안이 조용해졌다. 공작이 걱정스러운 표정을 지으며 서둘러 나왔다. 그의 얼굴은 미소를 머금고 있었다. 하인이 뛰어나갔다. 그리고 30초쯤 지나서 공작을 찾아온 손님이 들어왔다.

들어온 사람은 정장에 단 장식이나 표식으로 보아 예사롭지 않은 신분의 손님인 것 같았다. 나이는 서른이 넘지 않았고, 상류 사회의 인물답게 어딘가 엄격한 풍모가 느껴지는 신사였다. 여기서 독자에게 미리 말해 둘 것이 있다. 세르게이 뻬뜨로비치 공작은 자신이 진심으로 열망하고 있었지만(그가 진정으로 열망하고 있었다는 것을 나는 알고 있다), 아직 뻬쩨르부르그 상류 사회의 일원이 되지는 못하였다. 그런 상황에서 그가 이 방문객을 존중하는 것은 당연했다. 내가 알기로는 이러한 교제를 이루기 위해 공작은 무진 애를 썼고, 비로소 최근에 성사되었던 것이다. 그 답례로 귀한 손님이 방문한 것이었는데, 불행히도 하필 주인이 뜻밖의 일을 당하던 상황이었다. 나는 공작이 아주 당황스럽고 난처한 표정으로 스쩨벨꼬프 쪽을 돌아다보는 것을 보았다. 그러나 스쩨벨꼬프는 태연스럽게 그 시선을 받아넘겼고, 그 자리를 떠나려는 생각은 조금도 하지 않는 것 같았다. 그는 마음 편하게 소파에 앉더니, 손으로 머리를 쓰다듬어 올리기 시작했다. 아마 자신의 존재를 과시하려는 듯이 그는 유달리 거들먹대는 표정을 지어 보이기까지 하였다. 한마디로 말해서, 보기에 아주 역겨운 태도를 취했던 것이다. 나는 이미 그러한 상황에서 어떻게 처신해야 할지를 알고 있었기 때문에 적절히 대처할 자신이 있었다. 그런데 나를 바라보는 공작의 시선 역시 어쩔 줄 모르며 유감스럽고도 악의에 가득 차 있다는 것을 느꼈을 때 나는 상당히 당황했다.

그렇다면 그는 우리 두 사람이 와 있는 이 상황을 내면적으로 부끄럽게 여기고 있으며, 나를 스쩨벨꼬프와 동등하게 취급하고 있다는 것이다. 이 생각은 나를 미칠 듯이 화나게 했다. 그래서 나는 온몸을 쫙 펴고 거의 드러누운 자세를 취하고, 나하고 아무 상관 없다는 표정으로 책장을 넘기기 시작했다. 반대로 스쩨벨꼬프는 마치 그렇게 하는 것이 예의에 맞는 정중한 태도라고 여기는 듯 눈을 동그랗게 뜨고 그들의 대화를 귀담아듣기 위해 몸을 앞으로 숙였다. 손님은 한두 차례 스쩨벨꼬프와 나를 힐끔 바라보았다.

두 사람은 서로의 집안에 대해 얘기하기 시작했다. 이 신사는 이미 명문 가문 출신인 공작의 어머니를 알고 있었다. 내가 판단하건대 그 손님은 상당히 예의 바르고 어투도 외형적으로는 솔직해 보이지만, 내면적으로는 대단히 격식과 체면을 따지는 인물 같았다. 또한 그는 상대가 누구든, 자신의 방문을 받은 사람은 그것을 매우 영광으로 생각하는 것이 당연하다고 여길 정도로 자신을 높이 평가하고 있음에 틀림없었다. 만일에 공작이 혼자 있었더라면, 즉 우리가 없었더라면, 그는 더욱더 품위를 갖추고 의례적인 태도를 취했을 것이라고 나는 확신한다. 그러나 이런 상황에서 그는 의도적으로 재치 있는 표정을 지어 보이며 웃고 있었다. 하지만 그의 웃는 얼굴에는 별로 내키지 않는 기색과 이상스럽게 방심하는 듯한 기운이 담겨 있었다.

그렇게 두 사람이 자리에 앉은 지 5분도 채 안 되었을 때, 갑자기 또 다른 손님이 내방했다는 전갈이 왔다. 새로 온 손님은 일부러 그렇게 하는 듯 상당히 수다스러운 사람이었다. 아마도 그는 나에 대해 전혀 몰랐겠지만, 나는 그를 잘 알고 있었고 그에 관한 소문도 많이 듣고 있었다. 그는 멋지게 옷을 차려입은 나이가 스물셋쯤 되는 젊은이로 아주 좋은 집안의 아들이었으며 얼굴도 미남이었다. 그러나 그는 탕아들과 어울려 다녔다. 바로 작년까지 그는 사람들이 우러러보는 근위 기병대에서 복무하고 있었지만 스스로 자진해서 사표를 제출해야 했다. 그 이유를 모르는 사람은 아무도 없었다. 그의 친지들이 그의 부채에 대해서는 일절 책임을 지지 않겠다는 광고를 신문에 냈을 정도이다. 그러나 그는 여전히 매달 10퍼센트의 고리로 돈을 얻어 여러 도박장을 전전하며 무모한 노름을 하거나, 어떤 유명한 프랑스 여자에게 돈을 뿌리면서 지금도 방탕한 생활을 계속하고 있었다. 그런데 약 일주일 전에 그는 하루 저녁에 1만 2천 루블이라는 거금을 따게 되어 도취된 기분에 사로잡혀 있었다. 그는 공작과 함께 노름을 자주 하였기 때문에 두 사람은 아주 친밀한 사이였다. 그러나 그의 얼굴을 보자 공작은 흠칫 몸까지 떨었다. 나는 자리에 앉은 상태에서도 그러한 기색을 알 수 있었다. 그는 어디를 가든 마치 자기 집에 있는 듯 서슴없이 행동했고, 생각나는 것은 무엇이든 큰소리로 유쾌하게 이야기하였다. 그런 특성을 가지고 있기 때문에 그는 지금 공작이 귀한 손님 앞에서 자신의 변변치 못한 친구들 때문에 불안에 떨고 있다는 사실 같은 것은 전혀 헤아릴 줄도 몰랐다.

들어와서 아직 자리에 앉기도 전부터 그는 두 사람의 대화를 가로막은 뒤, 곧바로 어제 자기가 했던 노름에 대해서 얘기하기 시작했다.

「당신도 어제 거기 계셨지요.」 몇 마디 하더니, 그는 점잖은 손님 쪽을 돌아다보았다. 처음에 그는 그 손님을 자기와 같은 부류의 사람으로 생각한 듯했다. 그러나 곧바로 눈치를 채고 나서 큰 소리로 말했다.

「아 참, 죄송합니다. 저는 어제 거기 같이 있던 분인 줄 알고!」

「알렉세이 블라지미로비치 다르잔, 이분은 이쁠리뜨 알렉산드로비치 나쉬초낀입니다.」 공작은 당황하여, 서둘러 두 사람을 인사시켰다. 젊은 사람은 널리 알려진 훌륭한 가문의 자제였기 때문에 그래도 친구라고 소개할 수가 있었다. 그러나 우리 두 사람에 대해서는 그는 아까 아무런 소개도 하지 않았다. 그래서 우리는 그냥 한쪽 구석에 그대로 앉아 있었다. 나는 절대로 그들 쪽으로 고개를 돌리려고 하지 않았다. 그러나 스쩨벨꼬프는 이 젊은이를 보자 아주 기쁜 표정을 지어 보이며 곧 이야기라도 건넬 태세였다. 그런 일들이 내게는 점점 재미있게 느껴졌다.

「저는 작년에 베리기나 백작 부인댁에서 당신을 자주 뵈었습니다.」다르잔이 말했다.

「저도 기억합니다. 그런데 그때는 아마 당신이 군복을 입고 계셨던 것 같은데.」나쉬초낀이 상냥한 태도로 말을 받았다.

「네, 군복을 입고 있었지요. 그러나 이런저런 사정으로…… 어, 스쩨벨꼬프, 당신도 와 있었나? 어떻게 이 친구가 여기 와 있지요? 사실은 이런 친구들의 덕택으로 저는 더 이상 군복도 못 입게 되었지요.」스쩨벨꼬프를 가리키더니 그는 곧 큰소리로 웃기 시작했다. 스쩨벨꼬프도 기쁜 듯이 따라 웃기 시작했다. 아마 그것이 예의라고 생각했던 모양이다. 그러자 공작은 낯을 붉히면서 서둘러 나쉬초낀에게 뭔가를 질문했다. 그러나 다르잔은 스쩨벨꼬프에게 가까이 가더니 둘이서 뭔가를 열심히 상의하기 시작했다. 그러더니 이번에는 아주 낮은 목소리로 말하였다.

「당신은 외국에서 까쩨리나 니꼴라예브나 아흐마꼬바와 아주 가까이 지내셨다지요?」손님이 공작에게 물었다.

「네, 그랬습니다. 잘 알고…….」

「아마 머지않아 새로운 소식을 들을 수 있을 것 같습니다. 소문에 의하면, 그분은 뷔링 남작과 결혼한답니다.」

「맞습니다, 정말입니다!」다르잔이 큰소리로 말했다.

「당신은…… 분명히 그것을 들었습니까?」공작은 분명하고 약간 흥분된 어조로, 그리고 유난히 힘이 들어간 목소리로 나쉬초낀에게 물었다.

「그런 내용의 이야기였지요. 그 일에 대해서는 이미 소문이 자자한 모양이던데요. 물론 확실한 것은 모릅니다만.」

「아니 틀림없습니다!」 그들에게 다가서며 다르잔이 말했다. 「어제 두바소프가 제게 그렇게 말했어요. 그 사람은 언제나 그런 소식엔 빠르거든요. 공작은 당연히 아시고 계실 줄 알았는데…….」

나쉬초낀은 다르잔의 말이 끝나기를 기다린 후 다시 공작에게 말했다.

「그분은 요즈음 사교계에 별로 나오지 않더군요.」

「지난달에 그녀의 아버지가 앓고 계셔서.」 왠지 다소 무뚝뚝한 어조로 공작이 말했다.

「그분은 아주 로맨스가 많은 숙녀 같군요!」 갑자기 다르잔이 불쑥 말했다.

나는 고개를 들고 똑바로 일어섰다.

「저는 개인적으로 까쩨리나 니꼴라예브나를 아는 영광을 가졌습니다. 따라서 그런 모든 추잡한 풍문은 거짓과 수치스러운 낭설에 불과하며……, 그것은 그분의 사랑을 얻으려고 애쓰다가 실패한…… 그런 사람들이 생각해 냈다는 것을 분명히 말해야 할 의무가 있습니다.」

갑자기 이치에 닿지도 않는 말로 그들의 대화를 끊어 놓고 나는 다시 입을 다물었다. 내 얼굴은 불덩어리처럼 달아올랐지만, 나는 다른 사람들의 얼굴을 노려보면서 똑바로 서 있었다. 모두가 내 쪽을 바라보았다. 그때 갑자기 스쩨벨꼬프가 키득키득 웃기 시작하자, 잠시 어리둥절해 있던 다르잔도 입을 벌리고 따라 웃기 시작했다.

「이 사람은 아르까지 마까로비치 돌고루끼입니다.」 공작은 나를 가리키며 다르잔에게 소개했다.

「제 말은 사실입니다, 공작.」 솔직하고 선량한 어조로 다르잔이 내게 말했다. 「저는 제 자신의 의견을 말하고 있는 것이 아닙니다.

또한 그런 소문이 있다고 하더라도, 그것은 제가 퍼뜨린 것이 아닙니다.」

「지금 저는 당신을 두고 말한 것이 아닙니다!」 나는 서둘러 그에게 대답했다. 그러나 스쩨벨꼬프는 아주 자지러질 정도로 크게 웃고 있었다. 나중에 설명한 바에 따르면, 다르잔이 나를 공작이라고 불렀기 때문에 그는 그렇게 웃었던 것이다. 증오스러운 내 성이 다시 상황을 뒤범벅으로 만들어 버린 것이다. 물론 수치심 때문에 그렇게 하지 못했지만, 그때 바로 그가 오해했다고 지적하며 내 성은 그저 돌고루끼일 뿐이라고 말하지 못한 일을 생각하면 나는 지금도 얼굴이 화끈거린다. 그런 실수는 내 삶에서 처음 일어난 것이었다. 다르잔은 어찌된 영문인지 몰라 내 얼굴과 웃고 있는 스쩨벨꼬프의 얼굴을 번갈아 바라보고 있었다.

「아, 그렇군요! 제가 지금 이 집 계단에서 아리따운 아가씨를 만났는데, 그게 누구지요? 아주 명민하고 상냥한 아가씨던데요?」 그는 갑자기 공작에게 물었다.

「글쎄, 전혀 모르겠는데요.」 공작은 얼굴을 붉히면서 빠른 어조로 대답했다.

「누구 아는 사람 없나요?」 다르잔은 웃기 시작했다.

「글쎄, 아마, 그것은 어쩌면······.」 공작은 당황한 듯 어물어물했다.

「그녀는······ 바로 이분의 여동생인 리자베따 마까로브나였을 겁니다!」 스쩨벨꼬프는 나를 가리켰다. 「사실은 저도 역시 아까 그분을 만났지요.」

「맞습니다!」 공작이 그 말을 받아서 말했다. 그러나 이번에는 아주 견실하고도 진지한 표정을 지었다. 「그녀는 틀림없이 리자베따 마까로브나일 것입니다. 그녀는 지금 제가 폐를 끼치고 있는 안나 표도로브나 스똘베예바 부인과 가까운 사이라서 말입니다. 아마 오늘 다리야 오니시모브나를 찾아왔던 모양이군요. 그 사람도 안나 표도로브나와 친한 사이여서, 부인은 여행을 떠나기 전에 그분에게 이 집을 맡기고 가셨습니다……」

그것은 모두 사실이었다. 다리야 오니시모브나는 내가 앞서 이야기한 그 불쌍한 올랴의 어머니였다. 따찌아나 빠블로브나가 주선을 해서 그녀를 스똘베예바 부인의 집에서 살게 한 것이다. 평소에 리자가 스똘베예바 부인의 집에 자주 출입했고, 그 후에도 이따금 불행한 다리야 오니시모브나를 찾아가곤 했다는 것을 나는 잘 알고 있었다. 우리는 모두 그녀를 매우 좋아했다. 그러나 공작이 여동생에 대해서 아주 사무적으로 설명한 것과 스쩨벨꼬프의 빈정거리는 듯한 행동 때문에, 그리고 또 공작이라고 호칭된 일 때문에, 아니 그런 모든 일로 인해서 나는 갑자기 얼굴이 벌겋게 달아오르고 말았다. 그러나 다행히도 바로 그 순간, 나쉬초낀이 일어서더니 떠나려고 했다. 그는 다르잔에게 악수를 청했다. 그러나 나와 스쩨벨꼬프 두 사람만 남게 된 순간, 그는 갑자기 문 앞에서 우리 쪽으로 등을 보이고 서 있는 다르잔 뒤로 내게 고개만 까딱해 보였다. 나는 스쩨벨꼬프에게 주먹을 불끈 쥐고 화를 냈다.

그러고 나서 1분쯤 후에 다르잔도 떠났다. 그는 미리 정해 놓은 어떤 장소에서 내일 꼭 만나기로 공작과 약속을 했다. 그곳은 틀림없이 도박장일 것이다. 나가면서 그는 스쩨벨꼬프에게 뭔가를 말했고, 내게도 가볍게 고개를 숙였다. 그가 나가자마자 스쩨벨꼬프는 자리에서 벌떡 일어서더니, 방 한가운데에 서서 손가락을 하나 펴 보였다.

「저 양반은 지난 주에 한 가지 일을 저질렀습니다. 저 양반이 아베리야노프에게 어음을 한 장 발행했는데, 거기에 한 어음 서명이 바로 가짜였습니다. 어음은 부도가 나고 말았지요! 이건 형사 사건입니다. 액면가가 8천 루블이었지요.」

「그렇다면 그 어음은 아마 당신이 가지고 있겠군요?」 나는 무서운 눈으로 그를 쏘아보았다.

「제가 하는 일은 일종의 은행 사업입니다. 저는 전당포mont de piété를 경영하는 것이지 어음 중개업을 하는 것이 아닙니다. 파리의 전당포가 어떤 역할을 하고 있는지 들어 보셨습니까? 빈민들에게 그것은 곧 빵이자 구호 행위를 하는 것입니다. 바로 그 전당포 사업이 제 일입니다……」

공작은 거칠고 악의에 찬 태도로 그를 제지했다.

「당신은 무엇 때문에 여기 있지요? 어째서 여기 앉아 있었지요?」

「하지만!」 스쩨벨꼬프는 공작의 얼굴을 쳐다보았다. 「그렇게 해야 하지 않았던가요?」

「절대로 아니오.」 공작은 발로 바닥을 구르며 큰소리로 외쳤다. 「내가 말하지 않았소!」

「그래요, 그렇다면…… 좋을 대로 하세요. 그러나 그렇게 해서는 안 될 텐데……」

그렇게 말을 하더니 그는 돌아서서 고개를 갸웃하며 어깨를 움찔하더니 갑자기 밖으로 나갔다. 공작은 벌써 문 앞까지 간 그의 뒤편에 대고 외쳤다.

「이것 봐. 내가 당신 같은 건 전혀 두려워하지 않는다는 걸 알아 둬!」

웬일인지 그는 대단히 화가 나 있었다. 그리고 그는 자리에 앉으려고 하다가 내 얼굴을 보더니 앉지 않았다. 그의 시선은 나에게도 역시 〈너까지 왜 그런 상황에서 주제넘게 나서는 거야〉라고 말하는 듯했다.

「공작, 저는.」 내가 말을 막 꺼내려고 했다.

「저는 정말 시간이 없어요, 아르까지 마까로비치. 이제 곧 나가야 합니다.」

「잠시만요, 공작. 매우 중대한 용건입니다. 우선 이 3백 루블은 돌려드립니다.」

「이건 또 어떻게 된 일이지요?」

그는 서성거리다가 발걸음을 멈췄다.

「말하자면, 이렇습니다. 여러 가지 일로 미루어 보아…… 당신이 베르실로프를 명예롭지 못한 사람이라고 한 말, 그리고 또 당신의 말투를 생각해 보면…… 간단히 말해서, 저는 아무래도 이 돈을 받을 수가 없습니다.」

「하지만 당신은 지난 한 달 동안 계속해서 돈을 받아 오지 않았습니까?」

그가 갑자기 의자에 털썩 앉았다. 나는 탁자 옆에 선 채 한 손으로 벨린스끼의 저서를 만지면서, 다른 한 손에는 모자를 쥐고 있었다.

「여러 가지로 감정이 복잡했기 때문입니다. 공작…… 저는 이 정도의 액수에 이르지는 말았어야 했습니다……. 문제는 도박이었지요……. 단적으로 말해 이제 더 이상은 그렇게 해서는 안 될 것 같습니다!」

「당신은 자신의 존재를 제대로 드러낼 수 없었기 때문에 그처럼 화가 났군요. 그런데 제발 그 책은 만지지 말고 그대로 두세요.」

「무슨 뜻이지요? 〈자신의 존재를 제대로 드러낼 수 없었다〉라는 게 무슨 말이지요? 그리고 또 한 가지, 당신은 손님들 앞에서 저를 스쩨벨꼬프와 같은 불한당과 동등하게 취급하시더군요.」

「아, 알겠습니다!」그는 야릇하게 미소를 지었다. 「또 다르잔이 공작이라고 호칭할 때도, 당신은 매우 당황하더군요.」

그는 심술궂은 얼굴로 웃기 시작했다. 나는 벌컥 화를 냈다.

「이해가 안 되는군요……. 당신들의 공작 칭호는 줘도 받지 않을 겁니다…….」

「저는 당신의 성격을 잘 압니다. 당신이 아흐마꼬바를 두둔하며 소리치던 모습은 생각할수록 참 우스워요……. 책은 그냥 두세요!」

「그게 무슨 뜻이지요?」 나도 지지 않고 소리를 질렀다.

「책을 만지지 말란 말입니다!」 그는 갑자기 고함을 지르며, 당장 달려들기라도 할 것처럼 의자에 앉은 채 몸을 곤추세웠다.

「해도 너무하는군요.」 그렇게 말하고 나는 서둘러 방을 나왔다. 그러나 내가 홀의 끝에 다다르기도 전에, 그는 서재 입구에서 내게 소리쳤다.

「아르까지 마까로비치, 돌아와요! 돌 — 아 — 와요! 빨리 돌 — 아 — 오 — 세요!」

그의 말을 못 들은 척하고 나는 계속해서 걸어갔다. 그러자 그가 빠른 걸음으로 따라와 내 손을 잡고 서재로 끌고 갔다. 나는 맞서려고 하지 않았다.

「자, 받아요!」 그는 내가 되돌려주었던 3백 루블을 내주면서, 창백해진 얼굴로 흥분하여 말했다. 「자, 이걸 꼭 받으세요……. 그렇지 않으면, 우리는…… 자, 어서요!」

「공작, 제가 이걸 어떻게 받을 수 있겠습니까?」

「좋습니다. 소원이라면, 제가 사과하겠습니다. 이제 됐습니까? 용서하세요……!」

「공작, 저는 항상 당신을 사랑하고 있었습니다. 만일 당신도 역시…….」

「저도 마찬가집니다. 자, 이제 받으십시오…….」

나는 받았다. 그의 입술은 떨고 있었다.

「저는, 공작, 당신이 그 저속한 친구들 때문에 매우 화가 났던 것을 이해합니다……. 그러나 공작, 전에 우리가 논쟁을 하고 난 뒤에 곧잘 그랬던 것처럼 서로 입을 맞춘다는 조건이 아니고서는 저는 아무래도 받을 수 없습니다…….」

그렇게 말하면서 나도 역시 몸을 떨고 있었다.

「참, 너무나 감상적이로군요.」 당황한 듯이 미소를 지으면서 공작은 중얼거렸다. 그리고 그는 몸을 굽혀 내게 입을 맞췄다. 그러나 내게 입을 맞추는 순간, 그의 얼굴에 혐오하는 듯한 표정이 깃들어 있는 것을 보고 나는 무척이나 놀랐다.

「그가 당신에게 돈을 가지고 왔던 것이지요?」

「신경 쓰지 말아요. 그런 건 생각할 필요가 없습니다.」

「저는 당신을 위해서…….」

「가져왔어요, 가져왔어요.」

「공작, 우리는 친구였지요……. 그리고 또 베르실로프도…….」

「그렇습니다. 잘 알고 있습니다!」

「그리고 마지막으로, 저는 이 돈을 어떻게 해야 할지 모르겠습니다…….」

나는 그 돈을 손에 쥐고 있었다.

「받아 두세요, 받아 — 두 — 세요!」 그는 또다시 빙그레 웃었다. 그러나 그러한 그의 미소 속에는 이해할 수 없는 어떤 기운이 담겨 있었다.

나는 그 돈을 받았다.

제3장

1

 내가 그 돈을 받았던 것은 바로 그를 사랑하고 있었기 때문이다. 내 말을 믿지 못하는 사람이 있다면, 나는 그에게 이렇게 말할 것이다. 내가 그에게서 돈을 받던 그 무렵에는, 만약 내가 원한다면 다른 곳에서도 얼마든지 돈을 빌릴 수 있었다고 말이다. 내가 그 돈을 받았던 것은 절실히 그것이 꼭 필요했기 때문이 아니라, 그의 성의를 거절하지 않으려는 배려에서 한 일이었다. 솔직히 그 순간에도 나는 그렇게 생각했다! 그러나 그의 집에서 나올 때, 내 마음은 계속해서 상당히 무거웠다. 그날 아침에 나는 나에 대한 그의 태도가 완전히 변한 것을 인식하였다. 그는 이전에 그와 같은 말투를 내게 사용한 적이 전혀 없었다. 그리고 그가 베르실로프에게 그런 적대적인 말을 한 것은 있을 수 없는, 신의를 저버리는 행동이었다. 물론 스쩨벨꼬프가 무슨 말인가로 그를 자극하기는 했지만, 스쩨벨꼬프가 오기 전에도 그는 계속해서 그런 태도를 취하고 있었다. 다시 말해, 그의 태도가 이전과 비교해서 완전히 달라진 것을 요즈음 며칠 동안 감지할 수 있었지만, 그렇게 심각하게 바뀌어 있지는 않았는데, 이런 급격한 변화의 원인이 무엇인지가 중요하다.
 어쩌면 그 시종 무관이라는 뷔링 남작에 대한 소문이 그에게 심각한 영향을 주었는지도 모르겠다……. 나도 역시 그 이야기를 듣고 매우 흥분했었다. 그렇지만…… 보다 큰 문제는 그때 내가 다른 생각에 골몰하고 있었기 때문에 주변의 많은 일들에 대해서 전혀 신경을 쓰지 않았다는 점이다. 사실을 말하자면, 나는 다른 문제에 전혀 신경을 쓰려고 하지 않았다. 단지 내가 전념하려는 문제에만 집착하고 있었다…….

　시간은 아직 오후 한 시가 되기 전이었다. 나는 마뜨베이가 모는 썰매를 타고 공작의 집에서 바로 그곳으로 달려갔다. 믿을지 모르겠지만 나는 곧바로 스쩨벨꼬프의 집을 향해 달려갔다! 사실 그가 공작의 집을 방문한 것에 대해서는 나는 별로 놀라지 않았다(그가 공작에게 오겠다고 약속을 했기 때문에). 그러나 그가 늘 하는 멍청한 습관대로 내게 눈짓을 할 때, 그 눈짓의 의미가 내가 예상하던 것과는 전혀 다르다는 것에 나는 상당히 놀랐다. 그 전날 밤 나는 속달 우편으로 그에게서 아주 이상한 내용이 담긴 편지를 받았다. 그 편지에서 그는 바로 오늘 한 시 이후에 꼭 자기 집으로 들러 달라고 간곡히 요청하였다. 〈전혀 예기치 못한 사실을 내게 알리려 한다〉는 내용이었다. 그러나 그는 그 편지에 대해서 바로 조금 전 공작의 집에서는 전혀 아무런 내색도 하지 않았다. 도대체 스쩨벨꼬프와 나 사이에 어떤 비밀이 있을 수 있다는 말인가? 그것은 생각만 해도 우스운 일이었다. 그러나 지금까지 일어난 여러 가지 일들을 떠올리며, 그의 집으로 썰매를 타고 가며 나는 야릇한 흥분을 느끼기까지 하였다. 나는 약 2주 전에 한 번 그에게 돈을 마련해 달라고 부탁한 적이 있다. 내 제안을 그가 받아들였지만, 서로 의견이 맞지 않아서 나는 그 돈을 빌리지 않았다. 그는 늘 하던 버릇대로 그때도 뭔가를 분명치 않게 중얼거렸는데, 내게는 뭔가 특별한 조건을 내세우려고 하는 것같이 보였다. 그러나 이따금 공작의 집에서 그와 만날 때, 언제나 나는 그를 내려다보는 태도를 취했기 때문에, 특별한 조건을 걸려는 그의 의도를 오만할 정도의 고자세로 거절해 버렸다. 그가 문 앞까지 따라 나왔지만 나는 아무 말도 하지 않고 그대로 나와 버렸다. 그러고 나서 나는 공작에게 돈을 빌렸다.

스쩨벨꼬프는 완전히 독립된 건물에서 부유한 생활을 하고 있었다. 훌륭한 방이 넷이나 딸려 있는 주택, 좋은 가구, 남녀 하인들, 그리고 가정부까지 있었다. 물론 그녀는 상당히 나이 든 여자였다. 나는 불쾌한 표정을 지으면서 들어갔다.

「이봐요.」 나는 문을 열자마자 곧 용건을 꺼냈다. 「도대체 그 편지의 내용이 무슨 뜻이지요? 나와 당신 사이에 편지를 주고받는 따위의 일은 참을 수 없어요. 그리고 아까 공작의 집에 있는 동안에 왜 당신은 그 용건을 꺼내지 않았지요? 그랬으면 거기서 들었을 게 아닙니까?」

「그렇다면 당신은 왜 아까 거기서 아무런 말씀도 없었지요? 왜 물어보지 않으셨느냔 말입니다?」 그는 만족한 듯 커다란 입을 벌리고 웃었다.

「그것은 내가 당신에게 용무가 있는 것이 아니라, 당신이 내게 용무가 있기 때문이지요.」 나는 갑자기 화가 나서 소리를 질렀다.

「그렇다면 당신은 왜 제게 오셨지요?」 그는 자신의 말에 흡족한 듯 의자에서 거들먹거리며 말했다. 그 순간 나는 그대로 돌아서 나오려고 했다. 그러자 그가 나를 서둘러 붙잡았다.

「아니, 그저 농담입니다. 사실 중대한 용건이 있습니다. 들어보면 아실 겁니다.」

나는 다시 자리에 앉았다. 솔직히 말하자면 나는 묘한 흥미를 느꼈던 것이다. 우리는 커다란 사무용 탁자의 양쪽 끝에 서로 마주 앉았다. 그는 교활한 미소를 띠며 손가락을 펴 보이려고 했다.

「이상한 계략이나 손가락을 펴 보이는 따위의 짓, 그리고 이것은 가장 중요한 것인데 쓸데없는 잔소리는 그만두고 곧바로 용건으로 들어갑시다. 그렇지 않으면 나는 당장 나가겠습니다!」 나는 다시 노기 어린 소리로 말했다.

「당신은…… 상당히 고자세로군요!」 약간 이죽거리는 어조로 그가 말했다. 그는 안락의자에 앉은 채 내 쪽으로 몸을 내밀고, 이마를 찌푸리며 말했다.

「당신에게는 그렇게 대해야 합니다!」

「당신은…… 오늘 공작에게서 돈을 꾸셨지요. 3백 루블 말입니다. 제게도 돈이 있으니 제 돈을 빌리는 편이 나았을 텐데요.」

「내가 돈을 꾼 것을 당신이 어떻게 알지요?」 나는 깜짝 놀랐다. 「설마 그분이 그것을 당신에게 말한 것은 아니겠지요?」

「그분이 제게 말했습니다. 그렇지만 걱정할 것은 없어요. 이야기하는 도중에, 그만 어쩌다가, 무슨 말엔가 묻어 나왔지요. 일부러 말한 것은 아니지만 그분이 말한 겁니다. 그렇지만 그분에게서 꾸지 않아도 됐을 것을, 안 그래요?」

「그렇지만 듣자니까 당신은 터무니없는 이자를 받는다더군요.」

「제가 하고 있는 일은 전당포mont de piété이지, 터무니없이 이자를 받는 것이 아닙니다. 저는 친구들을 위해서 그렇게 하지 다른 사람들에게는 꿔주지 않습니다. 다른 사람들을 위해서는 전당포가…….」

그가 곧잘 말하는 이 전당포라는 것은 그저 일반적인 담보물을 잡고 돈을 꿔주는 것인데, 그는 누군가 다른 사람의 명의로 건물을 빌어 이 사업을 하고 있었으며, 운영이 상당히 잘되고 있었다.

「저는 친구들에게는 큰돈이라도 얼마든지 융통해 주지요.」

「그러면 공작이 당신의 친구란 말입니까?」

「물론 친구지요. 그렇지만…… 그 사람은 큰소리만 칩니다. 그렇게 큰소리칠 처지가 아닌데 말입니다.」

「그러면 그분이 당신에게 꼭 잡혀 있다는 말인가요? 그가 많은 돈을 빌렸나요?」

「그 사람은…… 많이 썼지요.」

「그분은 곧 갚을 겁니다. 유산을 받았으니까…….」

「그것은 그 사람의 것이 아닙니다. 그 사람은 돈도 꿨지만, 또 다른 빚도 많이 있지요. 그 유산으로는 부족합니다. 그러나 당신에게는 무이자로 드리지요.」

「역시 〈친구〉로 말입니까? 어떻게 내게 그런 자격이 있지요?」 나는 웃기 시작했다.

「당신에게는 자격이 있어요.」 그는 또다시 내 쪽으로 상반신을 내밀며 손가락을 펴 보이려고 했다.

「스쩨벨꼬프! 손가락질을 그만두세요. 아니면 나는 바로 나가 버리겠습니다.」

「이것 보세요……. 그 사람은 안나 안드레예브나와 결혼할지도 모릅니다!」 그는 야릇한 표정으로 왼쪽 눈을 찡긋하였다.

「이봐요, 스쩨벨꼬프, 이야기가 아주 추잡하게 될 것 같군요. 당신이 어떻게 감히 안나 안드레예브나의 이름을 입에 담지요?」

「화내지 마세요.」

「지금 나는 억지로 참고 듣고 있는 것입니다. 거기에는 어떤 조작이 담겨 있는 것이 분명하기 때문에 말입니다. 나는 그것이 알고 싶습니다……. 그렇지만 더는 참을 수 없어요, 스쩨벨꼬프!」

「화내지 마세요. 그렇게 위세떨지 마세요. 위세를 부리는 것은 잠깐 그만두고 마지막까지 들어 보세요. 안나 안드레예브나에 대해서는 알고 계시지요! 그리고 공작이 결혼할지도 모른다는 것도…… 역시 아시겠지요?」

「그 이야기라면 나도 물론 들었지요. 그래서 모든 것을 알고 있어요. 그러나 물론 그 일에 대해서는 아직 공작과 한 번도 이야기한 적이 없어요. 내가 알고 있는 것은 다만, 지금 병중에 있는 소꼴스끼 노공작의 머릿속에서 그런 생각이 시작됐다는 것뿐입니다. 그러나 나는 그러한 이야기를 전혀 한 일도 없고 그러한 내용을 함께 논의하지도 않았습니다. 이런 이야기를 당신에게 하는 것은 단지 정황을 설명하기 위해서입니다. 그래서 당신에게 묻는 것이지만, 첫째로 도대체 당신은 무엇 때문에 여기서 나한테 그런 이야기를 꺼내는 거지요? 그리고 둘째로 공작이 정말 당신 같은 사람에게 그런 이야기를 했을까요?」

「그 사람이 한 것은 아니지요. 그 사람은 저하고는 이야기하려고도 하지 않기 때문에, 항상 제가 그 사람에게 이야기하지요. 그러나 그 사람은 들으려고도 하지 않습니다. 아까도 소리를 질렀지요.」

「당연하지요! 나도 그분과 똑같은 생각입니다.」

「그 노인, 소꼴스끼 노공작은 안나 안드레예브나에게 결혼 지참금을 줄 생각입니다. 그녀를 무척이나 귀여워하고 있으니 말입니다. 그렇게 되면 신랑인 소꼴스끼 공작은 제게 빌린 돈을 전부 다 갚을 수 있지요. 그리고 그 밖의 빚도 역시 갚을 겁니다. 아마 틀림없이 갚을 겁니다! 그러나 현재로서는 갚으려고 해도 갚을 수가 없는 형편이지요.」

「그런데 나는, 나는 무엇 때문에 당신에게 필요한 것입니까?」

「가장 중요한 문제 때문이지요. 당신은 그들의 친지거든요. 당신은 그들 모두하고 다 잘 아는 사이니까 무엇이든 알아낼 수 있어요.」

「뭐라고…… 대체 무얼 알아낸단 말이오?」

「공작이 그것을 원하는지, 또 안나 안드레예브나는 어떤 생각이고, 노공작이 진정으로 원하는 것이 무엇인지를 분명히 알아낼 수 있단 말이지요.」

「아니, 어떻게 나더러 당신 같은 사람의 스파이가 되라는 말을 감히 할 수 있습니까? 그것도 돈 나부랭이 때문에!」 나는 화가 나서 펄쩍 뛰었다.

「그렇게 으스대지 말아요, 위세는 그만 부리세요. 5분쯤이면 다 됩니다.」 그는 다시 나를 자리에 앉혔다. 가만히 살펴보니, 그는 내 뻣뻣한 태도나 큰소리에 조금도 위축되지 않는 것 같았다.

나는 그의 얘기를 끝까지 듣기로 작정했다.

「나는 그것을 빨리 알아내야 합니다. 빨리 말입니다. 왜냐하면…… 왜냐하면, 적당히 어물거리고 있다가 자칫 잘못하면 때를 놓칠지도 모르기 때문이지요. 아까 그 장교가 남작과 아흐마꼬바에 대한 이야기를 시작했을 때, 공작이 쓰디쓴 얼굴을 한 것을 당신도 보셨지요?」

그 다음 얘기를 가만히 듣고 있어야 한다는 사실에 나는 참을 수 없는 굴욕을 느꼈지만, 한편으로는 스스로도 억제할 수 없는 호기심에 사로잡혔다.

「이봐요, 당신은…… 불한당이에요!」 나는 단호하게 말했다. 「내가 여기 앉아서 말없이 당신의 말을 듣고, 그분들에 관한 이야기를 하게 하는 것은…… 그리고 그 말에 대답까지 하는 것은, 당신에게 그렇게 할 권리가 있다고 인정하기 때문이 아닙니다. 나는 다만 이 일에 뭔가 비열한 계략이 숨어 있다고 보기 때문에, 그래서…… 그리고 무엇보다도 공작이 까쩨리나 니꼴라예브나에게 무슨 기대를 가지고 있다는 말인가요?」

「전혀 아무런 기대도 할 수 없지만 그 사람이 집착하고 있는 것입니다.」

「그것은 거짓말이에요!」

「사실입니다. 아흐마꼬바에게는 더 이상 기대를 할 수 없어요. 그 사람은 이 일에서 지고 만 것입니다. 이제 그가 기댈 곳은 안나 안드레예브나뿐입니다. 제가 당신에게 2천 루블을 드리겠습니다……. 이자 없이 말입니다. 그리고 어음도 필요 없어요.」

이렇게 말하고 나서 그는 마음을 정한 듯, 점잖은 표정으로 의자에 등을 기대고 앉아 크게 눈을 부릅뜨고 내 눈을 바라보았다. 나도 역시 눈을 부릅뜨고 그를 쏘아보았다.

「당신이 입은 옷은 볼샤야 밀리온나야 거리에서 맞춘 것이군요. 꽤 돈이 들었겠군요, 그곳은 정말 돈이 많이 들지요. 제 돈을 쓰는 편이 그 사람 돈보다 편할 겁니다. 혹시 2천 루블 이상이 들어도 좋습니다……」

「도대체 무엇 때문에? 도대체 왜? 이런 몹쓸!」

내가 발을 구르며 성을 내자, 그는 내 쪽으로 몸을 내밀고 의미심장하게 말했다.

「그것은 당신이 이 일을 방해하지 않도록 하기 위해서이지요.」

「그러잖아도 나는 아무런 관계가 없어요.」 내가 큰소리로 말했다.

「당신이 침묵을 지키리라는 것은 저도 알고 있습니다. 그것은 좋습니다.」

「나는 당신 같은 사람의 칭찬을 바라지 않습니다. 나 자신도 그렇게 하기를 원하지만, 나는 전혀 상관할 바가 없다고 생각해요. 내가 그런 일을 하는 것은 치욕스런 일이라 이겁니다.」

「그것 보세요. 치욕스런 일이라고 했지요!」 그는 손가락을 펴 보이며 말했다.

「뭐가 그것 보세요란 말입니까?」

「치욕스런 일이라…… 하하!」 그는 갑자기 소리내어 웃기 시작했다. 「알겠습니다. 알겠어요, 당신에게는 치욕스런 일이라는 것을. 그렇지만…… 이 일에 대해서 방해는 안 하시겠지요?」 그는 눈을 찡긋했다. 그러나 그의 눈짓 속에는 뭐랄까, 아주 야비하고 사람을 조롱하는 듯이 보이는 지극히 비열한 그 무엇이 담겨 있었다! 그는 내 마음속에도 자기처럼 비열한 것이 잠재해 있으리라고 예상하고 그 비열성에 일말의 기대를 가졌던 것이다……. 그것은 분명했다. 하지만 나는 여전히 그 의도를 구체적으로 알 수 없었다.

「안나 안드레예브나는, 당신에게 누이가 되지요!」 그는 의미심장한 어조로 말했다.

「그런 실례의 말은 그만두세요. 도대체 당신 같은 사람이 어떻게 안나 안드레예브나에 대해 말할 수 있습니까. 아주 무례하기 짝이 없군요.」

「위세부리지 마세요. 이제 조금만 참고 내 말을 들어 보세요! 그 사람은 이제 그 돈을 받아서 주변에 있는 모든 사람들의 생활을 보장할 것입니다.」 스쩨벨꼬프는 힘을 주어 말했다. 「모두를, 모든 사람을 말입니다. 아시겠어요?」

「그러면, 내가 그분에게서 돈을 받으리라고 당신은 생각했습니까?」

「지금도 받고 있지 않습니까?」

「나는 내 몫의 돈을 받고 있는 거요!」

「어떻게 당신의 돈입니까?」

「그것은 베르실로프의 돈이니까요. 그분은 베르실로프에게 2만 루블을 줘야 해요.」

「그 사람은 베르실로프에게 빚을 진 것이지 당신에게 진 것은 아니지요.」

「베르실로프는 바로 제 아버지입니다.」

「천만에요. 당신은 돌고루끼이지 베르실로프가 아닙니다.」

「본질은 마찬가지예요.」

나는 그 사실을 놓고 논쟁할 준비가 되어 있었다! 솔직히 말해 나도 본질이 같지 않다는 것을 잘 알고 있었다. 나도 그 정도의 상황 판단은 할 수 있었다. 그러나 나는 배려하는 마음에서 그렇게 생각하고 있었던 것이다.

「이제 그런 얘기는 그만 해요!」 나는 소리를 질렀다. 「나는 도무지 이유를 모르겠군요. 대체 무엇 때문에 이런 잡스런 일로 나를 불렀지요?」

「정말 모르십니까? 당신은 일부러 모르는 체하시는 게 아닙니까?」 어쩐지 믿기 어렵다는 미소를 띠며 뚫어지게 내 얼굴을 바라보면서 스쩨벨꼬프는 천천히 말했다.

「맹세하건대 나는 모르겠어요!」

「저는 지금 그 사람이 모든 사람의 생활을 보장해 줄 것이라는 점을 말하는 것입니다. 모든 사람의 생활을 말이지요. 따라서 당신이 그것을 방해하거나, 그런 생각을 그만두게 해서는 안 된다는 말이지요……」

「당신은 틀림없이 정신이 돌았군요! 도대체 왜 당신은 마치 자신이 큰일이나 하는 것처럼 〈모든 사람을〉 어쩌고 하며 함부로 떠들어대는 겁니까? 그분이 대체 베르실로프의 생활이라도 보장한다는 겁니까?」

「당신이나 베르실로프만이 아닙니다…… 또 다른 사람도 있지요. 바로 안나 안드레예브나도 리자베따 마까로브나와 마찬가지로 당신에게는 누이가 아닙니까!」

눈을 부릅뜨고 나는 그의 얼굴을 바라보았다. 비열한 그의 눈빛 속에는 갑자기 나를 동정하는 듯한 기색이 어려 있었다.

「모르신다면 그런 상태로 있는 편이 낫겠지요! 어쨌든 좋습니다, 좋아요. 모른다니 말입니다. 그것은 칭찬할 만합니다……. 정말 모르신다면 말이지요.」

나는 더 이상 참을 수 없을 정도로 화가 났다.

「그런 잡스런 얘기는 이제 집어치워요. 당신은 미친 사람이야!」 소리를 한껏 지르고 나서 나는 모자를 집었다.

「내 말은 잡스런 얘기가 아닙니다! 그러면 가시겠어요? 하지만 당신은 다시 이곳에 와야 할 겁니다.」

「다시 왜 와?」 나는 문 밖으로 나오면서 자르듯이 말했다.

「오실 겁니다. 그리고 그때…… 그때는 다시 한번 얘기를 해야 할 겁니다. 진짜 중요한 얘기를 말입니다. 2천 루블입니다, 그걸 잊지 마세요!」

2

 그는 내게 아주 더럽고 추악한 인상만을 주었다. 그래서 나는 더 이상 그 일을 생각하지 않으려고 애쓰면서 침을 뱉고 밖으로 나왔다. 어떻게 공작이 그런 작자에게 나에 대해서 그리고 그 돈에 대해서 말을 꺼낼 수 있었을까 생각하니 가슴이 미어지는 처연한 느낌이 들었다. 〈노름에서 돈을 따서 당장 오늘이라도 돌려줘야지〉 하고 나는 단단히 마음먹었다.
 비록 스쩨벨꼬프가 어리석고 잡스런 인간이어서 뭔가를 숨기려고 했을지라도 나는 그에게서 분명히 어떤 비열한 음모가 꿈틀거리고 있음을 보았다. 그리고 가장 중요한 것은 그가 분명히 어떤 음모를 꾸미지 않을 리 없다는 점이다. 다만 내게 그 음모의 실체가 무엇인지 밝혀낼 시간이 없었던 것이다. 그것이 바로 내가 주변의 일이 어떻게 돌아가는지를 모르게 된 가장 큰 원인이었다! 나는 답답한 마음으로 시계를 보았다. 아직 두 시가 되기 전이었다. 그렇다면 또 한 곳을 더 방문할 수 있다. 나는 너무도 흥분했기 때문에 그렇게 하지 않고서는 아마 세 시까지 아무 일도 할 수 없을 것 같았다. 그래서 나는 누이인 안나 안드레예브나 베르실로바를 방문하기로 했다. 나는 언젠가 노공작이 병중에 있을 때 그를 방문했던 그녀와 만나서 그동안에 가까워졌다. 나는 벌써 사나흘 동안이나 노공작을 만나지 않았다는 것을 생각하고 마음이 무거웠지만, 안나 안드레예브나를 생각하니 다소 마음이 놓였다. 공작은 그녀를 아주 아끼며 그녀를 자신의 수호천사라고까지 불렀다. 말이 나온 참에 말한다면, 그녀를 세르게이 뻬뜨로비치 공작과 결혼시키려던 생각은 애당초 노공작의 머리에서 떠오른 것이며, 그는 몇 번이나 그런 생각을 우리만의 얘기라는 전제하에 내게 말했다. 나는 노공작의 의향을 베르실로프에게 전했다. 일상적인 다른 일들에 대해서는 그토록 무관심한 베르실로프도 내가 안나 안드레예브나와 만났을 때의 이야기를 하면 언제나 아주 특별한 흥미를 가진다는 것을 이전부터 알고 있었기 때문이다. 말을 듣고 나서 베르실로프는 안나 안드레예브나는 아주 영민하니까 그런 미묘한 문제에 대해서는 타인의 충고가 없어도 잘 해결해 나갈 수 있을 것이라고 말하곤 했다. 노공작이 그녀에게 결혼 지참금을 줄 것이라는 스쩨벨꼬프의 말은 사실 맞는 말이었다. 그러나 그 같은 작자가 그 일에 왜 기대를 걸고 있단 말인가? 아까 공작은 그의 등을 향해서 그를 전혀 두려워하지 않는다고 소리질렀다. 그렇다면 스쩨벨꼬프는 공작의 서재에서 안나 안드레예브나에 관한 무슨 이야기인가를 했음에 틀림없다. 내가 그의 입장이었다면, 생각만 해도 얼마나 역정을 냈을지 모를 일이다.

최근 들어 나는 아주 빈번하게 안나 안드레예브나의 집을 드나들고 있다. 그런데 그때마다 꼭 묘한 일이 일어났다. 그것은 다름 아니라, 언제나 자기 쪽에서 나를 언제 오라고 날짜까지 정해 준 뒤 내가 꼭 와주기를 기다리고 있었으면서도, 내가 방에 들어가기만 하면 그녀는 마치 내가 예기치 않게 들어오기라도 한 듯한 표정을 지었다는 것이다. 나는 그녀의 이 이상한 버릇을 인식하고 있었지만, 그래도 왠지 그녀에게 마음이 끌렸다. 그녀는 외할머니인 파나리오또바 부인의 집에서 살고 있었다. 물론 부인이 그녀를 양육했지만(베르실로프는 양육비를 전혀 보내지 않았다), 이따금 소설 같은 데에 등장하는 귀부인의 집에서 양육하는 아가씨, 예를 들자면 뿌쉬낀의 『스페이드의 여왕』에 나오는 그 늙은 백작 부인의 양녀와는 전혀 다른 상황이었다. 안나 안드레예브나는 그 자신이 마치 백작 부인인 것처럼 생활하고 있었다. 그녀는 그 집에서 완전히 독립된 생활을 하고 있었다. 즉 파나리오또바 부인댁에서 집주인과 같은 층에 살고 있었지만, 자신 혼자서 완전히 독립된 두 개의 방을 쓰고 있었다. 내가 그녀에게 왕래할 때에도 파나리오또바 부인댁의 사람을 지금까지 아무도 만난 적이 없을 정도였다. 그녀는 자신이 원하는 사람을 아무나 초대할 수 있었으며, 자기 시간을 마음대로 쓸 수 있는 권리를 가지고 있었다. 그녀는 나이가 이미 스물셋이었다. 내가 들은 바에 의하면, 파나리오또바 부인은 지극히 사랑하는 이 손녀를 위해서는 돈을 아끼지 않았지만, 웬일인지 그녀는 지난 1년 동안 사교계에 거의 나가지 않았다. 그러나 나는 오히려 안나 안드레예브나의 그런 점이 마음에 들었다. 가보면 언제나 그녀는 아주 검소한 옷을 입고 있었고, 책을 읽거나 수예를 하는 등, 항상 무슨 일인가를 하고 있었다. 그녀의 모습 속에는 어딘가 수도원 냄새가 나는 수녀 같은 점이 있었다. 그리고 그 점 역시 내 마음에 들었다. 그녀는 말이 적은 편이었지만, 무슨 말을 하면 그 말에는 항상 무게가 있었고, 또 남의 말을 잘 귀담아들었다. 그런 점은 나로서는 도저히 흉내도 낼 수 없는 것이었다. 이따금 내가 그녀에게 당신은 베르실로프와 딱히 닮은 점은 하나도 없지만, 그래도 역시 당신의 자태 속에는 그의 모습을 연상케 하는 특성이 있다고 말하면, 그녀는 언제나 약간 얼굴을 붉히곤 했다. 그녀는 자주, 갑자기 얼굴을 붉혔지만, 아주 붉게 물드는 것은 아니었다. 나는 그녀의 얼굴에 나타나는 이러한 특징도 아주 좋아했다. 그녀와 말할 때 나는 그를 베르실로프라는 성으로 부르지 않고 꼭 안드레이 뻬뜨로비치라고 부르기로 마음을 먹었고, 그러다 보니 어느새 그렇게 부르는 것이 자연스럽게 되어 버렸다. 파나리오또바 부인댁에서는 왠지 베르실로프에 대해 수치스럽게 여기고 있다는 것을 나는 너무나 잘 알고 있었다. 아마도 그것은 안나 안드레예브나와 연관이 되기 때문에 그런 것 같았으며, 여기서 〈수치스럽게 여긴다〉는 말이 적당한지는 모르겠지만, 아무튼 그러한 기색이 있었던 것만은 틀림없다. 어떤 때는 내가 먼저 그녀에게 세르게이 뻬뜨로비치 공작에 대한 이야기를 시작하는 일도 있었다. 그러면 그녀는 그 얘기를 열심히 들었고, 그 소식에 흥미를 가지고 있음을 느낄 수 있었다. 하지만 그런 이야기는 주로 언제나 내가 먼저 얘기를 꺼냈고, 그에 관해 그녀가 질문하는 일은 전혀 없었다. 나는 그 두 사람이 결혼할 가능성에 대해 호기심이 있었기 때문에 몇 번 그 얘기를 꺼내고 싶었지만, 한 번도 그것에 대해 이야기한 적은 없었다. 이유는 딱히 모르겠지만 그녀를 방문하게 되면, 나는 왠지 꺼내기 거북한 화제가 아주 많았다. 그런 형편인데도 그녀의 방에 들어가면 나는 기분이 아주 좋았다. 그녀는 책을 아주 많이 읽어 상당한 교양을 갖추고 있었으며, 실용적인 분야의 책까지도 두루 읽고 있다는 사실이 퍽 마음에 들었다. 실제로 그녀는 나보다 훨씬 독서를 많이 한 것 같았다.

맨 처음 그녀를 방문한 것은 그녀가 내게 자기 집으로 와달라는 청을 했기 때문이다. 그때부터 나는 이미 그녀가 내게서 뭔가를 알아보려고 할지도 모른다는 생각을 하고 있었다. 정말로 그 당시에는 많은 사람들이 내게서 참으로 많은 사실에 대해서 들을 수 있었다! 〈그러나 그게 어떻단 말인가〉 하며, 〈설마 단지 그 목적만으로 나를 자기 집에 부른 것은 아니겠지〉라고 나는 생각했다. 솔직히 말한다면 내가 그녀에게 어떤 도움을 줄 수 있다는 사실이 내게는 오히려 기뻤던 것이다……. 그리고 그녀와 함께 앉아 있으면, 나는 항상 지금 내 옆에 앉아 있는 사람이 바로 내 누이라는 생각에 가슴 뿌듯하기도 했다. 하지만 우리는 우리의 혈연 관계에 대해서는 서로 한 번도 얘기를 꺼낸 일이 없었다. 마치 아무런 관계도 없는 것처럼 그런 내색은 전혀 내비치지 않았다. 어쩐지 그녀의 방에 앉아 있으면 그런 얘기를 꺼낼 생각은 엄두도 내지 못할 것처럼 느껴졌다. 또 그녀의 얼굴을 바라보고 있으면, 때로 그녀가 어쩌면 그런 혈연 관계에 대해 전혀 모르고 있는 게 아닌가 하는 쓸데없는 생각이 문득 머리에 떠오르기도 했다. 그만큼 그녀는 내게 일정한 거리를 취하였다.

3

 방에 들어가 보니 예기치 않게 리자가 와 있었다. 나로서는 아주 예상 밖의 일이었고 상당히 놀라웠다. 물론 나는 두 사람이 이전에도 자주 만난다는 사실은 알고 있었다. 처음에 그들의 만남은 앞서 말한 〈젖먹이 아기〉가 있던 곳에서 이루어졌다. 자존심이 강하고 내성적인 안나 안드레예브나가 갑자기 그 아기를 보고 싶다는 생각을 어떻게 했는지, 그리고 거기서 어떤 연유로 리자를 만나게 되었는지에 대해서는, 언제 그럴 만한 공간이 있으면 나중에 다시 말할 것이다. 그렇지만 나는 안나 안드레예브나가 리자를 자기 집으로 초대하리라고는 꿈에도 생각하지 못했다. 예상 밖이었지만 그것은 아주 신선한 충격이었다. 하지만 나는 그런 내색을 전혀 내비치지 않고 안나 안드레예브나에게 인사한 뒤 리자의 손을 한번 꼭 잡아 주고 나서 그 옆에 앉았다. 두 사람은 일을 하고 있었다. 탁자와 두 사람의 무릎 위에는 안나 안드레예브나의 고급스럽지만 많이 낡은 외출용 드레스가 펼쳐져 있었다. 낡았다고는 하지만 겨우 세 번 입은 것이어서 그녀는 그것을 수선해 보려던 참이었다. 리자는 그런 일에 취미를 가지고 있었고 솜씨도 전문가 수준이어서, 두 현명한 숙녀들 간에 그럴듯한 회의가 열린 것이다. 갑자기 베르실로프가 생각나서 나는 큰소리로 웃기 시작했다. 참으로 오랜만에 나는 그야말로 가슴 훤한 기쁨을 느꼈다.

 「당신이 오늘 아주 유쾌한 기분인 것 같아 저도 매우 기뻐요.」 한 마디씩 또박또박 우아하게 말하면서 안나 안드레예브나가 말했다. 그녀의 목소리는 굵고 잘 울리는 알토였다. 항상 그렇듯이 그녀는 침착하게 낮은 목소리로 말하며, 긴 속눈썹을 약간 내리깐 채 창백한 얼굴에 보일 듯 말 듯 미소를 지었다.

 「유쾌한 기분이 아닐 때면 제가 얼마나 못된 표정을 짓는지 리자가 잘 알고 있지요.」 나는 쾌활한 어조로 말을 받았다.

「어쩌면 안나 안드레예브나도 이미 그것을 아실 거예요.」 리자가 장난스럽게 내 말을 받았다. 아! 그녀가 그때 무엇을 생각하고 있는지 내가 알았더라면!

「당신은 지금 무엇을 하고 계신가요?」 안나 안드레예브나가 물었다(내게 오늘 꼭 자기에게 와달라고 부탁한 것은 바로 그녀였다).

「저는 지금 여기 앉아서 제 자신에게 이런 것을 묻고 있습니다. 당신이 수예를 하시는 것보다 손에 책을 잡고 있는 모습이 언제나 더 제 마음에 드는 까닭이 무엇인가? 하고 말입니다. 왠지 수예는 당신에게 잘 어울리지가 않습니다. 그런 의미에서는 제가 안드레이 뻬뜨로비치를 닮았어요.」

「그런데 아직도 대학에 들어갈 결심은 못하셨나요?」

「언젠가 꺼냈던 이야기를 아직도 잊지 않고 계시니, 진심으로 감사합니다. 그것은 바로 당신이 이따금씩 제 일을 걱정해 준다는 증거이니 말입니다. 그렇지만…… 대학 문제에 대해서는 아직 결정을 내리지 못하고 있습니다. 제 나름대로의 목표도 있고 해서요.」

「말하자면 자신만의 비밀이 있다는 말이에요.」 리자가 불쑥 끼어들었다.

「리자, 객쩍은 소리 하지 마. 얼마 전에 어떤 현명한 지식인이 말했지만, 최근 20년간의 사회적 흐름 속에서 우리가 가장 먼저 확인한 것은 바로 우리가 기본적인 교양도 아직 갖추지 못하고 있다는 사실이야. 그 논의의 요점은 이 시대 대학생들이 그런 실정이란 말이지.」

「그건 아마 틀림없이 아버지가 하신 말씀일 걸. 오빠는 요즘 들어 자주 아버지의 사상을 그대로 수용하고 있어요.」 리자가 말했다.

「리자, 네 말을 들으면 마치 내게는 내 자신의 이념이 없는 것처럼 여겨지는데.」

「요즈음 같은 추세에는 현명한 사람들의 말을 듣고, 그것을 마음에 새겨 두는 것이 유익해요.」 안나 안드레예브나가 약간 내 편을 들었다.

「그렇습니다, 안나 안드레예브나.」 나는 그녀의 동조에 신이 났다. 「동시대 러시아의 현상을 깊이 사고하지 않는 사람은 국민이라고 할 수 없습니다! 물론 제가 어쩌면 러시아를 이상한 관점에서 보고 있는지도 모르겠어요. 우리는 따따르 인의 침입을 받아 2세기 동안의 노예 생활을 경험했습니다. 그것은 물론 우리의 책임이기도 합니다. 그러나 이제 우리에게 자유가 주어졌습니다. 그리고 그 자유를 잘 지켜 나가야 합니다. 그런데 과연 우리가 그것을 할 수 있을까요? 이제 문제는 그 자유를 우리가 잘 보존해 나갈 수 있느냐 하는 것입니다.」

리자는 서둘러 안나 안드레예브나를 쳐다보았다. 그러자 그녀는 고개를 숙이고 갑자기 뭔가를 찾기 시작했다. 나는 리자가 애써 웃음을 참고 있는 것을 보았다. 그러나 우연히 우리의 시선이 마주치는 순간 그녀는 참았던 웃음을 터뜨렸다. 나는 언짢아졌다.

「리자, 너는 참 알 수가 없구나.」

「미안해요!」 갑자기 웃음을 멈추고 약간 서글픈 어조로 그녀가 말했다. 「제가 무슨 생각을 하고 있는 건지 저 자신도 도무지 모르겠어요……」

그녀의 목소리는 갑자기 울먹이는 것 같았다. 나는 부끄러운 생각이 들었다. 그래서 나는 그녀의 손을 붙잡고 위로하며 입을 맞췄다.

「당신은 심성이 참 고운 사람이에요.」 내가 리자의 손에 입을 맞추는 것을 보고, 안나 안드레예브나가 부드러운 어조로 말했다.

「리자, 네가 지금 웃는 것을 보니 나는 참 기뻐.」 내가 말했다.

「안나 안드레예브나, 사실 이 며칠 동안 얘는 뭔가 이상한 시선으로 저를 보았습니다. 〈뭔가 좀 알아냈어요? 모든 일이 잘 되어 가요?〉 하고 묻는 듯한 눈치였어요. 정말 뭔가 그런 눈치가 보였지요.」

그러자 안나 안드레예브나는 천천히 날카로운 눈빛으로 그녀의 얼굴을 보았다. 리자는 가만히 눈을 내리깔았다. 내가 이곳에 처음 들어올 때 상상했던 것보다 그들 두 사람의 관계는 훨씬 더 친밀한 것 같았다. 한눈에 그것을 알 수 있었으며, 나는 그것을 보고 마음이 아주 편안해졌다.

「당신은 지금 제가 마음이 고운 인간이라고 하셨지요. 그런데 당신이 믿으실지 모르겠지만, 사실 저는 당신에게 오면 실제보다 더 착한 인간으로 변합니다. 이곳으로 오면 참 기분이 좋습니다, 안나 안드레예브나.」 나는 진심으로 말했다.

「당신이 그렇게 말해 주시니 저도 참 기쁘군요.」 그녀는 의미심장하게 대답했다. 내 인상을 여기서 말해 둔다면, 그동안 내 무절제한 생활이나 끝없이 방황하는 성벽에 대해서 그녀는 내게 한 번도 언급한 적이 없다. 그러나 그녀가 나에 얽힌 모든 일을 모조리 알고 있을 뿐만 아니라, 뒤에서 자세히 알아보고 있다는 사실을 나는 알고 있었다. 이런 맥락에서 보면, 그녀가 지금 한 말은 처음으로 자신의 생각을 암시적으로 표출한 것이라고 할 수 있었으며, 그렇기 때문에 나는 더욱 그녀에게로 마음이 쏠렸다.

「환자의 병환은 요즈음 어떻습니까?」 내가 물었다.

「네, 훨씬 나은 것 같습니다. 바깥 출입도 하세요. 어제도 그리고 오늘도 마차로 외출을 하셨어요. 그러면 당신은 오늘 문병하러 갈 생각이시군요? 그분은 당신을 매우 기다리고 계세요.」

「저도 그분에게 참 죄송스럽습니다. 그러나 지금 당신이 극진히 문병을 하고 있으니 충분히 제 몫까지 해주시는 겁니다. 이를테면 그분은 신의 없는 배신자지요. 저를 버리고 당신에게로 가셨으니 말입니다.」

그러자 그녀는 정색을 했다. 아마 내 농담이 평범하지 않게 들렸던 모양이다.

「오늘 저는 세르게이 뻬뜨로비치 공작댁에 들렀습니다.」 나는 입 속에서 중얼거리듯 말했다. 「그리고 저는……. 그건 그렇고, 리자, 아까 다리야 오니시모브나에게 들렀었지?」

「네, 갔었어요.」 고개를 들지 않은 채 그녀가 아주 간결하게 대답했다. 「그런데 오빠, 요즈음 매일 편찮은 공작님께 문병 가시나요?」 그녀가 갑자기 이렇게 물었다. 아마 뭔가를 말해야 하기 때문인 것 같았다.

「그래, 늘 가려고 마음은 먹지. 막상 가지 않아서 탈이지만. 들어가다가 늘 왼쪽으로 돌아 버리거든.」 빙그레 웃으며 내가 말했다.

「공작님도 당신이 요즈음 자주 까쩨리나 니꼴라예브나에게 왕래한다고 말씀하셨어요. 어제도 그런 말씀을 하시면서 웃으셨어요.」 안나 안드레예브나가 말했다.

「글쎄요. 그런데 뭐가 우습지요?」

「그냥 농담하신 거예요. 공작님의 말버릇을 당신도 잘 알잖아요. 그러면서 그분이 이런 말을 했어요. 당신 정도 나이의 젊은 남성들은 젊고 아름다운 여성에게서 별로 흡족한 인상과 느낌을 받지 못한다고요…….」 갑자기 안나 안드레예브나는 웃기 시작했다.

「글쎄요…… 그분이 참 적절한 말씀을 하셨군요.」 내가 말을 받았다. 「아마 그 말은 틀림없이 그분이 한 게 아니라 당신이 그분에게 말씀한 것이지요?」

「왜요? 아니에요, 그분이 그랬어요.」

「그래요. 그렇다면 예를 들어, 그 젊은 여성이 자신을 둘러싸고 있는 수많은 숭배자들에게서 눈을 돌려, 한쪽 구석에서 자신이 아직 어른이 되지 못했다는 생각에 좌절감을 느끼고 있는 사람을 택한다면, 그때는 어떻게 되는 거지요?」 나는 아주 대담하고도 도

전적인 표정으로 불쑥 물었다. 내 심장은 두근거리기 시작했다.

「그렇게 되면, 오빠는 당장 그 여자에게 그대로 함몰되고 말 거예요.」리자가 큰소리로 말하며 웃었다.

「함몰된다고?」 나는 큰소리로 말했다.「아니, 나는 함몰되지 않아. 아마 절대로 그렇게 되지는 않을 거야. 그 여성은 결코 내가 지향하는 길을 가로막지 못할 거야. 그녀는 내 뒤를 따라와야 할 거야. 나는 별 무리 없이 내 길을 벗어나지 않고 갈 거야…….」

시간이 많이 지난 후에 그때의 일을 회상하며, 언젠가 리자가 이렇게 말한 적이 있다. 그 말을 했을 때, 내가 아주 묘하고 심각한 얼굴로 뭔가를 골똘히 생각하는 듯했지만, 한편으로는 그 모습이 〈우스워서 도저히 웃음을 참을 수 없을 정도였다〉는 것이다. 내 말이 끝난 후 안나 안드레예브나는 또다시 큰소리로 웃기 시작했다.

「그러세요, 한껏 웃으세요!」나는 유쾌하게 말했다. 그들과 나누는 대화와 그 내용이 나는 아주 만족스러웠다.「당신이 웃으면, 저는 말할 수 없는 만족을 느낄 따름입니다. 저는 당신의 웃음을 좋아합니다. 안나 안드레예브나! 당신에게는 묘한 버릇이 있어요. 당신은 말없이 있는가 하면, 갑자기 순식간에 소리를 내면서 웃으십니다. 그래서 바로 전의 당신 얼굴을 알아볼 수 없을 정도입니다. 저는 모스끄바에서 어떤 부인을 알고 있었습니다. 물론 저는 멀리 떨어진 구석에서 보고 있었습니다만, 그 여성도 역시 당신만큼이나 아주 미인이었습니다. 그러나 그녀는 환하게 웃을 줄 몰랐습니다. 그래서 그녀의 얼굴은 당신처럼 매혹적이기는 했지만 그 매력을 모두 상실했습니다. 웃고 있는 당신의 얼굴은 지극히 매력이 있습니다……. 바로 당신의 내면적 깊이 때문이겠지요……. 저는 진작부터 당신에게 이 말을 하려고 했습니다.」

사실 그 부인을 〈당신만큼이나 매우 아름다운 사람이었다〉고 말한 것은 의도적으로 지어낸 말이었다. 나 자신도 느낄 수 없을 만큼 아무런 생각 없이 그런 말이 입에서 나왔다. 나는 이런 〈생각 없이 던지는〉 찬사가 그 어떤 세련된 칭찬보다도 여성에게 훨씬 더 깊이 받아들여진다는 것을 잘 알고 있었기 때문이다. 안나 안드레예브나는 얼굴을 붉혔다. 얼굴은 붉혔지만 그녀의 기분이 흡족하다는 것을 나는 잘 알고 있었다. 사실 그 부인이라는 것도 내가 멋대로 생각해 낸 것이었다. 나는 모스끄바에 아는 부인이라고는 하나도 없었다. 안나 안드레예브나를 칭찬하여 그녀에게 만족을 주기 위해 그런 말을 했을 따름이다.

「정말 제 생각엔.」 그녀는 매력적인 미소를 지었다. 「당신이 이 며칠 동안 누군가 아주 아름다운 부인의 영향을 받고 있는 것 같아요.」

그 말을 듣고 나는 마치 어디론가 날아갈 듯한 기분이었다……. 나는 두 사람에게 있는 사실을 숨김 없이 말하고 싶었다……. 그러나 꾹 참았다.

「그런데 당신은 바로 며칠 전까지만 해도 까쩨리나 니꼴라예브나를, 마치 원수처럼 여기고 있었잖아요?」

「제가 뭔가 나쁜 말을 했다면.」 나는 눈을 반짝이면서 말했다. 「그녀가 바로 안드레이 뻬뜨로비치의 적이라는, 그녀에 대한 과장된 모략 때문이었지요. 또 그분에 대해서도 중상이 있었습니다. 즉 그분이 그녀를 사랑했고, 그녀에게 청혼을 했었다느니 하는 따위의 추잡스런 이야기지요. 그녀에 대한 또 다른 중상이 있는데 그것 역시 참 교묘하게 꾸며졌지요. 즉 그녀가 남편이 아직 살아 있을 때, 세르게이 뻬뜨로비치 공작에게 자기 남편이 죽고 과부가 되면 그이와 결혼하겠다고 약속해 놓고 막상 그렇게 되자 약속을 지키지 않았다는 것입니다. 그런데 제가 관계자에게서 직접 들어 알게 됐지만, 그런 것은 그저 농담처럼 해본 소리에 지나지 않는 것이었습니다. 저는 그 얘기를 당사자에게 직접 들어서 알고 있습니다. 언젠가 그곳에서, 즉 외국에서 가볍게 농담을 하며 부인은 실제로 공작에게 〈어쩌면 장차〉 하는 따위의 말을 했다고 합니다. 그러나 그것은 가벼운 농담에 지나지 않으며, 아무런 의도 없이 한 말이었습니다. 저는 너무나 잘 알고 있습니다만, 공작도 그런 약속에 아무런 가치도 부여하지 않았습니다. 무엇보다도 그는 그럴 생각이 전혀 없었으니 말입니다.」 이렇게 말한 뒤, 나는 갑자기 어떤 생각이 들어 덧붙였다. 「지금 그분은 전혀 딴 생각을 하고 계시는 것 같습니다.」 그리고 나는 시치미를 떼고 말했다. 「아까 그분의 집에서 나쉬초낀이 말하길, 까쩨리나 니꼴라예브나가 뷔링 남작과 결혼하기로 되어 있다고 했습니다. 그런 소식을 듣고 그분이 취한 태도는 아주 품위가 있었습니다. 정말입니다.」

「나쉬초낀이 그분한테요?」 놀란 듯한 표정과 진지한 어조로, 갑자기 안나 안드레예브나가 물었다.

「네, 그렇습니다. 그 사람은 괜찮은 집안 출신인 것처럼 보이더군요……」

「정말 나쉬초낀이 그분에게 그녀가 뷔링 남작과 결혼한다는 이야기를 했군요.」 안나 안드레예브나는 갑자기 대단한 흥미를 가지기 시작했다.

「결혼 이야기가 아니지요, 그렇게 될지도 모른다는 소문이 있다는 이야기지요. 사교계에서 그런 소문이 있다는 이야기였습니다. 그러나 그것은 터무니없는 소문이라고 저는 믿습니다.」

안나 안드레예브나는 잠시 생각하더니, 다시 자신의 일감 쪽으로 몸을 숙였다.

「저는 세르게이 뻬뜨로비치 공작을 좋아합니다.」 나는 열정적인 어조로 말했다. 「물론 그분에게도 결점은 있습니다. 그것은 말할 여지도 없지요. 전에도 말씀드렸습니다만, 그것은 그분의 생각이 다소 한편으로 기울어 있다는 점입니다……. 그렇지만 어떤 점에서는 그분의 결점도 역시 그분의 고결한 정신을 증명하는 것입니다. 그렇지 않습니까? 예를 들면 오늘도 어떤 사고 방식 때문에 우리는 자칫하면 큰 논쟁을 벌일 뻔했습니다. 그의 의견에 따르면, 고결한 인격에 대해서 말하려면 그걸 말하는 사람 자신이 먼저 고결해야 하며, 만일 그렇지 않다면 그가 무슨 말을 하든 그것은 거짓에 지나지 않는다는 것입니다. 이 말을 어떻게 논리적이라고 할 수 있겠습니까? 그렇지만 이것은 그분 자신이 마음속에 명예, 의무, 정의에 대한 높은 요구를 간직하고 있다는 것을 증명하는 것입니다. 그렇지 않습니까…… 아, 참 큰일났군. 지금 몇 시지요?」 나는 벽난로 위에 있는 시계의 숫자판을 아무런 생각 없이 쳐다보며 큰소리로 물었다.

「3시 10분 전이에요.」 시계를 쳐다보고 나서 그녀는 조용히 말했다. 내가 공작에 대한 이야기를 하는 동안, 그녀는 내내 뭔가 의미심장한, 그렇지만 사랑스러운 미소를 띠고, 고개를 숙인 채 내 이야기를 듣고 있었다. 무엇 때문에 내가 그처럼 그를 칭찬하는지 그녀는 잘 알고 있었던 것이다. 리자는 일감 쪽으로 고개를 숙이고, 벌써 오래 전부터 이야기에는 끼어들지 않고 듣고만 있었다.

나는 불에 데기라도 한 것처럼 벌떡 일어섰다.

「약속 시간에 늦었나요?」

「아니…… 그렇지 않습니다……. 물론 늦기는 늦었습니다만. 이제 그만 가보겠습니다. 가기 전에 꼭 한마디만 말씀드리겠습니다, 안나 안드레예브나.」 나는 흥분해서 말을 시작했다. 「오늘은 아무래도 말하지 않을 수 없을 것 같습니다! 저를 이리로 불러 주신 당신의 친절과 정다운 마음씨를 제가 벌써 몇 번이나 축복했다는 것을 당신에게 고백하고 싶습니다……. 당신과 가까이 지내며 저는 매우 강한 인상을 받았습니다……. 당신의 방에 머물고 있으면 제 영혼이 정화되고, 당신의 방을 나갈 때는 실제보다 더 쓸 만한 사람이 된 것처럼 느껴집니다. 이것은 정말입니다. 당신과 나란히 앉아 있으면 나쁜 이야기는 할 수 없을 뿐만 아니라 나쁜 생각조차 가질 수 없습니다. 당신 옆에 있으면 그런 것은 자연히 사라지고 맙니다. 그리고 당신 옆에서 뭔가 조금이라도 나쁜 일이 떠오르면, 저는 곧 그것을 부끄럽게 생각하고 마음속으로 자책합니다. 그리고 또, 오늘 당신의 집에서 여동생과 만나게 되어 저는 더 더욱 기뻤습니다……. 이것은 당신의 참으로 따뜻한 마음씨와…… 기품 있는 태도를 반증해 주는 것입니다……. 한마디로 말해서, 당신은 오늘 형제 같은 사랑을 보여 주셨습니다……. 만일 당신이 이 차가운 벽을 깨뜨릴 것을 허락하신다면, 저는…….」

내가 이런 말을 하는 동안 그녀는 자리에서 일어서서 더욱더 얼굴을 붉혔다. 그러다가 더 이상 넘어설 수 없는 어떤 감정에 놀란 듯 그녀는 갑자기 내 이야기를 가로막았다.

「저는 진심으로 당신의 그런 감정을 고맙게 받아들이고 있어요……. 말씀하실 것도 없이 저는 그것을 잘 알고 있어요……. 그것도 벌써 오래 전부터…….」

내 손을 붙잡고 말하다가 그녀는 감정을 추스르려고 잠시 말을 멈췄다. 갑자기 리자가 슬며시 내 소매를 잡아당겼다. 나는 인사하고 방에서 나왔다. 리자가 곧 방에서 나와 나를 쫓아오더니 내 곁으로 왔다.

4

「리자, 왜 내 소매를 당겼지?」 내가 물었다.

「저 사람은 아주 교활하고 악의를 품은 여자예요. 그런 평가를 받을 가치가 없어요……. 그녀는 지금 여러 가지를 알아내려고 오빠에게 매달리고 있는 거예요.」 리자는 악의 어린 표정으로 빠르게 속삭였다. 나는 그녀의 그런 표정을 한 번도 본 적이 없었다.

「리자. 무슨 말이지? 저 사람은 참 호감 가는 숙녀가 아니니?」

「그래요, 그렇다면 제가 몹쓸 여자인지도 모르겠어요.」

「도대체 너 왜 그러니?」

「저는 참 나쁜 여자예요. 어쩌면 그녀는 아주 정숙한 숙녀이고, 저는 나쁜 여자인지도 몰라요. 이제 됐어요. 그리고 엄마가 〈내 자신이 직접 도저히 말을 꺼낼 수 없으니〉라고 말씀하시며 부탁하셨어요. 아르까지! 이제 도박은 그만둬요, 네? 부탁이에요…… 엄마도 역시…….」

「리자, 나도 알고 있어. 그렇지만…… 나는 알고 있어, 끝없는 무기력감 때문에 내가 그러고 있다는 것을 말이야. 그러나…… 그저 심심풀이로 하는 것이지 그 이상은 아무 의미도 없어! 어떻게 하다 보니 어리석게도 나는 많은 빚을 졌어. 그래서 그 빚을 갚기 위해 돈을 따려고 하는 것이고, 딸 수 있어. 왜냐하면 지금까지는 바보처럼 아무런 계산도 없이 그저 주먹구구로 했지만, 이제는 1루블을 걸어도 신중히 생각하고 걸 작정이니 말이야……. 그래도 따지 못하나 어디 두고 보자! 나는 도박에 빠진 것은 아니야. 그것이 내가 도모하려는 중요한 일은 전혀 아니야. 그것은 일시적인 것이야, 정말이다! 그만두고 싶을 때 못 그만둘 만큼 나는 의지가 약한 사람이 아니야. 잃은 돈을 만회하고 나면 그때는 영원히 가족들과 더불어 있을 거야. 그러니 엄마에게도 말해라, 내가 다시는 가족 곁에서 떠나지 않겠다고 말이야…….」

「오늘도 오빠는 그 3백 루블을 얼마나 어렵게 마련했어요?」

「네가 그걸 어떻게 아니?」

「다리야 오니시모브나가 아까 다 엿들었어요…….」

바로 그때 리자가 나를 갑자기 떠밀어서 커튼 뒤쪽으로 밀어 넣었다. 그래서 우리 두 사람은 〈포나르〉라고 불리는, 유리창으로 된 밝고 조그만 방의 커튼 뒤에 들어가게 되었다. 곧바로 나는 귀에 익은 목소리와 구두의 박차소리, 그리고 발자국소리를 들었다.

「세료쟈 공작이로구나?」 나는 낮게 물었다.

「그래요.」 리자도 속삭이듯 말했다.

「너는 왜 그렇게 놀랐지?」

「왠지 저는 무슨 일이 있어도 그분에게 얼굴 보이기가 싫어요……」

「그렇지만Tiens, 저 사람은 네 뒤를 쫓아다니는 게 아니냐?」 나는 빙그레 웃으며 말했다. 「그렇다면 그냥 있을 걸 그랬잖아. 이제 어떻게 할 거냐?」

「나가요, 전 함께 가겠어요.」

「그런데, 간다는 인사는 했니?」

「했어요. 제 외투는 현관 옆에 있는 방에 있어요……」

우리는 방에서 함께 나왔다. 계단 위에서 갑자기 어떤 생각이 떠올랐다.

「리자, 혹시 그 사람이 그녀에게 청혼하러 왔을지도 몰라!」

「아, 아니에요……. 그는 청혼하지 않을 거예요……」 그녀는 낮은 목소리로, 천천히 그리고 단호하게 말했다.

「리자, 네가 잘 모르고 있는 거야. 오늘 나는 그 사람하고 논쟁을 좀 했지만, 너도 이야기를 들었다니 말인데, 솔직히 말해서 나는 진심으로 그를 사랑하고 있고 이 일도 잘되기를 바라고 있다. 우리는 이미 화해했어. 우리는 둘 다 행복감을 느낄 때는 좋은 품성을 가지고 있는 사람들이다……. 그리고 그는 훌륭한 점을 많이 가지고 있어……. 그리고 인간성도 좋다……. 적어도 그런 바탕은 있어……. 그러니 베르실로바 양 같은 현명하고 정숙한 아가씨의 도움을 받으면 그도 결점을 다 보완하고 깊이 있는 사람이 될 수 있을 거야. 지금 내가 시간이 없어서 안됐구나……. 그래, 함께 썰매를 타고 가면 되겠구나. 네게 말해 두고 싶은 것도 좀 있으니……」

「아니에요, 혼자 타고 가세요. 저는 그쪽으로 안 가요. 식사하러 올 거지요?」

「그래, 약속대로 갈게. 리자, 스쩨벨꼬프라는 아주 더러운 인간이 그 사람에게 굉장한 영향력을 가지고 있어. 바로 어음 때문이지. 그래서 간단히 말하면, 그 작자가 그를 손아귀에 넣고 제 마음대로 조종하려 하고 있어. 지금 그 사람은 헤쳐 나갈 방법이 없는 형편이야. 그래서 그 두 사람은 안나 안드레예브나에게 청혼하는 것 외에는 해결 방법이 없다고 생각하는 것 같다. 사실은 그녀에게 미리 주의를 환기시켜 주는 것이 좋겠는데 어찌해야 좋을지 모르겠다. 그녀가 알아서 모든 일을 잘 해결하겠지. 그런데 어떨까, 그녀는 거절할까? 너는 어떻게 생각하지?」

「잘 가요, 저는 시간이 없어요.」 그녀가 자르듯이 말했다. 그러나 그 순간 나는 갑자기 그녀의 시선 속에서 아주 강렬한 증오의 빛을 보고 깜짝 놀라서 말했다.

「리자, 너 왜 그러지?」

「오빠한테 그러는 게 아니에요. 그리고 도박만은 이제 하지 말아요……」

「너 도박 때문에 그랬구나, 그렇다면 그만두지.」

「오빠는 지금 〈우리가 행복감을 느낄 때는〉이라고 했지요. 그러면 오빠는 지금 행복감을 느껴요?」

「응, 리자, 나는 커다란 행복감을 느끼고 있어. 아주 많이! 큰일 났구나, 벌써 세 시, 아니 지났구나……! 잘 가라, 리자. 리자, 말해 봐, 여자를 기다리게 해도 괜찮니? 그런 짓을 용서할 수 있을까?」

「두 사람이 밀회할 때를 말하는 거예요?」 그녀는 말하며 희미한 미소를 띠었다.

「행운을 빌기 위해 네 손을 잡아 보자.」

「행운을 위해서 제 손을요? 안 돼요.」

손을 뿌리치며 그렇게 말하더니 그녀는 서둘러 걸어갔다. 나는 썰매에 뛰어올랐다.
 그래, 그렇다. 이 〈행복감〉 때문에 나는 주변 상황이 어떻게 전개되는지도 전혀 모르고 그저 내 자신 속으로만 한없이 침잠하여 들어갔던 것이다.

제4장

1

 이제 나는 다음 이야기를 서술하기가 아주 두렵다. 그것은 이미 아주 오래 전의 일이다. 그러나 지금도 나는 그 모든 일이 마치 신기루와도 같이 느껴진다. 그렇게 기품 있는 부인이 어떻게 나 같은 철없는 애송이와 밀회를 약속할 수 있었을까? 잘 이해가 안 되는 대목이다. 그때 리자와 헤어져 썰매를 타고 갈 때 나는 가슴이 심하게 두근거리는 것을 느끼고, 내가 미친 게 아닐까라고 혼자 생각하기조차 하였다. 마음속에서 밀회 약속 같은 것은 도저히 믿을 수 없는, 너무나 분명히 터무니없는 이야기가 아닐까 하는 생각이 떠올랐기 때문이다. 하지만 나는 내심 이 사실을 전혀 의심하지 않으려는 확신을 가지고 있었다. 한편에서 이건 터무니없다는 생각이 분명해지면 분명해질수록, 또 한편에서는 그것에 대해 더욱더 확신이 들었다.

 벌써 세 시가 지났다는 사실이 나를 불안하게 했다. 〈모처럼 이런 밀회의 기회가 생겼는데 약속 시간에 늦다니〉 하고 나는 자책했다. 〈어떻게 하는 것이 좋을까. 대담하게 할 것인가, 그렇지 않으면 소심한 태도를 취할 것인가?〉 하는 어리석은 질문도 머릿속에서 떠올랐다. 그러나 그런 생각은 다만 잠시 가물거렸을 뿐이다. 왜냐하면 내 마음속에는 아주 중요하면서도 스스로 단정할 수 없는 일이 있었기 때문이다. 그 전날 내가 들은 것은 〈내일 세

시에 따찌야나 빠블로브나한테 가겠어요〉 하는 말이 전부였다. 언제나 내가 도착하면 나 혼자 그녀가 있는 방으로 안내를 받았다. 따라서 그녀는 무엇이든 하고 싶은 말을 내게 할 수 있었다. 그렇다면 따찌야나 빠블로브나한테로 장소를 옮길 필요는 전혀 없는데, 왜 제3의 장소인 따찌야나 빠블로브나의 집으로 약속 장소를 정했을까? 그리고 또 하나의 의문이 있다. 따찌야나 빠블로브나는 집에 있을까, 없을까? 만일에 이것이 밀회라면 따찌야나 빠블로브나는 집에 없다는 것을 의미한다. 그러나 미리 따찌야나 빠블로브나에게 사정을 얘기하지 않는다면 어떻게 그렇게 할 수 있을까? 그렇다면 따찌야나 빠블로브나도 이 비밀스런 만남을 정하는 데 어떤 역할을 한 것일까? 나는 그런 생각을 하면서 뭔가 순결하지 못하고 기괴하다는 느낌이 들었다.

어쩌면 그녀는 그냥 따찌야나 빠블로브나에게로 가고 싶었는지도 모른다. 그래서 어제 아무런 목적 없이 그렇게 말한 것인데, 내가 지나친 상상을 한 것은 아닐까. 그 말은 아주 두서없는 대화 끝에 그냥 자연스럽게 나온 것이었다. 사실 어제 그녀의 집에 있는 동안에 나는 왜 그런지 머리가 혼란스러운 상태였다. 나는 가만히 앉아 입으로 이런저런 말을 중얼거리기도 했고, 무슨 말을 해야 할지 몰라 초조해 하기도 했으며, 약간 떨기도 했다. 나중에 알게 됐지만, 그녀는 어딘가 나가려던 참이어서 내가 떠나려고 했을 때 기쁜 기색을 보였다. 이런저런 생각이 복잡하게 머리에서 들끓었다. 그러고 나서 나는 마침내 그 집에 들어가기로 했다. 초인종을 눌러서 식모가 문을 열면 〈따찌야나 빠블로브나가 안에 계신가?〉 하고 물어봐야지. 만일 집에 없다면 〈밀회〉가 되는 것이다. 그러나 나는 그것을 의심치 않았다. 아니, 의심하려고 하지 않았!

나는 계단을 뛰어올라갔다. 그리고 바로 문 앞 계단에 섰을 때, 모든 공포는 자취를 감추고 말았다. 〈별 도리가 없잖아.〉 나는 생각했다. 〈다만 빨리 끝냈으면!〉 식모가 문을 열었다. 그리고 그 투박한 어조로, 지금 따찌야나 빠블로브나는 집에 없다고 대답했다. 〈누군가 다른 사람이, 혹시 누군가 따찌야나 빠블로브나를 기다리는 사람이 없느냐?〉고 물어볼까 하다가 그만뒀다. 〈내 눈으로 확인하는 편이 낫겠다〉고 생각하고, 좀 기다리겠다고 식모에게 말한 다음, 나는 외투를 벗으며 문을 열었다…….

까쩨리나 니꼴라예브나는 창가에 앉아서 〈따찌야나 빠블로브나를 기다리고〉 있었다.

「그녀는 지금 안 계신가요?」 나를 보자 마음이 심란한 듯 약간 화난 듯한 어조로 그녀가 내게 물었다. 그녀의 목소리와 얼굴 표정이 내가 기대했던 것과는 전혀 다른 것이어서 나는 그만 문 앞에서 꼼짝 못하고 서버렸다.

「누가 없냐고요?」 나는 중얼거렸다.

「따찌야나 빠블로브나 말이에요! 제가 어제 당신에게 전해 달라고 부탁드렸지요? 세 시에 그녀에게로 오겠다고 말이에요.」

「저는…… 아직 그녀의 얼굴도 보지 못했는데요.」

「잊어버리셨나요?」

무엇인가에 얻어맞은 사람처럼 나는 그만 맥이 빠졌다. 아, 그런 것이었구나! 그러나 나는 모든 일이 자명한데도 정작 내 자신 속에서 기대했던 바를 깨뜨리려고 하지 않았다.

「당신이 그런 말을 전하라고 부탁하신 일은 제 기억에 없습니다. 당신은 그런 것을 부탁하시지 않았습니다. 당신은 세 시에 이리로 오시겠다고만 했지요.」 참다못해 나는 내뱉듯이 말했다. 나는 그녀의 얼굴을 쳐다보지 않았다.

「어!」 갑자기 그녀가 낮게 신음했다. 「그렇다면 당신은 말을 전하는 것을 잊었다면서 왜 이리로 왔지요? 내가 이리로 온다는 것을 혼자만 알고 계셨다면서요?」

고개를 들어 바라보니 그녀의 얼굴에선 냉소도 분노도 보이지 않았다. 다만 거기에는 늘 보는 밝고 유쾌한 미소와 뭔가 장난기 어린 기운이 담겨 있었다. 그 표정은 마치 〈자, 보세요, 당신은 이제 완전히 내게 사로잡혔어요. 이제 무슨 말을 할 거지요?〉라고 말하는 듯했다.

나는 대답하기 싫어서 다시 눈을 내리깔았다. 약 30초 동안 침묵이 계속되었다.

「당신은 지금 제 아버님한테서 오시는 길인가요?」 갑자기 그녀가 물었다.

「아뇨, 안나 안드레예브나의 집에서 오는 겁니다. 니꼴라이 이바노비치 공작에게는 아직 가보지 못했어요……. 그건 당신도 알고 있지 않나요?」 갑자기 나는 되물었다.

「안나 안드레예브나의 집에서는 아무 일도 일어나지 않았나요?」

「그 말은 지금 저의 꼴이 엉망이라는 말이지요? 이미 그녀에게 가기 전부터 저는 완전히 흐트러진 상태였습니다.」

「그녀에게 가서도 아직 정신을 못 차리셨나요?」

「네, 정신을 못 차렸습니다. 저는 거기서 당신이 뷔링 남작과 결혼하신다는 말을 들었습니다.」

「그녀가 그렇게 말하던가요?」 그녀가 갑자기 흥미가 있는 듯 말했다.

「아뇨, 제가 그녀에게 말을 전했지요. 아까 세르게이 뻬뜨로비치 공작을 방문한 나쉬초낀이 그렇게 말하는 것을 들었거든요.」

여전히 나는 그녀를 쳐다보지 않으려고 했다. 그녀의 얼굴을 바라본다는 것은 환희와 새로운 빛 그리고 행복을 찾는 것을 의미했다. 그러나 그 순간 나는 행복해지기가 싫었다. 나는 가슴 한복판에서 분노심을 느꼈다. 그리고 순식간에 커다란 결심을 했다. 그 다음에 나는 갑자기 뭔가를 이야기했지만, 무슨 이야기를 했는지는 전혀 기억나지 않는다. 나는 아주 열중하여 의미도 모르는 말을 했다. 그 말을 하면서부터는 대담하게 그녀의 얼굴을 바라보았다. 내 심장은 두근거렸다. 나는 뭔가 별 의미 없는 이야기를 시작했지만, 어쩌면 논리가 있는 이야기였는지도 모른다. 처음에 그녀는 늘 그 얼굴에서 없어지지 않는 온화하고 침착한 미소를 띠면서 내 말을 듣고 있었다. 그러나 점차로 놀라는 표정을 짓더니 드디어 경계의 빛이 그녀의 움직이지 않는 시선 속에서 가물거렸다. 그녀는 여전히 미소를 짓고 있었지만, 그 미소도 때로 떨리는 것처럼 보였다.

「왜 그러시지요?」 그녀의 몸이 떨리는 것을 느끼며 내가 물었다.

「전 당신이 무서워요.」 거의 불안에 싸인 듯한 목소리로 그녀가 대답했다.

「그렇다면 왜 당신은 안 돌아가시지요? 따찌야나 빠블로브나도 지금 안 계시고, 곧 돌아오실 것 같지 않다는 것은 당신도 잘 아시지 않나요? 그렇다면 당신은 일어서서 이제 그만 가셔야 하지 않겠어요?」

「저는 기다릴 생각이었습니다만, 이렇게 되면…… 정말…….」

그녀는 일어서려고 했다.

「안 됩니다, 안 됩니다. 앉으세요.」 나는 그녀를 말렸다. 「자, 보세요, 당신은 또 몸을 떠셨어요. 그러나 당신은 두려움을 느낄 때도 여전히 미소를 짓는군요……. 당신은 언제나 미소를 짓지요. 자, 이번에는 아주 환히 웃는군요…….」

「도대체 무슨 잠꼬대 같은 말을 하는 거예요?」

「그렇습니다, 잠꼬대입니다.」

「전 무서워요…….」 그녀는 또 중얼거렸다.

「뭐가요?」

「당신이…… 벽을 깨뜨리실까 봐…….」 그녀는 또 빙긋 웃었지만 이제는 완전히 겁이 난 것 같았다.

「저는 당신의 미소를 참을 수 없습니다……!」

나는 다시 이야기를 시작했다. 나는 마치 공중을 나는 듯한 기분을 느꼈다. 마치 뭔가가 나를 뒤에서 떠미는 것 같았다. 나는 지금까지 그녀와 얘기하면서 한 번도, 진정으로 한 번도 떨지 않은 적이 없었다. 언제나 벌벌 떨었던 것이다. 나는 여전히 떨렸지만 이야기는 그대로 계속했다. 지금도 기억에 생생하지만 나는 그녀의 얼굴에 대해서 말하기 시작했다.

「저는 더 이상 당신의 미소를 참을 수 없어요!」 나는 갑자기 소리를 질렀다. 「무엇 때문에 모스끄바에 있을 때, 저는 당신을 무섭고 화려하고 그리고 아주 간사한 상류 사회의 틀에 매여 있는 분이라고 상상했을까요? 그렇습니다, 모스끄바에 있었을 때지요. 저는 거기 있을 때부터 마리야 이바노브나와 당신에 대해서 이야기했고, 당신이 어떤 분일까 하고 상상하곤 했습니다……. 마리야 이바노브나를 기억하시지요? 당신은 그분의 집에 계셨으니 말입니다. 저는 이곳으로 오는 도중 밤새 기차 속에서 당신 꿈을 꾸었습니다. 이리로 온 후에도 당신이 돌아오실 때까지 꼭 한 달 동안 당신 아버님의 서재에 걸려 있는 당신의 초상을 바라보고 있었습니다. 하지만 당신의 실체를 짐작할 수 없었습니다. 당신의 얼굴 표정은, 어린애같이 맑은 빛과 한없는 순진성이 뒤섞인 것입니다. 정말 그렇습니다! 저는 당신 집에 드나드는 동안 계속해서 그것을 느끼고 내심 놀라곤 했습니다. 물론 당신도 때로 오만하게 상대방을 내려다보고, 눈짓 하나로 상대방을 압도하기도 합니다. 당신이 모스끄바에서 돌아와 아버지의 서재에서 저를 내려다볼 때의 그 눈매를 지금도 기억합니다……. 저는 그때 당신을 처음 보았지요. 그때 방에서 나오는 저를 붙잡고, 당신이 어떤 분이냐고 물어도, 저는 아무 말도 못했을 것입니다. 당신의 키가 얼마나 되는지도 말하지 못했겠지요. 당신의 얼굴을 보자마자 저는 그만 눈먼 사람이 되어 버린 듯했습니다. 당신의 초상은 당신과 전혀 닮지 않았습니다. 당신의 눈은 검지 않고 밝습니다. 다만 길다란 속눈썹 때문에 검게 보일 뿐이지요. 당신은 보통 키에 통통한 몸매입니다. 그러나 당신은 아주 건강한 시골 처녀 같은 활력을 가지고 있습니다. 그리고 당신의 얼굴도 매우 전원적입니다. 전원형의 미인 얼굴입니다. 화내지 마세요. 그것은 좋은 의미입니다. 동그랗고 혈색 좋고 뚜렷하고 대담한 데다가, 엷은 미소를 품고 있으며 약간 수줍은 분위기를 띤 얼굴이란 말입니다! 맞습니다, 수줍은 얼굴입니다. 까쩨리나 니꼴라예브나 아흐마꼬바의 얼굴은 수줍어하는 얼굴이지요! 수줍어하는, 전혀 때묻지 않은 얼굴이지요, 정말입니다! 때묻지 않았다기보다는 어린애의 얼굴이지요! 그것이 바로 당신의 얼굴입니다! 저는 내심 놀라 지금까지 언제나 자신에게, 정말 이분이 과연 그 부인일까? 하고 종종 자문했습니다. 지금은 당신이 매우 총명한 분이라는 것을 알고 있습니다만, 저는 처음에 당신의 지력이 좀 모자라지 않나 생각했지요. 하지만 당신은 슬기롭고 아무런 가식도 없습니다……. 그리고 또 하나 제가 좋아하는 점은 당신이 언제나 미소를 띠고 있다는 것입니다. 그것을 바라보며 저는 한없는 행복을 느낍니다! 그리고 당신의 침착한 태도, 얌전함, 그리고 거침없고 조용하고 울적한 듯 보이는 말투도 저는 매우 좋아합니다. 바로 그 울적하게 보이는 점을 저는 좋아하지요. 또한 당신은 설사 목에 칼이 들어와도 할 말은 거침없이 그대로 할 것 같습니다……. 저는 당신을 자존심과 정열의 극치처럼 상상하고 있었습니다. 그러나 당신은 이 두 달 동안 저를 상대로 젊은이들끼리 하듯 이야기했습니다……. 저는 당신의 이마가 그렇게 생겼으리라고는 한 번도 생각해 본 적이 없었습니다. 당신의 이마는 마치 조각품처럼 약간 좁은 것 같습니다만, 그 대신 숱이 많은 금빛 머리카락 아래에서 대리석처럼 빛나고 있습니다. 당신은 가슴을 쭉 펴고 경쾌하게 걷는 흠잡을 데 없는 미인입니다. 그리고 당신에게는 오만한 점이 조금도 없습니다. 저는 이제 비로소 처음으로 그것을 믿게 되었습니다. 지금까지는 그것을 믿을 수 없었지요!」

횡설수설하는 내 말을 들으며, 그녀는 놀란 듯 눈을 크게 뜬 채 내가 몸을 떨고 있는 것을 보고 있었다. 그녀는 몇 번이나 아름답고 걱정스러운 몸짓으로, 장갑을 낀 손을 올려 내 이야기를 막으려고 했다. 그러나 그때마다 놀라서 그 손을 떼곤 했으며, 급히 뒤로 물러서기도 했다. 도중에 두 번인가 세 번, 그 미소가 얼굴에 밝게 떠올랐다. 잠시 그녀는 얼굴이 매우 붉어지기도 했지만, 마지막에는 아주 놀라서 점점 창백해졌다. 내가 잠시 말을 멈추자마자 그녀는 손을 내밀어 탄원하듯, 그러나 여전히 거침없는 목소리로 말했다.

「그런 말을 해서는 안 됩니다……. 그런 말은 할 수 없는 거예요…….」

그렇게 말하더니 벌떡 의자에서 일어나 천천히 자신의 스카프와 검은 담비 모피로 만든 머프를 손에 들었다.

「가시겠습니까?」 내가 물었다.

「저는 당신이 아주 무서워졌습니다……. 당신은 나를 희롱하고 있어요…….」 동정과 비난이 뒤섞인 어조로 그녀가 말했다.

「제 말을 좀 들어 주세요. 저는 절대로 벽을 깨뜨리는 따위의 짓은 하지 않겠습니다.」

「그렇지만, 당신은 벌써 그것을 시작했어요.」 더 이상 참지 못하고 그녀는 가볍게 미소지었다. 「당신이 저를 무사히 보내 줄지 어떨지 저는 그것조차도 모르겠어요.」 그 표정을 보니, 그녀는 내가 돌려보내 주지 않을까 봐 진심으로 걱정하는 듯 보였다.

「제 손으로 문을 열어 드리겠습니다. 어서 가세요. 그렇지만 이것만은 알아 두세요. 저는 커다란 결심을 했습니다. 그러니 만일 제 영혼에 빛을 주시려면, 이리 와 앉아서 두 마디만 들어 주세요. 그러나 싫다면 돌아가세요. 제가 제 손으로 문을 열어 드리겠습니다!」

흘끔 내 얼굴을 쳐다보더니 그녀는 다시 제자리에 앉았다.

「다른 사람이라면 화가 나서 돌아가셨을 터인데 당신은 다시 앉아 주셨군요.」 나는 거의 정신없이 말했다.

「당신은 전에는 한 번도 그런 말투를 안 쓰셨어요.」

「저는 이전에 언제나 겁내고 있었어요. 지금도 여기로 들어올 때 무슨 이야기를 해야 할지 몰랐습니다. 당신은 제가 지금 떨고 있지 않다고 생각하세요? 떨고 있습니다. 그렇지만 저는 갑자기 커다란 결심을 했습니다. 그리고 그것을 이행할 수 있다고 느꼈습니다. 그런데 그 결심을 하자마자 저는 두서없이 그런 말을 시작한 것입니다……. 잘 들어 주세요. 이것이 제가 말하고 싶은 두 마디입니다. 제가 당신의 스파이입니까? 아닙니까? 대답해 주세요. 이것이 제 질문입니다!」

그러자 그녀의 얼굴은 삽시간에 아주 붉게 물들었다.

「아직 답을 말하지 마세요, 까쩨리나 니꼴라예브나. 제 말을 다 듣고 나서 진실을 모두 말씀해 주세요.」

마침내 나는 모든 장벽을 깨뜨리고 자유로운 공간으로 뛰어나간 것이다.

2

「두 달 전에 저는 이 방의 커튼 뒤에 서 있었습니다……. 당신도 기억하고 계시지요……. 그때 당신은 따찌야나 빠블로브나와 편지에 대한 이야기를 하고 계셨습니다. 그때 제가 갑자기 뛰어들어 정신없이 말을 했지요. 아마 당신은 그때 제가 뭔가 알고 있다는 것을 인식했겠지요……. 당신은 중요한 서류를 찾고 계셨고, 그것이 매우 걱정스러웠으니 말입니다……. 잠깐만 기다리세요, 까쩨리나 니꼴라예브나. 잠시 아무 말도 하지 말아 주세요. 여기서 분명히 말씀드립니다만, 당신의 의심은 근거가 있는 것이었습니다. 그 서류는 존재합니다……. 아니, 죽 존재했지요……. 저는 그것을 보았습니다. 그것은 안드로니꼬프에게 보낸 당신의 편지입니다. 그렇지요?」

「당신이 그 편지를 보셨다고요?」 흥분하여 당황한 듯이 그녀가 되물었다. 「어디서 보셨지요?」

「저는 보았습니다……. ㄲ라프뜨의 집에서 보았지요……. 바로 권총으로 자살한 그 사람의 집에서 말입니다…….」

「정말이에요? 당신이 그것을 직접 보셨어요? 그래서 그것을 어떻게 했지요?」

「ㄲ라프뜨가 찢어 버렸습니다.」

「당신이 있는 데서요? 그것을 보셨나요?」

「제 눈앞에서 그랬습니다. 아마 자살 직전에 그랬을 겁니다……. 저는 그때 그가 권총으로 자살할 줄은 몰랐지요…….」

「그렇다면 이제 그 편지는 없어졌군요, 잘됐어요!」 그녀는 천천히 말했다. 그러더니 한숨을 쉬고 나서 성호를 그었다.

나는 그녀에게 거짓말을 하지는 않았다. 그렇지만 그 서류는 줄곧 내가 가지고 있어서 ㄲ라프뜨의 수중에 들어간 적이 없었기 때문에, 사실상은 내가 거짓말을 한 것이다. 그러나 그것은 사소한 것에 불과하고, 본질적으로 내가 거짓말을 한 건 아니다. 왜냐하면 거짓말을 한 바로 그 순간 나는 그날 밤이라도 곧 그것을 태워 버리려고 마음속으로 맹세했기 때문이다. 그리고 맹세하건대 만일 그 순간에 그 편지가 내 주머니 속에 있었다면 틀림없이 그것을 꺼내어 그녀에게 넘겨주었을 것이다. 그러나 나는 그것을 하숙집에 두고 가져오지 않았다. 그렇지만 어쩌면 그것을 그녀에게 넘겨주지 않았을지도 모른다. 왜냐하면 내가 그것을 간직한 채, 그녀를 그렇게 오랫동안 관찰하면서 그녀에게 넘겨주지 않았다는 사실을 그때서야 그녀에게 고백한다는 것은 견딜 수 없을 정도로 부ㄲ러운 일이었기 때문이다. 그러나 결과는 마찬가지일 것이다. 집에 돌아가서 불태워 버리면, 결국에는 내가 거짓말을 안 한 셈이 되니까. 그 순간 나는 순수한 마음으로 맹세했다.

「이제.」 나는 거의 제정신이 아닌 채로 말을 계속했다. 「말씀해 주세요. 저에게 친절하게 대해 마음을 사로잡은 뒤 저를 댁으로 왕래하게 한 것은, 제가 그 서류에 대해서 알고 있으리라고 생각하셨기 때문인가요? 가만히 계세요, 까쩨리나 니꼴라예브나. 1분만 더 말씀하지 마시고 제 이야기를 끝마치게 해주세요. 저는 언제나 당신 집에 왕래하면서 당신이 제게 친절하게 대하는 것은, 다만 제게서 그 편지에 대해 뭔가를 알아내기 위해서가 아닌가, 제가 그것에 대해 스스로 고백하도록 만들기 위해서가 아닌가 내내 의심해 왔습니다……. 잠깐 기다리세요, 1분만 더. 저는 그런 의심을 가지고 있었습니다. 그러나 저는 고민했습니다. 당신이 이중적인 마음을 가졌다는 것은, 저로서는 참을 수 없는 일이었습니다. 왜냐하면 저는 당신을 아주 고상한 인품을 지닌 사람이라고 생각하고 있었기 때문입니다! 저는 분명히, 그리고 솔직히 말합니다. 제게 당신은 적이었습니다. 그러나 저는 당신을 고상한 인격을 지닌 사람이라고 확실히 믿었던 것입니다! 저는 당신에게 한순간에 정복당하고 말았습니다. 하지만 그러면서도 당신이 내면 속에 어쩌면 이중적인 마음을 가진 것이 아닐까 하는 의심이 항상 저를 괴롭혔습니다……. 이제 모든 것에 결말을 지어야 할 때입니다. 모든 일이 분명해져야 합니다. 그때가 온 것입니다. 그러나 아직 조금만 더 기다려 주세요, 아무 말도 하지 마세요. 저 자신이 이 모든 일을 바로 지금 이 순간에 어떻게 판단하고 있는지를 들어 주세요. 솔직하게 말하겠습니다. 설사 제 의심이 사실로 드러나더라도 저는 화내지 않을 것입니다……. 이를테면 전혀 모욕을 느끼지 않는다고 말하고 싶은 것입니다. 왜냐하면 그것은 극히 자연스러운 일이기 때문이지요. 저도 그만한 것은 이해합니다. 당신이 그렇게 행동하는 것은 아주 자연스러운 일일 수 있기 때문입니다. 당신은 그 서류 때문에 괴로워하다가 어떤 사람이 모든 것을 알고 있지 않나 하는 의심을 갖게 됩니다. 그렇다면 그 사람에게 사실을 있는 그대로 듣고 싶어하는 것은 지극히 당연한 일이겠지요……. 거기에는 아무런 잘못도 없습니다, 전혀 없지요. 이건 제 진심입니다. 하지만 이제 당신은 사실을 제게 말씀하셔야 합니다……. 있는 그대로 고백하셔야 합니다 (이런 말을 용서하세요). 저는 진실이 필요합니다. 꼭 알아야 하겠습니다! 이제 말해 주세요, 당신이 제게 친절히 대한 것은, 제게서 서류에 대해 무엇인가를 알아내기 위해서였습니까…… 까쩨리나 니꼴라예브나?」

마치 절벽에서 굴러 떨어지는 기분으로 나는 이렇게 말했다. 내 머리는 아주 지끈거렸다. 이제 더 이상 불안한 빛을 보이지 않으며 그녀는 내 말을 듣고 있었다. 그녀의 얼굴에는 진심 어린 표정이 깃들어 있었다. 그리고 그 눈에는 뭔가 수줍은, 부끄러워하는 빛이 보였다.

「맞습니다.」 그녀는 작은 목소리로 천천히 말했다. 「그것 때문이었습니다. 저를 용서하세요, 제가 나빴어요.」 내게 갑자기 두 손을 내밀었다. 나는 이 말이 나오리라고는 꿈에도 생각지 않았다. 나는 모든 것을 예상하고 있었지만 이 말만은 전혀 의외였다. 나는 이미 그녀에 대해서 어느 정도 알고 있었지만, 그녀에게서 그런 말이 나오리라고는 전혀 예상치 못했다.

「지금 제게 당신은 자신이 〈나빴다〉고 말하는군요! 정말로 〈나빴다〉고 느끼십니까?」 나는 큰소리로 물었다.

「네, 저는 당신에게 항상 미안한 마음을 가지고 있었어요……. 그래서 그것을 차마 입 밖에 내놓을 수가 없었습니다. 이제 이 말을 하고 나니 지금은 오히려 기쁩니다…….」

「미안함을 느끼고 계셨다고요? 그렇다면 왜 전에는 그런 말씀을 안 하셨지요?」

「차마 어떻게 말해야 할지 몰랐습니다.」 그녀는 미소를 지어 보였다. 「아니, 알기는 알고 있었습니다만.」 그녀는 또 미소를 띠었다. 「그러나 그렇게 하기가 너무나도 부끄러워서……. 왜냐하면 사실 처음에는 저도 당신이 말씀하신 대로 다만 그런 목적으로 당신과 가까이 지냈지요. 그러나 곧 그런 의도가 싫었습니다……. 그리고 그런 연극에 싫증이 났습니다, 정말이에요!」 그녀는 슬픈 기색으로 말을 이었다. 「그리고 그렇게 가장하는 것이 너무도 가증스러웠습니다.」

「그렇다면 왜 그때 곧바로 물어보지 않으셨지요?〈그 편지에 대해서 알고 있지요? 왜 아무런 말도 안 하고 있지요?〉하고 물었으면 좋았을 것을. 그러면 저는 그 자리에서 모두 말했을 것입니다. 틀림없이 곧 고백했을 겁니다!」

「그래도 저는 당신이…… 좀 두려웠어요. 솔직히 말해서 저는 당신을 믿지 않았어요. 사실대로 말하자면, 저도 교활했는지 모르지만 당신도 역시 마찬가지 아닌가요?」 그녀가 씽긋 웃었다.

「그렇지요. 그렇습니다.」 나는 진심으로 말했다. 「제가 잘못했습니다! 하지만 당신은 제 음산한 마음의 어두운 심연을 아직 제대로 모르고 있습니다!」

「심연이니 하는 그런 어려운 말은 하지 마세요! 하지만 당신의 말씀은 알아듣겠어요.」 그녀는 부드러운 미소를 지었다. 「그 편지는.」 그녀는 침울한 어조로 말했다. 「제가 저지른 가장 경박하고 잘못된 행동에 의해 씌어진 것입니다. 제가 그런 행동을 했다는 의식이 쉴새없이 저를 괴롭혔어요. 여러 가지 주변 사정과 걱정스러운 마음에서 저는 사랑하는 아버지를, 그처럼 관대하신 아버지를 의심하게 됐어요. 어쩌면 그 편지가 나쁜 사람들의 손에 들어갈지도 모른다고 생각하니……. 그렇게 생각할 충분한 근거가 있었기 때문에(그녀는 열띤 어조로 말했다), 그 편지를 아버지에게 보이지나 않을까 저는 두려워하고 있었어요……. 그 편지가 아버지에게 커다란 충격을 줄 수 있기 때문이에요……. 아버지의 상황이나…… 아버지의 건강을 생각하면…… 아버지는 제게 처절한 실망을 느끼실지도 몰라요…….」 그녀는 내 눈빛에서 어떤 기운을 느꼈을 것이다. 그러자 그녀는 맑은 눈으로 내 얼굴을 쳐다보면서 이렇게 덧붙였다. 「그리고 제 자신의 장래도 걱정스러웠어요. 제가 걱정한 것은, 아버지가…… 자신의 신병의 영향도 있어…… 저에 대한 애정을 모조리 잃어버릴지도 모른다는 점이었어요……. 하지만 이렇게 의심했던 것도 역시 아버지에게 죄를 진 것 같아요. 그렇더라도 아버지는 마음이 착하시고 도량이 넓은 분이니까 아마 저를 용서하셨을 거예요. 이것이 있는 그대로의 사실이에요. 그리고 제가 처음에 당신에게 그런 태도를 취했습니다만, 사실 그렇게 할 필요가 없었던 거예요. 저는 부끄러워 죽겠어요.」 갑자기 부끄러워진 것처럼 그녀는 쑥스러워하며 말을 끝맺었다.

「아닙니다. 부끄러워하실 건 없지요!」 내가 말했다.

「저는 사실 당신의, 감정에 잘 휩쓸리는 성격을 빌리려고 했어요……. 그것은 저도 인정해요.」 그녀는 고개를 숙이고 중얼거렸다.

「까쩨리나 니꼴라예브나! 제게 그런 고백을 하게 하는 사람은 누구, 대체 누굽니까? 네, 말해 주세요.」 갑자기 마치 술 취한 사람처럼 내가 큰소리로 말했다. 「그냥 일어서서 지극히 세련된 말투로 있던 사실을 틀림없이 분명하게, 그렇지만 별일 아닌 것처럼 2 곱하기 2는 4인 것처럼 당연하게 말하는 것이 당신에게 익숙한 방법 아닌가요? 당신 같은 상류 사회의 사람들이 진실에 대해서 그런 태도를 취하는 것은 아주 일상적이지 않습니까? 그러면 저 같은 하류의 평범한 인간은 당신의 말을 그대로 믿었겠지요. 당신이 말씀하시는 것이라면 저는 무엇이든 믿었겠지요! 그런 태도를 취하는 것쯤은 당신에게는 쉬운 일 아니겠어요? 사실,

당신은 저를 조금도 두려워하지 않았잖아요? 그런데 왜 저 같은 온갖 일에 간섭하는, 보잘것없는 젊은 놈 앞에서 스스로 그렇게 자신을 낮추셨지요?」

「저는 적어도 당신 앞에서 자신을 낮춘 일은 없어요.」 그녀는 기품 있는 어조로 말했다. 보아하니 왜 내가 그렇게 소리질렀는지 이해하지 못한 것 같았다.

「아닙니다. 그 반대입니다! 그래서 제가 이처럼 소리를 지르고 있는 겁니다…….」

「그렇다면 제가 경솔한 행동을 했군요.」 그녀는 마치 얼굴을 감추려는 듯 한 손을 얼굴로 가져갔다. 「저는 사실 어제부터 무척 부끄러웠어요. 그래서 당신과 있는 동안 계속해서 도무지 진정하지를 못했어요……. 사실대로 말씀드리면요.」 그녀가 덧붙였다. 「갑자기 여러 가지 사정이 겹쳐서, 그 불행한 편지의 운명에 대한 모든 진실을 있는 그대로 알아내야 할 필요가 생긴 거예요. 그렇지 않았다면 이미 그 편지에 대해서는 점점 잊어버리기 시작하던 참이었는데……. 왜냐하면 제가 당신에게 제 집으로 오시라고 했던 것은 단지 그것을 위해서만은 아니었으니까요.」

갑자기 다시 내 가슴이 뛰기 시작했다.

「물론 아닙니다.」 그녀는 약간 웃기 시작했다. 「물론 아니지요! 저는…… 아르까지 마까로비치, 당신은 적절한 말씀을 하셨어요. 우리가 자주 젊은이들끼리 하듯 이야기했었다고 했지요. 저도 그랬어요. 여러 사람과 교제하고 있으면서도 저는 때때로 아주 지루할 때가 있어요. 외국 생활을 끝내고 집안에 여러 가지 불행이 있은 후로는 특히 그것이 심해졌어요……. 그래서 저는 요즈음 사교계에도 잘 나가지 않아요. 단지 제가 게으르기 때문만은 아니지요. 저는 때때로 시골로 가버릴까 생각해요. 거기서 전부터 읽고 싶었으면서도 도무지 손에 잡지 못했던 책들이나 차근차근 읽고 싶어요. 벌써 이전에도 이런 이야기를 한 적이 있어요. 기억나세요, 언젠가 당신이 저더러 왜 러시아 신문을, 그것도 하루에 두 가지나 읽느냐고 웃으며 물으셨던 적이 있죠?」

「저는 웃지 않았습니다……」

「물론 그랬을 거예요. 당신은 약간 흥분했었으니까요. 전에 제가 저는 러시아 여성이기 때문에 러시아를 사랑한다고 말했던 걸 기억하나요? 우리 둘이서 열심히 당신이 말한 『사실』이란 잡지를 읽었던 적이 있지요(그 말을 하며 그녀는 씽긋 웃었다). 당신은 뭐랄까, 이상할 때도 많았지만, 그래도 때때로 갑자기 생동감이 넘쳐 아주 적절한 말을 했고, 제가 관심을 가진 일에는 같이 관심을 가져 주었지요. 그렇게 〈학생 기분〉으로 돌아갈 때면 당신은 정말 정답고 독창적인 분이에요. 그러나 그 이외의 역할은 그다지 당신에게는 맞지 않는 것 같아요.」 참으로 매혹적이며 야릇한 미소를 띠면서 그녀는 덧붙였다. 「기억하나요, 우리는 때때로 몇 시간 동안 숫자에 대한 이야기만 했고, 계산도 하고 비교도 하고, 우리 나라에는 학교가 몇 개 있느니, 교육은 어떤 방향으로 가고 있느니 하는 이야기에 열중하곤 했지요. 우리는 살인 사건과 그 외의 형사 사건을 계산하여, 그것을 좋은 소식들과 비교하며…… 그것이 대체 무엇을 지향하는 것이고, 또한 우리의 장래가 결국 어떻게 될 것인지, 그것을 알아내려고도 했어요. 저는 당신 덕택에 성실성이라는 것을 알게 됐습니다. 그도 그럴 것이, 우리 사회에서는 절대로 여자에게는 그런 이야기를 하지 않으니 말이에요. 지난 주에 있었던 일입니다만, 저는 어떤 공작과 비스마르크에 대한 이야기를 시작했어요. 매우 관심이 있었지만, 저 혼자서는 해결 못할 문제가 있었기 때문이에요. 그런데 그분은 제 옆에 앉아서 지나치게 상세할 정도로 여러 가지 이야기를 하긴 했지만, 역시 묘하게 비꼬는 듯한 저로서는 참을 수 없는, 마치 그저 상대를 해준다는 듯한 말투로 대하는 게 아니겠어요. 이 세상의 〈위대한 신사분들〉은 우리 여자들이 〈자기와 관계 없는 일〉에 말참견을 하면 언제나 꼭 그런 투로 말을 하지요……. 그런데 기억나세요. 그 비스마르크 때문에 자칫하면 우리가 크게 싸울 뻔한 적이 있었지요? 당신은 그때, 당신에게는 비스마르크의 그것보다 〈훨씬 순수한〉 자기 자신의 사상이 있다는 것을 열심히 증명하곤 했어요.」 그녀는 갑자기 웃기 시작했다. 「지금까지 일생 동안 만난 사람들 가운데, 저와 진정으로 대화를 나눈 사람은 단 두 사람뿐이에요. 하나는 돌아가신 남편인데, 그이는 정말, 정말 머리가 좋은, 그리고…… 참으로 훌륭한 사람이었어요.」 그녀는 감명 깊게 말하였다. 「그리고 또 하나는 누군지 아시겠지요……?」

「베르실로프 아닌가요!」 그녀의 말을 들으며 나는 숨이 막힐 듯했다.

「그래요. 저는 그분의 이야기를 듣기 좋아했어요. 저는 나중에는 하나도 숨기지 않게 되었어요……. 어쩌면 지나치리만큼 솔직하게 되었는지도 몰라요. 그러자 바로 그때부터 그분은 제 말을 안 믿게 되었어요!」

「안 믿게 되었다고요?」

「그래요. 그 누구도 한 번도 저를 믿어 준 일이라고는 없었지요.」

「그렇지만 베르실로프는, 베르실로프만은!」

「그분은 믿지 않았을 뿐만 아니라.」 그녀는 눈을 내리깔고 뭔가 이상한 미소를 띠면서 중얼거렸다. 「제게는 〈모든 해악〉이 잠재해 있다고 생각했던 거예요.」

「그런 것은 당신에게 하나도 없습니다!」

「아니에요. 제게도 조금은 있어요.」

「베르실로프는 당신을 사랑하지 않았어요. 그래서 당신을 이해하지 못했던 것입니다.」 나는 두 눈을 번쩍이며 큰소리로 말했다.

그녀의 얼굴에는 뭔가 경련이 일었다.

「그 이야기는 그만두세요. 절대로 말씀하지 마세요. 그…… 그 사람에 대해서는…….」 그녀는 매우 열띤 억압적인 어조로 덧붙였다. 「그렇지만, 이제 그만하면 됐어요. 그만 가야지요(그녀는 떠나려고 일어섰다). 어때요, 이제 저를 용서해 주시겠어요?」 시원스러운 눈매로 나를 쳐다보면서 그녀가 말했다.

「제가…… 당신을 용서한다고요! 까쩨리나 니꼴라예브나. 화내지 말고 들으세요! 정말입니까, 당신이 결혼하신다는 것은?」

「그것은 아직 결정되지는 않았어요.」 당황한 어조로 그녀가 말했다.

「그 사람은 좋은 사람입니까? 용서하세요, 용서하세요, 이런 질문을 해서!」

「네, 참 좋은 사람이에요…….」

「더는 대답하지 마세요, 저는 대답을 들을 자격이 없어요! 제가 그런 질문을 할 수 없다는 것은 저도 잘 알고 있어요! 다만 저는 그 사람이 자격이 있나 없나를 알고 싶었을 뿐입니다. 그렇지만 그 사람에 대해서는 제가 스스로 알아보겠어요.」

「제 말을 좀 믿으세요!」 그녀는 깜짝 놀란 것처럼 말했다.

「그러지 않겠습니다, 그러지 않겠어요. 저는 모르는 체하겠습니다……. 그렇지만 이것만은 말해 두겠습니다. 하느님이, 당신이 스스로 선택하는 모든 행복을 당신에게 주시도록……. 지금 당신은 단 한 시간 동안에 이렇게 많은 행복을 제게 주셨으니 그것은 당연하지요! 당신은 지금 제 마음에 영원한 인상을 남기셨습니다. 저는 보배를 얻었습니다. 그것은 당신이 완전무결하다는 의식입니다. 저는 당신을 간사한 지혜와 천박한 교태의 소유자가 아닌가 의심했습니다. 따라서 불행했지요……. 그런 생각을 당신과 결부시킬 수는 없었기 때문이지요……. 이 며칠 동안 저는 밤낮을 가리지 않고 내내 생각했습니다. 그러다가 갑자기 모든 것이 대낮처럼 분명해졌습니다! 이리로 들어올 때 저는 간사한 지혜와 계책과 무엇이든 알아내려는 뱀을 치워 버리리라 생각하고 있었습니다. 그러나 제가 발견한 것은 명예와 영광과 학생이었습니다……. 당신은 웃으시는군요? 좋습니다, 웃으세요! 당신은 고상한 사람이니까요, 고상한 것을 비웃어서는 안 됩니다……」

「저는 다만 당신이 너무나 무서운 말을 쓰시기 때문에……. 그런데 〈무엇이든 알아내려는 뱀〉은 대관절 뭐지요?」 그녀는 웃기 시작했다.

「오늘 당신의 입에서 귀중한 말이 하나 튀어나왔습니다.」 나는 기쁨에 넘쳐서 말을 이었다. 「당신은 〈감정에 휩쓸리기 쉬운 제 성격에 기대를 걸었다〉고 했지요? 당신은 품위 있는 사람이니까 혹시 자신에게 무슨 잘못이 있나 생각하고, 자신에게 벌을 주기 위해 그런 것까지 고백하셨겠지만 말입니다……. 그러나 당신에게는 아무런 잘못도 없었습니다. 왜냐하면 가령 있었다 하더라도 당신이 하시는 일은 모두가 신성하기 때문이지요! 그러나 아무래도 역시 그 말씀만은, 그러한 표현만은 할 필요가 없었지요……. 부자연스럽다고도 말할 수 있는 그러한 순정은 다만 당신이 더없이 결백하다는 것과 저에 대한 배려, 그리고 저에 대한 신뢰를 보여 줄 뿐입니다.」 나는 두서없이 되는 대로 말했다. 「그렇게 얼굴을 붉히지 마세요……! 당신이 정열적인 여자라고 중상하고, 그런 말을 함부로 하고 다니는 사람은 도대체 어떤 작자입니까? 용서하세요, 당신의 얼굴에 나타난 괴로운 표정을 저도 압니다. 한번 말하면 앞뒤를 가리지 못하는 애송이의, 갈피를 잡을 수 없는 이야기를 용서하세요! 그런데 제가 지금 사용한 말이나 표현이 문제일까요? 당신은 그런 모든 표현을 초월한 존재가 아닐까요……? 베르실로프가 언젠가 이런 말을 한 적이 있습니다. 오셀로가 데스데모나를 죽이고 나서 자살한 것은, 그가 질투했기 때문이 아니라 그의 이념을 빼앗겼기 때문이라고 말입니다……. 저도 겨우 그것을 이해했습니다. 저도 오늘 제 자신의 이념을 다시 찾았기 때문이지요!」

「당신은 저를 지나치게 칭찬하세요.」 그녀는 감동한 어조로 말했다.「제게는 그만한 가치가 없어요. 기억나세요, 제가 당신의 눈에 대해 말씀드린 것을?」그녀는 짓궂은 어조로 덧붙였다.

「저에게는 눈이 아니라 눈 대신에 현미경 두 개가 붙어 있다는 내용이었지요. 그래서 조그마한 파리를 낙타로 확대한다는 말씀이었지요! 그렇지 않습니다. 이건 낙타가 아닙니다……! 가시겠습니까?」

그녀는 머프와 스카프를 손에 들고 방 한가운데 서 있었다.

「아녜요, 당신이 간 다음에 혼자 가겠어요. 그리고 따찌야나 빠블로브나에게도 몇 자 적어 놓아야 하겠군요.」

「그러면 먼저 가겠습니다. 한 번만 더 말씀드리겠어요. 부디 행복하시기를 빕니다. 당신 혼자서든지 당신이 선택하신 분과 함께든, 하느님의 은총이 있으시기를! 제게는 단지 이념만이 필요합니다!」

「사랑하는 아르까지 마까로비치, 저는 정말 당신을……. 당신에 대해서 저의 아버님은 늘 〈사랑하는 착한 애〉라고 말씀하셨어요. 정말이에요. 저는 영원히, 당신이 하신, 타인 속에 내버려진 불쌍한 남자 아이와 그 아이의 고독한 꿈에 대한 얘기를 잊어버리지 않겠어요……. 당신의 영혼이 어떻게 형성되었을지에 대해서는 너무나 잘 이해가 갑니다……. 그러나 이제부터 우리는 학생들인 것처럼 지내는 겁니다.」뭔가를 간절히 바라는 듯한, 수줍음 머금은 미소를 띠며 내 손을 잡으면서 그녀는 덧붙였다.「그래도 전처럼 늘 만날 수는 없을 거예요. 그렇지만, 그렇지만…… 그것은 아마 당신도 이해하시겠지요?」

「못 만난다고요?」

「안 됩니다, 오랫동안 안 됩니다……. 물론 제 잘못이지만…… 아마 이제부터는 안 될 것 같아요……. 이따금 아버님 댁에서 만나기로 하지요…….」

〈당신은 제 감정이 《격하기 쉬운 것》을 걱정하시지요. 저를 믿지 않으시는 거지요?〉 나는 큰소리로 말하려다가, 갑자기 그녀가 매우 부끄러워했기 때문에 말을 저절로 중단하고 말았다.

「다시 말씀해 주세요.」 거의 문까지 다 간 내게 갑자기 그녀가 다시 물었다. 「당신이 직접 봤나요……, 그 편지가…… 찢기는 것을? 당신은 그것을 기억하고 있어요? 어떻게 그때 당신은 그것이 안드로니꼬프에게 보낸 바로 그 편지인지 아셨지요?」

「끄라프뜨가 그 내용을 이야기해 주었고, 그것을 제게 보여 주기까지 했으니까요……. 실례합니다! 당신과 방에 있을 때는 언제나 떨고 있었지만, 당신이 방에서 나가시면 저는 바로 뛰어가 당신이 서 계셨던 발 밑의 바닥에 제 입이라도 맞출 생각이었습니다…….」 나는 아무런 생각 없이 불쑥 그렇게 말했다. 나 자신도 왜 그런 얘기를 했는지 도무지 알 수 없었다. 그리고 그녀를 쳐다보지도 않고 그대로 방에서 뛰어나왔다.

나는 집 쪽으로 걷기 시작했다. 내 마음에는 기쁨이 넘치고 있었다. 모든 것이 회오리바람처럼 내 머리를 한순간에 스쳐갔고, 가슴에는 희망이 가득 차 있었다. 어머니의 집에 가까이 갔을 때, 나는 갑자기 리자가 안나 안드레예브나에 대하여 악의적으로 하던 말을, 그녀의 음산하고 저주 어린 말을 떠올렸다. 그리고 그 모든 사람들을 생각하니 가슴이 아팠다! 〈왜 모두가 가슴속에 그런 악의적인 생각을 품고 살까? 심지어 리자까지도. 그 애는 왜 그러는 걸까?〉 하고 출입구 계단에 서서 나는 생각했다.

아홉 시에 이곳으로 와서 나를 다시 하숙집으로 데려가 달라고 마뜨베이에게 말한 뒤 그를 돌려보냈다.

제5장

1

 내가 도착했을 때는 이미 시간이 늦어 가족들이 모두 식탁에 앉아 나를 기다리고 있었다. 내가 같이 식사할 기회가 아주 드물기 때문인지 몇 가지 특별한 요리도 마련되어 있었다. 전채 요리로 정어리와 여러 가지 음식이 있었다. 하지만 왠지 분위기가 잔뜩 가라앉아 있어서 나는 매우 놀랐고, 또 엷은 슬픔을 느꼈다. 내 얼굴을 보면서 리자는 억지로 희미하게 미소를 지었고, 어머니는 왠지 눈에 띄게 불안한 표정을 하고 있었으며, 베르실로프는 미소를 머금고 있었지만 얼굴은 굳어 있었다. 〈무슨 다툼이라도 있었나?〉 하는 생각이 내 머리에 떠올랐다. 하지만 별탈없이 식사를 하기 시작했다. 완자로 만든 수프를 먹으면서 베르실로프는 이마를 약간 찡그리더니, 야채를 섞은 고기 요리가 나오자 얼굴빛이 변했다.

 「내가 어떤 요리는 내 위에 부담이 된다고 미리 말만 하면, 어떻게 된 게 바로 다음날 그것이 꼭 식탁에 나오니 말이야.」 그는 짜증 섞인 어투로 말했다.

 「하지만 안드레이 뻬뜨로비치, 딱히 마땅한 요리가 생각나지 않으니 할 수 없잖아요? 아무리 생각해 봐도 새로운 요리가 하나도 생각나지 않아서요.」 어머니는 미안해 하며 말했다.

 「네 어머니는 요즘의 러시아 신문과는 영 딴판이다. 그들은 새로운 거라면 무엇이든 좋다고 하는데.」 베르실로프는 농담처럼 말하려고 했지만 적절한 것은 아니었다. 그래서 그는 공연히 어머니를 당황하게 만들 뿐이었다. 물론 어머니는 자신과 신문이 왜 비교되는지, 영문을 몰라 우물쭈물하였다. 바로 그때 따찌야나 빠블로브나가 들어왔다. 그녀는 저녁을 이미 먹었다고 말한 다음, 어머니 옆에 있는 소파에 앉았다.

나는 여전히 그녀와 서로 비위가 안 맞았다. 아니 안 맞는 정도가 아니라, 그녀는 사사건건 나를 못살게 하는 데 취미를 붙이고 있었다. 나에 대한 그녀의 불만은 최근 들어 특히 심해졌다. 그녀는 내가 사치스러운 옷차림을 하고 다니는 것을 그냥 지나칠 수가 없었다. 리자의 말에 의하면, 내가 멋있는 마차와 마부를 고용한 것을 알고 나서 그녀는 거의 히스테리와 같은 반응을 보였다고 한다. 그래서 나는 가급적이면 그녀와 마주치지 않으려고 했다. 그런데 정확히 두 달 전, 유산을 양도하는 일이 있은 후, 나는 그녀와 베르실로프의 행동에 대해서 얘기하려고 갔다가 서로 의견만 엇갈리게 되었다. 내 생각과 반대로 그녀는 아주 심하게 화를 냈다. 유산의 절반이 아니라 전부 양도한 행위를 그녀는 이해할 수가 없다는 것이다. 그때 그녀는 내게 이렇게 날카로운 어조로 말했다.

「내 생각에 틀림없이 너는 이렇게 확신하고 있을 거야. 그가 돈도 돌려주고 결투 신청을 한 것이 바로 아르까지 마까로비치의 뜻에 따르기 위해서였다고 말이야.」

그녀의 말은 대부분 사실이었다. 그때 나는 그와 거의 비슷한 생각을 하고 있었다.

그녀가 들어오자마자 나는 곧 그녀가 틀림없이 내게 말씨름을 걸 것이라고 생각했다. 어쩌면 그렇게 하려고 일부러 찾아온 것일지도 모른다고 나는 확신하고 있었다. 그래서 나는 그녀에게 아주 격의 없는 태도를 취하기로 했다. 마음만 먹으면 그런 일은 아주 쉽게 할 수 있었다. 나는 여전히 매우 유쾌하고 행복에 가득 찬 기분이었기 때문이다. 여기서 분명히 말해 두지만, 나는 한 번도 이런 격의 없는 태도를 취해 본 적이 없다. 왜냐하면 그것은 나와 어울리지도 않고, 언제나 나를 당황하게 하기 때문이다. 이번에도 그랬다. 마음먹은 것과 달리 금방 말이 빗나가 버렸다. 리자가 울적해 하는 것을 보고 나는 아무런 악의 없이 그저 가벼운 기분으로 별 생각 없이 불쑥 이렇게 말했다.

「내가 모처럼 여기서 식사를 하는데, 리자 너는 왜 그런지 심란해 하는 것 같구나!」

「머리가 아파서요.」 리자가 대답했다.

「허 참, 그래서 어쨌단 말이냐?」 따찌야나 빠블로브나가 곧 말꼬리를 잡았다. 「아르까지 마까로비치가 식사하러 오셨으니, 춤이라도 추면서 유쾌한 분위기를 만들기라도 해야 된단 말이냐?」

「당신은 정말 저와 상극이군요, 따찌야나 빠블로브나. 당신은 제 운명의 불행입니다. 당신이 계실 때 저는 다시는 여기에 오지 않겠어요!」 나는 정말 화가 치밀어 올라서 손바닥으로 탁자를 쳤다. 그러자 어머니가 흠칫했고, 베르실로프도 긴장하는 눈빛을 보였다. 나는 피식 웃으면서 그들에게 미안하다고 사과했다.

「따찌야나 빠블로브나, 상극이라는 말은 취소하겠습니다.」 나는 격의 없는 태도로 그녀에게 말했다.

「아니야, 천만에.」 그녀는 거칠게 대답했다. 「네가 불행해지는 것이 그 반대의 상황보다 내게는 훨씬 좋아, 정말이다.」

「사람이 살아가는 데, 조그마한 불행은 참을 줄 알아야 한다.」 베르실로프가 싱긋 웃으면서 말했다. 「불행을 경험하지 못한다면 살 가치가 없어.」

「정말 극단적인 보수주의자처럼 말씀하시는군요.」 나는 큰소리로 말한 뒤 멋쩍게 웃었다.

「그건 큰 문제가 아니다.」

「아닙니다. 그냥 넘겨 버릴 문제가 아닙니다! 왜 당신은 당나귀를 보고 너는 바로 당나귀다라고 분명하게 말하지 않으시지요?」

「그건 네 입장에 대한 말이 아니냐? 나는 아무도 비판하고 싶지 않고, 또 할 수도 없다.」

「왜 싫으시지요? 왜 못하시지요?」

「귀찮기도 하고 싫기도 하고. 어떤 현명한 부인이 내게 언젠가 이런 말을 한 적이 있다. 당신은 타인을 비판할 권리가 없어요. 왜냐하면 〈스스로 괴로워해 보지 않았으니까요〉. 그 사람 말은 다른 사람을 심판하려면 먼저 자신이 괴로움을 당해 봐야만 비로소 비판할 권리를 얻는다는 거야. 물론 다소 과장된 말이지만 내 자신에게 적용하면 그럴지도 모르겠다고 생각했기 때문에, 나는 오히려 그 의견에 기꺼이 따르기로 했다.」

「그런데 정말 따찌야나 빠블로브나가 당신에게 그런 말을 했습니까?」 나는 물었다.

「그래, 네가 그것을 어떻게 알았지?」 약간 놀란 듯이 베르실로프는 나를 쳐다보았다.

「따찌야나 빠블로브나의 얼굴을 보고 알았지요. 갑자기 흠칫했거든요.」

그것은 내 우연한 추측이었다. 뒤에 들은 바에 의하면, 그 말은 실제로 그 전날 밤에 서로 정신없이 말을 주고받다가 따찌야나 빠블로브나가 무심결에 베르실로프에게 한 것이었다. 아무튼 내가 혼자 기쁨에 넘쳐 가벼운 기분으로 여러 사람에게 농담을 한 것은 다시 말하지만 적절한 때를 못 만난 것이었다. 그들은 각자의 내면 속에 아주 심각한 걱정거리를 지니고 있었던 것이다.

「모든 말이 너무나 추상적이어서 저는 전혀 이해할 수가 없습니다. 당신은 항상 지극히 추상적으로 이야기하기를 좋아하십니다. 그것이 바로 당신의 특징이지요. 안드레이 뻬뜨로비치. 그러나 이것은 이기주의적인 특징입니다. 이기주의자만이 추상적으로 이야기하기를 좋아하니 말입니다.」

「그래 의미 있는 말이다. 하지만 이제 그만 해두렴.」

「아니에요, 잠깐만.」 나는 더욱더 우쭐해서 말을 이었다. 「도대체 그 〈스스로 괴로움을 당해 봐야만 비로소 비판의 권리를 얻는다〉는 것은 무슨 뜻이지요? 제 생각에는 순결한 사람은 누구나 심판할 수 있다고 여겨집니다.」

「그렇게 하면 심판할 권리를 가진 사람을 많이 모으기란 거의 불가능할 게다.」

「한 사람만은 이미 제가 알고 있어요.」

「그게 누구지?」

「그는 지금 여기 앉아서 저와 이야기하고 있어요.」

야릇한 미소를 지으며 몸을 숙여 베르실로프는 내 어깨를 잡고 귀에 입을 대고 속삭였다. 「그 사람은 지금 네게 거짓말만 하고 있어.」

나는 지금도 그가 그때 무슨 생각을 가지고 있었는지 알 수 없다. 그러나 그 순간 분명히 그는 매우 불안한 기분이었던 것 같다 (뒤에 여러모로 생각해 본 바로는 어떤 정보 때문이었다). 그러나 그가 〈그 사람은 지금 네게 거짓말만 하고 있어〉라고 말할 때 뜻밖에도 아주 심각한 어조로 말했기 때문에, 게다가 농담 같은 기색이 전혀 없이 너무나 진지한 표정으로 말했기 때문에 나는 온몸을 흠칫하며 아주 놀랐다. 나는 어안이 벙벙해서 그의 얼굴을 바라보았다. 그러나 그때 이미 베르실로프는 소리를 내어 웃고 있었다.

「아, 참 정겹군요!」 그가 내 귀에다 뭔가 속삭이는 것을 보고 놀란 어머니가 말했다. 「나는 또 걱정이 돼서…… 얘, 아르까샤, 제발 우리에게 화내지 말아라. 설사 우리가 없더라도 너는 똑똑한 사람들을 많이 알고 있겠지만, 만일 우리가 없다면 도대체 누가 너를 사랑하겠니?」

「그렇기 때문에 가족의 사랑은 부도덕해요, 어머니. 그것은 어떤 행위에 의해 얻은 것이 아니니까요. 사랑은 행위에 의해 얻어야 합니다.」

「차차 그렇게 해서 얻으면 되지. 그렇지만 여기서는 그렇게 하지 않아도 모두가 너를 사랑해.」

모두가 갑자기 웃기 시작했다.

「네, 어머니. 당신은 어쩌면 총을 쏠 생각도 하지 않았는데 벌써 새를 죽여 버렸는지도 몰라요!」나도 역시 웃으면서 말했다.

「그렇다면 너는 정말 자기가 사랑을 받을 만한 가치가 있다고 생각하는구나.」또다시 따찌야나 빠블로브나가 달려들었다.「사람들은 동정심에서 너를 사랑하는 거야. 모두가 네 못된 태도를 겨우 참아 주면서 너를 사랑한단 말이다!」

「그런데, 그렇지 않거든요.」나는 명랑하게 외쳤다.「어쩌면 오늘 제게 저를 진정으로 사랑한다고 말한 사람이 있을지도 모르잖아요, 아시겠어요?」

「누군가 너를 놀리느라고 그랬겠지!」갑자기 위악적인 태도를 취하며 따찌야나 빠블로브나가 내 말을 가로막았다. 그녀는 마치 내 입에서 그런 말이 나오기를 기다린 것 같았다.「정말 고상한 사람은, 특히 부인들의 입장에서는, 네 사악한 마음만으로도 기분이 매우 언짢을 텐데, 더군다나 네 머리 모양하며 그 이상한 셔츠, 프랑스 인 재단사에게 맞춘 옷, 그 어느것을 보아도 마음에 드는 구석이 전혀 없어! 대체 누가 네게 옷을 맞춰 줬지? 누가 네 생활비를 주며 또 룰렛을 하라고 돈을 대주고 있지? 생각해 봐라, 너는 누구에게서 돈을 받는 것이 부끄럽지도 않니?」

어머니는 얼굴이 아주 새빨갛게 되었다. 나는 그렇게 심하게 수치스러워하는 빛을 그녀의 얼굴에서 본 적이 없었다. 나는 온몸에 경련이 이는 것 같았다.

「내가 내 돈을 쓰고 있는데, 누가 함부로 그에 대해 말할 필요가 있지요?」 나는 얼굴을 붉히면서 내뱉듯이 말했다.

「자기 돈이라니? 그게 어떻게 네 돈이지?」

「내 돈은 아닐지라도 안드레이 뻬뜨로비치의 돈이지요. 그분은 안 된다는 말을 안 했어요……. 저는 공작이 안드레이 뻬뜨로비치에게 지불해야 할 돈을 미리 가불해서 받고 있어요…….」

「얘야.」 갑자기 베르실로프가 내 말을 자르며 말했다. 「거기에는 내 돈이라고는 한푼도 없어.」

그의 이 말 한마디는 아주 중대한 의미를 가진 것이었다. 나는 그만 말문이 막혀 버렸다. 물론 그때 나는 뒤죽박죽이었던 내 기분을 고려하면 더 말할 것도 없이 뭔가 〈가장 고결한〉 감정을 폭발시킨다든가, 혹은 그럴듯한 말을 한다든가, 그렇지 않으면 뭔가 그 비슷한 것으로 위기를 모면할 수도 있었을 것이다. 그러나 나는 이마를 잔뜩 찌푸리고 있는 리자의 얼굴에서 뭔가 악의에 가득 차 나를 비난하는 듯한 빛을, 거의 냉소적이라고도 할 수 있는 표정을 읽었다. 나는 곧 악마에 홀린 것같이 되어 버렸다.

「이봐, 젊은 아가씨.」 나는 불쑥 그녀를 향해서 말했다. 「당신은 공작댁에 있는 다리야 오니시모브나를 자주 방문하시는 것 같던데, 이 3백 루블을 그에게 직접 전해 줄 수 없을까요? 오늘 당신들이 실컷 비판한 바로 그 돈이 여기 있어요!」

그 돈을 꺼내서 나는 그녀에게 내밀었다. 내가 던진 그런 야비한 말이 아무런 의도도 없이, 즉 조금도 비꼴 생각 없이 그냥 입에서 튀어나온 것이었다고 누가 믿겠는가? 그러나 진정으로 나는 비꼴 생각은 전혀 없었다. 왜냐하면 나는 그 순간 정말 아무것도 모르고 있었기 때문이다. 나는 그저 언짢은 마음에 그녀에게 싫은 소리를 한번 던져 볼 심산이었다. 이를테면 아가씨는 왜 공연히 남의 일에 참견하려고 들지? 그렇게 꼭 참견하고 싶다면 직접 그 공작을, 그 젊은 친구를, 그 뻬쩨르부르그의 장교를 만나서 그에게 돈을 전달하시지. 〈만일 젊은 사람들 사이의 일에 그렇게 참견하고 싶다면〉 하고 말이다. 그러나 어머니가 벌떡 일어서서 정색을 하고 나를 쳐다보았고, 나는 그녀의 평소와 다른 태도에 대단히 놀랐다. 어머니는 큰소리로 말했다.

「그게 무슨 소리야, 잠자코 있어!」

나는 어머니의 그런 태도를 전혀 상상도 못했기 때문에 몹시 놀라 자리에서 일어섰다. 놀랐다기보다는 마음속에서 고통을 느꼈다. 나는 뭔가 중대한 일이 일어났다는 것을 느끼고 참을 수 없는 아픔 같은 것을 느꼈다. 그러나 어머니는 잠시 그렇게 있더니 두 손으로 얼굴을 가리고 방에서 나가 버렸다. 리자도 내 쪽은 쳐다보지도 않고 그 뒤를 따랐다. 따찌야나 빠블로브나는 말없이 약 30초 동안 내 얼굴을 노려보았다.

「너는 어떻게 그런 소리를 함부로 지껄일 수 있니?」 내 얼굴을 쳐다보면서 그녀는 의미심장한 말을 하더니, 내 대답은 기다리지도 않고 역시 두 사람의 뒤를 쫓아 나갔다. 베르실로프는 아주 못마땅해서 거의 독기 어린 표정으로 의자에서 일어나더니 구석에 있는 모자를 집어 들었다.

「내 생각에 너는 절대로 어리석은 것은 아니지만, 사정을 전혀 헤아릴 줄을 모르는 것 같구나.」 나를 비난하는 듯한 말을 중얼거렸다. 「다들 돌아오면 나를 기다리지 말고 케이크를 같이 먹으라고 해라. 나는 산책을 좀 하고 오겠다.」

나는 혼자 남았다. 처음에 나는 어리둥절하다가 이윽고 화가 났지만, 결국에는 내가 잘못했다는 것을 깨달았다. 물론 내가 어떤 점에서 잘못했는지는 잘 알 수 없었지만 그런 생각이 들었다. 나는 창가에 앉아서 기다렸다. 약 10분쯤 기다리다가, 나 역시 모자를 집어 들고 이전에 내가 쓰던 다락방으로 올라갔다. 나는 어머니와 리자가 거기 있으며 따찌야나 빠블로브나는 이미 돌아갔다는 사실을 알고 있었다. 예상대로 두 사람은 나란히 내 소파에 앉아서 서로 속삭이고 있었다. 내가 나타나자 그들은 이야기를 중단했다. 그런데 내가 놀란 것은 그들이 나에 대해 전혀 화를 내지 않는다는 점이었다. 어머니는 내게 미소를 던졌다.

「어머니, 제가 잘못했어요……」 나는 말을 꺼냈다.

「아니야, 괜찮다.」 어머니는 내 말을 막았다. 「우리 모두 서로를 사랑하고 절대로 싸우지 말아야 한다. 그러면 하느님이 행복을 주실 거야.」

「엄마, 제가 분명히 말씀드리지만, 오빠는 절대로 저를 모욕한 게 아니에요.」 리자가 정다운 어조로 자신 있게 말했다.

「따찌야나 빠블로브나만 없었다면 아무 일도 일어나지 않았을 거예요!」 나는 말했다. 「참 기분나쁜 사람이야!」

「어때요, 엄마? 들으셨지요?」 리자는 어머니에게 나를 가리켜 보였다.

「나는 두 사람에게 이렇게 말하고 싶어요.」 나는 똑똑히 말했다.

「만일 이 세상에 더러운 것이 있다면, 그 더러운 것은 단 하나뿐이고, 나머지는 모두 다 훌륭한 것이에요!」

「아르까샤, 화내지 말아라. 너는 심성이 착해. 다만, 네가 정말 그것만 그만뒀으면 좋겠구나…….」

「노름 말씀이지요? 도박 말이지요? 그만두겠어요, 어머니. 오늘이 마지막이에요. 안드레이 뻬뜨로비치가 자기 입으로 분명히, 그분의 돈은 거기에는 한푼도 없다고 말씀하셨으니 더구나 그래요. 제가 얼마나 부끄러워하고 있는지 두 사람은 모를 거예요……. 그리고 저는 그분과 서로 이야기를 잘할 겁니다……. 그리고 어머니, 제가 지난번 여기서…… 함부로 말을 했어요……. 어머니, 그것은 거짓말이었어요. 저는 진심으로 신앙을 가지기를 바라면서도 겉으로 공연히 큰소리를 쳤을 뿐이에요. 저는 그리스도를 매우 사랑하고 있어요…….」

지난번에 우리는 서로 그런 종류의 대화를 했었다. 어머니는 매우 슬픈 표정을 지었었고, 또 불안해 했었다. 이제는 내가 그런 말을 하자, 그녀는 마치 어린애에게 하듯 씽긋 웃었다.

「아르까샤, 그리스도께서는 모든 것을 용서하신단다. 그러니 네가 함부로 말한 것도 용서해 주실 거야. 아니 그보다 더 나쁜 것도 용서하시겠지. 그리스도는 우리들의 아버지야. 그리스도는 우리를 버리지 않으시고 어떤 암흑 속에서도 빛을 주신단다……」

그들과 인사하고 나오면서 나는 오늘 베르실로프를 한번 만났으면 하는 생각을 하였다. 그와 꼭 상의해야 할 일이 있었는데, 아까는 그럴 만한 형편이 안 되었기 때문이다. 혹시 그가 내 하숙집에서 내가 돌아오기를 기다리고 있지 않을까 하는 생각이 자꾸 들었다. 나는 길을 혼자 걸었다. 따뜻했던 날씨가 약간 추워지기 시작했지만, 걷고 있으니 기분은 아주 상쾌했다.

2

내 하숙집은 보즈네셴스끼 다리 부근에 있는 커다란 건물 한쪽에 있었다. 막 문을 들어서려고 할 때, 나는 내 방에서 나오던 베르실로프와 마주쳤다.

「습관대로 걷다가 네 하숙집까지 와버렸구나. 그래서 뾰뜨르 이뽈리또비치의 방에서 네가 오기를 기다리다가 지루하기에 나오던 참이다. 그들 내외는 만났다 하면 다투는구나. 그 사람 아내가 오늘은 울기까지 했어. 그래서 그만 나와 버렸지.」

왠지 모르지만 나는 기분이 언짢았다.

「왜 저한테만 오세요. 저하고 뾰뜨르 이뽈리또비치 말고는, 이 넓은 뻬제르부르그에 아는 사람이 한 사람도 없으세요?」

「글쎄…… 그런 거야 큰 문제는 아니다.」

「지금 어디로 가시려는 거지요?」

「네 방으로 다시 들어가지 않을 생각이다. 어떠냐, 같이 걸어 볼래? 참 기분이 좋은 밤이로구나.」

「만일 그런 추상적인 내용의 말 대신에 보다 현실적인 이야기를 해주셨더라면, 그 빌어먹을 도박에 대한 이야기라도 한번 해주셨더라면, 저도 아마 이렇게까지 어리석게 끌려 들어가지는 않았을 거예요.」 내가 불쑥 말했다.

「후회하니? 그것은 좋은 일이야.」 그는 무미건조하게 대답하였다. 「나도 언제나 그렇게 생각했다. 도박은 무엇보다도 네가 할 일이 아니며, 그것은 네게 다만 일 — 시 — 적인 도피 행위에 지나지 않는다고 말이야……. 네 말대로 도박은 추악한 거야. 게다가 질 수도 있고.」

「그리고 다른 사람의 돈까지도 잃고요.」

「너 남의 돈까지 잃었니?」

「당신의 돈을 잃었어요. 당신 앞으로 갈 돈을 공작에게서 미리 받곤 했어요. 물론 그것이 대단히 불합리한 일이라는 것을, 참으로 어리석은 짓이었다는 것을 저도 알게 되었습니다……. 당신의 돈을 내 것으로 생각하다니. 그러나 저는 어떻게 하든 잃은 돈을 되찾고 싶었어요.」

「다시 한번 말해 두지만, 거기에 내 돈은 없어, 알겠지. 그것 말고도 그 젊은 친구가 매우 시달리고 있다는 것을 나는 알고 있어. 그래서 나는 그가 그런 약속을 했지만, 그에게 전혀 기대를 걸지 않아.」

「그렇다면 제 입장은 훨씬 곤란한 지경이 됩니다……. 한마디로 아주 우스꽝스러운 입장에 서게 되지요! 그렇다면 어떤 이유로 그가 제게 돈을 줄까요, 그리고 왜 저는 그것을 받지요?」

「그거야 네 자신의 문제다……. 실제로 그 친구에게서 돈을 받을 이유가 전혀 없니?」

「네, 우정 이외에는.」

「우정 이외에는 없니? 그 친구에게서 돈을 받을 수 있는 근거가, 그 비슷한 것이라도 말야? 여러 가지 사정을 미루어 봐도 그렇니?」

「어떤 사정을 말하는 거지요? 저는 도무지 알 수가 없어요.」

「뭐, 모른다면야, 몰라도 좋아. 솔직히 말해서 나도 그러리라고 생각했다. 어쨌든 이 이야기는 그만두기로 하자Brisons là, mon cher. 그러나 도박은 안 하도록 노력해야지.」

「미리 저를 경계해 주셨으면 좋았을걸! 그리고 지금도 그저 한 번 지나가듯이 말씀하시잖아요.」

「내가 만일 전에 이 말을 했다면 너하고 다투기나 했겠지. 그런 일이 있었으면, 아마도 너는 좋은 기분으로 매일 저녁 너를 찾아오게 하지 않았을 게다. 너도 알고 있는 것이 좋겠다만, 어떤 비판적인 충고라는 것은 결국 상대방의 내면을 뒤흔드는 일종의 침입에 불과한 거야. 나도 여러 차례 다른 사람의 내면에 침입하는 일을 했지만, 돌아온 것은 모욕과 조소뿐이었다. 모욕이나 조소를 받은 것은 괜찮지만, 가장 중요한 문제는, 그런 일을 해보아도 결국에는 아무런 목적도 달성하지 못한다는 사실이다. 아무리 진심을 가지고 간섭을 해보았자, 아무도 그 말을 들을 준비가 되어 있지 않고…… 또 모두들 그런 것을 싫어하지.」

「구체적인 내용을 가지고 얘기를 해주셔서 저는 기쁩니다. 또 하나 당신에게 물어보고 싶은 게 있어요. 진작부터 물어보려고 했습니다만 어쩐지 그만 묻지 못했어요. 지금 마침 이렇게 걷고 있으니 잘됐습니다. 기억하십니까, 바로 그날 저녁의 일입니다. 두 달 전 그 마지막 날 저녁에 〈마치 관 같은〉 제 방에서 당신과 둘이 앉아 있었던 적이 있지요? 그때 저는 당신에게 어머니에 대해서, 그리고 마까르 이바노비치에 대해서 자세하게 캐물었지요. 기억하시지요, 제가 그때 당신에게 얼마나 〈함부로〉 말했었는지를 말입니다. 저 같은 애송이가 어머니에 대해서 함부로 시비하는 따위의 행동이 허용될 수 있었을까요? 그런데도 당신은 그런 내색은 한마디도 비치지 않으셨지요. 오히려 당신은 스스로 〈가슴을 열어〉 저도 제 내면을 열어 보이도록 했어요.」

「나는 참 기쁘구나. 네 입으로…… 네 솔직한 감정을 들을 수 있어서……. 그래, 나도 잘 기억하고 있다. 사실 나는 그때 네 얼굴이 붉어지기를 기다리고 있었지. 만일 내가 너에게 그런 기분이 들도록 했다면, 아마도 그건 너를 극한까지 이끌어가기 위해서였는지도 모르겠구나…….」

「하지만 당신은 다만 저를 흔들어 놓았을 뿐입니다. 그리고 제 내면에 간직한 깨끗한 샘을 흐려 놓았을 뿐이에요! 그렇습니다, 저는 처량한 미성년자입니다. 제 자신도 무엇이 악이고 무엇이 선인지 전혀 분간하지 못하고 있어요. 만일 그때 당신이 제가 앞으로 취해야 할 방향에 대해 말해 주셨더라면, 저도 그 말을 따라 올바른 길로 접어들었을 것입니다. 그렇지만 당신은 그때 저를 당혹스럽게만 하셨어요.」

「애야Cher enfant, 나는 항상 이런 예감을 가지고 있었다. 결국 우리 두 사람은 우여곡절 끝에 서로를 이해하게 되리라고 말이야. 내가 말하지 않아도 지금 네 얼굴은 〈붉은색〉으로 물들었는데, 솔직히 말해 그런 감정의 변화는 너를 위하여 참 좋은 일이다……. 내 생각에 최근 들어 네가 여러 가지 것을 많이 배운 것 같구나……. 그것은 아마도 그 공작과 교제한 덕택이 아닐까?」

「그렇게 저를 추어올리지 마세요. 부담스러워요. 제 마음에 어떤 의혹이 생길 만한 일을 하지 마세요. 그렇게 되면 저는 그런 칭찬이 어떤 간교한 계략으로 제 마음을 사로잡으려는 것이 아닌가 하는 생각을 할지도 모르니까요. 그리고 저는 요즈음 들어 사실은…… 여러 부인들의 집에 왕래하고 있어요. 다들 저를 매우 환영하는 편이지요. 예를 들면, 안나 안드레예브나의 경우를 들 수 있습니다. 알고 계시지요?」

「그 애에게서 들어 알고 있다. 그렇지, 그 애는 영민하고 심성이 고운 애야. 그러나 그 이야기는 그만 하기로 하자Mais brisons là, mon cher. 나는 오늘 왠지 기분이 참 무겁구나. 우울증에라도 걸린 것인지. 치질 때문이기도 한 것 같고. 그래, 집에서는 내가 나온 후 어떻게 됐지? 아무 일도 없었니? 물론 네가 가족들과 화해하고 서로 포옹하고 왔겠지? 그거야 말할 필요도 없겠지만Cela va sans dire. 그런데 나는 이따금 무거운 마음으로 산책을 하고 나면, 왠지 그 두 사람에게 돌아가기가 참 꺼려질 때가 있다. 그래서 때로는 조금이라도 더 늦게 돌아가려고 일부러 비가 오는 날에도 먼길로 빙 돌아서 갈 때가 있어……. 정말 우울한 생각이 들어서 말이야, 참을 수 없이!」

「어머니는요…….」

「네 어머니는 아주 정숙한 여자다. 그렇지만mais…… 한마디로 말해, 아마 나는 그들의 근처에도 따라가지 못할 인간이겠지. 그런데 오늘 그들은 어떻게 된 일이지? 그들은 요즈음 뭔가를……. 나는 사실 그들의 일에 대해 항상 무시하는 듯한 태도를 취하고 있지만, 오늘은 그들 사이에 무슨 일이 생겼나 보지……. 너는 아무것도 느끼지 못했니?」

「저는 아무것도 분명하게는 느끼지 못했어요. 만약 제게 공연히 시비를 거는 그 따쨔나 빠블로브나만 없었더라면 저는 아무것도 눈치채지 못했을지도 몰라요. 그 말씀이 옳아요, 뭔가 있어요. 저는 아까 안나 안드레예브나의 집에서 리자를 만났어요. 그 애는 거기 있을 때에도 뭔가 이상했어요……. 왠지 저를 놀라게 했어요. 알고 계시지요, 그 애가 안나 안드레예브나에게 출입하는 것은?」

「알고 있다. 그런데 너는…… 너는 언제 안나 안드레예브나에게 갔었지? 정확히 몇 시쯤? 어떤 사실을 확인하기 위해서 정확한 내용이 내게 필요하다.」

「두 시부터 세 시 사이에요. 그런데 무슨 일인지 제가 나올 때 공작이 왔었어요…….」

그 말 뒤에 나는 내가 방문했을 때의 이야기를 아주 상세히 그에게 말했다. 그는 끝까지 아무 말 없이 듣고 있었다. 공작이 어쩌면 안나 안드레예브나에게 청혼했을지도 모른다는 말에 대해서도 그는 한마디의 의견도 말하지 않았다. 내가 안나 안드레예브나를 칭찬하면 그는 다만 또다시 〈그 애는 심성이 고운 애다〉라는 말만 읊조렸다.

「저는 오늘 그녀에게 아주 놀랄 만한 소식을 말했어요. 까쩨리나 니꼴라예브나 아흐마꼬바가 뷔링 남작하고 결혼한다는 최근 사교계 소식을 말입니다.」 나는 불쑥 말하였다. 그 말은 나도 모르게 입에서 술술 나왔다.

「그래? 놀라지 마라. 그 애 역시 똑같은 뉴스를 오전에 내게 말해 주었다. 즉 네가 그 애를 놀라게 하기보다 훨씬 전의 일이지.」

「뭐라고요?」 나는 그만 그 자리에서 발걸음을 멈췄다. 「그 이야기를 도대체 어디서 들었을까요? 그렇다면 제가 공연한 말을 한 셈이군요. 그런데 제가 그 얘기를 할 때, 그녀는 마치 새로운 소식을 듣기라도 하는 것처럼 끝까지 제 이야기를 자세히 들었거든요! 허 참……. 대단한 포용력이군요! 사람의 내면은 참으로 폭이 넓다고 할 만하군요, 그렇지요? 예를 들어 저 같으면 그 자리에 서 있는 대로 모두 말해 버릴 텐데, 그녀는 내면 속에 꼭 담아 두거든요……. 그러나 상관없어요. 어쨌든 그녀는 참으로 훌륭한 여성이에요. 더없이 좋은 성격이지요!」

「물론 사람마다 다른 성품을 가졌겠지! 그러나 알다가도 모를 것은, 그처럼 훌륭한 성격의 소유자가 때로는 전혀 예상 밖의 방법으로 사람을 당황하게 만든다는 거야. 생각해 봐라. 그 안나 안드레예브나가 오늘 불쑥 이런 질문을 던져서 나는 참으로 놀랐다. 〈당신은 까쩨리나 니꼴라예브나 아흐마꼬바를 사랑하시지요,

안 그래요?〉 하고 말이다.」

 「참 이상한 질문이군요!」 나는 지극히 당황했고, 눈앞이 캄캄해지는 것 같았다. 나는 이 문제에 대해 아직 한 번도 그와 이야기를 나눈 적이 없는데, 그쪽에서 먼저 말을 꺼냈던 것이다…….

 「도대체 무슨 생각이었을까요?」

 「글쎄, 무슨 특별한 생각에서는 아니었겠지. 그 아이는 내면을 꽉 닫고 사니까. 그렇지만 중요한 문제는, 지금까지 한 번도 내게 그런 말을 하는 것을 내 자신이 허용하지 않았다는 사실이다. 그 아이도 그랬지……. 그런데 네가 그 아이를 잘 알고 있다니까 아마도 상상할 수 있겠지만, 이런 질문이 그 애와 어울리는가 말이다……. 뭔가 짚이는 게 있니?」

 「글쎄요, 저도 아주 당황스럽군요. 그저 호기심에서 한 말이거나, 어쩌면 농담 아닐까요?」

 「아니, 그것은 아주 심각한 질문이다. 아니지, 질문이 아니라 힐문이야. 그리고 거기에는 무슨 심상찮은 이유가 있는 듯하다. 그 애에게 가거든 그 이유를 한번 알아봐 달라고 실은 네게 부탁이라도 하고 싶다…….」

 「그렇지만 중요한 문제는, 당신이 까쩨리나 니꼴라예브나를 사랑한다고 생각하는 근거가 무엇인가 하는 것이지요! 용서하세요, 저는 아직 정신을 차릴 수가 없어요. 저는 지금까지 한 번도, 단 한 번도 이 문제에 대해서, 혹은 이런 종류의 문제에 대해서 감히 당신과 이야기를 하려 들지 않았습니다…….」

 「그것은 분별 있는 행동이었지, 정말이다.」

 「당신이 이전에 꾸몄던 음모, 이전의 관계, 그런 것에 대해 지금 얘기하기란 무리일 것입니다. 저로서도 꺼낼 수 없는 이야기고요. 그러나 요즈음 며칠 동안 저는 마음속으로 몇 번이나 이런 생각을 했습니다. 만일 당신이 이전에 한 번이라도, 단 한 순간이라도, 그 부인을 사랑한 일이 있었다면? 사실이 그랬다면, 그분에 대한 그런 무서운 오해는 절대로 없었을 것입니다! 그 결과가 어떻게 되었는지에 대해 저는 알고 있었습니다. 두 분 사이에는 극렬한 적대감, 이른바 혐오감이 생긴 것을 저는 압니다. 저는 들었지요, 그것에 대해 너무나 많이 들었어요. 모스끄바에 있을 때 이미 알고 있었습니다. 무엇보다도 뚜렷이 표면에 나타나는 것은 아주 강렬한 혐오감이라는 사실입니다. 아주 치열한 적대감, 바로 미움의 감정입니다. 그런데 안나 안드레예브나는 어떻게 갑자기 당신에게 그분을 〈사랑하고 있느냐〉는 질문을 한 것일까요? 그녀가 그처럼 여러 가지 사정에 눈이 어두울까요? 뭔가 이상하군요! 그녀가 짐짓 놀란 것일 겁니다. 틀림없어요, 놀란 거예요!」

「아니다. 나는 뭔가를 느꼈어.」 이렇게 말하는 그의 목소리에는 뭔가 굉장히 흥분한 듯한, 가슴을 파고드는 듯한 기운이 스며 있었는데, 그것은 아주 드문 일이었다. 「그 말에서 나는 뭔가를 눈치챘는데, 너는 이 문제에 대해 그저 일상적인 것으로 치부하려고만 하는구나. 요즈음 네가 부인들의 집에 출입한다고 말했지……. 내가…… 이 문제에 대해서…… 네게 너무 자세하게 묻는 것 같아 부끄럽다만……. 그 〈부인〉 역시 네가 최근에 드나드는 사람 중의 하나니?」

「그 부인은…….」 내 목소리는 갑자기 떨리기 시작했다. 「안드레이 뻬뜨로비치. 그 부인이야말로 당신이 아까 공작의 집에서 말씀하신 〈살아 있는 생활〉을 하고 있습니다. 기억하시지요? 당신은 이렇게 말씀하셨어요. 이 살아 있는 생활은 아주 솔직하고도 단순하며 너무나 우리를 정면에서 바라보는 까닭에, 바로 그 단순함과 분명함 때문에, 우리가 평생 그처럼 애써서 찾고 있는 목적물이라고 믿기 힘들게 만드는 그 무엇이라고 말입니다……. 그렇습니다. 당신은 그런 관점에서 이상적인 여성을 찾았는데, 찾고 나서 그 완전함, 그 이상적 존재 속에서 〈모든 악덕〉의 근원을 발견하셨어요! 이것이 바로 당신의 수법이에요!」

이 말을 하면서 내가 얼마나 열광했을지 아마도 독자는 잘 알 것이다.

「〈모든 악덕〉이라고! 허허! 많이 듣던 말이다!」베르실로프는 말했다.「네게 이 말을 해줄 정도까지 갔다면, 네게 축하의 인사라도 해야 되겠구나. 그 정도라면 너희 두 사람이 아주 친밀한 관계라는 것을 의미하는 것이니까. 그렇게 비밀을 조용히 지키고 있는 데 대해 어쩌면 너를 칭찬해야 할지도 모르겠다. 젊은 사람이 그렇게 하기란 아주 힘든 일이니 말이다…….」

 이런 말을 하는 그의 표정 속에는 아주 정답고 부드러운 그리고 야릇한 미소가 담겨 있었다. 그리고…… 그의 말에도, 그의 밝은 얼굴에도, 뭔가 도전하는 듯하고 따스한 기운이 스며 있는 것을 어두운 밤에도 알아볼 수 있었다. 이상하리만치 그는 흥분하고 있었다. 나도 왠지 기분이 한껏 밝아졌다.

「얌전히 비밀을 지킨다고요! 아닙니다!」얼굴을 붉히면서 나는 어느새 그의 손을 꽉 잡았다. 그러나 그런 사실도 모른 채 나는 그 손을 놓지 않고 말했다.「아닙니다. 그런 일은 절대로 없어요……! 그러니 저는 축하를 받을 아무런 이유도 없습니다. 그런 일은 절대로, 절대로 일어날 수가 없습니다.」나는 숨을 몰아쉬면서 말했다. 나는 그대로 한없이 어디론가 뛰어가고 싶었다. 나는 너무나 기분이 좋았던 것이다.「저, 아시겠어…… 단 한 번만, 꼭 한 번만입니다! 아시겠어요, 사랑하는 아버지. 제가 아버지라고 부르는 것을 허락하시겠지요? 부인들과의 관계에 대해서는 그것이 아주 순결한 것일지라도, 부자간에는 물론이고 제삼자에게도 절대로 말해서는 안 되는 겁니다! 순결하면 할수록 더욱 입을 다물고 있어야 합니다! 한마디로 말해서 믿고 비밀을 털어놓을 사람이 없어요! 그러나 아무 일도 없었다면, 전혀 아무 일도 없었다면, 그때는 말해도 좋겠지요, 그렇지요?」

「자기 양심이 말하는 대로 따라야지.」

「이런 질문을 하면 안 되겠지만, 버릇없는 질문입니다만, 당신은 여태 많은 여자를 사귀어 왔지요, 관계를 가지셨지요……? 저는 일반적인 아주 일반적인 이야기를 하는 것이지 개별적인 문제를 말하는 것은 아닙니다!」 나는 얼굴이 벌게진 채 가슴이 꽉 막히는 기분으로 말했다.

「물론 내가 잘못한 경우도 있었겠지.」

「저보다 많은 경험을 쌓은 사람으로서 자세히 설명해 주실 수 없을까요? 예를 들어 어떤 여자가 서로 작별 인사를 하면서 그저 가볍게 이런 말을 했다고 가정하지요. 〈저는 내일 세 시에 그리로 갈 텐데……〉, 이를테면 따찌야나 빠블로브나의 집 같은 곳 말입니다.」 나는 그만 무심결에 그것을 말하고 말았다. 잔뜩 흥분하여 그만 말이 그대로 나오고 만 것이다. 나는 가슴이 철렁하여 말을 멈췄다. 아무 말도 할 수가 없었던 것이다. 그는 열중해서 내 말을 듣고 있었다.

「그래서 제가 다음날 세 시에 따찌야나 빠블로브나에게로 갔다고 해요. 집으로 들어가면서 가령 이런 생각을 할 수도 있겠지요. 〈식모가 문을 열면(당신은 그 집 식모를 아시지요), 먼저 따찌야나 빠블로브나가 집에 있는지를 물어보자. 만약 식모가 따찌야나 빠블로브나는 안 계시지만 어떤 여자 손님이 안에서 기다리고 계십니다라고 말한다면〉 그런 경우에 그 문제를 어떻게 해석해야 하지요. 만일 당신이…… 간단히 말해, 만일 당신이…….」

「간단히 말해, 그것은 너와 밀회하자는 것이었다. 실제로 그런 일이 있었던 모양이로구나? 그것도 오늘 있었던 일이니?」

「아뇨, 아닙니다. 아무 일도, 아무 일도 없었습니다! 있기는 있었습니다만 그것과는 다른 것입니다. 밀회는 밀회입니다만, 목적이 다릅니다. 비겁한 사람이 되고 싶지 않아 말해 두겠습니다. 그런 일이 있기는 있었습니다만, 그러나…….」

「네 얘기는 들으면 들을수록 호기심을 불러일으키는구나. 내 상상으로는…….」

「저도 전에는 구걸하는 사람에게 20이나 25꼬뻬이까씩 주곤 했지요. 술 한잔 값만 얻읍시다! 몇 푼만 좀 주십시오. 중위가 부탁합니다. 전직 중위가 간청하는 겁니다!」 갑자기 어떤 키가 큰 사람이 우리 앞을 가로막고는, 구걸하는 것이었다. 그의 말대로 어쩌면 그는 실제로 전직 중위였는지도 모른다. 그런데 잘 이해가 안 되는 것은, 그런 일을 하기에는 너무도 말쑥한 옷차림이었는데도 거리낌없이 구걸을 할 수 있다는 사실이었다.

3

내가 이 전직 중위와의 별 의미 없는 우연한 만남에 대해 자세히 기록하는 것은 베르실로프의 전체적 풍모를 이해하기 위한 내 의도와 관계가 있다. 즉, 그가 자신의 운명적 삶에서 어떻게 주변의 일상적인 것과 만나는지를 상세하게 기록함으로써 그의 전모를 파악하는 토대를 마련할 수 있기 때문이다. 그러나 그 운명적인 순간, 나는 그것이 지닌 의미를 전혀 알지 못했다!

「이봐요, 만일 비키지 않으면 나는 경관을 부르겠소.」 앞을 가로막고 서 있는 중위를 향해서 갑자기 베르실로프가 큰소리로 말했다.

나는 그 정도로 깊은 철학을 가지고 있는 사람이 그런 사소한 일 때문에 이처럼 화를 내리라고는 전혀 상상하지 못했다. 그는 자신이 의도하고 있는 바를 얘기하고는 더 이상 아무 말도 하지 않았다.

「5꼬뻬이까 정도라도 없소?」 중위가 위협적인 동작을 하면서 난폭하게 소리를 질렀다. 「도대체 요즈음 어떤 작자가 5꼬뻬이까 정도의 돈도 없이 다닌단 말인가! 이거 우스운 친구네! 건달이군! 그래, 수달피 외투를 입고 있으면서 그까짓 5꼬뻬이까도 없이 다닌단 말이야!」

「순경!」 베르실로프가 큰 소리로 불렀다.

그러나 사실 큰 소리를 낼 필요도 없었다. 순경 한 사람이 마침 길모퉁이에 서서 중위의 욕설을 듣고 있었다.

「이 모욕의 증인이 되어 주기를 부탁합니다. 그리고 댁은 경찰서까지 가주시오.」 베르실로프가 말했다.

「뭐, 뭐, 될 대로 되라지. 대체 무엇을 증명하자는 거야! 머리가 좋다는 것 같은 것을 증명할 수 있어?」

「놓치지 마세요, 순경. 그리고 우리도 동행하겠습니다.」 베르실로프는 강한 어조로 말했다.

「우리도 경찰서로 가야 합니까? 그까짓 자식, 그냥 내버려 둬요!」 나는 그에게 속삭였다.

「아니, 꼭 가야 돼. 큰길에서 공공 질서를 문란하게 하는 행위가 최근 아주 보기 흉할 정도로 많아지기 시작했어. 모두가 자신의 공공 의무를 행하면 그만큼 모든 사람에게 유익한 거야. 어이없는 일이기는 하지만, 그렇게 하자 C'est comique, mais c'est ce que nous ferons!」

끌려가면서도 중위는 되는 대로 아무 말이나 큰소리로 지껄였다. 그는 〈세상에 이런 법이 어디 있느냐〉느니 〈5꼬뻬이까를 구걸했다고 이럴 수 있느냐〉느니 계속해서 항변했다. 그러더니 나중에는 순경에게 뭔가를 속삭이기 시작했다. 순경도 분별이 있는 사람이어서 큰길에서 소란을 피운 데 대해서는 반대했지만, 그 정도 일을 문제삼는 것에 대해서는 내키지 않는 기색이었다. 그렇지만 그는 낮은 목소리로 중위에게 이렇게 말하였다. 〈이제는 할 수 없어〉, 〈이미 사건으로 성립되었으니〉, 〈그렇지만 당신이 진심으로 사과하고, 이분께서 그 사과를 받아들이기로 동의한다면, 그때에는 뭐……〉.

「저, 이보세요. 저, 지금 우리가 어디로 가는 거지요? 좀 말씀드리겠습니다만, 우리가 지금 어디로 가는 거지요? 이게 대체 어떻게 되는 일입니까?」 중위는 큰소리로 떠들었다. 「만일 이 문명 사회에서 버림받은 불행한 한 사람이 진심으로 사과한다면……, 그리고 또 당신에게 제가 머리를 숙이는 것이 필요하다면, 자…… 이제 우리가 방에 있는 것도 아니고 여기는 큰길이니 이 정도로 사과하면 됐지요…….」

그러자 베르실로프가 걸음을 멈추더니 갑자기 큰소리로 웃기 시작했다. 그가 그저 심심풀이로 이런 일을 하지 않았나 하는 생각이 들 정도였다. 그러나 그렇지 않았다.

「당신의 사과를 받아들이지요, 장교님. 당신은 제법 예절이 있어 보입니다. 사람들이 있는 방에서도 그렇게 행동하세요. 그리고 방을 잡는 데 이 정도면 될 거요. 자, 여기 20꼬뻬이까 은전이 두 개 있어요. 이것으로 한잔하고 뭘 좀 먹어요. 그리고 순경, 당신에게도 폐가 많았소. 당신의 수고에 대해서도 인사를 해야 하겠지만, 당신은 지금 공적인 일을 하고 있으니……. 그리고 말이야.」 그는 나를 돌아다보며 말했다. 「여기 그저 그런 음식점이 하나 있다. 깨끗하지는 않지만 차 한잔쯤은 마실 수 있을 게다. 네게 말할 게 있는데……. 바로 여기야, 가보자.」

다시 말하지만, 지금까지 나는 그가 그토록 흥분한 것을 한 번도 본 일이 없다. 하지만 그의 얼굴에는 여전히 유쾌한 기색이 반짝이고 있었다. 그러나 장교에게 주려고 지갑에서 20꼬뻬이까 은전 두 개를 꺼내려고 했을 때, 그의 손이 심하게 떨렸고 손가락이 제대로 움직이지 않는다는 것을 나는 알아챘다. 그래서 그는 나더러 돈을 꺼내서 중위에게 주도록 부탁했다. 나는 그 일을 잊을 수 없다.

그는 나를 데리고 운하[58] 옆 지하에 있는 자그마한 음식점으로 갔다. 아주 적은 수의 손님들이 있었다. 쉭쉭 소리가 나는 전혀

음이 맞지 않는 오르간 소리가 나고, 기름에 절은 냅킨 냄새가 났다. 우리는 구석 쪽으로 가 앉았다.

「아마 너는 모를 게다. 이따금 우울해지면…… 정신적으로 심한 권태감을 느끼게 되면…… 나는 이런 불결한 음식점에 들르기를 좋아한다. 이러한 풍경, 탁하게 울려 나오는 〈루치아〉의 아리아.[59] 저 엉성한 복장을 하고 있는 웨이터들. 싸구려 담배 냄새, 당구장에서 들려오는 저 고함소리. 이 모든 것들이 참으로 저속하고 실제적이어서 마치 환상의 세계에 와 있는 듯하지 않니? 그 마르스[60]의 아들은 우리 이야기가 절정에 달한 곳에서 그것을 끊어 놓지……. 아, 차가 왔구나. 나는 이 집 차를 좋아해……. 아까 네 하숙집에서, 뾰뜨르 이뽈리또비치가 곰보 자국이 덕지덕지한 그 하숙인을 붙잡고서 진지한 얼굴로 이런 이야기를 하더라. 지난 세기에 영국 의회에서 있었던 일인데, 대제사장과 빌라도 앞에서 행해진 그리스도 재판의 전 과정을 조사하기 위해서 법률가로 구성된 특별 위원회가 구성되었다는 거야. 현재의 법률에 의하면 그것이 어떻게 되어야 하는가를 규명하는 것이 그 유일한 목적이었으며, 변호사, 검사 등등 굉장한 사람들로 구성되어 심리했는데…… 글쎄, 배심원들은 유죄 선고를 내리지 않을 수 없었다지 않니. 이건 참으로 놀라운 이야기다! 그런데 그 어리석은 하숙인이 이를 반박하면서 화를 내며 서로 싸우더니, 내일이라도 당장 하숙에서 나가겠다고 말하더라……. 그러자 안주인이 수입이 줄게 되었다고 갑자기 흐느껴 울기 시작했지…….(그렇지만, 이런 이야기는 이제 그만두기로 하자Mais passons.) 이런 음식점에서는 흔히 휘파람새를 기르고 있다. 그런데 뾰뜨르 이뽈리또비

---

58 예까쩨리나 운하를 말한다.
59 이탈리아의 작곡가 G. 도니체티(1797~1848)의 오페라 「람메르무어의 루치아」.
60 신화에 나오는 군신.

치 식으로 모스끄바에서 회자되는 재미있는 옛이야기를 아니? 모스끄바의 어떤 음식점에서 휘파람새가 하나 울고 있었어. 거기에 상인 한 사람이 들어와서, 〈내 말대로 하지 않으면 재미없어……. 저 휘파람새가 얼마지?〉〈1백 루블입니다〉〈좋아, 구워 줘!〉 그래서 구워 줬더니 〈10꼬뻬이까어치만 잘라 줘〉 하더라는 이야기다. 내가 언젠가 뾰뜨르 이쁠리또비치에게 이 이야기를 했더니, 그는 믿지 않고 오히려 화까지 냈지…….」

이 밖에도 그는 많은 이야기를 했다. 그는 그저 이런 단편적인 이야기를 계속해서 산발적으로 말하였다. 내가 이야기를 시작하려고 하면, 그때마다 그는 내 말을 가로막고 그것과는 아무런 관계도 없는 무의미한 이야기를 시작하는 것이었다. 약간 흥분한 상태로 그는 아주 유쾌하게 이야기했다. 그는 공연히 큰소리로 웃기도 했고 소리 없이 웃기도 했다. 나는 지금까지 그의 그런 모습을 한 번도 본 적이 없다. 그는 컵에 있는 차를 단숨에 들이키고 또 새로 따랐다. 차차 내게는 모든 것이 분명하게 느껴졌다. 이를테면, 그때의 그는 오랫동안 고대하고 있던 깊은 내용이 담긴 소중한 편지를 받은 사람 같았다. 그는 편지를 앞에 놓고 일부러 개봉하지 않는다. 반대로 오랫동안 그것을 만지작거리기도 하고 봉투와 봉인을 찬찬히 살펴보는가 하면 옆 방으로 가서 뭔가 일을 시키기도 하면서, 한마디로 말해, 가장 흥미로운 순간을 연장시키려는 것이다. 그 순간이 절대로 사라지지 않으리라는 것을 알기 때문에 더욱더 쾌감을 고조시키려는 것이다.

물론 나는 그동안 있었던 일을 모두 그에게 이야기하였다. 아마 한 시간 정도 시간이 걸려 나는 모든 것을 말하였다. 나로서는 그렇게 하지 않을 수 없었다. 왜냐하면 진작부터 말하고 싶어서 나는 계속 그 얘기를 들먹거렸기 때문이다. 그녀가 모스끄바에서 막 돌아오던 날, 노공작의 집에서 그녀를 처음 만났을 때의 이야기부터 시작했다. 그리고 나서 그 만남이 진행되어 온 과정을 하나도 생략하지 않고 있는 그대로 모두 이야기하였다. 그가 스스로 내 이야기의 흐름을 주도해 나갔고, 이야기가 흘러갈 방향을 예측하면서 말을 보탰기 때문이다. 말을 하면서 나는 지금의 상황이 환상 속에서 이루어지고 있는 것이 아닌가 하는 생각이 들었다. 마치 지난 두 달 동안 그가 그 방 어딘가에 계속해서 앉아 있었던 것이 아닐까, 혹은 그때마다 문 뒤에서 엿들은 것이 아닐까 하는 생각까지 들었다. 왜냐하면 그는 내가 한 행동과 그때의 내 감정을 아주 상세하게 예측하였기 때문이다. 그에게 고백하면서 나는 한없는 쾌감을 느꼈다. 그것은 그가 진정으로 부드러운 마음, 참으로 깊은 심리적 섬세성, 그리고 단 몇 마디만을 듣고도 모든 것을 추리해 내는 놀라운 재능을 가지고 있었기 때문이다. 그는 마치 여자처럼 아주 부드러운 태도로 내 이야기에 귀를 기울였다. 그러면서도 그는 내가 조금도 부끄러움을 느끼지 않도록 섬세하게 배려하였다. 그러다가 이따금씩 어떤 장면에 이르면 그는 갑자기 내 이야기를 멈추게 하고 그것을 더욱더 상세하게 서술해 달라고 했다. 그렇게 멈추게 하고는 초조한 어조로 되풀이하여 묻는 것이었다. 〈미세한 부분이라도 잊지 말아야 한다. 무엇보다도 아주 조그마한 사실을 잊지 말아야 해. 사소한 것일수록 아주 중요한 의미를 가지고 있을 때가 있어.〉 그런 방식으로 그는 몇 번인가 내 이야기를 중단시켰다. 물론 이야기를 시작할 때 나는 아주 오만한 자세로 시작했다. 그녀에 대해서도 아주 오만한 자세로 서술했지만, 곧바로 내 본심을 털어놓지 않을 수 없었다. 그녀가 서 있던 마룻바닥에 엎드려 그 발이 닿았던 장소에 입이라도 맞추고 싶은 심정이었다는 것까지도, 나는 정직하게 그에게 털어놓았다. 내가 아주 가슴이 편안하고 또 기뻤던 일은, 〈그 서류에 대해 두려움을 가지고 있으면서도〉 그녀에게는 동시에 오늘 내 앞에서 보여 준 것과 같은 순결하고 고상한 특성이 있다는 것을 그가 충분히 이해하였다는 사실이다. 그는 〈학생〉이라는 말도 잘 이해하였다. 그러나 내가 이야기를 끝낼 무렵, 미소를 머금은 그의 침착하고 가라앉은 시선 속에서 뭔가 성급하고 초조하며 날카롭기도 한 기운이 감돌기 시작하는 것을 나는 느꼈다. 내 이야기가 드디어 그 〈서류〉에 이르렀을 때, 나는 마음속으로 〈모든 것을 사실대로 이야기할 것인가?〉 하는 것을 결정해야 했다. 하지만 기분에 취해 흥분된 상태였지만 그 얘기는 결국 하지 않았다. 내 평생 동안 온전히 기억하기 위해서, 나는 여기에 그것을 적어 둔다. 그녀에게 한 것과 마찬가지로 나는 끄라프뜨를 등장시켜 상황을 설명했다. 그러자 그의 눈이 갑자기 반짝이기 시작했다. 그러더니 그의 이마에 아주 묘한 기운을 가진 그림자가, 매우 어두운 그림자가 잠깐 나타났다 사라졌다.

「그 기억이 확실하니, 끄라프뜨가 촛불로 그것을 태웠다는 것이? 설마 착각은 아니겠지?」

「틀림없습니다.」 나는 강하게 말했다.

「그 문서는 그녀에게는 아주 중요한 거야. 혹시 만에 하나라도 그것이 지금 네 수중에 있다면, 오늘이라도 당장 그것을…….」 그러나 그는 오늘이라도 〈어떻게〉 하라는 말을 끝까지 마무리짓지는 않았다. 「혹시 그것이 지금 네 수중에 있는 게 아니냐?」

마음속으로는 굉장히 놀랐지만, 나는 시치미를 떼고 모르는 체하였다. 겉으로는 전혀 아무런 기색도 내비치지 않았고, 눈도 한 번 깜짝하지 않았다. 그러면서 나는 그가 던진 질문의 진의가 무엇인지 모르는 척하였다.

「제 수중에 있지 않냐고요? 지금 제 손에 말입니까? 끄라프뜨가 태워 버렸는데 그것이 어떻게?」

「참, 그랬다고 했지.」 불타는 듯한 시선으로 그는 뚫어지게 내 얼굴을 쳐다보았다. 그 눈빛을 나는 잊을 수 없다. 물론 그는 여전히 미소를 띠고 있었지만, 지금까지 보이던 선량하고 여성적인 표정은 갑자기 어디론가 사라졌다. 그의 표정 속에서 무엇인지 모를 불안정한 기색이 엿보였다. 그는 상당히 마음이 흔들린 것 같았다. 만약 그가 침착하게 자신을 억제할 수 있었다면, 어느 정도 그런 태도를 가지고 있었다면, 그는 그 서류에 대해 그런 질문을 내게 하지 않았을 것이다. 그러나 그런 질문을 한 것을 보면, 아마 그도 상당히 마음이 불안정했던 것이 분명하다. 물론 이제 와 생각해 보면 그런 말을 할 수도 있다. 그러나 그때는 나도 그의 그러한 급격한 변화를 이해하지 못했다. 나 역시 마치 공중을 나는 기분으로, 마음속에서는 여전히 기분좋은 선율을 연주하고 있었다. 마침내 이야기가 끝났을 때, 나는 그의 얼굴을 쳐다보았다.

「이상하구나.」 내가 이야기를 마쳤을 때, 갑자기 그가 말했다. 「참 이상한 일도 있구나. 네가 거기에 세 시부터 네 시까지 있었는데, 따찌야나 빠블로브나가 집에 없었단 말이지?」

「꼭 세 시부터 네 시 반까지였어요.」

「그런데 이상하구나. 나는 그야말로 1분의 오차도 없이 정확히 세 시 반에 따찌야나 빠블로브나에게 들렀는데, 그녀가 나를 부엌에서 맞아 주었거든. 나는 거의 늘 뒷문으로 다니지.」

「뭐라고요, 부엌에서 당신을 맞았다고요?」 나는 너무 놀라서 움찔했다.

「그렇다. 방으로 안내할 수 없다고 하기에, 약 2분쯤 머무르다 왔어. 그녀에게 식사에 초대하는 말을 하려고 들렀으니까.」

「혹시 어디선가 막 돌아온 길이었나요?」

「모르겠다. 아니야, 그렇지 않아. 그녀는 늘 입는 짧은 옷을 입고 있었으니 말이다. 그때가 꼭 세 시 반이었어.」

「그런데…… 따찌야나 빠블로브나는 제가 와 있다고 말하지 않았어요?」

「아니, 네가 와 있다는 말은 하지 않았어……. 그랬다면 이미 내가 다 알게 되었을 테니 네게 물어볼 필요도 없었겠지.」

「그런데 말입니다, 이건 참 중요한 일인데…….」

「그렇다……. 보는 관점에 따라서는. 애야, 얼굴이 창백해졌구나. 그건 그렇고 그렇게 중요한 게 뭐냐?」

「저를 완전히 애송이 취급해서 웃음거리로 만들었어요!」

「뭐, 그녀 자신이 말한 것처럼, 〈감정에 휩쓸리기 쉬운 네 성격이 걱정이 되어서〉 그런 것이겠지. 만약에 대비해서 따찌야나 빠블로브나를 곁에 있게 했던 것이겠지.」

「그런 일을 할 수 있을까요, 너무 심하군요! 그 사람은 결국 제삼자 앞에서, 바로 따찌야나 빠블로브나가 있는 데에서 제게 그런 이야기를 모조리 하게 했어요. 그렇다면 그녀는 제가 아까 말한 것을 모두 들었을 거예요! 이것은…… 이것은…… 생각만 해도 소름끼치는 일이에요!」

「글쎄, 이야기의 의미는 때와 장소에 따라서 다르지 않니C'est selon, mon cher, 게다가 너는 여성들 전반에 대한 견해를 말하면서 그들의 〈여유〉와 〈대단한 포용력〉에 대해 예찬했다고 하지 않았니?」

「제가 오셀로이고 당신이 이아고 역을 했다 하더라도, 당신은 그 이상의 연기는 할 수 없을 거예요……. 이건 참 어이가 없는 일이군요! 오셀로는 있을 수도 없어요. 거기에는 그와 관계되는 것이 아무것도 없으니까요. 참으로 쓰게 웃어야만 할 일이군요! 하지만, 괜찮습니다! 저는 영원한 곳에 있는 것을 믿어요. 그리고 제게는 제 이념이 있으니까요……. 설사 이것이 그분이 꾸민 일일지라도 저는 용서합니다. 가련한 애송이에 대한 희롱, 그것도 좋지요! 저는 조금도 자신을 꾸미려고 하지는 않았으니까요. 우리가 말한 학생, 그 학생의 형상만은 그대로 남아 있으니까요. 그분의 마음속에, 그분의 가슴속에 그 형상이 있을 테니까요. 지금도 존재하고, 또 앞으로도 존재할 것입니다! 이제 그만 말하지요! 그런데 당신은 어떻게 생각하십니까? 지금 곧 그분에게로 가서 진상을 모조리 알아볼까요, 그만둘까요?」

나는 〈어이없는 일〉이라고 말했지만 내 눈에선 눈물이 고였다.
「글쎄, 그렇게 하고 싶으면 가보거라.」
「이런 이야기를 당신에게 하고 나니, 왠지 제 마음속의 진실이 모두 다 더럽혀진 것 같은 생각이 들어요. 미안합니다. 그렇지만 역시 여성 문제에 대해서는, 다시 말하지만, 여성 문제에 대해서는 제삼자에게 말하지 않는 것이 좋을 것 같습니다. 아무리 비밀을 털어놓을 만한 사람일지라도, 당사자의 심정을 절대로 이해하지 못할 거예요. 아마 천사라도 이것만은 이해 못할 겁니다. 만일 상대방 여성을 존중한다면, 그 누구에게도 그런 말을 꺼내지 말아야 합니다. 또한 자신을 존중한다면, 그 어떤 누구에게도 말하지 말아야지요! 그걸 보면 저는 지금 제 자신을 존중하고 싶은 생각이 없는 겁니다. 그럼 안녕히 가세요, 저는 제 자신을 용서하지 못할 것 같습니다……」
「됐다, 그 정도 해두면 됐어. 너무 지나치게 비약할 것 없다. 너도 말하지 않니, 〈아무 일도 없었다〉고 말이야.」
운하 옆으로 나와서 우리는 헤어졌다.
「혹시 너는 내게 진심으로 입을 맞추어 줄 생각이 없니? 어린 아들이 아버지에게 입을 맞추듯이 말이다.」 그렇게 말하는 그의 목소리는 이상하게 떨렸다. 나는 진정 어린 마음으로 그에게 입을 맞췄다.
「애야…… 언제까지나 지금처럼 순결한 마음을 가져야 한다.」
지금까지 나는 한 번도 그에게 입맞춘 일이 없었다. 나는 그가 그런 것을 생각하고 있으리라고는 전혀 상상도 못했다.

제6장

1

〈지금 곧 가봐야겠어.〉 서둘러 집으로 돌아가면서 나는 생각하였다. 〈바로 가봐야지. 아마도 그녀는 집에 혼자 있겠지. 그녀 혼자 있든 다른 사람과 함께 있든 상관할 필요는 없겠어. 따로 불러낼 수도 있으니까. 그 사람은 내가 만나러 온 걸 보고 상당히 놀라겠지만 만나 줄 거다. 만일 안 만나려고 한다면, 알려야 할 중요한 일이 있다고 말하고 만나 줄 때까지 기다려야지. 그렇게 말하면, 무언가 그 서류에 대해 할 말이 있는 것이라고 짐작하고 나를 만나 줄 거야. 그러면 따찌야나 빠블로브나에 대해서 자세히 알아봐야지. 그런 다음에⋯⋯ 그 다음에는 어떻게 해야 할까? 만일 내 판단이 틀렸다면, 그녀에게 온당한 보상을 해주면 될 거야. 그러나 만약 내 생각이 옳고 그녀에게 분명히 잘못이 있는 것이라면, 그렇다면, 모든 일은 끝나고 마는 거지! 일이 어떻게 진행되든 더 이상 어찌해 볼 수가 없는 거겠지! 그렇게 되더라도 내가 잃은 것은 아무것도 없지 않은가? 더 이상 내가 잃을 것은 아무것도 없는 거야. 가야지! 가봐야겠어!〉

하지만 언제나 결코 잊어버리지 않을 것이며, 언젠가는 자랑스럽게 회상할 날이 오겠지만, 결국 나는 그리로 가지 않았다. 이것에 관해서는 아무도 알지 못할 것이며, 나중에는 그대로 잊혀질 것이다. 그러나 내가 그 사실을 알고 있었으며, 그 긴박한 순간에도 내가 직감적으로 할 수 있는 한 가장 분별 있는 행동을 취할 수 있었다는 사실만으로 나는 만족감을 느낄 수 있었다! 〈이것은 아마도 내가 미혹되는 것일지도 모르니 한눈팔지 말고 생각한 방향으로 가야 한다〉고 나는 다시 마음을 고쳐먹고 최종적으로 마음을 굳혔다. 〈드러난 사실 때문에 나는 마음이 흔들렸지만 그것을 믿지 않았고, 그녀의 순결함에 대한 믿음을 잃지 않았다! 그렇다면 무엇 때문에 그리로 가야 한단 말인가, 도대체 무엇을 알아보려고? 내가 그녀를 믿는다고 해서 그녀 역시 내 《순결한 마음》을 꼭 믿어야 할 이유가 어디 있는가? 《쉽게 감정에 사로잡히고 마는 내 성격》을 경계하지 않고, 만일의 경우에 대비해서 따찌야나 빠블로브나로 하여금 지키게 하지 말아야 할 근거가 도대체 무엇인가? 지금까지 나는 그녀에게서 그 정도의 대접을 받은 기억이 없다. 내가 나름대로 일정한 가치가 있는 사람이며, 또한 내가 《미혹》에 쉽게 빠지지 않는다는 것을, 그리고 다소의 불만에 의해 내가 그녀에게 가지고 있는 신뢰감을 버리지 않을 것이라는 사실을 그녀가 모른다 해도 상관없다. 어떻게 하든 나는 일관된 자세를 가질 테니까. 그 대신 내가 마음속으로 알고 있으니까 그것에 관해 느끼고 있는 내 자신의 감정을 존중하기로 하자. 내 자신의 감정을 존중해야 한다. 그녀는 분명히 따찌야나가 있는 것을 알면서도 내게 마음의 비밀을 털어놓도록 한 것이다. 아마도 그녀는 따찌야나가 그렇게 할 수 있도록 허용한 것이겠지. 틀림없이 그녀는 따찌야나가 거기에 앉아서 엿듣고 있다는 것을 알고 있었을 것이다. 왜냐하면 그녀의 성격으로 보아 엿듣지 않을 수 없었을 테니까. 그리고 그녀는 따찌야나가 아마도 속으로 나를 비웃을 거라는 사실을 알고 있었을 것이다. 참으로 이것은 생각할 수도 없는 일이고, 기가 막힌 일이다! 그러나…… 그러나 만일 그렇게밖에 할 수 없는 상황이었다면? 그와 같은 입장에서 도대체 그녀가 무엇을 할 수 있었을까. 또한 설사 그렇다 하더라도 어떻게 그녀를 비판할 수 있겠는가? 바로 나 자신도 아까 끄라프뜨에 대해서 그녀에게 거짓말을 하지 않았던가. 나 역시 그녀를 기만하지 않았던가. 왜냐하면 그것을 피할 수 없었기 때문이다. 그래서 부득이하게 나도 둘러대는 거짓말을 하고 만 것이 아닌가. 《참 괴로운 일이야!》 (나는 얼굴을 문지르면서 낮게 신음하였다.) 이렇게 말하고 있는 나는, 나 자신은 도대체 지금 무슨 일을 하고 있는 것인가. 그녀를 따찌야나 앞으로 이끌어낸 것은 내가 아닌가. 그리고 그러한 사실을 바로 지금 모조리 베르실로프에게 이야기해 버리지 않았던가? 아니지, 지금 도대체 내가 무슨 소리를 하고 있는 건가? 그것은 전혀 다른 이야기야. 나는 단지 그 서류에 대한 이야기를 했을 뿐이야. 실제로 나는 베르실로프에게 단지 그 서류에 대해서만 이야기했다. 왜냐하면 그 밖의 다른 것에 관해서는 알릴 것도 없었고, 그럴 필요도 없었기 때문이다. 먼저 그에게 알리면서 《그럴 리가 없다》고 다짐한 것이 바로 내가 아닌가? 그는 이해가 아주 빠른 사람이다. 그렇지만 아직까지 그가 마음속에 품고 있는 그 여자에 대한 증오는 정말 대단한 것 같다. 그렇다면 그들 사이에 그때 일어난 그 드라마 같은 사건의 실체는 도대체 어떤 것이며, 그 원인은 무엇일까? 그것은 아마도 지독한 자존심 때문이겠지! 자신에 대한 철저한 자존 의식 이외에 베르실로프는 다른 어떤 악감정을 품을 만한 사람이 아니다!〉

사실 내가 마지막에 한 그 생각은 그때 갑자기 내 머리에 떠올랐기 때문에 나 자신도 그것에 관해서 깊이 느끼지 못하고 있었다. 이러한 생각이 한꺼번에 그리고 줄을 이어서 내 머리에 떠올랐지만, 그 당시 나는 내 자신의 내부에서 솟는 감정에 아주 충실했다. 그래서 나는 어떤 교활한 것을 꾸며 내거나 자신의 감정을 기만하는 일은 하지 않았다. 그렇기 때문에 만일 그때 그 순간에, 내가 뭔가를 잘못 판단했다면, 그것은 단지 내 지혜가 부족했던 때문이지 내 자신의 감정을 속이는 따위의 계략적인 악의에 의해 이루어진 것은 아니었다.

 사실 나는 그때 감정이 아주 고조되어 혼란스러운 상태였다. 하지만 그 이유는 모르겠지만, 집에 돌아올 때는 상당히 즐거운 상태였다. 그러나 나는 상황을 곰곰이 따져보기가 두려워 어떻게든 기분을 전환시키려고 애썼다. 나는 곧 주인집 여자에게로 갔다. 그때 그녀는 남편과 아주 심각하게 싸우고 있었다. 주인 여자는 선한 인상이었고 심한 폐병을 앓고 있었다. 그리고 흔히 폐병을 앓는 사람들이 모두 그렇듯 매우 변덕스러운 여자였다. 그들을 화해시켜 볼 생각으로, 나는 싸움의 원인이 된 그 하숙인에게로 갔다. 그는 어느 은행에 근무하는 체르뱌꼬프라는 매우 자존심이 강한 관리였는데, 예의란 전혀 찾아볼 수도 없고 얼굴에는 곰보 자국이 덕지덕지한 어리석은 사람이었다. 나 자신도 그를 아주 싫어했지만, 그런대로 서로 마찰 없이 지내고 있었다. 왜냐하면 그와 나는 이따금 뾰뜨르 이뽈리또비치를 놀려먹는 짓을 같이 하였기 때문이다. 나는 그 사람에게 서둘러 이사하지 말라고 말했다. 그런데 그 사람 역시 막상 집을 옮기려니, 여러 가지 사정 때문에 막막한 모양이었다. 그래서 나는 주인 여자를 안심시킬 수가 있었다. 그리고 아픈 그 여자의 베개를 잘 다듬어 주었다. 「뾰뜨르 이뽈리또비치는 자기 딴에는 노력하지만, 이렇게 베개를 잘 받쳐 주지 못해요.」 심술궂은 어조로 그녀는 말했다. 그러고 나서 나는 그녀의 겨자 가루 약봉지를 부엌으로 가지고 가 내 손으로 직접 겨자 고약 두 개를 잘 만들어 주었다. 가엾은 뾰뜨르 이뽈리또비치는 나를 쳐다보며 부러워하고 있었지만, 나는 그에게는 약에 손도 못 대게 했다. 그러자 그녀는 감사 어린 눈물로 내 행동에 대한 보답을 나타냈다. 그러나 지금도 기억하지만, 나는 갑자기 그런 일을 하고 있는 자신의 모습이 싫었다. 또한 내가 환자를 돌보는 것이 결코 친절한 마음에서 우러난 것이 아니며, 뭔가 다른 이유 때문에 그런다는 것을 문득 느꼈다.

초조한 마음으로 나는 마뜨베이를 기다렸다. 기필코 오늘 저녁에 내 자신의 운명에 대한 시험을 마지막으로 시도해 볼 참이었다. 또 행운을 바라는 마음 이외에도, 꼭 한 번 멋지게 도박을 해 보고 싶다는 강렬한 욕망을 느꼈기 때문이다. 그렇게라도 하지 않고서는 도저히 견딜 수 없을 것 같았다. 만일 다른 곳으로 가지 않는다면 더 이상 참지 못하고 나는 아마 그녀에게로 갔을 것이다. 마뜨베이가 곧 나타나야 할 때였는데, 돌연 문이 열리더니 생각지도 않은 여자 손님 다리야 오니시모브나가 들어왔다. 나는 놀라서 이마를 찌푸렸다. 그녀가 내 하숙집을 알게 된 것은 언젠가 어머니의 부탁을 받고 내게 들른 적이 있기 때문이다. 난 그녀를 의자에 앉히고 미심쩍은 눈초리로 그녀를 바라보았다. 그녀는 말없이 똑바로 내 눈을 바라보면서 다소곳이 미소를 지었다.

「지금 리자한테서 오는 길이지요?」 문득 그런 생각이 떠올랐기 때문에 나는 그렇게 물었다.

「아뇨, 그저 좀 들러 봤어요.」

막 외출하려던 참이라고 나는 그녀에게 짐짓 말하였다. 그러자 그녀는 또다시 〈그저 좀 들러 보려고〉 왔지만 곧 가겠다고 대답했다. 그 말을 듣자 왠지 나는 그녀가 갑자기 측은하게 느껴졌다. 여기서 말해 두지만 그녀는 우리 모두에게서, 어머니나 특히 따찌야나 빠블로브나에게서 매우 동정을 받고 있었다. 그러나 그녀가 스똘베예바 부인의 집에 머무르게 된 후로는, 부인의 집에 자주 출입하는 리자를 제외하고, 다른 사람들은 그녀를 잊어버리게 되었다. 그 원인은 아마 그녀에게 있는 것 같았다. 그녀는 늘 다소곳한 태도를 취하고 미소 띤 모습으로 사람들을 대하였지만, 그녀의 분위기에는 왠지 사람을 멀리하는 듯한 기색이 있었기 때문이다. 내 개인적으로는, 그녀의 그러한 미소와 항상 가면을 쓰고 있는 듯한 표정이 매우 싫어서, 언젠가 한번은 자기의 딸 올랴에 대해서도 그렇게 오랫동안 슬퍼하지는 않았으리라고 생각했을 정도이다. 그러나 이번에는 왠지 그녀가 가엾다는 생각이 내 가슴에서 떠올랐다.

그런데 전혀 예기치 못하게 갑자기 말 한마디 없이 그녀가 몸을 굽히고 고개를 숙이며 두 손을 앞으로 내밀어 내 허리를 잡더니, 자신의 얼굴을 내 무릎에 대었다. 그리고 그녀는 내 손을 꼭 붙잡았다. 나는 흠칫 놀라 그녀가 입을 맞추지나 않을까 걱정이 되었다. 그러더니 그녀는 내 손을 자기 눈에 가져다 대었다. 그러자 뜨거운 눈물이 내 손을 따라 마구 흘러내렸다. 그녀는 온몸을 떨면서 낮은 소리로 흐느껴 울었다. 나는 왠지 아주 화가 났지만, 심장이 압박당하는 기분을 느꼈다. 지금까지 그처럼 소심하고 비굴하게 미소를 짓던 그녀였지만, 내가 화낼까 걱정하는 기색은 조금도 없이 완전히 신뢰하는 듯 나를 부둥켜안고 마음놓고 우는 것이었다. 나는 그녀를 진정시키려 애썼다.

「저는 어찌해야 할지 전혀 모르겠습니다. 저녁때가 되면 저는 도무지 견딜 수가 없습니다. 어두워지면 더 이상 참을 수 없어 그만 밖으로, 어둠 속으로 나가 버리곤 합니다. 저를 밖으로 끌어내는 것은 다름아닌 이상한 환상입니다. 어느새 그런 꿈 같은 생각이 머리에 떠오르는 것입니다. 밖으로 나가면 혹시라도 그 애를 만날 수 있지 않을까 하는 환상입니다. 걷고 있노라면, 마치 그 애를 본 것 같은 생각이 듭니다. 분명히 다른 사람 모습인 것을 알면서도, 저는 그 뒤를 따라갑니다. 그러면서 그 사람이 혹시나 우리 올랴가 아닌가 하고 생각합니다. 저는 마음속으로 그런 생각을 하고 또 합니다. 그러다가 나중에는 정신이 혼미해져서 지나가는 사람에게 부딪히기도 하고요. 마치 주정뱅이처럼 마구 부딪히니 사람들이 제게 욕설을 퍼붓기도 합니다. 그러나 저는 이러한 사연을 혼자 가슴에 묻어 둔 채 지내고 있습니다. 아무에게도 있는 그대로 털어놓을 수 없으니까요. 또 누구와 얘기를 한다고 해서 해결될 성질의 것도 아니고요. 지금도 이 옆을 지나면서 그런 생각을 하였습니다. 〈그래, 그분에게 한번 들러서 이 사정을 털어놓아 보자. 그분은 누구보다도 친절하고, 또 그때도 마침 그 자리에 계셨으니까〉 하고 말입니다. 죄송합니다. 이 쓸모없는 사람을 용서하세요. 이제 그만 가보겠습니다……」

말을 마치자, 그녀는 갑자기 일어서서 서두르기 시작했다. 바로 그때 마침 마뜨베이가 왔다. 나는 그녀를 함께 썰매에 태우고 가다가 스똘베예바 부인의 집 앞에서 내려 주었다.

2

얼마 전부터 나는 제르쉬치꼬프의 룰렛 도박장을 드나들기 시작했다. 그때까지는 늘 공작과 함께 세 군데의 도박장에 다니고 있었다. 그가 그런 장소로 나를 〈끌고 갔기〉 때문이다. 그중의 한 곳에서는 주로 뱅크[61]를 하였는데, 판돈을 아주 많이 걸고 노름을 했다. 그러나 왠지 나는 그곳이 마음에 들지 않았다. 거기서는 큰돈을 가지고 있지 않으면 별로 재미가 없었기 때문이다. 뿐만 아니라 그곳에는 아주 몰지각한 상류 계층의 〈요란한〉 젊은이들이 너무나 많이 출입하였기 때문이다. 그러나 공작은 바로 그러한 사실을 좋아했다. 그는 도박도 좋아했지만, 그런 한량들과 가까이 지내기를 좋아했다. 그렇게 며칠 밤 다니는 사이에, 나는 문득 한 가지 사실을 깨달았다. 즉 그는 들어갈 때 나와 나란히 서서 들어가는 일도 때로 있었지만, 어느새 점점 내게서 멀어졌고, 또한 〈자기 친구 중의〉 누구에게도 나를 소개하지 않는다는 것을 알게 되었다. 나는 마치 완전 초보처럼 사방을 두리번거렸기 때문에, 때로는 여러 사람의 주의를 끌기까지 하였다. 카드용 탁자에

61 카드 놀이의 일종.

마주 앉을 때는 나도 이따금 누구하고 이야기를 해야 할 일도 있었다. 하지만 다음날 같은 방에서 시험삼아 한 젊은 사람에게 내가 먼저 인사를 건넨 일이 있었다. 바로 그 전날 저녁 나는 그 사람과 이야기를 했을 뿐만 아니라 나란히 앉아서 담소했고, 그의 카드를 두 장씩이나 맞춰 주기까지 했기 때문이다. 그런데 어찌 된 일인지 그는 나를 전혀 알아보지 못하고 있었다. 아니 사실을 있는 그대로 말한다면 그보다 더 나쁜 형편이었다. 그는 고의로 그렇게 하는 듯 미심쩍은 눈초리로 나를 쳐다보면서 그저 한 번 씽긋 웃고는 지나가 버렸다. 그래서 나는 곧 그곳에 드나들기를 그만두고 어떤 지저분한 장소, 그렇게밖에 달리 부를 수 없는 그런 곳으로 열심히 드나들기 시작했다. 그곳은 어떤 사람의 첩이 경영하는 상당히 보잘것없는 조그마한 룰렛 도박장이었다. 정작 주인은 홀에 한 번도 나타난 적이 없었다. 장교들도 출입했고, 돈 많은 상인들도 드나들었지만 그곳은 아주 개방적이었다. 그러나 모든 것이 지저분했다. 그렇지만 그것이 또한 많은 사람들을 유혹하는 점이기도 했다. 또한 그곳에서는 자주 행운도 따라 주었다. 그러나 언젠가 노름이 한창 절정에 오르고 있을 때, 어떤 도박꾼 두 사람이 싸움을 벌인 혐오스러운 사건이 있은 후부터 나는 그곳에도 가지 않고 제르쉬치꼬프 도박장으로 다니게 되었다. 그곳도 역시 공작이 나를 끌고 간 곳이다. 퇴역한 이등 기병 대위가 하는 그 도박장의 저녁 분위기는 제법 격식이 있었고, 아주 세밀한 구석까지 신경을 써서 그럴듯한 형식을 갖추고 있었으며, 모든 게 아주 간결하고 깔끔했다. 그래서 망나니들이나 소란스런 작자들은 이곳에 절대로 발을 들여놓을 수가 없었다. 그 밖에도 뱅크를 시작하는 책임 금액도 제법 되었다. 노름을 하는 방식은 뱅크와 룰렛 두 가지였다. 바로 그날, 즉 11월 15일 저녁까지 나는 그곳에 통틀어 두 번 갔기 때문에, 제르쉬치꼬프는 이미 내 얼굴을 알고 있었다. 그렇지만 그 외에는 나를 아는 사람이 한 사람도 없었다. 마치 고의로라도 그런 것처럼 공작과 다르잔은 그 날 밤 열두 시가 거의 다 되어갈 무렵에야 함께 나타났다. 두 사람은 내가 발길을 끊은 상류층의 한량들이 모이는 도박장에서 오는 길이었다. 그래서 그날 밤 나는 전혀 모르는 사람들 속에서 익명인 채로 머물러 있을 수 있었다.

만일 내가 지금까지 쓴 사건들을 모조리 읽은 독자에게라면, 내가 전혀 사교적인 성격을 가지지 못하여 어느 사회에서도 적응하기 어렵다는 것을 새삼스럽게 설명할 필요가 없을 것이다. 그것은 의심할 바 없는 사실이다. 가장 큰 문제는, 내가 도무지 사람이 모인 곳에선 적절하게 처신할 줄 모른다는 점이다. 많은 사람이 모인 곳으로 들어가면 나는 언제나 주변의 온갖 시선에 의해 상당히 영향을 받아 완전히 위축되어 버리고 만다. 생리적으로 위축되는 것이다. 극장 같은 곳에서도 그러니 일반 개인의 집에서는 더 말할 필요도 없었다. 이런 룰렛 도박장같이 사람이 많이 모인 곳에서는 아무리 애를 써보아도 도무지 의젓한 태도를 취할 수가 없다. 어떤 때는 가만히 앉아서 자신의 태도가 지나치게 온순하고 정중하다고 자책하는가 하면, 또 어떤 때는 불쑥 일어서서 뭔가 예기치 못한 행동을 저지르기도 한다. 그런데 나와 비교해 보면, 형편없이 시시한 친구도 놀랄 만큼 당당한 태도를 취하고 있지 않은가. 그런 생각을 하면 더욱 화가 나고 나는 한순간에 냉정을 잃곤 하였다. 솔직히 말하지만, 지금뿐만 아니라 그 당시에도 이미 그런 사회와, 있는 그대로 말한다면 도박에서 돈을 따는 것까지도 별로 관심이 없었고 짜증스럽게만 느껴지곤 하였다. 나도 더 이상 어떻게 해볼 도리가 없었다. 그러면서도 그러한 상황에서 나는 이상할 정도로 뭔가 쾌감을 맛보곤 했다. 그러나 그 쾌감은 고통을 통해서 생긴 것이었다. 그러한 모든 것이, 즉 사람들도 도박도 그리고 무엇보다도 우선 그들 속에 있는 나 자신이 내게는 지독히 더럽게 느껴졌다. 밤새 노름을 한 뒤 새벽

녘에 하숙방에서 잠이 들 때면, 〈한번 크게 따기만 하면 곧 침을 뱉고 돌아서야지!〉하고 나는 언제나 혼잣말을 하였다. 그런데 그 돈을 딴다는 사실에 대해 말하자면, 나는 돈 같은 것은 전혀 바라지도 않았다는 것을 고려해 주기 바란다. 그렇다고 해서 내가 도박을 한 것은 도박 그 자체가 목적이었고 희열감을 맛보기 위해서였다거나 모험을 즐기기 위해서 또는 행운을 시험해 보기 위해서였지…… 돈을 딸 목적으로 한 것은 아니었다는 등등, 이런 경우에 보통 하는 변명을 되풀이할 생각은 전혀 없다. 다만 나는 무척 돈이 필요했다. 그래서 그런 곳에 다니는 것이 내가 할 일도 아니고 내 이념과도 어울리지 않는다는 것을 잘 알고 있었지만, 그저 경험을 쌓는다는 기분으로 그러한 일도 시험해 보기로 마음먹고 있었다. 어떤 강렬한 욕망이 나를 자꾸 탈선시켰던 것이다. 〈거기에 적응할 만큼 강한 성격만 가지고 있다면 틀림없이 백만장자가 될 수 있다는 결론을 네가 내리지 않았느냐. 너는 네 성격을 이미 시험하지 않았느냐. 그렇다면 여기서도 너의 힘을 보여 줘야 되지 않겠는가. 룰렛을 하는 데에, 그래, 이념을 위한 강인함보다도 더 강한 의지가 필요하단 말이야?〉따위의 생각을 나는 마음속에서 되풀이하였다. 그런데 나는 지금도 이런 신념을 가지고 있다. 즉 행운을 거는 도박에도, 아주 안정된 성격과 거기에 덧붙여 섬세한 지혜와 계산 능력을 모두 갖추었다면, 맹목적인 우연성을 극복하고 틀림없이 승부에서 이기리라는 것이다. 따라서 늘 자신의 성격을 억제하지 못한 채, 마치 어린 소년처럼 열중하는 자신을 보고, 내가 그때 더욱더 초조한 기분이 되지 않을 수 없었던 것은 당연한 일이었을 것이다. 〈그 고통스럽던 배고픔도 꾹 참아냈던 내가, 이런 시시한 일을 참지 못하다니!〉하는 생각이 나를 초조하게 했다. 게다가 내 마음속에는, 설령 내가 아무리 우스꽝스럽고 비굴하게 보일지라도 아주 강렬한 힘이 깃들어 있어서 그 힘이 언젠가는 모든 사람들이 나에 대해 가지고 있는 편견을 교정시켜 줄 것이라는 확고한 의식이 있었다. 그런 의식이야말로(이미 굴욕에 가득 찬 내 유년 시대의 거의 초기부터 나는 그런 의식을 가지고 있었다) 그 당시 내가 의지할 수 있는 유일한 삶의 원천이자 자존심의 근간이었으며, 또 강렬한 의지의 동인이자 유일한 위안거리이기도 하였다. 만일 그것이 없었더라면 나는 어렸을 때 이미 자살했을지도 모른다. 그러니 도박용 탁자에 마주 앉아 있는 가엾은 내 모습을 보면서, 어떻게 자신에 대해 화가 나지 않을 수 있겠는가? 바로 그런 이유로 그 무렵 나는 도박을 그만둘 수도 없었다. 이제는 모든 일이 분명해졌지만 그 당시 나는 내 자존심에, 보잘것없는 내 자존심에 상처를 입었던 것이다. 도박에서 계속해서 지기만 한다는 사실이 나로 하여금 공작에 대해서나, 그런 내용을 가지고 전혀 얘기도 해보지 않은 베르실로프에 대해서나, 아니 모든 사람들에게, 심지어 따찌야나에게조차 수치심을 느끼도록 자극하였다. 왠지 내게는 그렇게 보였고, 또 그렇게 느껴졌던 것이다. 마지막으로 또 다른 사실을 고백하겠다. 나는 그때 이미 타락해 있었다. 음식점에서의 호화로운 식사, 마뜨베이의 썰매, 영국인 상점, 향수 가게 주인과의 대화 등 주변의 일상적인 것들과 인연을 끊기가 힘들게 된 것이다. 그 당시에도 나는 그러한 사실을 이미 자각하고 있었지만 더 이상 괘념치 않고 싶었다. 그러나 지금 이런 내용을 쓰면서 나는 얼굴이 화끈거린다.

3

나는 홀로 낯선 사람들 사이에 끼어들었다. 그리고 한쪽 구석에 앉아 조금씩 돈을 걸기 시작했다. 약 두 시간 동안을 그렇게 앉아 있었다. 그동안 나는 잃지도 따지도 않은 채 그저 계속해서 열중하고 있었다. 나는 여러 번 좋은 기회를 놓쳤지만, 화를 내지 않고 냉정한 태도와 자신을 가지려고 노력했다. 두 시간이 지나 계산을 해보니 나는 가지고 있던 돈 3백 루블 중에서 약 10 내지 15루블을 잃었을 뿐이다. 나는 그저 밋밋한 흐름에 기분이 약간 상했다. 그런 상황에서 아주 불쾌한 사건이 일어났다. 룰렛 도박장에는 가끔 남의 것을 훔치는 친구들이 있다는 것을 알고 있었다. 외부에서 의도적으로 이곳에 들어오는 것이 아니라, 노름꾼 가운데 그런 친구들이 있는 것이다. 예를 들면 나는 유명한 노름꾼인 아페르도프가 분명히 도둑놈이라는 것을 확신하고 있다. 지금도 그는 당당히 대로를 활보하고 있다. 바로 며칠 전에도 나는 그가 작은 말 두 필이 끄는 자가용 마차를 타고 가는 것을 보았다. 그러나 그는 내 돈을 훔친 도둑놈이다. 그러나 그 이야기는 뒤에 하기로 하자. 그날 밤의 사건은 단지 서곡에 지나지 않았다. 두 시간 동안 나는 탁자의 한쪽 구석에 앉아 있었는데, 내 왼쪽에 유대 인으로 짐작되는 아주 변변치 못한 친구가 한 명 내내 앉아 있었다. 그는 자기가 무슨 출판 일에 관계하고 있으며, 자신이 쓴 글이 출판되었다고 떠벌렸다. 그런데 마지막 순간에 가서 나는 예상치 않게 20루블을 땄다. 빨간색으로 된 10루블짜리 지폐 두 장이 분명히 내 앞에 있었다. 그런데 어쩌다가 보니 그 더러운 유대 인이 손을 뻗어 태연하게 내 지폐 한 장을 집어 가는 것이 아닌가. 나는 그를 제지하려고 했다. 그러나 그는 뻔뻔스럽기 짝이 없는 태도로 목소리 하나 높이지 않고, 그것은 바로 방금 전에 자기가 딴 돈이라고 말하는 것이었다. 그러더니 더 이상 말할 필요도 없다는 듯이 얼굴을 딴 곳으로 돌려 버렸다. 나는 참으로 어처구니없는 기분이었지만, 어떤 큰 계획을 세워 두고 있었기 때문에 더 이상 다툴 생각도 나지 않았다. 그저 그에게 빨간 지폐 한 장을 선사한 셈치고 서둘러 그 자리에서 일어나 물러섰다. 그런 불량한 좀도둑과 시비를 벌일 시간이 없었다. 도박은 계속 진행되었기 때문에 그만한 일로 시간을 보낼 수도 없었다. 그러나 그것은 내가 큰 잘못을 저지른 셈이 되었으며, 나중에까지도 큰 영향을 미쳤다. 즉 우리 옆에 있던 서너 명의 노름꾼들이 우리 두 사람의 시비를 듣고 있다가 내가 그렇게 쉽게 양보하는 것을 보고 아마 나를 쉽게 주무를 수 있는 사람으로 알았던 모양이다. 시간은 열두 시였다. 나는 옆 방으로 가서 머리를 식힌 다음 새로운 계획을 세웠다. 그리고 돌아오자 물주에게 말하여 내 지폐들을 5루블짜리 금화로 바꿨다. 그래서 내 수중에는 40개 남짓의 금전이 있었다. 나는 그것을 열로 나누어, 네 개씩 잇달아 0에 걸기로 결심했다. 〈이기면 재수가 좋은 것이고, 잃으면 어쩔 수 없다. 이제 다시는 도박에 손을 대지 않기로 하자〉고 생각했던 것이다. 두 시간 동안 0은 한 번도 나오지 않았다. 그래서 마지막 판에 0에 거는 사람은 아무도 없었다.

서 있는 상태에서 이마에 주름을 잔뜩 잡고 입을 꼭 다문 채 나는 노름에 열중하고 있었다. 셋째 판에서 제르쉬치꼬프는 큰소리로 0이라고 외쳤다. 그것은 계속해서 한 번도 나오지 않던 숫자였다. 그러자 1백 40개의 금화가 내게 지불되었다. 아직도 일곱 판이 남아 있었다. 나는 계속 도박에 열중하고 있었다. 그러는 동안 내 주위에서 사람들이 떠들썩하게 소리를 내기 시작했다.

「이리로 와서 걸어 보세요!」 나는 탁자 너머에 있는 한 노름꾼에게 외쳤다. 그는 아까 나와 나란히 앉아 있던 사람으로, 자줏빛이 도는 얼굴에 프록코트를 입고 있었으며, 거의 하얗게 된 코밑수염을 기르고 있었다. 뭐라고 표현할 수 없을 정도로 초조한 표정을 지은 채 그는 벌써 몇 시간 동안 계속해서 조금씩 걸고 있었지만, 한 번도 따지 못하고 계속 잃기만 하고 있었다. 「이리로 옮겨 와서 걸어 보세요! 행운이 이쪽에 있는 것 같습니다!」

「제게 하시는 말씀입니까!」 마치 협박이라도 당한 듯 놀란 표정으로, 탁자 너머 저쪽 끝에서 그 사람이 되물었다.

「네, 당신 말입니다! 거기 그대로 계속 있다가는 다 잃고 말겠어요!」

「당신이 상관할 일이 아닙니다. 제발 간섭하지 마세요!」

나는 이미 기분이 한껏 고조된 상태였다. 탁자 너머 내 바로 건너편에 중년의 장교가 한 사람 앉아 있었다. 내가 크게 따지는 것을 보면서 그는 옆 사람에게 중얼거렸다.

「0이 나오다니, 이해가 안 되네. 그렇지만 나는 0에다 걸고 싶은 생각은 전혀 없어.」

「한번 걸어 보세요, 대령님!」 새로 돈을 걸면서 내가 큰소리로 말했다.

「내 걱정은 하지 말구려. 나는 남의 충고가 필요 없어요.」 그는 날카롭게 잘라 말했다. 「그리고 당신은 너무 크게 소리를 지르는 군요.」

「당신을 위해서 충고하는 것입니다. 그러면 내기를 해도 좋습니다. 이번에도 또 0이 나올 겁니다. 금화 열 개, 자, 저는 여기에 겁니다. 좋습니까?」

그렇게 말하며 나는 5루블짜리 금화 열 개를 늘어놓았다.

「금화 열 개를 걸자는 말인가요? 좋아요.」 그는 무뚝뚝하고 투박한 어조로 말했다. 「그렇다면 나는 당신과 반대로 0이 나오지 않는다는 데에 걸겠어요.」

「10루이[62]입니다, 대령님!」

「10루이가 뭐지요?」

「5루블짜리 금화 열 개 말입니다, 대령님. 고상한 말로 하면 루이라고 하지요.」

「그러면 5루블짜리 금화라고 분명히 말을 해야지요. 제게 함부로 농담하지 마세요.」

---

62 루이 혹은 루이도어라고 한다. 프랑스의 금화로 20프랑짜리.

그런 내기를 하면서 나는 내가 이기리라고는 전혀 생각하지 않았다. 0이 안 나올 확률은 대개 36대 1 정도였다. 그러면서도 내가 그런 말을 꺼낸 것은, 첫째 허세를 잔뜩 부리고 싶어서였고, 둘째로는 어떻게 해서든 이곳에 있는 모든 사람들의 주의를 내 쪽으로 끌어 보고 싶었기 때문이다. 이곳에 있는 사람들은 모두 왠지 나를 꺼리는 것 같았다. 그들이 내게 그런 내색을 하는 것을 은밀히 즐기고 있다는 것을 나는 잘 알고 있었다. 룰렛이 돌기 시작했다. 그리고 또다시 0이 나왔을 때 모든 사람들의 반응은 경악에 가까운 것이었다. 심지어 그들은 탄성까지 자아냈다. 나는 예상하지 못한 그 영광스런 승리에 정신마저 아뜩했다. 나는 또다시 1백 40개의 5루블짜리 금화를 받았다. 제르쉬치꼬프가 내게 일부를 지폐로 받으면 안 되겠느냐고 물었지만, 나는 그냥 혼자 중얼댔을 뿐이다. 나는 완전히 흥분에 빠져 더 이상 침착하고 조리 있는 말을 할 수가 없었다. 나는 현기증이 났고, 두 다리의 힘도 빠져 버렸다. 나는 어떤 무서운 모험을 당장이라도 시도할 것 같은 충동을 느꼈다. 누구와 내기를 해서 그에게 몇천 루블이라도 지불하고 싶었다. 나는 이제 내 것이 된 지폐와 금화 더미를 손으로 거의 기계적으로 끌어 모았다. 그것을 셈해 볼 수도 없었다. 나는 갑자기 내 뒤에 공작과 다르잔이 서 있는 것을 보았다. 그들은 늘 가는 뱅크 도박장에서 돌아가다가 잠시 들른 것이었다. 나중에 알았지만 그들은 거기서 돈을 모두 잃고 돌아오던 길이었다.

 「다르잔.」나는 그를 큰소리로 불렀다. 「내게 행운이 따라 주고 있어요! 자, 0에 한번 걸어 보십시오!」

 「나는 다 잃어서 돈이 한푼도 없습니다.」그는 무뚝뚝하게 대답했다. 한편 공작은 나를 전혀 못 알아보았다. 어쩌면 모르는 척 하고 있었는지도 모른다.

 「자, 여기 돈이 있어요!」나는 내 금화 다발을 가리키면서 말했다. 「얼마나 필요하지요?」

「뭐라고요!」갑자기 얼굴이 새빨갛게 되더니, 다르잔은 큰소리로 말했다.「내가 언제 돈을 꿔달라는 부탁을 했던가요?」

「저기서 당신을 부르십니다.」제르쉬치꼬프가 내 소매를 당겼다.

나를 부른 사람은 방금 전 내기에서 금화 열 개를 내게 잃은 바로 그 대령이었다. 이미 그는 나를 여러 번 부르다 내가 못 알아듣자, 이제는 거의 욕설에 가까운 말을 하고 있었다.

「자, 이걸 받으란 말이오!」감정이 아주 격해져서 그의 얼굴은 거의 자줏빛이 되어 있었다.「내가 댁을 언제까지나 기다려야 할 의무는 없지만, 나중에 받지 않았다고 함부로 떠들 게 아니겠소. 자, 세어 보시오.」

「믿습니다, 믿어요, 대령님. 셈하지 않고도 당신을 믿습니다. 단지 제발 제게 소리지르지 마시고, 화내지 마세요.」그가 내놓은 금화 다발을 손으로 끌어 모으며 내가 그에게 대답했다.

「이봐요, 당신의 기쁨을 나누려면 제발 부탁이니 나 말고 다른 사람과 하시오.」대령은 신경이 곤두선 소리로 말했다.「나는 댁 같은 사람과 함께 돼지를 키운 일이 없으니 말이오!」

「어떻게 저런 친구를 이곳에 출입시키는 거야!」「저건 누구지?」「철부지 애송이군.」여럿이 작은 목소리로 수군거리는 소리가 들렸다.

그런 객쩍은 소리에 신경을 쓸 틈도 없이 나는 계속해서 도박에 빠져 들었다. 그러나 이번에는 0에 걸지 않았다. 나는 무지갯빛으로 된 지폐[63] 한 묶음을 통째로 18에 걸었다.

「그만 가세, 다르잔.」공작의 목소리가 뒤에서 들렸다.

「돌아가세요?」나는 그들을 뒤돌아보며 물었다.「잠깐만 기다려 주세요. 같이 갑시다. 이 판만 하고 끝낼 테니까요.」

또다시 내가 건 숫자가 나왔다. 나는 엄청나게 많은 돈을 땄다.

---

[63] 1백 루블짜리 지폐.

「이제 그만이야!」 나는 큰소리로 외치고, 떨리는 두 손으로 금화를 끌어 모아 세지도 않고 호주머니에 집어 넣기 시작했다. 그런데 이상하게 손가락이 잘 움직이지를 않았다. 겨우 서투른 손가락으로 지폐 묶음을 집어서 다른 것과 함께 옆 주머니에 집어 넣으려고 할 때였다. 갑자기 바로 그 순간 내 오른편에 앉아서 역시 큰돈을 따고 있던 아페르도프의 반지를 낀 퉁퉁한 손이 석 장의 내 무지갯빛 지폐 위에 오르더니 가만히 손바닥으로 그것을 덮어 버렸다.

「실례지만, 이것은 당신의 것이 아닙니다.」 상당히 부드럽기는 했지만 엄정하고 분명한 어조로 그가 말했다.

바로 이것이 며칠 뒤에 벌어진 커다란 사건을 일으킨 서막이었다. 이제 와 생각해 보면 그 세 장의 1백 루블짜리 지폐가 분명히 내 것이었다는 것을 확신할 수 있다. 그러나 얼마나 기가 막힌 운명인가. 나는 그것이 분명히 내 것이라고 확신하고 있었지만, 일말의 불확신이 남아 있었다. 그렇지만 성실한 인간은 조금이라도 의심이 가는 것은 취하지 않는다. 그리고 내가 생각하기에 나는 성실한 인간이었다. 그러나 무엇보다도 나는 그때까지 아직 아페르도프가 도둑놈이라는 사실을 확실히 몰랐고, 그의 이름도 들어 본 적이 없었다. 따라서 그 순간에는 실제로 그것이 내 착오의 결과이며, 그 석 장의 1백 루블짜리 지폐는 내가 지금 받은 돈 속에 들어 있던 것이 아니라고 생각할 수도 있었다. 나는 늘 내 돈을 일일이 세지 않고 그냥 두 손으로 끌어 모아 왔다. 마찬가지로 아페르도프 앞에도 늘 돈이 놓여 있었다. 거기다가 자리도 하필 바로 내 옆이었다. 그러나 그는 자기 돈을 잘 계산해서 정돈해 놓았다. 또한 이곳에서는 모두가 아페르도프와 알고 지내고 있었으며, 사람들은 그를 부자로 여기고 있었고 존경심까지 가지고 있었다. 그러한 주변 사정 때문에 나는 이번에도 항의하지 않았다. 그러나 그것은 회복할 수 없는 내 실수였다! 그러나 문제는, 이 추잡한 사건의 원인이 내가 기뻐서 거의 정신을 못 차리고 있었다는 점에 있었다.

「내가 확실히 기억하지 못해 유감입니다만, 이것은 확실히 내 것이 맞는데요.」 나는 분노를 참느라고 입술을 떨면서 말했다. 그러자 상대방이 불쾌한 어조로 말을 받았다.

「그런 말을 하려거든 〈확실히〉 기억해야지요. 그런데 당신은 스스로 확실히는 기억하지 〈못한다〉고 말하지 않았습니까?」 아페르도프가 아주 고자세로 말했다.

「저거 누구야?」 「어째서 저런 짓을 하는 걸 그냥 내버려두는 거야?」 몇몇 사람의 격한 소리가 들렸다.

「저게 처음 하는 짓이 아니에요. 아까 레흐베르그와도 10루블짜리 지폐 때문에 똑같은 일이 있었어요.」 누구의 목소리인지 모를 중상하는 말이 바로 내 옆에서 들렸다.

「좋습니다, 됐어요. 이젠 됐습니다!」 내가 큰소리로 말했다. 「나는 지금 항의하자는 게 아닙니다. 그만둡시다! 공작…… 공작과 다르잔은 어디로 간 걸까? 가버린 건가? 혹시 여기 있던 공작과 다르잔이 어디로 갔는지 못 봤나요?」 그렇게 말하면서 나는 내 돈을 모두 손에 쥐고 공작과 다르잔의 뒤를 따라 서둘러 밖으로 나왔다. 그래서 5루블짜리 금화 몇 개는 미처 주머니에 넣지도 못하고 손에 쥔 채로 나왔다. 아마 이 글을 읽는 독자는 내가 지금 그 다음에 일어날 일을 이해하기 쉽게 하려고 그때 일어난 일을 있는 그대로, 그 상황에서의 내 모습을 사실 그대로 자세히 쓰고 있다는 것을 이해해 주리라 믿는다.

내가 계속해서 소리쳐 불렀지만 공작과 다르잔은 전혀 귀기울이지 않고 이미 계단을 내려가 버렸다. 숨차게 걸어 겨우 그들을 따라잡았지만, 나는 문지기 앞에서 잠시 걸음을 멈추고 불쑥 5루블짜리 금화 세 개를 그의 손에 쥐어 주었다. 그는 잠시 어리둥절하여 빤히 내 얼굴을 쳐다보았고, 미처 고맙다는 인사조차 하지 못했다. 그러나 나는 아무런 반응도 기대하지 않았다. 아마 마뜨베이가 그 자리에 있었더라면, 틀림없이 그에게도 금화를 잔뜩 던져 줬을 것이다. 마음속으로도 그렇게 하려고 했지만, 현관에 다다랐을 때에야 비로소 그를 그냥 집으로 돌려보낸 생각이 났다. 바로 그때 공작의 말이 현관에 도착했고, 그가 썰매에 오르고 있었다.

「공작, 저도 같이 댁으로 좀 가겠습니다!」 나는 무릎을 덮는 모피를 집어 젖히면서 그의 썰매에 타려고 하였다. 그때 내 옆에서 다르잔이 뛰어나오더니 썰매에 뛰어올랐다. 그러자 마부가 모피를 내 손에서 빼앗더니 두 사람의 무릎에 덮었다.

「이런, 빌어먹을!」 나는 화가 치밀어 소리쳤다. 나는 마치 하인처럼 다르잔을 기다리다가 그를 위해 무릎 덮는 모피를 벗겨 준 꼴이 되었다.

「자, 가자!」 공작이 말했다.

「세워!」 내가 큰소리로 외치면서 썰매에 손을 대는 순간 말이 갑자기 뛰기 시작했고, 그래서 나는 그만 눈 위에 나동그라지고 말았다. 나는 그들이 소리내어 웃고 있는 모습을 상상하기까지 했다. 나는 벌떡 일어나 마침 그곳을 지나가는 마차를 붙잡아 타고, 아주 느려 터지게 달리는 말을 계속 재촉하면서 공작에게 달려갔다.

4

일이 안 될 때면 항상 그러하듯이, 그 말이 끄는 썰매는 겨우 눈 위를 기어가는 형국이었다. 삯으로 1루블을 주겠다는 제안에 솔깃하여 마부는 계속해서 말에게 채찍을 가했지만, 말은 여전히 느린 속도로 움직였다. 나는 가슴이 얼어붙는 기분이었다. 마부에게 이야기라도 걸어 보려 했지만 말도 잘 나오지 않았다. 그래서 나는 아무 의미도 없는 말을 혼자 중얼거렸다. 나는 그런 기분으로 공작에게 갔다. 그도 역시 막 돌아온 참이었다. 그는 다르잔을 데려다 주고 왔기 때문에 혼자 있었다. 그는 아주 창백하고 화가 난 얼굴로 서재에서 서성이고 있었다. 다시 한번 말하지만, 그는 도박에서 굉장히 많이 잃었다. 무슨 생각엔가 골똘해 있던 그는 미심쩍은 표정으로 나를 쳐다보았다.

「또 왔습니까?」 얼굴을 찌푸리며 그가 말했다.

「당신과의 모든 관계를 끝내 버리려고 왔습니다, 공작!」 숨을 몰아쉬면서 내가 말했다. 「당신이 어떻게 제게 그런 태도를 취할 수 있지요?」

영문을 모르겠다는 표정으로 그는 나를 쳐다보았다.

「다르잔과 함께 갈 생각이었다면, 그렇게 말해 줄 수 있지 않았습니까. 그런데 그렇게 말을 달리게 하다니, 그 바람에 나는……」

「아 참, 그랬군요. 당신이 눈 속에 넘어지는 것 같더군요.」 나를 눈앞에 두고 아무렇지도 않은 듯이 그가 웃기 시작했다.

「그런 모욕에 대해서는 결투로 대답해야 할 것입니다. 자, 우선 먼저 우리 사이의 계산을 끝냅시다……」

그렇게 말하고 나서, 나는 흥분해 떨리는 손으로 주머니에서 돈을 끄집어내 소파, 대리석 탁자 위, 그리고 펼쳐 놓은 책 위에까지 금화든 지폐 묶음이든 할 것 없이 가지고 있는 것을 모두 쏟아 놓기 시작했다. 금화 몇 개가 카펫 위로 굴러 떨어졌다.

「아 참, 당신은 노름에서 돈을 땄지요? 그 말투만으로도 사정을 잘 알겠군요.」

그가 내게 이런 식으로 무례하게 말한 적은 지금까지 한 번도 없었다. 나는 얼굴이 거의 창백해졌다.

「이게…… 얼마나 되는지…… 나는 계산해 보지 않아 잘 모르겠습니다……. 제가 당신에게 진 빚이 한 3천 루블쯤 됩니다…….

정확히 얼마지요? 그보다 많던가요, 적던가요?」

「제가 언제 그 돈을 돌려 달라고 말한 적이 있었나요?」

「아닙니다. 제가 돌려드리고 싶은 겁니다. 그 이유를 당신도 아셔야 합니다. 자, 여기 이 무지갯빛 지폐 묶음으로 1천 루블이 있습니다!」 나는 떨리는 손으로 돈을 세다가 도중에 그만뒀다.

「세어 볼 필요가 없어요. 그게 1천 루블이라는 것은 잘 알고 있으니까요. 이 1천 루블은 제가 가지기로 하고, 여기 있는 나머지 돈은 모두 다 가지세요, 제 빚 대신에 말입니다. 제 생각으로는 모두 2천 루블쯤 될 겁니다. 제 빚의 일부입니다, 어쩌면 더 될지도 모르지요!」

「그러면 1천 루블은 자기 몫으로 남겨 둔다는 말이군요?」 공작이 빙그레 웃으며 말했다.

「이것도 필요하십니까? 그렇다면…… 저는…… 당신이 필요 없다고 말하리라 생각하고……. 그러나 필요하시다면, 자, 여기 있어요…….」

「아니, 나는 필요 없어요.」 그는 나를 외면하며 멸시하는 듯한 표정으로 다시 방 안을 거닐기 시작했다.

「대체 왜 그 돈을 돌려줄 생각을 했지요?」 갑자기 무섭게 도전적인 표정을 짓더니 그가 내 쪽을 돌아다보며 물었다.

「이걸 돌려주고 당신에게 해명을 요구하기 위해서지요!」 이번에는 내가 험한 표정을 지으며 말했다.

「자, 이제 그만 나가 주세요. 당신의 그런 말투나 태도를 이제 더이상 접하기가 싫어요!」 마치 그는 미치기라도 한 듯 발로 바닥을 차며 말했다. 「진작부터 나는 당신들 두 사람과 관계를 끊으려고 작정하고 있었어요. 바로 당신과 당신의 그 베르실로프 말이오!」

「당신 완전히 미쳤군!」 나는 큰소리를 질렀다. 사실 그는 완전히 실성한 사람 같았다.

「당신들 두 사람은 항상 그 현란한 말로 나를 괴롭혀 왔단 말이야. 늘 말, 말, 말만으로! 예를 들어 명예가 어쩌고 하는 얘기만 해도 그래! 제기랄! 나는 벌써부터 인연을 끊으려고 했어……. 자, 이제 때가 왔으니 다행이야, 정말 속이 시원해! 나는 당신들과 관계를 맺으려고 생각하고, 당신들을…… 당신들 두 사람을 출입시켰고, 항상 그것 때문에 골머리를 썩어야 했어! 자, 이렇게 되면 이제는 더 관계가 없지, 아무런 관계도 없어. 그것을 알아 두란 말이야! 당신의 그 베르실로프는 나를 적당히 꾀어서 아흐마꼬바를 공격하게 했고, 그녀에게 창피를 주려고 했단 말이야……. 그런 짓을 해놓고, 내 앞에서 명예가 또 뭐야. 당신들은 정말로 염치가 없는 사람들이야……. 두 사람이 어쩌면 그렇게 똑같은지. 그래, 당신은 내게서 돈을 가져가면서 부끄럽다는 생각도 안 해 봤어?」

그 말을 듣고 나는 현기증이 일었다.

「저는 다만 친구로서 당신한테 돈을 빌린 것이었습니다.」 나는 아주 가라앉은 목소리로 말을 시작하였다. 「당신이 스스로 자진해서 주었기 때문에 저는 당신의 호의를 믿고…….」

「나는 당신의 친구가 아니야! 물론 내가 그 돈을 주었어. 그러나 그런 이유 때문은 아니야. 무엇 때문인지 자신에게 물어보란 말이야.」

「저는 베르실로프에게 갈 돈을 생각하고 그 돈에서 미리 받은 겁니다. 물론 그것은 아주 어리석은 짓이었지만, 저로서는…….」

「당신은 베르실로프의 허락 없이 그 사람의 돈에서 일부를 받을 수 없어. 나 역시 그의 허가 없이 그의 돈을 당신에게 내줄 수도 없지만……. 그러나 나는 내 돈을 내준 거야. 당신도 그것을 알고 있었지. 알면서도 그것을 받곤 했던 거야. 나는 내 집에서 그 엉터리 희극이 연출되는 것을 지금까지 참아 온 거야!」

「제가 무엇을 알고 있었다는 말씀이지요? 어떤 희극이지요? 도대체 무엇 때문에 당신은 제게 돈을 주었지요?」

「당신의 그 아름다운 눈 때문이지요, 내 친구여Pour vos beaux yeux, mon cousin!」 그는 다시 나를 바로 앞에 두고 큰소리로 웃기 시작했다.

「제기랄!」 나는 크게 소리질렀다. 「자, 다 받아요. 자, 여기 있는 1천 루블도 받아요! 이제 계산은 다 끝났어, 내일부터는……」

나는 앞으로의 계획을 위해 가지고 있으려던 그 무지갯빛 지폐 묶음까지도 그에게 던졌다. 지폐 묶음은 그의 조끼에 맞고 나서 방바닥에 떨어졌다. 그러자 그가 큰 걸음으로 세 걸음 걸어 내 앞으로 다가섰다.

「정말 끝까지 모른 척하고 말할 거요?」 그 역시 아주 험악한 기세로 한마디 한마디를 또박또박 말했다. 「지난 한 달 동안 내 돈을 받아 쓰면서도, 그래 자기 여동생이 나 때문에 임신한 사실을 정말 몰랐다는 거요?」

「뭐, 뭐라고?」 나는 기절초풍할 뻔하였다. 갑자기 다리에서 온 힘이 빠져나갔고, 나는 힘없이 그대로 소파 위에 쓰러졌다. 나중에 그가 말한 바에 의하면, 내 얼굴이 그야말로 하얀색 시트처럼 창백해졌다는 것이다. 나는 완전히 정신이 혼미하였다. 지금도 기억하지만, 우리 두 사람은 말없이 서로 얼굴만 노려보고 있었다. 그의 얼굴에 예기치 못한 놀라움이 스쳐가는 것을 나는 보았다. 그는 갑자기 몸을 굽혀 내 어깨를 붙잡고 나를 부축해 주었다. 지금도 나는 그의 얼굴에 얼어붙은 듯한 그 미소를 선명하게 기억하고 있다. 그 미소 속에는 불신과 놀라움이 뒤섞여 있었다. 그 자신도 자기 말이 그런 효과를 내리라고는 상상도 못한 듯했다. 그는 내가 모든 것을 알고 있다고 확신했기 때문이다.

나는 1분 남짓 완전히 기절한 상태였다. 이윽고 정신을 차리고 일어서서 그의 얼굴을 가만히 쳐다보며 여러 가지 생각을 하였다. 그러자 내 가슴속에서 모든 일의 진상이 갑자기 선명하게 떠오르기 시작했다! 누군가 그 얘기를 내게 미리 해주며 〈이제 그 사람을 어떻게 할 작정인가?〉하고 물었다면, 나는 틀림없이 그놈을 죽이겠다고 대답했을 것이다. 그러나 실제로 그 일과 접했을 때는 전혀 다른 결과가 나왔다. 그러한 행동은 내 의사와 상관없이 저절로 나왔다. 즉 갑자기 나는 두 손으로 얼굴을 가린 채 아주 서럽게 흐느껴 울기 시작했다. 거의 무의식중에 그런 행동이 나왔다. 다 성장한 청년의 가슴속에 갑자기 어린아이의 마음이 솟아오른 것이다. 다시 말해 내 가슴의 밑바탕에는 어린아이와 같은 마음이 완전히 절반을 차지한 채 아직도 살아 있었던 것이다. 나는 소파에 엎드려 흐느껴 울었다.「리자! 리자! 아, 불쌍한 내 동생!」내 행동을 보고 공작은 나에 대한 신뢰감을 모두 회복하였다.「아, 당신한테 커다란 잘못을 저질렀습니다!」그도 역시 깊은 슬픔에 잠겨서 목이 메었다.「제 의심 많은 성격 때문에, 저는 당신에게 아주 불순한 생각을 가졌었지요……. 아, 저를 용서하세요, 아르까지 마까로비치!」

나는 갑자기 벌떡 일어나서, 그에게 무슨 말인가를 퍼부으려고 노려보고 서 있다가 아무 말도 하지 않고 그대로 방에서 뛰어나와 집 밖으로 나와 버렸다. 나는 겨우 걸어서 집까지 왔다. 어느 길로 어떻게 왔는지 전혀 기억도 나지 않았다. 나는 침대에 몸을 던져 얼굴을 베개에 파묻고는 어둠 속에서 생각하고 또 생각했다. 그럴 때면 항상 그렇듯이 생각이 완벽하고 조화롭게 한 곳으로 모아지지 않았고, 지금도 선명하게 기억하지만, 이 일과 아무런 관계도 없는 별 잡스런 일까지 떠오르기 시작하였다. 그러나 시나브로 내 자신의 서럽고 슬픈 운명이 눈에 떠올라 가슴이 터질 것 같은 고통을 느꼈다. 나는 또다시 두 손을 꼭 잡으며〈리자, 리자!〉하고 큰소리로 외치며 통곡을 하였다. 그러다가 언제 잠들었는지 모르게 잠이 들었고, 나는 아주 깊이 그리고 달게 잠을 잤다.

〈하권에 계속〉

열린책들 세계문학 108 미성년 상

옮긴이 이상룡 충남 청양에서 태어나 한국외국어대학교 노어과를 졸업했으며, 동 대학원에서 석사 학위를 받았다. 미국 일리노이 대학교에서 박사 학위를 받았으며, 현재 연세대학교 노어노문학과 교수로 재직 중이다. 논문으로 「은유와 환유의 미학: 현존과 영원 사이의 간극 넘기」, 「예술의 심미성과 이념성의 이중 구조: 러시아 아방가르드의 미학」, 「일상성의 변주와 서술되지 않은 서술: 체호프의 단편소설」 등이 있으며, 저서로 『서술이론과 문학비평』(1995, 공저)이 있다.

지은이 표도르 도스또예프스끼 **옮긴이** 이상룡 **발행인** 홍예빈·홍유진
발행처 주식회사 열린책들 **주소** 경기도 파주시 문발로 253 파주출판도시
전화 031-955-4000 **팩스** 031-955-4004 **홈페이지** www.openbooks.co.kr
Copyright (C) 주식회사 열린책들, 2000, 2010, *Printed in Korea.*
ISBN 978-89-329-1108-3 04890 **ISBN** 978-89-329-1499-2 (세트)
발행일 2000년 6월 15일 초판 1쇄 2002년 4월 20일 신판 1쇄 2004년 1월 10일 신판 3쇄 2007년 2월 5일 3판 1쇄 2009년 2월 25일 3판 2쇄 2010년 4월 25일 세계문학판 1쇄 2023년 4월 5일 세계문학판 7쇄

이 도서의 국립중앙도서관 출판예정도서목록(CIP)은 서지정보유통지원시스템 홈페이지(http://seoji.nl.go.kr)와 국가자료공동목록시스템(http://www.nl.go.kr/kolisnet)에서 이용하실 수 있습니다.(CIP제어번호:CIP2010001294)